FICTION MONTHLY

小说月报

2024年
精品集

《小说月报》编辑部 编

天津出版传媒集团
百花文艺出版社

图书在版编目（CIP）数据

小说月报 2024 年精品集 /《小说月报》编辑部编.
天津：百花文艺出版社，2025. 1. -- ISBN 978-7-
5306-9030-7

Ⅰ. Ⅰ247.7

中国国家版本馆 CIP 数据核字第 20242ME154 号

小说月报 2024 年精品集

XIAOSHUO YUEBAO 2024 NIAN JINGPINJI

《小说月报》编辑部　编

出 版 人：薛印胜　选题策划：汪惠仁

编辑统筹：徐福伟　责任编辑：齐红霞　王亚爽

装帧设计：郭亚红

出版发行：百花文艺出版社

地址：天津市和平区西康路 35 号　　邮编：300051

电话传真：+86-22-23332651（发行部）

　　　　　+86-22-23332656（总编室）

　　　　　+86-22-23332478（邮购部）

网址：http://www.baihuawenyi.com

印刷：河北鹏润印刷有限公司

开本：710 毫米×1000 毫米　　1/16

字数：628 千字

印张：38.5

版次：2025 年 1 月第 1 版

印次：2025 年 1 月第 1 次印刷

定价：78.00 元

如有印装质量问题,请与河北鹏润印刷有限公司联系调换

地址:河北省沧州市肃宁县经济开发区

电话:(0317)7587722　邮编:062365

目 录

【中篇小说】

在鼓楼

◎ 吕魁

来的路上,古雅莎还在想,再见到陈一苗会不会尴尬?毕竟当初是她提的分手,尽管她才是受害者。可当古雅莎看见陈一苗那一刻,她的顾虑也随之烟消云散。马路对面的开阔地上,穿过跳广场舞的大妈,一身藏蓝色运动装的陈一苗,弓着身子,嘴角叼根烟,举着单反相机,换着角度,旁若无人地拍摄着夕阳下的鼓楼。望着陈一苗的侧影,古雅莎恍了神,仿佛回到多年前,她第一次赴陈一苗约的那个北京深秋的午后。

这鼓楼是近些年重新修建的仿古建筑,有什么好拍的?

陈一苗未见其人先闻其声,他寻声望去,怔了几秒,才认出前女友古雅莎。古雅莎外形变化太大了,陈一苗一时很难将眼前这个胸挺臀翘、妆容精致的美少妇与记忆中齐耳短发、素面朝天,夏天牛仔短裤、大 T 恤,冬天一件过膝羽绒服,包裹得像头小熊似的女大学生古雅莎联系在一起。

嗨,好久不见。

是啊,好久不见。古雅莎顺着陈一苗的招呼淡淡回应。

我们得有六七年没见了吧。陈一苗歪着头做思索状,想起来了,最后一次见是二〇一六年,也是在九月,北京最好的季节,秋高气爽,蔚蓝金黄,咱们俩一起在鼓楼吃的重庆火锅,你当时还开玩笑说,那顿饭算是分手饭,我好像还喝多来着。

古雅莎明显不愿追忆,她不置可否地笑了笑,所以,再次见面,你是刻意约在鼓楼下吗？

　　陈一苗本能仰头，望了眼身后夕阳中的鼓楼，嘿，你这么一提醒，还真是巧了，没想到隔了这么些年，咱俩重逢在鼓楼，虽然此鼓楼非彼鼓楼。陈一苗颇显兴奋，不过我可不是故意约你在这儿见的，喏，看到那边那栋橘红色的大楼没有？那是我今晚入住的酒店。我给你说，我的房间绝了，打开窗户正对着这座鼓楼。我住过湖景房、海景房、山景房，你别说，这楼景房我还真是大姑娘上轿——头一回。

　　陈一苗自认为讲了个还算好笑的笑话，他瞟了眼一旁的古雅莎，古雅莎看向别处，没有搭茬。古雅莎本想告诉陈一苗，她小的时候就住在鼓楼附近的老小区，这幢仿古建筑是怎样从无到有的，她再清楚不过。话到嘴边，古雅莎收了回去，改口问道，你怎么想起来运城了？旅游吗？

　　到也没有什么特殊的事，这不是前几年疫情闹的？我哪儿也去不成，可把我憋坏了。我这个人你了解，在一个地儿待得久了不挪窝，我会闲出事的。去年年底我离职了，租的公寓也退掉了，三周前我从北京出发，一路西行，边走边玩。我计划先骑到拉萨，翻越嘉措拉山，过无人区，进入新疆，这趟旅程的目的地，暂定是帕米尔高原的塔什库尔干。运城是我途经的一站，预计在这儿待三日两个晚上。我昨天下午到的，今天早上我去了关帝庙，拜了关二爷，明天我打算去登下鹳雀楼，看下永乐宫壁画，经"一见杨过误终身"的风陵渡，赶天黑前到达陕西境内。

　　陈一苗用手指了指不远处的梧桐树下停放的一辆黑色摩托车，示意那就是他此次骑行大西北的交通工具。古雅莎顺着陈一苗手指的方向瞅了一眼，配合地点了点头，随口说了句"车还挺酷的"。

　　或许古雅莎的反应没有预想的那般强烈，陈一苗一时间也没了兴致，他跑到路边的便利店买来冰镇汽水，递给古雅莎一瓶，古雅莎摆了摆手，并没接。落日余晖将这对昔日恋人的影子拉得修长。短暂沉默过后，陈一苗清了清嗓子先开了口，那什么，大美女你有空赏光一起吃顿晚饭吗？我请你喝一杯。

　　瞧你说的，你都到我家门口了，怎么也得是我尽地主之谊，哪轮到你请。古雅莎赶忙回应，你有什么想吃的吗？烤肉行吗？不过抱歉啊，我很久不喝酒了，要不我找几个朋友陪你喝？

　　你别见……"外"字没说出口，陈一苗连忙改口，你别客气，怎么说你我也都是老朋友。你说得在理,运城当然是你更熟悉,那这样,你来选地方,我来买单,你不喝酒没关系,我也喝不了太多,明天还得赶路,就不麻烦你朋友了。

昨天傍晚,古雅莎下了瑜伽课,打开储物柜取出手机,只是一个小时没看,五个未接来电,四十七条微信未读信息。古雅莎顾不上冲澡,她给保姆回拨电话,告诉保姆女儿萌萌舞蹈课结束后,一定要记得带她去剪头发。下周区里组织的教师节联欢会上,萌萌要上台表演小提琴。听萌萌老师说,包括区电视台在内,届时多家媒体会到现场直播。古雅莎希望女儿能发挥出色,给她好好地装装人、露露脸。演得好了,萌萌奶奶肯定会高兴。老人家疼孙女,但凡孙女取得一点成绩,老太太能在抖音、微信朋友圈分享半个月。老太太表达开心的方式,有且只有给儿媳妇古雅莎送各种礼物,古雅莎脖子上戴的玉佩、手上拿的最新款智能手机,以及胳膊上挎着的走到小城哪里都会被其他女人多瞄两眼的名牌包包,都是女儿萌萌这一两年,或期末考试考满分,或特长班举办的赛事获得名次,奶奶一兴奋上头,大手一挥,送给孙女她妈妈——古雅莎的奖励。

叮嘱完保姆,司机还没有来,古雅莎坐在瑜伽馆 VIP(贵宾)休息室的沙发上,喝着柠檬水,逐条翻看那一长串亮着小红点的未读信息。闺密群里,有人转发标题为《用这六招对付老公,保准他魂不守舍!》的公众号文章,有人推荐城北商场新开的那家泰国餐厅,说味道一般,不过装修得挺有特色,化个全妆,穿上美美的小裙子,假装在东南亚,拍照肯定出片。还有人在线征询姐妹们意见,该做哪种色号的美甲更适合即将到来的秋天?古雅莎右手拇指在手机屏幕上快速上下翻动,她先是在女儿萌萌的班级群里打卡接龙,又给替她买眼霜的海外代购转了两千块钱。小助理发来本月两家甜品店的财务分析表,婆婆问她今晚是否送孙女回她那边住。古雅莎一一回复,滴水不漏。忽然间,陈一苗的微信头像好似飞鱼跃出海面,跳入她的眼帘。古雅莎愣住,她又看了一眼,确定新弹出的对话框,就是曾和她有过一段三年恋情的前男友陈一苗发来的。

雅莎,你好,我是陈一苗,不知你是否还记得我?三周前我从北京出发,计划用五个月时间骑行到新疆。今天我路过你的家乡运城,你在运城吗?若有空能否见上一面?我预计会在运城停留两天。但愿我冒昧的出现,没有打扰到你。

一段文字后紧跟着的是一张陈一苗的自拍照。只见他戴着深蓝色摩托车头盔，黑色口罩和墨镜遮挡住了他大半张脸，远处的背景，是她再熟悉不过的运城高速路出口。

如同失联许久的沉船被打捞出水面，陈一苗这突如其来的问候，一时间让古雅莎回不过神。那年和陈一苗分手，古雅莎差不多煎熬了六百天，才从失恋的苦海中挣扎上岸。平心而论，古雅莎与陈一苗算得上是彼此合格的前任，缘分走到尽头话说清楚，分手后相忘于江湖，自觉删除对方所有联系方式。两个人一断联系就是整整五年，这五年间古雅莎的人生像是按了加速键，她告别了北京，回到家乡小城，嫁了人，有了女儿，完成了从涉世未深的女大学生，到身边好友羡慕的有钱人家儿媳妇的两极反转。直到两年前，古雅莎和陈一苗大学的共同好友结婚，要举办婚礼，拉了个微信群，他们俩才再度有了交集。是陈一苗主动添加古雅莎为好友的，古雅莎已将陈一苗在心中放下，也就没怎么多想，欣然同意，通过了他的好友验证。不过，古雅莎稍感意外的是，再一次成为微信好友，陈一苗并未主动找她聊天，她自然也不会上赶着去问候陈一苗。两个人就这样安安静静地待在对方的通讯录中，互不打扰，像什么也没有发生过。对古雅莎来说，陈一苗遥远得如同上个世纪匆匆来过的一位访客，她和他曾经的那段无疾而终的爱情，早就轻舟已过万重山。

盐池太漂亮了，比我想象中的还要壮观。从我这个角度看过去，跟泰国芭堤雅的海边一样，毫无区别。餐厅顶层的户外露台上，陈一苗站在护栏边，他举起手机，边赞叹着湖景优美，边不停按下拍摄键，嘴里念念有词，盐池这么美，就是知名度还差点意思，可惜了。我觉得你们当地文旅部门，应该把盐池的对外宣传语改下，不要自诩为"中国死海"，有几个普通民众知道世界死海在哪儿呢？对不对？还不如直接对标青海湖，就说是"山西青海湖"更简洁明了。在湖边种一圈向日葵，夏天一到，蓝天下，碧水旁，金灿灿一片，悠然见南山。再搞个环湖自行车拉力赛，找几个大网红拍短视频，讲讲故事，四面八方游客肯定蜂拥而至。

这家临湖而建的日式风格烤肉店，是古雅莎在这个小城最好的闺密苏婷婷开的，古雅莎在她几次三番的鼓动下，也跟着投了点钱，算是股东之一。之所以选在这里和陈一苗吃饭，除了有能俯瞰整个湖景、视野极佳的景观位，最重要的是越危险的地方越安全，在熟人开的店见异性朋友，反而好避嫌。毕竟古雅莎已婚,小城也就那么大,若是被亲戚朋友撞见她和陈一苗单独相处,解释成本过高,一不小心还会引来麻烦。

古雅莎轻车熟路点了几道肉品,给陈一苗点了杯扎啤,她喝常温苏打水。菜都点完了,陈一苗还在那儿转着圈,不停地拍着照。或许用不了一会儿,他就会将这些景色照片配上抒情的诗句,上传朋友圈。想到这儿,古雅莎低头哑然失笑。

古雅莎与陈一苗是大学师兄妹,两个人同院不同系。他们相识是在有一年的院内元旦联欢会上,陈一苗表演吉他弹唱《这一切没有想象的那么糟》,古雅莎紧接着陈一苗上台,钢琴独奏《菊次郎的夏天》。每场彩排,陈一苗不像其他表演者,走个过场,心不在焉。他调琴都会调试十分钟,一会儿嫌灯光过暗,一会儿又摆弄起音响设备,准备工作没有半个小时弄不完。等一切妥当,陈一苗这才晃晃悠悠地坐在舞台中央的高脚凳上,只见他双眼微闭,眉毛轻挑,时而低吟浅唱,时而引吭高歌,根本不在乎台下观众席空空荡荡。陈一苗那浑不懔、爱谁谁的台风,吸引了后台候场的古雅莎。陈一苗一曲唱毕,轮到古雅莎上场前,陈一苗都会卖力招呼在场的男生,合力帮忙抬钢琴,古雅莎难免少不了说谢谢,这一来二去,他们俩就有了来言去语,二人之间的联系也自此日渐熟络。

有几次彩排结束已至深夜,饭点早过了,食堂大门紧锁,陈一苗就张罗着大伙去校外的烧烤店,撸串喝啤酒。大家 AA 制,众人自然吃得就心安理得。古雅莎慢慢察觉,聚餐时的陈一苗总是忙前忙后,他一会儿起身给众人添水倒酒,一会儿帮服务员上菜撤碟,哪儿都有他的影子,风风火火。陈一苗是特别好的饭搭子,他爱琢磨美食,每道菜怎么做好吃,他都能说个一二三来。可以说,聚餐时只要有陈一苗在,哪怕是一盘普通的虎皮豆腐,经陈一苗渲染介绍,又是刀工,又是勾芡的,令人食欲大振,想不多吃两口都难。喝到微醺处,有人起哄,让陈一苗唱首歌,热闹热闹。陈一苗从不推托,他毫不怯场,用筷子敲碗伴奏,酒瓶当作话筒,起身就唱。一首唱完,不等掌声落下,他主动又唱一首,边唱还边自我调侃说,生活不易,帅哥卖艺,唱一送一。多年后,古雅莎和陈一苗在茫茫人海中走散,回想起最初之所以能对他怦然心动,恰如陈一苗在夏季的大排档上清唱的摇滚歌手郑钧《私奔》的歌词所写那样,"我梦寐以求,是真爱和自由"。

遇见陈一苗前,古雅莎上一段恋情刚结束不久,那是古雅莎的初恋,对象是古雅莎的直系师哥,大她三岁的"北京土著"。古雅莎刚一入校,模样还是个高中女生,尚未完全适应大学生活,那个戴着一副黑框眼镜、皮肤黑到反光、满口京片子的大三师哥就对她展开了猛烈追求。师哥早上在她宿舍楼下捧着还冒热气的包子、豆浆、茶叶蛋,等她下了晚自习,师哥准时将打好的一暖壶热水递上,嘱咐她睡前泡脚解乏。到了周末或节假日,师哥会约她去逛公园,看新上映的电影,吃日本料理。刚满二十岁,初到首都的小城姑娘古雅莎哪经得住这般攻势,她对师哥说不上喜欢,但也不至于讨厌。古雅莎还来不及细想,这是不是她期待许久的初恋,就稀里糊涂地被师哥单方面对外宣称,她是他的宝贝女友。

古雅莎与师哥的那段恋情,短暂得如同冰雪融化、气球升空,两个人从相识到各自恢复单身,前后不到十个月。分手原因有很多,冠冕堂皇地讲,那就是近距离相处,矛盾频发,终才发现两个人看待同一件事的理念不同,说通俗点就是性格差异大,三观不合,人生路不适合携手并肩走下去。

别的都不提,古雅莎最受不了的是师哥对她那狂热到吓人的占有欲。刚和师哥在一起的头一个月,师哥那三百六十度无死角的关心、警告她少与其他异性接触否则会不爽的模样,古雅莎并没觉得有什么不好,心想少女时代读的网络言情小说中所描写的"霸道总裁"现实中无非也就师哥这样。可时间一长,师哥粗鄙的语言、过激的行为逐渐让古雅莎有了不适感,乃至害怕。一次下课后,古雅莎在教学楼外的走廊和学术委员讨论老师布置的小组作业,好巧不巧,与来给她送奶茶的师哥撞了个正着。不等古雅莎解释,师哥直接横插站到她和学习委员中间,如同一头愤怒的公牛,大声质问古雅莎他是谁,引得路过的同学侧目围观。学习委员说了没两句话,师哥抄起一旁的扫帚,作势就要揍对方,好在师哥的舍友恰好路过,在身后死死抱住他,才没让事态升级。

还有一次,古雅莎参加在京的山西老乡会,明明事先已经给师哥报备,吃完饭大家可能去KTV唱歌,宿舍门禁时间前她一定会回去。可当古雅莎玩得正嗨,师哥的夺命连环电话,一通接着一通,不间断地打来。百般无奈下,古雅莎躲进卫生间,电话刚一接通,传来的是师哥劈头盖脸的怒喊,你此刻在做什么?为什么不接电话?你身边有没有男的?他们都是谁?你拍个视频给我看,不许喝酒，不许挨着男的坐，我十分钟到 KTV 门口，你立刻给我出来。师哥这一番折腾下来，古雅莎玩性大减，悻悻然跟着师哥回了学校。也就是从那一刻起，古雅莎在这段感情中萌生了退意，她试着分了几次都没有分掉，师哥要不像个做错事的孩子，抱着她号啕大哭，说些自谴自责的话，要不就恼羞成怒，放言威胁，她胆敢分手，就同归于尽，谁也别想活。师哥前前后后折磨古雅莎一个学期，就在她几近崩溃、快要撑不住之际，师哥却被学院选中，送去俄罗斯某大学做为期两年的交换生。古雅莎赶紧趁此机会，断了与师哥能断掉的一切联系方式，又借着放暑假，在老家躲了两个月，这才摆脱了那梦魇般的困扰。

陈一苗不同，陈一苗是古雅莎先动的心，这也是为何跟陈一苗分手后，她坠落谷底，痛彻心扉。陈一苗可以说满足了大学女生古雅莎对梦中男友的全部幻想，陈一苗长得好看，五官俊朗，一米八三的大高个，夏天穿着无袖运动背心露出的肱二头肌，线条优美得让女生们看着就想依靠，安全感爆棚。陈一苗出现在哪儿，就是哪儿的焦点，他讲起话来语速极快，笑声爽朗，不管和谁聊，聊什么话题，他三言两语，再配上夸张的肢体动作，迅速点燃全场气氛。古雅莎与陈一苗初次聊天，一度以为他是华裔，至少小时候在欧美国家待过。陈一苗根本没有两个人是初相识的拘谨，他大大方方地同古雅莎开了个恰到好处的玩笑，陈一苗那与生俱来的幽默感，像是乌云中照射出的一束光，瞬间驱赶走古雅莎所有的烦心事。与陈一苗交谈了几次古雅莎才知道，原来并不是所有男的都像那个师哥一样大男子主义十足、猥琐发育。古雅莎也说不清，她是在哪一刻对陈一苗小鹿乱撞的。或许是因为他活力四射、开朗大方的性格和古雅莎之前认识的那些比女孩还扭捏的男生完全不同；或许是因为他放肆大笑，露出的那一口洁白如珍珠的牙齿。待一场春雨过后的操场跑道上，当陈一苗牵起她的手，轻声询问是否能做他女朋友，古雅莎放下矜持，踮起脚尖，主动亲吻了他。

时至今日，古雅莎内心都不会否认，与陈一苗相爱一场，是她迄今为止，最美妙的人生体验。陈一苗是南方人，北方长大，他家境比古雅莎好些，但也算不上是有钱人家的小孩。陈一苗拿着每个月父母给的那点生活费，给古雅莎送个像样点的礼物就所剩无几。不过陈一苗好像从来不会为钱所困扰：他白天有课上课，没课就在图书馆写乐评、影评，偶尔还写小说，投稿给各类杂志,赚取稿费;晚上他跟着师哥去学校不远处的酒吧街,敲鼓弹吉他,每场演出到手能分个大几百块;再加上他校外兼职,到周边几所高校,扫楼推销电子产品,赚点佣金外快。可以说只要陈一苗不犯懒、愿折腾,他就不缺来钱的道,虽说不多,也足以撑得起日常消费了。陈一苗穿衣不讲究,更不爱慕虚荣、追求名牌,一条短裤、一件海魂衫他就能过一个夏天。是陈一苗让古雅莎懂得,快不快乐和有没有钱有时候真不一定成正比。在两个年轻人热气腾腾地爱在一起的那些日子里,大雨中的迷笛摇滚音乐节,陈一苗把古雅莎扛在肩上,踩着舞台上暴风骤雨般的鼓点,肆意晃动身体,尽情摇摆。在工体球场,陈一苗喜欢的球星压哨进球,他拥古雅莎入怀,疯狂呐喊庆祝。古雅莎搂着陈一苗的腰,坐在单车后座,穿梭在首都冬日的大街小巷,就为了找寻一碗据说好吃到会爆粗口的台式卤肉饭。陈一苗会把他认为牛✕的中外经典小说,在电话中当睡前故事读给古雅莎听,伴她入眠。陈一苗看中世纪画展会默默流泪,每到一个城市,他第一站必定是去当地的博物馆……和陈一苗谈恋爱,好似在大海航行、丛林探险,古雅莎总是猜不出会有怎样未知、新鲜的奇遇在前方等着她的到来。

菜一上桌,陈一苗挺直腰板,掏出手机,一连拍了数张,还录了一段视频。古雅莎并不介意陈一苗让手机先"吃",倒是陈一苗抢先开了口,我有一哥们儿,在杭州开了家传媒公司,专职做短视频运营,他捧红了好多大主播,有一个反着戴棒球帽、全国各地乱窜、专拍小脏摊儿的美食博主你刷到过吧?那就是他旗下的头牌,粉丝八百多万。我这哥们儿知道了我这次的骑行计划,建议我一路上多拍点素材,说他的团队会帮我做后期,找写手编辑文案。他向我保证,只要我能出两三个爆款作品,他就有把握把我打造成新一代的旅行博主,等我全网平台粉丝破六位数,他就带我开直播带货。我倒没想过当什么网红,毕竟一把年纪了,就图个这事儿新奇好玩儿,就答应了,瞎凑热闹呗。我在这儿拍来拍去的,你别嫌烦啊。

古雅莎浅浅一笑,摇了摇头说,没关系,你随便,拍好了就趁热吃。这家店在我们这里算是比较正宗的日式烤肉,当然,比不上你们北京。

陈一苗一手拿烤肉夹,一手拿剪刀,制作艺术品般仔细地翻烤着每一片肉。望着餐桌对面,专注得好似在做一台外科手术的陈一苗,古雅莎脑海中一帧一帧浮现出他们俩同居期间陈一苗给她做饭吃的场景。陈一苗很热衷做饭，换句话说，陈一苗把做菜当作他日常生活中的乐趣之一。陈一苗菜做得好吃，夏日的麻辣小龙虾、冬季的酸汤水饺，就连复杂的川湘粤鲁菜，他都做得像模像样。陈一苗曾仪式感十足地做过一份电子菜单，上面图文并茂地记载着他为古雅莎做过的每一道菜，便于她在不知道该吃什么时点单。古雅莎最爱吃陈一苗做的菜，当数酸菜鱼，有一阵子每隔几天，她就会撒娇卖萌，求陈一苗做给她解馋。以至于分开后这些年，古雅莎好几次在饭店点酸菜鱼，或多或少都觉得没有陈一苗做的味儿正、好吃，至于差在哪儿，她也说不出来。

陈一苗烤肉手法相当老练，没几分钟就烤好满满一盘，他示意古雅莎可以吃了。古雅莎夹走一片谷饲牛肉，轻蘸酱汁，放进嘴巴之前，装作不经意地问道，你成家了吧，孩子多大了？

你净逗我，你看我这副穷酸样，像是有家室的人吗？陈一苗双手一摊，眨了眨眼，我实话实说啊，对你也没什么好隐瞒的。本来是有个奔着结婚谈的女朋友，我前公司的同事，小我七岁，东北妹子。我俩谈了也有个小三年了，她爱不爱我，我不敢说，但我挺稀罕她的。这不去年疫情严重了，她封控在吉林老家，我在北京，长期分隔两地，见面少了，联系少了，自然也就分掉了。陈一苗喝了口啤酒继续说道，其实我心里清楚，就算没有疫情这档子事儿，我和她迟早也得分。她今年虚岁二十八，眼瞅也要奔三了，家里老人着急，催她早点嫁人。她暗示过我好几回要我早点娶她，可你说我和她都是北漂，我一男的，娶人小姑娘怎么不得在北京有套房，有份稳定的收入，才能给人一个家？这要求不过分，我在北京也混了十年了，还是达不到。我想了想也就不耽误人家了，今年四月，我生日前夕分了，我提的，她默认。

陈一苗这番话，古雅莎听着似曾相识。她之前翻看过陈一苗近半年的朋友圈，他或是分享国内外摇滚乐队的歌曲，或是贴一组他创作的抒情诗，更多时候是发一张（或一组）地域风光照，再配一段晦涩难懂的文字。古雅莎从没给陈一苗点过赞，更没留过评论，看他朋友圈发的内容，猜到他至今应该还是独身。

你刚才说，你辞职了？互联网教育这两年不挺热门的，怎么不继续做下去呢？古雅莎找服务生添了一道菜，又给陈一苗加了两瓶啤酒。

对，辞了，我现在是正儿八经的社会闲散人员。陈一苗用生菜叶卷了厚厚一片五花肉，塞进嘴里大快朵颐，不辞也没办法啊，政策不允许做，资本也就抛弃了。起初我这公关经理还能起点作用,写些软文、找批水军在网上各平台发布、处理些危机公关。到后来整个行业都要覆灭,不存在了,我再公关也于事无补,再加上后期公司转型也不是很成功,融不到钱,发不出工资。公司CEO(首席执行官)是我大学师哥,你见过他,不过你可能没印象了。我能力有限,也帮不了他什么忙,干脆就自己裁掉自己,主动提了离职,不给人添麻烦。

陈一苗自顾自地说着,一时没有停下来的意思。当听到陈一苗开始细数这几年间他的每一段工作经历以及辞职动机,古雅莎突然意识到她犯了错误,不应该主动问起陈一苗的近况。以她对陈一苗有限的了解,等他聊完自个儿,一定会反过来问她的。果不其然,古雅莎还没来得及转移话题,就听见陈一苗发问,我是不是说得有点多了?不聊我了,你呢,这些年过得挺好的?

挺好的啊。古雅莎抬头,她迎着陈一苗投来的目光对视,语气坚定。

过得好就行,我看你气色就挺不错。陈一苗没话找话,虾熟了,可以吃了。

古雅莎过得当然不错。她婚姻还算幸福,收入稳定,颜值稳定,身材稳定,除了日常在买哪双鞋搭配哪条裙子上有轻微选择障碍症外,她的日子过得可以说没有烦恼。与陈一苗分手的当月,古雅莎火速办理了离职,拿着积攒下的那点工资和出租屋房东退还的押金,打着疗愈失恋伤痛的幌子,同大学闺密飞到巴厘岛海边喝冰啤酒、晒太阳浴、夜夜笙歌。等玩完回国,北京已成伤心地,没了退路,再加上那阵子她妈妈没日没夜微信、电话轰炸,催她早日回老家,考教师资格证,去她高中母校当老师,有个正经编制,好嫁个好人家。古雅莎十八岁,只身一人从山西老家北上首都读大学,二十四岁生日来临前三天,她告别北漂生活,回到家乡小城,又一次成为小城姑娘。离京返乡的古雅莎多少还是有些许不适应,虽然不用再赶早高峰地铁、吃冰冷的外卖盒饭,可在北京的那一幕幕,如同过独木桥,怀抱的那只生怕掉下去打碎的花瓶,越是努力不去回想,往事越是会清晰浮现。有天深夜,古雅莎发了条朋友圈感慨,设置为自己可见,大意是在北京那六年,就像一部漫长的电视连续剧,剧情谈不上跌宕起伏,甚至可以说是平庸无趣,而她是该剧的女主角。

回到家乡第一年,古雅莎以备考教师资格证为名,不找工作,整日宅在家中。她每天都睡到自然醒,吃过自制的早餐,背背英语单词,做几页练习题,一天也就过去一半。周末她会给自己放一天假,约同样留在小城的昔日高中关系还可以的女同学，做美甲、吃美食、看新上映的院线电影。实在拗不过了，偶尔她会应付下母亲大人安排的相亲局。在和丈夫钟跃民修成正果之前，半年内，古雅莎和消防员、市医院麻醉科医师、二手车行老板、家里倒腾木材的富二代分别喝过咖啡，共进过晚餐。一圈下来，要不就是对方忌惮古雅莎的高学历，敬而远之，要不就是男方有意，古雅莎却没有眼缘，单方面不来电。

也许真应了算命先生所说，正缘到了，想挡也挡不住。古雅莎刚想找她妈妈抱怨，能不能消停一阵，别再安排她去相亲，影响她备考，转身她就遇见了钟跃民。严格来说，古雅莎和钟跃民能终成眷属，也是通过相亲认识的，只是事先古雅莎并不知情。那天傍晚，古雅莎接到她妈妈打来的电话，语气急迫说有份重要的文件遗落在家中书房，马上要用，让她尽快送到某酒楼，末了还叮嘱她打扮打扮，化个淡妆。古雅莎刚一进包间，就被她妈妈一把按在预留好的座位上，骄傲地向众人介绍。古雅莎这才反应过来这是怎么一回事，碍于情面，她没有起身就走，而是乖巧地坐在妈妈身旁，强颜欢笑，像记者见面会般，巧妙又不失礼貌地回答邻座叔叔、阿姨，也就是她日后的公公、婆婆提的涉及她个人隐私的一系列问题。饭局进行过半，古雅莎才注意到餐桌另一端的钟跃民，古雅莎对他第一眼感觉，就是没有感觉。钟跃民外形谈不上英俊帅气，个子也不高，不过看上去还挺稳重，整场饭局下来，他没说几句话，更多时候是坐直身子，聆听他人发言，不时轻微点头。古雅莎没有想到，这个看上去不显山露水的男人，居然是她此生的真命天子。

每逢闺密聚会，喝点小酒，女人们就会吐槽各自的另一半有多"直男"、多不靠谱。但聊到古雅莎，无一不羡慕她嫁得好。别的不说，就没见过那么爱见儿媳妇的公婆。不知道是古雅莎情商高，还是嘴巴甜，别人家的婆媳暗战，在古雅莎这儿压根不存在，古雅莎婆婆看古雅莎那眼神，三分惧怕，七分宠爱。钟跃民家祖辈都是靠天吃饭的地道农民，到了钟跃民爸爸这一辈，他不甘心春耕秋收、看天吃饭。二十世纪八十年代末，钟跃民他爸压上全部家当，又把亲朋好友能借的钱借了个遍，承包了村里没人愿意碰、荒废多年的小煤窑。也就四年不到，原本等着看钟跃民爸爸笑话的村民一个个傻了眼，眼巴巴地瞅着他成了先富起来的第一拨人。进入二十一世纪，钟跃民爸爸和他的几个兄弟，农村包围城市，用发往全国各地的一车又一车煤炭换来的真金白银，在县城相继开起了肥料厂、海鲜酒楼、洗浴中心。钟跃民姐姐大专毕业，二十岁出头就嫁了人。钟跃民是钟家独子,他性格内向,天资一般,初中学习还算可以,到了高中,数学他怎么也学不懂,物理、化学课对他来说更是听天书,眼瞅考大学无望,钟跃民干脆不再读书,高考都没参加,就跟着他爸在自家企业学做生意。钟家不缺钱,但好像除了不缺钱,其他多少都缺点。这也难怪古雅莎的婆婆怎么看她这个北京名牌大学毕业的儿媳妇怎么喜欢,对她言听计从,两年前古雅莎想要加盟开甜品店,不等钟跃民表态,婆婆二话不说塞给她一张银行卡,简直比对自己亲闺女还要亲。

在古雅莎看来,丈夫小钟最大的优点就是没有她无法容忍的缺点。情感专家说,有的男人如同一杯烈酒,性格奔放、热衷冒险、崇尚自由,和他在一起很快就会上头,管它前方是悬崖还是陷阱,都会不计后果,陪他义无反顾跳下去,只图一时爽快。有的男人是一杯苦咖啡,你原本指望与他携手漫步人生路,他能为你遮风挡雨,而他非但没替你遮挡风雨,反过来还给你制造风雨。钟跃民对古雅莎来说,就像是白水一杯,没什么滋味,但又不可或缺。在旁人眼中,富二代的惯有标签在钟跃民身上一概不存在,他不抽烟,偶尔会喝点小酒但绝不会喝醉。至于豪车、名表、奢侈品,钟跃民更是没有多大兴趣。每天钟跃民公司、家里两点一线,傍晚六点半准时进家门,偏差不会超过五分钟。钟跃民喜欢安静,要是古雅莎不主动找他说话,他回到家中可以一言不发,直到关灯睡觉。钟跃民没事就爱待在家里,哪儿也不去,他讨厌参加那些无谓的应酬饭局,不喜欢和陌生人坐在一起,推杯换盏,说那些言不由衷的场面话。钟跃民的钱都花在收藏乐高模型上,这也是他为数不多的爱好。也只有和同好藏友聊起乐高来,钟跃民的话才会多说一些。市面上能买到的乐高自然不用多提,钟跃民应有尽有。他热衷的是世界各地,有编号及证书的限量发行版乐高。每次钟跃民费尽心思,花重金在网络上收集到一款,他都会把自己关在房间内,拼搭一整天不出门。古雅莎就不一样了,她周一练瑜伽,周二健身,周三带女儿上亲子绘画课……到了周末,她更是呼朋唤友去郊区露营、山里泡温泉,或是去西安、郑州买买买,打卡网红餐厅。钟跃民即便对古雅莎不爱在家待,到处玩儿有点意见,也只是敢怒不敢言,好几回古雅莎和闺密聚会玩嗨了,回到家已过凌晨且喝了不少酒,钟跃民默不作声,假装睡着,做无声抗议。当古雅莎的闺密们因自己老公沉迷于打牌、洗脚、去夜总会而心烦苦恼时,古雅莎反而坐下来,神情严肃地和钟跃民沟通,希望他不要总在家里坐着,有空多出去走动走动。古雅莎鼓励钟跃民能有自己的社交圈,就算不为了家族企业发展考虑,多交些有趣的朋友也好过一个人整天郁郁寡欢、闷不吭声。钟跃民嘴上应着"好的,知道了",转身就进了书房,拼搭乐高,养他那一缸子的热带观赏鱼。

这是我见过的最好看的鼓楼,没有之一。两瓶酒下肚,陈一苗有了三分醉意,他自顾自地说,你知道吗?很多城市都有鼓楼,北京的鼓楼没什么好说的了,大同的太朴素,西安的鼓楼又过于匠气,宁波的鼓楼稍显小气,就数你们运城这座鼓楼造型别致。你别看它是新建的,雕栏画柱一点也不次于古建筑。陈一苗像老师授课,一丝不苟地说道,它建在城台之上,最上层的这个,叫作重檐十字歇山顶,楼体四面对着东南西北四个方向,下方城台四个拱门上方各镶嵌一块石匾,东放晓、西留晖、南聚宝、北迎渠。瞧瞧,这词多漂亮,多有意境。

陈一苗逐张划拨着刚刚拍摄,存在手机相册中的鼓楼照片。他点击其中一张放大,展示给古雅莎看。恍惚间,古雅莎仿佛又回到多年前,在敦煌莫高窟,陈一苗压低声音,对她讲解着壁画飞天神秘传说的那个场景。不愧是陈一苗,也只有陈一苗,古雅莎敢说,在她生活的这座小城,她圈子里那些所谓的精英,男的在饭局上攀关系、聊女人,女的谈孩子,话里话外比着谁家老公赚得多。没有人路过这鼓楼,会抬头多看一眼,更不会有谁能像过路旅人陈一苗一样,对它深入研究,赞赏有加。过去这么些年,陈一苗似乎还是那似曾相识的老样子,算一算他也是快四十岁的男人了,身上那股对待生活的热忱、眼睛里的光一点都没少。挺好的。注视着仍在起劲儿聊着鼓楼的陈一苗,古雅莎仿佛看到了多年前曾深深迷恋他的那个自己。

说来挺巧,就在陈一苗忽然冒出来的前几日,古雅莎睡前敷着面膜,看一档热播综艺节目酝酿睡意。节目中一位已婚女嘉宾,劝告另一位刚出道的女明星说,一段好的感情一定是男方能给你带来稳定的情绪价值,以及优渥的物质生活,二者缺一不可,只有这样,感情才能新鲜、持久,二十年如一日,爱如当初。这段话如同暗夜中扑闪来的一只萤火虫,古雅莎莫名想起了许久没有想起过的陈一苗。

古雅莎交往过的历任男友,没有谁比陈一苗更贴心,更会提供情绪价值了。在古雅莎的记忆中,恋爱中的陈一苗好像从来没有烦心事,也没见过他情绪低落，他像是上满发条的大玩偶，活力满满，又像是永不落山的太阳，带给古雅莎的有且只有温暖。古雅莎因毕业论文无从下手而苦恼，陈一苗就喝两场大酒，换来她已读硕士研究生的同专业师哥帮她将清思路，启发她开题方向。古雅莎因一件小事情被室友误会，难过大哭，陈一苗耐心听古雅莎抱怨，附和她的吐槽，等她冷静下来，有了悔意，陈一苗主动跑去找她舍友说清真相，又以古雅莎的名义组局，请她室友们吃了火锅，一顿饭下来，女孩们冰释前嫌，和好如初。

最让古雅莎欣喜的是陈一苗完全不会像古雅莎短暂谈过的那位师哥，要随时随地保持联络，无时无刻不关注她的动向，不时还会偷偷翻看她的手机。相反陈一苗对古雅莎说得最多的一句话是，每个人生来自由，不属于任何人，你首先是你自己，你尽管做自己，无论你是怎样的，我要爱你就会接受你的全部。古雅莎产生任何新的念头，有的想法连她自己都认为不切实际，陈一苗都会耐心听她讲述，他绝不会预设困难，先入为主地否定，打击古雅莎的积极性，而是一遍遍鼓励她大胆尝试，反正还年轻，做错比不做更遗憾。古雅莎但凡取得一丁点成绩，比如校园歌手比赛入围八强，或是学期末获得了三等奖学金，陈一苗表现得比她本人还要开心，送她新款手机作为奖品，溢美之词更是连着夸半小时都不带重复的。与陈一苗相恋，就如同盛夏吃的第一口冰激凌般心旷神怡。

不过甜点毕竟不能当饭吃，吃多了也会腻。曲终人散时，古雅莎不止一次复盘，究竟是何原因，致使她和陈一苗不得不分道扬镳。刚分开前两年，古雅莎每每想起，内心都无法原谅陈一苗，也不后悔她做了坏人，先提的分手。陈一苗大学毕业，无意考研，也不着急求职，成天在校园内瞎晃悠，与低年级的师弟们混在一起弹琴、打球、斗地主，晚上一帮人跑去大排档，一喝就到后半夜。起初古雅莎并没觉得这有什么不好，又赶上她大四毕业季，兵荒马乱，白天在图书馆查阅资料，通宵熬夜写论文，三不五时还要在各个校园招聘面试中来回穿梭，有陈一苗在身旁陪伴，也是幸事一件。可等古雅莎大学毕业，顺利在一家新媒体文化传媒公司应聘上内容总监助理，陈一苗依然我行我素，吃在食堂，睡在校内小师弟宿舍，别说规划他和古雅莎的未来那么遥远的事，就连在北京落脚的第一步，租个房子，有个住处，都是古雅莎一趟趟跑中介公司，一家家比来比去，好不容易定下来。古雅莎眼瞅着昔日同学，毕业后没过多久,有人成为某外企华北区域负责人,税后年薪近百万元,在四环内付了学区房的首付款;有人创业成功,公司一年内融资三轮,估值近百万美金。当同龄人一个个深知"京城米贵,居大不易"这个浅显道理,为了能在北京扎根,如陀螺般没日没夜孤注一掷,拼命赚钱,回头再看陈一苗,好像世俗定义的成功和他一点关系也没有。陈一苗没工作自然没有收入,每月房租都是靠古雅莎那点工资支付,他不是到电影学院蹭导演课,就是去听某作家的新书发布会,活得逍遥自在。青春呼啸而过,古雅莎工作量与日俱增,陈一苗再邀她同去看赖声川的话剧、参观宫崎骏漫画展,她都以写活动方案、准备下周的部门会议PPT(演示文稿)为由婉拒。陈一苗似乎并不在意一人独自观看,甚至还有些乐在其中。

可现实不等人,校园恋爱有多纯粹,社会毒打就有多残忍,古雅莎像是一夜之间,从皇室流落到民间的贫民窟公主,她上班赶公交,下班挤地铁,很少化妆,衣物只在网上拼单购买。就连周休二日,偶尔外出吃顿好的、看场电影,她都得跟精算师般算来算去,提前买好折扣券。等古雅莎拖着疲惫不堪的身躯加班回到出租屋,陈一苗要么不在家,要么就是不修边幅,窝在沙发上,抱着手机,打网络游戏。古雅莎眼泪掉在她自己煮的泡面里,她用手背抹去泪痕,望着一旁啤酒肚日渐隆起的陈一苗,就像望着在游乐园内肆意玩乐的孩子,明知游乐园即将打烊,他还是流连忘返,不舍得离开,可是她该走了。

赵雷的《鼓楼》你听过吧。陈一苗放下筷子,斜靠在椅背上,看上去像是吃好了。

赵雷? 唱《成都》的那个男歌手吗?

对,除了成都玉林路的小酒馆,赵雷还唱了北京什刹海旁的鼓楼。

是吗? 不好意思,这首歌我没有印象。

你不是挺喜欢听民谣的吗? 我还记得那一年平安夜,老狼在 Mao Live 开演唱会,大冬天的你在户外排了仨小时的队,好不容易抢了两张门票。这几年你不爱听歌了?

古雅莎还没来得及作答,陈一苗已点开音乐播放软件,吉他声响起,晚风也就刚好拂过脸庞。

我站在鼓楼上面,一切繁华与我无关。这是个拥挤的地方,而我却很平凡。

陈一苗毫不顾忌邻桌客人投来的异样目光,他伴着歌声有律动地摇头晃脑,无拘无束地随声附和,唱得可谓是声情并茂。陈一苗这突如其来的一展歌喉,让古雅莎略显难堪,她啜了口气泡水,单手托腮,转头眺望远处的湖面,神情尽量自然。

对了,我想起来了,陈一苗关掉音乐,不光赵雷唱过鼓楼,有个我特别欣赏的当代作家弋舟,他写过一篇名为《鼓楼》的短篇小说,我去年在一本文学期刊上读到,写得好极了。小说情节很简单,讲的是一对分手多年的情侣,各自带着新欢,去云南丽江旅游,在街头偶遇,然后这一男一女背着彼此的现任,相约深夜前往丽江古城一家小酒馆幽会的故事。文中作者还借男主人公的口,提到你们运城了,说连运城都有一座像样的鼓楼,而丽江作为一座古城却没有鼓楼,简直可笑。我想弋舟肯定也来过运城,见过这座精美绝伦的鼓楼。陈一苗举起杯子,喝了一大口冰啤酒,马不停蹄地说,幸好我这一路走来,沿途拍了你们山西大同、临汾的鼓楼,再加上运城这座鼓楼,等素材积累得差不多了,我可以单独出一期"在路上之寻找鼓楼"的短视频,一定会引爆。甘肃的张掖、宁夏的中卫都有鼓楼,青海不知道有没有鼓楼,我查一查……

鼓楼、鼓楼,还是鼓楼!一晚上都在聊鼓楼,就没别的可聊了是吗?一时间,古雅莎只看得见陈一苗嘴巴不停在动,说的是什么,她已选择不去听。古雅莎有些懊恼来见陈一苗,早知道这顿饭吃成这样,昨天收到陈一苗发来的信息,她随便找个借口,说不在运城,或者得陪小孩,都能理所应当地搪塞过去。可她想了又想,到头来还是给陈一苗回复了,好的,明天晚上鼓楼广场见。

为何要鬼使神差去见忽然闯入她生活中的陈一苗?是感谢陈一苗当年的不娶之恩,向他证明离开他后自个儿过得很好?还是临时起意赴陈一苗邀约,就如同去做皮肤护理、夜店蹦迪、和闺密开 party(派对)买醉,不过是一种消遣,应对每到夜晚,准时袭来的空虚感?古雅莎心中没有答案,但她能确定的是,这顿晚餐吃得并没有预期中那般愉悦。

手机铃声适时响起,古雅莎起身离座,朝前走了两步,扭过头对陈一苗做了个接电话的手势。

电话是司机打来的。一刻钟前古雅莎给司机发了饭店的定位,留言说有急事要办,让他尽快来接。古雅莎走到露天平台的另一端,刚一接通,电话中司机毕恭毕敬,古总,我已经到饭店楼下,您随时可以出来。古雅莎顿了顿,吩咐道,你开到前方的停车场吧,在那儿等我。挂断电话,古雅莎站在原地给烤肉店老板、好闺密苏婷婷回复信息,亲爱的,你不用配合过来了,那个男的是我甜品店品牌方的区域经理,喝多了话稠,非劝我喝酒。刚给你发信息本想让你帮我挡一下,现在不用了,我很快脱身,一会儿酒吧见。

古雅莎又回了几条可回可不回的信息,这才转身走回到餐桌旁,还未入座先说,抱歉,我得先走了,家里阿姨打电话,小孩一直闹个不停,非得等我回去哄才去睡。

理解,理解,陈一苗站起身,那你快去吧,别让孩子等太久。

你远道而来,没有给你招呼好,不好意思啊。古雅莎单手挎包,整理了下掉落在胸前的长发,一抬头,碰巧看见陈一苗正偷瞄她的胸部,那是大多数男人偷看古雅莎的那种目光,她见怪不怪。

陈一苗迅速收回视线,装作若无其事说,雅莎,你太客气了,能再次见到你,算我运气好。多谢你今晚的款待,这是我这一路骑行以来,吃过的最奢侈的一顿。那什么,说好的啊,你请客,单必须我买。

古雅莎笑了笑,有话在嘴边,却没有说。

我这也就走了,鼓楼亮灯了,我去拍几张鼓楼夜景。陈一苗将杯中酒一饮而尽,运城的鼓楼重修得真棒,特别复古,你有没有听到整点报时的鼓声?

什么?古雅莎一时间没有明白陈一苗在说些什么。

没什么,刚才你接电话可能没有听见。几分钟前,晚上八点整,鼓楼方向传来低沉的鼓点,敲击了八下,晨钟暮鼓,想不到以前在书中读到的场景,今天居然被我有幸遇见。

陈一苗说着说着竟有点小激动,古雅莎像看外星人一样看着陈一苗。她在这个城市生活这么久,她确定那鼓楼是从来不会发出声响的。

哦,对了,陈一苗摊开右手,掌心随之现出一条小叶紫檀手串,前些日子我路过五台山,和一位出家人一见如故,喝了一下午的清茶。这是临告别时,那位僧人送我的。我行路匆忙,主要是没想到你会愿意来见我,还请我吃大餐,我无以回报,这个送给你,你戴着玩,图个吉利。祝你往后余生,每一天都活得尽兴,而不是庆幸。

谢谢,古雅莎迟疑了下,伸手接走了手串,挺好看,那我走了啊,你也好好活着,早日成家,一路平安。

你怎么走呢,要不我骑车送你?古雅莎背后传来陈一苗的追问,她在楼梯口停住,侧过身不失礼貌地笑,不麻烦了,孩子他爸来接我。

陈一苗耸了耸肩,那再见了。

拜拜。古雅莎再一次向陈一苗道别,朝前走去。

车窗外,夜色深沉,古雅莎对着化妆镜涂抹口红,她看了眼镜子中的自己,美得要死,只是眼角的那道细纹,一笑就会偷偷浮现。周末必须得去趟美容院了,她心中暗想。

这一会儿工夫,苏婷婷连发数条信息,说闺密们都到齐了,就差她了,还说她一直想认识的知名小学校长和那个本地数一数二的房地产开发商老板也都在场。苏婷婷催促她赶紧结束不必要的应酬,一个品牌区域经理有什么好聊的,快点过来,今晚老规矩,击鼓传花喝不醉谁都不许走。陈一苗的朋友圈意料之内更新了以鼓楼为背景的九宫格照片墙,配文竟是智利作家的一首诗。古雅莎不明白,也不想明白,这没有韵脚的诗与鼓楼有何关联。

前方就是鼓楼,古雅莎让司机开慢些。她摇低车窗,认认真真地看了眼鼓楼。斗拱、榫卯,重檐十字歇山顶,东放晓、西留晖……经陈一苗刚在饭桌上那么一介绍,古雅莎这才发觉,这座做旧如旧的鼓楼原来这么有味道。这也是她回到小城这些年,第一次近距离观赏鼓楼。转念间,古雅莎想起陈一苗提到的那个名叫弋舟的作家,她来了兴致,在手机搜索软件上输入作家的名字,那篇题为《鼓楼》的小说随即就跳转出来:

> 我们曾经相爱得如同"复兴号"一般风驰电掣、一往无前,途中出了故障,只好紧急制动,但刹车后依然会往前冲一阵。

真形象的比喻,不过古雅莎并不喜欢。

【作者简介】吕魁,男,1984年生,山西省运城市盐湖区人。毕业于上海社会科学院国际政治专业,法学硕士。2005年至今,在《人民文学》《十月》《当代》《中国作家》《长江文艺》《芙蓉》《山花》等文学期刊发表中短篇小说若干。多篇作品被本刊及《小说选刊》《中篇小说选刊》等转载。出版小说集《所有的阳光扑向雪》《朝九晚不归》《莫塔》《微醺时各怀心事》。曾获人民文学·未来大家Top20、第二届"紫金·人民文学之星"中篇小说佳作奖、2020—2022年度"柳林杯·《山西文学》奖"中篇小说奖等奖项。部分作品被译成英文、法文。

飞鸟与地下

◎ 班宇

愚人之链

十五天前，小柳从上海回来，我掐着手指头算日子，心情比较纠结，既怕她找我，又怕她不找。张一天跟我提过，小柳也许要离。我听后有点紧张，问他，有苗头了？他说，多少有一些，最近没见她带孩子，老婆婆负责接送，吭哧吭哧，对孩子连踢带卷，很不优雅，观者闻风丧胆。我说，未见得是感情问题，许是身体有恙。张一天说，我看不像，你认识她老婆婆吗？我说，我上哪儿认识去，又不是我妈。他说，挺有气质，将近一米八，一百六十斤开外，烫了大波浪，爱抹红嘴唇，以前是体育老师，南关区教师运动会铅球纪录保持者，后来改教物理，原理类似，都在琢磨重力、磁力、浮力、万有引力，跟你的研究范围也接近。我说，我的？他说，对，这么多年来，你首先是不自量力，其次是无能为力。我说，电话挂了吧。张一天说，情况就这么个情况，你看着办，据我所知，她马上到长春，保不齐能去找你。我说，具体哪天？届时我肯定不在。张一天说，可别装×了你，多少年来就是个惦记，纯属回天乏力。

张一天跟小柳在上海住同一小区，前后楼，隔人工湖相望，日常来往密切。楼盘隶属奉贤区，住户以东北人为主，邻里关系和睦融洽，夏季均在室外进行烧烤活动，小炉子一架，酒精块生炭，三五好友，推杯换盏，烟熏火燎之际，旁边不锈钢盆里的丹东黄蚬子一张一翕，像是也要插上几句。房子几年前买的时候两万五千元一平方米，现在两万三千五百元，不涨反降，逆势而为。张一天的那套是租的，主要是离单位近，二十分钟骑行路程，环保又健康。他每日精神头十足，心明眼亮，总在观察小柳一家的生活动向，不时向我汇报。小柳在此安家，买了小区最大的户型，建筑面积八十九平方米，三室两厅，户型方正，南北通透，实用与享受兼得，且带一个"U"形厨房，放得下更大的操作台。张一天跟我说这些时，我很不解，问道，要这么大的操作台干吗呢？她也不会做饭。张一天说，她不做，不代表没人给她做。我说，谁，她老公？他不是脑出血了吗？张一天说，她小时候有她爸做，之前有老公，现在有老婆婆，长大了有儿子，一辈子吃喝不愁，要什么有什么，想什么来什么，你还不了解她吗？你对她一生连绵而壮阔的故事连这点预判都没有吗？你不知道她无论如何以身涉险最终都能立于不败之地并保持迷人的微笑吗？我想了想，说，不是不知道，话赶着话，唠到这儿了。张一天说，都多余了，朋友。

　　的确如此，在小柳的生命进程中，我早已明确自身的位置——有我不多，没我也不少。或者说，任何人在她身上都无法印证自己的存在，就是这么虚无，就是这么迷离，抵达她的旅程如同穿过烈日与荒地，不见影子的方位，亦无四季的植被。高中毕业时，我对小柳展开疯狂追求，不仅忍饥挨饿，为其办理黄钻会员，也通过"外挂"的使用让她在游戏里一时风光无两，备受敬仰。当然，后被官方发现导致永久封号。我还在午夜时分发过六十多首代表爱意的流行歌曲。不过这些均未能触及她的心灵，很遗憾，我们的关系始终没有更进一步。再后来，她对我说在大学里谈了男友，他面庞白皙，金色长发烫着波浪，如一位在暗舱里偷渡而来的水手后代，父母曾全世界漂泊游荡，不过他说的却是东北话，男友的母亲会做新加坡肉骨茶，她去吃过一次，当即折服，彻头彻尾地爱上了南洋滋味，感受到了一种健脾祛湿的效果，身心通畅，灵魂进而丰沛起来。我听过极其自卑，别说是吃，"肉骨茶"这三个字的搭配简直闻所未闻，根本无从想象，如今他们分开许久，我却依然维持着惊诧，不知为何一顿排骨米饭能令其几度沉沦，将故土与故人轻易地抛在脑后。这一点我百思不得其解。

　　当然，也不要紧，这些年里，我不理解的事情还有很多，所以没那么在意。比如说，小柳结婚的前一年，我差点也结了婚，双方父母已见过面，日子选好，饭店定金也交了，甚至开始在刚装修好的新房里生活。我在阳台上种了许多少见的植物,比如西伯利亚远志、露珠草和青楷槭,高低错落,郁郁葱葱,如同微缩的山林,还养了一缸金鱼,没怎么喂过食,里面的小鱼却越来越多,灵活游动,一切欣欣向荣。一个晴朗的下午,我在沙发上看电影,未婚妻从卧室里走了出来,红着眼睛说,她要走了,很抱歉,有那么一个人,她根本忘不了,这么多年了,就是没办法忘记,试了许多次,怎么也不行。我愣了一会儿,请她继续说下去,她没多想,滔滔不绝地讲了起来,说那人是她初中时的化学老师,大她十岁,当年刚毕业,她化学不好,总是记不住分子式,搞不清楚反应方程,他就一遍遍地教,想尽办法,不厌其烦,她毕业后,对方也不教书了,回到学校深造,改做科研,如今博士毕业,在北京工作,自己建了个实验室,专接国外项目,收入可观,前途无限,但这也不重要。重要的是,数年以来,他们一直有邮件往来,前后几百封信,体量庞大、涉及天文、地理、历法、健康卫生等多方面内容。或可以说,这些是二人多年以来存在于世的不灭证据。他们总向彼此倾诉,从未间断,不止于情感,不止于人生,他知道她的每一步是如何走过来的,万念俱灰时,正是那些信件让她活了下来。她也只在面对他时,才有信任,才觉得轻松、自在,才觉得自己是在真实地、确凿地活着。与此同时,她也能明白他的一切选择,好的与不好的,背叛时的痛苦、遗弃时的孤独,当然,他更理解她,还为她的婚姻送上过祝福,不过她是拒绝的,她不需要任何人的祝福,她想,她的一生也就这样了,只能如此,也不过如此了。但此刻她发现,已经没办法从一场精疲力竭、延绵不休的幻梦里摆脱出来了,必将深眠于此,既然这样,就不能再拖一个人进去,那等同于实施一桩罪行。我想了想,说,能让我看看你们的通信吗?这么多年,你们在说些什么呢?她说,不重要。我问,你们见过几次?她说,十二年没见了。我说,哦,十二年,我们认识几年了?她说,五年。我说,哦,五年了。

她坐在垫子上,矮我一截,垂着脑袋,没化妆,皮肤毫无光泽,讲完后,又哭了起来,说道,我们就这样吧。对不起,我们就这样吧。我说,你的意思是要分开?她说,我配不上你的感情,抱歉。我说,你要去找他吗?她说,明早的车票,我无法再忍受一分一秒了。我说,为什么啊,为什么忽然做出这样的决定?她说,我今天早上醒过来,读到他的最后一封信,他向我告别,他写了很多很多,我却一个字也不认识了,躺在床上只是哭,一直到现在,完全停不下来,脑子里只有一句话,为什么我的生活如此糟糕?我没有任何一个对得起的人,包括我自己，为什么我的生活如此糟糕啊？它看似平静，但我知道，我无可救药了，不过是在扮演着另一个人，一个连我都不认识的人。我说，不至于的，一时情绪而已，你冷静冷静，好好想一想。她说，我不想了，想不明白，就这样吧。我哭得那么厉害，哭了那么长的时间，你肯定听见了。刚才我想，如果你走过来，抱一抱我，我们抱上一回，兴许我能好一点，但你没有。我不怪你，不是你的问题，我知道你不想。我们就这样吧。

电视上放的是一部韩国电影，讲述的是一九九九年的故事，与回忆有关，一位站在荒地上的中年男性对着高架桥上摇摇欲坠的火车大喊不止。待她说完后，电影里喝醉了的人们在户外唱起歌来，七扭八歪地搂在一起，音响放在河边的石头上，溪水在桥下流过，歌声与水声此起彼伏，恍惚之间，我觉得我也身在其中。我想我本应愤怒，如蒙受欺骗，或是深深绝望，歇斯底里。可我只是很困，极为疲惫，我侧身蜷进沙发，一点精神也没有了，阖上眼睛，双手抱在胸前，就这么睡了一整夜。第二天醒来时，她已经走了，房间空空荡荡。我看了半天缸里的金鱼，给我妈打了个电话，讲了这件事情，我妈听后很平静，跟我说，哦，知道了。我说，你不生气吗？我妈说，我为什么要生气？我说，你不去讨个说法？她说，跟我有什么关系，走的也不是你爸，你自己的事，自己看着办，别来找我，我可不管。我说，行。我妈又补了一句，该。我问，什么？她说，我说你活该，你根本也不爱她啊。

过了很久，我才发现，未婚妻对一切早有预计，从搬过来的第一天开始，就很注意，不让自己在我这里留下任何的痕迹。有段时间，我疯了似的寻找她存在过的证据，哪怕是一根头发、一丝气息也好，以证明自己的生活并非虚度。最后，我只在书架后面发现了一张小小的唱片，满是灰尘与划痕，播放起来断断续续。我怎么也想不起来它到底是谁的、从何而来，而那些曲目听来又是如此陌生，我只能将之视作一种密码，或许可以从中得到点什么启示。我反复听了很多遍，唱片名字是 *Memphis Underground*（《孟菲斯地下》），取自录音室的名字，内页照片上那些堆叠起来的音响也如茂密的丛林，光与声音在此交错。唱片发行于一九六九年，共有五首歌，最好听的一首是 *Hold on, I'm Coming*（《坚持住，我来了》），但接下来的另一首我听得最多，叫作 *Chain of Fools*（《傻瓜一族》），编制极其丰富，有颤音琴也有长笛，不知为何，听到后半段总会有点心碎。我查了它的源头，最早由一位女歌手演唱，讲述的是自己跟男友相爱五年，却一直蒙受欺骗，对于真相一无所知，别人告诉她要离开，她却怎么也走不掉，只因对方的爱太强烈而她又太过软弱，任凭一条愚人之链将其牢牢拴住。曲子差不多有十分钟，段落分明，叙事感强烈，笛声犹如一条小鱼，于雾气缭绕的白夜里游弋。在小柳婚前，我给她发过一次，她回我说，听了半宿，天亮了，我出发了。

新月城

　　我给张一天转去一篇分析当前经济形势的文章，半天后，张一天问我，小柳还没联系你呢？我说，没。张一天问，她回去多少天了？我说，我哪知道，谁记着这事。他怂恿我说，不行你联系她一下呢？别控制，不要给你的人生设限，二婚也有追求幸福的权利。我说，上次我也没领证啊。张一天说，那我搞错了，我告诉她你离了，对不住。我一下子有点惭愧，百感交集，打了一堆省略号。张一天说，她咋想的我是不知道，你咋想的，我还能不知道吗？自己的事，自己看着办，别来找我，我可不管。这话跟我妈说的一点不差。我放下手机，内心沮丧，对于小柳，我的感受颇为复杂：一方面，绝不是想要借此缅怀青春，认为当年有过暧昧时刻，对方在余生里势必难以忘怀，那简直是一种令人作呕的自大；另一方面，当然也不是想跟她发展出一段什么关系来，即便我再愚昧、固执、迟钝，对于"物是人非"一词也有过深刻体会，更何况那对小柳也是极大的冒犯与不恭。我一直在想，为什么我对她总是怀着非同寻常的眷恋呢？想来想去，觉得或许与早年发生的一件事情有关。

　　我从未跟她提过，我想她也不记得，约二十年前，我跟小柳曾做过邻居，住在同一个家属院子里，不过她住一号楼，我在二号楼。小柳她爸叫柳承德，跟我爸一个单位上班，她爸是工人，工作勤恳，有点技术，加上爱琢磨，一九九四年被派到乌克兰施工，穿行于科尔孙-舍甫琴科夫斯基区的茫茫夜色与泥泞道路之间，中途携带火腿回来过年，颇为风光，特意锯了一小块给我家送来，说随便尝一尝，外国风味，一般人吃不惯，是个心意。我爸目睹柳承德扛着整只火腿招摇过市，对其体积有过盘算，掂量过后，认为送给我家的份额足以体现其重视程度，便盛情邀他来家里做客。当时我爸刚刚升任车间调度，可谓如日中天，前途一片光明，多少有点飘，走路脚不沾地，总会产生一些不恰当的错觉。大年二十八晚上，柳承德领着女儿前来赴约，那是我跟小柳第一次正式接触，之前虽住得近，但也没什么联系，打个照面也不说话。柳承德跟我爸在屋外喝酒，开始时很羞涩，相互试探，但两人都没什么量，六点开始喝的，七点半已经满嘴胡话，我爸在对车间的未来发展进行全盘规划，低声与柳承德诉说自己的愿景：造一座楼房那么大的变压器，满足南关区全体居民的用电需求，你在家用洗衣机，她看电视节目，孩子打开台灯读书学习，一点问题没有，在同一片天空之下。柳承德比较严谨，皱着眉头问，这几样同时进行，现在有什么问题？我爸说，还是有隐患，规模不够，无法矫正输送电能的电压，也就不能免除电力系统中的电压波动、电压谐波等致命故障。柳承德说，我看未必，规模大小不重要，主要还是调节模块是否有效，未来社会电力的核心任务，在于提高电能使用效率和改善电力质量。电，好比水，有的足够纯净，有的有杂质，家用电器好比人，喝了不干净的水，早晚要生病，所以说，保卫电的质量，就是保护我们的健康，捍卫共同的未来。我爸说，你是领导我是领导？柳承德说，你是，你是。我爸说，错了，我们都不是，厂长说了，我们单位没有领导，只有互敬互爱的一家人，你切记，你有困难我来扛，我住隔壁我姓王。柳承德说，王哥，还是你有水平，敬你一杯。我爸说，柳兄，你有洞见，能举一反三，我看往后你还有步。

　　小柳猫着腰钻进我屋，穿了件通红的小棉袄，小臂箍着两只油亮的花套袖，整体有些耀目，像是个点着了的灯笼。她不跟我讲话，我也不跟她说。她先是站着，看着我，后来站不住了，一屁股坐到地板革上，问我在干吗。我说，下棋。她说，自己跟自己下啊？多没意思。我说，有意思，看着好像是自己在玩，其实有四个人，甲乙丙丁，或者说，中国队、日本队、英国队、美国队，规则我自己定的，跟你说不明白。她说，现在谁领先？我能代表中国队吗？我说，不能，你不会玩。她说，瞧不起谁呢，中国第一，美国第二，英国第三，日本第四，我早看出来了。我心里一惊，几个颜色的棋子，我一直在心里计数，从没说出来过，她怎么知道的呢？我故作镇静，说道，不对，你别干扰我，看会儿动画片不行吗？我把电视给你打开，辽宁教育台正在演《神探加杰特》呢，穿风衣拿放大镜探案，每天两集，惊心动魄，比较过瘾，也有教育意义。或者看看《黄金一刻》，快乐问答，马上大年初一了，初一的月亮你知道叫什么吗？叫新月，跟太阳同升同落，站在地球上看不见月亮，都是知识，你多学一学。小柳说，我妈不让我看电视,她跟我说,傻子才看电视,越看越傻,我家电视就摆在那里,只有我爸回来时才看一会儿,我挺害怕变傻的。我说,胡说八道,我奶天天看电视,我妈说她比猴都精。小柳说,可能因为你奶属猴,你属啥?我说,我属虎。她说,我也是,你几月份的?我说,四月。小柳说,我六月的,你比我大,我得叫你一声小哥,小哥好。我听她这么一说,心里有点热乎,态度也就变了,问她,你吃饱没?我还有一盒蛋卷,想吃的话,我给你拿出来,咱俩分一分。她说,小哥,我不吃,你留着。小哥,你喜欢魔术不?我给你变一个。我说,我在电视上见过,美国大峡谷,万丈深渊,一个人拿把雨伞走在钢丝上,大风呼呼地吹,他在上面连吃带住一个礼拜,睡觉也没掉下去过,心里有数,我很佩服。她说,小哥,那叫杂技,我给你演个厉害的,你保准儿没见过。

　　说完,她站起身来,把板凳搬到窗边,蹬了上去,撕开窗缝的胶条,又用手敲几下,把窗户顶开,一阵冷风灌进来。我打了个冷战,哆嗦几下,赶忙去把门关严,我爸在外面瞄了我一眼,没说话。转过头来,我看见她半跪在窗台上,就有点急,小声说道,你下来,下来啊,多危险。玻璃上的冰花缓缓退去,她没理我,一手扶着窗框,另一只手捎着放在嘴前,朝向黑夜打了个口哨,声音不大,却相当清晰、圆润,然后又是三下,总共四次,音调、长度各不相同,最后一声十分响亮,像是一道闪电呈"U"形滑过,下降之后又上升,也如在对谁讲话。第一句是,你好啊。最后一句是,我在等你啊。半晌,一颗魔术弹熄灭在空中,月亮弯成一道铜褐色的弧线,细而坚韧。她把脑袋向外再伸出一些,我担心她掉下去,一把从后面搂住她的双腿。小柳穿着一条褐色的棉裤,面料发滑,据说也是从乌克兰带回来的,比我们的棉花弹性好,也更保暖,抱着感觉软软的,有点惬意。她撑着窗台,向前探身,我用力往后拽,她回过脑袋,跟我说,小哥,没事,你别拉着我呀,它该找不到我了。此时,光线隐去,一只鸟不知从什么地方飞了出来,速度极快,堪比刚射出来的箭矢,以残月为弓,直直向下,它尖尖地叫了一声,像是对逝去的哨声做出回应。鸟比我平时见过的要小,虹膜发棕,翅膀和尾巴为褐色,覆羽有辉光,如锡铁所制,刚上紧了发条。它飞过我们的头顶,消失在下方,接着又返回来,向上冲击,往复几次,忽然闯入窗内,直奔我们而来。我吓了一跳,连忙闪开,它在屋内绕了一圈,最后轻轻地落在日光灯上,眼睛鲜艳,望向我,偶尔啄着湿润的颈部,室内光线摇晃不停。我惊出一身冷汗,看看小柳,她已被我拽到地面,我俩靠在暖气片上坐着。她喘着粗气,满怀期待的神情,抬起脑袋,慢慢递出一只手来,张开手掌,朝着那只鸟点了点头。小鸟如同会意,振开翅膀,嗖地一下跃至近前,以洁白的羽缘拂过她的指尖,先是左侧,接着右侧,偏着脑袋,反反复复,像一位妈妈抚摸着她那快要长大的孩子,满是不舍与爱意。之后它跳到窗台上,啄了几下玻璃,发出咚咚咚的声响,半转过身来,朝着我们眨了眨眼睛,一跃飞到窗外,消失在无尽的黑夜里。此时,有人在对面放了一挂鞭,竹竿从窗口伸到外面,垂落在地,引信点燃,万响争相出动,半扇楼被映得比白天更亮,从下往上,爆炸声越发迫近。小柳哇的一声哭了出来。

坚持住,我来了

婚前的房子只我一人住,我总是将它收拾得一尘不染,如在为了迎接谁的光临,或者等待一个人的回归,其实谁也没有来过。金鱼都死掉了,只剩一缸清水,我也养着,每隔几天一换。阳台上的那些植物长势很好,叶片葱郁、饱满,没有一点枯败的迹象。浇水时,我必须挪动几株,才能对每一盆都有所照应,很像在玩"华容道",我扮演的是曹操,来回移动兵阵,以求顺利突围。那盆巨大的梅笠草如同关羽,一夫当关,不可逾越,每次我都会为自己设计难题,通过不同的解法来实现逃脱,有些耗神,考虑到通常情况下也没有什么特别要紧的事情,待在阳台上反而是一种享受。

我在心里默念此次的移动次序时,电话在屋里响了起来,我犹豫了一下,没有接,继续摆脱封锁。半小时后,我全身而退,长舒一口气,拿起手机,发现是张一天的电话,我拨回去,他问我在哪里,我说在家呢,刚在浇花,等我拍几张照片给你。张一天说,别拍了,不愿意看,跟你说个事,小柳不在长春了,走了。我说,哦,这样,好吧。他说,失落吗?我说,有点,不多。张一天说,你再装?我说,也不至于,好容易回来一趟,人来人往,见不上正常,都能理解。张一天说,得了吧,别人不了解你,我还不了解吗?我没说话。张一天顿了顿,说道,小柳刚给我打电话了,聊了一个来小时,问我你在哪里、在做什么。我说,你怎么说的?你俩怎么那么多的话?张一天说,我说我哪知道,你想知道自己去问呗。我说,什么意思?张一天说,我把你的地址给她了,她要去找你,可能快到了。我说,太突然了吧。张一天说,谁让你不接电话的。

挂掉电话后，为了平复心绪，我连忙把家从里到外收拾了一遍，之后抽着烟等她。临近午夜，我本以为她不会再来了，小柳忽然打来电话，跟我说就在门外。我深吸几口气，故作镇定地开了门，小柳站在走廊里，瞪大了眼睛，歪着头看我，也不说话。我对她说，欢迎来访。她默默进了屋子，脱掉鞋子，斜着摆在一旁，坐在门口的凳子上，看了看室内，跟我说，奇了怪了。我说，什么？她说，我怎么感觉你早就知道我会来啊。我说，是，张一天给我打电话了。小柳说，不是这意思，我是觉得，你好像等了我很长时间啊，许多许多年，此处原封不动。我说，做梦吧你。小柳说，果然啊。我说，你到底想说什么？小柳说，果然跟我的预测一致，见不到你吧，不怎么想，见到了吧，也不觉得多么亲。我说，是吧，那你过来图啥呢？小柳想了一会儿，说，可能还是想看看你吧。我说，大可不必。

小柳噘起嘴来，满脸的怨愤，没几秒钟，又转了脸色，亢奋地对我说，我跟你讲个事情，刚去上海时，我在一家影楼上班，专门给孩子拍周岁照的，我给摄影师当助理，有天来了这么一个小男孩，可能住在附近，家长送过来就走了，说是拍完再接回去。小男孩四五岁吧，名字叫辰辰，或者程程，没听清，穿着一身卡其色格纹风衣，戴顶圆圆的灰色礼帽，手里拿着一柄放大镜，长得很机灵，像是一位明察秋毫的侦探，表情比较冷漠，不爱说话，也不大愿意被拍摄。我一下子就想到你了，感觉你们有点像。我说，你来找我，就是为了说这个？她说，不全是，反正那天摄影师命令我把他逗笑，我想了很多办法，开始举着一只氢气球，上面画着一只傻乎乎的卡通狗，我不时松手，任其飞高，在狭小的空间里跑来跑去，假装抓不到，他无动于衷，压根儿没怎么看我。接着我把小黄鸭泳帽套在头上，匍匐在地，四肢乱摆，脑袋上下起伏，大口喘着气，假装奋力游泳，以至于自己真的有些缺氧，他看了看我，伸出一只脚来，踢了踢我的胳膊，说道，这是陆地。我说，你着急走吗？不如先进屋，喝口水再讲。她说，真像你啊，你记得吗？毕业那年，我没考好，特别正经地跟你说，想从楼上跳下去，当一只鸟，乘风飞走，还在你家里比画了一次，你跟我说，这是陆地，注意重力。太冷漠了，说着我又有点记恨你了。

我想了一会儿，没记起来这一幕，问她，后来呢？小柳说，你说你还是他？算了，一回事，我拿了个摇铃背歌谣，他也不听，烦得很，反正怎么也逗不笑他，那阵子我遇上点事情，情绪本来就不好，把道具丢在一旁，自己跑出去哭了，外面正下着雨，路人行色匆匆，有人穿着羽绒服，有人穿短袖，我就想，这到底是哪里啊？现在又是什么季节啊？真的不明白，我生活里的一切我都无法理解了。没过多久，小男孩也出来了，许是想透口气，挨着我站，我赶忙擦去眼泪，俯身问道，你就这么不想笑吗？他没说话，看了看我，举起了放大镜，直直地摆在眼前。就这么一个动作，让我记起来了一部动画片，我当时就想，天啊，我得回来见见你。

小柳说有点饿，我在厨房煮面，她在我的屋子里来回蹿动，毫不见外。每隔一会儿她就拿过来一件东西，问我这是什么、做什么用的、有什么来历。这时，我忽然发现，对于很多事情我都记不清了，想了很长时间，也无法确切告知，上升的水汽覆住我的思维，万物朦胧一片。小柳很兴奋，像一只追逐火圈的羚羊，跳着走路。我说，半夜了，小点声。她假装低头赔罪，一步一步撤至茶几边上，又栽倒在沙发里，望着我的那一缸清水。

她吃饭时，我问她是否明天要回上海。她擦了擦嘴，对我说，可以回，也可以不回。我说，我建议你回去，全家都在等你。小柳说，等我干啥？我说，等你啥也不干，就跟过去的日子一样。小柳说，我就这么差劲儿吗？我说，实际情况，是不是吧？小柳说，是。我说，那还说啥。小柳说，我来找你，有两件事，第一件刚才进屋时说完了。我说，小男孩长得像我？小柳说，对，我想了好几年，生怕忘了，我得来告诉你。我问，第二件是……小柳说，我有我妈的消息了。我皱紧眉头，问道，你妈不是在桂林路管委会上班吗？张一天他爸卖烤淀粉肠的摊位还是你妈帮忙租下来的。小柳说，放屁，那是我姨，我爸后找的。我说，抱歉，对你的家庭构成不是十分了解。

小柳说，很小的时候，我妈就走了，快三十年了，我都记不得她的样子了。我说，她肯定好看，不然生不出你来。小柳说，从进门到现在，你总算说了句人话。我说，我这人有一点不好，撒谎冒虚汗，不信你现在摸摸我后脊梁。小柳说，你怎么还是那么招人烦。我说，到底什么消息呢？小柳说，之前我爸跟我说过一点点，我没放心上，人都走了多少年了，前阵子在上海，小区业主聚会，我遇见一位阿姨，二道白河的，以前在科学研究院上班，退休后过来的，儿媳妇要生了，伺候一段时间，但两人老闹矛盾，跟我认识后，她一生气就来找我聊天，我俩有时候还喝上一口，喝得高兴了，她就跟我讲讲以前在山上的事，主要是那些植物，她什么都认识。我看你养了不少花，金露梅听过吗？长在岳桦林边缘,叶子能入药,还有茅莓,开起来特艳,穿条花裙子似的,有活血散瘀之功效。我说,你挑重点说。小柳说,有一回,我把我爸说的事情讲给了这位阿姨,她听后想了半天,跟我说,柳啊,我在山里走了几十年,住过多少个夜晚,见过的植物不计其数,看过的鸟也什么都有,有百灵也有云雀,其中有一种鸟,最有意思,每年春天来到山里,成群结队,夏季鼎盛时,栖息在村舍屋顶、屋檐和房前屋后的湿地上,九十月份时迁走,比较规律。但是,每年都会有那么几只,回到山里后,就再也不走了,十一月份还在低空飞着,翅膀冷得发硬,一边飞一边叫,声音虚弱,实际上,它们在山上是无法过冬的,找不到吃的,也没地方藏,漫山遍野都是大雪,到了最后,只能钻到树洞里去。听伐木工人说,冬日去地下森林里采伐时,总会在洞里发现这种鸟,每个洞里只有那么一只,这种鸟见到一个地方被占,就继续寻找下一个,绝不再结伙。可是,山上实在太冷了,这些鸟在洞里也冻僵了,直挺挺地伸开爪子,眼膜上结着一层薄冰,工人有时看着死状可怜,就把它们揣在手里,带回家去,在室内暖和几日后,忽然有一天,鸟又活了过来,宛若新生,尖尖地叫着,灵巧而迅捷,迫不及待地飞到窗外,如闪电一般擦水而过。你妈妈的事情我不懂,但就有这么一种鸟,在山里与山外,在一年的四季里,各有姿态,甚至分不清它是死了还是活着,或者说,活过来的还是不是原来的那一只,谁都不知道。我说,没听懂。小柳说,我也是,这不关键。我说,你妈妈跟这种鸟有什么关系?小柳说,还不知道,我想去看一看,冬天就要来了。这是我来找你的第二件事情,陪我去一趟山里吧,就现在。我说,去不了,你吃完了吧,我要休息了。

小柳接着说,我知道所有泉水的来源,记得全部的山林,地图我都背下来了。在上海时,我一遍一遍地看,平面图看出来立体效果,所有的直线与曲线、高与低的颜色,那些草木、洞穴、苔原、瀑布,我比谁都熟悉,它们也是我的家人。我说,没懂,我们去了到底要做什么?找那种鸟?她说,是,也不是,我错过了很多个冬天。我爸也走了,就剩我一个人了,你知道我为什么来找你,我来之前你就知道。有那么件事情,只有你和我经历过,我们打开了一个现实,从那时开始,一切走到了现在。你跟我一样,什么都记得,什么也忘不掉。毕业时,你给我的留言还有印象吗?你跟我说上升的路和下降的路是同一条路,就这么出发吧,我们总会在同一条道路上。在此之前,我去过很远的地方,匆匆前进,无视风景的暗示,其实是为了回避,为了不与之对抗,可这没什么用,夜晚照亮过我们的眼睛。现在我回来了,同一条道路上,我希望你也在。

你们会遇见我吗

小柳坐在我的身旁,我驾车驶过乌云,路上无光,车灯辐射的距离有限,我们如在漫游,很难确认方位。音响接连放了许多首老歌,小柳都会唱,每当我觉得她要睡着了的时候,她就会张开嘴来,哼上那么两句,有时唱完了会笑,有时则很委屈,像是马上就会哭出来了。我想到许多年前的一个夜晚,那时她在我家里,我们即将分别,奔赴不同的城市,小柳说,你不能忘了我,我的话还没讲完呢。我说,那你快说。小柳说,不是现在,在未来,我跟你还有很多的话没说呢。那天的黎明也如今日,人们想要拼命拖住这个失落的夜晚,使之长于任何的时间,可清晨终将到来,最初的光落在一滴露水上,之后是另一滴,满地的闪烁与晶莹。加速,再加速,如同不息的演奏,经过月光、岸与峡谷,我把车开到山下,摇下窗户,凉风将黑夜彻底吹散。小柳前一秒还在梦里,现在已经醒了过来,晃晃脑袋,开门下车,舒展身躯后,立即警觉起来,脊背微弓,眼目发亮,如野兽归巢。她对这里无比熟稔,不需辨识,引领着我,沿溪流走去,从清晨直至正午,岳桦林在不远处庄严地望着我们。

穿过风口与瀑布,向下的道路如约而至,出现在我们面前。那是一望无尽的森林,生长在断陷谷地之中,数万年前,火山锥喷发,山口断裂切割,地表塌陷重塑,谷壁悬垂,古树错落有致。

入口的小径旁斜放一辆破旧的自行车,后座驮着个泡沫箱,无人值守。我看向四周,除我和小柳外,一个人都没有,此处已非游区。自行车是飞鸽牌的,主梁生锈,挡泥板短了一截,当年我妈也有一辆,后来丢了,那天她哭着回的家。整个晚上,她坐在厨房里,不开灯,一直念叨,就放在商店门口了,也锁上了,怎么就没了呢?前后不到十分钟,买瓶胶水的工夫。胶水是我要的,第二天上课要用,软塌塌的塑料瓶装,不小心就挤满一手,很难洗去,干了后才能弄掉,像一层层透明的新皮,怎么也蜕不干净。到后来,我妈又说,我锁车了吗?你说,我锁了吗?真记不清了,老了啊,我老了。我爸听不下去了,一瘸一拐地从屋里走出来,耷拉着眼皮,打了我妈一巴掌,我妈这才闭嘴。那是我第一次看见我爸动手,打完之后,他又慢慢挪了回去,躺在床上,拧开收音机,里面全是杂音,什么也听不清楚。

我跟小柳说,我不怪我爸,我妈也不记恨,那时他刚办了残疾证,还不太能接受。小柳问,你爸怎么回事?我说,没怎么,厂里搞改制,工人聚众闹事,其实也不算,就是搬个小板凳静坐,不开工也不动弹,安安静静,遍布灰尘,像一株株将死的植物。他反而急了,拎着大喇叭爬上吊车顶,对着大家喊话,劝大家冷静,不要意气用事,目前的这种行为属于破坏生产,留个案底犯不上,务必放心,厂里一定会给个说法。其实他心里明白,哪有什么说法,无非缓兵之计。喊到一半,有人偷着晃了几下车杆,他一个栽歪,从上面摔了下来,好在不太高,底下有线圈拦着,只落了个残疾,不然不好说了。他倒在地上,半天没人管。喇叭还握在手里,他想说点什么,拨动几次,里面传出来一段悦耳的音乐:我的情也真,我的爱也真,月亮代表我的心。多少年了,我喝完酒跟朋友去唱歌,但凡有人点了这首,我听后立刻上头,一步也走不动,就是个吐,根本止不住。小柳说,我想起来另外一首,对我也有类似效果,以前你发给我的,里面有句歌词写得好:是谁出的题这么的难,到处全都是正确答案。我老在琢磨,是谁呢? 你说说,谁呢?

我翻遍裤兜,掏出全部的硬币,丢入自行车筐,从泡沫箱里取来两个雪糕,一个递给小柳,另一个自己吃,我们向着深处走去。林间栈道狭窄,两侧树木密集,不时拦住去路,我们辨不清方向,只感到一直朝下,指示牌越来越稀疏,没多久,就见不到了。小柳走在前面,我跟在身后,雪糕吃完了,她叼着棍儿转过头来,跟我说,我记得你爸。我说,是吧。她说,你都忘了。我没说话。小柳说,小时候我连你家都去过,玻璃柜里摆着一条狮子狗,手掌大小,毛茸茸的,还会眨眼睛,睫毛弯弯的,特长,没错吧,你未必记得了。我说,我也老了。小柳说,我妈就是那天走的,我永远也忘不了。春节前几天,我爸要领我去你家吃饭,说厂里领导接待,我妈给我换了好几身衣服,穿了脱脱了穿,那天暖气烧得特别好,我热得一脑袋汗,临出门时,我妈还给我化了妆,用口红在脑门儿上点了个红点。我说,庄重。小柳说,我问我妈,你不去吗?我妈说,不去,我还有事。我说,妈,我要是想你了咋办,能回来吗?我妈说,想我了,你就吹个口哨,还记得吗?我教过你,楼前楼后的,我听见你的口哨,知道你待得没意思了,我就去把你接回来。我说,你妈会吹口哨?她说,吹得特好,不管什么歌,她听一遍就能吹出来,可聪明了,学什么都快。我说,你得以遗传。小柳说,我可比不了，一辈子赶不上，我爸带着我去了你家，没过多久，我爸和你爸就喝多了，听不明白在说些什么，我去屋里找你玩，你也不跟我说话，我想看会儿电视，你不让，硬说费电，我妈不让看电视，我特别想看一会儿动画片。我说，哦，原来是这么回事。

小柳说，那天我待得实在没意思，就在你家窗户上用手指头画画，玻璃上结了一层霜，按上去有点凉。我先是画了一个太阳，边上有几朵好看的云，太阳底下是棵大树，还有座小房子，上面竖着一个烟囱，一朵朵地往外吐着烟雾，跟云彩融为一体；然后我又画了一只大眼睛的小鸟，在云雾里飞行。我说，我一点印象也没有了。小柳说，你看我画得高兴，自己不乐意，爬上窗台，硬是把窗户打开了，没过一会儿，我画的就消失了，玻璃也花了，结上了一层厚厚的霜。我看着我的画，气得不得了，哭了半天，再也不想跟你玩了。我说，对不起。小柳说，当时我很想我妈，想回家，记起来临走时我妈的话，朝着外面吹了好几声口哨，我心想，等我妈来了，我跟她告你一状。可惜，等了半天，我妈也没来。忽然，我听见了一声哨响，屋里飞进来了一只鸟，天啊，跟我画的一模一样。那只鸟是我想象出来的，根本不知道居然有一模一样的，我看了半天，也不哭了，有点害怕，就往你身上偎，这时候你表现还行，挡在我前面，不让它靠近。我说，大是大非面前，我一贯立场坚定。

小柳说，那只鸟先是落在日光灯上，又落到地上，绕着我们俩来回跳，好像要跟我们说点什么。过了好一会儿，我也不怕了，伸出一只手来，它就飞到我的掌心里，轻轻啄着。它的嘴很尖，嘴角的绒毛又很软，我感觉很痒，忍不住笑了起来，想往回缩。我说，小柳，还往前面走吗？过了好几个岔口，我已经记不清我们的来路了。她说，可我就这么捧着那只鸟，它在我手里，不飞也不叫，偶尔展开翅膀，遮住我的手掌，又迅速合拢，昂头望着我，眼睛一闪一闪的。我跟它玩了好半天，直到外面放了一挂鞭，它好像被惊到了，从我的手里飞开，落在窗台上，看着对面的那座楼，我家就住在那边。

我说，我的手机没信号了，时间也不对，老在变，你知道我们此刻在哪里吗？小柳说，你听我说完啊，我还有很多话没跟你说呢。那只鸟停在那里，看了看窗外，又扭头望向我们，眨了眨眼，一副依依不舍的样子，我知道，它这是要走了，真没办法啊，我还没玩够呢。它向着窗户跳了几步，又看了看我，这时候，我发现，它的脚踝上系着一个红色的圆环。不知为什么，我一下子就失控了，疯了似的，大叫着扑了上去，根本不管外面有多冷，也不管那漆黑的一片到底是什么，就想抓住那只鸟，只顾着往上冲，胳膊都伸到窗户外面了，使劲扑腾。你从后面一把拽住，死死抱着我的腿，我边哭边喊，可怎么都没用，没人听得见，鞭炮声响了很久，折腾了好一会儿，你把我拉回地上，一只手锁严窗户，另一只手一直拉着我，不敢放开。我像丢了魂似的，不知怎么回去的。从那天起，我再也没见过我妈，我不问，我爸也不说，后来那么多年，就是我们两人一起过的。我爸去世之前，跟我说了件事情，说当年他没去乌克兰，也不是没去，去了没几天就回来了，跟当地的人发生冲突，有过械斗，被打得头破血流，不敢往上报告，偷着溜走，从基辅辗转回到国内。他们一行好几个人，怕被厂里处分，没敢直接回来，在南方待了好几个月，风餐露宿，后来扛不住了，有的去广东找亲戚，有的换了个身份打工，他没地方去，在码头干了几天活。春节前夕，他实在想家，忍不住跑了回来，临走时，在车站买了一串红色的手链，十几块钱吧，不贵，还买了一只火腿，硬得跟石头似的，没法吃，只能用来掩护。我妈很喜欢那条手链，那几天一直戴着，一秒也没摘下来过。我当时看见那只鸟踝上的红色圆环，就以为它是我妈，来看我最后一眼，就飞走了，再也不回来，像夜晚的一颗星星，越来越黯淡，流着泪放弃了我。

我问，你妈去哪儿了呢？小柳说，当天回去后，我不知道睡了多久，反正醒来时，我爸妈都没在，我奶在我身边，给我的新棉裤又絮了一层，说是摸着薄，不压身，怕不暖和。我奶陪着我过完了整个春节，直至开学，我爸才回来，也不跟我说话，问什么都不说。所以，我爸走的前几天，我问他，到底是怎么一回事。他跟我说，当时回来后，他把发生的事情都跟我妈说了，我妈没说什么，让我爸陪她回一趟老家，她住在这山里，自己当年一步一步走出来的，很多年没回去了，有点想念。那时的火车开得慢，赶上春节，他们站了十几个小时才到。一下了车，我妈仿佛重新活了过来，如鱼入水、鸟回到树林，无比自在。我妈在那边没什么亲人了，有一天他们去林中扫墓，我妈哭了半天，他去旁边抽烟，看了半天山间缭绕的云雾，着了迷，眼睛松不开，等再回来时，我妈已经不见了，他自己一个人找了两天，山上山下，除了松鼠、野鹿和山雀，什么也没找到，只好一个人回来了。我说，所以，你来这里，是想再找一找她？小柳说，不，没这意思，就想看一看，我爸最后说的，他当年去乌克兰时，本来没想回来，他跟厂里的一位女同事关系很好，对方是坐办公室的，定生产计划，也懂会计，两人小时候就认识，也谈过恋爱，后来分了，家庭原因吧，我爸成分不好。两人都申请到了出国名额，私下也已定好，去了之后有机会就跑，准备一直待在那边，两个人在一起过日子，怎么也活得下去。厂子不行了，回来也是死路一条，这点当时谁都知道，普天之下，只有你爸不这么认为，给了个领导，真当成一回事了。没承想，刚去没多久，就出了这么个事，我爸连夜跑的，没来得及通知那女的，其实他有点反悔，想到我，想到我妈，总归有点不舍吧。对方应该很失望。这么多年，他也写过几封信，没寄出去，就锁在家里。她没再回来，后来说是人了教，嫁了一个华裔工人，祖上过去的，运河士兵出身，参与过白海—波罗的海开凿工程，死后一家人都埋在河床上。我找了很久，如今她也不在了，被葬在岸上，水声潺潺，在彼处长眠。

小柳说，这些事情，我妈知道的比我爸认为的要多，我爸压在心里半辈子，跟谁都不讲，等于只听过死亡的序曲，不懂得复活的规律，如一只冻僵的鸟，我俩加起来，就是一队走失的鸟，没人把我们捧回家里。我妈飞得那么伤心、那么远，以一种真切的距离来确认存在的答案。我想，有时走入山里，步入林间，不是为了迎接消失，而是承纳一种比命运更长久的事实。小柳说完后，我想了很久，想问些什么，还没说出口，就被数棵巨大的云杉封住了去路。枝叶向着四面辐射，形成巨大的半弧形，将我们围在其中。灰色的树皮如干枯的鳞片一般开裂，无数鸣虫蛰居期间，发出晦涩的叫声。树下有几座石碑，字迹难辨，向着同侧倒伏，风从一个方向不断吹来。我说，小柳，这是她消失的地方吗？小柳抬头看了看，我依着她的目光望去，远处是连绵的群山，顶端泛白，中部为褐色，那是无边无尽的冻土地带，禾草、地衣与苔藓构成了全部的色彩。小柳不说话，转到身侧，轻轻拉住了我的手，那一刻，我感觉到了时间、未知与爱，非常具体地来到我的面前，从未想过，它们竟是同一种物质，那么宽容、那么柔软，与飞鸟、树和群山以均等的速率向前流动。周围并不昏暗，尚存一点点虚弱的日光，如果说有什么时候接近于永恒，也一定不会是现在。此刻我们位于漫长的河畔，如同废石，如同暗藻，过去与未来的水影在此绵延。我唯一能确定的是，夜晚即将降临，昔日的声声呼唤安眠于清水似的岁月，一切陷入长久的寂静之间。而这一次，飞鸟不会忘记我们，星星也从未放弃我们。

【作者简介】班宇，男，小说作品见于《收获》《当代》《十月》《上海文学》《作家》《山花》《小说界》等刊。小说《逍遥游》入选"2018收获文学排行榜"，并居短篇小说类榜首。

乔迁

◎ 付秀莹

　　元旦的时候,他们终于搬进了新家。苏笋端着茶杯,在新房子里走来走去。嗯,不错,很不错。三室两厅,一百五十平方米,一家三口,足够了。儿子住校,家里越发显得清静。老寇也有了独立的书房,他那些多得吓人的书终于找到了妥帖的去处。茶杯里的茶水是温热的,苏笋的心也是温热的。毛茸茸的软底棉拖踩在暗红色实木地板上,发出令人愉悦的轻微的碎响。冬日的阳光透过阔大的落地窗照进来,把凤尾竹的影子画在墙上。墙上贴了壁纸,温暖的燕麦色,带着隐约的暗纹,雅致素朴的质感触手可及。灯饰、家具、字画、家纺、绿植,就连博古架上那些小摆设,都是按照苏笋的意思。在某些事情上,苏笋有那么一点强迫症。这话是老寇说的。老寇说这话的时候,笑眯眯的,是玩笑的口气。苏笋却恼了。什么意思? 谁强迫症? 我还不是为了这个家? 我还不是为了咱们的新家舒适漂亮? 这么多年——老寇就不敢说话了。老寇就怕苏笋说起这么多年。

　　也不知道怎么回事,今年的雪特别多,还特别大。元旦前下了一场,到现在还没有完全融化。窗外的树木上落着厚厚的积雪,经了阳光照耀,发出璀璨明亮的光芒。草地上黑一块白一块,白的是雪,黑的是枯草和泥土。从窗子里看出去,可以看见 3 号楼转角处那一大片竹林。残雪把竹叶弄得斑斑驳驳,在冷风中簌簌抖动。天是灰蓝色,一丝云彩都没有。苏笋慢慢喝了一口热茶,感觉整个人都被醇厚温热的茶水浸润了,变得柔软、脆弱、容易感伤。老实说,苏笋不是一个容易感伤的人。相反地，苏笋简单，或者叫作单纯也好。当然了，说一个中年女人单纯，未必就是赞美。但苏笋确实有那么一点，怎么说，天真，跟年龄不相匹配的天真，有点傻。小文就不止一次嘲笑她，说她看人不准，尤其是男人。小文和苏笋是大学同学，同宿舍四年，可以说私房话的那种。小文容貌平凡，嫁得也平凡。夫妇二人都是普通工薪阶层，挣一份普通工资，过一份普通日月。对于小文的嘲笑，苏笋多少有些不服。她看人不准，难道小文看人就准了？小文的男人，在一所普通中学当老师，身上有一种中学老师特有的刻板枯燥，成天眉头紧锁，眉心有深刻的川字纹，显得过于严厉，好像是在课堂上面对着他的学生。苏笋心里一直为小文不值。这样的男人，生活里还能指望他有什么创造呢。趣味、情调，甚至一点小小的意外和惊喜？漫长的婚姻生活，应该不只是那些个鸡毛蒜皮、柴米油盐吧。一个中学老师。苏笋心里叹一声。替小文委屈。又觉得自己刻薄。看着婚后的小文光彩照人的样子，一百个想不通。生活这东西，怎么说呢？

智能密码锁嘀嘀嘀嘀响了几声，老寇回来了，手里提着大包小包，一迭声叫，苏笋苏笋。苏笋却不理他。老寇戴着口罩，嗵嗵嗵嗵直接往客厅里走。苏笋忍不住，说，换鞋呀——刚擦的地。皱着眉，声音也不大。还有口罩——说了好几次了，进门前扔外头垃圾桶里。脏！老寇的脸色暗淡了一下，笑着说，好好好，我这猪脑子，老忘。就要开门出去。苏笋说，干吗去？老寇说，扔口罩哇。苏笋说，谁让你现在扔了？进门出门，多少病毒？老寇讪讪笑着，反身回来，换鞋，把手里的大包小包喷了消毒液，去客卫洗手，把外套、围巾、帽子脱下来，放在客卫，把紫外线灯打开，消毒。苏笋看着紧闭的客卫门，说，那盆虎皮兰呢？老寇哎呀一声，一拍脑袋，我这猪脑子。又开门进去，把那盆宝贝虎皮兰抢救出来。苏笋说，跟你说了一万遍了，植物不能照紫外线，不能照紫外线，一照就死。老寇说，是啊，这玩意儿——还没我皮实。

暖气烧得不错。虽说是一楼，但屋子里也暖融融地舒适。当初买房的时候，老寇原本不愿意，掰着手指头，列举了很多一楼的缺点：潮、采光不好、不安静、冬天冷、夏天蚊虫多，再有就是，一楼私密性差，窗帘不能老拉着吧。苏笋偏偏喜欢一楼。不说别的，接地气呀。种个花花草草，多方便。老寇笑话她农民意识，种花种草，见了泥土比亲人还亲——你是不是还想种菜哇？苏笋恼火极了。她最恨人家说她农民意识。没错。她出身农村，至今，兄弟姐妹七大姑八大姨一大家子都还在老家芳村。可是,谈恋爱的时候你老寇不知道吗?动不动就拿农村说事,有意思吗?

当初她跟老寇是偶然认识的。老寇高她一届,校学生会主席,这活动那活动,总能看见老寇的身影。老寇家在东北的一座小城,后来他考到北京的大学,硕博连读,再后来顺利留京,工作稳定,仕途通达,有着亮闪闪的大好前程。相比之下,苏笋就显得有点平常,甚至平庸。苏笋在一家私立幼儿园做老师,工作环境不错,薪资待遇也不错,天天跟孩子打交道,简单、纯粹,挺好的。老寇的母亲却隐隐流露出不满。话里话外,觉得自己儿子忒优秀,一个当幼儿园老师的儿媳妇哪里配得上?简直是,简直是天差地别。好像是,天下的母亲们都这么狭隘、这么偏心,这世界上哪一个姑娘都配不上自己的好儿子,无论娶了谁,她都替儿子委屈。当初刚结婚的时候还好,越到后来,尤其是这些年,老寇仕途上越来越顺畅,老寇母亲,也就是苏笋的婆婆,对苏笋的不满越发掩饰不住。每次回老家,婆婆都是紧紧拉着儿子说话,不肯让儿子靠近厨房半步。有时候,苏笋甚至怀疑他母亲心理有问题。一个寡母,吃苦受累拉扯大儿子,估计是把儿子当成私有财产了吧。天下的女人,尤其是儿媳妇,肯定是她最大的假想敌。苏笋呢,从进门开始,就被她支使得团团转,一会儿这个,一会儿那个。小苏啊,烧壶水。小苏啊,把火关小点,鸡汤讲究文火慢炖。小苏啊,被罩干了,记着收哇。小苏啊,有人敲门,是快递吧?老寇呢,也不知道怎么回事,一回老家,在他母亲跟前,就好像是变了一个人。饭桌上,苏笋够不着的菜,也不肯帮她搛。明明看见她使眼色,也不肯跟她回他们自己房间去。碰上她生理期,也是宁死不肯进厨房帮她洗碗。跟他母亲在客厅里大模大样坐着,高谈阔论,家国天下,有的没的闲扯一大堆。真是可恨!可恼!可气!为了这个,苏笋少不得夜里治他,横竖不跟他睡一张床,叫他睡沙发去,睡地板去,叫他找他母亲侃大山去。妈宝男!老寇就低三下四求她,好话说尽,求她给他点面子,特别是在他母亲面前,回去他再给她当牛做马,任打任罚。苏笋倒被气得笑了,非要把他这奴颜婢膝的样子拍下来给他母亲看。夫妇俩一番打闹,也就和好了。然而一到他母亲跟前,老寇立刻就又翻脸不认人了,把老太太哄得团团转,正眼都不看苏笋一眼。把苏笋给气的。

这几年特殊,过年不能回老家。苏笋心里暗自高兴。真是福祸相依呀,这叫什么?生活的辩证法。老寇跟他母亲视频聊天。小苏叫我嘱咐您,按时吃药。

对。尤其是治高血压的药。小苏说了,这个季节,容易感冒,您多注意,穿暖和点。小苏帮我买了,羊绒的,挺厚实。噢,知道了,知道了,放心——苏笋看着老寇的背影,穿一套浅灰色细格子棉布家居服,显得雅致清爽。头发依然茂盛,在灯光下闪着洁净的光泽。这几年,老寇有点发福了,但是还好。他身材高大,微微发福,令他看上去倒平添了一种成熟男性的风度,是那种已婚男人的笃定,什么都不在话下,什么都在股掌之中。老寇似乎听见了她的脚步声,回头冲她眨眨眼,是默契的意思,求她别拆穿他。灯光下,身穿棉布家居服的老寇显得放松、自然。红花梨明式圈椅很妥帖地把他承托起来,双腿修长,穿着白棉袜的一双大脚搭在硕大的红木茶几上,轻轻地不易觉察地抖动着。公正地说,老寇是一个有魅力的男人,是那种,怎么说,越老越有魅力的男人。这样的男人,有一定的社会地位,手里握着一些权柄,从容、镇定、优裕,在场面上也算一号人物。这样的男人,怎么会不出事呢?也是她太单纯,或者说,是她太傻了。呆呆笨笨、懵懵懂懂,直到事情闹得人尽皆知了,她自己还被蒙在鼓里。她可真是后知后觉哇。是不是,这种事,最后一个知道的,一定是家里那个傻乎乎的妻子?小文看着她眼泪汪汪的样子,咬牙切齿,恨铁不成钢。苏笋,让我说你什么好呢!早干吗去了你?到现在了,你哭有个屁用!你哭就能把负心男人给感化了?我跟你说,这种事,跟家暴一样,有第一次就有第二次,根本就是零次和 N 次的区别。你别怪我残酷。真相都是残酷的。现在我问你,你怎么办?透过泪眼,小文的脸有点变形。苏笋喃喃地说,我——怎么办?小文说,你呀,我问你呢,你问谁?小文说,要我说,两条路,要么离婚,要么忍了。苏笋怔怔地看着小文,好像是一时没有听懂她的话。小文说,你看你这样子,没出息。苏笋的泪就又下来了。你说,我该怎么办?窗外,京城的夜色幽深,晦暗不明,仿佛一个巨大的谜语。

这房子的阳台设计有点特别。在北方,楼房的阳台大都是封上的。这房子的阳台却是敞开式,叫作半步式观景阳台。巨大的落地窗旁边开一扇小门,可以推门走到户外。阳台围着低矮的黑色护栏,地面铺着棕褐色不规则实木条。阳台外面是一大片绿地,挨着窗户,种着小叶女贞,层层叠叠,波浪般把阳台紧紧簇拥住。此时,黑褐色的枝条上落满积雪,仿佛是盛开的棉花。邻着小道,是一大丛丁香树,斜着身子,瘦瘦的枝条纷披开来,满是雪花,银色鞭子一样,在阳光的照耀下,已经开始悄悄融化。苏笋站在落地窗前,看着一只长尾巴喜鹊在雪地上散步,东张西望。主卫里传来马桶冲水的声音,随之是干手器嗡嗡嗡嗡的声音。卫生间的门被轻轻打开,老寇穿着拖鞋踢踢踏踏走过。苏笋的心怦怦跳起来。她想避开,却始终没有动身。不知道怎么回事,自从那件事以后,她有点害怕单独面对老寇。她害怕老寇在她跟前小心翼翼的样子,她疑心他总是在偷偷看她的脸色,他的每句话、每个神情、每个动作,都是斟酌后的结果。相比他这个样子,她倒是宁肯他跟她吵架,你一句我一句,谁都不肯让谁,就像他们刚结婚的时候。那时候,他们心无芥蒂,他们怎么吵都行。少年夫妻不都是这样?床头打架床尾和。而苏笋再傻,女人惯用的小手段也是无师自通的。然而,现在,好像一切都变了。

关于那件事,老寇自始至终没有解释。解释什么?错了就是错了。我不辩解。我把审判的权力交给你。要杀要剐,我都认。苏笋无数次回忆老寇说这话时候的神情,有点悲壮,甚至有点豪迈,一不做,二不休的意思。

他什么意思?犯了错还有理了他?小文一拍桌子,桌子上那个细长颈子的花瓶被震得摇晃了一下。什么叫不辩解?他这是偷换概念我跟你说。他这是先发制人、欲盖弥彰,是以静制动。苏笋听着一连串成语从小文嘴里蹦出来,心里头一片茫然。咖啡馆里人不多,大多戴着口罩,看上去都是冷漠的、拒人千里的、心怀戒备的。苏笋也戴着口罩。口罩仿佛一只面具,把人类的真实表情轻易地藏匿了。苏笋感觉到脸上一片潮湿,不知是汗水,还是泪水,呼出的水汽,湿漉漉、黏糊糊,令人不适。小文说,这个老寇,当初真没看出来。愤愤的。咖啡馆里飘荡着咖啡的香气,低低的熟悉的音乐,每一个音符都仿佛落在心坎里,激荡起细细的温柔的涟漪。小文的口罩被她摘下来,戴在胳膊上,叫人莫名地觉得,那胳膊上有一个隐秘的伤口,而那口罩,是包扎伤口的绷带,医用外科口罩常见的浅蓝色,带着一种专业的冷静、理性、科学、客观,以及莫名其妙的安慰和治愈气质。小文每说一句话,就抬起那只戴着口罩的胳膊,用力往下一按。那只浅蓝色医用外科口罩,对她的每一个分析判断的合理性和正义性,似乎都是一种有力的加持,仿佛她的每句话都源自强大的医学专业的严密逻辑,不容置疑。小文语气果断,神情坚定。苏笋惊讶地发现,她平凡的容貌焕发出一种奇特的光彩来。她的鼻尖沁出一层晶莹的细汗,两颊因为激动而发红,眼睛里亮晶晶的,不知道是泪水还是别的。苏笋为自己的走神而深感羞愧。都什么时候了,竟然还有闲心打量对面的小文。而小文这么气愤不平,她又是为了谁呢?人到中年,一直手拉手走下来,走了半辈子的朋友,不多了。有很多人,原本热热闹闹聚在一处,不知怎么回事,走着走着,就渐渐走散了。苏笋真庆幸自己身边还有一个小文。问你呢,你打算怎么办?苏笋看着小文,你说呢?小文不说话,把胳膊上的口罩摘下来,戴在脸上,她的鼻子和嘴巴淹没在浅蓝色医用外科口罩后面,只留下一双眼睛,湿漉漉的,不知道是泪水,还是别的。小文把身子往后面用力一靠,定定地看着苏笋。好吧——赶明儿甭来找我哭啊。

晚饭是老寇做的,白灼虾、清炒茼蒿、冬笋炖鸡汤。老寇戴着围裙,喊苏笋吃饭,一面把碗筷摆好,替苏笋把餐椅拉开。苏笋洗手吃饭,听老寇讲单位这个那个、这人那人。白灼虾不错,新鲜、细嫩,带着一股淡淡的清甜。苏笋爱吃虾。老寇嫌油焖大虾油腻,说还是白灼健康。咱们这个岁数了,健康第一。少油少盐,低脂低糖。管住嘴,迈开腿。老寇的养生经一套一套的。餐厅里流荡着饭菜的香气,水蒸气湿漉漉的,在餐桌上方垂下来的仿古式吊灯周围萦绕不去,温情脉脉,是柔软馨香的家的气息。老寇低头替她剥虾,小心地把虾线剔出来,放在她面前的碟子里。他剥一只,她吃一只,理直气壮的。老寇说,说是又要降温了。大雪降温。今年这雪下的。苏笋满嘴虾肉,说,下呗。下雪是好事。老寇说,好事不好事,路上堵车是肯定的。洗了手,回来给苏笋盛汤。苏笋看了一眼那鸡汤,淡黄色,上面漂着细碎的油花。她说,不错哇,卖相不错。这要在外头——老寇说,外头可喝不上我这汤——再说了,现在这种情况,谁敢在外头吃?苏笋慢慢喝汤。老寇说,怎么样?咸淡还行?这种土鸡,就是炖汤好。下回放点野山参、红枣,补气血。老寇说,野山参,就是那谁送的那盒,会不会劲儿太冲,上火?要不还是西洋参吧,温和一些。你忘了你上回还流鼻血了。苏笋嗯嗯啊啊应着,一面喝汤,一面纳闷,这个老寇,什么时候变得这么婆婆妈妈的了?这么多年,老寇向来是不问这些个七零八碎的家务的,吃粮不管事,油瓶倒了不扶。像大多数北方男人一样,以忙事业的名义,在家里当大爷。嗯。这么说吧,老寇这个人,有那么一点大男子主义,北方男人的大男子主义,长在骨子里的,从来都是衣来伸手,饭来张口。尤其是当着外人,更是架子不倒,死要面子活受罪。对于老寇的大男子主义,苏笋气归气,私心里还是喜欢的,是又爱又恨的意思。男人嘛,不就得有个男人的样子?她最看不上那些怕老婆的男人,在老婆面前,畏畏缩缩的,大气不敢出,腰杆子都挺不直。小文笑她迂腐、封建残余、不觉悟，白读了这么多年书。苏笋笑得不行，就是不觉悟，怎么了？就是迂腐，怎么了？就是封建残余——小文气得咬牙，你呀你，不可救药了，简直是。鸡汤滚烫，须得一小口一小口细细啜饮。冬笋的鲜味融化在醇厚的鸡汤里，平衡掉多余的脂肪，添了植物块茎的鲜美。屋子里暖洋洋的，加上热热的鸡汤下肚，她感觉背上出了一层细汗。眼睛水蒙蒙的，被汤的蒸汽熏得发胀，心里也胀得满满的，一动几乎就要溢出来。她不敢抬头，担心老寇以为她在哭。窗外，暮色四合。北京的夜晚，早早降临了。

这房子有主、客两个卫生间。客卫是淋浴，干湿分离。主卫呢，装了一个硕大的浴缸。当初，为了装不装浴缸，苏笋跟老寇好一场斗争。老寇的意思是，装什么浴缸呀，刷起来费事不说，忒占地方，还费水。苏笋坚持要浴缸。没有浴缸的家，算家吗？老寇痛斥她小资，哪里像一个农村出来的姑娘？苏笋说，农村出来的什么样？老寇说，农村姑娘都朴实，都节俭，不事。苏笋说，你才事，要个浴缸就事了？老寇见她真动了气，拗不过，只好依了她。这主卫挺大，浅色门窗，显得干净清洁。墙面地面都是灰白调子，洋气里有一种性冷淡风的高级感。苏笋特意在墙上挂了一幅油画，秋天的麦秸垛，金黄的暖色调，背景是褐色的乡村原野。苏笋很得意这幅画的效果，温暖的调子，为这卫生间平添了温馨恬静的气氛。洗漱用具都是情侣款，成双成对的，口杯、毛巾、浴巾、浴袍、梳子、润肤露、指甲刀、吹风机。苏笋站在镜子前，打量着镜子里的自己。淡粉色浴袍裹到脚踝，湿淋淋的头发被发箍拦住，脸上敷着面膜，像延长的加大版口罩，两只眼睛露出来，从镜子里看过去，陌生得令人一时认不出。油画上的麦秸垛真是美极了，温暖的金色，在秋天的阳光下显得安详而静谧。苏笋想起小时候，她和一群孩子，经常在麦秸垛里捉迷藏。她总是找不到藏起来的小伙伴，急得满头大汗，喊着小伙伴的名字，喂，你在哪里呀？快出来吧快出来——多少年以后，在梦里，她还总是跟一群孩子捉迷藏。乡下的黄昏。金黄的麦秸垛。淡淡的暮霭。忽然藏匿不见的伙伴。她孤单地站在暮色里，大声呼喊着伙伴的名字。焦急、恐惧、孤单，带着不安全感。这些情绪在梦里是那样清晰有力地攫住她，令她动弹不得。她叹口气，痴痴看着镜子里那幅油画，看着油画上那个温暖的金色的麦秸垛。她心头忽然涌起一股强烈的冲动，想冲进镜子里，不，冲进画面里，把那个麦秸垛一掌推倒，翻它个底朝天。那种不规则的圆锥形的类似大蘑菇的麦秸垛，在北方的村庄田野随处可见，象征着丰收的富余，负责喂养炉灶，烧出一日三餐，养大一代又一代乡村孩子。而这清洁的干净的麦秸垛，又隐藏着多少生活的秘密、多少命运的暗示呢？

夜深了。厚厚的窗帘垂下来，屋子里一片黑暗。这小区真是安静极了，安静得仿佛与世隔绝一般。苏笋蜷缩在被子里，被老寇轻轻从背后抱着，像一只子母扣，紧紧扣在一起。老寇的胳膊在她脖子底下穿过，硌着她的肩头。稍微有一点不适，然而还好，还——可以承受。老寇睡得很沉，呼吸均匀，就在她的耳边，吹得她后颈的汗毛微微战栗，痒痒的。被罩是新换上的。一米八的大床也是新换的。她以前不知道，这种大床换被罩，须两个人通力合作方能搞定。老寇抓住一头，她抓住一头，抓牢了，别动，好，抖一抖，再顺一下，行了。老寇说，你看，一个人根本不行。直看到她的眼睛里去。苏笋低头躲开，一心一意弄被罩。米色的背景上，大朵大朵的向日葵，开得热烈奔放。洗衣液清新好闻的味道、阳光的味道、棉布的味道，还有滴露，滴露干净清洁的味道。苏笋的习惯是，洗衣服要加一些滴露，消毒灭菌的。老寇说，你好看，你都对。笑眯眯的。

翻来覆去大半夜，不知什么时候，竟然睡着了。梦里，好像是真的下雪了。好大的雪呀。纷纷扬扬，覆盖了大地。推开阳台门，窗外的小叶女贞层层叠叠，波浪般把阳台紧紧簇拥住，黑褐色的枝条上落满了雪花，颤巍巍一大朵一大朵，一大朵之外又一大朵，洁白耀眼，仿佛芳村田野里盛开的棉花。

【作者简介】付秀莹，1976年出生，文学硕士。著有长篇小说《野望》《陌上》《他乡》，小说集《爱情到处流传》《朱颜记》《花好月圆》《锦绣》《无衣令》《夜妆》《有时候岁月徒有虚名》《六月半》等多部。曾获首届《小说选刊》奖、第九届十月文学奖、第三届蒲松龄短篇小说奖、首届茅盾文学新人奖、第五届汉语文学女评委奖、第五届汪曾祺文学奖、第三届施耐庵文学奖、第四届华语青年作家奖等多种奖项。作品被收入多种选刊、选本、年鉴及排行榜，部分作品被译介到海外。

放生

◎ 刘庆邦

黄家庄

两口子在北京东城的一个居民区里卖菜。

以前,这里是城外的一座村庄,村民大都姓黄,村庄的名字叫黄家庄。庄子不大,只住着几十户人家,每家都有一个自成一体的小院子。他们的院子不像皇城根儿那些规整讲究的四合院,连三合院都说不上,顶多算是搭了院墙的向阳小院。他们模仿住在四合院里的市民的生活,在院子里也栽枣树和石榴树。枣树也是"早"树,是说干啥事都要趁早。石榴树,他们看中的是"榴"字的谐音"留",意思是把一切都要留住。秋来时,枣树上结满了红白相间的玛瑙样的小枣,隔着院墙都看得见。石榴树上结的石榴都是大肚子,个个像弥勒佛,一见就让人想乐。

北京人做饭都会摊煎饼。把和好的面糊倒在鏊子上或平底锅里,用木质的或竹子制成的刮子打圈儿一刮,把白色的面糊刮薄、刮圆,待面糊结成一个整体,徐徐冒着热气,颜色渐渐变深,啪地翻个个,再煎上一会儿,煎得正反两面都呈现出微黄的面花儿,一张煎饼就煎成了。在煎饼里卷上凉拌韭菜、绿豆芽和胡萝卜丝,又软又香又脆,那是相当好吃。在北京人看来,北京城的发展扩大跟摊煎饼差不多,摊一圈儿,又摊一圈儿,再摊一圈儿,就把北京城的摊子摊大了。

就是在"摊煎饼"的过程中，黄家庄被摊进"煎饼"中，成了大"煎饼"的一部分，一小部分。黄家庄离北土城元大都城垣遗址公园不远，步行的话，二十来分钟就可以走到。相比之下，黄家庄存在的历史比元大都还要久远一些，至少超过了千年。然而，也就是两三年时间，黄家庄的平房通通被拆掉了，在原地盖起了楼房。楼房一共是九栋，最高的有二十六层，最低的也有五层。那些居民楼多是中央国家机关出资兴建的，有煤炭、石油、化工、黄金、航天等多个行业。好嘛，住进楼里的那些人，不是高干，也是低干；不是大知，也是小知。一个两个、十个八个，都是来历不凡的样子。如此一来，黄家庄就彻底改变了农庄的性质，成了北京城众多居民小区中的其中之一。好在黄家庄并没有被人们像吃煎饼一样吃掉，黄家庄作为一个地名，并没有在北京的版图上消失，原名一字不少地保留了下来。在电子地图上，标有黄家庄的所在方位和具体地址。在北斗卫星导航系统中，只要一输入"黄家庄"三个字，出租车就会顺着导航系统所指引的方向，准确无误地把乘客送到小区楼前。还好黄家庄的原住民没有一去不返，他们在外面临时住了一段时间，又搬回来了。

按照家庭人口，他们有的分到了三套住房，有的分到了两套住房，最少的也分到了一套住房，真正做到了居者有其屋。他们不再是农民，摇身一变成了市民。他们的户口不再是农业户口，从此变成了非农业户口。在居民群里，他们一点都不自卑，似乎比那些五行六业的干部还牛，他们常常对那些后来者说，知道吗，知道吗？你们住的是我们的地儿。

尽管小区内的楼房建得比较密集，小区的物业管理公司和居民委员会还是千方百计挤出一些空地，建了停车场和健身场所，还建了两个被称为绿地小品的花园。一个花园搭有圆形的中心花坛，一年三季都有鲜花开放。另一个花园里搭了藤萝长廊，居民可以在廊下漫步、小憩。挑剔一点来看，黄家庄从此没有了菜园。在黄家庄还是农村的时候，家家都有菜园，想吃什么新鲜蔬菜，随时都可以去菜园里采摘。在他们的房屋被推土机推成废墟之后，他们曾到变成土堆的废墟那里看过。夏季一场大雨过后，土堆上竟迅速长出一些狗尾巴草、扫帚苗子和野苋菜。野苋菜也是菜，掺鸡蛋烙成菜盒子，味道也不错。他们都掐了野苋菜，带走了。小区里没有了菜园怎么办？人不吃菜行不行？恐怕不行。人天生是杂食动物，除了吃粮食、吃肉，还要吃菜。一天不吃菜，饮食就说不上均衡。

夫妻菜店

　　就是在这样的背景下，牛国亮和马长平在小区里开的夫妻菜店应运而生。白菜萝卜西红柿、辣椒黄瓜豆角子，一转眼，他们的菜店已开了十多年。牛国亮脖子上挂上了金链子，马长平的手指上套上了金戒指，双耳垂上戴上了金耳环，这都表明他们菜店的生意不错，夫妻俩已过上了闪闪发光的"金质生活"。按时下流行的称谓，牛国亮被人称为老板，马长平被人叫作老板娘。每天傍晚吃饭前，牛老板都要在菜店里喝上两杯小酒。菜店里放有一张折叠式的小饭桌，马长平把小饭桌拉开，将下酒菜摆在饭桌上，牛老板就坐在桌后的矮凳子上喝起来。马长平想炒菜很容易。菜店门口一侧放有一张他们捡来的长条桌子，桌子上放着电磁炉，还有油盐酱醋、锅碗瓢盆和其他炊具。她取出菜，坐上锅，添上油，吱吱啦啦，一盘菜唾手可得。不过牛国亮喝酒一般不就什么热菜，一盘水煮花生米，一盘凉拌黄瓜，顶多再来一盘带脆骨的猪耳丝，足够。他不喝别的酒，只喝简称为"牛二"的牛栏山二锅头。他姓牛，"牛二"也姓牛，天天喝"牛二"，他觉得这是一种缘分。再说了，人在北京做生意，当然要喝北京生产的酒。他喝酒自己给自己定量，从来不喝大酒，每顿只喝两杯，一杯一两半，两杯三两，喝够三两就不喝了。他不怎么请人喝酒，每次喝酒都是自斟自饮，自得其乐的样子。过年过节，或者遇上什么高兴的事，他会邀一下马长平，说，老婆，你也喝一点呗。马长平一律拒绝，滴酒不沾。马长平从来不喝酒的理由很简单，她说她是生的赤红脸，脸本来就红，要喝了酒会更红，恐怕比鸡冠子还要红，那像什么样子。

　　这天，马长平给男人端上的下酒菜，除了三个凉菜，还有一个热菜，是鸡蛋炒辣椒。鸡蛋炒辣椒，不管多辣的辣椒，打上鸡蛋一炒，就不太辣了。鸡蛋炒熟是黄的，辣椒炒熟还是绿的，黄绿相间，好看又好吃。牛国亮夸了一句北京人常挂在嘴边的带提手的粗话，说，今天多干了一盘。

　　一盘作为一种计量单位，不仅可以用来指一盘菜，还可以指别的什么。至于具体指的什么，牛国亮明白，马长平当然也明白。马长平的脸忽地红透，比喝了酒的人脸还要红，她说，不要脸，成天就知道干那事。

　　不干那事干什么！牛国亮已经把定量中的两杯酒干掉了一杯，酒色涌上来,他的脸红了,脖子和耳朵也红了。他又说,我早就说过,我一定要把你管够。

谁稀罕你管,我早就够了。

这时,一位戴变色眼镜的中年男人匆匆走过来,要买一块姜。他说他夫人要做红烧肉,肉都切好了,才发现姜没有了。烧肉没有别的作料可以将就,缺了姜可将就不得。夫人让他赶快下楼来买一块姜。

生姜在一个塑料盒子里盛着,大块小块都有,每块都不一样。马长平让买姜的人自己挑吧。

那人拿了一块姜,放在电子秤的秤盘上,让马长平约一下。

不用约了,拿走吧,不值啥。马长平说。

中年男人从钱包里抽出一块钱来,问,一块钱够不够?

马长平没说够不够,还是说,我让您拿走,您只管拿走就是了。

那人说声"谢谢",把一块钱纸币放在秤盘上,拿起姜走了。

亏了吧,这块姜至少得值两块钱。牛国亮嘴里嚼着鸡蛋炒辣椒说。

这个人我认识。听罗阿姨说,他在单位里是一个处长,管人事的。

他管他的人事,你管你的菜事,你巴结他干什么!

也就是一两块钱的事,能算巴结他吗?菜店能不能开下去还两说着,你这么小气干什么!

两说着的说法,话后面有话。话后面的话,不管有几说,恐怕都是敏感话题,都不轻松。牛国亮瞥了一眼屋子里的蔬菜和水果,没有再接马长平的话。

老乡老杨从菜店门口走过,看见牛国亮在喝酒,招手打招呼说,老乡可以呀,又喝上了!

没事瞎喝着玩呗。按理说,老杨看见了他在喝酒,他应该邀老杨一块喝两杯,烟酒不分家嘛,何况还是老乡。可牛国亮没有任何让老杨进店喝酒的意思,连句客套话都没说。老杨两口子在小区里打工,负责管理一个公共厕所。男女厕所外间的值班室,只有两平方米多一点,老杨在值班室里放一张折叠沙发床,两口子吃饭、睡觉都是在值班室里进行,等于也是在厕所里进行。菜店里的空气都是清新的,厕所里的空气都是污浊的,当然不可同日而语。平日里,牛国亮对老杨的营生有些看不起,不愿意让他到菜店里来,更不要说请他喝酒。

老杨说,能喝就抓紧时间喝吧,不然的话,过了这个村就没这个店了。

咦,这叫什么话!这话不仅接近了沉重,似乎还有些恶毒。这表明,老杨已经知道了菜店目前所面临的处境,颇有些幸灾乐祸的意思。他想把老杨的话撑回去,说过了这个店,还有下个店。他还想说难听话,让刚从厕所里出来的老杨把嘴漱漱再说话,不要一开口就熏人一跟头。之所以没把难听话说出来,是他想到,菜店里没安自来水的水管,这些年菜店里的所有用水,都是他老婆马长平每天提着大塑料桶到厕所里的水龙头那儿去接。菜店暂时还没有关张,水还要接着用,还是给老杨留点面子好一些。

等牛国亮喝完了酒,吃了一碗捞面条,马长平对他说,你明天早上去起菜,记着买几条鱼回来。他们家买了一辆面包车,每天凌晨三点,牛国亮驾车去郊区的蔬菜批发地拉菜。在路上来回跑三个多钟头,回到小区的菜店不过才早晨六点多。每天都是这样,不管是夏天还是冬天,下雨还是下雪,菜照拉不误。他们不是说拉菜,也不是说贩菜,而是按老家的说法,说成起菜。

大概是因为老杨的话影响到了牛国亮的情绪,他在不好的情绪里还没走出来,马长平跟他说话时,他直着眼,没有吭声。

马长平只得提醒他,我跟你说的话,你听见没有?

说什么话?

你这个酒鬼,从来不把你老婆的话当话。我让你明早捎几条鱼回来,这回你听见没有?

噢,捎鱼。怎么,想吃鱼了?他们的菜店只卖蔬菜和瓜果,从来不卖鱼,也不卖肉。

马长平没敢说实话,她说,是想吃鱼了,怎么了?

鱼肚子里都是刺,有啥吃头。

是人就有骨头,没有骨头那还叫人吗?是鱼就有刺,没有刺那还叫鱼吗?

牛国亮问,买什么鱼?是带鱼还是黄花鱼?是鲤鱼还是鲫鱼?

你看着买吧,只要是活鱼就行。

鱼死了

第二天一大早,牛国亮驾车按时回到黄家庄小区。牛国亮用来盛菜的东西是一些淡蓝色的塑料盒子,那些盒子的毛重都很轻,搬动起来很方便。牛国亮把每样菜装进一个盒子后,都不盖盒盖,以保持蔬菜的新鲜和水灵。小区里的居民大都还在睡觉,小花园里静悄悄的。只有一些养狗的人家,在狗的催促下,不得不下楼遛狗。每只被绳子拴着脖子的狗都不说话,也不叫唤,只管顺着每天固定的遛狗路线往前走,把绳子拉得紧紧的。看上去不像是人在遛狗,而是狗在遛人。马长平起床也很早,打开菜店的门,拉亮菜店的灯,站在门口等丈夫回来。丈夫把车停稳,刚把面包车的后盖打开,她就及时走了过去。她今天最关心的是鱼,一看二看没看见鱼,她问丈夫,我昨天对你说让你买鱼,你没忘吧?

我老婆的话对我来说就是圣旨,臣只有接旨谢恩的份儿,哪敢忘呢。

马长平喊了一下说,说得好听,你有那么听话吗?在北京这么多年,你别的没学会,就学会了油嘴滑舌。鱼呢,鱼在哪儿呢?

瞎眼娘儿们,鱼不是在盛水芹菜的盒子里放着嘛。牛国亮把盛满水芹菜的盒子指了一下。

在盛水芹菜的塑料盒子一侧,马长平把鱼找到了。鱼盛在一只加厚的黑色塑料袋子里,是三条鲫鱼。鲫鱼的个头不算小,估计每条鲫鱼都有一斤重。可惜鲫鱼都已经死了,死得翻着白眼,都是死不瞑目的样子。塑料袋子里冒出一股黏糊糊的鱼腥气。马长平不高兴了,皱起眉头,眼也翻白了一下,说,我不是让你买活鱼嘛,你买死鱼干什么!

牛国亮辩解说,我刚买的时候还是活的,鲫鱼在塑料袋子里还啪啪地甩尾巴呢。鱼离不开水,不管什么鱼,只要一离开水,肯定得死。

你既然知道鱼离开水不能活,买鱼的时候,你为啥不让卖鱼的往塑料袋子里添点水呢!

费那个劲干什么,反正鱼都不是活着吃,都是死了才吃。就算它们活过了早上,也活不过晌午。你不是中午就做着吃嘛,是准备炸成焦鱼,还是烧鲫鱼汤?

我什么都不做,我就是放在水里养着它们,让它们活着。

牛国亮的眼珠子硬起来了,硬得像喝了酒一样。他说,大早起的,你跟我来什么劲呢。我看你这两天就不对劲,老是想找事。你再找事,我抽你丫的!

听说牛国亮要抽她,马长平眼里顿时含了泪。但她毫不示弱地说,有本事你抽吧,你今天敢动我一指头试试,我马上就走。

你往哪儿走?

你管不着!

这时,一位染着一头白发的年轻女人,牵着一只巨型的金毛犬,从菜车旁经过。年轻女人听见他们两口子在掐架,就放慢脚步,看看他俩会不会真的打起来。金毛犬瞅准时机,抬起一条后腿,照菜车一侧的后轮胎上滋了一泡水。

马长平看出这位被小区的人称为"白毛女"的年轻女人想看他们的笑话,就低下眉,搬起那盒水芹菜,搬到菜店里去了。

吃过早饭,牛国亮去那座高层居民楼的地下室里睡觉。他们在地下室里租了一间屋,每月的租金是两百元。因屋子没窗户,不透气,有挥之不去的潮霉味,被马长平说成是小黑屋。牛国亮夜里起得早,需要补觉,他差不多要在小黑屋里睡一上午。在此期间,在菜店里值班和卖菜的任务,通常都是由马长平一个人承担。别看他们的菜店面积不大,菜的品种却很齐全,称得上应有尽有。他们所卖的菜大致有四种,叶菜、果菜、作料菜和野菜。叶菜有小白菜、奶白菜、包菜、芹菜、韭菜、小茴香、生菜等,果菜有黄瓜、南瓜、丝瓜、冬瓜、苦瓜、茄子、豆角、辣椒、莲藕等,作料菜有大葱、香葱、生姜、大蒜、芫荽等,野菜有野苋菜、马齿苋、红薯叶等。除了菜类,店里还卖瓜果和蛋类。瓜果有西瓜、小瓜、桃子、葡萄、菠萝等,蛋类有鸡蛋、鹌鹑蛋、咸鸭蛋、松花蛋等。他们的菜店不是超市,但和超市的性质几乎一样,顾客想买什么,可以直接到半人高的货架子上去挑拣,去自取。有人来买菜,马长平会及时约分量,收钱,尽量不让人家排长队。除了收取现金,她还办理了收款二维码,通过手机扫描,用支付宝和微信收费。马长平留在二维码上的名字只有一个字"平"。有人付钱的同时,就看到了她的名字,喊道,平,钱付过了。在注册名字的时候,马长平没想到别人会这么喊她。每听到北京人喊她"平",她都有些出乎意料,并有些羞怯,答应着"收到了",顿时笑成了一朵花。

在不收费的时候,马长平一刻也不闲着,动手整理那些菜。人上百,形形色色,买菜人的素质和习惯千差万别。比如买豆角,有人喜欢粗一些的饱满的豆角,就把饱满的豆角抽出来,留下一些细的豆角;再比如买韭菜,本来上面的韭菜和下面的韭菜是一样的,有人却喜欢翻下面的韭菜,把韭菜翻得根叶颠倒、乱七八糟。买菜的人走后,马长平得马上把豆角整理一下,整得粗细搭配,挒挒顺顺。她也要把韭菜重新整理一下,理得青叶对着青叶,根白对着根白,一丝不乱。除了整理菜,马长平还整理鸡蛋。盛柴鸡蛋的盒子里,有带着红血丝的头蛋,有硌窝蛋,也有沾了少许鸡粪的蛋。有人喜欢带血的鸡蛋,说这样的鸡蛋是处女蛋,营养价值最高,见一个挑一个。鸡蛋一硌窝,买客就不愿意要了。马长平得及时把硌窝蛋取出来,放到一边。只要看见沾有鸡粪的鸡蛋,马长平都会挑出来,用一支专用的薄竹片子,把鸡粪刮得干干净净。马长平打过比方,说卖东西跟娘家人打扮新娘子送她上花轿一样,上轿之前,得把新娘子打扮得漂漂亮亮、体体面面,娘家人才安心,迎娶新娘子的人家才欢喜。

好看

上午,马长平卖菜之余,正手持一只绿色的小喷壶,往有的菜叶子上喷水雾,黄主任走进了菜店。喷水雾,也是马长平每天必做的功课。什么菜都是水菜,都是以水分为主,都离不开水的滋养。为了保持蔬菜的新鲜、水灵,防止蔬菜很快打蔫,她就不时地往蔬菜上噗噗喷雾。喷出的水雾,落在菜叶子上,如同早晨的露珠,但要比露珠细微,只见水光不见珠。黄主任跟马长平打招呼,小马,早上好!

黄主任好! 马长平回应。

又忙活上了?

瞎忙。活一天算一天吧。

小马这话说得可是有点悲观哪!

菜店下个星期就开不成了,不悲观咋办呢! 菜店一角有一张高脚圆凳子,马长平把凳子指了一下,让黄主任坐。

黄主任不坐,仍站着跟马长平说,我跟你说让小牛买几条活鱼放生,小牛买了吗?

别提了,鱼倒是买了,买了三条鲫鱼,拿回来一条活的都没有,都死得透透的。马长平说着,把放在菜架子下面的黑塑料袋子一指,说,您看,那几条死鱼还在那里放着呢。

放生,放生,鱼只有活着时放到湖里去,才谈得上放生,鱼一死,就没有任何放生的意义了。买鱼是为了放生,你没跟小牛说清楚吗?

我没跟他说买鱼是为了放生，他问我是不是想吃鱼了，我说是。他买了鱼，没往塑料袋子里添水，鱼就死了。我要是跟他说了买活鱼放生是您的建议，他又该疑神疑鬼了。

疑神疑鬼，谁是神谁是鬼呢?黄主任想了想，无声地笑了一下。小马的话，让他心里很是受用，看来他没有看错人。城管执法队的人到小区里检查，认定菜店是违章建筑，必须拆除。执法队的人考虑到菜店里的菜还没卖完，没有下达立即拆除的指令，而是宽限了一个星期时间，最后的日期限定在下个星期一。到了指定时间，如果开菜店的人不自行拆除，执法队的工作人员就调来机械，代为拆除。得到指令的马长平情绪低落，叹息不止。她倒是没有埋怨城管执法队的人狠心，没怀疑是在欺负外地人，只是怨自家时运不好，走了背运。要是在老家，她可以去镇上的庙里烧烧香，磕磕头，求神仙保佑她家转运。可是在北京，她不知道庙在哪里，神在哪里，想烧香磕头，都找不着庙门啊!就在这个时候，黄主任为马长平出了一个通过放生求转运的主意，说放生就是放自己，运气不好的话，放放生，说不定好运气就会转回来。放生放什么呢?狗不能放，猫不能放，只能放小鸟、乌龟、蛇，或者是鱼。带翅膀的小鸟没地方逮，牛国亮听不得乌龟这个名字，马长平害怕蛇，经过黄主任和马长平商量，最后的选项，只能是放活鱼比较合适。放生活鱼的计划最好还是要实施。黄主任说，你别说是我的建议，可以说是别人的建议嘛。罗阿姨也天天到菜店里来，你可以说成是罗阿姨的建议嘛。

马长平觉得黄主任这个主意不错，她昨天怎么没想起来呢。她说等牛国亮中午吃饭的时候，她再跟牛国亮说一下试试。

太阳升起来了，来菜店买菜的人逐渐多起来。黄主任还不走，继续在菜店里看马长平卖菜。有时买菜的人实在太多了，在狭小的空间里，几乎是人挨人、人碰人，连身子都转不开。尽管黄主任在菜店的一个夹角里站得抽签似的，他还是觉得自己有点碍事。在这个时候，黄主任才走出菜店，到小区的小花园里转一转，或到旁边修自行车的小铺那里看一看。估计买菜的高峰过去了，菜店里的人不那么稠了，他有些身不由己似的，又回到了菜店里。没办法，他一不卖菜，二不买菜，就是愿意去菜店里看小马，一看见小马，他心里就有一种说不出来的愉悦。小马不是花儿，他觉得哪一种花儿都比不上小马好看。小马不是西红柿，他觉得哪一枚西红柿都比不上小马出色。是的，小马的面庞是红的，秋天是红的，冬天是红的，春天是红的，红得一成不变，连夏天的阳光都晒不黑她。小马脸上的红，不是表面的红，像是深层次的红，红得格外厚实。小马从来不描眉、不画眼，好像也不搽什么化妆品。她的脸却红得很滋润，一点都不干燥。在黄主任看来，最值得称道的是小马的牙齿。小马满口的牙又密又白，像是用新疆和田的羊脂玉雕成的。她的杏花瓣一样的薄薄的牙龈，紧紧地贴在牙齿根部的牙骨上，比金镶玉包得都要结实无比。一个人最干净的标志在哪里？在牙齿。牙干净了，嘴就干净了，全身都干净了。小马身材高挑、四肢匀称，不胖也不瘦。小马生过两个孩子了，看不出她的身材有什么变化，如同没生过孩子的大闺女一样。一天到晚在菜店里忙活，小马也不穿什么好衣服，每天都穿着那件带罩袖的红石榴籽围裙。在以绿色调为主的菜店里，正是小马穿的红石榴籽围裙，才使她如万绿丛中一点红一样，显得更加明艳照人。黄主任没想到，农村还有长得这么好看的女人。他甚至想，作为一位农村的女人，长得差不多就行了，长这么好看干什么！他知道，小牛不愿意看到他常去菜店，不愿意让他看自己的老婆。小牛对他怀有警惕，目光里甚至怀有敌意。黄主任认为，小牛是一个缺乏教养的、粗鲁的人，有些看不起小牛，他觉得小马这么好的一个女人，真是瞎搭给小牛了。

罗阿姨

接近中午，罗阿姨拄着拐杖，慢慢地走到了菜店里。罗阿姨是黄家庄的原住民，是回迁户。她原来在高层居民楼上开电梯，坐在电梯间一张硬板椅上上下摁电钮。电梯改成自动电梯之后，她不开电梯了，走路就困难了，不得不拄上拐杖。马长平总有临时出去的时候，比如去厕所什么的。在马长平出去时，罗阿姨就替她值班。罗阿姨把一些蔬菜和水果的价钱也记住了，马长平不在菜店的时候，罗阿姨还可以替她卖东西，替她收钱。罗阿姨管马长平叫平，"平、平"的，叫得很亲切，好像比对自己的儿媳妇还亲切。马长平对罗阿姨的回报是，罗阿姨家从此不用再花钱买菜，想吃什么菜，随便从菜店里拿就是了。罗阿姨不大喜欢黄主任，她看出退了休没事干的黄主任是个好色之人，看马长平没够，是想打马长平的主意。一见黄主任还在菜店里待着，她就有些不悦，说，老黄还在这儿待着呢，快把自己站成桩子了吧！

黄主任知道罗阿姨家是回迁的坐地户,也是地头蛇,不敢对罗阿姨有半点得罪,说,您老好,您老是老佛爷在上,您老一来,我这就走,这就走。说着就退出了菜店。

罗阿姨鼻子里哧了一下,说,你看他那副德行,我闭上两只眼,连汗毛眼子都不愿对他睁,我要是老佛爷,早就把他咔嚓了。这姓黄的是个老色鬼,你可要对他小心点。

谢谢阿姨!我知道。

你知道,你怎么知道的?罗阿姨狐疑地看着马长平问。

马长平不知如何回答,她说,我也不知道。

中午做午饭时,马长平把那三条鲫鱼收拾干净,在锅里煎了一下,烧成了鱼汤。马长平烧出的鱼汤奶白奶白,香气四溢,使路过的人不知不觉间就张开了鼻翅子。马长平先给牛国亮盛了一碗,让他趁热喝。她还说吃鲫鱼主要不是为了吃肉,是为了喝汤,营养都在汤里头。

牛国亮趁热把浓浓的鱼汤喝了一口,说,好喝,味道鲜极了。你不是想吃鱼嘛,你也盛一碗趁鲜喝呗。

我喝不喝无所谓,只要你喝着好喝就齐了。

牛国亮感叹了一声"哎呀",说,我老婆对我真好,天底下的人都加起来,数我老婆最心疼我。

马长平趁机对牛国亮说,知道我对你最好就行了,我不对你好,对谁好呢!记着明天早上再买三条鲫鱼回来,这回一定要活的。

今天刚吃了鱼,明天还吃鱼吗?

马长平这才对牛国亮说了实话,说买活鱼不是为了自家吃,是为了放生。因为他们家的运气最近不太好,有人告诉她,如果买点活物放放生,运气有可能会好转一点。

牛国亮明白,老婆所说的运气不好指的是什么。城管执法队下达的拆除菜店的最后期限是下个星期一,今天是星期三,到下星期一,满打满算还有四天时间。也就是说,再过四天,他们的菜店就不存在了,他们做卖菜的生意就做不成了。他原以为,只要北京人还吃菜,他们的菜店就会一直开下去,开到他们两口子从年轻人变成老年人。谁知道呢,他们的饭碗不过是在执法队的脚面子上放着,人家只需把脚一抬一踢,他们的饭碗就得飞、就得碎,真没办法。前两年，北京城治理在临街的街面上开墙打洞做生意，牛国亮有好几个老乡所开的店铺都被整掉了。那些老乡，有的开洗头理发店，有的卖装修材料，还有的擦鞋修鞋，干什么的都有。治理的行动一来，三下五除二，秋风扫落叶，墙被堵上了，洞被封上了，老乡们通通被撵走了，不知流落到哪里去了。那一次，牛国亮两口子深感庆幸。因为他们的菜店开在居民小区内，不在街面上，不属于治理开墙打洞的范围，所以才保住了。谁知道，躲过了初一，躲不过十五，他们的菜店被定性为违章建筑，也面临即将被拆除的命运。命运走到这一步了，是放生几条活鱼就能扭转的吗？开什么玩笑！牛国亮不喝鱼汤了，没好气地问，放什么生，这是谁的主意，是不是那个黄干人指使你干的？牛国亮听人说过，那个姓黄的，在某个报社编辑部当过主任，还写过诗，被有的人称为"黄诗人"。什么黄"湿"人，一提起他，牛国亮就把他叫成"黄干人"。牛国亮早就看出来了，黄干人见他老婆长得漂亮，就黄鼠狼给鸡拜年，千方百计跟他老婆套近乎。每个男人都想找一个漂亮老婆，真找到了漂亮老婆也麻烦，让男人多操好多心。当初，是他一个人来北京，在小区的一个墙边摆地摊卖菜。他出来时间不长，就听说村里一个堂叔辈的、从镇里退休的干部，在打他老婆的主意。他丝毫不敢大意，赶紧回家把老婆带了出来。随后，两口子通力合作，找一个墙边的空地，搭起一座木板房，在室内干起了菜店。牛国亮原以为城里人见多识广，不会对一个农村娘儿们有什么想法。哪里想得到呢，天生漂亮的女人，不分城市乡村，到哪里都遮不住漂亮本色，都招人喜欢，真让人发愁。

马长平否认是黄主任给她出的主意，她说，是罗阿姨让她买几条活鱼放生。罗阿姨家的老头年初生了病，病得还不轻。他们买了几条活鱼拿到柳荫公园放生之后，老头的病就好多了。马长平又说，你不要对黄主任有什么不好的看法，人家以前上过大学，是文明人、规矩人。他从来没对我说过什么不好听的话，更没有对我动手动脚过。

他敢吗？他要是敢动你一指头，我就拿二锅头酒瓶子梆他的头。

一家卖菜百人买，对马长平做小动作的男人还是有的。有人往她手里放硬币时，故意接触她的手。有人趁人多，假装磨不开身子，故意往她的后身上碰。有人眼睛看着甜瓜，却在她的大腿帮子上摸一把。还有人在一对一的情况下跟她说话，问她卖一天菜能赚多少钱。她说在正常情况下能赚二百多块钱。那人说，二百多块钱太少了，你跟我走一趟，一次我给你三百块，怎么样？马长平明白"走一趟"是什么意思,她说那可不中,来路不正的钱,一分她都不挣。这些遭遇,也是她的委屈。她只能把委屈埋在心里,从来不敢对丈夫提及。她知道牛国亮的牛脾气,要是对牛国亮说起这些事,惹翻了牛国亮的脾气,不知牛国亮会闹出什么乱子呢!人在屋檐下,哪能不低头。有些事能忍就忍了吧。

公园

谁都想改变命运。星期四早上,牛国亮在起回菜的同时,果然买回了三条盛在水袋子里的活鲫鱼。马长平见每条鲫鱼都活活泼泼,像是看到了他们的命运,几乎有些感动,说,谢谢国亮!

牛国亮差点说了粗话,说,谢什么,你少跟我来这个。

上午,罗阿姨刚走进菜店,马长平就对她说,阿姨,你帮我看一会儿店,我去柳荫公园把三条活鲫鱼放生。

作为老北京人,罗阿姨很懂得放生的意义,她说,去吧,早放生早安生。

马长平提起黑塑料袋子刚要走,罗阿姨叫了一声"平",又把她喊住了,叮嘱说,你去公园放生,要找一个背人的地方,悄不蔫蔫地放,千万别让那帮管公园、戴红袖箍的人看见,他们一看见就罚款,放生一条鱼罚五十块钱呢。那帮孙子都是北京聘来的外地人,狠着呢!罗阿姨像是突然想起马长平也是外地人,就笑了一下说,外地人也有好人。好了,快去吧。

有一年暑假,马长平正上小学的儿子来北京,马长平就近带儿子去柳荫公园玩过。出黄家庄小区,过一个十字路口,到外馆斜街往西走二百多米,往南边一拐,就进了柳荫公园的北门。柳荫公园里有一座假山、一座野鸭岛、几座亭台、一个健身苑、一片歌舞场,主要是大面积的明水。有水就有鱼。马长平带儿子走过一座曲折的平桥,在桥头的水边,见有的家长正带着孩子在那里用白馒头喂鱼,就停下脚步看了一会儿。掰成小块的馒头一投向水面,就引得水中的鱼涌上来抢吃。那些鱼分两种,一种是观赏鱼,一种是野生鱼。观赏鱼有红、黄、白、花,称得上五颜六色。而野生鱼只有一种颜色,青灰色。观赏鱼是公园放养的,养给游客饱眼。野生鱼当然是从泥水里生出来的,任其自生自灭。观赏鱼大概知道它们在公园里的优势地位,在抢吃游客的投食时,总是冲在水面的最上层,显得很强势。而那些野生鱼大概也意识到它们是卑微的弱势群体,不敢轻易浮出水面跟观赏鱼抢食。偶尔吃一口,也是得口后赶紧潜进水里去了。

马长平手里提的装在塑料袋子里的活鲫鱼,应该属于野生鱼。鲫鱼长不大,卖钱不行,养鱼人一般来说不养鲫鱼。鲫鱼皮实,无须人养,它们自己就长起来了。马长平不打算在有人投食的地方把鲫鱼放生,那里的鱼被人喂馋了嘴,太多、太集中,倘若把鲫鱼放在那里,难免会受到观赏鱼的排挤和欺负。按照罗阿姨的指点,她打算找一个背人的地方,把鱼放到湖里去。

往公园深处走,还是要经过那座曲折的、比较长的平桥。平桥东西两侧都是湖水,东侧的水中种有荷花,西侧的水边长有一些芦苇。桥两侧都装有水泥护栏,有人手扶护栏远眺,有人用照相机或手机照水中的荷花。马长平心里惊了一下,她看见了一个胳膊上戴红袖箍的中年男人,红袖箍上的三个黄字是"巡查员"。巡查员手持一根长竿,竿头绑着一只舀网,正从桥下的桥墩边往上舀死鱼。死鱼有两三条,看样子都是鲫鱼。不知死鱼是何时死的,只见死鱼的眼珠都是白的,鱼身已经有些肿胀,都漂浮在水面上。有游客问,鱼怎么死了?巡查员的回答,更让马长平吃惊。巡查员说,这些死鱼,都是有人在这里偷偷放生的鱼。这些鱼不知从哪里弄来的,它们不服公园里的水土,很快就死掉了。

人有水土不服的说法,难道鱼也有水土不服一说吗?没听说过。马长平不敢在桥上停留,马上提溜着鲫鱼走掉了。她左顾右盼,翻过那座树木掩映的假山,来到一处有野生芦苇的水边,趁前后无人注意,装作到水边玩水,赶快把三条鲫鱼放进水里。还好,三条鲫鱼都还活着,它们一入水,像是重新回到广阔天地,向远水游去。它们没有感谢马长平,也没有跟马长平说再见,摇摇尾巴就游走了。

马长平手捂胸口,轻轻说了句"我的天哪",长长地松了一口气。

拆除

到了星期一一上班,城管执法队果然如期到小区的菜店执法来了。一共来了四个执法人员,三男一女都穿着板正的制服。除了城管执法人员,常在小区警务站值班的一位警察也到了现场。一个执法人员问牛国亮,是你们自己拆,还是我们帮你们拆?

想拆你们拆，我不管。牛国亮说。

那个女执法员到菜店里看了看，里面有一些没卖完的剩菜，还有两个西瓜。女执法员问，里边的东西你们还要不要？

马长平低头走进菜店，把剩菜集中在一个盒子里，搬了出来，把两个西瓜也抱了出来。他们今天早上没去起菜。

执法队叫来一辆履带式挖土机，挖土机高高举起带有钢铁齿子的挖斗，在菜店的木板墙上和房顶上那么轻轻一推、一拍、一扒，存在了十多年的菜店呼啦啦冒起一股烟尘，很快就趴了架。

马长平满眼都是泪水，她想，放生白放了，看来他们的运气并没有好转。

好多居民站在旁边围观，他们说，嘿，说拆，还真的拆了，厉害，厉害！

牛国亮再也不能在菜店里喝"牛二"了，但他的脸红涨得厉害，恐怕跟喝了酒也差不多。他突然抱起一个西瓜，高举过头，照路上摔去。"叭"的一声，西瓜全碎，红瓤变汤流了一地。

那位警察质问他，干什么？干什么？

牛国亮梗着脖子说，西瓜是我自家的，我想摔就摔！

是你自家的也不行，你这种行为是故意破坏公共卫生环境，你知道不知道？

马长平怕牛国亮继续跟警察顶牛，怕警察处罚牛国亮，赶快抱住牛国亮的一只胳膊，说：你干什么？便把牛国亮往他们所住的地下室的方向拉。

走到半道，牛国亮回过头来，冲着警察和那些执法人员喊，你们不就是想把我撵出北京嘛，告诉你们，我姓牛的哪儿都不去，死也要死在北京！

下雨了

这天下雨了，下得还不小，半天都不休。牛国亮和马长平两口子大概是嫌地下室里太闷，还有蚊子，二人就打一把伞走出来，坐进他们的那辆面包车里透口气。他们的夫妻菜店被拆除了，他们买的上了京牌的车总算没有被拆除。隔着车窗可以看见，拆菜店留下的废墟也被人清理干净了，露出了下面的一小长溜平地和地上原来所铺的灰色地砖。在菜店尚未被拆除时，马长平在菜店屋山东头的墙边，用一个大花盆种了一盆子荆芥。荆芥是他们老家才有的菜，马长平把它种到北京来了。种荆芥大概不算违章，拆菜店的挖土机总算没有把花盆碾碎。在雨水的浇灌下，那盆荆芥郁郁葱葱，似乎长得更加旺盛了。

黄主任打一把带弯把的大面积雨伞，一个人慢慢地在雨地里行走。走到原来建有菜店的地方，他停了好一会儿。雨点打在伞面上嘀嘀嗒嗒地响，好像是在回忆什么。走到马长平家的那辆面包车前，他又停下了，探头透过车窗玻璃往车里瞅。让他没想到的是，他在车里看到了小牛和小马两口子，小牛在司机座上坐着，小马在副驾驶的座位上坐着。黄主任颇有些不好意思。刚要离开，马长平却把车窗玻璃打开了，她问，黄主任，有什么事吗？

没事，没事，我喜欢下雨，趁凉快出来走走。下着雨，我还以为车里没人呢，没想到你们在车里。有句话叫风雨同舟，我看你们夫妻俩是风雨同车。

我不懂您的话是啥意思。

我给你们提个建议，菜店没有了，其实你们可以继续往回拉菜，拉回的菜可以在车里卖嘛，反正居民总得吃菜，菜总会卖得出去。

那样行吗？马长平扭脸看了看牛国亮。

牛国亮拉着脸，没说话。

黄主任说，怎么不行，我看行。现在搞旅游的有房车，你们的车可以叫菜车。你们的车上有京牌，在车里卖菜，总不算违章吧。在车里卖菜，机动性还更强呢！

牛国亮的脸拉得不那么长了。

尾声

第二天雨过天晴，牛国亮果然又拉回了一车新鲜蔬菜。

【作者简介】刘庆邦，著名作家。1951年12月生于河南省沈丘县。当过农民、矿工和记者。现为北京作家协会副主席，一级作家，北京市政协委员，中国作协第九届全委会委员。著有长篇小说《红煤》《断层》《远方诗意》《平原上的歌谣》，中短篇小说集、散文集《走窑汉》《梅妞放羊》《遍地白花》《响器》等二十余部。短篇小说《鞋》获1997至2000年度第二届鲁迅文学奖。中篇小说《神木》获第二届老舍文学奖。根据其小说《神木》改编的电影《盲井》获第五十三届柏林电影艺术节银熊奖。

北方来客

◎ 梁宝星

末日

且慢，M还在挣扎。

后脑勺里的蓝色液体所剩不多，M抽搐着、颤抖着，直至最后一滴蓝色液体流尽才低下了头。M曾坚信机器人的生命是永恒的，可再坚硬的金属也有被打穿的一天。

地面不时发生震动，被岩浆焚烧过的泥土一片黑，大雨扫荡也无法洗掉这层颜色。乌黑的云飘得很快，太阳被挡在云后，平原一片泥洼，水雾与岩浆接触时世界满是蒸汽。不久前天空出现了耀眼的光芒，紧接着细碎的陨石焚烧着从头顶划过，天空进行着一场烟花盛典，以无数天体的残骸作为燃烧的代价。

无可奈何，M的脑袋垂到了胸膛，他坐在平原上一动不动，我上前去拍拍他的肩膀，以示告别。再见了朋友，我对M说，既然无可避免要死去，死在哪里又有什么所谓？把M的残骸留在平原上，尘埃会将他掩埋，流水会将他腐蚀，我无须为他挖坟立碑。

外宇宙的巨大陨石已经撞击过来，只是宇宙过于浩瀚，冲击波尚未袭来。从地表震动可以察觉，宇宙中的所有规律都已混乱，引力平衡点不复存在，世界在奔向末日。我不为M的死感到悲伤，他不过是先我一步离去，在世界彻底化为乌有之前。

只是有些孤独，后脑勺的蓝色液体安然无恙，我还有相当长一段寿命，或许我能等到末日到来，但我无路可逃，要么被强大的引力吞没，要么被大爆炸的冲击波撕碎，结局都是——毁灭。我的金属身躯还算完好，以前是因为 M 站在身旁，他庞大的身体替我挡下了从天而降的碎石。如今无论走到哪里，我都形单影只。

信号接收器被我护在肋骨之间，最开始的时候接收器还能捕捉到信号，发出沙哑的音波，大撞击发生后就彻底哑了，宇宙中再也没有可被接收的信号波。我把接收器放回身体里，不管它是否失去了作用，它仍旧是我身体的一个部件，就好像即使我不再去思考问题，我仍应该保留自己的脑袋。

对于即将到来的末日，我不知该说什么。我不清楚宇宙中还有多少机器人像我一样苟且偷生，想必还是有那么一些机器人，他们在遥远的偏僻的星球上，独自或者三五成群。假如真不止我一个机器人存在于世，那么他们会做些什么呢？乘飞碟逃到外宇宙？太空中的天体碎片以及未知天体的巨大引力是他们逃亡路上的障碍。俱乐部当年将我和 M 派遣到这个蓝色星球，连飞行器都没有给我们留下，假如地表马上被岩浆或者海水吞没，我没有任何逃脱方式。

在平原上默默行走，沙砾在我身上留下一个个凹痕，雾气弥漫过来时身上的灰尘被清洗干净，磨损的金属露出白色新鲜的伤疤。无边无际的虚无像雾气将我团团围住，机器人存在主义曾经是我的信仰，我和 M 一样坚信机器人是永恒的，机器人文明高于宇宙文明，我们是空间的统治者，主宰着各个星球的命运。

这一切都已幻灭。

岛屿

世界还剩下什么？

一路向南，我走在辽阔的平原上，满目疮痍。跟俱乐部失去联系后，我就变成了一只金属蚂蚁，在滚圆的石头上进行无意义的行走。继续往南我会抵达哪里？我想是回到原点——M 残骸所在的地方。万万没想到有朝一日我会走到陆地的尽头,海浪拦断了我的去路。

看见跨海大桥的那一刻,我觉得是一股神秘力量在引导我。桥上有焚烧过后的汽车残骸,被酸雨腐蚀的牌子上面"琼海大桥"四个大字依稀可见,我走到桥的最高处俯瞰,脚下是汹涌的波浪。桥在风中摇摇晃晃,挂满枯死藤蔓的铁索随时可能绷断。曾经统治这个星球的人类,他们建造了这座大桥,最后竟是方便了一个机器人。

琼海大桥对岸是琼州岛,我从狂怒的海浪之上毫发无伤地穿过,双脚刚接触到岛屿的地表,身后的大桥竟轰然坍塌。我看着被波浪吞没的大桥,心有余悸,如此壮观的大桥在海上不过是一条细线,海浪吞没大桥后很快就恢复了平静,仿佛大桥从未出现过。我更加相信自己是被引导至这座岛屿上的,这个信念是我唯一的寄托。

海水为我挡下了紧追不舍的沙砾,仿佛 M 一直在我身旁逗留。我拿着铁锹在岛上四处挖掘,就如我的机器人生涯一样,保持向下挖掘的姿态。我希望挖掘到金属表面,我猜测这座岛屿是一架巨大的飞碟,我只要将泥土挖开,找到飞碟的入口,就能离开。

走走停停,挖了好些深坑,都没有发现金属层,琼州岛不过是座普通岛屿。我坐在礁石上仰望天空,无数燃烧的陨石匆匆划过,留下轨道痕迹,地球也是飞逝途中的一颗石头,正朝着毁灭性的引力深渊奔去。

海面上竟然有海鸟在盘旋,它们从惊涛骇浪中寻找海鱼的尸体。从礁石上跳下,脚板触碰到一个坚硬的物体,我俯下身去把四周的沙子挖开,发现是一副人类骷髅。

泥沙之下,骷髅的骨头竟然一块都没有少,我把骷髅摆设成人的形态,将自己所剩不多的蓝色液体分了一半给他。骷髅获得蓝色液体后有所动静,关节开始响动,他缓慢而费劲地站立起来,看看自己的身体又看看外部世界,他不是 M,他有自己的身份,他活在人类文明的中期,距今已有好几千年。蓝色液体在骷髅身上漫延,他的行动变得更自然、敏捷。蓝色液体赋予他表达的能力,于是他跟我说出了他生前的身份、地位、所生活的宋朝、家庭状况,以及死亡原因。

一切都过于复杂,我姑且把他叫作姜,那是他名、字、号以及诸多身份标识当中最响亮的一个字。

呜呼哀哉,世道之一去不复还也,姜对着眼前的大海说,大海曾置我于死地,如今宇宙将先于我而死。

北方来客

骨与铁,在姜眼中并无区别。

作为骷髅的姜站在前方细细打量着我,还用发黄的手指骨抚摸我的金属躯体。我多次提醒他,是我复活了他,他早已死去几千年,我复活他是为了在走向毁灭的路上有个陪伴,而他应该听从我的指令。姜不以为然,他认为我跟他的地位是平等的,说我也是被复活的产物,只不过我是铁,他是骨,总而言之都是骷髅,不过是一副架子。

海浪在吞噬岛屿,姜的话让我无言以对,这个被我复活的骷髅竟这般刁蛮,不过也算是个意外惊喜,我对他维护自身的行为感到吃惊,虽然我不时用自己的钢铁硬度来威胁他,说我可以轻易捏碎他的手臂,姜却站在更高的层面来反驳我,说他是母亲十月怀胎生育出来的,我不过是作坊打造出来的,论文明程度,生命高于手工品。我辩解说自己不是被制造出来的,机器人同样是母亲胎生。姜摇摇头说,可笑可笑,汝欺人太甚。于是我把机器人文明以及我到这里来的前前后后向姜做了一番解释说明。

北方来客,姜说,天圆地方,汝等所谓机器人者,亦将死于天灾人祸,上天之公道,无一物能豁免。姜把所有从岛外来的皆称作北方来客,无论是人还是机器人,他所理解的机器人,是毁灭了一个朝代而重新建立起来的王朝。

宋朝共历十八帝,共三百一十九年,我说,蒙古人关,灭南宋建立元朝。姜对宋朝之后的历史不感兴趣,按照他的说法,时代终究是会改变的,几千年太久,中间会发生很多事情,改朝换代在所难免。只是对于宋朝被蒙古所灭他有点心不甘,耿耿于怀。胡人侵犯边疆,终得逞,姜说,大宋新政难有成效,苏公所言甚是。宋朝的命运未能引起姜的同情,反而让他想起了故人朋友。自从复活了姜,他从未提及父母兄弟、妻子儿女,也未曾提及君臣邻里,苏是第一个被他提起的人。

苏公乃东坡居士苏轼,姜说,北方人也。姜做出挥袖的动作,他忘记自己已是一副骷髅,身上一丝不挂。生前的记忆重新回到姜空荡荡的、风可以随进随出的脑壳里，挥袖的动作并非条件反射，是记忆的驱使。谈及苏这号人物，姜几次感慨时运不济，苏在漫长的旅途中，在天涯海角，面对荒海野岭无处释放他的才华。姜问了我几回，假如苏当初受到重用，能否改变胡人入关的结局。

结局是无法改变的，我说，无论谁都无法改变，生活在四维空间的机器人也无法改变。姜不懂得何为四维空间，但他相信结局无法改变，说再多的假如也毫无意义。苏公出口成章，满腹经纶，姜说，爱民如子，乐善好施，假若为朝廷所重用，必为好官，但也未必能改变时局。

我本儋耳氏，寄生西蜀州，姜吟唱道，此乃苏公所作诗文，苏公眉州人，贬谪南下，四海为家，无尽荒海亦风景，故自比儋州人。沧海何曾断地脉，珠崖从此破天荒。我念道。姜对我吟诵苏的诗文感到震惊，问我是不是认识苏。我摇摇头，作为一个机器人，我的数据库里有足够多的资料支撑我去了解人类历史中的任意一个人。《赠姜唐佐生》中的这句诗文是我面对眼前境况时出现在我思绪当中的，脑袋里飘浮着许多句子，我恰巧捕捉到这两句。

雪泥鸿爪

何为诗词？

诗言志，歌永言，声依永，律和声，姜说，苏公在儋州所教也。几千年前，苏在儋州声名在望，姜是前来向他学习的诸多年轻人之一。绕着岛屿行走，姜和我通过谈话勾勒苏的形象，姜当然还记得苏的样貌，只是姜的记忆无法跟我联通，他无法把苏的样子投影到我的视网膜。一具骷髅，一个铁架，站在坚硬的石头上张望北方，姜张望的是苏北去的方向，我张望的是我来时的方向。在姜口中，苏是一个不得志的政客，在我的归纳当中苏是一个哲学家。

天上风云突变，海浪时而汹涌澎湃，时而平静，我和姜在岛上被困了许多个日夜。太阳依旧在，因此还能出现日夜更替，只是月球已经看不见了，即便夜晚天空晴朗无云，也不见月球的影子。也许，月球早已在某个时刻被更大的引力牵走，在太空中与陨石或者其他星球相撞而粉碎。海鸥在恶劣的环境中生存，岛上尽是枯死的草木，海边都是鱼兽的尸体。由于细菌病毒无法生存，浮在水上的尸体并没有腐烂，海浪将它们抛到岸上，沙石将之掩埋，它们会慢慢慢变成化石。海鸥吃着死鱼,肚子撑得圆鼓鼓的,它们在沙滩上留下一串串爪印,姜被爪印深深吸引,躬身观察。姜说,苏公有诗《和子由渑池怀旧》曰:人生到处知何似,应似飞鸿踏雪泥。泥上偶然留指爪,鸿飞那复计东西。

姜端详着沙滩上海鸥的爪印,若有所思,突然,他转过头来望向我。渑池到底在何方?姜说,那里几时下雪?我一番搜索之后,很快就找到了资料,并告知姜,渑池在四千里外,冬天下雪。姜又问我是否见过雪,这让我感到惊讶,雪在我眼中是极为平常之物,跟南方的雨水一般,怎会没有见过?再说我在宇宙多个星球逗留过,别说雪,再新奇的气候现象我都目睹过。

姜把留有海鸥爪印的那一捧沙挖起端在胸前,告诉我,他当年被《和子由渑池怀旧》深深震撼,无法忘怀,苏离开岛屿后他继续在岛上苦读,为了有朝一日穿过海峡到北方去,一是考取功名,二是一睹雪泥鸿爪。未承想,凑齐盘缠,准备赴京考试的他在海上遭遇巨浪,被卷进海底淹死了,流动的沙场将他的骸骨挪到了岸边。

我无法与姜共情,也万万没想到姜的一生都被困在这座岛上。姜生活的那个年代,跨越海峡是一趟艰难的路程,他没有看见过雪,只能在苏的诗中想象下雪的情景。为了安抚姜,我说雪就是白色的沙子,只是比沙子更冰冻。听到"冰冻"两字,姜更加惆怅。果然,井蛙不可以语于海者,夏虫不可以语于冰者,姜说,我乃夏虫也。

南方没有鸦啼

杀死苏的,是那群乌鸦。

南方少有乌鸦,却多海鸥,嘈杂的鸟叫声缠绕在耳旁。姜摇头晃脑,他要给我讲乌台诗案,这一起有关语言的案件我在整理人类历史的时候就有所发现,我和 M 看到过《湖州谢上表》,皱黄的纸上第一段话写道:臣轼言,蒙恩就移前件差遣,已于今月二十日到任上讫者。风俗阜安,在东南号为无事;山水清远,本朝廷所以优贤。顾惟何人,亦与兹选。臣轼中谢。

乌台议政者,英雄是也,姜说,苏公英年该如是。在探索人类历史的过程中,许多目的性行为让我无法理解,考取功名就是其中之一。考取功名在机器人社会相当于到俱乐部行政学院学习,毕业后到行政中心去工作,跟其他专业课程和专业技术无区别。绝大多数机器人并不向往行政中心的工作,因为行政中心的工作枯燥乏味,多为流水线操作。过于机械化的工作会消磨机器人的计算功能,荒废系统,逐渐呆滞,计算系统崩溃后甚至会瘫痪成一堆废铁。

考取功名在姜心中是体现价值的一种方式,在机器人社会里,一切存在均有价值。苏考取功名却也受尽功名之苦,乌台诗案中,苏为自己抱不平,骂世道不公、奸佞当道、小人作怪,按照诗言志的说法,并无不妥之处。我始终认为语言是属于个体的,乌鸦拿是非蒙蔽了旁观者的眼睛,从而给发言者安放罪名。《湖州谢上表》中,苏写道:用人不求其备,嘉善而矜不能。知其愚不适时,难以追陪新进;察其老不生事,或能牧养小民。

乌鸦诬蔑其居心不轨。

遣词造句与咬文嚼字,理应有前才有后,遣词造句的目的不在于为咬文嚼字提供脚本,语言有时候是利器。机器人社会中的语言犯罪多表现为篡改系统程序,从而让机器人的行为偏离轨迹,做出一番破坏行动。机器人世界从不缺少乌鸦,不缺少入侵和控制其他机器人的黑化分子。不可思议的是,这些黑化机器人同样被叫作——乌鸦。

海鸥展翅盘旋,海鸥站在黑色礁石上扭头侧视,我和姜都惧怕眼前密密麻麻的海鸥突然发出一阵啊啊啊的叫声。乌鸦之是与非终被揭穿,姜说,苏公之蒙冤终有澄清之日。即便被澄清,苏也付出了一生的代价。我说。猛一抬头,天空中乌云在旋转,酸雨倾盆而下,我和姜躲到岩洞里,我们的身躯都不能承受酸雨的腐蚀。通过洞口看向来回飘动的乌云,我和姜又不约而同想到了乌鸦,一阵哆嗦,南方没有鸦啼,乌鸦却无处不在。

冲破乌云中坠落的带着火光的石头掉入深海,海浪一层高过一层,岛屿快要被淹没了,漆黑的海面上漂浮着几个白色影子,可能是海鸥的尸体,可能是陨石上的白色物质,我和姜更希望是船。

嵩山寒骨

苏公离岛那晚,亦是风大浪高,姜回忆道,船在水中浮沉,我等一行人在码头与苏公告别。

在姜的回忆里，苏是在一个有风浪的夜晚离开的，苏六十二岁南下儋州，离岛时已经六十五岁。码头上站了好几百人，苏离开时所乘的船是三年前送他过来的那一叶扁舟，船夫还是三年前的那个船夫。海上的风呼啸着，苏的长须在风中舞蹈，众人皆说天气恶劣不宜过海，可待天明再启程。

苏扬扬手臂，他的手臂满是皱纹，血管凸出，在火光中像一根老树枝。一生跌宕起伏，跌宕着回去又何妨？船在海浪上轻飘飘地朝北岸划去，苏的影子消失在黑夜里。唯海水未曾变，姜站在岩洞前说，苏公年老色衰，未抵京都便逝去也。

死讯是苏死后两年才传到岛上的，姜听闻苏死在上京路上时悲痛欲绝。岛上哀号不绝，姜说，捧椰子作诗之人安息矣。姜望着海的另一边，没有海雾的时候灰色的海岸线依稀可见。姜自嘲为守岛人，如今，同样被困在岛上的，还有我这个机器人。苏公葬于嵩山，姜说，其四海为家，终归山水。海浪在前方呼啸，姜带着哭腔吟唱苏的诗，好似受伤野狼的一段呜咽。

余生欲老海南村，帝遣巫阳招我魂，姜吟唱道，杳杳天低鹘没处，青山一发是中原。在姜的声音中，我听出他在哭苏的同时也在哭自己，正如北方的雪，遥不可及的中原是他心中的一道伤疤。绕岛屿行走一圈用时越来越短，说明海水淹没的地方越来越多。

苏曾跟姜讲过中岳嵩山这个地方。嵩高维岳，峻极于天，姜说，苏公于岛上教读《诗经》，每每念及此句，便转身面北，仰望良久。岛上的山没有峰，虽也有险峻之处，始终不及中原的山，苏给学生讲课时总忍不住提及嵩山，嵩山背靠黄河面朝颍水，七十二峰形状各异。

听闻苏公榻中有言，吾生无恶，死必不坠，慎无哭泣以怛化，姜说，苏公之声名必恒远而不朽。姜低垂着头，为自己的无用懊恼良久，浩瀚的海水不但断绝了他考取功名的路，还阻拦他前去嵩山祭拜苏墓。姜从传信人口中听闻，苏对弟辙所留遗言——即死，葬我嵩山下，子为我铭。姜想到嵩山去亲眼看看辙所写的《亡兄子瞻端明墓志铭》，想亲手抚摸墓碑上的文字。

苏墓和他兄弟之墓在同一片地方，后人修缮过后，山上有牌坊和石阶，苏墓由一张石桌、一座石碑、三个石瓶和一个土堆组成，尸骨就在土堆下面。墓四周古树参天，我跟姜说，石碑早已被风雨侵蚀，铭文模糊不清，可我能搜索到《亡兄子瞻端明墓志铭》，一字不差。

念毕《亡兄子瞻端明墓志铭》，我看向姜，姜朝向北方沉默许久，脆弱的骨架微微颤抖，假如给他一副皮囊和一双眼珠，他定会潸然泪下。

陨石

罢了罢了，姜摊手说，寄蜉蝣于天地，渺沧海之一粟。

乌云曾短暂地散去过，太阳和月球同时出现在天空，天体之间已经失去秩序，我感慨月球并没有被引力撕碎，其为地球挡下太多陨石碎片，变得千疮百孔，无数黑色的陨石坑，如面孔上的创伤。

尽管如此，很多时候，陨石碎片还是会掉落在我和姜身边，甚至直接砸到我们身上，砸断了姜的一根骨头，在我身上留下一个个凹痕。燃烧着的陨石碎片落在地上变成黑色的金属，这些稀有金属坚硬无比。姜把陨石碎片叫作天铁，意为从天上掉落下来的铁片，天铁在姜所生活的宋朝充满传奇色彩，具有某种神秘力量，或者是一种预兆。

天铁被供奉于神龛，此乃天上之物，姜说，绍圣四年夏，琼州岛红霞满天，天铁划过传出阵阵虎啸。姜回忆那场壮观的流星雨，一块拳头大小的陨石坠落在岛上，造成一阵剧烈爆炸，岛中央燃起大火，岛民以为天将下凡，纷纷跪拜，大火熄灭后不见山上有动静，却听闻大文豪苏轼已至码头。

好巧不巧，苏在岛上三年，由于官无实权，多闲时，平日除了与前来造访的学生探讨学问，就是在岛上游玩，他在山上散步时，找到了那块拳头大小的天铁。被烈火打磨过的黑色石头沉甸甸的，比一般的铁重。其表面光滑冰凉，有几个稻草秆大小的孔。苏把天铁带回住处，摆放在大厅的茶几上，如一神兽，端庄素雅。前来拜访之人道出此天铁和苏同时降临琼州岛，苏意味深长地看着天铁，感慨自己的旅途将以此地作为尽头。

苏跟姜等人说，假如自己死在海岛上，要把他的尸体同天铁捆在一起沉入大海，天铁会保护他的尸体不被海鱼吃掉，不被海水泡烂。姜再去看望苏时，天铁已不在茶几上，苏把天铁交给铁匠锻造，铁匠烧了几天几夜才把天铁熔化，又花费巨大力气才锻造出一个铁盒。铁盒锻造完成后，苏展示给众人看，后来又收好了，再也没有出现在众人眼前。

残酷的诗和远方

苦难可有意义？姜问。

苦难自有意义，姜自答道，天将降大任于斯人也，必先苦其心志，劳其筋骨，饿其体肤，空乏其身。在海鸥的叫声中，姜絮絮叨叨，陨石已经击中他好几回，断了几根肋骨，头颅上有个窟窿，下雨时候，雨会从这个窟窿流下来。我想到黑洞，想到陨石撞击宇宙留下的巨大缺口。姜摸摸自己的脑袋，清楚自己将再一次死去，我分给他的蓝色液体维持不了多久他的生命。

相对于刚复活姜的那段时间，此时的天空趋于平静，陨石坠落得没那么频繁，地表也少有震动，乌云化作雨落下来的暂歇中，我能看见月球和太阳都在，也许陨石撞击宇宙形成的冲击波在一段时间里会趋于平稳。

苦难当然有意义，但不能为了意义去赞美苦难，我对姜说，苦难不是唯一的意义。人类世界有通过苦难和修行来追求真理和指引的人。我在接触到人类的这段历史时，将其归纳为虚无与迷惘，通过修炼和受苦来获得顿悟和开窍。我对姜说，诗与远方是一种迷惘，所有的追求莫过于此。

苏的一生都在追寻所谓正确的方式，无论是政治方式还是生活方式、新政或旧政、仕途或归隐他都犹豫不决，直到晚年他才有所觉悟，于是结束了漂泊远行。姜不理解，他的动作变得迟缓，我才发现他的椎骨上有好几块陨石碎片，我不能将这些碎片取出，否则他将哗啦一声散成一堆碎片。

苏公晚年得何所悟？姜问。

至于苏晚年悟到了什么，只有他自己清楚，我说，但他肯定悟出了个道理，他做出了决定，这个决定就是他最终的结局。姜疲软地坐在沙滩上，我想他猜到了苏最后的想法。正想上前去拍拍姜的肩膀，好让他把他想到的告知我，姜的身体比我想象中的脆弱，我的铁臂刚放到他身上，他的手臂就断了，他正在变回一堆散骨。

抚摸姜头颅上的窟窿，我替姜感到可惜和担忧，也为自己即将回归孤独感到恐慌。姜用所剩不多的力气将残缺不全的身体拖到岩洞里。我再也不敢触碰他，害怕轻微一次接触他就彻底粉碎。

天外来信

下过几场大雨,乌云明显薄了几分,依稀可见的阳光透射到地面上,海水竟没有继续上涨。姜提醒我,世界不会毁灭,一切还得继续下去。濒临解体的姜几乎不能动弹了,竟还能说出这样一番使我惊诧的话。宇宙似乎真的不会走向毁灭,陨石撞击可能会造成部分天体破碎,可即便陨石没有撞击宇宙,天体之间的运动从来就没有停止过,宇宙奔往的是没有尽头的引力源。

将陨石锻造成铁盒,说明苏早就有回中原的心,他根本不想死在岛上。姜断断续续发出声音,讲述苏收到皇帝大赦消息时热泪盈眶,又踌躇不定。他终于在晚年收到了北方的来信,信到眼前时似乎有些晚了,一切都已经发生改变。姜说,朝廷未曾忘却,天无绝人之路,苏公在鬼门关前接诏书……说完"诏书"两字,姜用尽了所有的力气,失去了动静。

我很难再唤醒姜,只好把他身上的陨石碎片剔除,把散落在地上的骨头捡到一起,用玉石修补好他头颅上的窟窿,然后将他重新埋进沙子里。我开始了我的环岛徒步行走,行走能减轻孤独。行走途中,通过无限的计算和绘图,苏的形象出现在我的视网膜中。我开始了自言自语模式,当一个机器人开始自言自语,多数时候是身体或者系统出现了故障,导致语言系统瘫痪。

站在跨海大桥曾经所在之地,我想起了M,尽管M已经死去,他身上的信号接收器依然能够捕捉在宇宙中飘浮的信息。当初陨石撞击宇宙,机器人文明将面临灭顶之灾的信息正是M身上的接收器捕捉到的。跨海大桥的桥墩露出了海面,海水不知在什么时候退去了,我再抬头时发现乌云已经散去,炙热的太阳在熊熊燃烧。

太空灾难已经过去,我料定如此,我的觉悟比姜还晚,不由得自嘲一番。宇宙中肯定有机器人像我一样苟活着,机器人俱乐部也许没有被冲击波和火焰摧毁,俱乐部控制着最先进的飞行器,那里的机器人能够及时逃出生天。我站在大桥坍塌的地方,海峡不会变成陆地,徒步跨越琼州海峡的想法是无法实现的。岛上的草木早已被烧得精光,想造一艘船浮在海水之上也是痴心妄想。

天朗气清,时间不知过去了多久,地球上的一切都劫后重生,我像濒临死亡时的姜,躲在岩洞里面等候俱乐部的来信。漫长的等待中,身上竟然长出了枝叶,我以为时间将我的身体催化成了有机土,发现是藤蔓穿透岩石爬到我身上来了。我一阵惊喜,枝叶带着希望来到我面前,信号接收器发出了红色的闪光。

把信号破解出来,竟是一串数字,我不清楚发送信号的是一个机器人,还是俱乐部总部,也不清楚这是一条号召机器人集合的信息还是一条求救信息。这串数字在我的系统中进行了无数次组合拼凑,许多个日夜之后终于解开其中的奥秘——这是一个地理坐标,是发送信息的机器人所在的位置。假如只是一个普通坐标,我很轻易就能解读出来,但这是一个五维坐标,其中一个数字来自黑洞。

希望很快就转变成了烦恼,我无法抵达这个坐标,无论这是俱乐部的所在地,还是落难机器人的处境。但这可以证明,黑洞是一个五维空间,而且黑洞通向的空间机器人能够生存。在我面对着浪涛接受阳光照射时,信号接收器竟再一次闪亮,这次收到的是一个三维空间坐标,坐标显示的地方竟是我所在的琼州岛。

环顾四周,我终于明白自己为何会被引导至这座岛屿,岛屿是我的避难所。

海岛铁盒

白色沙滩银光四溅,我所抵达之处,海鸥哗啦啦飞向天空为我开出一条宽敞的路。

世界恢复平静后,这个蓝色星球上又冒出了许许多多的生命,除了海鸥,浪涛之上还盘旋着黑色的鸟,白肚子的海鱼不时跃出水面,还有庞大的鲸在浪中翻滚。沿着海岸线往北走,沙滩留下我的行走轨迹。这曾是我环岛行走的路线,在过去是一段短距离,此时我却不想太快走完。我不清楚自己将要面对什么,假如是一架飞碟,我是否应该飞向黑洞?假如是一个基地,我该不该引导更多机器人前来?

行走的过程中,我越来越确信五维坐标是逃亡中的机器人撒网式发送出来的信号,通过唤醒俱乐部曾经布置在各处的基地,以获得可停靠的回复。既然我收到了岛屿的坐标,在太空中流浪的机器人同样能捕捉到。

坐标所指是一片空地,空地上有一棵大榕树,榕树已经枯萎,只剩下光秃的黑色枝干。我走到榕树面前,发现榕树是假的,枝干是铁铸造的,这榕树形状的铁器是一个信号接收发射器,而榕树下面大概就是基地所在。沿着树根挖了二十米深才触碰到钢铁墙体,门上有一道密码锁,任何破坏式开门都会导致内部的自我毁灭,而机器人只要把手指伸进钥匙孔,门锁就会被打开。

铁门一开,果然是一个隐秘基地,基地像一个铁盒,也像一座坟墓。我终于明白俱乐部当初为何派遣我和 M 到这个星球,原来是为了寻找这个跟俱乐部失去联系的基地。从狭窄幽暗的廊道走到基地内部,基地不大,里面的灯已年久失修,满地废弃的铁部件。

基地中央,有一台机器在运转,红色的灯一闪一闪,正是这台机器发射出去的信号,暴露了岛屿的坐标。我正要靠近红灯,脚下踢到了一堆铁器,一个趔趄不小心按亮了墙上的屏幕,才发现地板上是一个已瘫痪的机器人,这个机器人选择了自我毁灭,用子弹打穿了装有蓝色液体的后脑勺。机器人代号为 X,从他身上的系统资料可知,他当初是带着征战任务来到这个星球的。

X 之前控制着基地,断绝了与俱乐部的往来,他自我毁灭后,俱乐部便重新唤醒了基地。我不清楚当初出于何种原因 X 选择背叛俱乐部,把基地隐藏在岛屿上。也许 X 遭到了诬蔑或者不公正的待遇,才决定死在宇宙的边缘。操作台上有个方形的物体吸引了我的注意,走过去才发现是一个铁盒,上面竟雕刻着这个星球上的园林造景。打开精巧的扣锁,铁盒里面是一张泛黄的纸,上面的笔迹依稀可见——《儋州谢上表》:

臣轼言,承蒙陛下浩恩,不计过往,遣臣回殿,陛下之大赦,臣感激涕零。臣过往之无能与过失,实难数列,臣自惭形秽。先帝问罪乌台,为小人蒙蔽,诗本无意,轼不群而招围攻也。自南下二十余载,不惑之年多不解,花甲之后目始清,江南虽好,不能立足,岭南刁野,几富人情,臣命贱而鄙劣,且能忍受南海荒土飓风。今皇恩遍覆南蛮荒岛,虽回京之路艰且远,当伺陛下至臣死,鞠躬尽瘁。奈何臣老矣,命无多日,前无治政良策,后无谏言之式,游历多年,溺诗词,乐酒肉,行遍大宋山河不得真谛。陛下治理有功,天下太平,群臣毕贤。臣自知必死路途,寒骨归入黄土,有违陛下恩典,望轻治臣罪。轼无任。(注:此短文为作者虚构)

073

我想，X当初在岛上捡到了这个铁盒，在我之前了解到苏一生的故事，他恍然大悟，和我此刻一样，发现自己与苏命运的规律轨迹，作为北方来客，我们被弃在岛上，死在途中。X自然不能为这座岛屿带来什么，但至少可以减少征战破坏。于是他选择叛逃，自我了结在地下。

基地里还有一间密室，密室里是一架小型飞碟。绕飞碟走一圈，我爬出地面，在铁榕树前方的空地坐下，满腹惆怅。我制止了信号接收发射器再往外发送信息，所幸之前发射出去的坐标是三维坐标，天体的不停运动使地球坐标随之改变，假如有机器人捕捉到坐标信息，也只能找到地球曾经所在的地方。

思索许久，我还是担心机器人寻着地球的运动轨迹追踪过来，于是再度钻进基地，伪造了好几组五维坐标发射出去，然后炸毁了基地。做完这一切，我捧着用陨石打造而成的铁盒来到海边，死是我必然的下场，我决定选择苏和X的方式，死在茫茫路途中。

驾驶飞碟飞升到太空中，燃烧过后的太空温度很高，散落着萤火似的光，离开银河系后我不断往外发信息，用千万条信息阻挠其他机器人追寻地球基地坐标。然后我义无反顾奔赴仙女座白矮星，我会在靠近白矮星之前被巨大的引力摧毁，在浩瀚的太空中灰飞烟灭。

我的死将换来无限的复活。

【作者简介】梁宝星，1993年生，中国作家协会会员，鲁迅文学院第三十九届高研班学员，小说发表于《花城》《中国作家》《芙蓉》《广州文艺》《大益文学》《大家》等刊物，曾获有为文学奖、贺财霖·科幻文学奖、欧阳山文学奖，另有作品被本刊及《长江文艺·好小说》《海外文摘》等选载，出版小说集《海边的西西弗》《塞班岛往事》。

木棉或鲇鱼

◎ 李修文

　　即将登陆的这场台风,菲律宾给它起的名字,叫作木棉。可是,这名字冒犯了老挝的一个少数民族,音译过去,恰好与他们膜拜的一位神灵同名,因此,老挝气象局打破惯例,自行给它起了个名字,叫作鲇鱼,意思是,这场台风,就像河底的鲇鱼,以淤泥、腐殖质和小鱼小虾为食,是不洁和令人厌弃的。不用说,于慧的新婚丈夫,老欧,喜欢第一个名字——木棉,想当年,释迦牟尼在灵鹫山说法,又拈花示众,众皆默然,唯有迦叶尊者破颜领会,于是得传金缕袈裟,这金缕袈裟,另外一个名字,就叫作木棉袈裟——自打中风又恢复以后,老欧便信了佛,也不光是信佛,道观、关帝庙、龙王堂,甚至杭州西湖边的岳王庙,只要见到,他便一定会长跪不起,为的是他那没有好利索的半边身体,赶紧彻彻底底地好起来。直到今年春天,机缘殊胜,老欧认识了一位上师,这上师,开设了一门课程,名叫悉达吠陀,真是神奇啊,自从上了这门课,老欧的半边身体,竟然一点点好转起来,不用说,也是因为上师的开示,老欧和于慧,这对新婚的夫妻,才横穿了小半个中国,来到这座岛上。但说实话,关于那场即将到来的台风,要是问于慧的意思,在木棉和鲇鱼之间,她更喜欢鲇鱼这个名字:上岛以来,各条海岸线上,浊浪拍岸,海水穿过一道道防浪堤,不停地灌进岛内;还有那些塑料做的沙滩椅,被狂风卷上半空,一遍遍拍打着他们租住的酒店公寓窗户,这不是成千上万条鲇鱼精从大海里爬上岸来作魔作妖,还能是什么? 再说了,这岛上的淡水湖里,原本就出产一种鲇鱼,但满身都是剧毒,那剧毒的名字,叫作金黄色腺体脱氢鳞状细胞毒素,早些年,好多人吃过它之后食物中毒,送了性命,一度,这种鲇鱼,还上过好几种药学辞典,后来,岛上的人对它们展开了灭绝式的捕捞,渐渐地,就再没有人见过它们吃过它们了。

其实,老欧非要来这座岛,和于慧还是有关系的。自打他们相识,她就没少跟老欧说起这座海岛,年轻时,她来过这座海岛十几二十次,怎么能不对他常常提起这里呢?她的第一任丈夫——小田,对,她一直叫他小田——就在这座岛上当兵,那时候,作为一个炊事兵,每隔几天,小田就要去几十海里外的另外一座小岛上,给在那里驻守的战士们送菜;只要她来探亲,便会陪着小田一起去。通常,他们会在晚上出发,小田开船,她就坐在新鲜的蔬菜中间,看着天上的星星、海面上涌起的白雾,还有偶尔从海水里跳出来的鱼,再闻着海风的味道,茄子、西红柿的味道和小田身上散出的汗味,每逢这样的时候,她总是忍不住,搂住小田,在他脸上,在他身上,不要命地亲,到了那时,小田便将船停下,也去搂她亲她,甚至他们会将自己脱光,做爱,海浪溅在他们赤裸的身体上,凉凉的,却只能让他们粘得更紧。可惜的是,自始至终,她都没能给小田生个孩子,是她的问题,多囊卵巢综合征,她却一直不死心,每一回,当他们在船上做爱,最后的时刻,她都会把两条腿夹得紧紧的,生怕错失了怀孕的机会,小田却总是笑着,让她平缓下来,对她说:"没孩子就没孩子呗!这辈子,我给你当儿子,你给我当闺女……"

俱往矣。现在,她已经五十好几,和小田早早断了缘分,当她以为自己注定孤身终老之时,传说中的黄昏恋竟然来到了她这里:经人介绍,她嫁给了老欧。想当年,老欧绝对算得上是名动一时的人物——倒回去二十年,作为国有机械厂的厂长,他雷厉风行,一手主导了企业改制,几乎一夜之间,他让两千多名工人下了岗;然后,自己从银行贷款,买下了工厂;再经过多年经营,企业起死回生不说,更是连年都成了利税大户,各种荣誉称号,什么什么突击手,什么什么时代先锋,就没有哪一年从他身上丢掉过。他唯一的女儿,早早移民到了波士顿,要不是突然中了风,他给自己定下的时间,是干企业到他七十五岁再谈退休。事实上,他也真是有一颗虎胆,哪怕中了风,也丝毫不信邪,医生和女儿叫他卧床静养,他偏不,咬着牙,硬是从床上爬起来,报名参加了悉达吠陀课程,渐渐地,奇迹发生了:除了右侧的半边身体还没有那么灵光,试问当初那些跟他一起住进医院的中风病人,谁比他恢复得更好? 也就是在这个时候,老伴儿去世了六年的他,全不管女儿的反对,一心想要再婚,于是,有人给他介绍了刚刚从一家民营医院退休一年的护士于慧,两个人认识还不到两个月,火烧火燎地,老欧就娶了于慧,大概的原因是于慧根本不像之前跟他接触过的别的女人,别说惦记他的钱了,她连过去的他是何等人物,竟然一点都不知道;不光他,医院之外的任何事情,她都像是不知道。他跟她说起当年自己如何九死一生才安排好好几千号下岗工人,她睁大了眼睛,可怜他:“这样啊!”他跟她说起自己为了使企业重新上路,跑到广东别开新路,出了车祸差点死掉,她又睁大了眼睛,还是可怜他:“这样啊!”更别说,中风之后的恢复期内,没有哪一回不是于慧搀着他去上悉达吠陀课。按照上师的开示,下了课,他还要勤练吐纳、打坐、慢跑等,于慧更不拦着,专门找僻静的地方,陪他去吐纳、打坐、慢跑。这样一个女人,不赶紧把她给娶了,还在等什么?

老欧自己也承认,在于慧面前,他根本不像是比她还大十多岁,反倒变成了个小男孩,一会儿见不着她,他就急得快跳脚,一刻也忍不住地打电话对于慧撒娇:“你怎么还不回来? 再不回来,你就别回来了……”

还没过多大一会儿,他又给她打去了电话:“我饿了!”

以中风为界,跟过去相比,老欧的确变了个人,苏东坡的诗、戏曲频道播放的歌剧《洪湖赤卫队》选段,尤其是一周三次的悉达吠陀课程,如此种种,都令他伤怀不已:这一辈子,他错过了太多好东西了。现在,他再也不想继续错过了:那天,他和于慧,一起看一部冗长的泰国连续剧,看到男女主人公去普吉岛结婚旅行,他当即攥住了于慧的手,告诉她,他也要带她去结婚旅行,不去别的地方,就去她经常说起的那座岛。于慧吓了一跳,脱口说:“这样啊!”紧接着,老欧拨通了上师的手机,向他报告了可能的行程,得到了上师的肯定,然后,他放下电话,再坏笑着去看于慧:“我得去感谢一下小田,要不是他,你还说不定在哪儿呢。”如此,这件事,就这么定下来了。距离出发的日子还有三天的时候,老欧的女儿打来了电话,打算紧急叫停他的荒唐,女儿先是历数了他身上残存的一样样毛病,又告诉他,她查过了,一场史上未见的巨大台风,正在太平洋上生成,它要经过的路线,恰好就路过他和于慧要去的那座岛。“到了那时候,有命去,没命回来,看你怎么办!”哪知道,女儿的话彻底激怒了老欧,挂掉电话之后,老欧命令于慧,赶紧把订好的三天之后的票改掉,一刻也不等了，明天一早，他们就走。

第二天，他们坐的是早班机，当飞机结束轻微的颠簸，开始平飞，老欧问于慧："九九八十一难，你知道吗？"

"八十一难？"于慧没明白老欧的话是什么意思，茫茫然再问他，"是唐僧西天取经的八十一难吗？"

"正是。"可能是中风之后太久没有出过远门，老欧的脸上笑嘻嘻的，"实不相瞒，我就是唐僧，我也有八十一难。"

显然，于慧越发不知道该如何去接老欧的话了。

"不过呢，都快度过去啦，"老欧下意识地动弹着右侧的半边身体，"盘丝洞的妖怪、火焰山的魔王，都他妈被我打倒了，我他妈的，不对，还有你，咱们两个，离木棉袈裟护体的时候，不远啦！"

没想到的是，一上岛，老欧就吃起了小田的醋，先是在废弃的军营里，老欧非要到他和于慧当年住过的营房里去看一看，结果，真找到了那间结满了蛛网的营房；又听于慧说起，在这营房里，她和小田，一起学跳过水兵舞，做过麻辣火锅，有一回，还把床给睡塌了，老欧顿时就黑了脸，扔开她的手，一个人气鼓鼓出了营区；当他们路过海岛东岸的一块竖立起来的屏风般的礁石，于慧说起，当年，她和小田，往几十海里外的那座小岛上送菜的时候，每一回，他们的船，就是从这里下水的，老欧冷笑起来，手指着大海，他发了狠："几十海里而已，也没多远嘛，你再等我几天，等台风过去了，我也划船，把你送过去！"

到了晚上，于慧的偏头痛犯了，疼得要死要活，却发现自己这趟出来忘了带药，只好忍着痛，顶着大风，出门去买药，临出门，老欧撒娇，堵在门口，不让她出去，说要买药也应该是男人去干的事，两人正僵持着，风刮得更大了，一把沙滩椅被风卷上半空，砸在了他们的阳台上，这么着，事情就没得商量了，她差不多算是生气了，冲他喊："你不要命了吗？"这才让老欧听话，乖乖待在公寓里等她回来。之后，她出了门，步行了差不多二十分钟，总算找到了一家二十四小时都开门的药房，回公寓的时候，却麻烦了：海水灌进了岛内，来时之路全都被海水淹了，不一会儿的工夫，那水就淹到了齐腰深，她只好重新再找一条路，可是，她的头疼得厉害，也晕得厉害，光是在一个空荡荡的美食广场里，她就来回闯荡转悠了半个多小时，死活也走不出去，刹那间，看着在台风季里歇业的那些黑洞洞的店铺——小湘厨、铁锅炖、三千里烤肉——她还以为自己来到了阴曹地府。最后，她总算是冲出了美食广场，风也刮得更大了，闪电一道接连一道，雨水当空而下，几分钟就成了瓢泼之势。完了，当街里站着，于慧一边冻得瑟瑟发抖，一边绝望地想，今天晚上，只怕是回不去了。哪知道，几分钟过后，远远地，她听到，老欧正在喊她的名字，她盯着前方仔细看，果然，闪电里，老欧朝她奔了过来，天知道他是怎么找到她的！一下子，她的眼泪都快掉下来了。接下来，老欧蹲下，让她趴到自己的背上，对，他要背着她，蹚水回公寓，她当然担心老欧的身体，执意不从，但老欧却发了大脾气，到最后，她也只好乖乖听话，让他背自己回去。刚走出去没多远，老欧便喘不上气来，她问了一句他还吃不吃得消。"小田，看见没？你老婆，我背着呢！"老欧却愣生生地将脖颈一挺，小跑起来，又对着茫茫雨幕大喊了一句，"我的老婆，我背着，你就别瞎操心啦！"

回到公寓，老欧显然是冻着了，上下牙都在打战，四肢也在哆嗦不止，于慧赶紧打开淋浴，给他冲澡，冲完了，再手持一块干浴巾，将他的身体一点点擦干，擦到他的两腿之间，那里似乎有了反应，动了一下，她看见了，他更看见了；但只动了一下，他们也都只好装作没看见。突然，老欧右侧的半边身体，僵直着，再不动弹，嘴巴也打了结，喊出来的话，一瞬之间就变成了大舌头："糟，糟了，我好像……我好像又中风了！"这下子，她的魂都快给他吓没了，毕竟是护士，她一把拉开浴室的门，冲到客厅里去找药，临到要出门，老欧却又一把拉住了她，哈哈笑着，对她说："吓你的，我故意吓你的！"紧接着，他坏笑起来，看看自己的两腿之间，再盯着她："再过几天，我会让你知道厉害的……"没等老欧的话说完，于慧这回是真的翻脸了，将两只手在自己的心脏上捂了好一会儿，这才没好气地，一把将他推出了浴室，老欧也知趣，不再纠缠，乖乖回到了客厅里。于慧关上门，先是打开水龙头，将水温调凉，拼命冲着自己的头，好半天，刀割一般的头疼才稍微减轻，她眼前的一切，也不再是忽远忽近、忽明忽暗，她这才拉开窗户，拼命地朝着闪电和雨幕里张望，拼命地找着小田的影子。

是的，就在于慧和老欧短暂分开的这段时间里，一件断然不可能发生的事发生了：天哪，她竟然遇见了小田。遇见他的地方，不在别处，正是之前的美食广场。远远地，她看见一个人影慢慢走过来，和她一样，站在铁锅炖的屋檐和招牌底下躲雨，恰好，一道闪电，将他们两个人照亮，霎时间，他们看着彼此,各自难以置信,等到下一道闪电来临,转瞬即逝的光亮里,两个人再一次看清楚了对方——就这么一小会儿,他们的眼睛,都淌下了眼泪:虽说过去了这么多年,他们都老了,但是,化成灰,她认得他;化成灰,他也认得她。

最终,还是小田先跟于慧说话了:"我知道,你现在,过得挺好的。"

于慧完全说不出话来。

沉默了一小会儿,还是小田继续说:"你们上岛的时候,我看见你们了……你们,过得挺好的。"

又有什么不能承认的呢?她干脆吸了吸鼻子,对小田说:"是还行,挺好的。"

停了停,她反问小田:"你呢?"

"我?"小田低头,看看自己的厨师服,那厨师服上,东一块油渍,西一块油渍,于是,不无凄凉地,小田笑了,"我还能怎么样?"

于慧追问他:"这么多年,你一直躲在这里?自己开店,还是给人烧菜?"

"对,躲在这里……在民宿里给人烧菜。"小田又低下了头,可是,再抬头时,眼神里却多出了一丝嘲弄,还不只是嘲弄,他那甚至是恨意,他的笑,也不再凄凉,而是像一支箭射过来,"为了嫁给他,没少下功夫吧?"

"不是你想的那样——"于慧慌忙回答他。真的是孽债,这一辈子,只要小田生气,她就会慌张;一慌张,说话时,就像她最早认识的老欧一样说不利索。

小田的嘲弄越来越明显:"当初,你不是说好了,不管活到什么时候,都要守着我的吗?"

"是说过,"听小田这么说,一股巨大的委屈,还有愤懑,也迅速地攫住了于慧,她径直反问他,"那你呢?你就对得起我吗?"

如果不是老欧喊着于慧的名字远远找过来,两个人的争辩,只怕还会无休无止地继续下去,所以,当老欧背上于慧,又冲着茫茫雨幕大喊起来"小田,看见没?你老婆,我背着呢",实话说,彼时彼刻,于慧的心差点被这句话吓得跳出她的身体:要是依了小田当兵时的脾气,这下子,老欧还有命活着回去吗?奇怪的是,小田像是没听见,一点声息都没发出来。于慧趴在老欧的背上,头脑里倒是止不住的错乱:就好像她和小田,全都回到了年轻的时候,要是有人胆敢逗弄她那么一两句,要么像一把剑,要么像一块铁,或刺或砸,小田都会从各种斜刺里跳将出来,不要命地朝着对方冲杀过去。然而,今时不同往日,于慧等了一会儿,并没有等到小田跳将出来,便只好任由老欧背着自己,一步步往前蹚。也是,其实当年的小田,自打转业,进了工厂当厨师,他就不再是当兵时的小田啦。只不过,即使这样,于慧也知道,小田没离开,他一直都跟着自己和老欧朝前走,这不,路东的槟榔树与槟榔树之间,路西的凤尾蕉与凤尾蕉之间,总有一个人影,忽而闪现,忽而消失,这要不是小田,还能是谁?

老欧是何许人也?打这晚开始,他便看出,于慧不太对劲,但是,看破却不必说破。第二天,于慧在床上几乎躺了一整天,老欧倒是跑进跑出,给她买吃的喝的,还专门找到岛上的医院,给她买了更对症的治头疼的药。第三天,一大早,天刚蒙蒙亮,他便叫醒了于慧,要和她去赶海。糊里糊涂地,于慧就被他拉扯着,来到了大风摧折了一晚之后肮脏的海滩上。一路上,头顶上的广播里,正在播报着一则新闻:菲律宾和老挝,还在为几天后那场台风的名字争吵不休,她忍不住去想:还别说几天后,就现在,海滩都已经够脏的了,何止海滩,前后左右,无一处不像个垃圾场,这台风,不叫它鲇鱼,还能叫什么? 老欧也听完了广播,却像是对昨晚的风级很不满意,甚至有些恼怒地问她:"你说,这场台风,他妈的为什么还不来?"她哪里答得了老欧的话呢?她的头还在疼,世间万物,仍在忽远忽近、忽明忽暗,心底里也禁不住暗暗疑惑:这么长的海滩,一个人都没见到,海面上,暂时也风平浪静,都没有一道海浪朝他们涌过来,他们两个,这是赶的哪门子海? 做梦一般,不知不觉间,她被老欧拉扯着,来到了那块屏风般的礁石前,然后,老欧让她站着别动,当当当,当当当,他用嘴巴给自己奏乐,转而跑到了礁石后面,再现身时,于慧看到,老欧竟然拽着一条船出来了。天知道他是怎么办到的。可不管怎么说,他的意思,于慧却很明白:他要兑现自己发下的狂言,划着船,从这里出发,送于慧到几十海里外的那座小岛上去。显然,老欧的疯狂超过了她的想象,她只有愣怔着,站在海滩上,看着老欧将那条船推入海水,再看着他跑回来,攥起自己的手,并排朝着船走过去,临走到船边,于慧如梦初醒,问老欧:"你这是不要命了吗?"老欧接口就笑答:"谁说不要命了? 我的命,硬得很,这点子海水,拿我有什么办法?"话音未落,老欧再将她往前一拽,她趔趄着,几乎倒下去坐在了船上。

好吧,他们出发了,风平浪静的大海,真是好。薄雾正在散去,混浊的海水也在慢慢清澈起来,一点点细雨降下,打湿了于慧的脸和头发,使她差点觉得,自己回到了特别年轻的时候,那时候,她连小田都还不认识,一切都没开始,一切都像大海一样空旷、无边无际。可惜的是,他们两个的船,并没划出去多远,就碰到了海警的巡逻船。一见到他们,巡逻船上的大喇叭立刻响了起来,喇叭里的声音警告着他们台风就要来了,他们必须赶紧回到岸上去,否则,巡逻船就要动用强制手段驱离他们。老欧恨得牙痒痒,可是没法子,他也只好挥动双桨,把船往回划。回到海滩上,老欧生着气,也不理于慧了,一个人再去将船藏在礁石后面,以待来日。于慧想过去搭把手,哪知道,老欧却一把推开了她,她只好止步,看着他一个人拖拽,一个人忙活,只是,等到老欧消了气,从礁石背后跑出来,举目四望,却再也看不见于慧了,不用说,这是于慧跟他生气了,一个人先回了公寓,这下子,老欧认输了,罢了罢了,还是回去认错吧。于是,朝着公寓的方向,他先是小跑起来,然后变成了狂奔。

但是,于慧并没在公寓里,在公寓里等了好半天,老欧也没等到她回来,他不再等了,出门去找她,这时的他尚且不知,几乎大半天自己都将奔跑在找她的路上。海滩边的树林,十好几家餐厅、美容院和水疗洗浴中心,好几处网红打卡景点,以上诸地,他全都去找过了;中间,他甚至还哭了一场——经过他们早上分别时的海滩,看着空荡荡的海面,猛然间,他有了不好的预感:难道,就因为自己冷落了她,还推了她一把,她便想不开,一气之下,跳进了大海?果真如此的话,他该怎么办?接下来的日子,又该怎么办?一念及此,老态发作,两行眼泪夺眶而出,怎么忍也忍不住,好在是,一阵伤情之后,他又转念想,无论如何,于慧总不至于去跳海,这才戛然止住,接着去找她。终于在那条人烟稀少的商业街,快走到头了,一抬眼,老欧看见了于慧,她也看见了他,像是被他吓住了,一哆嗦,消失在了路边的一条巷子里。但是,老欧却看得真切,她不止一个人,在她边上,还有一个男人,两个人还挨得特别近,近得就像是一对夫妻。

接下来,一个追,一个躲,他们两个,兜兜转转,跑遍了商业街和它周边的好几条巷子,在一家门店前,老欧终于截住了于慧,她身边的那个男人,却没了踪影,躲了这么久,于慧也跑不动了,好似待宰之羊,背靠在仿古建筑的粗大门柱上,喘息着,脸色煞白地看着老欧,老欧也不废话,上来就问她:"他是谁?"

于慧避无可避,只好照实承认:"小田。"

巨大的惊愕袭来,老欧的嘴巴都差点合不上:"他,这些年,一直在这岛上？"

　　"对。"于慧点头，眼神却是涣散的，像是在看老欧，又像没看他，想了想，又补了一句，"我也是刚知道。"

　　猛然间，一阵眩晕，将老欧裹挟，他的眼前发黑了一阵子，这短暂的发黑，和他第一回中风时的情形一模一样，顿时，他的心狂跳了起来，站也站不住，往前跟跄了两步，但他拼了命，活生生将自己给定住了，再看看四周，确定自己并不是再一次中风，这才问于慧："他，想让你留下来？"

　　"是，"于慧继续承认，"他想让我留下来。"

　　"我问你——"到了这时候，老欧才想起那个要命的问题，"你们就这么，就这么逛了一个上午？"

　　见于慧不解，他便追问了一句："没干点别的什么，这一上午？"

　　这一次，于慧明白了，慌忙摇头："我头疼得厉害，走一阵，就要歇一阵。"

　　老欧放了心，巨大的怒意却没消退，天上下起了雨，不同于清晨时的细雨，雨珠粗硬得很，老欧干脆仰起脸，任由它们砸在脸上。可能是经受了不小的刺激，哪怕背靠在门柱上，于慧也站不住，想走，又怕老欧不同意她走，捂着头，看看老欧，再看看四周，身体一软，差点倒在地上。罢了罢了，看她这样子，老欧的心也软了，暗暗地，叹了口气，走到她身前，蹲下，让她趴到自己的身上，他要把她背回去，于慧也明白他的意思，听话地趴好。真是奇怪啊，按理说，这辈子，他也没少碰别的女人，可是，每一回，只要于慧挨着他，那两只乳房只要轻轻地蹭一下他的什么地方——他的胳膊、他的脸、他的后背——只要蹭上去，他便什么都忘了，哪怕早已无法做爱，他也只想着跟她腻歪在一起。现在又是如此，在越下越大的雨里，满街的芭蕉叶，片片都显得碧绿肥大，还有那些蕉干，直挺挺向上耸立，全都顶着一朵两朵的瓣叶微张的芭蕉花，而它们，竟然让老欧脸色潮红，直喘粗气，他觉得，那蕉干，是自己，那芭蕉花，是于慧。

　　老欧并不知道，实际上于慧对他说的，是假话。在小田的出租屋里，小田推倒过她，也几乎将她的衣服给脱掉，她一直不让，双脚蹬蹄不止，其中一脚，蹬在了小田的胸前，看她这样，小田也泄了气，站到窗前，抽着烟，背对她，嘿嘿冷笑："你也是这样踩他的吗？"她当然无言以对，小田却不打算放过她："你今年五十几岁了？"小田扫视着她，又自问自答："五十六岁了。还好，胸还是胸，屁股还是屁股，腰粗了点，不过呢，他喜欢，人人都知道，他最喜欢骑'大洋马'，我没说错吧？"而于慧，从床上坐起来，将衣服整理好，也不敢看小田，低着头，盯着自己的脚，这双脚上穿着的鞋，是两个人拿证之前，老欧买给她的，产自意大利，漆皮，厚底，每只鞋面上各嵌着一只蝴蝶结，暗暗发着光，小田也看到了这双鞋："嫁给他，你没少花心思吧？"小田拿自己的脚踩在她的脚上，踩着踩着，他突然喊起来："对了，你他妈的，不会从那时候就开始想嫁给他吧？"他说的那时候，于慧自然知道是什么时候，她连连摇头，不知道她想起了什么，突然，眼睛就红了："那时候，我怎么可能认识他？"

"也是……"见于慧哭起来，小田也大概猜出了她为什么而哭，声调低下来，问她，"想起烧鞋子的那天晚上了吧？"

于慧抬起头："你也还记得？"

怎么可能不记得呢？那天，是于慧从厂医院下岗之后的第一个春节，腊月二十八，再过两天，就要过年了，而他们，因为前一年小田的妈妈住院动手术，所有的积蓄花完不说，还欠下了不少债，越近过年，上门要债的人就越多，所以哪怕已经是腊月二十八，他们两个，还在火车站前的广场上卖衣服。衣服是于慧批发来的，最贵的不超过五十块，最便宜的只有五块，下岗之后，她就一直在做这门生意。入夜之后，天上下起了大雪，他们害怕早回家会被债主堵门，就一直熬着，熬到半夜了才敢往回走。他们的家，在郊区，从市区西北角出来，得翻过两座山，才能到达他们的厂区门口。这天晚上的雪下得太大了，山路上都结了冰，一开始，小田还骑着自行车驮着于慧，于慧的怀里抱着一堆没卖掉的衣服，渐渐地，冰层越来越厚，几乎寸步难行，他们刚打算推着自行车往前步行，一个打滑，连人带自行车带衣服，全都跌下了山路边的深沟里。那深沟，连同里头的树和灌木丛，全都结着冰，靠徒手，无论如何都攀不上去；而漫山遍野里，除了他们夫妻，再没有过路人。到后来，他们都快被冻死了。为了暖和一点，小田手持着打火机，想去点燃没卖掉的衣服来烤火，可是，它们早就都被大雪浸湿了，根本点不着。这时候，于慧想到一个法子，她找小田要过打火机，再脱下自己的鞋子，将打火机伸进去，点燃里面的人造毛，渐渐地，一整只鞋子都烧着了，起了火，借着火势，他们接着去烧那些没卖完的衣服。一件烧完了，再烧另一件，从五块十块的，直烧到五十块的，全都快烧完了，总算来了一辆过路的货车，他们拼命地喊，那辆货车的司机终于听到了喊声，停下来,扔给他们一根绳子,才将他们吊回到了山路上。

"留下来吧,别跟他回去了,"小田的脸上,淌出了眼泪,他明明白白去求于慧,"留在这里,跟我一起过。"

"你也别骗你自己,我有这个把握,你还是想跟我一起过的。"停了停,小田继续紧盯着于慧,"要不然,在海滩上,我对你一招手,你也不会乖乖跑过来了。"

于慧自然没法子去反驳他。是啊,真是贱啊,就那么一会儿工夫,老欧还蹲在礁石背后,吃力地将那条船系牢在石孔里,她也只是远远地依稀看见小田对她招了招手,便什么都不管,撒开腿,跑到了他的身边,再任由他将自己带到了他的出租屋里。可是,现在,时隔多年之后,她的合法丈夫是老欧,她还怎么可能留得下来? 隔着窗户,她已经看见了好几遍老欧在岛上来来回回地找自己,再不回到他的身边去,他要是动了雷霆之怒,事情又该如何收场? 算了,该走了,她不再犹豫,起了身,要往外走。"你可别后悔,"小田冷声对她说,"我不会拦你的。"他的话虽这样说,见她照旧出了房门,他还是追了出去。

只是这么一来,老欧可就跟发了疯差不多了。之前,清淡的饮食、适量的运动、戒烟戒酒,这些中风病人恢复期内必须做到的戒律,他一直都在坚持。现在,他更要坚持,唯有适量的运动这一项,他下定了决心,不再遵守,而是擅自加大了运动量,以使自己早日变成和小田一样的"正常人",是的,承认了吧,他其实还远远不是一个"正常人":右侧的半边身体,那些看起来的自如,都是他强撑出来的,一旦前后左右都没人的时候,他便撑不动了,再往前走路时,多半只有左侧的半边身体拖拽着剩下的部分吃力地挪动。为今之计,除了加大运动量,还有什么别的法子呢? 于是,除了早晚各一次的环岛跑,一有时间,他就要划船,对,那条藏在礁石背后的船,一回回被他拖拽出来,再推入海水,自己坐上去,挥桨,一点点划远,远到变成一个海面上的黑点,远到让一直站在公寓窗户边看着他的于慧手脚冰凉,心都提到了嗓子眼,他才往回划。

这天晚上,天都快黑了,海面上的那个黑点,还没划回来。眼看着天上海上风浪大作,一整座岛上的树都被风吹得纷纷扑倒,海浪也在骤然间升高,一道道向海滩挤压。本地电视台中断了正常节目,反复播报着台风很可能今晚就将经过此地的突发新闻。于慧再也坐不住,攥着手机,冲出公寓,奔到了海滩上,再踮起脚,死命地朝海上张望,可是,茫茫海水间,怎么都看不见老欧和他的船,她给老欧打了几十次电话,每一次,听筒里传来的,都是"您拨打的用户已关机",这可怎么办?这可怎么办?于慧全然没了方寸,除了对着大海连喊了几十遍老欧的名字,她再也没有别的法子,只能在遍地的淤泥里来回地走,每走一步,鞋子陷进淤泥,要使老大的劲,才拔得出来,好巧不巧地,小田却像个鬼魂一般,悄无声息地,又站到了她身边。

"别喊了,说不定,他早就回去了。"小田提醒她,"这里的风太大,我敢打赌,他是换了个地方上岸了。"

夜幕浓重,于慧看不清小田的脸,不过,听他这么说,她也好歹松了口气:"是吗?"

"在水库里捞鱼的那天晚上,刮的风也有这么大——"小田却不看于慧,幽幽地,去看被夜幕席卷的大海,黑黢黢的海面上,一点亮光都没有,足以说明,就连那条四处围追堵截的巡逻船,也回到了避风港。小田侧过脸,问于慧:"我没说错吧? 那天晚上的风,不会比现在的小吧? "

听见小田这么问自己,于慧的身体,猛然定住,不再左右走动,没敢继续朝着大海张望,也没敢去看小田,只是低着头,鼻子一酸,哭了:"我当然记得,怎么可能忘得了? "

是的,只要她愿意,在水库里捞鱼的那个晚上,随时都能像她看过的那些电影一样,招手即来,在她脑子里飞快地过一遍,就像现在,当她抬起头,大海已经凭空消失,换作了当年的那座水库——这座水库,距他们当年的工厂并不远,却与四县接壤,仅水域面积就有六十多个平方公里,因为它接纳的支流甚多,并且还纳入了不少的潜流和暗泉,所以出产的鱼种便格外多。在所有的鱼中,最被食客们视若至尊的一种,是产量极少的白甲鱼,此鱼其实属于鲤鱼科,但因为常年只吃水底岩石上的着生藻类,别的食物则一概不碰,肉质便格外鲜美,引得多少董事长、总经理竞折腰。这天,节令正是霜降,小田得到命令,非要去水库里捞回几斤白甲鱼不可,只因为第二天好几位大人物要驾临工厂,厂长要招待他们好好吃上一顿。来通知小田去捞鱼的人说,白甲鱼要是捞不回去,他便就地下岗,再也不用回去了。可是,那白甲鱼,从来只在夏天从水底游向水面,其余的时间,一律在水底的岩石附近游荡,霜降时节,他有什么法子把它们捕到手里来呢?

晚上,于慧收了卖衣服的摊,便匆忙往那水库里赶,风刮得那么大,她实在不放心小田一个人待在水库里。果然，等她到了水库边上，小田划着船去接她，大风袭来，她差点就一头栽进了水里。和她想的一样，船舱里，一条白甲鱼都没有，他们两个瑟缩着，继续划船，来到小田之前布好渔网的地方。渔网一道道拎起来，除了零星的杂鱼，根本没有白甲鱼的半点影子。时间一点点过去，风也大到了快将他们的船掀翻，又检查了好几遍渔网，还是一无所获。终于，小田下定了决心，吩咐于慧在船上坐好，他自己则准备下船扎猛子到湖底的岩石边上闹一闹，看看自己究竟能不能把白甲鱼们往水面上赶一赶。听他这么说，于慧一把拽住他的裤腿。"不行，"她失声喊起来，"这会没命的！"风太大了，哪怕她拼了力气喊出来的话，一下子就被风送远了。但是，小田听明白了，他的身体，发了一下颤，苦笑着，问于慧："你说说，还有没有别的法子？"于慧当然没有别的法子，只是拽紧了小田的裤腿，一点也不松开。"听话，"小田将她的手掰开，再轻声叮嘱她，"你坐好，我去去就回，实在不行的话，咱们就认命。"说罢，他一把推开于慧，从船上跳下去，于慧再怎么阻拦，都已经来不及，下意识地喊了一声小田的名字，眼睁睁地，看着小田从水面上消失，只剩下水面上扩散开去的波纹，在大风之中，迟迟无法聚拢。好在是没让她等多久，在离船不远的地方，小田现身了，他仰卧在水面上，一口口，吐出了灌进嘴巴里的水。于慧手慌脚乱，刚要挥动船桨朝他划过去，他却一个猛子，重新钻进了水下。

　　回忆至此，戛然而止，就像年轻时看露天电影，胶片烧着了，银幕上不再有什么画面，变作了一块白布，于慧的眼前，水库也消失了，取而代之的，仍是夜幕下的大海，现在，海浪冲破夜幕，犬牙一般，正在一点点向着她和小田奔涌。她刚要往后退避两步，突然，小田的脑子里，也像是过完了好几部电影，又像是明白了一切：整个身体，都在止不住地战栗；他的脸，激动到了近乎扭曲的地步；然后，他一把抓住于慧的胳膊，脸都快贴到她的脸上去。"我知道了，我知道了，你一直都在守着我呢，"几乎是一字一句地，他的眼睛，逼视着于慧的眼睛，"你带他到这里来，是想要他死在这里，对不对？对不对？"

　　天大的秘密，就此被小田戳破，于慧的眼前，还有她的脑子里，全都又只剩下了一块白煞煞的电影幕布。她看着小田，又像是没看他，再转过身，去看一整座岛，这座岛上，全部所见，树和灯杆、公寓和商业街、灯塔和玻璃栈桥，齐齐地，像躺倒的巨人猛然站起身来，再往下倾塌，说话间，便要将自己和小田埂进海滩上的淤泥里,她赶紧再往后退,退进了大海,全身上下,都被海浪砸中,湿漉漉的,幸亏了小田,一把将她拉回到身边,而她,却在短暂的时间里经过了好几轮天旋地转,再也忍不住,蹲在地上,呕吐了起来。

小田放下被他戳破的秘密,着急地弯腰,俯下身去问于慧:"你这是生了什么病吗?"

好吧,也没什么好瞒着他的了。于慧抬头,告诉他:"抑郁症……"

停了停,她又说:"得了好多年了。"

小田迟滞地蹲下,抱着膝盖,看向扑过来的浪头:"我知道,肯定是因为我,你才得的这个病。"

"对,"于慧下意识地回答他,"因为你。"

话都说到了这里,小田也就痛下了决心,"既然你都把他带到这里来了,"小田咬了咬牙,径直对于慧说,"剩下的事情,交给我吧。"

于慧的病,又犯了,头疼得厉害不说,眼前的小田忽远忽近、忽明忽暗不说,之前,那些倾塌的巨人——树和灯杆、公寓和商业街、灯塔和玻璃栈桥,一根根,一座座,忽然起身直立,将她托举了起来,所以,她又眩晕着呕吐了,她明明还蹲在淤泥里,却觉得自己身在半空之中。她一边吐,一边答应着小田:"剩下的事情……交给你了。"

这天深夜,回到公寓,跟小田提醒过的一样,于慧果然看见,老欧早就回来了,于慧进门时,他正站在硕大的电视屏幕前,盯着电视新闻看,一步也不挪,屏幕上,新闻主播总算宣布,经过好几天的争吵,在国际气象组织的干预下,菲律宾和老挝终于达成了一致,正在到来的这场台风,它被最终定下的名字,还是叫作鲇鱼。这名字当然令老欧不满:"鲇鱼!"见于慧回来,他一指电视屏幕,气恼地问于慧:"你说说,这是他妈的什么破名字?!"而此时,那场传说中的台风,果然正在到来,气恼是气恼,也不知道怎么了,这场台风的到来,却让老欧异常兴奋,也是,连日里,他一直都在抱怨,抱怨真正的台风为什么还不来,现在,它总算来了。老欧捏紧了拳头,呆立在原处,就像被多么殊胜的神迹给震慑住了,屏住呼吸,看向窗外,整个身体,纹丝不动,之后,他仍不满足,又牵着于慧的手,拖拽着她,一起站在了窗边:一整座岛上,连日里被风吹倒过的树,现在已经彻底匍匐在地,看上去,好似被踩躏过的奴隶们全然放弃了抵抗;狂暴的雨水击打在各处,都发出了轰鸣之声,这轰鸣声,由远及近,像是一旦开始就再也不会结束;比雨水声更加轰鸣的,显然是雷声,那雷声,每响一声,就如十万吨炸药在天空里炸开,不仅让于慧的耳边嗡嗡不止,更让楼下街道上的两只不知去往何处的野狗完全没了方向感,屈膝、低头、蜷缩着,任由雷声一遍遍碾压着自己。然而,老欧的脸上,却越来越兴奋,当他看见一棵槟榔树被拦腰折断,树冠被风吹得东游西荡,迟迟无法落地,反倒飞奔到了自己的窗前,他笑了,闭上眼睛,早早张开双臂,就像是隔着窗户他也能将它抱在怀里。他深吸了一口气,睁开眼睛,告诉于慧:"我这八十一难,快过去了!"

这不是于慧第一次听说他的八十一难了,为了不影响第二天她和小田商量好了的事,再加上她觉得身边的老欧,兴奋得让她几乎不认识,她的心底里,顿生了巨大的不祥之感,所以,有那么一阵子,她想好好问问老欧,到底什么是他的八十一难,话要出口,她却变成了刚认识他的那时候,脱口就说:"这样啊……"

一清早,刚起床,名叫鲇鱼的台风还在它拉开的序幕之中,于慧的头却疼得连半步路都走不了,于是,按照前一晚她跟小田商量好的,她问老欧,他们两个,能不能换个地方住下,原因是这家公寓楼的地势太高了,他们住的楼层也太高了,自从住进来,她就一直在头疼;好一点的时候,头也在晕个不停。现在,台风又来了,眼睛一睁开,看到的全都跟地动山摇差不多,再住下去,她只怕真的是一分钟也活不下去了。哪知道,老欧听完她的话,一点犹豫都没有,连声答应了她,赶紧在手机上打开了好几个 App(应用程序),去搜合适的地方,没两分钟,他便挑出了几家中意的,再让于慧来选。于慧捂着头,选定了一家,那是一家紧靠着大海的悬崖上的民宿,其实,说是悬崖,那座山不过才几十米高,民宿老板耸人听闻,将民宿的名字叫作了"悬崖"。一刻也没停,老欧把电话打过去,订下了一间套房,然后,他便搀着于慧出门了。出门前,于慧问他,没有车,他们怎么走,他却哈哈一笑,回答于慧:"放心吧,山人自有妙计。"的确如此,接下来的一切,老欧都成竹在胸——下了楼,老欧让于慧稍等一会儿,他自己则在倾盆的雨水里跑远了;再回来时,开来了一辆电瓶车,他便招呼于慧坐上来,一起向着那家悬崖边的民宿开过去。

离民宿还有一段坡路,大堂门口的那处网红打卡点——一座绿色金属做的风车,已经在望。电瓶车进了水,只好停下。老欧手里拎着两个人的箱子,却蹲下来,还要背着于慧跑过去。于慧跟他说,她完全可以走过去,老欧不听,非要伸出手去拽她,也不知道怎么了,老欧手上的劲,比往日里都要大,他轻轻一拽,她便倒在了他的肩膀上。老欧背好了她,起身,向前跑,一边跑,一边对着茫茫雨幕喊:"小田,看见没?你老婆,我背着呢!"听他这么喊,于慧不禁打了个哆嗦。就连躲在那座风车背后的小田,也打了个哆嗦。于慧隔着雨幕,去看越来越近的小田,小田也张大了嘴巴看着她,但是,他们两个都来不及再多想了,说好的目的地,马上就要到了:离金属风车还剩下十几米。于慧差不多是在求老欧,说她在他背上实在头晕得厉害,这才让老欧放下了她。接下来,两个人一起往前走,快走到金属风车底下的时候,于慧故意拖慢了步子,让老欧一个人走在前面。这时候,小田动手了,只见他抹了一把脸上的雨水,后退两步,使出全身力气将金属风车推倒,那风车,应力倾斜,直直地朝老欧砸了下去,可偏偏,不远处,一根电线杆突然倒下,好几根电线先于风车下坠,又稳稳地兜住了风车,轻轻松松地,浑然不知地,老欧便逃过了这一劫,站在民宿门前,连连挥手,直招呼着于慧走快一点,再走快一点,于慧只好看了一眼小田惊骇的脸,不自觉地加快步子,来到了老欧的身边。

此时,天空里堆满了黑云,黑云挤压着微弱的天光,加上屋外的电线杆又倒了,电就停了,因此民宿里到处都是黑洞洞的,明明是白天,四下里,却跟天黑了一模一样。老欧和于慧的身上全都淌着雨水,在大堂里办理入住的柜台前等了好半天,模模糊糊之间,总算等来了小田——台风季节,民宿老板提前给员工放了假,自己则去了云南旅游,现在,一整座民宿,就只有小田一个人。小田给他们办入住的时候,于慧一直紧张得想挪动几步,又一步也不敢挪,是啊,她生怕老欧把小田认出来,好在并没有:一来是,小田也冷静得很,直到把房卡递给他们,他都没抬起过头来;二来是,老欧只见过小田年轻时照片上的样子,毕竟现在的小田也老了。果然,一切都在正常进行,办好入住,小田帮他们拎着行李,走在最前头,领着他们,穿过枯山水式的庭院和一条长长的甬道,来到了他们的房间门口。临要进房间时,于慧回头,看见小田正捏紧了拳头,又对她深深点头,她这才稍微安心,关上了房门。

并没有让小田等多久,于慧就动手了:房间里,通向阳台的滑动门开着一条不小的缝,不断有雨水透过那条缝溅入房间,靠墙的桌子、挂在墙上的电视屏幕,还有一小块地毯,都被雨水打湿了,这些于慧一进门就发现了,但故意装作刚刚看见,惊叫了一声,快步跑到门前,去将它关严实,门外,就是厚厚的玻璃做成的阳台,嵌挂在崖壁上,正对着大海,不过,小田早就将玻璃给偷换了,只要老欧站上去,那新换的玻璃,必然会马上碎裂,到那时,老欧便只有活活掉到崖底去的结局。于慧站到门前,使出全身力气,去拉扯着它,那门却像是被卡住了,丝毫也不滑动,这下子,就只有轮到老欧上了。老欧见状,赶紧唤回于慧,自己上,还是不行,那照样不滑动,于是,他便将自己置身在那条缝中,一只脚还踩在房间里,另一只脚迈起来,打算落到阳台上,再对着那滑动门侧面去用力拉扯——果真如此的话,老欧离掉到崖底下摔死,就只有一步之遥了,可是并没有,他的那只脚刚刚抬起来,好巧不巧,一只空调的挂机猛然间重重坠下,擦着老欧的身体,坠向阳台,砸穿了玻璃,直直地奔向崖底,转眼,便消失在了空茫茫和黑黢黢的雨雾之中。

又落空了,于慧止不住地愤懑了起来,她恨不得对着不知身在何处的小田喊叫一通:"你是个废物吗?你他妈的,到底还能干什么?"急火攻心之后,她不再管老欧了,而是一个人,气冲冲地,拉开房门,跑向了大堂,去找小田兴师问罪,再看老欧,即便是在这场台风里越来越兴奋的他,也呆呆地看着阳台,深陷在后怕里,后怕了一阵子,他从箱子里掏出了一尊小小的神像,这神像,是第一期悉达吠陀课程结业时,他的上师送给他的。现在,他将这神像供在桌子上,跪下磕头,嘴巴里还在不迭地念诵着上师教给他的经文。另一边,穿过枯山水庭院和长长的甬道,于慧跑进了大堂,来到了办理入住的柜台边,阴冷地盯着柜台里的小田,不用说,此前在房间的阳台上发生的事,小田都看见了,此刻,他只有硬着头皮,告诉于慧:"再过一会儿,就要开饭了,吃饭的时候,解决问题。"

于慧被他气笑了:"你知道,有多少回,我都打算在他吃饭的时候解决问题吗?"

小田没有说话。

于慧也不再看他了,继续笑着,张望着刚刚离开的房间,房间里,桌子上的那一尊小小的神像,闪烁着微弱的铜光,她说:"土豆发芽了,生龙葵素;甘蔗发红了,长节菱孢霉;黄花菜要是不焯水,本身就带着秋水仙碱,对中风的人来说,全都要命,可他妈的,这些我都做给他吃过了,还是不死,我才带着他到这岛上来,你他妈的,以为我嫁给他之后是白活到现在的吗?"

"我保证,他活不了了,"小田被于慧的神色吓住了,往后退一步,又喃喃地说,"鲇鱼,我准备好了。"

"鲇鱼?"听他这么说,于慧又糊涂了,却咬着牙,"就他妈的这场台风吗?"

"你忘了吗?这座岛上,有一种鲇鱼,人要是吃了,只要抢救不及时,就得死,这些年,大家都以为它们被灭光了,其实没有,我捞了好几条,一直养着。对了,就刚刚,我还做了一条,端给狗吃,狗一吃完,就死了……"一边说着,小田一边弯下腰去,从柜台底下抱出来一条死了的狗,"今天,他要是还不死,我去死。"

"我上网查过了,"眼见于慧还在死死地盯着自己,小田对她举起了手机,"这种鲇鱼身上的东西,叫作金黄色腺体脱氢鳞状细胞毒素,真的是剧毒。"

可是,小田的话,还是落空了。正午时分,开饭之前,小田顶着大风,到屋外的库房里启动了应急的发电机,这样,偌大的餐厅里总算亮堂了些,但是跟往日里相比,吊灯、餐桌、窗户上的纹饰,甚至桌上的菜,看上去,还是影影绰绰的。老欧和于慧,刚刚在餐桌前坐下,就像准备了一辈子,小田便一道接连一道,端上了他做的菜,尤其是那一条肥硕的鲇鱼,刚出锅,汤汁饱满,撒着紫苏和葱花,散发出浓郁的香气,被小田摆在了老欧的正前方,如此,根本用不着于慧劝他多吃两口,老欧的筷子,早已直直地奔向了它,一连吃了好几口,却一点事情都没有,不仅如此,于慧还突然发现,这才两分钟的工夫,老欧的脸,竟然一下子变年轻了,就好像老欧一直都在等着的什么丹药,现在终于找到了,服下了。一场返老还童的奇迹,在于慧的眼前,就这么发生了。这到底是怎么回事?于慧慌忙转头,朝四下里看,去找小田的影子,小田却不知道躲在哪个旮旯里,全无踪迹。就在她张望了一阵子,再回头去看老欧的时候,只一眼,她便呆愣住了:就过了几十秒而已,老欧的脸,跟刚才相比,更年轻了,还有他右侧的半边身体,也自如了,天知地知,自打中风,老欧都是用左手拿筷子,现在,于慧明明白白地看见,老欧拿筷子的手,变成了右手,这叫她怎么不被他吓住?莫非,这鲇鱼,这鲇鱼身上的金黄色腺体脱氢鳞状细胞毒素,不光要不了他的命,反而,恰恰是跟他对症的药?

实际上,即使老欧,看着自己自如起来的身体,也有点不相信,他放下筷子,起身,站在餐桌边,也不理会于慧,自顾自地甩动双臂,再原地踏步,结果却不由得他不信,他的右臂、他的右腿,全都恢复到了没中风之前的样子。既然这样,他干脆先不急着吃饭,而是在偌大的餐厅里小跑了起来,他越跑,就越年轻;他越跑,于慧的眼前,就越像是在过电影一般,看见了好多个当年的他。那些他,是自己还没嫁给他之前的他:一时间,他在登台领奖,只见那领奖台上,两条红色的缎带斜挎在他的肩膀上,两条缎带上,都是烫金的字——什么什么突击手,什么什么时代先锋;一时间,在当年的机械厂会议室,企业改制工作会还没结束,他接了一个电话,于是中断会议,下发了命令,要食堂的大师傅小田连夜去距机械厂旁边的水库里捞白甲鱼,如果捞不到,小田就别回厂里来了。于慧的眼前还在过电影,再看老欧,不跑了,回来了,在于慧对面坐下,先是笑嘻嘻地看了一会儿她,然后埋下头专心地吃鱼,那条肥硕的鲇鱼,转眼就被他吃掉了一大半,那些袒露出来的鱼刺,一根根,好似什么怪物的獠牙,说话间,便要像老欧一样变身,再一口咬住于慧的脖子。

老欧真的变了身,这么短的时间,他已经年轻到了于慧快不认识的样子,再看于慧,眼泪倒是流了一脸,良久之后,她咬着牙,问他:"为什么你就是死不掉?"

老欧却一个劲地盯着窗外去看,看着看着,他从口袋里掏出了那一小尊神像,供在了快要吃完的鲇鱼边上,再双手合十,低下头,对着那尊神像,也是对着几千公里外的上师,大声喊起来:"师父啊,台风过去了,我这八十一难,算是过去啦!"

听老欧这么说,于慧也忍不住去看窗外,果然,窗外的一切,都令她愤怒:这场台风,居然就这么结束了,不知道从什么时候起,雨没再下了;之前的暴风也渐渐平息,一点点,变成了微风,悬崖边,那些没有被台风击毁的树,轻轻地,被微风吹动,逐渐伸展和苏醒起来——是的,跟老欧一样,它们都活下来了。"我明白了,你跟我到这岛上来,不是冲我来的,也不是冲着小田来的,"事已至此,于慧反倒笑了起来,"所以,根本就没有他妈的什么结婚旅行,你来这里,就是为度劫来的,对不对?"

"不然呢?"老欧笑着,老老实实地承认,"我师父说了,想要上九重天,就得度这一劫,这场台风,躲是躲不过的。"

"不过呢,还是得谢你,"老欧将鱼汤拌进米饭,再将它们吃得一口不剩,"要不是你动不动就跟我提起这座岛,我哪知道这里就要刮台风呢?这八十一难,还不知道什么时候才能完。"

于慧环顾了一下四周,还是没看见小田躲在哪里,接着问:"到底……什么是你的八十一难？"

到了这时，没有什么事还要再瞒着她了，老欧痛快地回答她："师父说了，我从中风到彻底恢复，要经过八十一难，八十一难都挨过去，我就能上九重天，上了九重天的人，都有木棉袈裟护体；只要穿上这木棉袈裟，从此以后，我就有十八罗汉跟着了——左边九个，右边九个，福来接福，祸来挡祸。对了，要不，我跟你说说什么是九重天吧。我们悉达吠陀，共分九个境界，就是九重天：第一重，叫小梵天；第二重，叫长净天……"

"土豆发芽了，你照吃；甘蔗发红了，你照吃；黄花菜没焯水，你还是照吃——"于慧打断了老欧的话，径直问他，"所以，自打我嫁给你，你就是在度劫，这场台风，其实是你他妈的最后一劫，对不对？"

"可不吗？"民宿外的天光渐渐明亮了，从窗子外探进来的一朵紫薇花也清晰可见，老欧对着它，深深地嗅了一会儿，再站起身来，对着于慧，伸出手去，"劫都度过去了，木棉袈裟也穿上了，咱们两个，该好好过日子啦。走，我带你去划船，就划到以前你跟小田去过的那座小岛上去，咋样？"

"既然这样，"于慧终究忍不住好奇，继续问老欧，"你还不跟我离婚？还有，当初，你他妈的，到底是咋想的，非要跟我结婚？"

"离婚？我为什么要跟你离婚？"老欧笑出了一口白牙，反问着于慧，再蹲到她身边，攥起了她的手，轻声告诉她，"实不相瞒，这辈子，我还有一个劫，这劫万一要是来了，想度过去，还是得靠你。"

于慧不自禁地仰起头："靠我？"

"非得靠你不可。"老欧将了将于慧散乱了一脸的头发，"咱们两个，都是稀有血型，RH 阴性，你说，哪天这劫来了，是不是还得靠你？"

至此，于慧也不再盯着老欧看了，她先是几乎躺倒在椅子上，双目涣散地打量着四周，吊灯和餐桌、窗户上的纹饰和那朵蔷薇花，还有那条只剩下了骨刺的鲇鱼，都被她来回看了好多遍。看着看着，她的嗓子像是被卡住了，她的鼻子也像是被堵住了，一口气都喘不上来，她只好仓皇着起身，一把拉开窗户，把头伸出去，大口喘气，这才稍微好受了些，再回头时，眼泪又淌了一脸，"小田，你这个货，"不管不顾地，她扯着嗓子，对着厨房大喊了起来，"还不动手，你他妈的，到底还在等什么？"但是，厨房里，没有人来回答她，她的眼前，只有老欧那张年轻得让她快不认识的脸，那张脸，离她越近，就越是让她想手拿一把刀子,再一刀一刀割上去,可是,刀在哪里呢? 小田那个货,又在哪里呢? 一刻也不忍了,她死命地挣脱老欧的手,三步两步,奔向厨房,去找刀子,去找小田,也不知道怎么了,当她一把推开厨房的门,倏忽之间,时空倒转,她猛然发现,自己来到了当年的水库上,已经是后半夜了,一直被云层挡住的月亮都出来了,她还蜷缩在船上,等啊等,等啊等,可就是等不到小田从水底下回到水面上来。她当然不想就这么等下去,有好几回,她顶着风,直起身来,挥动双桨,想往更远的地方划过去,但是没有用,风太大了,她划出去多远,风就又把她和船顶回来多远,实在没法子了,她只好将头伸出船舷,徒劳地,对着水面去喊小田的名字,喊着喊着,船身颠簸了一下,再缓缓荡开,她回过身去,这才看见,小田的身体,卡在渔网上,漂浮着,一动不动,到这时,她反而来不及喊他,赶紧伸出手去摸一摸他的脸,而小田,早就没了呼吸。

"这么说,"水库消失了,眼前所见,仍是一间辽阔的厨房,于慧看着满目的灶台、冰柜和锅碗瓢盆,也不知道是在问谁,"你早就死了?"

"十几年前,他就死了,"于慧转身,看见老欧站在自己背后,还是一脸的笑,又跟她说,"你忘了吗? 你嫁给我,是为了让我死,好给他偿命的啊。"

停了停,老欧又说:"别管他啦,你管管我,我过得容易吗?"

"是吗?"照旧还是茫茫然地,于慧脱口说,"这样啊!"然而,这一回,她不再指望还会有谁来做她的帮手了,暗暗地,她的手,从身边的橱柜里搜出了一把刀子,紧紧握住,然后,一刻不停地,再举着刀子,对准老欧,用尽所有力气,刺了过去。但是,老欧却像是早早就发现了端倪,她刚一起步,他便闪躲开来,再紧紧攥住她的手腕,现在的他,是恨不得比于慧还年轻的他,所以,她的手、她的刀,哪里还能动弹呢?"听我的,划船去吧,"老欧也没生气,只是轻声地提醒于慧,"别忘了,我都修到九重天了,木棉袈裟都被我穿上了。"只是,于慧怎么会听他的呢? 再一回,暗暗地,她的左手,又在背后的案板上摸到了一把刀,闪电一般,她将那刀高高扬起,砍向老欧的脸,刹那间,老欧的脸上就多出了一条口子,这口子,不停地往外淌着血。老欧难以置信,抹了一把脸上的血,再朝四下里看,四下里,并没有十八罗汉跟着,这才惊叫着,又忙不迭地放开于慧的手腕,转而不要命地往外跑,跑出了厨房,跑出了餐厅,又跑过了枯山水式的庭院和那条长长的甬道,看样子,他是想跑回自己的房间里去,眼看着,于慧就要追不上他了,那一尊神像,却从他的口袋里掉了出来,他想捡起来,又怕于慧追上，只稍稍犹豫了一下，于慧便追上来了，刚一追上，她手里的刀，不偏不倚地，对准老欧的脸，狠狠砍了下去。可是，好死不死，偏偏这时候，高高悬挂在墙壁上的一幅巨大的油画，可能是被台风吹刮了太久，砰地坠落，正好砸在于慧的头上，再看她，先是她手里的刀咣当落地，而后，她的身体一软，昏迷过去，跟随着那把刀，倒在地上，一点动静都没有了。

再醒过来，已经是第二天的黄昏，这家名叫"悬崖"的民宿里，空无一人，倒是不奇怪，台风季节，民宿老板提前给员工放了假，自己则去了云南旅游，现在，一整座民宿，就只有于慧一个人。醒过来之后，她躺在床上，往外看，一眼便看见了玻璃阳台上的窟窿，但是，她捂着头，想了好半天，也想不起那窟窿是怎么弄出来的，不过，她大概也知道是怎么回事，除了她在犯病的时候这么折腾，这一地的狼藉，还能是谁弄出来的呢？电视还开着，屏幕里，主持人正在播报着关于台风马上要来的新闻：即将登陆的这场台风，菲律宾给它起的名字，叫作木棉；可是，这名字冒犯了老挝的一个少数民族，音译过去，恰好与他们膜拜的一位神灵同名，因此，老挝气象局打破惯例，自行给它起了个名字，叫作鲇鱼，意思是，这场台风，就像河底的鲇鱼，以淤泥、腐殖质和小鱼小虾为食，是不洁和令人厌弃的。

迷迷糊糊地，她起了床，顺手拿起桌上的药瓶，推开房门，信步往前走，一路上，她经过了两把躺在地上的刀、一幅从墙壁上掉下来的巨大的油画；再往前走，就走进了餐厅，餐厅里，桌椅翻倒，碗碟碎了一地，一桌没有吃完的菜正散发着浓重的腥臭味道。现在，她总算想了起来，她的名字，叫于慧，她有一个新婚的丈夫，叫老欧；而今天，正是老欧赶来这座岛上跟她会合，并且开始他们的结婚旅行的日子。这老欧，真是个急性子啊，悉达吠陀课程刚一上完，也不管什么台风，一点都不听劝，火烧火燎地，非要来这里不可。一想到这里，于慧也慌了，只因为，天黑之前，老欧坐的船就要来了，这么一想，她也就没再回去把自己收拾一番，而是一仰头，将大半瓶的药倒进了嘴巴，紧接着，她冲出民宿，往码头上跑。一路上，大风不停地将海水的味道送到她的鼻子跟前，让她一边跑，一边想起了更多当年的味道：深夜里的船上，小田开船，她就坐在新鲜的蔬菜中间，看着天上的星星、海面上涌起的白雾，还有偶尔从海水里跳出来的鱼，再闻着海风味道，茄子、西红柿的味道和小田身上散出的汗味，每逢这样的时候，她总是忍不住搂住小田，在他脸上，在他身上，不要命地亲。

【作者简介】李修文，1970年代生，著有长篇小说《滴泪痣》《捆绑上天堂》及多部中短篇小说集。散文集《山河袈裟》获第七届鲁迅文学奖。现为湖北省作家协会主席、武汉市文联主席、武汉大学文学院教授。

命运慢跑团

和黑昌熟悉上，是去年回家过年时。

那是我在时隔两年多后第一次返乡。

两年多没回家乡，倒也说不出什么特别的原因。就是此前父亲去世了，回到家乡，按照繁文缛节终于把葬礼办完，突然深深地觉得说不出的累和厌倦。

我曾以为，自己不算特别难过。父亲中风多年，如此艰难地熬了这么多时日，他真的尽力了。那个葬礼上，我表现得很成熟，每个流程、每个细节我都控制得很好，好到按照习俗该号哭的时候倒突然哭不出来。

本来报社的主编给我批的是一周的假期，还说，如果需要，和他再说，他理解的。

但其实葬礼不需要这么长的时间，葬礼后第二天，时间就全空出来了。

我因此不知道自己要干吗，坐着也难受，站着也难受，躺着也难受，在家里怎么都难受。我也不理解为什么难受。

走出家门，走在哪儿，总有人要安慰我。他们不需要安慰我的，我觉得我处理得很好了，我反而很厌恶他们一次次提及这个事情，他们一说，我就找个理由转身赶紧躲回家。

熬到第三天，吃饭的时候，我和母亲假装随口一说"报社在催我回去了"。

母亲看着我，直直看着我，看了许久。

她似乎想了很多东西,但她只说:"那就回去吧。"

我说:"母亲你呢? 要不随我去北京? "

母亲说:"我觉得我还是留这儿好。"

现在回想起来,我那样做确实很不正常。听到母亲的回复后,我就马上去收拾行李了,甚至收拾完行李马上订了最快的航班。那天,泉州下午没有回北京的航班,我为此还买了从隔壁城市厦门出发的机票。

要离开的时候,母亲就坐在门口。那时候正是下午,阳光像雪花一般打在她身上,衬得母亲身后的房子像个黑乎乎的洞。

我愧疚了,我说:"母亲要不一起走吧?"

母亲应该是为了安慰我,所以笑着说:"走吧,你搞好你自己,我搞好我自己。好一点了再回来。"

我还是离开了。我在东石镇转盘那儿找了辆车,一上车就和司机说:"赶紧开,去厦门机场,赶紧开。"

司机正在抽烟,说:"别急,我这烟刚点上。"

看着他一口一口地吞吐着烟雾,我焦虑地抖着脚。我还是催了:"师傅快点、快点走。"师傅不耐烦,转过身白了我一眼,却愣住了。他说:"你好像哭了。"

我说:"我没有啊。"

我当时在北京谋得了一份都市报社会版热线记者的工作,是那种屁股没法沾上椅子的工作:哪里有人丢猫了,有人自杀了,有人养出十几头的兰花了,中国第十四亿个人诞生在哪家医院了……突然的一个什么事情,就要拽着我,马上脱离身处的状态。

当时热线记者每个人要轮流携带一部手机,以保证这座城市犄角旮旯发生的鸡毛蒜皮的事情都可以马上找到人。

我曾在刚蹲着马桶的时候接到电话,那边和我说厨神争夺赛决赛了;在点的菜刚上的饭店里接到电话,告诉我某桥边发现一具浮尸……本来是极度厌恶这份工作的,觉得做着这样的工作,自己的生活是破碎的且没有建构秩序的机会。

回到北京后,我突然觉得这份工作很好。这座巨大的城市一直在发生那么多故事,它们一发生,就像新生儿毫无节制地啼哭,要我们过去,让尽可能多的人知道他们诞生了。

反正我不知道怎么面对那巨大的时间,让这些毫无节制的故事这么毫无边界感地挤占,倒也是解决方案。

我主动申请,夜班热线也由我来吧,假期乃至春节的热线我都来值班吧。同事们对我当然觉得不好意思,甚至自此总愧疚地主动关照我,但他们不需要愧疚的。其实是我在利用这些故事:它们一个个喧闹地占据我的生活,我因此被挤压到完全没有机会去琢磨心里到底发生了什么,或者已经发生了什么。

是的,对于心里发生了什么,我觉得,自己最好不知道。虽然,我总是觉得心里慌慌的,甚至察觉到自己越来越异常,比如开始厌恶"未来""将来"这类字眼,比如我经常一整天就盯着那部热线电话,期待着这座城市新长出什么东西,赶紧来占据我的时间。

如此糊里糊涂,竟然拖成了两年多没回家乡了——毕竟,热线电话无论白天夜晚还是平日假期,都在我身上。

但我一度还觉得,起码对于家乡、家人那部分自己处理得还不错。

从父亲葬礼回来后,我曾莫名和母亲怄着气,有半年不怎么说话。但后来,还是每周和母亲通话一次,这和以前一样。以前父亲中风,舌头也瘫了一半,说话不利索,从那时候我就只和母亲通电话了。我依然会和母亲聊聊天,她会同我说一些自己和镇上的人发生的故事。只是我不会再问父亲的情况。不问了,我感觉他就应该还是记忆中的样子。即使有时候脑子里会有杂音提醒我,父亲不在了,但我不问了,这个事情就没被坐实。

第一年春节,得知我无法回来,母亲说:"不回来也好,你终究要在外面安家的。"

第二年,母亲觉得我不对劲了,说:"你是不是害怕回来了?你是不是还是处理不好你父亲离开的事情?"

我说:"没有啊,就是忙。"

到第三年临近春节,母亲判定我是有问题了。

有一天她突然问我:"你这几年怎么样?"

我说:"我没事啊,就一直失眠,估计是一直值夜班值的。"

"你几岁啊?"

"你都记不得了,我三十岁了。"

"我意思是,你才这个岁数就一直失眠,你肯定没处理好,你还是没搞好你自己。"

"那你怎么样呢?"

我突然觉得,母亲和我像是并排躺在病床上的受伤的战友,在相互询问伤情。

"我也算不上特别好,但对于过日子,我还是比你有经验的吧。"母亲竟然还轻声地笑了一下。

母亲最后下了个判断:"有问题,就回来一趟吧。"

我不理解母亲为什么就此判断我有问题,以及为什么我有问题了,治疗方法是回来一趟。

但我还是回来了。

我确实也隐隐觉得,我好像得回来一趟了。

那一天我是在深夜乘飞机到达家乡的。

可能是在北京住惯了,身体习惯了干燥肃杀的空气。再回到这座南方海边小镇,一出飞机舱门,就感觉黏腻的水汽往身上贴,往鼻孔里、往皮肤上的每个毛孔钻。感觉过不了几天,自己鼻子里、身体上,都该长青苔了吧。

换上出租车,本来想透口气,开了下窗,黏腻的空气一团团往脸上、身上打。我关上车窗,开始恍惚,自己竟然是在这里生长的?这样的体感,真真切切地告诉我,再如此下去,我真成了家乡的异乡人了。

我一开门,就看到母亲坐在椅子上,一副睡眼惺忪的模样。

"哎呀,我竟然睡着了。"母亲听到我进门的声音,突然醒来,似乎还一不小心流了口水。看样子睡得不错。

南方没有暖气这回事,晚上要进被窝是最难的,母亲说知道我要回来,连续晒了几天的棉被。但棉被没有留下多少太阳的痕迹,钻进被窝那一刻,我感觉自己钻进了冬天海边的滩涂里。我忍不住吸了一口气,然后再不敢轻易移动,直到感觉自己身体上的温度慢慢被棉被吸收了,好似自己终于抽出根系,扎进棉被里,构成了一条系统,世界才重新暖和起来。

然后我觉得自己像种在棉被里的植物盆景,反正我是不愿意离开它了。

然而,我果然还是睡不下。

我试图找过原因,但是没有合理的原因:没有兴奋的感受,没有涌上什么特别的回忆,也没有正在焦虑的事情。我躺在那儿,明明只是植物盆景,但还是睡不下。

窗帘拉得不是很严实,露出一小面玻璃。我从那一小面玻璃,看着外面的天,从浓稠的黑,慢慢变灰、变淡,眼看着慢慢地、慢慢地即将泛出来了,泛出鱼肚一样的白。

我突然想起,此前好像朋友圈里谁发过的:东石镇那一年新建了条海堤跑道。

那条朋友圈有张照片角度很好,一群人跑在海堤上,感觉像是往海的深处跑去。

哦,我想起来了,这是黑昌发的。

七八年前我被宗族通知得回来参加宗亲会,说是祖厝落成。"是个子孙都得回来,不回来就没祖。"这样凌厉的通知,恐怕没有谁有拒绝的勇气。

那时候父亲还在,但已经偏瘫了。父亲认为这是大日子,坚持要穿上他唯一的一套西装。

西装这类衣服,胖的人本就不太好穿上的,父亲又站不住,只好坐在椅子上,母亲和我来帮忙套。我们折腾得大汗淋漓,最终上半身勉强塞进去了,而裤子实在不知道怎么套。父亲终究很难穿下。是父亲想到一个方法,他干脆趴在地上,我们像装麻袋一样把他装进西裤。裤子是穿上了,只是裤腰系不住。

母亲想了个办法,用一块轻薄的毛毯盖在父亲的身上。然后我们三个人偷偷会意地笑着,一起去了宗亲会。

那天我才知道,从这个祖厝出去的人还真是多,热热闹闹的,挤满了从世界各地赶回来的人。有的人说着日语,有的人说着英语,还有个人应该是混血,头发带点金黄,眼睛已经不黑了,但还是指着摊开在案桌上、像长出无数水系的大河一般的族谱,激动地用闽南语喊着:"我看到了,我爷爷叫蔡尤款,我是尚字辈的!"

族谱平常都是小心地收纳在祖宗牌位下面的长条抽屉里，这样展开来，我看到自己的名字、父母的名字和很多人的名字也成了这条大河的某条溪流，内心还是有温温的感慨。

此时有个大嗓门冲着我们大喊："哎呀，我家老大来了！"他皮肤黝黑黝黑的，是海边生活的人的模样，但那天特意穿着西装，西装略显宽大。他冲过来，一下子抱住我父亲，还做出要亲我父亲的样子。我父亲被逗笑了，笑出了满嘴抽烟黑掉的牙。

父亲面部一侧偏瘫，一张嘴，口水就直直地流，但他还是忍不住说话："这个黑昌，从小就这样不正经。"

黑昌瞄了一眼盖在父亲身上的毯子，嘿嘿笑着："自从生病了倒富贵了啊，胖到裤子穿不下了吧。"

黑昌调皮地作势要掀开，父亲脸顿时红了，紧张地把毯子拽紧，一紧张，口水又直直地流。

黑昌笑着说："看来连装枪的兜都锁不上了，日子过得不错。"

母亲又恼又笑，做出嫌弃着驱赶的样子："去去去，这么不正经，做什么宗族大佬。"

宴席上，黑昌拿着白酒杯特意来敬我们。他应该是要喝醉了，嗓门更大了。他说他是特意来敬我的。他说："辈分上我应该是你堂哥，因为我是你太爷爷的兄弟的曾孙，我们都是崇字辈的。"

他说："我现在的身份是咱们宗族理事会新生代的负责人，我有个愿望，就是可以让你们这些去外地的人，以后还想着可以回来。"他说："你父亲我小叔不好和你说，但我偷偷告诉你，他可太想你了。他偏瘫在家里每天摸着你的照片偷偷哭，你能不能答应哥哥我，常回来看你父亲我小叔？我要去看他他还嫌弃，他就想见你，你要知道，你父亲现在什么都没有了，只有你们了……"

我听得难过了，不敢去看父亲的脸。我知道父亲委屈得像个小孩，扑簌簌掉着眼泪。父亲自从生病后，越来越像小孩。

母亲也哭了，但生气地瞥了瞥黑昌："别乱说话了，我家黑狗达可疼他父亲了。"

黑昌看到自己把我们一家三口说哭了，不好意思地挠着头。他说："我错了,我自罚三杯,要不一壶?"他拿起酒,真把一壶酒给喝了。

"真过瘾啊!"黑昌喝完酒大喊了一声,突然声调放低,"你还有父亲多好,我都没有了。"

我才发现黑昌也哭了。

我就是在那天,被迫和他加上微信的。他眼泪一抹,不由分说地拿出手机,说:"兄弟加一下,咱们必须亲起来。"

和他加上微信的人,很难不看到他发的朋友圈。

他早上发,中午发,下午发,晚上还发。他发的朋友圈,通常都有一个标准的文案:这是今日份的美好小东石,请注意查收。

他发过晚霞,发过新建的跨海大桥,发过在寺庙里打麻将的婆婆阿姨们,发过路上光屁股跑的小孩,发过这条跑道我记得,当时他发这条海堤跑道的时候还说过,这是一条用荧光粉铺成的跑道,天暗的时候就会发光。

我想,我得去看看,趁着现在天还没全亮。

屋子里还是黑的。

我摸着黑,找到母亲放在门口鞋柜上的大门钥匙,出了门,沿着石板路往海的那边走去。

我想,海堤跑道应该在那儿的。

是的,很容易确定,海堤跑道就在那儿——我往海的方向走,看到路上陆陆续续有穿着运动服、运动鞋的人,骑着摩托车也往海的方向驶去。

他们大都是中年人,大都大腹便便的,明明看上去睡眼惺忪,但莫名精神抖擞。

某一刻,我觉得我和他们成了一条河流,我们要一起欢欣雀跃地汇入海洋。

到的时候,天空已经是灰白色的。那条海堤跑道并没有发出炫目的荧光,只是安静地躺在那儿,伸展向海的方向。

海堤跑道的入口就在沿海大通道的边上。不知道由谁搬来了几块大石头,大家约定俗成地在这里停放摩托车。

大部分是身材肥大的中年人,但激情满满的样子。他们开始做着形形色色的热身。

有的热身是不断地举手、举手、举手,似乎要举起自己来;有的则不断捶打着自己的身体,似乎以此可以打通经脉;有的人则面对着海面一会儿大呼一声"哈",再来一声"嘿"……

然后,大家就开始跑起来了。

我稀里糊涂也跟着跑起来了。

太阳正在升起来,往地上这么一照,我才发现许多人头上亮着光,再一细看,跑步的许多人头都秃了。有的秃在正中间,有的秃在后脑勺,还有的全秃了——他们全部盯着光,在呼哧呼哧向海跑去。

我没有刻意地看,但眼睛还是不自觉往一个个亮光点看。亮光点在跳动着,有时候还有留存的几根长长的毛跟着跳动,莫名感觉真是倔强,和这些人一般。

我正在发呆,前面一个人突然转头了,我以为是自己不小心冒犯到他,赶忙低下头。那人干脆就原地跑着,等着我跑近。

我脸涨得通红,低着头硬着头皮往前跑去,终于跑到那人身边了,头还是不太敢抬,那人却突然大喊一声:"我没认错吧?你竟然来跑步啊。"

我抬起头,才发现,是黑昌。

我分不清他是热情还是激动,虽然我就在他面前,他还是扯着嗓子问:"大作家你怎么回来了?"

他说:"你也来跑步啊?"

他说:"跑步好啊,得锻炼身体啊,特别是你年纪也不小了。"

他看着我忍不住打量的眼神,意识到什么,笑着说:"我早秃了,平时戴着假发好看些,但跑步的时候,感觉假发一蹦一蹦,好像是谁在敲我的头,心里不爽快。要敲我的头,那只能是我老子,哪能轮到假发?所以跑步的时候干脆就不戴了。"

我说:"不好意思啊。"

他说:"怎么会,你不觉得我秃头也很帅吗?"

他说:"你今天算是来对了,这是咱们东石镇的新一景。"

黑昌郑重地指向那条通向大海的跑道,以及上面那条奔跑的人流:"这是东石镇最有光芒的景色。"

我以为他是要开始介绍这新建的海堤跑道,他却充满深情一字一句地喊出来了："命运慢跑团！"

命运慢跑团？我还是被这个名字震撼到了。

黑昌看到我的表情，更得意了："这个名字好吗？"

我一下不知道如何评论，于是点点头。

"是我取的。"他兴奋地向我解释，"这个慢跑团我加入之前就在的，只是此前没名字。"

他说："其实这是东石镇古老且神秘的组织，我无法确定它具体从哪个时候开始。但我知道，它最准确的名字是——中年男人牛×奋斗干到底慢跑团。"

他说："我发现，很多人大都是在四十岁步入中年的时候找到它的。"

黑昌打量了我一下，看我听得很认真，说得更激动了："我发现它的时候，刚过四十岁。以后你就会知道了，人一过四十岁，就容易睡不好。睡不好，有因为身体，有因为内心焦虑。四十岁了，身体开始走下坡了，但男人嘛，这个时候需要担的责任又恰恰最重，还有，还会困惑人生意义什么有的没的。焦虑又睡不着，总会忍不住起床走走的；走着走着，总会想出来透透气的；出来透气，就会看到有人在跑步；看到有人在跑步，就会莫名其妙跟着跑起来了。"

我听着听着，脸不自觉红了。

黑昌察觉到了我的表情，他恍然大悟："对啊，你也快四十岁了吧？"然后，得意地问，"你是不是也是睡不着出来走走才发现我们的？"

我没有否认。

黑昌开心地拍了拍我的肩膀："恭喜你找到组织了，欢迎你加入命运慢跑团。"

黑昌像在拉客户一般，继续说："这个慢跑团真的特别好，咱们中年男人，不太会那些腻腻歪歪的东西，到了这个年纪，一般分两派，要么喝酒，要么就跑步。喝酒伤身还费钱，跑步健身还省钱。我后来为什么建议这个叫命运慢跑团？因为我发现了，最终选择不去喝酒，每次晚上睡不着起来跑步的，都是他妈的还不服老的人，都是他妈的还要和世界杠的人。怎么说？"黑昌着急地寻找词语，"就是、就是他妈的不服气，就是他妈的还要和世界继续战斗的男人。"

黑昌说得满脸通红，青筋暴绽，犹如他此刻就站在广播台上演讲一般。

虽然很奇怪，但我确确实实被感染了。我不断看一个个跑步的人，早上的霞光给他们均匀地镀上了金光，我感慨起来："是啊，咱们家乡还挺好的。"

黑昌如同自己被夸奖了一般，咧开大嘴乐呵呵地笑。

然后他突然想到什么似的，激动地说："对啊，我和你说过吗？你父亲生病前也是我们慢跑团的。"

父亲？我愣了一下。在我对父亲的所有记忆里，完全没有他出来晨跑的信息。

"是啊，你父亲和我说过，他也是四十多岁时参加这个慢跑团的。当时没有海堤跑道，他们一开始就沿着东石镇主街那条石板路跑，后来太扎眼了，总有晨起准备做生意的人看到，开他们玩笑：'这么热血啊，还对老天爷不服气啊。'他们就挪到了中学去跑，但中学不让进，他们就绕着中学的围墙跑。你也知道，中学外围都是墓地，那几年在墓地跑的时候，是最诡异的，老觉得身旁空气冰冰凉凉的，但莫名觉得清爽……"

我听着有些难过，自言自语着："我竟然不知道。"

"你当然不知道啊。"黑昌听到了，"人在少年时总睡得沉。你父亲生病前，我经常早上五点到你家楼下，和你父亲会合后，我们再一起边聊天边跑，跑到中学去。虽然你和我不熟，但我对你可熟了，对你可亲了。"

黑昌转过头来直直看着我："你父亲很容易喘，但他还喜欢边跑边说话。他说加油站的生意快养不活家里了，他想偷偷去隔壁村兼职当环卫工人，就是一早一晚两次打扫，他不能让你知道，你自尊心强。他说你以后是拿笔坐办公室的，得保护你心里的傲气。他说他觉得对不起家人，四十岁了才发现自己这么没本事……"

我眼眶红了，不想让黑昌看到，于是说："要不我们跑起来？"我想，跑起来他就不会说话的时候还要老盯着我看了。

黑昌说："好啊。"

边跑黑昌边继续回忆："后来你父亲生病了，我每天早上会绕过去看看他再出发，他每天总要拉着我说他的难受。他说觉得自己要拖累你了，而且越来越拖累；他说，哪有父亲拖累儿子而不是照顾儿子的；他说自己曾想过偷偷死掉，不能拖累你，但又舍不得看不到你；他说他不知道怎么处理自己才对你最好……"

我难过到无法控制,停了下来,低着头,不断用手臂擦去涌出来的眼泪。

黑昌这才意识到,他说的这些话让我难过了。他故意把头撇一边去,抬高声调:"哎呀,怎么这么年轻跑一点点就喘了?再苦再累都要跑起来。我们的口号是:命运就是我们跑出来的路。"

命运就是我们跑出来的路。

母亲见我从外面进来,有些吃惊,问:"你什么时候出门的?"

我说:"去跑步了。"

母亲顿了一下,说:"哦,你父亲中风前也老去跑步的。"

看来母亲也知道父亲跑步的事情。不知道的只有我。

我想赶紧转移话题:"我看到黑昌了,他真是个……"我想了一会儿,"很有激情的人。"

"黑昌啊。"母亲一提到他就不自觉地笑了,"你知道他有个绰号吗?"

"什么?"

"东石大喇叭。他从小就叫这个名字了,他从小就这性格。"母亲又忍不住笑了,"对啊,他结婚的时候你还帮他滚过床的,你忘记了吗?"

我回想了许久,实在没印象。

"就是你五六年级的时候去参加的那个很盛大的婚宴啊,那天晚上办了可有三百多桌。"

母亲这么说起,我好像记得有这回事情。

我记得,大概小学五年级吧,有一次我不知道为什么穿着很正式。然后我们村书记一个晚上带着我,到处和人敬酒。我记得,当时各种人都有,有左青龙右白虎。我记得新娘很漂亮,像挂历海报上的女郎。我记得新郎很白很瘦,一副吊儿郎当的样子。我还记得,我在众人的簇拥下,当着大家的面,在一张铺着大红被套的床上滚来滚去,好像还要喊着:一滚祝福早生贵子,二滚……

"是啊,新郎就是黑昌啊。"母亲说。

"那就是黑昌?我实在对不上。那个瘦瘦白白、吊儿郎当的新郎是黑昌?"

"是啊,就是他啊。黑昌家可算是咱们这儿最有分量的家庭了,他大哥一改革开放就冲去广东开公司发了家,他父亲是咱们家族的话事人,当时还是咱们村的村书记。他是三兄弟中最小的，从小母亲就特别偏爱。因着这偏爱，他对一切总百无禁忌又毫不在意，小时候就特别爱捉弄人，去学校读书还和老师动起手来，十七八岁就把隔壁村姑娘的肚子弄大了。那次结婚，是他父母压着，得对人家负责任。他父亲是个极其公道的人。"母亲说。

母亲越说我记起来越多了，我记得那是场奇怪的婚礼，新郎总百般不愿意的样子，夫妻对拜的时候不愿意，进洞房的时候不愿意，几次都是村书记上去打他脑袋，终于逼着把婚礼办完了。

母亲往下说："结婚后他父亲就给他们分了家。过了五六年吧，他父亲就生病了，说是肺癌，接着半年不到，就走了。他父亲走之后，黑昌和老二便在老大开的公司干活，但没几年，黑昌就不干了，说是老大对他不好。其实啊，大家都说，就是他从小没吃过苦，不靠谱呗。

"他这辈子唯一正经做过的事情，是从老大公司出来后，自己开过一家海鲜酒楼。生意是很好，但他总不好意思和朋友算账，两三年不到就倒闭了。酒楼倒闭后就没怎么正经干活，一会儿和结拜兄弟说要去广州打拼，消失过几年，后来再出现，别人问广州怎么样，他就一直摆手一直笑：'不提啦，不提啦，提了伤感情。'后来又说要买股票，再后来干过什么挖币，反正最后都不提啦。

"表面上，家里主要是靠他老婆守着个小海味店，支撑着花销，但实际上又不是。他母亲和老大住一起，他大嫂倒是偶尔偷偷和我抱怨，他母亲每个月月末都从老大这里要钱，要的还不少，问用处，就说'我买六合彩输了不行啊'，甚至偶尔还会'一不小心拿错一些金银首饰'去当，当完的钱'我们也不知道去哪儿了'。

"后来宗族里的老一代，念着他父亲的好，就在他过了四十岁后提议让他开始参与宗族事务，什么祭祀啊、红白喜事啊，这些热闹事情他倒擅长。宗族里给的工资不多，但他做得似乎倒很开心。"

"从小不正经到大，但是那个浑不懔的劲倒一直在，只是年岁增加，从怼别人，到慢慢更多怼自己，大家倒越来越喜欢他了。"母亲最后这么总结。

"有时候想，看着一个个人长出各种样子也真是好玩。你看，那种人人皱眉的混世魔王，现在也长得越发慈眉善目了。对了，他两个儿子一个二十五岁，一个二十四岁，现在都在谈婚论嫁。你看，混世魔王都要当爷爷了，这日子过得多快啊。"母亲感慨着,我却一直在回想着,二十多年前那个瘦弱白皙一副玩世不恭模样的黑昌。

"他父亲人可真好啊,可惜走得早。你父亲偏瘫后不老爱坐在门槛上嘛,老书记有段时间经常来看望你父亲,也陪着坐在门槛上,每次来总会拿点他觉得好吃的小东西,什么麦芽糖啊、橘封条啊、风吹饼啊。他们还会一起回忆,回忆小时候一起去偷地瓜、抓螃蟹。我们不是不让你父亲抽烟嘛,老书记总会偷偷打量着我在不在,然后偷偷掏出烟,点燃了,再塞给你父亲。每次我经过,他又赶紧拿过来,放在自己嘴边,假装是他在抽烟。这俩老小孩。

"老书记总会像安慰小孩子一样,拍拍你父亲的肩膀:'很辛苦吧?我知道的。咱不怕,咱们可都是男人了。'等到老书记去世后我才知道,原来那时候老书记已经知道自己生病了。

"老书记去世后,有段时间黑昌来了。他也坐在门槛石上。我每次问他什么事情,他都说没事。我故意逗他,说没事干吗来我家门口坐着,他眉毛一挑,说:'你家门口好,正对着石板路,我在这里看路过的美女安全,我老婆问起,我还可以说,我在陪你家老蔡。看那婆娘敢说我什么。'他表情和口气很夸张,但眼眶红得很。

"他想念他父亲了,还不想让人看出来,害羞什么?"

母亲说着说着,自己倒悲伤起来了。

下午,黑昌突然来我家了。

他随手拎着两只花蟹。母亲推辞着不要,他说:"小婶子收下,你儿子不是最喜欢吃这种螃蟹嘛,这不现在又恰好时节。"

听说他来了,我下楼来,恰好听到,有些吃惊:"你怎么知道?"

"我怎么知道?你父亲和我说的啊。他以前小气,只买一只,而且还特别小,我老说他:'是去贴肚脐眼吗?'他当时还没生病,抡起手就要扇我,我可打不过他,边跑边说:'你手掌都比这所谓的螃蟹大。'气得他脱下拖鞋就朝我扔。"黑昌说得眉飞色舞。

我这才知道,每次重要考试或者节日的时候,出现的那只小花蟹是怎么来的。一开始我会问,父亲总和我说:"就咱家前头那个讨海的文才送的,他们说你会读书,给你补补。"

黑昌进门先是打量了一圈,眼睛不经意间瞥过门槛,顿了一下,嬉皮笑脸地说:"看来你们是真想念我小叔,家里的所有东西都舍不得换。我以后要是死了,得回来看看,我婆娘会不会为我保留原来的东西。"然后他突然想到了什么,"对了,她肯定不会换,她穷啊。"

母亲白了他一眼:"别乱说,现在你家两个儿子都在谈婚论嫁。"

这句话倒让他吓了一跳:"是是是,现在可是考察的关键时刻,不能乱说话。我家不穷的,不穷的,花蟹每天当饭吃的。"

母亲又气又恼:"都要当爷爷了还没变,估计到老都不会变了吧。"

"这不现在都老了,还这样,估计到死都不会变吧。"他还非得又接上话。

对着我坐下来,黑昌反而突然说不出话了,几次张了张口,最终对着我一直笑。

"黑昌哥是有什么事情吗?"

他手一拍自己的大腿:"嘿,你看说正经事情我就不会。"又支支吾吾了好一会儿,终于说了:"就是,你不是在北京当记者吗?记者嘛,采访的事故肯定多吧?"

我说:"是啊。"心里很纳闷。

"就是,事故多了,总要送医院的吧,送医院,总会认识……认识医生吧?"他费了力气才把烫嘴的话说出来。

医生?我是没想到他问的是这个。

"哎呀,"他压低声调趴在我耳边说,"就是,我有个好兄弟,也是咱们命运慢跑团的,他生病了,我想帮他问问。我在想,要不要劝他去北京看看。"

"但北京看病很贵吧。"他好像在自言自语。

"生病了当然得去看医生,只是如果不必要,不是非得去北京的。"

"好像是肺病,也可能是肺癌?"他神秘兮兮地说,"我不知道,他也没去检查过。就是呼吸不上来,然后,还会咳血。那一咳,纸巾一捂,一朵梅花,鲜艳鲜艳的。"

"那确实得去检查。"

"是啊,我就在想,要不要去检查呢?"

"当然得去检查。"说完这个,我突然意识到什么,我盯着他问,"不会是你自己吧?"

黑昌一下子跳起来，看上去很生气："哎呀，这大过年的不好乱咒人吧。"

"不好意思，我不是那个意思。"自己确实冒失了，我赶紧道歉。

他着实生气了："我才几岁啊，我还每天跑步。你看到的，我跑步吭哧吭哧多有力。"

我赶紧解释："因为你父亲——咱们的老书记，我记得是肺癌去世的，所以我才联想到的。只是你确实也得注意啊。"

他还是很激动："我多注意，我每天运动，我现在不抽烟了，当然主要也抽不起了。你想，两个儿子今年就结婚，万一再一起生孩子，那花费可大。我得强身健体省钱待命等着带孙子。"

内容是抱怨的，但他说着说着，口气却越来越得意。母亲恰好走过来，听到了这一句，在旁边应和着："可不是。估计咱们镇上你这一代人最早娶老婆的是你，最早当父亲的是你，现在最早当爷爷的也是你。"

这句话黑昌觉得很中听，笑得嘴一咧一咧的："好像是啊。"

母亲送完黑昌回来，还是埋怨了我一下："净瞎说，现在他两个儿子都在谈婚事，女方那边可都在打听他家的家事，要伤了人家姻缘，看你怎么补救。"

那确实，现在的东石镇，许多方面都越来越开化了，但姻缘方面，老一代的人倒死死守住原来的规矩。无论是自由恋爱还是媒人介绍相亲的，真正谈婚论嫁的时候，家族里的人都有责任和义务，发动所有力量来打听对方的情况。上至祖宗的品格和教养，旁至远近亲性格和纠纷，能打听清楚的，都得打听清楚。有时候还会雇些贩夫走卒各种旁敲侧击地问，搞得和谍战大片一样，确实胡乱说不得。

我想着，自己刚才那样冒冒失失确实不好，明天一早去海堤跑步时，再向他道歉。而且，我还想和他再聊聊天，说不定，他会再说些我不知道的关于父亲的事情。

那日晚上，我竟然睡着了。

睡梦中，我梦到和父亲在海堤跑道上跑步。梦里父亲是偏瘫前的模样。

父亲问我："北京好还是家乡好？"

我在梦里竟然说："都不好。"

"那哪里好？"

我说:"小时候好。"

梦里父亲说:"你现在也爱跑步了？"

我说:"我不爱,我只是心里憋得慌,需要跑跑。"

父亲笑着说:"我也是。那以后我们一起跑好不好？"

我开心地说:"好啊。"

然后我突然知道自己是在做梦,一哭,我就醒了。

醒来的时候,已经是上午十点多了。

我下了楼,看到母亲已经搬了把椅子坐在门口,身旁是她整理好的烧香的供品。

母亲说:"今天倒睡得好了,看来,回家好啊。"

母亲又说:"陪我去拜拜吧,咱们都几年没去了。"

东石镇的习俗,过年前后总要把家里走动过的神明都拜一圈,就类似于,和看着自己长大的长辈们汇报一年来的境况。母亲这几年,为了父亲麻烦过的神明可不少,算下来,十几座庙是有的。母亲性子又是急的,总想尽快拜完,每年过年,母亲总让我骑着摩托车带着她,特种兵般开始战斗的一天。

母亲把钥匙扔给我。那是父亲生病前买的摩托车。父亲偏瘫后,唯一开摩托车的便只有我了。这辆摩托车都快二十岁了吧。

"车我拖进偏房了,你去取一下吧。"母亲交代我说。

"好的。"我边说,边去厨房拿了块布,想着,这么几年没回来,摩托车积尘得多厚。但进了偏房,倒发现摩托车被擦拭得干干净净,甚至可能还擦过油,锃亮锃亮的。我再用钥匙插进去,油表动了,还是满箱油。

我知道了,应该是母亲悉心照顾着的。毕竟那是父亲留下来的为数不多的东西。按照我们这儿的习俗,人走之后,所有的日常用品都要拖到海边一把火烧掉的。

把摩托车推出门,我发动车,母亲把供品先放在后置车箱,然后假装不经意地说:"以前啊,你父亲偶尔会开车带我去海边兜风。他老爱不等我上车,就把摩托车突然开出去,假装自己要到哪儿,其实逛一圈很快回来,然后把车就停在这儿,轰油门催了又催,问:'这位水姑娘,去不去海边兜风啊？'"

母亲突然不说话了。

我不敢转身看她，把车启动了往前开。我知道的，车开起来，就会感觉海风在抱着我们。

按照母亲的规划，先去关帝庙，再去观音阁，然后去夫人妈庙……这些庙大都在海边，我载着母亲，一路呼呼的风声，一路白花花的阳光。母亲一路总在回忆，到了一站，开启一站的回忆，下车便烧香拜拜，路上便一路盯着海风，和我讲过去的故事。

风很大，话语被吹得零零碎碎，还好记忆本来也零零碎碎。

母亲说："要嫁你父亲前，我娘家那边有人打听到你父亲脾气可凶，老爱打人，还有人说，你父亲喜欢玩，整夜整夜地不回家。我偷偷跑来观音阁抽签，忘记签诗是什么了，但我记得，解签的师父告诉我，放心啦，这个男人心里柔软得像女人，为妻子孩子做牛做马的命。你看，菩萨真准。"

母亲还说："你小学一年级考试考了年级第一名，你父亲晚上竟然睡不着，偷偷说：'我儿子出生在咱们这没文化的人家里，会不会耽误了？我儿子应该是老天爷给的，我哪有什么聪明能遗传给他。要不，咱们把他送去我外表姑家里养，她家出了两个大学教授，咱们付钱给他们。'我说：'人家怎么肯？'你父亲说：'肯的，她家到现在都是孙女，孙辈的还没有男孩子。'我说：'但你舍得吗？'你父亲想了很久，说：'哎呀，我舍不得，那可是我儿子啊……'"

夫人妈庙到了，母亲还在说着前面的故事，突然有人在后面按着摩托车喇叭。一回头，是黑昌，他载着妻子，妻子抱着供品。再一看，后面还有两个白白净净、清秀俊俏的小伙子，那应该是黑昌的两个儿子。我看着他们，倒真切记起二十多年前婚礼上那个黑昌的样子了。两个儿子各自载着的，应该是各自的未婚妻吧。看样子，他们应该刚烧完香，准备去下一站了。

母亲看着这阵势，很是开心："这么着急，都还没办婚礼，就来夫人妈庙求子啦。"母亲猜这背后肯定有故事的，毕竟夫人妈是管女人生育的。

黑昌还是那种口气，拉着嗓子喊："你知道的啊，我着急的，我比大家想象中的还着急。我老是和儿子们说，先上车后补票也不是不可以。"

说完，他转过头对着自己两个儿子挤眉弄眼。两个儿子脸顿时红了。

说起来，我已经二十多年没见过黑昌的妻子。我还可以在她现在的脸上，找到当年的那些模样，但是她变得又黑又瘦，一直安静地看着我们说话，一副悲伤的样子。

我本来想对黑昌说声不好意思,但看着家人都在,特别是两个未来的儿媳妇也在,便不好再说了。

我就说:"黑昌,明天早上去跑步吗?"

黑昌那个大一点的儿子显得有些吃惊:"老爸你还每天去跑步?"

看来他儿子和我当年一样,不知道自己的父亲是东石镇命运慢跑团团员。

黑昌得意扬扬地笑起来:"臭小子,你老爸我可积极向上了,每天早上五点多就起来跑步,你们睡到大太阳晒屁股,哪会知道?你老妈就知道。"

黑昌的老婆对着我们点点头,意思应该是她知道的。她终于说话了,就一句:"跑步好,跑步身体会好。"

黑昌的小儿子催着说:"得赶紧走了,待会儿还有事情。"他边说边看后座的女孩子,我想,应该是他未婚妻不耐烦了。

黑昌说:"那我们走了啊,明天早上见,走啦。"边说,边轰起了油门。油门吭哧吭哧,甩出了黑黑的一条油烟。

幸好定了闹钟,但闹钟竟然叫了许久我才醒来。

昨天拜完所有的寺庙到家,已经是晚上八点多。随便吃了点母亲做的卤面,身子一暖和,竟然犯困了。趁着困意,赶紧躺床上,迷迷糊糊的时候想着,晚上会是好觉,摸出手机,赶紧定好了闹钟,突然眼皮一沉,坠入睡眠中了。

我骑着摩托车到海堤跑道路口时,黑昌看上去应该等了好一会儿。他就在那入口处,一会儿抖抖手,一会儿抖抖脚,来回走着。看到我,他那大嗓门又来了:"总算来了哈。"

我刚要道歉,他很是开心地说:"看上去睡得不错啊,真好。"

已经有人跑回来了,不断和黑昌打招呼。黑昌说:"咱们得赶紧跑起来,要不我待会儿赶不及回去给老婆儿子做早饭了。"

我没想到现在是他在负责做早饭,毕竟在二十多年前,他还是个玩世不恭的混世魔王。他看出我的想法了,咧着嘴笑起来:"你等着,等你有孩子了,你也会变'孝子'——孝顺孩子的。"

再转念一想,他似乎突然找到可以反击的方法了:"你看,你父亲也是大

'孝子'。他以前跑步，每天边跑步边说'我儿子啊，胃不好，怪我，随我的''我儿子啊，有点凸嘴，不好看，还怪我''我儿子喜欢吃这个，我儿子不喜欢吃那个'。"

他说着，我听着；他笑着，我也笑着。但笑着笑着，我还是有些难过，其实我一直知道的，父亲离世后，这世界上再不会有人如此疼爱我了。特别是年纪越大，还指望能有谁疼爱，说起来自己都不好意思吧。黑昌也察觉到了，想用开玩笑调节下说话的气氛："其实，不就这个年纪睡不着，早起来跑步，早起来做点饭，也算打发时间嘛。"

黑昌可能是为了哄我开心，开始讲起我父亲的威风往事："你知道吗？你父亲年少时候可是咱们东石一霸，当时我们都纳闷怎么还有姑娘敢嫁给他，我估计是你母亲娘家那边的打听团不够专业。"

"不是啊，我母亲说父亲一向温柔得很。"

"那是结婚前，来，我和你说几个故事。有次你大伯，也就是你父亲的哥哥，不知道为什么和人吵架了，对方也是大家族，威胁着哪一天要把你大伯套在麻袋里打残了扔地瓜田。他很担心地叫来你父亲说了。你父亲抢起把开山刀，一个人单枪匹马冲到人家家里，对着十几口人喊：'谁敢动我大哥一根毛，我要谁一条腿！'对方完全被你父亲的气势吓到了，竟然赶紧道歉了。再比如，你父亲当时有十几个结拜兄弟，有个结拜兄弟叫阿贼，一天早上醒来脑梗了，陷入昏迷。当时大家都穷，他家人和亲戚都说要不算了。你父亲那时在当海员，算是比较有钱的，他跑去轮船社把自己能提的工资都提了，还提了未来两年的钱，硬是把阿贼送去厦门的大医院抢救。人没抢救回来，但你父亲的钱全花光了，一夜回到解放前。这不，后来和你母亲结婚的时候，都没钱把房子盖起来。"

"但你不是说我父亲抠抠搜搜的？"

"是啊，就是有了妻子孩子之后，你看，要让男人变尿只需要一件事：结婚生子。"

黑昌这么总结："你看，我也是这样。"说完他自己笑了。

我想，黑昌猜出来了，我老找他，是想听父亲的故事。那一天，他边跑边认真地回忆，说完一个故事，说："等等啊，我还可以找到的，等等啊……"我们沿着海堤一会儿跑一会儿走，也算完成了一个折返，他讲了一个又一个我不知道的关于父亲的故事。

回到起点，黑昌本来已经挥手和我告别了，却突然又叫住我："其实有个事情我一直耿耿于怀，我想还是告诉你吧。你父亲应该是在你读初二还是初三那一年，跑几步就喘到不行，动不动就停下来捂着胸口说心脏闷闷地疼。我劝他一定要去看医生，但他说，那个时候加油站的生意已经很差，他老担心以后不够钱供你上大学，所以他不敢去看病。他说：'看心脏的病怎么可能便宜的？'我当时也是父亲了，我很理解他的想法，所以我只是说：'那你自己找点药吃。'没承想，过了不久，他就因为心脏病中风了。"

黑昌说得很难过："其实男人自己垮了，才是对妻子孩子最不好的事情吧。你以后结婚有孩子了，可千万记得，这是做父亲经常犯的错。"

春节报社只给了七天的假期，我犹豫要不要请假几天，试探性地问了副总编，他倒激动了："不是啊，前两年都你来顶，大家订的车票可都是延迟回来的，你不拿着热线电话，谁拿啊？"

母亲在旁边听着，说："那你还是赶紧回去吧。"

母亲说："你这次回来得很好，这不，睡眠都好了。"

回到北京，我马上又坠入此前的生活里。虽然我努力沟通，不想白天、晚上，周末、节日都带着热线电话，但经过两年，大家都理所当然觉得，它就是应该黏在我身上的。

我因此依然不时要被北京这座城市哪个犄角旮旯发生的事情很早地叫醒，也经常被有些突发的事情搞到很晚才能休息。

我睡得不规律或许是正常的，但我因此在朋友圈看到了黑昌奇怪的作息。

早上特别早，六七点的时候他会发一张照片，照片里是块木制牌匾，从上到下刻着五个字：感谢你来过。晚上特别晚的时候，转天凌晨两三点吧，他会发另外一张照片，照片是和前一天早上那张对应的另外一块牌匾，从上到下刻着五个字：欢迎你再来。

刚开始看的时候，我还觉得这两句话莫名好笑，像是他的性格：话总不好好说。我还认出来了，这两块牌匾不就是他当时开饭店的那两块吗？但后来看着他一直一直发,倒莫名觉得不是滋味:感谢谁来过? 是谁要离开? 欢迎谁再来? 谁已经离开了? 或者谁要离开?

而且,黑昌不用睡觉的吗?

看了一周,我还是给他发了个信息:"黑昌你最近如何?"

他秒回:"很好啊,好到不能再好了,再好下去,老天爷都要妒忌了。"然后,果然又附赠"这里是美好的小东石"系列。连续发来九张图片,最后发来文字:"这世间千好万好不如家乡好,这人间千美万美不如家人美,东石等着你回家。"这些内容我看过,昨天傍晚他就发在朋友圈的。

"我在东石很想你啊,想你在北京过得有没有比我在东石好,我知道没有。"显然他发完这些还觉得不过瘾。

我说:"我也很好。"

他说:"肯定不会比我好。"

我无法招架了,不知道怎么回复他。干脆就不回复了。

过了好一会儿,他又发信息来了:"被我说中了吧,都没法回了吧。尽量过得好一点,感觉不好,就去跑步,北京也可以跑步,哪里都可以跑步。"

他说得意犹未尽,又发来一条:"记得啊,男人无论遇到什么,都要跑起来,跑下去。别忘记了,你可是东石镇命运慢跑团北京分团团员。"

我想,我以后一定再也不轻易给他发信息了。

虽然回到北京我终究回到了被热线电话支配的生活,但我发现,自己心里确实有些重重的东西在生长。这东西还是隐隐约约的,但确实存在,它让我不会在一空闲下来,一没有具体的事务牵扯住的时候,就感觉自己轻飘飘的。

琢磨了许久,我想,那东西或许是心里开始生发出的、对所谓生活的构想吧。虽然试图构造生活真不是件容易的事情,但心里生发出对未来的某种期待,终究是我的内心在和这世界重新连接。无论如何,父亲是拼尽了全力,才把我送到目前这样的生活,我想,我得就此努力为自己构造好的生活,或许这是父亲最希望我做到的,或许这也是我能为父亲做的唯一的事情吧。

睡眠变好之后,我反而实在爬不起来晨跑了。有时候加班回家晚,倒是会在路上碰到夜跑的人。不知道是北京的原因,还是因为夜跑和晨跑的人本身不一样,北京夜跑的大都是年轻人,穿着好看的衣服,拥有好看的身躯。我喜欢看着他们,奔跑在满是霓虹灯和酒气的三里屯,我还是会因此想起东石海堤上奔跑的那些中年人,我想,他们和他们,奔跑的时候,灵魂应该都是充满生命力的吧。每次我站在一旁,看着他们从三里屯跑过,总会感觉,北京吹来了东石的海风。

黑昌还是一早一晚在朋友圈发着那两条奇怪的动态,以及坚持不断更新着"今日份的美好小东石"。除此之外,黑昌的日子越来越热火朝天了。先是第一个准儿媳妇那边经过漫长的考察,点头同意结婚了,然后第二个也同意了。接着,他的朋友圈开始了新的系列"人逢喜事精神爽啊"。

今天要去女方家下聘礼啦,明天要去预订喜宴啦,后天儿子儿媳妇们要去拍婚纱照啦,大后天……总结一下,就是闽南婚嫁习俗事无巨细地在线直播。

我因此也把黑昌的朋友圈当连续剧追,我看他一会儿在儿子儿媳旁比"耶",一会儿挤在一堆祭祀用的猪头中间吐舌头。照片里他乐呵呵的,我看着也跟着开心。

只是,我对其中一个内容不太理解,还觉得隐隐的不适:他经常突然发一张咧开嘴笑的自拍。没有前因没有后果没有主题,就突然发出来。过一会儿就删掉。虽然是咧开嘴笑,但我总觉得表情有点扭曲。有次我还好事地点开看,感觉嘴巴确实是咧着的,但是眉毛是皱着的。有次我还看到,脸上似乎有泪痕。

我几次犹豫着要不要给他发信息,但总担心又被他轰炸,最后还是作罢。想着,等我今年春节回家再问吧。

如黑昌所愿,在农历六月的时候,大儿子、二儿子一起办了婚礼。

他的朋友圈是这样发的:"儿子们知道我没钱,所以体贴地为我拼团了婚礼。一次婚宴办两件大事,真是值。看到朋友圈的赶紧自己来登记,红包你们自己看着办,要给一包我也不嫌弃,要给两包其实也合理。虽然来只吃一顿喜酒,但毕竟是两场婚礼啊,乡亲们自己看着办啊。"

我边看边笑,想着,果然是黑昌啊。

正想着,黑昌给我发信息了:"想着你机票比红包还贵很多,我就不要求你来了,而且毕竟咱们也只是远亲,你不和我亲,我也批评不了。反正过年你本来也要回来,回来记得找我补顿喜酒,你给我补个红包,两个就更好。"

我回复他:"一言为定。"

黑昌的二儿子果然践行了黑昌提倡的"先上车后补票",刚结婚不到一个月,黑昌又发出朋友圈:"我有孙子啦,我儿子和他老爸一样勇!"我看着朋友圈,突然想起二十多年前那个白白净净的玩世不恭的黑昌。黑昌虽然披着一副衰老臃肿的皮囊,但果然还是那个黑昌。

那天黑昌又给我发了个信息:"穷死你堂哥我了,发这条信息只是告诉你,你现在欠我三个红包了。"

我开心地回:"不是远亲吗? 最多给两个。"

他回复我:"看你对我真心不真心,就看你给的真金多少斤。"

我记得是十月十五日左右,黑昌突然没有发朋友圈,我当时觉得奇怪,但也没太在意。然后第二天也没发,第三天也没发……过了一周,我觉得心里疙瘩得不舒服,终于还是给母亲打电话了。

"黑昌是不是出事了? "我问母亲。

"你怎么知道的?"母亲吃惊地问,"他已经按照咱们这儿的习俗睡在厅堂里,感觉是要不行了。"

我愣了一下,然后我知道了,我突然知道了——那次他来问我找医生的所谓的那个朋友,真的是他自己。

我对着母亲喊起来:"过年找我的时候,他就知道自己生病了吧? "

"是啊,镇上的青山医生去看了,说是肺癌。现在每天咳血,血都不是一朵一朵的,而是一大片一大片的了,"母亲说,"对啊,有个事情其实我还没来得及当面和你说。黑昌在儿子婚礼上特意拉住我,要我叮嘱你,千万别说出去他问过你关于医生的事情。他当时脸色已经很苍白了,但还是笑得很大声,靠在我耳朵上轻声说:'告诉黑狗达为了这个可爱的堂哥一定保密,如果让我儿媳妇们知道,我早知道自己生病了,她们会说我骗婚,毕竟现在哪有娘家会爽快同意自己的孩子嫁给可能有肺癌基因的人家啊;如果让儿子们知道,他们会生气,会怪我为了给他们办婚礼省钱不去看病,他们会自责难过很久,甚至一辈子吧。现在这样的结局很好,请黑狗达一定帮我守住秘密。'"

我突然明白了,那几张让我不适的有泪痕的笑脸照片,应该是他疼到受不了的时候发的。他太疼了,但他不能喊出来。他还得假装自己没有生病。

黑昌毕竟是我太爷爷的兄弟的曾孙,算是堂兄弟,按照习俗,黑昌走的消息,无论我在哪儿,宗族总要通知到的。本来我和宗族的联系人是黑昌,现在黑昌走了,其他宗族话事人都和我不熟悉,消息是母亲正式转发给我的。

母亲说:"你不用特意回来的,毕竟黑昌只是你远房的堂亲,咱们农村习俗就是多,怕你们大城市的领导不理解。"

但她又说:"不过,如果你要能回来送送黑昌,也是真好。我想,无论黑昌还是你父亲,应该都会特别高兴的吧。"

我和母亲说:"我想回来。"

果然还得是黑昌。或许是我参加的葬礼不够多吧,反正我是第一次看到双手竖着大拇指的遗照。遗照里,他笑得一整排牙齿全露出来。牙齿应该还是修过图的,洁白得快要发光。

闽南的葬礼,总要搞得金光灿灿、热闹非凡的。中间是纸糊的金灿灿的灵堂,后面是安放着黑昌身体的棺材,灵堂前排中间是一个永远在燃烧金纸的铁桶,两边则是请来的哀乐团。或许就是要用这金灿灿的热闹,把悲伤的情绪全部挤走吧。

我一走进厅堂就看到,金灿灿的灵堂两边放着他朋友圈经常发的那两块牌匾:"感谢你来过"和"欢迎你再来"。我想,应该还是黑昌的主意吧。我知道,他甚至为了要放这两个东西,把它们写进了遗嘱里。

我看着那两块牌匾,想象着那段时间黑昌每天一早一晚发着它们的心情。我想,应该是他每天一大早就疼醒了,身旁是睡着的妻子,他憋着不敢叫出声,于是发了一张"感谢你来过"。我想,应该是他每天疼到凌晨两三点都睡不着,疼到在家里来回走着,但他和妻子孩子住一起,他必须咬着牙忍着,最终躲进厕所发了一张"欢迎你再来"。

按照习俗,我也要烧点金纸给黑昌。我边烧边忍不住抬头看黑昌那个两手竖着大拇指的遗照,边看边难过地笑:"感谢你来过,欢迎你再来啊黑昌。"

黑昌的儿子们看到我了,特意起来迎我。黑昌的大儿子说:"小叔,你好像和我父亲很好啊。"

我说:"是啊,我也觉得很神奇。"

黑昌的小儿子说:"有空的时候能和我们说说父亲吗? 我这几天一直在想,我们对他的事情知道太少了。你看,连他每天晨跑我们都不知道。我们是不称职的儿子。"

我看着他,仿佛看着当年的自己。

我想安慰他:"我父亲晨跑我也不知道,还是你父亲告诉我的。"

但我不知道要不要告诉他们,其实我已经知道了,孩子总不容易知道父亲的故事,或者说,父亲总不舍得让孩子知道自己的故事,特别是拼到最后一丝力气都要护着自己孩子的那种父亲,比如我父亲,比如黑昌。

我看着黑昌的两个儿子,一副手足无措但又尽量显得理性克制的样子。我知道,他们在努力表现出责任和担当,每个儿子在失去父亲后,总觉得自己要表现出男人的模样。我想,当时我在父亲的葬礼上,大概也是这般吧。

毕竟只是某个远亲的葬礼,报社只给我批了两天的假期,第二天一大早,我便得回北京了。为了图个便宜,离开家乡选择的是早班机。我前一天晚上就预约好了早上五点半出发的车。

那天晚上我睡着了,但睡得不深,早上四五点便又醒了。我不想吵醒母亲,轻轻地收拾好行李,轻声地出了家门,早早地等在路边。

天灰蒙蒙的,还没泛白。我不时听到有喘气声由远而近,我知道,那是一个个当了父亲的中年男子正在为了和这个世界抗争,努力奔跑着。

我盯着地面,不让自己看路过的这一个个奔跑的人。我害怕自己会从他们身上看到黑昌,看到我父亲。

终于,约的车到了。摇下车窗,司机问:"是去机场的吧?"

我说:"是的。"

司机师傅是个四五十岁的中年人,看上去很是疲惫。他打着哈欠,抱怨着:"真搞不懂你干吗叫这么早的车。"又自己小声嘟囔着:"真搞不懂我干吗通宵接这单。"

我知道他为了什么,我知道他其实清楚自己是为了什么:所有父亲一样,只是为了自己的妻子和孩子。如果他只是为了自己,他熬不住这个通宵的。

车行驶到出东石镇的那个路口,路的左边是海堤跑道,右边便是去机场的路了。

我不愿意让自己看到那条海堤跑道，闭着眼，假装自己睡着了。车开动了，车要过红绿灯了，车要离开东石了……但突然紧急刹了一下车——有人奔跑着横穿马路，师傅差点没刹住。

"干吗啊这些人！"师傅看来有些被惊吓到，生气地抱怨着，"真佩服这些老哥们，一个个大腹便便的，一大早折腾自己。都这把年纪了，扑腾什么啊！"

我听着不舒服："别这么说，你不知道他们有多拼命。"

师傅斜着眼看了看我，说："这个岁数拼命有用吗？"

我不想和司机说话了，自己转过头看着窗外。我知道我难过了，心里不断在辩驳：怎么会没用呢？他们现在再无力，他们的努力再可怜，无论如何最终还是多护着自己的孩子、家庭一些的。

我越想越难过，突然下了一个决心："师傅，拐回去一下。"

师傅转过头看着我，气恼地说："啊？我现在都开到下一个路口的右转车道了，车掉头得走左转道啊。"

我尽量控制着情绪，但我知道我的声音有些颤抖。我说："麻烦师傅了，我想去海堤那边找人说些话，我必须得去海堤那边找到他们说说话。"

师傅嘴里还是嘟嘟囔囔，但终究还是掉了个头转回路口来。

我看到那条海堤跑道了，我看到命运慢跑团了，我看到一个个中年的疲惫的父亲，拼了命试图扛起自己。

我知道自己的眼眶开始湿润，我下了车，冲进海堤跑道里，冲进那些奔跑着的中年人里。我跟着他们跑起来了。我看到世界在我面前跳动着，我看到大海在我前方闪着光，然后我看到了，我看到父亲了，看到黑昌了，我看到他们就在前方奔跑着，他们朝着大海在奔跑着。

"加油啊，父亲！"我突然喊出来。

"加油啊，黑昌！"我站在海堤跑道上，我站在一群奔跑的父亲里，忍不住大喊起来。

喊着喊着，我知道自己在号啕大哭，把三年前没哭的泪水，哭出来了，把昨天没哭的泪水，哭出来了。

我对着他们的背影喊："感谢你们来过啊！"

我对着这群奔跑的父亲喊："欢迎你们再来啊！"

【**作者简介**】蔡崇达,青年作家,福建泉州人,曾任《中国新闻周刊》执行主编。出版有非虚构作品集《皮囊》、长篇小说《命运》等。作品被翻译成英语、俄罗斯语、葡萄牙语、韩语等语种,在十几个国家、地区发行,至今发行近600万册。

开往市区的班车

◎ 刘建东

　　周末早晨,开往市区的首班车往往拥挤不堪。幸运的是,李彤总能够有个座位,相对舒适地熬过五十分钟的车程。原因一点也不复杂,不是她有足够的力气,挤得过那些年轻力壮的男人,而是有人给她让座。

　　给她让座的是个陌生的小伙子,乌黑的头发自然卷曲,戴宽黑边眼镜,笑眯眯的,看上去和善可亲。男子第一次把座位让给她时,她连男子长什么样都没记住,她记得她说了声"谢谢"。直到第三个周末的早晨,李彤才突然意识到,这已经是同一个人连续三周给她让座了。而他自己,则手抓着车厢上的把手站在她身边,目光越过她的头顶,看向窗外。她留意起他,出于感谢地与他攀谈起来。她问男子为什么每个周末都要去市里。男子显然因为她的主动说话而诚惶诚恐,急忙回答:"待着无聊,瞎逛。"男子没问她要去干什么。出于礼貌,李彤主动说出自己的目的:"上电大,我每周都要去上电大的课。"男子便局促得无话,李彤也不知道再说些什么。车启动后,车厢里立即嘈杂起来,人们交谈的声音、班车哐当哐当的声音混杂在一起,也不是说话交流的地方,李彤便也把目光转向窗外。每天在市区和炼油厂之间跑好几个来回,车窗玻璃上落满了灰尘。李彤掏出纸巾,擦出一片干净的区域,空旷的田野才一览无余。田野里的麦苗开始返青,让沉寂一个冬天的华北平原有了一丝生机。这个春天的李彤对未来的人生,有着丰富的想象与美好的憧憬。

　　李彤在河北剧场下车,然后在那里等着 4 路公交车到站。大约十分钟后,林杨会从 4 路公交车上下来。两人先是亲热地拥抱一下,而后,手牵着手,沿着裕华路,步行去电大上课。这一段路程,是她们互相分享内心秘密的时间。一周的时间,仿佛有许多事堆积在她们各自心中,想要向对方倾诉,这种急迫的心情,甚至令她们无暇去留意随季节而变化的一路的街景。两人亲昵的交流,已经是她们渴望一周的所有。李彤告诉林杨:"每个周末,他都会准时出现,给我抢到一个宝贵的座位。你不知道,周末的第一班车有多拥挤。"她虽然表现出无可奈何的样子,但心里是甜蜜而自得的。

林杨提醒她,他是有预谋的,一定是对李彤有所图,别沉醉于这小小的得意,贪图五十分钟的安逸。"到时候恐怕你想摆脱都摆脱不掉。"她虚张声势地吓唬李彤。

李彤却毫不在意。她固执己见,坚持认为,年轻男子的小把戏不足挂齿,不能改变她的初衷,改变她对未来生活的规划,把她的心留在这片巴掌大点的工厂里。她对林杨,也算是对自己发誓道:"想都别想,在我们厂,我心里根本容不下任何男人。"

和李彤一样,林杨也有相似的想法,也不甘于早早地被婚姻束缚住。林杨向她吐露了父母一直在努力给她介绍对象:"也不知道他们怎么想的,是不是担心我嫁不出去?"

李彤故意以一副羡慕的口吻调侃她说:"他可是副厂长的儿子! 副厂长啊。"

林杨假装生气地说:"副厂长的儿子又怎么样?你想要,我把他介绍给你。"

李彤吐了吐舌头。

她们在分享自己逃避爱情的心得时,是轻松的、愉悦的,对这些阻碍她们实现梦想的琐事,简直不屑一顾。这是两个被无尽的青春眷顾、被美好的前程牢牢吸引的姑娘,为了可以预见的未来,她们可以不顾一切。

李彤是炼油厂电视台的主持人,林杨则是印染厂的广播员。

李彤能顺利地当上厂电视台的主持人,除了她娇美的容貌,另外一点更加重要:如果她的父亲不是厂劳动人事处处长,这种天大的好事不会降临到她头上的。小时候,父亲对她抱有极高的期望,指望她能出人头地,到更广阔的世界去实现自己的生命价值,别窝在炼油厂这个方圆十里的地方,委屈了自己。可是等她上了学,从小学到初中,看着她一直稀烂的成绩,父亲的眉头越锁越紧,希望如同被刺的气泡一样,慢慢破灭了。父亲忧伤地意识到,李彤压根就不是学习的材料,她的命运似乎只能和他一样,老老实实地待在一个地方,生老病死。所以,看着女儿每天出现在荧幕上,每天播报着厂里的新闻,他也就心安理得了,他想,这可能是上天最好的安排。可是,李彤并不这么想,从当上主播那天起,她的自信心就开始膨胀,她感觉到了别人看她时的羡慕的目光,感觉到了自己的与众不同。她谢绝了所有上门提亲的人,发誓要离开炼油厂。她没有盲目地等着天上掉馅饼,像得到主持人的工作一样不劳而获,而是发奋努力。她上了电大,学习播音主持专业。林杨就是她电大的同学。两人一见如故,整天腻在一起,聊个没完。林杨说,她活着只有一个目的,就是考到省电视台,当个受人尊敬的主持人。"否则,谈恋爱有什么意思?活着有什么意思?人生就得有个目标。"林杨的话给了李彤很大的触动,她觉得,林杨的条件根本比不上自己,皮肤黑,声音略带沙哑,不如她的圆润柔美。既然林杨都敢这么想,难道自己就差在哪里吗?于是她说:"我也想。"两人就悄悄较上了劲,好像人生就是为了一次改变,一次对自己命运的承诺。

周末通往市区的首班车,有两节车厢,车体比正常的班车要长一倍。可能是司机体会到满满一车人迫切的心情,他知道,这些拥挤而熟悉的乘客之中,有等了一个星期到市区去购物的,有去约会的,有去看电影的,所以他开得飞快。后一节车厢像是龙的尾巴,车速越快,摇摆和颠簸得越厉害。没有座的人们必须得牢牢地抓住头顶的扶手或者身旁的椅背,才能保持身体的平衡。那个周末,班车在半途抛了锚,司机把车停在路边,站在麦地边若无其事地抽烟。所有的乘客都下了车,三三两两地围在一起。有心急的人就凑到司机身旁问:"师傅,啥时候才能修好啊?"

司机悠闲地喷着烟,不急不慌:"我比你们都急,可有啥法子,我又不是修理工。得等修理工从厂里过来。这破车,它啥时候闹脾气,也不会提前跟我说一声。"

这人焦急地说:"那不得等一上午啊,这可不行呀,到市里啥事都办不成了。"

司机把烟屁股扔到地上,用脚狠狠地踩碎,又点着一根:"要是等不及,你可以走着去。我估摸着,还有二十里地吧,走也就两个小时吧。又没人逼着你非要坐班车。"

那人被噎得无法反驳，撇撇嘴，就不言语了。

李彤虽说也着急，可她知道着急也没用，只好耐心地等待。她看到了给她让座的年轻人，想要到她身边来，又犹豫不决。李彤冲他点点头。小伙子才壮着胆，走到她身边。这次他主动开口介绍自己："我叫董书宇，设计室的，毕业于北京化工大学，去年刚分来的。"小董介绍得很是正式，也很拘谨，李彤差点没乐出声。

李彤沮丧地说："今天真倒霉，走背字，我恐怕赶不上上课了。"

小董看看自己的手表，说："也许能赶上，修理工很快就能来了，距离厂里又不远。"

"但愿吧。"李彤无可奈何地说。

停了一会儿，小董说："我每天都看你播的新闻。"

李彤说："那有什么可看的。"可她心里还是美滋滋的。

"我喜欢看新闻。"可他没有说，他只看厂台的新闻，而且只看李彤主持的节目，对其他频道的新闻和其他的主持人并不感兴趣。

那个被耽搁的周末，修理工还是及时地赶到，李彤最终赶上了最后一节课。

"今天他拿了一个绿色的笔记本。"下课后，李彤掏出那个崭新的笔记本展示给林杨看。封皮上写着"北京"两个字，本子里面还有几张北京风光的插页。

林杨惊呼道："都给你送定情物了，你可真得当心了。"

李彤说："你小点声。不是你想的那样。他让我给他签名，下次还给他。"

到现在，她一直觉得，他和她之间，是仰慕者和被仰慕者的关系，正常且合乎常理，没有任何出格或者越界。她非常享受这种状态，在这个有五千名职工的工厂里，被人仰慕也是一件幸福的事。第一次给人郑重地签名，李彤谨慎且认真。她告诉林杨，她在稿纸上练了将近两天，练得手都酸了，最后才一笔一画地在笔记本的扉页上签上了她的大名"李彤"，落款是"一九九〇年五月"。李彤的字不好看，歪歪斜斜，像是两只睡不醒的软虫子倒挂在树梢上。李彤没有可以自豪的学历，初中读完，便上了厂里的技校，技校毕业后，在父亲的运作下直接分配到了厂电视台。所以，这两个字，也算对得起她的学问。

设计员小董好像很配合李彤的心理感受,隔了两周他又拿来一个一模一样的笔记本,让李彤签名。李彤欣然应允。签到第五本的时候,李彤左看看右看看,觉得自己的签名越来越好看了,越看越顺眼了。

生活并没有按李彤设想的那样进行。好不容易等到了省电视台招考播音员,李彤连复试都没有进,而林杨却出乎李彤的意料,竟然一路过关斩将,成了最后进入电视台的两个人之一。李彤不是心胸狭隘的人,她替林杨高兴,特意送给林杨一条鲜艳的红色羊毛围巾,作为对林杨的祝福。林杨十分喜欢,冬天里总是把围巾露在大衣外面。李彤虽然羡慕林杨,可一点也不嫉妒,也不消沉,她觉得,既然林杨这样的条件都能得偿所愿,她为什么不可以呢?她还足够年轻,还有足够的时间,来给自己的人生一个满意的答案。

两人见面的机会越来越少,主要是因为渐渐进入角色的林杨抽不出时间。达成人生目标的林杨再见到李彤,内心里竟莫名地涌出一丝的愧疚,好像是她夺走了好朋友李彤的机会似的。她也想当然地以为,李彤是落寞而忧伤的。于是,林杨绞尽脑汁地要给李彤制造一些机会,好让她离她向往的事业更近一点。比如一些晚会现场的观众席位票。坐在观众席里,李彤觉得自己和那个舞台的距离很近,现场热烈的氛围感染着她,温暖着她微凉的心。她悄悄地问同样坐在观众席上的林杨:"你什么时候能站在舞台中央?"林杨信心十足地说:"早晚有一天。"林杨反过来问李彤:"那个设计员还找你签名吗?"李彤含笑说:"没有了,我觉得他买的北京笔记本都用光了。"她们像是在说一个毫不相干的人。

秋天的一个下午,刚从厂里采访回来的李彤,接到了林杨打来的电话。她能从林杨的声音里,捕捉到林杨抑制不住的激动。林杨无疑是在向她宣告一个新的纪元的到来:"我认识一个导演,他有一部新电视剧开拍,有一个角色,很适合你。"她没有说的是,本来导演看上的是她,而她强烈推荐了李彤。打完这个电话的林杨,感到从未有过的轻松,甚至比她自己考上电视台那天还心情舒畅,她多么希望李彤能从这次难得的机会中,重新找到自信,返回正确的人生轨道。

面对突如其来的喜讯,一整天李彤都处于神情恍惚之中。她不敢相信,机会就这么悄然来临了。在等待去见导演的日子里,她始终处于亢奋的状态之中,工作起来也格外卖力和认真。那天在厂办大楼里,她碰到了设计员小董,她主动和小董打招呼。在她面前,小董总是有些羞涩,可想要表达的欲望十分强烈:"电视上的你,状态和以往不一样。"

"是更好还是更差?"李彤忐忑地问。

小董说:"更好。"

李彤压抑着自己内心的喜悦,笑着问:"你还是每天都看厂台的新闻?"

小董点点头:"是的。"他不太敢正视李彤的眼睛,怕她看出自己的心思。

李彤又问:"那你看电视剧吗?"

小董一时没有反应过来,稍稍迟疑了十几秒,然后回答:"不看。"

李彤说:"那你以后可要多看。"然后便转身离开了。小董愣愣地站在那里,捉摸不透李彤话中的深意。

这个秋天比往年要长,可冬天毕竟已经迫近,树木开始凋零,平原上的风渐渐凉了。李彤终于踏上了新的希望旅程。电话里,林杨提醒她,是不是要带上一个人陪她一起去,比如那个仰慕者小董。林杨犹豫着说:"其实我对那个导演也不完全了解。毕竟这对你来说,是一个完全陌生的地方,一个完全陌生的人。"已经在电视台待了几年的林杨,隐隐地觉得哪里有什么不妥,可她也说不清自己的担忧来自哪里。李彤完全忽视了林杨的话,忽视了她话中的话。李彤不假思索地回答:"这是我个人的事,为什么要带上别人?"她还不停地询问林杨,她需要提前做什么准备,应该穿什么衣服,见到导演说什么话。

兴奋、期待、惴惴不安,还有些许的紧张,缩短了奔向保定涞源的路途,将近一个小时的班车,两个小时的火车,然后是两个多小时的公交车。到达涞源县城时已近黄昏,站在县招待所门口的李彤,享受着夕阳映照在脸上的时光,她丝毫没有感觉到自己已经奔波了整整一天,疲惫与挂在天边的夕阳一样遥不可及。剧组住在县招待所。导演是个中年男人,满脸大胡子,和蔼可亲,语气温和,眼里有光。导演的一句话,就让李彤彻底放松了警惕,导演紧盯着她的脸,说:"你天生该是个演员。"说得她心怦怦跳,然后导演就张罗着吃饭。"跑了这么远的路,一定饿坏了。先休息,明天再试镜。"导演体贴地说。在招待所的一个小包间里,只有他们两个人。边吃饭,导演边给她讲她的角色,边劝她喝酒。"这不是白酒,甜的。"导演的话听上去温柔亲切。面对一个能够决定她命运的人的热情,她无法拒绝,更何况,就像导演说的,酒微甜,像是汽水,口感绵柔,滑进嗓子时,还有一股热流,让她瞬间忘记了室外的季节。等她苏醒过来时,看着身边躺着的那个大胡子男人,她知道,一切都已经无法挽回了。

在以后漫长的生命中,李彤都想忘记这次涞源之行。可它就像一枚生了锈却依旧锋利的钉子一样,牢牢地钉在她的心上。她匆忙逃离涞源的记忆犹如一条灰色的烟雾,遮蔽住真实的细节。始终,她都没有眼泪,她以为自己会哭,会在逃回的路上哭成一个泪人,可是,泪水迟迟没有到来。

回来之后的李彤就彻底放弃了。她认同了父亲对她的判断,一个技校生的人生,在炼油厂这块巴掌大点的地方,已经足够了。林杨给她打过几次电话,是想问问她去剧组的情况,她都没有说话,只是果断地挂断了电话。她不恨林杨。她应该感激林杨,感激林杨为她所做的一切。从厂电视台到厂区的路上,路边一闪而过的树木,厂区里,林立的炼塔、密密麻麻的油罐,这些才是属于她的生活。她告诉自己,到了与林杨说再见的时候了。

与过去告别的李彤完全变了一个人,以前那个激情澎湃、工作上进的记者兼主持人已经消失得无影无踪。就像失去了嗅觉一样,她对新鲜事物的兴趣快速地降低,变得迟钝、麻木,开始怀疑生命的意义。仰慕者小董敏锐地从电视新闻里觉察出了异样,他坐在单身宿舍楼电视机房里,将近二十平方米的电视机房里只有他一个人,其他人都去打麻将或者喝酒去了,在有李彤出现的屏幕陪伴下,他并不感到孤独。永远无法关上的窗户,被风吹着,持续地发出清脆的碰撞声。他聚精会神地盯着屏幕,他能从李彤的表情和语气中,感受到悲伤布满了明晃晃的屏幕,而且从电视上流淌下来,填满了整个房间,紧紧地包裹住他。这一次,他不再制造偶遇的机会,而是忧心如焚地来到厂电视台楼下,等着李彤从里面出来。他等到了李彤,她像一个幽灵,轻飘飘地走出厂电视台。他迎上前去,主动和她打招呼。李彤好像没有看到他一样,从他身前飘然而过。他紧走几步,追上去,拦住了她,然后正色道:“悲伤吞没了你。”

李彤无神地看了看他,苦涩地笑了一下,再次越过他,向前走去。她没有按照惯常的下班路线,走过游泳馆,穿过俱乐部广场,走向第一生活区,而是径直拐向北边。

李彤越来越喜欢生活区之外的旷野。顺着南北向的柏油公路,向北走一百米,生活区就被抛在了脑后。通往北面的路相对空寂,下班的人流在身后拐进了生活区。已经是冬天了,萧瑟而寂寥的田野在等待着冬天第一场雪的到来。冬天的白昼总是很短暂,黑暗早早地降临,黄昏转瞬即逝。李彤还没有看到田野的模样,就被夜色包裹住了,她并不觉得冷,而是真切地感觉到了黑暗的浓重与安全,夜晚是她的另一层皮肤。沿着人烟稀少的公路,她一直向北走。她忘记了时间,忘记了疲劳,她觉得那个在黑暗中行走的人并不是她自己,而是另一个人。她仿佛能看到她,自由地走在黑暗中,不需要任何的思想,只需要一个躯壳。她根本无暇去留意,在身后的不远处,一个人的脚步声呼应着她的节奏,从来没有停止。跟随,对另一个人来说,是另外一种含义。

电视台播出的新闻都是录播,每一次录制时,都要比平时耗费更多的时间,状况出在主持人李彤身上。她心不在焉,表情僵硬,有时候还像一个新手那样,紧张得忘词、出虚汗。还没等台长失去耐性,李彤主动找到台长,对他说:"还是不要让我主持了,我实在是无能为力了。"台长不明白到底发生了什么,虽然他觉得可惜,可是他也无可奈何。如果总是听凭李彤哭丧着脸在那里播出新闻,终有一天,厂长的怪罪会降临。于是他顺坡下驴,同意了李彤的请求。

从此,李彤专职去做一个幕后的记者,也彻底断了离开炼油厂的梦想。三个月之后,她在黑暗中突然停下快速行进的步伐,身后的脚步声也随之停了下来,远离生活区的乡间公路上,万籁俱寂。她没有回头,她知道黑暗中有一双眼睛在注视着她的背影,她语气加重了说:"我有了孩子。"稍顿了顿,又放慢了节奏:"我想结婚,你愿意吗?"

小董的声音使浓密的黑暗发生了抖动:"我愿意。可是……未免……"

"就这样。"李彤感觉到,因为行走而温暖起来的身体一下子又变得寒冷了。她裹紧了身上的大衣,对着身后说:"走吧,回去吧。"

在之后几年的时间里,小董都不太相信这是一个事实,时光流逝,他从最初的亢奋,到后来的快乐、平静,看着躺在他身边的妻子,他能真实地抚摸到她的脸颊,他也对自己有所怀疑,对自己的人生有所怀疑。

婚后李彤才看到了那些笔记本,绿色的笔记本,被藏于一个樟木箱子里,码得整整齐齐,一共有二十五本。她只是扫了一眼,她没有尝试去拿在手里,翻开封面,再看看她歪歪斜斜的签名。她对小董说:"锁起来吧。"

她慢慢地习惯了没有梦想的生活。有一次,采访完一个联合车间的主任,她站在操作室外面，看着眼前密密麻麻的管道，它们从炼塔之上像是瀑布一般垂下来，然后又相拥着，如密集的河流，通向下一个炼塔，在巨大的厂区形成一个完美的闭环。黑色的石油在管道中沸腾、冷却、裂解、聚合……不管生产的过程多么激昂和壮烈，它们始终都在管道中循环。这多么像她自己的人生。这方圆五公里的地方，就是她的管道。

她再也没有和林杨联系。林杨曾经动过念头，是不是到炼油厂去找一下李彤。但是，被工作塞满了的时间，不允许她有额外的支配空间。一个偶然的原因，因为周末综艺节目主持人临上场前晕倒，她被推上去救场，她超常而自如的发挥，彻底改变了跑龙套的命运，把她推上周末综艺当家主持的大舞台。夜晚的周末，电视普及的年代，她成了一个大众瞩目的明星级人物。她享受着她和李彤共同向往过的成功，逐步扩大的生活圈子里没有李彤的位子，李彤也渐渐地淡出了她的生活。

对于李彤来说，时间就是鱼缸里的水，静止不流动，被动地等着缺氧、水质变坏。在丈夫老董日益忧郁的眼神里，她越来越堕入无所欲求的幽暗深处。二〇〇〇年，就连一个普通记者的身份，都是一个沉重的负担了。当她决定跟随时代的洪流，接受厂里有限的补贴，成为第一批下岗分流人员中的一个时，老董默默地支持了她。但是老董背着她，把几年间她主持过的节目偷偷地刻了十张光盘。他坚持认为，活在光盘里的李彤，才是真实的妻子。只不过，她暂时把自己封在了遗忘里，并假装看不到。直到从无法被时光羁绊的女儿的成长中，李彤看到了自己年轻时的影子。

"我想考电影学院。"这是长大后的女儿，十六年来说过的最搅乱她心绪的一句话。

那一刻，那枚埋藏在内心深处的钉子复活了，李彤似乎看到了布满钉子的锈迹在快速地脱落，露出仍旧锋利的本色。她脸色骤变，几乎是脱口而出："不行。"

女儿不大相信这是那个平日里对她百依百顺的母亲，她以为这只是母亲对表演艺术的偏见，于是她撒娇地说："不，我要考。这是我最后的决定。"

令女儿没有想到的是，李彤突然提高了声调，声音尖厉又透着绝望："不行，我说了不行就是不行。这也是我的最后决定。"

泪光在眼里闪烁,她看看父亲。父亲低下头,兀自摇了摇头。父亲毫不犹豫地选择了与母亲站在一起,就像平日那样。女儿委屈不解,她噙着泪水喊道:"你总得给我一个理由吧! 我就要一个理由。"

李彤尽量躲避着女儿的目光,她语气缓和下来,但没有让步:"没有理由。就是不行,坚决不行。我不同意。"

一直放任女儿自由成长的李彤,此时感觉到了危险的迫近,心脏在下坠,记忆在上浮,她一直在努力忘掉的情景逼真地重现,这在将近十七年的时间里是少有的。她本能地提高了警惕,百般阻止女儿向这个想法的深渊滑落,无情与冷漠,把女儿火热的想法浇得冰凉。她不允许女儿去上表演辅导班,不允许女儿学习文科,不允许她提起有关表演的任何话题。她硬生生地把女儿的理想扼杀在了摇篮里。十六岁的女儿最终遂了母亲的意愿,不情愿地违背了自己的内心,选择了理科。在母亲认为安全的成长之路上,女儿度过了一个省内师范大学四年的本科生涯,但她并不急于找工作,而是躲在自己的屋里,准备考研。一切似乎都是按照李彤的设想在进行,生活显得平淡而秩序井然。秩序突然被打乱是在一个星期日的黄昏。屋内的光线变得暗淡时,李彤才发现女儿不见了,她急忙给还在单位加班的老董打电话。他们焦急地等了一个无法入眠的夜晚,当黑暗如抽丝般一点点地退去时,李彤脸部的轮廓清晰起来,悲伤就显露出来,她坚定地说:"得去找她。"

停顿片刻,她问丈夫:"你说,她会去哪里?"

老董叹了口气,柔和地说:"该来的终究还是要来。我说,还是随了她吧。"

李彤说:"不行。"

老董又叹了口气。一直以来,他从小董变成了老董,在他的心中,李彤从来没有变过,她只是把自己埋藏在岁月的尘埃之中了。

因为没有丝毫的蛛丝马迹,这给他们的寻找制造了太多的阻碍。最后,他们还是从女儿的一个同学那里,得到了较为可靠的信息。而且,那个和女儿最要好的同学泄露了天机,她绘声绘色地说:"在学校时,她是我们学校的舞台明星,她自编自演了好几场戏剧,简直比那些专业演员演得都好。她要是不去演戏,真是可惜了。"她一一列举了同学演的哪几场戏,扮演了什么角色,根本没有留意两个中年人慌张而尴尬的神色。

女儿同学的话深深地刺痛了李彤,不是因为女儿仍在偷偷地学习表演,而是因为,她对这一切毫不知情。这真的是自己的女儿吗?四年,或许更长的时间里,女儿从来就没有丢弃过那个执念,那个她认定的人生目标,可女儿再也没有向她提起过,从来没有,以此来挑战她的自尊。这才是她最大的失败。在她和女儿之间,横亘着一条无法逾越的山脉。她这才意识到,留在十几年前的那个人是孤独的自己。

剧组在南方。这一次,老董开着自家车,他们一路南下,颠簸了两天才赶到。一路上,李彤都觉得似曾相识,像极了当年自己奔赴涞源时的情景,只是地点换成了南方,越往南走,李彤的眼睛里越湿润,这显然不是气候的原因。女儿看到他们,第一个反应竟然是要转身逃跑,把他们甩掉,可她跑了几步,急停下来,她也许意识到,她不可能永远躲着他们,他们是她的亲人,她的生命至死都会和他们联结在一起。她转身,重新走到他们身边,表情坦然:"好了。我又没做啥亏心事,又没做什么对社会有害的事,我为啥要躲着你们?你们也看到了,知道了。我的命运我自己掌握,不劳你们操心。"

李彤看着女儿一脸的坚毅神情,仿佛又看到了自己的影子,这是她最害怕也最不愿承认的一幕。她伸出手,去抓女儿的胳膊,她说:"你先跟我回去。"

她抓到的只有空气。女儿推开她,不容置疑:"不,你别想管我一辈子。你们是你们,我是我。"

两人拉扯之间,旁边走过来一个头发长长的年轻男子,他一把拽住李彤,把她狠狠地推到一边。李彤趔趄了一下,险些摔倒。她怒目而视:"你是谁?"

年轻人轻蔑地说:"我是谁?我是副导演,她是跟我来的。你明白我是谁了吧。"

李彤站稳了,眯起眼看着年轻男子,他脸上得意扬扬的神情,令所有她努力忘掉的记忆蜂拥而至。突然间,仿佛她的心头一热,身体里蹦出另外一个人,那个人比自己更强壮,比自己更愤怒,比自己意志力更坚决。她觉得自己蜷缩在身体的深处,看着那个怒气冲冲的人,像一个泼妇,不管不顾,如同旋风一样,不计后果地冲将上去,死死地抱住了那个自鸣得意的年轻男子。因为事发突然,年轻人毫无戒心,毫无防备,在猝不及防之间,他被李彤的身体撞击着,轻飘飘地向后倒去。老董和女儿还没有反应过来,结局已经出现。他们听到了年轻男子的惊叫声,然后就看到,李彤的身体重重地压在年轻人的身上。最先明白过来的老董,慌忙去拉李彤。等他们毛手毛脚地把怒气未消的李彤拉起来后,恐惧才慢慢地出现在他们的眼睛里。他们看到,那个刚才嚣张无比的年轻人,此刻安静地躺在水泥地上,乌黑而浓密的头发慌乱地散开着,继而,几股殷红的血,从头发中,蚯蚓般怯怯地爬出。

再次想起李彤,是到炼油厂慰问演出。作为主持人的林杨此时已经到达了事业的巅峰,河北台的台柱子,经常在中央台客串主持节目,获得过金话筒奖。她觉得自己的人生一直在全速奔跑,从来没有停歇。一接到去炼油厂慰问演出的任务,她就想到了李彤。此时,她才发现,她和李彤,已经断绝了一切联系的渠道,她想给李彤提前打个电话都没可能。

一下车,林杨便向前来迎接的厂领导表达了自己的意愿,她说她想见见李彤。厂领导刚刚从岳阳石化轮换过来,一头雾水地看了看旁边的厂办主任。厂办主任在他耳边低语几句。厂领导对林杨说:"一会儿就到,一会儿就到。"

他们坐在接待室里寒暄了许久,厂办主任才把林杨领到旁边的一间会议室里,一个花白头发、穿蓝色工作服的中年男人局促地站在桌子旁边,自我介绍说:"我是小董。"

林杨笑着说:"我知道你。你每个星期天都给李彤占座,你还买了好多笔记本,让李彤给你签名。"

老董不好意思地挠挠头:"她什么都给你说。"

"李彤呢,李彤怎么没来?为什么他们把你叫来了?"所有的疑问,都加重了她想见到李彤的迫切心情。

"她出差了,要很长时间,"老董说,"她是我妻子。"

林杨释然地笑了:"你终于把她追到手了。你们一定很幸福。"

老董搓着手,他没有直视林杨关切的眼神,他只是在回答必须回答的问题,他希望这样的场面越早结束越好:"是的。"

他没有告诉林杨,那次涞源之行,彻底改变了李彤的人生轨迹。他也没有告诉林杨,每个月的某一天,他都会早早起床,披着渐渐稀薄的月光,开上车,从城市的东南出发,穿越还没有完全苏醒的整座城市,去往市区的西部。一路上,轻松的音乐缓缓地流淌,会让他有一种梦幻感,车上仍然是两个人,他和妻子,他能感受到身边妻子的呼吸,以及传递给他的温暖。即使来到监狱里,看到妻子憔悴的面容，梦幻感似乎还在持续，像以前他们经常遇到的那样，不过是开往市区的班车中途抛了锚，妻子从趴窝的车上下去，呼吸一下新鲜空气，缓解一下旅途的疲劳，更远的路，还在等着他们。

最后，在林杨上场之前，他说："你的每一个节目，我都会看。"他说的是实情，他觉得他在替另一个人看。虽然那个人已经十几年不再看电视了。

而林杨，相信他说的每一句话。当一次偶然的演出结束，当她再次全身心地投入忙碌、充实、令自己陶醉的生活中时，一个和她再无牵连的叫李彤的故人，自然也很快被她忘记了。

【作者简介】刘建东，1989年毕业于兰州大学中文系。1995年起在《人民文学》《收获》等刊发表小说。著有长篇小说《全家福》《女人嗅》《一座塔》、小说集《情感的刀锋》《黑眼睛》《丹麦奶糖》《无法完成的画像》等。曾获第八届鲁迅文学奖、人民文学奖、十月文学奖、《小说月报》百花奖、首届曹雪芹华语文学大奖、孙犁文学奖等奖项。现为中国作协全委会委员，河北省作协副主席。

冬天到东北来放羊

◎ 海勒根那

　　他租的两辆车都是十三米长的高栏货车,一辆装基础母羊,一辆装当年羔羊,本来每车能装六层,他装了五层,还装了一千两百多只羊。司机赵师傅说,两车都超重了,绥满高速是不让上了,只能走301辅道。这样也好,到博克图,他可以吃一顿猪脊骨炖豆腐。别看他是蒙古族,他也爱吃豆腐,特别是博克图的山泉水豆腐,又水灵又鲜嫩,呼伦贝尔人没有不爱吃的。他爱吃豆腐这事被老孙知道了,就笑话他,说一个草地老乡也学会"吃豆腐"了。听到的人就嘻嘻哈哈地笑,一点都不好笑的事为啥大家都笑了,像捡了谁便宜似的,他后来才懂,"吃豆腐"这里边有着"荤"学问,他就用东北话骂老孙滚犊子。安达(蒙古语:兄弟)之间相互骂一骂就更亲近了,显得更"铁"了。"老铁!"他的好哥哥老孙就是这么叫他的,原来他不明白啥意思,他的名字叫特木尔,汉族朋友都叫他"老特",叫老铁还是第一次,后来等他懂了就觉得这称谓挺舒坦,再没有比两块铁焊到一起更能表达哥儿俩好的程度了,用老孙的话说,那是铁板一块!

　　他坐的是赵师傅的车,赵师傅和他是老相识,路上好唠嗑。两辆加长货车开出陈巴尔虎草地时,太阳刚从地平线露出冻红的脑袋。十一月初就下过两场雪了,除了被曙光照亮的淡蓝的天,到处已是一片银白。他喜欢初冬黎明的这种清爽、这种凛冽,特别是在高高的货车驾驶室里迎着日出行驶的感觉。今天他起大早赶车,为的就是这个。

"唉，米尼阿哈。"他给远在黑龙江候着他的老孙打电话，"米尼阿哈"是"我哥哥"的意思，他愿意这么叫对方，就像对方叫他老铁一样。"唉，米尼阿哈，拉羊车在路上了哈！""上路啦，好，好！"对方的嗓门挺大，"我跟你说，老铁，下车咱吃杀猪菜，养了两年的大肥猪，早上就宰了，北大荒六十度白酒，都备齐刷的了，等你到啊，下车咱就去！"

赵师傅就笑，说："你哥们儿挺够意思，杀了一头两年的猪啊。"他听了，脸上涂满了朝霞和自豪："米尼阿哈呀，那是和我的亲哥哥一样啊！"接下来，他就打开了话匣子，他说汉语真笨，笨得就像给马蹄上了脚绊，他给赵师傅讲起他和老孙是怎么认识的，怎么成的老铁——这些年，交通便利了，每到冬天，呼伦贝尔的牛羊也学会串门了，都坐上了"大捞子"车，一路观风望景，一直越过大兴安岭，到黑龙江一带去过冬。过了大岭，天气就暖和多了，牛羊们再不必挨零下四十摄氏度的苦寒，这样不仅膘掉得少，而且还能省下不少成本。就拿今年的牧草价格来说吧，一捆五百斤的牧草，要卖到三百多块，而一只羊要吃掉两捆草才能越冬，这可是一只当年羔羊才值的价钱。来到黑龙江的农村就不一样了，机械化收割的庄稼地里，黄豆地里有黄豆粒，玉米地里有玉米穗。如今的农民年年丰收，根本不在乎这些漏掉的小鱼小虾，更不会弯腰撅腚去地里捡拾，加之遍野的大豆秧、玉米秸秆，这东西对农民没啥利用价值，过去烧火用，现在农村都烧煤，集中供热了，要不是做饲料让牲畜吃掉根本没法处理，现在大地里焚烧秸秆都算违法，那叫污染大气。所以那些年，黑龙江人就朝呼伦贝尔牧民喊话："哎！蒙古族大兄弟，冬天到东北来放羊吧，俺们这儿暖和！"

一来二去的，草地老乡们就这么被"喊"来了。老孙是讷河人，特木尔先和他加的微信，嗑儿唠得挺好，事摆得也特明白，等哥儿俩终于见了面，更是越唠越投脾气，老孙就要和他拜把子，就是拜安达。"我和你说大兄弟，俺们这边也有少数民族，和俺们屯子隔一条诺敏河就是达斡尔族自治旗，俺们讷河还有个鄂温克民族乡，都离得不远。平时，俺们就喜欢和少数民族兄弟打交道，实在，直来直去！这又来了蒙古族兄弟，我得和你拜把子！"

说拜就拜，哥儿俩都挺认真。拜完把子就喝酒，二两半的玻璃杯，端起来就干，老孙说："我知道你们草地人能喝酒，这都结拜安达了，以后就是一家人，喝酒就得放开喝，咱们都别装。"其实，东北老哥不知道，草地人能喝酒那是细水长流地喝，牧闲时把牛羊撒到草场上，没事可干了，就弄一塑料壶巴尔虎白酒，像羊边吃草边倒嚼似的，一直不住嘴，就这么一口一口地抿，能从日出抿到日落，像今天这样一杯一杯干还是头一回。大嫂在旁边看着不对劲了，跟家里的使眼色，那意思是别让客人喝多了。老孙会意了，一拍大腿，说："对，大兄弟，你是客人，我是地主，我得多尽地主之谊，这么着吧，接下来我杯杯干，你喝到'月亮门儿'（酒杯刻度），哥不和你打酒官司……"

那天酒喝得真尽兴，直到把"大兄弟"喝成了"老铁"，说好一亩地一冬天十五元租金的，老孙主动给降了："就十块！安达都拜了，就是老铁，三千亩地虽然只有一个巴掌是你哥的，可这个主我今天就替乡亲们做了。"大嫂正给哥儿俩添酒呢，急了，说："你快拉倒吧，老孙，咱家的地不要大兄弟的钱都行，别人家的地你不跟人家商量能行啊？""能行！咋就不行呢？咱屯人要听说是我的亲兄弟，那还用说啥呀，我老孙在这个屯子说话好使，吐个唾沫都是钉！"

"喝酒的那天，都喝多了，喝完了不是吗，地就真给便宜了。"特木尔和司机老赵比画着手指头，掰来掰去的，"那年我的羊有六百只，三千亩地我租了，原来三个数，便宜了一个数。米尼阿哈呀，讲究人哪！"他把那两根手指头又变成一根竖起的大拇指，说："真想他了我呀，我俩都三年没见了，疫情闹的，好不容易又能见面了，今年我呀，又能到东北去放羊了……"

拉羊车是下午两点多进的讷河。博克图的豆腐吃了，兴安岭的雪坡爬了，路越走越开阔。手机那头，老孙还急得不行呢，电话几次三番地打来，一会儿问进了齐齐哈尔没有，一会儿又问到没到富裕。等拉羊车过了拉哈镇，车轮拐下双嫩高速，一辆小轿车早在收费站那边等着了，老孙和两个年轻人冲大车摆摆手，便一路开道，没出一个小时，即进了一方村落。

天气好，冬日阳光没见过这么充足的，锦缎似的罩住四平八稳的村屯，显得村屯温暖又阔绰。白色小轿车亮闪闪的，径直开到村前头的玉米地，平平展展的田里没有积雪，金黄色的秸秆一捆捆一行行，一直铺陈到了天边去。近处，一帮男人正候在那里，岁数大些的抽烟、唠嗑，年轻点的抽烟、划拉手机，他们刚帮老孙杀完猪，灌完血肠，炖完杀猪菜，见拉羊车尘土飞扬地开来，赶忙整出一副列队欢迎的架势。都下了车，安达终于见面了，都以为两个爷们儿要拥抱拥抱呢，但是没有，两人你给我一拳，我给你一拳，老孙说："三百喏（蒙古语：你好）！"这是他跟特木尔学会的唯一一句蒙古语，特木尔说："三百喏，三百喏!"旁边的人说:"生分了,生分了,哥儿俩怎么刚见面就谈钱呢……"大家伙就一起笑,笑声把身后几排防风林上的雪都震落下来了。

"这是我儿子孙宝,"老孙介绍起两个随行的小伙子,"这位是儿子的同学——小舒总,也算我的儿子,温州人。小哥儿俩原来在上海的外企,三年前回咱讷河创业来了。"两个小伙子脸上洒着阳光,牙齿上也是,热情地与特木尔握手,说:"铁叔叔好!""特叔叔!咋整成铁叔叔了?"老孙瞪眼睛,两个年轻人就嘿嘿乐。又介绍那帮男人,一一握手,仪式毕,老孙这才吼一嗓子:"大家伙还愣着干啥,赶紧帮老铁卸羊!"男人们这才呼啦一下围抄过来,嘴里说着:"卸羊!卸羊!卸完羊好喝酒吃肉!"

当中有两人却袖着手,原地没动——一个矮墩墩的车轴汉子半眯着眼睛望天,一个黑脸瘦子一边望天一边给他递烟。"啥年代了,还抽不带嘴儿的烟?"车轴汉子乜斜着眼睛瞅瞅烟卷。"带、带嘴儿的没劲,"黑脸瘦子龇龇牙,"我、我就不爱抽、抽带嘴儿的烟。""你就说你没钱得了,二黑,哥不笑话你。"车轴汉子话这么说,烟可抽得狠,几口就将一根烟吸尽,即将烧到嘴唇,又猛抽一口,这才用舌尖弹掉,弹出两米多远,随之一口痰将烟头熄灭。货车上,特木尔正从最上层往下递羊,老鹰抓小鸡似的,一俯身就是一对,都上百斤重,一手拎一只,嗖嗖地递与接应者。二黑见了,啧啧连声:"瞅、瞅瞅人家草地爷们儿,那手劲。""那算啥,"车轴汉子撇撇嘴,"上次我在邻村卸牛犊子,一手一头。""你那、那不是卸牛,你那是吹、吹牛!""我可不吹牛,论手劲,我可在哈尔滨浴池搓了十几年的澡……不、不,我是当了十几年的领导……""锤子哥,那咱、咱上车和他比试比试?""滚犊子,要去你去,我还要晒会儿太阳呢。"

羊群白得像饺子,稀里哗啦地卸下来也像下饺子,饺子不会叫,羊会叫,饺子煮坏了会成粥,羊群不用煮,一落地就叫成一锅粥了,这一叫不要紧,引来了村庄不小的震动,鸡鸭鹅狗们好久没听到这么多叫声,忍不住要呼应呼应,于是村庄内外的叫声连成了一片,此起彼伏的,比过年还热闹。一群本地羊原来在旁边的甜菜地里啃吃,这会儿也闻讯赶来,它们听出了那一锅粥似的咩咩声不像本地口音,断定村里来了新羊,都来看个究竟。锤子见本地羊跑过来,忙上去拦截,于是,他与羊群也玩起老鹰抓小鸡,两拨羊左冲右突,一派相见恨晚的劲头,二黑手持秸秆上前帮忙,也无济于事,羊群最终还是聚集到了一处,你嗅嗅我,我嗅嗅你,互致亲切问候。其实即便混群,不用看耳记也一眼能瞅出哪只是草地羊,哪只是本地羊。讷河的本地羊都是澳洲白与萨福克羊的杂交品种,体格比呼伦贝尔来的羊高大,尾巴三角形,却极其短小。草地羊呢,个头小尾巴大,羊尾跟棉门帘子似的,又宽又肥。人说呼伦贝尔的羊肉好吃,其实就是因为这种草地羊个头小身体健,它们的脂肪都储存到大尾巴上了,吃再多牧草只胖尾巴不胖身子,就和小笨鸡一样,肉质瓷实,好吃不膻,有嚼劲。

这边说着题外话,那边锤子仍不死心,还在分离羊群,对草地羊又踢又踹。老孙正拎彩条布搭羊圈呢,抬眼见了,喊他:"我说锤子,你挺分得清里外呀,咋不踹咱屯的羊呢?""老孙大哥,你、你有所不知,那、那可是锤子自家的羊群。"二黑嘻嘻笑。"滚犊子,哪儿都有你!"锤子说。

"那我就说不出啥了,锤子来这儿是为看自家的羊,二黑,你来这儿是为啥呀,看热闹来啦?"二黑眨巴眨巴眼睛,说:"老孙大哥,你、你也没说,卸、卸一只羊给、给多少钱哪?""乡里乡亲的,出把力气要啥钱?你给兄弟家卸羊要钱哪?""可、可有句话讲、讲得好,亲、亲兄弟明算账,再说了,这、这年头,力气才、才值钱呢。""那行,二黑,你就一直陪锤子看羊吧,喝酒时你也别去。""那不行,我还没、没吃杀猪菜呢,我要吃、吃猪蹄子,吃俩!"

杀猪菜当然得吃,男人们卸完羊出一身透汗更能吃能喝了。洗手擦脸,两张桌,东屋一张,西屋一张,纷纷落座。女人们负责倒酒端菜,五花肉炖酸菜、煎血肠、蒜泥拆骨肉、手掰猪肝、熬皮冻、冻白菜大葱青萝卜蘸酱,总之浩浩荡荡,摆满圆桌。安达手拉手坐在主座,酒杯里倒的却不是"北大荒",而是红盈盈的果酒,老孙举起酒杯说:"大伙儿先尝尝这杯'甜蜜蜜',这是我俩儿子——孙宝和小舒总用咱当地甜菜根自酿的酒,贼啦甜,一点生青味都没有,还申请专利了呢。现在大城市的年轻人喝酒都讲口感,甜菜根这东西补中气,盈血亏,利肝胆,常喝身强体健。这酒北上广深的订单还不少呢。"

在一旁点烟倒水的孙宝和小舒总听了就乐,孙宝说:"我爸走到哪儿都不忘替我们做广告,可这是在家里呀,爸,你这是把广告做到家了。"

老孙趁机又拎起一桶豆油,清亮亮黄澄澄,像金子化成的。"说我做广告,那我再做一个,这是我儿子他们试验田里种植的非转基因大豆榨出的豆油,纯绿色无污染,一点化肥农药都没上……"

放下豆油,老孙又提起一袋印有"粒粒香"字样的大米……

"爸，你快拉倒吧，大家伙儿都等着喝酒呢……"

老孙乐了："喝酒，喝酒，我这是习惯了，到哪儿都显摆。"

老铁又品了一口甜蜜蜜，竖起大拇指，说："嗯，我们的马奶酒，酸酸的，这个甜甜的，各有风味呀！"

"好喝就多喝点，这酒三十二度，就跟饮料似的，没劲，平时俺们就拿它漱口。"老孙带头，不一会儿就唰唰唰喝了好几杯，然后改六十度，酒席这回正式开始。老孙站起来，他在西屋亮嗓子，不用扩音器东屋都震耳朵："我说老少爷们儿，今天是个高兴日子，啥也不说了，我的蒙古族大兄弟，我的老铁来啦，感谢大家给我老孙捧场，帮忙杀猪卸羊！"满满一杯酒一仰脖就整了，这是欢迎的酒，当然得整，两个屋子的爷们儿都不差事，都跟着整了，特木尔也必须得整啊，大家伙儿都是为自己来的，忙活大半天了，怎么也不能再喝到月亮门儿。这当中有人没整，就是刚才袖手望天那两位，他俩坐东屋，本来二黑按捺不住要整来着，锤子拉了拉他衣袖，夹一个大猪蹄子放他碗里，两人又眯下了。

没觉得咋了呢，已酒过三巡了。老孙来了兴致，要给大家唱首歌助助酒兴，这歌特木尔每次来他都唱，说白了，就这首歌他能唱完整，歌名叫《两只蝴蝶》，他非说是"两只扑棱蛾子"。老孙唱歌粗声大气，在屯子里号称跑调歌手，这主要是他小时候学过二人转，唱啥歌都能跑到二人转上去——"亲爱的，你张张嘴，风中花香会让你沉醉，亲爱的，你跟我飞，穿过丛林去看小溪水……"一个大老爷们儿，摇头晃脑地翻着大厚嘴唇子唱"张张嘴""小溪水"，而且满嘴都是东北大碴子味，旁边的人就夸他，说："哥呀，你这二人转唱得挺好哇。""我哪唱二人转了？耳朵聋了咋的？我唱的是流行歌好吧！"旁边的又说了："听完老孙大哥唱的歌，我都想喝大碴子粥了。""想喝大碴子粥哇？煮！让你嫂子现在就煮！"

老孙唱罢，掌声稀稀拉拉的，等他提议让老铁唱一首蒙古歌时，里外屋的掌声这才热烈起来，落差如此之大，老孙也不妒忌，只呵呵笑，自我解嘲道："我这是抛砖引玉，主要想让蒙古族大兄弟唱，人家的草原歌才好听呢。"

特木尔唱的是《蒙古人》，别看他汉语说得笨，唱起歌来舌头就伸直了。他的歌声刚起，厨房里的女人们就都放下家什挤进屋来，都想一睹蒙古族大兄弟的风采。就像老孙说的，蒙古歌确实好听，"洁白的毡房炊烟升起，我出生在牧人家里，辽阔无边的草原，是哺育我成长的摇篮……"女人歪着脑袋听，男人支棱耳朵听,这歌里的画面感太强了,好像呼伦贝尔大草原就在眼前,蒙古包冒着炊烟,牛马羊都撒了欢,勒勒车轱辘转着圈……村民有没去过呼伦贝尔的,其实想想离得也不远,也就千八百里地,就隔着个大兴安岭,轿车开得快的话,大半天的时间就到了,于是下定决心,明年夏天说啥也要去那边旅旅游,骑骑马,在无边无际的大草原上打打滚,保准心情舒畅,再找特木尔兄弟喝顿酒啥的,多美呀!

其中听得最神往的,是个叫李大美的女人,她扎着花围裙给各桌的杀猪菜里添酸菜汤,那会儿就倚在门口,看特木尔的眼神跟酸菜汤似的,黏稠稠又清汪汪,等特木尔唱完,她就扭着腰肢凑上前,专门给他的碗里加了勺汤,一边说:"哎,大兄弟,我咋看你像电视里的一个人呢,也是你们蒙古族唱歌的,叫腾啥来着?""腾……腾格尔。"有人提示。"对,就是他,不过你可比他长得帅多啦。哎,大兄弟,你要是不走哪天上俺家,俺做好吃的招待你!""上你家吃饭?你让大兄弟吃热豆腐咋的?"老孙说完,大伙儿笑了。"大兄弟想吃啥我就给做啥!咋了?人家大兄弟可是正经人,哪像你们这些骚爷们儿。"李大美随后屁股一拱,大伙儿又一阵笑。

特木尔虽听得一知半解,但还是臊得满脸通红,这会儿就端起酒杯,转移话题,和大伙儿说:"夏天呼伦贝尔得去啊!去了咱住蒙古包,宰羊,手把肉得吃,马奶酒得喝,歌得唱!"嚯,刚想着去草原就接到了主人的邀请,屋里屋外的气氛一时间爆棚了。

锤子和二黑今儿是铁了心穿一条裤子,哥儿俩在酒桌上,一个在盘子里里挑外撅,一个在碗里挑肥拣瘦。特别是锤子,好像存心找别扭,别人鼓掌,他盘手;别人敬酒,他屁股都不欠,瞅也不瞅;别人哈哈笑,他倒也笑,只是皮笑肉不笑。邻里拍拍他的后腰,低声问他:"锤子,你咋了?""我?没咋呀!"锤子一副无辜的样子,"正常,正常。"他说正常,老孙是明眼人,早觉察他不正常了,来东屋敬酒时用话点他:"锤子这是在城里当大老板当惯了,做派都不一样了哈!"二黑接过话:"那是!锤、锤子在哈、哈尔滨浴池当搓澡领导,当了十、十几年呢。"锤子用一块猪蹄堵住了二黑的嘴,回头说:"老孙,现在在咱屯子里你才是大老板,孙宝有出息,你当爹的也硬气,嘴大说啥话都好使。""我老孙的嘴确实大,但说话讲理,有话咱唠到桌面上,别卡在嗓子眼儿里。""我说锤、锤子,老孙大哥话都说到这份儿上,有话你、你就竹筒子里放屁——照、照直崩吧,你要不说,我、我替你说得了!"二黑梗着脖子站起来,"锤子他是想……""我想和特木尔掰腕子!"锤子把话抢过来,一边又塞二黑嘴里一块肥肉,"都说蒙古族兄弟劲大,我就想和他比试比试……""锤子你、你喝迷糊了吧,你不、不是要、要……"二黑一着急,磕巴得更厉害了。

"早说呀,掰腕子没毛病,要不你和老铁比摔跤,那才能比出谁劲大呢。"老孙说。

"不了,我就和他掰腕子!"锤子斩钉截铁。

说掰腕子就掰腕子,特木尔应战,一边憨憨地笑着,一边和锤子说:"手下留情啊,我不喝多的话行,喝多的话不行。"

酒桌立马腾出一块空地。锤子这种车轴汉子,脖子脑袋一般粗,四肢结实得确实像铁锤子,这源于他从小和他爹打铁,在拉哈镇开过铁匠铺,后来铁匠铺不时兴了,他农闲的时候就到浴池给人搓澡,搓澡这活计凭的就是手腕的劲。城里男人有的皮糙肉厚,有的藏污纳垢,给他们搓澡不能浮皮潦草,不能像小猫挠痒痒,而是要像犁田一样,搓澡巾所过之处,必是一片黑泥漫卷,一片泥沙俱下,三两下必露出一块或青白或紫红的皮来,这样才能保证出活儿。别的师傅搓个澡要二十分钟,他不用,七八分钟就搞定,既快又干净,干计件不能磨洋工,每天耍手腕,为的就是赚钱。因此,锤子可以说身怀绝技,在哈尔滨那么大的林子里,他掰手腕还没遇到过对手。而特木尔呢,刚刚卸羊时大家伙儿也都领教过了,他那是一双常年握套马杆的手。一匹烈马在大草原狂奔,骑手拿着长长的套马杆在后面追赶,这时要尽显手上的功夫,眼见着目标接近,套马杆要稳准狠地抛出去,刚好套住马的头脸或者耳际,随后铆足力气,将烈马一个跟头放倒在地,凭借的当然也是手和胳膊的力量……所以,今儿个两人的较量可以说势均力敌,大家伙儿都觉得有好戏看了,里三层外三层地围着,都要一睹为快。

说着话,两人的手已握在一处,就像两座山顶起了牛,老孙在旁做裁判,说好一把定输赢,输了的罚酒三碗!好事者早已找来三个空碗,将酒满得不能再满,酒水甚至高出了碗沿。随着老孙一声"开整",那顶牛的两座山却是一片风平浪静,纹丝未动,大家伙儿以为哥儿俩相互客气没用力气呢,可眼瞅着汗水从两人的额头、鼻尖露珠似的冒出来,且越滚越大,大到黄豆粒一般,这才落下来,滴在桌面上啪啪作响。接着,仿佛劲风拂过似的,酒桌开始微微颤动,两座山也随之嶙嶙摇晃,不知情的还以为地震了呢,此时,车轴汉子的脸皮就像灌了猪血,青筋也跟着一根根暴起,再猛地一嗓子狮吼,山势便开始向他这边倾斜,一点点,一寸寸,再看特木尔,他的阵脚始终未乱,始终在寸土必争,在积蓄着全部的力量做最后的抵抗……不过到现在为止,局势已很明显,胜负仿佛已成定局……忽然,一股不知从哪儿冒出来的强大而无形的力,像硬生生的铁,将特木尔这边即将坍塌的大厦慢慢支起,支到一个制高点,随后,火山爆发一般,顷刻间瓦解了一切,摧毁了一切……锤子一时间有点蒙,有点不敢相信,可他的手腕已被老铁牢牢压在桌面上了,压得死死的,这怎么可能?明明自己稳操胜券,占了绝对上风,这个……

可围观的男人们已不管这个那个了,三碗酒端过来,在锤子的面前一字排开:"喝吧!喝吧!锤子,这回没啥说的啦!"看热闹的都不怕事大,锤子却把手一摆:"且慢,我还要和老铁再来两局,三局两胜才行!""哎哎,刚刚说好的,怎么输了就耍赖呢?"大家伙儿起哄。"不,就三局两胜,我就想看看他到底怎么赢的我!"锤子意气难平……是啊,老铁刚才是怎么赢的锤子?一眨眼工夫就乾坤颠倒了,人们把目光重新投向特木尔,此时他正用那只赢得胜利的手挠着脑袋,眯着小眼睛乐呵呵的。"我们那达慕大会上,打赦勒骨(赤手砸牛骨)比赛,每年冠军都我得,就是那一下子的力量,爆炸了一样……"嚯!特木尔这么一说,大家伙儿都明白了,这可不得了,两人再比下去也没啥悬念了。二黑悄悄地拽拽锤子的衣角,说:"哥,要、要不行,你和他、他比打弹弓子吧,小时候,你用弹弓子打、打别人家玻璃,指哪儿打、打哪儿,可真准!""滚犊子,哪儿都有你!"锤子气鼓鼓地说。

老孙走过来,给锤子找个台阶下:"我说锤子,愿赌服输,又不是赢房子赢地的,你要不喝,我替你喝了!"

事已至此,锤子也不得不借坡下驴了:"不就是三碗酒嘛,我整。"刚刚锤子一直闹别扭来着,所以酒基本没喝,就这样,三碗酒咕咚咕咚进肚还是让锤子有点晕,酒劲立马上到了脸上,特别是最后一碗酒,锤子两只手都端不稳了,喝一半洒一半,大襟湿得透透的。接下来,他就两眼发直发热了,许是借题发挥,又或者心里憋着事,锤子瘫坐在凳子上,竟噼里啪啦掉起了眼泪疙瘩,他咧开大嘴,一时呜呜咽咽,委屈得像个娘儿们。这情形让大家伙儿有点始料未及,老孙也整不明白他啥意思了,问他:"锤子,你这整的是哪一出啊?家里出啥事了?""老孙你别装糊涂了,"锤子擤了一把鼻涕抹在凳子腿上,"本来当着特木尔大兄弟的面,我不想说你,说了好像我这个人咋回事似的,可是老孙,你欺负人没有这么欺负的,你这是断了我锤子的活路了……"

这话说得更让老孙摸不着头脑了:"哎,我说锤子,此话怎讲啊?你这可得给我说清楚了,我老孙活了大半辈子,不说光明磊落,那也是放屁能崩出个坑的爷们儿!"

"是,我是得把话讲清楚。"接下来,锤子就一把鼻涕一把泪地讲起事情的缘由。原来,前些年锤子在哈尔滨浴池搓澡挣了些钱,就想兑下个澡堂子自己当小老板,哪承想赶上了疫情,澡堂子干不了了,这才琢磨回老家讷河,买了一群羊准备发展养殖业……"这听起来不挺好吗?也没我老孙啥事啊?""有你的事!"锤子说,"本来我那两百只羊养得好好的,冬天随便撒到田里去,它们撒欢吃玉米秸秆,吃甜菜叶子,吃大豆秧,我一分草料都不用添,现在可倒好,老孙你把老铁招来了,把咱屯子的田地都租给了他,听说呼伦贝尔老乡还要运来一万头牛羊,你就说说,以后我的羊往哪儿放?你老孙是不是断了我的活路?"

"闹了半天,锤子这是要他的羊群在咱们地里白吃白喝呀!"看热闹的人们这才恍然大悟,"是呀,田地是俺们的,俺们租出去他还不乐意了,这是吃白食吃惯嘴了!"男人们你整一句我整一句。老孙在旁边皱着眉头,锤子针对的毕竟是自己,他琢磨琢磨,觉得锤子这话说的也没毛病,不过,正所谓"集体的利益高于一切",总不能……

大家正议论纷纷呢,特木尔又笑呵呵地站起来,挥了挥他那两只牧人的大手,说:"锤子说的呀,都听明白了我……"

老孙拉他坐下:"没你事,老铁,有事我兜着……"

"米尼阿哈,你听我说,锤子刚说了,我放羊来了,他就没地方放,他有地方放,我就没地方放,可是,有句话说得好,一只羊也是赶,两只羊也是放。锤子呀,你的羊我放了,都搁在一个群里,完事了不是吗?"

特木尔说完这话,有那么一刻,酒场忽然肃静了,大家伙儿都蒙圈了,是啊,刚才还堰塞死的水渠,好像忽然就漾开了。锤子听了,也愣眉愣眼了,说:"大兄弟你刚才说啥,把我的羊放你的羊群里?""对,是这么说的,放心,我放羊,工钱我不要,你们帮助我的多了,我还要感谢呢! 这样吧,锤子,我另外送你两只羊爬子(种羊),我们草地的羊爬子,等你的羊生下了羊羔,在讷河的家里,你们就能吃到呼伦贝尔羊肉了。"

一个意外接着一个意外。此刻锤子有点不会了,他呆呆地坐在那儿,不由得垂下脑袋,又掉了几颗泪水,这回滴下的不再是委屈不平,不再是憋闷不已,而是感动的、羞愧的眼泪。他踉跄地走上前抱住特木尔,像个娘儿们那样,把头俯在大兄弟的肩膀上,这时酒精也发挥了一定作用,他哇哇地哭起来,哭得就像个孩子。

一旁的二黑见了,吧嗒吧嗒嘴,有点不是滋味:"两、两只羊爬子!啧啧啧,还、还是会哭的孩子有、有奶吃啊!要这么说,老、老孙大哥,我对你还有、有意见呢!"

真是摁下葫芦起了瓢。"你这儿又有啥意见了?"老孙问。

"要、要不人家锤子说你嘴巴大呢,"二黑拧巴着脸说,"前些年你大、大包大揽,十五块一亩的地,你、你给让到十块,可是疫情过去了,你还、还十块钱一亩,我二、二黑就指着这二三十亩地过日子呢,我上、上有八十多岁老母,下有老婆孩子,你、你这是从俺、俺们碗里往外扒拉饭哪……"

那天的酒一直喝到日落西山,喝得都没啥说的了,说啥都不喝了,李大美与特木尔也互加了微信,酒席才渐渐散去。老铁和米尼阿哈也喝得只剩下了感情,两人搂脖抱腰,在院外边对着夕阳撒了一泡经久不息的尿。旁边,小轿车打着火候着,孙宝和小舒总把老哥儿俩搀扶着上了车,老孙说:"老铁,房间我都给你安排好了,这回你来,不用再租民房住了,咱住俩儿子开的民宿,都是落地窗,乡村风景房。"

"乡村民宿?那好啊!"老铁竖起大拇指,"现在都时兴民宿呢,我们草原上也有蒙古包民宿呢,从套脑(蒙古语:天窗)上就能看着星星。""都不缺星星,我们这屯子也有的是星星,"老孙说,"要不我拉你到屯子外面看星星去?"

米尼阿哈说话就是好使,他说星星,星星就来了,旁边还有半块月亮,聚得满天都是,有的挂在黑黢黢的远山上,有的挂在遍野的玉米秸秆田上,有的挂在近处的羊群背上。那矮半头的羊是特木尔的,高出半头的羊是锤子的,两拨羊无论高矮,都一团和气,就像米尼阿哈和老铁一样,亲如兄弟。老哥儿俩站在满天的星星之下,站在羊群中间。"米尼阿哈,你真是好人哪,你就和我的亲哥哥一样!"特木尔说,"这个屯子的人,都是好人哪,都是我的亲兄弟,可有句话说,亲兄弟明算账,那个地呀,我还是按一亩十五块钱给,我们蒙古族人,不占便宜。"

"大兄弟,这个不用你管,都说好的事,我老孙吐口唾沫就是钉!"

"哎呀,米尼阿哈,不是丁的事,也不是卯的事,是钱的事。"

"亏了乡亲的,我给补偿!"老孙拍着特木尔的肩膀,"我早就和两个儿子说过,咱们发展乡村经济,靠的就是乡亲们,可不能让乡亲们吃亏,刚才我就让两个儿子给大家伙儿表态了,从今年起,每家两桶非转基因大豆油、两袋子粒粒香大米……"

"还有呢,外加两箱甜蜜蜜!"孙宝和小舒总说。

"甜蜜蜜好,这酒补中气,盈血亏,利肝胆,常喝身强体健……"老孙认真补充。

几个人就笑,羊群听见了,也跟着咩咩叫,星星和月亮也听见了,它们没叫,却笑了,笑声荡漾着乡村夜色……

"你们这儿真暖和,"特木尔抬头望天,"暖和得我呀,心里就像吃了热豆腐。"

"热豆腐? 俺们屯李大美不说了嘛,你想吃就给做!"

"米尼阿哈,滚犊子……"

几个人又笑。

"来年冬天哪,我还到东北来放羊,我还要叫更多的草地老乡……"

"来年俺们还去呼伦贝尔旅游呢,到时喝完酒,咱就一起躺在大草原上看星星……"

【作者简介】海勒根那,70后作家。出版有中短篇小说集《到哪儿去,黑马》《父亲鱼游而去》《骑马周游世界》《请喝一碗哈图布其的酒》《巴桑的大海》、诗集《一只羊》等。有小说被本刊及《新华文摘》《小说选刊》《长江文艺·好小说》等选载。曾获第十二届全国少数民族文学创作骏马奖、《民族文学》2020年度奖,入选2020年度中国小说学会短篇小说排行榜,入围2021收获文学中篇小说排行榜,另获第十届诗探索·红高粱诗歌奖、多届内蒙古索龙嘎文学奖、内蒙古敖德斯尔文学奖等奖项。现为内蒙古作家协会副主席,居呼伦贝尔。

醉马草

◎ 娜仁高娃

今天，我要给你们讲一只公羊的故事。它的名字叫"将军"，这是它的头骨，这是它的盘角。你把手伸过来，闭上眼，用指尖触摸它的额头。这里，有两个小小的眼是不是？你说话啊。

他没有吱声，也没有把手伸过去。他正在往包里塞奶酪、砖茶、奶糖和一双雨鞋。雨靴是她的。今天，他得带着她前往小镇，去看望刚满月的小外孙，也是她的弟弟。他拧开药瓶看了看，放进衣兜，他想也许在小镇住上一晚。

走吧。他说。

你还没有摸一下它。她说着，歪起小脑袋，手从羊头骨缩回来，左左右右地摸。她在找她的手杖。羊头骨放在椅子一旁的木柜上。她的两条腿弯曲，呈跪坐模样。

别磨蹭。

我要把"将军"带过去。

不行。

那我怎么讲"将军"的故事？

怎么讲都可以。好了，走吧，你的手杖在你的左边。

两人走出屋。天色阴沉，空气凉爽，若有若无的雨丝缠人，不到几分钟，人的面颊、脖子、手背上都湿乎乎的。

我会把故事讲好的，是不是？

嗯。

姥爷,你说,呃,弟弟他会喜欢我讲的故事吗?

会的。

那你喜欢弟弟吗?

我不知道,我还没见过他。

他大步走过去,拉开皮卡车后门,又走回去,抱起她,把她抱到车里。她那绘着紫色花卉的手杖撞到车门上发出咔咔的撞击声。他发现她衣摆上沾着干了的汤汁,于是揉搓掉,又用手摩挲几下她披散的短发,好让她看起来像精心梳洗过一番。

坐着,别下去啊,我去灌水槽。

一小群牛围在井旁,他展开双臂,嗵嗵地赶着,让牛给他腾地。没一会儿他回到车里,拧钥匙,启动车,然后向后看看,发现她正悄无声息地嚅动着嘴默念着什么。

包里有奶糖,包在你右侧,不过只能吃一块。

我不吃。

车沿着向西北的土路前行,路北有一辆废弃的绿皮吉普车,那是他早年驾驶过的车辆。透过车玻璃能看见粉色布娃娃的胳膊,布娃娃是她的。她总爱钻在车里,还说那是她的秘密小屋。有一回,她竟然睡在里面,害得他在野地找她找了好几个小时。也是那次她跟他讲,那里是她的秘密小屋。他突然觉得车身漆皮脱落得太不好看了,他得买桶油漆刷一刷。

车猛烈地颠簸着驶过一段搓板路后上了柏油路。

依拉拜河有水了。他说。

姥爷,"将军"就是在河边吃了好多好多的醉马草,是吗?

嗯,那年大旱,河水断流,河道里一滴水都没有。大片的滩地上除了醉马草没别的植物。醉马草开紫色的花。

那你说,"将军"真的是吃了太多的醉马草后醉了的,是不是?它醉了后的模样跟你醉酒后一样,对吧?

我没有喝醉过。

你忘了,姥爷,你喝醉后还哭了,我都听见你的哭声了。

呃,我没有醉。他说着向后视镜瞟一眼,不过没看到她的脸。

"将军"醉了后怎么哭,还是咩咩叫?

我没看到,那会儿我在挖防空洞。

你说过它醉了后不会走路了。

那是。

那会儿你多大?

二十六七岁。好了,别说话了,把玻璃摇上来吧,雨水会溜进来的。

这是一条县道,每隔一段距离就有可以掉头的路标。路上车辆不多,被雨水打湿的路面黑亮黑亮的,一些低洼处还积着水。过了另一条河上的桥梁,沿着丘陵地拐个弯后前方突然车辆多了起来。他不得不减速,随后慢慢地停在一辆红色越野车后面。

还没到呢。她说。

嗯。

怎么了?

呃,出车祸了。

他摇下车玻璃,探出半截身子,看了看,发现前方半里远路中央隔离带上停着一辆车头严重变形的轿车。十多人聚在那里,一辆红色吊车正在空中缓慢地移动着吊杆。雨愈来愈大,有人撑起伞,有人双手插进裤兜,缩着脖子。但他们并没有回到车里。

别乱动啊,我去看一眼。

他下车,手搭在额前,沿着隔离带与车阵之间的空地走去。不过,当他看到有人把什么装在黄色袋子里抬进车时,匆忙转身,往回走去。

死人了,是吗?

哦,好冷的雨。他不由打寒噤,抬手撸去面颊上的雨水。

有蘑菇的味道。

什么?

雨的气味。

一个小时后,他俩到了小镇。他把车停在一家超市门前。然后两人进去,买了一箱牛奶,又转了好几圈后选了一双缀着虎头的米色小绒鞋。他把鞋给她，她拿在手上，摸了摸鞋底，摸了摸虎头，又把四根手指插进鞋口，说，它是红色的，是吗？

蛋黄色的，跟太阳的颜色差不多。

哦。

很漂亮，是吗？

嗯。

到了他女儿小区楼下，他照了照后视镜，用手指梳了梳被雨水溻湿的头发。

好了，咱下去。他说。

我不要手杖了。

哦，不要就不要了吧，换上雨鞋吧，到处是积水。

他一手牵着她，一手拎着装礼物的袋子，走进楼道，摁开电梯。电梯发出轻微的轰鸣声。她摸着楼层按钮，说，总共十七个。他没吱声，他怕乘坐电梯，感觉像是被关闭在一个密不透风的盒子里。走出电梯，站到一扇崭新的防盗门前。他看了看她，想说一句"到了"，不过见她咬紧嘴唇，像是忍着爆笑一样，也就没说。他摁了门铃，门开了，开门的是他的女婿，一个四十岁出头的瘦男人。

哦，爸，你们怎么才来？

路上堵车了。

爸，你们过来了，哦，我的宝贝女儿，又长高了不少。

一个穿着浅粉色睡衣的女人匆匆走来，抱起了她，亲吻她。她很腼腆地一笑，双臂勾住女人的脖子轻声地说，妈妈，外面下雨了。

哟呵，妈妈做了剖宫产手术，有点抱不动你了呀。

女人说着，转身，走到沙发前，把她放在沙发上。她的手从女人身上缩回来，在半空里左左右右地摸了一会儿，最后落在扶手上。

请坐吧，爸。男人说。

在女人抱着她走过去的空当他换了双拖鞋，走过去，坐到她一旁的单人沙发上。沙发上另有三人，他的亲家公婆和他们的女儿，一个三十岁出头的胖女人。他冲着他们点点头算是打招呼。那三人也是礼貌性地点头回应。他发现他们的眼神始终在她脸上搜刮着——在他眼里是如此的。女人坐在她一侧的沙发扶手上,抚摸着她被刚才的一抱弄乱了的头发。

妈妈,弟弟呢?

哦,你弟弟在睡觉呢,一会儿醒来你去抱一抱。我的宝贝,你的雨靴真好看。

是姥爷给我买的。

哦,爸,快把外套脱了吧,都湿了,看来外面的雨很大啊,我在屋里闷了一个月,差不多都忘了外面是什么样的了。女人笑吟吟地说,语调很快,仿佛只有如此才能烘托双方家人相聚时刻的幸福时光。

妈妈,我要给弟弟讲故事。

你要给弟弟讲故事?哦,我的闺女好棒啊,来吃一块蛋糕,还有饮料,妈妈给你把雨靴换了吧。

女人脱去她的雨靴,给她换了双粉色单层拖鞋。拖鞋很大,显得她的脚瘦小而干瘪。

妈妈,我要给弟弟讲"将军"的故事,它是一只公羊,有一双很坚硬、很漂亮的盘角。

哦,是吗?我可没见过"将军"。来,宝贝,往后靠一靠,靠在靠垫上,真乖。咦,你的手好冰啊,妈妈给你捂一捂。

亲家公,最近忙不忙?

还行,今年雨水足。

妈妈,我知道"将军"在哪里,呃,它在姥爷家里。它很厉害,有一次它为了保护一只小羔羊,和天狗决斗了一整夜。第二天姥爷在野地找到了它和小羔羊。

好厉害的"将军"啊,爸,您先喝口热茶,一会儿咱吃饭。男人说。

是啊,爸,您先喝口茶。

妈,她说话的声音好好听。胖女人突然低声地说。

她显然是听到有人在夸她,一手捂着嘴,一手抓着发丝,轻声一笑,继续说,"将军"是羊群的首领,喜欢站在高坡四处眺望。姥爷说,它很像一只岩羊。你们知道岩羊吧。

这孩子,真机灵。

妈,她老是这样,一旦高兴了话就很多。女人冲着婆婆说。

妈妈，我跟你讲啊，后来，有一年姥爷不当羊倌了，来了一个脾气不好的羊倌，他用鞭子抽“将军”，“将军”就追着他用角顶他。他很生气，把它独自拴在长满醉马草的地方。妈妈，你知道醉马草吗？

当然知道了，好了，我的宝贝很乖，向爷爷奶奶问好。女人摸着她的后脑勺说。

她微微抬起头，绷紧小嘴，眨巴微闭的眼睛，像是在思考某个很严肃的问题。他莫名其妙地干咳一声，只见那几人快速地相互看了看。

嗨，小丫头，我是姑姑，你说话的声音好好听啊。

胖女人笑眯眯地说着，一只手在胸前摆动。

她安静地听着，身子发僵似的，一动不动。

我是奶奶，你的故事很有趣。不过，我不知道什么是醉马草，我也没见过。

那年大旱，依拉拜河那边尽是醉马草，天气越是干旱醉马草长势越旺，是一种毒草。他说。

呃、呃——她像是被什么卡住了似的噘嘴，接着吐口气，说，“将军”吃了好多醉马草后醉了，走路摇摇晃晃的，差点被天狗吃掉了。你们知道天狗就是狼吧，大灰狼，很可怕的大灰狼。

她停顿了片刻，见谁都没有回应自己，她继续说，第二年，那个羊倌又把它拴到长满醉马草的地方。它又醉了，又不会走路了，也不会吃别的植物了，它的眼睛……嗯，也看不见东西了。

哦，天啊，那个羊倌是个坏人，好可悲的“将军”。胖女人提高嗓门，夸张地用一种尖细的声音说。

后来下了一场暴雨，啪——轰隆隆的雷声把醉马草给劈死了。她用手比画着，整个人差不多要从沙发上弹起来了。

那倒是真的，醉马草就怕打雷，一打雷，一夜间就会衰败。他说。

爸，您平常就跟她讲这些啊，真是太神奇了，我都不知道醉马草怕打雷。

妈妈，姥爷还跟我讲，到了秋天，“将军”离开了羊群，独自向南沟走了，那里有天狗，它也知道那里有天狗，可它偏要往那里走。它已经不怕天狗把它吃掉了。

“将军”一定是醉糊涂了。男人说。

不，它没有，醉马草都蔫了，它已经吃到别的植物了。

哦,我的宝贝闺女,不要大声说话。

片刻,谁都没说话,男人起身,向她微闭的眼睛扫了一眼,进了厨房。胖女人也霍地站起,跟了过去。

爸,您的衬衫怎么也湿湿的? 要不换一件吧。女人突然说。

不用的,一会儿就干了。

妈妈,路上出车祸啦,姥爷去看了。她说。

哦,严重吗? 爸!

死人了。她说。

嚯咦,别乱讲,你又没看到。他说。

我听见你说阿弥陀佛了,姥爷,我听到了。

他不吱声,只见亲家母合掌做了个祈祷的动作,又嘴里低声地嘟哝了几句什么。偏巧,卧室传来婴儿清脆的啼哭声,女人慌忙走过去,男人也从厨房那边走过去,两人一前一后急匆匆地进了卧室。一会儿,男人从墙一侧探出半个身,对着母亲摆摆手。女人起身走去了。须臾,卧室那边传来故意压低的交谈声。

这楼房,我是住不惯,太闷热了。

他缄默着,当亲家公带着一种疲倦而慵懒的神色走到阳台上,打开窗户,站了片刻,又转身走进厨房,他都没说话。

姥爷,弟弟睡醒了,是吧? 我听到哭声了。

他仍旧面无表情地盯着茶几上的一盘花生、一盒糖果和一杯冒着热气的水。

姥爷!

嘘,你应该叫他爸爸。他斜身,凑近她的耳朵低声地说。

她烦躁地摇摇头,手触到他的下巴,推开,说,我要去看弟弟,他睡醒了。说完刚要滑下沙发,女人从卧室出来,一根指头堵在嘴唇上,说,嘘,弟弟还在睡觉呢。

妈妈,弟弟睡醒了。

没有哟,我的宝贝闺女,来,咱吃饭,你们一定饿了,我们也是,一直等你们过来。女人边说边一手牵住她的手一手揽着她的脖子,向厨房走去。他看见她的手在空中抓了抓,慢慢放了下来。

七人入席围坐，长方形餐桌，男人和女人在桌头桌尾对坐，他和她坐一侧，对面是亲家一家三口。满满的一桌饭菜，居中位置摆着煮烂了的羊头。他从带来的礼品中抓了一块奶酪放在羊额上。

　　地道的羊头宴哈，来，亲家公，干杯，今天是个好日子！

　　他举杯，点点头，表示赞同亲家公的话。接着他慢慢地呷一口葡萄酒，然后将酒杯对住她的嘴唇，说，来，喝一小口，这是葡萄酒。

　　哦，爸爸，您干什么呢，怎么能给她喝酒呢？

　　女人近乎慌乱地推开酒杯，给她手里塞了一把带着花纹的勺子，她拿在手里，转动着，说，"将军"眉骨上的眼和勺子上的小眼差不多。

　　好了，宝贝，咱吃饭，咱不讲"将军"的故事了。

　　随了她吧，故事又不长，她在家里一直念叨着要给弟弟讲"将军"的故事。

　　他忍不住说。

　　哦，好可爱呀，她……胖女人说到一半，打住，双手相叠托着下巴，眯眼，摆出一副天真无邪的表情。

　　吃罢饭，他决定立刻回去。他牵着她走出屋门，在电梯口前，女人蹲下身，亲吻她的额头，说，宝贝，外面下雨了，妈妈就不下去了，妈妈刚坐完月子，不敢着凉。

　　她点点头，身子依着他的腿一侧。

　　记住妈妈的话哟，回去后要好好听姥爷的话，等到明年这个时候妈妈会送你到学校，那个时候你就会有小伙伴一起玩耍。

　　妈妈——呃……她犹豫着，想要说什么，但又不知该如何讲的样子。空出的一只手摸索着探到女人的脸上。

　　妈妈在呢，妈妈在听你说呢。

　　妈妈，弟弟会不会喜欢听故事？

　　他会很喜欢的。

　　好了，咱下去吧。

　　下了电梯，在一楼大厅，她用雨靴的靴底蹭着楼道的地板，像是在玩滑冰。男人下来送二人到车旁。男人看了看天空，说，爸，路上慢点，一会儿估计还会下雨。

　　噢。

爸,要不明天回去吧。

不了,得早点回去,回去后还要饮牛,那边只是下了场小雨。他说着伸手与男人握手,眼睛盯着男人浓黑的眉毛。他这才突然发现,这是他头一回如此近距离观察眼前这个给他当了一年多女婿的男人。也不知为何,他心里顿时浮生一种近乎悲伤的情绪,于是他说,她还小,不懂事,下回就好了。

呃,爸,我知道。

起初二人都沉默着,等车辆驶出小镇,他突然说,把车玻璃摇下来吧,雨停了,空气会很凉爽。

姥爷,我讲得好不好?

很好。

我忘了讲"将军"离开的时候是清晨,谁都没发现它独自离开了。也忘了讲是你后来在南沟找到了它的头骨。

嗯,我应该把它的头骨放到坡地上。

为什么?

因为它是"将军",它有自尊,那是它的自尊。

她沉默着,一会儿说,什么叫自尊?

自尊啊,就是说,很多动物都有自尊。等它们老了,都会找到一个很隐蔽的地方,独自待着,慢慢地等死。我年轻的时候经常到山里拉石头,有一次在很陡的山崖上看到过一只岩羊,好几天它都一动不动,蜷缩着,我以为它死了,其实没有。还有野骆驼,尤其是布儿(种公驼)老了后,也会向有天狗的地方走去的。咱的"将军"也是,那会儿它已经很老了,眼睛也看不到什么了,它在南沟独自过了一个冬天,等到第二年春天,它才被天狗吃掉的——它不愿意被那个该死的羊倌戏弄,叫它天天吃醉马草,这就是它的自尊,每一条生命都有尊严。

他越说越激动,握方向盘的手不断战栗着,仿佛正全力地忍着某种难以控制的情绪的爆发。

它们不怕独自待在黑暗里。

她嘟哝道。

他看了看后视镜,发现她脸朝着窗户外面,几绺头发缠在她额头上,又滑落去,随风散飞着。

姥爷,你说弟弟好看吗?

嗯!

有多好看?

他很胖,比你小时候胖多了,手臂上有银镯子,和你小时候的一样,他的头发也和你的一样,稀稀疏疏的,还是浅黄色的。

弟弟的手也好看,手指头小小的、软软的,跟蝴蝶的肚子一样。

哦!

车辆突然放慢速度,然后从隔断处掉头,向小镇驶去。路面依旧是黑亮黑亮的,很远,凹凸状的野地上空卷成棉花状的云在徐徐飘浮,偏西的太阳从云层射下伞状光芒来。

姥爷,我们不回去了吗?

我忘了买油漆了,翠绿色的,还有粉红色的和淡蓝色的,还要买刷子、砂纸、小脸盆——其实大一点也没关系。

他舒口气,缓慢地说。

【作者简介】娜仁高娃,蒙古族,中国作家协会会员。著有短篇小说《醉阳》《热恋中的巴岱》、长篇小说《影》等,其中小说集《七角羊》入选中国作家协会“中国少数民族文学之星丛书”,中篇小说《裸露的山体》入选中国当代文学研究会年榜、中国小说学会2023年度中国好小说榜。曾获2018年《草原》文学奖、第十二届内蒙古自治区文学创作“索龙嘎”奖、2020年《民族文学》年度奖等奖项。

熊出没

◎ 老藤

一

蜂箱里的黑蜂一炸，说不准就要出事。

不祥的预感对于老万来说就像喇嘛山上的乌林鸮，越不想听它笑，它笑得越欢实。乌林鸮在当地被称为夜猫子，人们对它避之唯恐不及。

上次炸蜂是在去年夏天，有两只蜂箱的黑蜂采蜜归来不肯回巢，在箱门口聚成一个黑乎乎的蜂团，局面几乎无法控制。黑蜂是令人难以捉摸的小精灵，抽冷子就会闹出点幺蛾子来。炸蜂并不常见，除了盗蜂所致的侵略与保卫之战外，很多时候是内部问题，即成群的工蜂在箱门口起义，成为蜂王的背叛者。一般来说出现这种状况要么是蜜蜂遭遇外侵，要么是蜂群内部出了帮派。总之炸蜂不是好事，很多养蜂人认为炸蜂是不祥之兆。

去年那次炸蜂虽然老万通过分箱另起炉灶平息了事端，但不祥之事还是出现了。老万给蜂箱分箱次日喇嘛山下了一场透雨，雨是蘑菇的催情剂，大雨过后，山里的各色蘑菇会登台亮相，将山野林地变成自己的主场。雨水催生的蘑菇不能持续很久，过不了几天就会遁形难寻。老万穿上雨靴，提起土篮，大步流星到林子里采蘑菇。林子里的树很杂，有柞树、山杨、落叶松和红桦树。树下的草长不高，且有些稀疏，但蘑菇却成簇成片，有司空见惯的草蘑，有小玉伞一样的白蘑，有细嫩润泽的黄油蘑，还有肥厚可人的牛肝菌。无须仔细辨认，这些蘑菇老万再熟悉不过，蘑菇各有其味，他闭上眼睛闻一下就知道采到的是哪个品种。老万动作麻利地采了半土篮各色鲜蘑便哼着小曲儿回到帐篷。老万遇到开心的事喜欢哼个小曲儿，特别是在老电影里学来的那个小调儿：提起那松老三，两口子卖大烟……儿子听了有看法，说，哼啥不好非要哼这个，一听就不是正经人唱的。老万说，我是哼给自己听的，爱哼啥哼啥，别人管不着。

儿子喜欢独处，是个电脑迷，在游戏圈儿里小有名气。有时老万下山办事，让儿子来看蜂场，儿子也从不反对，因为看蜂场没有什么劳作，躺在帐篷里正好可以打游戏。山里蘑菇虽多，但每次老万都不多采，他不喜欢干蘑，所晒干蘑仅限于榛蘑。老万觉得蘑菇只有鲜炒才能吃出山野的清香，一旦晒成干蘑就变了本质，只能借它味而成菜。筐里有五六种鲜蘑，老万回到帐篷先用山泉水将蘑菇洗净，然后点燃煤油炉，热油爆锅，放入切好的葱姜蒜，一通翻炒后撒点盐和小米辣，一道"仙人炒"就出锅了。老万把这种清炒杂色菌叫作仙人炒，是雨后必吃的美味。他倒上一杯小烧，边喝边想起炸蜂的事，想起同行大老孙因为炸蜂处理不当受过的伤，心里不免有些忐忑。他想起儿子经常挂在嘴边的一句话：要珍惜当下，因为不知道不幸和明天哪一个先来。仙人炒吃净，一杯小烧下肚，他感觉忽然间像是开了天眼，一个万花筒般的世界出现在眼前，无数道彩虹从空中垂下，照亮了山野、树林、草地和自己那三排摆放整齐的蜂箱。蜂箱不再是土褐色，而是熠熠生辉变成了一只只金灿灿的宝箱，一只宝箱揭开了盖子，露出色彩斑斓的奇珍异宝，箱子周围不知名的野花也被放大，成了蜂箱的绝佳陪衬。他感觉自己整个身子如同青蛙浮在空气里，四肢伸展，下颌高昂。他低头俯瞰，地面上各种大小野兽正悠闲地走过，有白色的野兔，有带有斑点的梅花鹿，还有动作迟缓的刺猬以及时刻保持警觉的松鼠。它们像是要迁徙到某个地方，都在朝同一个方向行走。他看到了自己的蜂箱，想盖上打开盖子的那个蜂箱，他听老一辈人说过，宝箱里的珍宝是长着腿的，会隐身法，它只对有缘人敞开。他觉得自己是天底下最阔的人，因为下面任何一箱珠宝都能把整座喇嘛山买下来。阳光在竹节草叶上跳跃，绿蜻蜓在穿梭飞翔，盛开的芍药花由白色变成了粉红色，一切是那么的悠闲恬静。当目光越过宝箱，他发现不远处更加奇妙的景观：树林边的红蓼丛中出现了一大两小三只黑熊，大熊左右各有一只小熊，就像一个大人领着两个孩子，三只黑熊直立着一起朝这边张望。黑熊可是稀客,这么多年在喇嘛山还是头一次见到黑熊!老万兴奋地招手致意,同时大声喊着,黑子,黑子。他从不把黑熊叫黑瞎子,而是省略掉中间那个"瞎"字,就叫黑子。三只黑熊听到叫声没有回应,不动声色地转身离开了。他好想追上去看个仔细,无奈两腿松软无骨,便昏沉沉地进入了梦乡。

次日中午,儿子上山来找他,发现他依然有幻觉,看看尚未洗刷的炒锅,知道是蘑菇中毒,将他送到医院打了三天吊针,好歹恢复过来。他对儿子说,我采的蘑菇都是无毒蘑,怎么就中毒了呢?儿子说,医生怀疑是误食了大笑菌所致。老万说,与大笑菌无关,养蜂人都明白,蜂箱炸蜂,收成半空,不损失点啥这事过不去。老万觉得和同样养蜂的大老孙比起来,自己还算幸运的。大老孙是方圆百里最有名的养蜂人,养蜂从不戴防蜂帽,春天遭遇炸蜂,被自家黑蜂把脑袋蜇成了柳罐斗,一时成为养蜂人的笑谈。

这次炸蜂毫无预兆,前一日蜜蜂还安定团结,勤奋采蜜,忽然就有箱不回,起哄闹事。老万思来想去,问自己,这次炸蜂会不会是因为包子呢?

包子是一只可爱的小黑熊,这次炸蜂之前,包子来蜂场探过班。

此前的一天中午,老万正在帐篷里午睡,忽然听到外面有拍打蜂箱的声音,咚咚咚,接着便是受到惊扰的蜜蜂发出的嗡嗡声。他出来一看,原来是只小黑熊在扒蜂箱的门。成群的黑蜂在盘旋,但无奈小黑熊有厚厚的皮毛。小黑熊看到他,竖起两只圆耳朵先是愣了一下,接着撒丫子就往山里跑。蜂场草地上垫着许多木头,小黑熊被绊了一下,像个肉包子一样滚了几个跟头才起身跑掉了。老万笑了,真像个黑包子!这样一想,小黑熊便在他心里有了名字。他没有大声吆喝,只是笑呵呵地望着小黑熊,小黑熊在跑进树林时还回头看了他一眼。

有小熊自然会有大熊,老万想,这事需要弄个究竟。

老万大着胆子上山蹅摸,果然,在喇嘛山最高峰撮罗子峰发现了一大两小三只黑熊。他很吃惊,这不是去年蘑菇中毒时梦到的三只黑熊吗?又一想,不对,去年的小熊到了今天也该长大了,去年是幻觉,眼前却是实实在在的黑熊。熊是独居动物,母熊负责带幼崽,人们见到的大都是母子组合。这只母熊体格健硕,老万索性还叫它黑子,两只小熊除了包子外,还有一只喜欢原地蹦高,像个皮球一样,老万干脆称它皮球。皮球比包子大,和包子打闹时总是占上风。包子则好奇心强，经常脱离队伍独自活动，有一次它从紫苏沟扒出半个流着蜜的蜂巢叼在嘴上，蹿着高往撮罗子峰跑去。黑子带孩子特别超脱，也许是喇嘛山上没有黑熊天敌的缘故，黑子对两个孩子爱搭不理，包子跑远了它也没有警觉。黑子觅食时步履沉稳，像大象一样不慌不忙，不时会抬起头往树上看。熊是杂食动物，和人类一样也喜欢吃浆果，浆果吃多了会在树下睡觉。老万没有发现熊窝，猜想黑子一家的老窝肯定在某个树洞或石洞里。他不敢冒险寻找，尽管黑熊领地意识不强，能够和其他动物和平相处，但靠近熊的老窝还是很危险的，这一点熊和人很相似，老窝再破也不愿意让人碰。熊的特点是人不犯我我不犯人，真要是惹了它，必定是一场厮杀。

几次观察下来，老万觉得黑子其实已经发现了他，只是没有把他当成威胁，所以两者才相安无事。老万一直与黑子保持着距离，只有当包子脱队的时候，他才会靠近一些，小声喊几声包子。说来奇怪，包子听到叫声，不像偷蜂蜜时那样恐惧，它会两腿直立站起来看他。有几次包子甚至还哦哦了几声，他理解这是在回答。老万是土法养蜂，需要割蜜，他去看包子的时候会带一块蜜脾去尝试喂包子。当然，他不敢去喂黑子和皮球，等到包子单独行动时他才将蜜脾放到显眼的地方，示意包子来吃。老万很喜欢包子，他每次看到包子憨憨的神态和那双湿漉漉的小眼睛，心里就会涌上一种被融化的感觉。

与包子近距离接触是一次意外。那天，他带着一块蜜脾到林中来看包子。包子活泼好动、贪玩嘴馋，经常脱队活动，但包子每次脱队都有规律，那就是跟着蜜蜂寻找到蜂巢。蜜蜂是包子的向导，往往把包子引向野蜂成群的紫苏沟。这次，老万在紫苏沟一带没有看到包子，便靠在一棵柞树下等候，他相信自己的预感，觉得今天一定能见到包子。正在发呆间，树上忽然跳下一个黑乎乎的东西，差点砸中他的肩膀。原来是包子！包子跳下来翻滚了几个跟头，站起来，两只前掌张开来，像是求抱抱一样。老万还没有反应过来，包子便撒丫子跑了。嗨，包子！他小声叫了叫，包子回头望了望，没有停歇，而是快步跑远了。怕招来黑子，他没敢大声叫，只好把蜜脾放在树下悄悄离开了。他相信包子嗅到蜂蜜的味道会回来叼走美食。

三只黑熊并不讨人嫌，除了那次包子来过蜂场外，黑子和皮球从没有打扰过他，尽管在撮罗子峰上可以清晰地看到排列整齐的蜂箱和颜色已经发白的帆布帐篷。老万唯一看到黑子不友好的一次，是他在偷偷观察熊时忽然手机响起来，是弟弟小万打电话找他。三只熊显然被手机铃声惊到了，齐刷刷站立起来朝这边张望。他发现黑子胸前那道白色的"弯月"似乎被拉直了一般，他知道这是黑熊在展示肌肉。他没有跑，而是按死手机、转身不慌不忙地离开了。他知道，此时最要不得的就是与黑子对视。对视，对动物来说是一种威胁。

三只黑熊主要活动区域在撮罗子峰。作为喇嘛山群峰中地势最高的山头，撮罗子峰山势陡峭、巉岩险峻，当地百姓很少攀登此峰。老万的蜂场离撮罗子峰大概三里路，是山中一片空地，这是他年年必来的地方。撮罗子峰上多椴树，老万在这里能采到优质的椴树蜜。椴树蜜在网上热销，这归功于儿子对网络的喜爱，很多购买者都是网上结交的老主顾。养蜂差事相对清闲，除了活框摇取蜂蜜，其他时间可谓优哉游哉。老万闲下来的时候喜欢上山采浆果，撮罗子峰上有山里红、一把抓、都柿、高粱果等许多山果，老万采回来拌上蜜，就成了一道美味的水果沙拉。山上发现黑熊后，老万上山会很小心，避免和黑子一家碰头。其实，别看黑熊是大型野兽，它们也惧怕人，觅食时会远远地躲开人类。一般情况下它们和人类是井水不犯河水，我不惹你，你也别来搞我。除非它们认为人类有了伤害它们的敌意，才会咆哮着发起反击。山里人有个说法，当你与熊遭遇的时候，千万不要跑，不要与它对视，不动声色地缓步后退会安全一些。

这次炸蜂老万之所以想到包子，是因为炸蜂的正是包子拍打过的那箱。

难道是包子要再来偷蜜？

老万相信人与动物间存在心灵感应，他觉得自己和包子已经成了朋友，因为他每次呼叫包子都有回应。包子的回应像羊叫，只是比羊叫低沉了许多，多是呜呜和哎哎声。老万去山上寻找包子，他知道包子自由活动的区域，而这些区域黑子和皮球很少来。黑子和皮球似乎对蜂蜜不感冒，他们喜欢吃树上的浆果，还喜欢用利爪挖开地面吃美味的蚯蚓。它们一家只有去紫苏沟紫苏泉饮水时才结队前往。

为了保护黑子一家，老万在通往紫苏泉的茅草道旁竖了一块牌子，上书"熊出没"三个大字，这是他从电视纪录片里学来的办法。牌子是儿子找木匠铺老木匠做的，白漆底、黑漆字，看上去特别醒目。儿子还用漫画笔法在牌子上画了只黑熊，只是画技一般，把黑熊画成了棕熊。其实，黑熊远比棕熊可爱，棕熊给人的感觉过于恐怖，而黑熊给人的感觉要憨萌一些。尽管憨萌，但黑熊力大无比，前掌的指甲长达六厘米，如果被它一抓一拍那可不是小事。老万立警示牌主要是担心采蘑菇和浆果的村妇、孩子无意间招惹到黑熊。

世上总有些说不清的关联，老万心里想着包子，鬼使神差地就来到撮罗子峰下转悠。在他给包子放置蜜蜂巢脾的地方，他忽然听到一阵呜呜呜的叫声。这种叫声太熟悉了，很显然是包子在叫。可是四周空荡荡的，不见包子踪影。他轻轻唤了几声，听到呜呜呜的叫声有些加重，声音似乎是从脚下传来的。他低头四处寻找，草地上的狗尾巴草很凌乱，有踩踏的痕迹，他快步走了十几步一看，原来这里隐藏着一个陷阱。陷阱很深，包子正在里面团团转圈。他叫了声包子，包子仰脸看到了他，求生的欲望让它竟然直立起来开始作揖。老万一时无法施救，若是自己跳下去，也会和包子一样被困住。他向包子做了个不要动的手势，意思是说马上会回来救它。接着他跑回帐篷，一只只搬运空蜂箱，然后又将搬来的六只蜂箱用绳子放进陷阱摞起来，构成了一个蜂箱台阶。他下到陷阱里，努力将包子托举到蜂箱上。包子虽不大，但很重，抱在怀里毛茸茸的。奇怪的是包子没有挣扎，十分配合，任他将自己抱上蜂箱，爬出陷阱，然后头也不回地跑了。老万无奈地笑了笑，心想，就这么跑了，连句感谢的话都没有。他从陷阱里露出汗淋淋的头，看到远处三只熊正朝这边张望，包子已经归队，黑子很平静，没有要冲过来的样子。

救出包子，老万站在陷阱旁想，挖这么深的陷阱显然是冲着熊来的，熊是保护动物，捕熊犯法，谁有这么大的胆子？他想到了刁德奎，除了这个长着一双金鱼眼的老板，当地再找不出其他人。因为其他人不敢打熊的主意，即便捕到熊也没法子处理，而刁德奎能变通，他的碾山养殖场里就有熊。碾山养殖场表面上打着养殖驯化野生动物的旗号，背地里却干着贩卖野生动物的勾当。最让老万气愤的是，碾山养殖场在做活取黑熊胆汁的生意。晚上睡在帐篷里，他常常被山下黑熊的哀嚎声惊醒，那一定是在人工抽取黑熊胆汁。刁德奎是畜牧兽医学校毕业的，二十多年前从畜牧站下海办了这个养殖场，养殖场原来取名"熊园"，搞黑熊人工饲养。别人不知道，在喇嘛山养蜂三十年的老万很清楚刁德奎靠什么发财，他曾对儿子说过，刁德奎的熊园就是大兴安岭黑熊的坟场。后来林业部门管理趋严，刁德奎的熊园改名碾山养殖场，但他来钱的道儿还是黑熊，靠高价熊胆粉大把大把赚钱。刁德奎乍一看像个小学老师，穿戴总是齐整，为了掩饰那双金鱼眼，他配了副玳瑁框的茶色眼镜戴着，这让他多了一份神秘感。刁德奎智商十分了得，当年全民大养草狸獭，所有饲养者都赔了个底朝天，只有他靠繁殖种獭赚了钱，而其他养殖户则收获了一群群能吃能拉的"大耗子"。因为没人收购，养殖户干脆把笼子里的草狸獭放生，导致当地漫山遍野一度草狸獭成灾。

救出包子后，老万下山让儿子再去木匠铺找老木匠赶制一块牌子，写上"禁止狩猎，盗猎非法"八个字。儿子说写块牌子就有用吗，他说不知道，管君子不管小人吧。第二天上山，他把这块牌子立在了离熊出没牌子往里走几十步远的地方。牌子上八个黑体字像八个黑衣警察，老万端详了一番，觉得还算满意。他想，牌子落款要是写上"林业派出所"就好了，那样会更权威一些。林业派出所所长老万也认识，白白胖胖的，整天在办公室端坐着，几乎没见他进山里来过，但老万想自己不能那样写，那样写就成了打冒支。他转身往回走时忽然看到脚下有些牛肝菌，便蹲下来想采一些，想起去年吃菌子中毒的事，他采了一棵仔细辨认，结果发现这些貌似牛肝菌的蘑菇竟然真的是大笑菌！他心里一紧，在喇嘛山养蜂这么多年，他几乎没见过有大笑菌，没想到这么干净的山地也会长出有毒的东西来。大笑菌是吃不得的，人吃了会变得五迷三道。

当天夜里，他为没有误采大笑菌而有点小庆幸，晚饭时喝了一杯火辣辣的小烧，早早上床休息。躺在床上，听到外面有乌林鸮在叫，叫声怪异，像车陷在泥地里空转的声音。夜晚的山林是乌林鸮的天下，但乌林鸮如此大声鸣叫却很少见。伴随着乌林鸮的叫声他进入一种半睡半醒状态。他梦到了包子，包子的黑毛上沾满草屑，胸前那个"V"形图案也变得脏兮兮的，看上去像是从下水道里爬出来的一样。包子孤零零地站在帐篷前，不停地向他作揖，喉咙里发出呜呜呜呜的叫声。他问，包子你怎么了，又掉进陷阱了？包子只是呜呜叫，两只黑曜石一样的眼睛湿湿的。熊有泪水，但永远不会外溢，它眼睛湿润实际上是在哭泣。包子作揖的姿势像极了人类，抬起前肢摇三下，然后匍匐在地，接着又直起身子摇动前肢，再匍匐。包子一直在重复这种动作，样子像个虔诚的信众。

早上醒来，帐篷外有野鸡在咕咕叫，野鸡司晨比家鸡准时，每天天不亮蜂场周围就有野鸡飞来觅食。发出叫声的都是雄鸡，雄鸡叫是告诉母鸡它找到了美食，其实很多时候雄鸡都是小题大做，有时干脆就是赤裸裸的欺骗，当母鸡兴奋地跑过来,结果根本没有什么可吃的,反倒白白被踩了一回。昨晚睡前乌林鸮在叫,梦中包子在叫,早晨醒来野鸡又叫,自己怎么有了一种不祥的预感呢?他依稀记得昨夜包子的可怜相,这种不安像蛛网般缠绕在心头,无法扯开。应该去看看,他对自己说,记得有个算命先生说过,世界上没有无缘无故的梦,每个梦都是命运节点的投射。他没有做早饭就拎着一把镰刀直奔山里,他想确认黑子一家是否安全。

走到熊出没那块牌子时,他愣住了,这是怎么了?牌子被拦腰撞断,倒扣在蒿草里,一道深深的车辙碾过去,应该是越野车开过去的痕迹。他预感到不妙,加快了步伐往第二块牌子那里赶。第二块牌子没有被撞断,车辙拐弯绕过了它,直接插向紫苏沟。他知道前方是黑子一家经常活动的地方,便穿过一片柞树林到紫苏沟底寻找,可是转了几个来回,也没有发现黑子一家的踪影。难道出了意外?他问自己,不应该呀,政府禁猎多年,民间没有猎枪,黑熊不可能遭到猎杀,那么,黑子一家去了哪里?他想到了车辙,不再四处乱找,而是寻着车辙走,七拐八拐,车辙止步于沟底的紫苏泉旁。紫苏泉哗哗的流水声清脆悦耳,与沟里弥漫的腥臊气味形成反差。他不祥的预感猛然加重,紫苏泉周围的空气一向清新沁人,很少会出现腥臊味。草地上被车子和人践踏得十分泥泞,像是经历了一场打斗。老万踮脚走过那片泥泞,看到地上有一个很大的陷阱。陷阱深达三米,四周已经被破坏得不成样子。他明白了,有人挖陷阱捕获了三只黑熊,车辙是运熊时轧出的。

谁干的呢?挖陷阱如何能做到悄无声息?自己只是酒后睡了一晚,竟然发生了这等事情!

老万呼吸急促,感到浑身的血直往头上涌。他骂自己嘴馋,如果不喝那杯小烧,一定能听到什么动静,他怪自己聪明反被聪明误,一定是那块牌子成了盗猎者的路引。

能做得如此专业还会有谁?他对自己说,无疑是刁德奎所为!

陷阱周围没有血迹,说明黑熊没有体表创伤。应该是被麻醉枪击昏了抓走的。他想,如果是刁德奎盗猎,那么黑子一家肯定被关在碾山养殖场,要想办法把黑子一家救出火坑。

这事只能去求弟弟帮忙。

二

老万的弟弟小万是卜奎马戏团的老板。

卜奎马戏团是民营企业，规模不大，但动物耍得好，因为团里有个著名的驯兽师——光头。光头驯兽很有一套，曾经驯服过一只最难驯的黑猩猩。至于老虎、狮子、黑熊、獾子和宠物狗，光头驯服的不计其数。

光头本来有一头长可及肩的美发，而且是自来卷，他的胡须也美，横髭，两侧上翘，在舞台中央一站，气场十足。但一次驯兽事故让他牺牲了这头美发。那次事故说起来很丢人，从不畏老虎、狮子的光头却在几只小野猴身上栽了跟头。小万不知从什么渠道买了四只野猴，这批野猴比猕猴大，是野性不改的峨眉猴。四只野猴不配合光头指令，一边贼溜溜地观察，一边龇牙咧嘴示威。光头自然有他的办法，他采取惯用的饥饿法来对付猴子，哪一只配合，就从腰包里掏出沙果给予奖励，哪一只不配合就让它饿肚子。饥饿是尊严的死敌，击败人和动物的往往不是皮鞭，而是饥饿。然而，这四只泼猴却是铁板一块，也许它们本来就是一家。每次光头进来时，它们都保持一致，没有哪一只为获得奖励而配合光头的指令。光头认为这是没饿到时候，饥饿连人都会屈服，何况一只猴子。他故意拉开腰包，露出满满的黄沙果。黄沙果酸甜适度，是猴子的最爱，对饥猴的杀伤力可想而知。猴子被饿的第三天，光头哼着小调儿来到驯兽馆，他刚一进来，四只猴子就飞扑过来。两只猴子抓住他的双臂，两只猴子死命揪扯他的头发。他穿着紧身衣，浑身只有那头长发最容易成抓手，任他怎么挣脱，猴子也不肯松手，撕裂般的疼痛让光头大呼不止。他当然知道猴子想要什么，便挣出手来拉开腰包拉链，将腰包倒扣过来，黄澄澄的沙果咚咚咚咚滚落了一地。猴子这才放开他，跳到地上麻利地捡食沙果。这次事故，他被薅去了几缕头发，头皮留下了几处疤痕。思来想去，他干脆剃成光头，彻底告别一头长发。

卜奎马戏团驻地在郊外，地势由低向高，与碾山养殖场、喇嘛山在一条直线上，站在马戏团院子里西望，可以看见红砖围墙的碾山养殖场和云雾笼罩的喇嘛山。夕阳西下的时候，撮罗子峰巨大的山影会罩住整个马戏团。

小万和刁德奎有生意往来，两人都是精明到家的生意人，马戏团许多野生动物来自碾山养殖场。与老万的敦厚相比，弟弟小万则蜥蜴一般机灵。他只有初中文化,当了老板后却进入京城某著名高校的总裁国学班在职进修MBA(工商管理硕士),还拿到了硕士研究生文凭。老万对弟弟说,你这哪是研究生呀,你这是生研究。小万不以为然,说,拿学历是小事,有一批总裁同学这才是我学习的目的。当然了,过去我不懂之乎者也,上了国学班我可是被窝里放屁——能文(闻)能武(捂)了。小万曾劝老万,说,你土法养蜂八辈子也赚不到大钱,要学会在蜂蜜上做点"文章"才行。小万不知从哪里弄来一个配方,说,按这个配方制造蜂蜜,连大老孙都吃不出真假。老万说,酿蜜酿的是天地良心,违心的事做不得。小万说,这不是造假,这是新科技,现在连牛黄、龙骨都是人工合成的,蜂蜜怎么就不成?老万说,别人怎么干我不管,我只管好自己,反正昧心的钱我不稀罕。小万摇摇头,哥哥是个实心眼儿,给他指出一条挣快钱的道儿他也不会走。小万的事业发展如鱼得水,从雇人耍猴,到耍老虎、耍大象,一年一个台阶,生意越做越红火,成了远近小有名气的马戏团老板,演出邀请不断捻儿。

　　老万来找小万说了黑子被盗猎一事。小万说,你想保护黑熊就不该立那块熊出没的牌子,你不立,谁也不知道喇嘛山有黑熊,牌子一立,等于给黑熊做了广告。老万说都怪自己好心办了坏事,事已至此,要想办法救救黑子一家才行,他觉得黑子一家和他似乎有根血管在连着。小万说,哪里来的血管,顶多是根神经。老万说,不管是血管还是神经,反正黑子一家出了事,我像丢了魂儿一样。小万叹了口气,说,我给刁老板打个电话吧,此人无利不起早,大不了我出点血。小万抄起电话打给刁德奎,说有人看见养殖场的人在喇嘛山捉了三只黑瞎子,要去林业派出所举报,被他给压下了,三只野生黑熊在养殖场早晚是个事,还是抓紧处理了才好,又说只要价位适中,他可以出资收购。刁德奎沉默了一会儿,说,财富通过分享才能产生快乐,这样吧,大熊我留下,小熊可以卖给你。小万说,这样也好,下午就派光头去把两只小熊接回来,价格一事你先报个数。刁德奎说,钱是小事,重要的是交情,两只小熊白菜价给你,权当两只羊了,不过,以后我去看马戏你可要给VIP(贵宾)待遇。小万说,那当然,你刁老板来我哪敢慢待。放下电话他对老万说,刁老板这是放长线钓大鱼呢。老万说,他不是答应得挺利索嘛,价格也不高。小万摇摇头,说,刁德奎之所以卖熊,是想将养殖场与马戏团拴在一根绳上,一旦政府调查盗猎,谁也别想跑。

虽然没能挽救黑子一家三口，但好歹保住了包子和皮球。老万回到山上，第一件事就是把那两块牌子收了起来。他扛着铁锹来到陷阱处，逐个做了回填。陷阱张着嘴巴还会吞噬别的野生动物，喇嘛山任何飞禽走兽都不该被捕获。他在山里养蜂几十年，山上所有的动植物都跟亲人一样熟络，看到它们被伤害，心疼！

谁想，包子和皮球在马戏团并没有得到善待。

不久，小万上山来找老万，说坏菜了哥，那只叫皮球的小熊死了，现在就剩下那只包子。问原因，小万说皮球和包子由胖姐饲养，胖姐和光头驯兽师是一家。光头作为马戏团金牌驯兽师，对驯化皮球和包子信心满满，说很快就会把两只小熊驯成两棵摇钱树。光头驯动物的手段靠两样法宝：食物和皮鞭。但两只小熊却让他很丢面子，怎么驯也不见成色。小一点的包子是消极对抗，大一点的皮球则激烈反抗，有一次差点咬伤光头。皮球比包子壮实，脾气暴烈，光头便拿皮球开刀，皮鞭更多用在皮球身上。皮球最终没有挨过光头的虐待，竟然绝食而死。皮球受虐的过程被包子看在眼里，包子那双黑曜石般的小眼睛总是泪水涟涟。它对光头怕得要死，见到光头便四处躲藏，无论多么饥饿也不在光头面前进食，有时干脆像鸵鸟一样把头埋进稻草堆里，弄得光头很无奈。光头没招了，就对小万说野生黑熊天性顽劣，没法驯。小万怕包子也死掉，就来找老万，想把包子退给刁德奎。老万说让包子去碾山养殖场等于送进了地狱，比死还要遭罪。谁都知道活取胆汁极为残忍，通过外科手术切开熊的身体，给熊的胆囊安装一个输液管一样的装置，定期抽取胆汁。熊在铁笼子里不能转身、不能回头，铁笼子就是一口棺材，里面的熊哀嚎之声不绝。小万说那怎么办，光头不想驯，胖姐养不了，对包子实在没辙了。老万说黑子已经在养殖场遭受摧残，无论如何包子不能再进去，这母子犯了什么天条该如此活受罪。小万说胖姐是个很尽责的饲养员，对包子的照顾也不是不上心，但包子对胖姐明显有抵触，每次胖姐去熊舍喂食和清扫卫生，包子过来嗅嗅她身上的味道后就不再搭理她，站在窗子前一边呜呜呜地叫唤一边不停地踏步。胖姐说她能感觉到包子目光里有杀气，担心哪天会出意外，要求换个饲养员来养。光头深谙野生动物的习性，也劝小万换个饲养员，因为一旦饲养员和动物之间无法达成默契，饲养员时刻会有生命危险。包子越长越大，到时候不用嘴咬，只要一掌拍过去，人就会十死九伤。小万问光头换什么人来饲养好，光头说,动物认人,你哥哥和包子打过交道,请他来试试看。

老万明白了,弟弟是来动员他去马戏团当饲养员。老万犹豫了,他不是不想去,问题是他离不开喇嘛山,离不开蜂场。小万说,你也别为难,实在不行我把包子转给别的马戏团。老万站起身道,那不行,让你侄子来打理蜂场,我跟你去马戏团吧。

为了包子不像皮球那样绝食而死,老万决定去给包子当饲养员。他相信包子不会有抵触情绪。包子之所以抵触胖姐,是因为胖姐身上有光头的气味,包子闻出了杀兄凶手的气味,自然会恐惧和抵触。

小万说,你不但要饲养,还要试着驯化包子,我不能养只不赚钱的熊。

老万说,我哪里会驯化熊,这件事干不了。小万说,不要紧,你当光头的二传手,让光头教你。老万觉得这个办法可行,就答应说那就试试。

老万来到马戏团,向胖姐、光头询问包子的情况。胖姐说包子是一只患有精神病的小熊,很可能在捕获时受到过强烈刺激,总是有些怪异的动作。比方说包子每天都不停地在熊舍里兜圈子,兜上几圈儿后就会直立起来,一边呜呜呜叫,一边原地踏步,从那个小小的窗子往外望。包子这样还算好的,当时皮球气性却大得很,竟然绝食抵抗,根本没法驯。老万问光头,你肯定是打皮球了吧?好端端的它怎么会绝食?光头道,打肯定要打的,再听话的动物也要打,不过更多时候是抡鞭子吓唬它,但皮球出奇的暴躁,它尤其对脖子上的铁链无法忍受,用它没有长成的牙去咬铁链,结果咬得满嘴滴血。

在说皮球满嘴是血的时候,老万注意到了光头的嘴唇颜色猩红。一个男人长着大红唇,怎么看怎么别扭,他想。

光头说驯化任何动物方法就两种,那就是一拉一打,又叫胡萝卜加大棒,但没想到这招儿在皮球身上不灵。

老万摇摇头,也许还有第三种方法呢。

光头没有反对,点点头道,你试试好了,话说回来,有些动物确实是认亲的。

老万来到关押包子的熊舍,一股尿臊味儿兜面泼过来,差点把他顶个跟头,显然胖嫂有好一段时间没清理熊舍了。熊舍有十六平方米,一门一窗,门是低矮的铁门,门闩在外面;窗是舷窗,没有玻璃,有三根拇指粗的钢筋做栅栏。屋内水磨石地面上有个坑坑洼洼的铝盆,墙角有一堆凌乱的稻草。包子正在熊舍里面转圈儿，见到老万，停下脚步愣了一会儿。老万叫了声包子，包子竟然快步跑过来嗅老万的两手，老万事先有所准备，从衣兜掏出一块蜜蜂巢脾，包子两手捧过去贪婪地吃起来。一旁的胖姐说，怪了，这小东西果然认人哩。老万抚摸着包子的毛发，鼻子酸酸的。包子毛发很糙，有些扎手，有些地方还沾着疑似粪便的污垢。胖嫂拎着饲料想靠近过来，包子猛然抖动了一下。老万让胖姐暂时离开，说自己要在这里适应一下。

包子和老万相认了，开始吃老万倒在铝盆里的饲料，老万则坐在稻草上看着它。包子吃饱后走过来趴在老万身边安静了片刻，紧接着就和他玩耍起来。包子毕竟还是个孩子，老万想，没有哪个孩子不贪玩的。

包子调皮地舔舐老万的手，包子的舌头很长，也极灵活，舌上有毛刺，舔在手上像按摩一样舒服。老万注意到包子的眼睛，这双黑曜石一样的眼睛总是湿湿的，包子在看他的时候从来不是直视，而是微微有些侧目，他不知道这是什么原因。黑熊虽然叫黑瞎子，但这个俗称名不副实，它们的视力并不怎么差，在开阔地带看上几百米很正常。它们的嗅觉更灵敏，隔着厚厚的冰层就能闻到水中食物的味道。

包子本来和老万在玩耍，忽然舷窗外传来断断续续的惨叫声。声音很远，但包子听到了，它起身跑到窗前，一边呜呜呜叫着，一边焦躁地跺脚，像踩在烙铁上一样。从舷窗往外看，先是看到红砖院墙上带有电网的碾山养殖场，从养殖场上空再望过去，便是群峰连绵的喇嘛山，喇嘛山主峰撮罗子峰像巨大的芭蕉扇挡住了西坠的太阳。声音是从养殖场传来的，老万明白了，惨叫声应该是黑子发出的。老万过去抚摸着包子的后颈，眼泪在眼窝里转圈儿，刁德奎呀刁德奎，你这不是作孽吗！

老万注意到窗口处的墙壁，已经被包子刨出许多浅浅的凹痕。窗口四周由混凝土抹成，坚硬而光滑，是多大的愤怒与仇恨才会刨出这些凹痕！

包子胸前那撮白毛很密实。老万听老猎人说过，这撮漂亮的白毛是黑熊的噩梦，因为黑熊被激怒时会咆哮着直立起来，向对方展示这撮白毛。这样一来，原本显示强壮和力量的标志就成了猎人瞄准的靶子。包子这撮月牙白细而弯，像白色的回旋镖。老万见过很多黑熊，包子这种胸毛很少见，他对小万说，包子的月牙白越看越像回旋镖。小万道，啥回旋镖？那是英文字母 V，是赢的标志。

小万没说错,经老万悉心调教,包子成了卜奎马戏团最招人喜爱的台柱子。

照葫芦画瓢也能出奇迹,光头对老万说,同样的办法你好用我就不好用,没想到一只熊还会看人下菜碟。老万说,我拿它当儿子待,你拿它当什么?当畜生。光头笑了,说,动物再怎么表演也变不成人,畜生终归是畜生。

包子学会了很多高难度表演,站滚筒、压跷跷板、踢球射门,每次表演都很投入。包子圆圆的耳朵、灵活的舌头、厚厚的熊掌、憨态可掬的体形,让它成了许多孩子心中的最爱。小万高兴得嘴角几乎要翘到耳朵上,他将卜奎马戏团的广告换成了包子站立的特写照。

三

人与人之间有忘年交,人与动物间的忘年交也不少。老万与包子就成了忘年交,在老万的照顾下,包子恢复了活泼的天性,它像一个调皮的孩子,常常在老万跟前撒欢卖乖。包子成了老万的跟屁虫,老万走到哪里它跟到哪里,包子脖子上没有铁链,只有一根普通的牵引绳。一天见不到老万,包子就会焦躁不安。除了老万,包子对其他人总是保持警惕,见到光头和胖姐时它会躲到老万身后探出半张脸来窥视。在表演上,老万每一个指令包子基本能照办无误。光头甚至有些吃醋,说老万对包子的训练只能算特例,特例上升不到经验层面,因为对其他野兽没有用。光头是马戏团的金牌驯兽师,地位不容挑战。

胖姐偷偷观察老万,她不明白自己摆不平的包子,为什么对毫无驯化经验的老万服服帖帖。她发现老万每天来马戏团都会带一个塑料瓶,瓶子里装着黏糊糊的金黄色液体,只要老万给包子喂上一点液体,包子就变得乖起来。胖姐原以为这是一种什么药,对这个塑料瓶产生了好奇,有次趁老万不在,偷偷闻了闻瓶子里的液体,才知是黑蜂蜜。

胖姐回家对光头说起此事,她不明白包子为什么一闻到黑蜂蜜就会变乖。光头想了想,说包子是野生熊,很可能是食物唤醒了它某种记忆,熊的智商与猿相似,它们的记忆有的可长达十年。光头没说错,老万和包子的交往确实始于蜂蜜,蜂蜜里有两者说不清的缘分。

小万来看包子,说,哥,你把包子养成了明星,我得给你加薪,说说你有啥要求。老万说，我不要你加薪，要是让我说要求，我想把包子放回喇嘛山，那里才是它的家。小万笑了，说，哥你咋这么幼稚呢，真要把包子放回喇嘛山，十有八九会被刁德奎抓回去，包子只有在马戏团才安全。老万不说话了，小万说得没错。小万又说，包子现在眼睛变黑了，黑才有精气神。老万说熊眼睛本来就是黑的，虽小却亮，像黑玛瑙做的棋子。小万说不对，他在碾山养殖场看到黑熊的眼睛都是红的，血红血红，像人得了红眼病。老万说那就不正常了，动物和人一样，眼睛充血非病即怒，可见都是被折磨的。老万拜托弟弟去探望一下黑子，他想知道当时刁德奎是怎么捕获黑子一家的，按理说一网打尽三只黑熊这种情况可能性极小。老万说包子每次趴在窗口遥望养殖场和喇嘛山，他知道它一定是在想妈妈。他还说黑子是一只脾气很温顺的母熊，从来没有到蜂场惹过事，与人总是保持一定的距离。小万说，这事容易，刁德奎的小孙子喜欢看马戏，等他再来的时候你自己问。

小万问，光头驯兽两大法宝你一样没用，你真有什么秘诀？老万道，哪里有啥秘诀，我只是把包子当你大侄子养罢了。小万说，包子毕竟是野兽啊，野兽终归有野性。老万说，我当然知道包子是野兽，可是我也明白，不管是人是兽，心都是肉长的。

这话被光头听到后，光头很不以为然，说，两大法宝老万还是用了一样，蜂蜜不就是食物吗？

随着包子一天天长大，它的表演天赋也越来越出色。在老万看来，每一只黑熊都是天才艺术家，只要它们想表演，完全可以又萌又乖，喜感十足，有时候在表演上还会创新创造。被老万驯化后，包子无师自通创造了三手绝活儿，即平地十八滚、转圈儿推磨、向小孩子作揖。平地十八滚是连续翻跟头，翻完一圈儿不多不少正好是十八个跟头。老万做了下测量，包子每次翻跟头形成的圆圈儿直径基本相同，可见它有很强的掌控能力。转圈儿推磨是在推球基础上变化而来的，光头给老万一个大皮球，让包子在场地里做推球表演。老万教包子练了几次，发现包子推球时需要反复站立，因为圆球难以持续扶稳。老万想到了家里的石磨，想到了驴子蒙眼拉磨的情景，便让团里的道具师给制作了一个可以实用的小石磨，安上长木柄，让包子前爪搭在木柄上转圈儿推磨，他则一边添水一边添豆。包子每次表演会推完一瓢泡好的黄豆，磨出的豆汁不多，直接流进磨盘下的大号纸杯里，恰好盛满三杯。表演完毕，将这三杯豆汁封口,作为奖品送给前三个入场的孩子,孩子带回家可以加工成美味的小豆腐。老万给豆汁取名包子礼,意思是包子送给小朋友的礼物。包子礼特别受孩子喜爱,每次包子表演,孩子们都抢先入座,小观众都以赢得包子礼而自豪。包子的第三个绝活儿是向小孩子作揖。包子天生喜欢衣服鲜艳的孩子,见到穿花衣服的小孩子,它会主动作揖。这个绝活儿没有人教,是包子自己的发明创作,许多被包子作揖的小朋友都会大起胆子和包子合影。这时,老万会递给孩子一粒牛奶糖,让孩子喂包子。这个举动被光头知道后提出警告,说,老万你这么又给蜂蜜又给糖,小心把黑熊喂出糖尿病来。

光头的话老万不能不重视。其实,熊不会得糖尿病,但老万不懂这个道理,他想,既然人能得糖尿病,熊当然也有可能得。尽管如此,他仍无法改变每天给包子喂点蜂蜜的做法,因为包子会缠着他要。他觉得自己和包子因蜂蜜而结识,又因蜂蜜成为朋友,这是一种蜜缘,缘分这个东西不能轻易翻牌子。包子来到马戏团后,是蜂蜜让它毛发变得有了油性,长势也明显加快,这是显而易见的变化。老万觉得人与人也好,人与动物也罢,总要有个承载感情的载体,只靠花言巧语不行。他的邻居是个骨瘦如柴的老太太,天天夸街上的流浪猫好看,看到状态不佳的流浪猫甚至还愁眉苦脸,可就是不见她买点猫粮喂猫。相反,老万在大门口一棵榆树下放了个猫碗,每天早晨都会在猫碗里放些食物,街上的流浪猫见到老万就会围上来,高翘着尾巴在老万裤腿上蹭来蹭去。而那个瘦老太不管怎么呼唤,流浪猫都一脸嫌弃,没一只猫搭理她。所以,即使喂包子蜂蜜真的让它有得糖尿病的风险,老万还是坚持了下来。

包子成了明星,却没有明星的暴脾气,它唯一不安分的时候是趴在熊舍窗台远望的时候,每次它都会一边跺脚一边用爪子挠水泥窗台,喉咙里发出呜呜呜的叫声。老万有一次靠过去,从包子的视角望去,可以清晰地看到喇嘛山黛色的山峦,群峰中高高的撮罗子峰最为醒目。说来也怪,撮罗子峰本来是扇面形山势,但从熊舍窗口望去,撮罗子峰酷似黑熊的脑袋,山顶两侧各有一只圆圆的耳朵。老万仔细观察了一番,发现撮罗子峰的正面,竟然有两片发黑的地方,很像黑熊的眼睛,两个黑点下面是一片没有树的空地,空地再往下便是他的蜂场,蜂场那顶发白的帆布帐篷便成了黑熊胸前的月牙白。老万吃了一惊,如果把耳朵、眼睛、嘴巴打包起来看撮罗子峰,整个一张黑子的脸啊!

为了搞清楚圆耳和黑点到底是什么,他专门上了一趟喇嘛山。现场查看后他发现,两只圆耳其实是两棵高大的樟子松,而两个黑点则是两处突兀的黑石砬子。喇嘛山的石砬子因为长满青苔和地衣,颜色发黑,又称黑石砬子,不过两处黑石砬子这么对称他以前却没有发现。老万想,再熟悉的地方也有陌生的东西,以前这两处黑石砬子就在头顶,却没看出什么,看来有些东西需要从远处才能看得清。

老万很想带包子回一趟喇嘛山,那里毕竟是包子的家,但他的想法遭到光头的批评。光头说,你还真把野兽当人啦!野兽就是野兽,会翻脸不认人。小万也劝他不要做傻事,包子听话是环境所致,一旦放熊归山,那就不是一罐蜂蜜能唤回来的。老万心里也不托底,一旦进到山里,包子会不会听话他说不好,便依了光头和弟弟,不带包子上山。光头和弟弟与各种野生动物打交道的时间比他长,听人劝吃饱饭嘛。

老万觉得包子过于孤单,连个玩耍的伙伴都没有,马戏团其他动物都是成双成对,只有包子是孤独的一只。为了让包子和观众能更好地亲近,有时候老万会牵着包子到观众中去和孩子们做些互动。一开始,在互动时老万还小心翼翼,互动一多,老万和包子都变得自然起来。从包子的表现中老万得出一个结论,熊的情商比五六岁的孩子还要高,因为包子会故意做些讨人喜欢的动作,而这些动作没有人教,完全是包子自己的专利。比如拿大顶,这个动作光头没提过,老万也没有教过包子,不知包子是从哪里学来的。从观众席到表演场,是十几级下坡台阶,上坡时包子会像人一样走上来,回去时会倒立走下去,这个动作成了马戏表演的高潮。包子还从转圈儿奔跑的马儿身上获得了灵感,每次走进表演场,都会像马儿一样跑上几圈儿,虽然它的奔跑速度不是很快,但奔跑时笨拙的样子足以引爆观众的掌声。

包子名气大起来,卜奎电视台发现了商机,来马戏团动员小万让包子上电视节目。小万问老万,老万说电视台灯光那么亮,不知会不会惊吓到包子。但老万也觉得上电视节目不是坏事,想了想就同意了。要去电视台那天,开车来接包子的工作人员说为了保证安全,要给包子戴上嘴套,说现场都是些小观众,一旦控制不好伤了人不好办。包子从来没有戴过嘴套,对嘴套死命抵制,戴上的两个嘴套都被他的前爪抓坏了。老万说还是别戴了吧,包子在台上,小观众在台下,应该没有问题。电视台为了收视率也真的豁出去了,他们雇了特警,还准备了电击枪在现场做防范。这期节目还是胆战心惊地做了,包子在节目录制现场没有任何躁动,只是自顾自咀嚼老万喂它的奶糖,一双小眼睛偶尔扫观众几眼,节目中需要它配合的几个动作也都有很高的完成度。

电视节目播出后,包子成了网红,马戏团的演出邀请更加多起来,小万乐得合不拢嘴。刁德奎当然知道包子成了摇钱树,便来找小万,说包子这杯羹他要分一点,要不没法对手下的员工交代,因为当初出售包子和皮球只相当于两只羊的价格。小万也是个讲究人,说分现金肯定不成,安排一两场专场演出可以。刁德奎说,我不要分钱,我来找你就一个目的,我们养殖场有重要活动的时候你带包子来演个专场。

协议就这样达成了。小万告诉老万这个决定的时候,老万说,弟呀,演出不就是钱吗? 和分现金有啥区别?

小万说,包子是从养殖场买的,刁德奎有红眼病总该给他滴点眼药水才是。

四

老万是从刁德奎嘴里知道了黑子一家三口被捕获的经过。

光头说刁德奎的孙子活脱脱一只小熊,将来可以到马戏团来当小丑。小万说人家是富三代,怎么会到马戏团当小丑。光头说这可说不准,古人说万事皆空因果不空,他看见这孩子第一眼就联想到了小熊。

光头说他陪外地朋友去碾山养殖场买熊胆粉,在刁德奎宽大的办公室看到了刁德奎的孙子。因为刁德奎办公室门敞着,刁德奎正趴在地毯上当马驮着孙子在地上爬。爷爷驮孙子很正常,在光头看来不正常的是孙子。这孩子的耳朵、眼睛,甚至嘴巴都有点像熊,那天孩子穿着一件黑绒连体衣,胸前还有一个白色的月牙图案,驯兽经验丰富的光头觉得这是一只小熊,而且是属于北方的小黑熊。

刁德奎的孙子叫维尼,这名字是刁德奎从外国卡通片里学来的,有着中专学历的刁德奎觉得这个名字很洋气便直接借用了过来。维尼对熊有一种天生的好奇,在动画片中一看到熊,两眼就定格一般眨都不眨。除了熊,维尼对其他动物兴趣不大,刁德奎给他买了只泰迪犬,他半只眼睛都看不上,经常虐待那只可怜的小泰迪,把小泰迪吓得一见到维尼就好像真的见到了熊。

包子上电视节目那天恰好被维尼看到了,维尼兴奋不已,缠着爷爷要只小熊来玩。刁德奎本事再大也不敢让孙子养只小熊当宠物,他也清楚养殖场的熊没法让孙子看,因为熊身上都插着塑料管子,那些流动着血水的管子像一条条黑土上的蚯蚓在蠕动,看上去很恐怖,也许会吓到维尼。维尼是刁德奎唯一的孙子,偌大一份家业需要孙子来继承,孙子的要求想方设法也要满足,他自然就想到了马戏团的包子。想看熊,只能去卜奎马戏团。

刁德奎来找小万,想在维尼七岁生日那天搞个马戏演出专场,地点就在养殖场中心小广场上。

小万把老万、光头叫来商量此事。这是老万第一次近距离接触刁德奎。刁德奎并没有一般暴发户的张扬,在文质彬彬的举止中却透出一股煞气。老万心里纳闷,一个看上去很有学问的人怎么会煞气这么重?看来学问和良心是两码事,有学问的人未必有良心。刁德奎那副茶色眼镜有效地遮挡了他的金鱼眼,刮得铁皮一样的下巴有种涂了清漆般的亮色。老万不同意去养殖场演出,他担心黑子的惨叫会刺激包子,他很清楚,包子再听话也有野性,一旦发起脾气来他也无法控制。现在包子的力气已经变得很大,当它站在窗子前呜呜呜呜低吼的时候,熊舍里的水磨石地面似乎都会跟着颤动。光头也觉得养殖场的安全措施不符合马戏表演,动物演出不像人那么整齐划一,万一哪只老虎、狮子闹点幺蛾子出来就没法收场。光头还举了个例子,说他在电视新闻里看到,一场马戏表演时饥饿的老虎竟然向一匹马发起了攻击。

小万说有危险的话,专场演出就别去养殖场了,在马戏团也可以演。

刁德奎摇摇头,说做人说话要算数,他已经和几个重要关系户说过此事,临时改变岂不是失信于人。

小万说,那安全问题咋办?

刁德奎说,怕啥?养殖场麻醉枪、电击枪齐备,哪只动物想暴动就试试看。

小万说,那可不行,伤了我的动物马戏团咋整?

刁德奎说,没事,我当初抓这三只黑熊就是靠麻醉枪,过后打一针解药就完事。

老万插话问他当时是怎么捕获这三只黑熊的,按理说熊可不是容易抓的大型野兽。

刁德奎道,有啥不容易?熊再厉害也不会比人心眼儿多。刁德奎话语里充满得意,他绘声绘色地讲起捕猎黑子一家的经过。

说实话,是一块熊出没的牌子引起了我的兴趣,刁德奎说,我的养殖场虽然就在喇嘛山下,可我对喇嘛山没啥兴趣,几年也不上一趟山。有天我请山下的老木匠来养殖场干活儿,老木匠问我是不是养殖场的黑瞎子跑了,要不怎么会竖块熊出没的牌子。我问他啥熊出没的牌子。他说刚给人做了块牌子,做牌子的小伙儿说要写上"熊出没"三个字,朝他要黑漆,黑漆防水,不能用墨汁写,墨汁写的雨一淋就花了。我听到这个消息马上就推断喇嘛山上出现了熊,是林业部门担心黑熊伤人才要竖警示牌的。

老万和小万对视了一眼,很显然,刁德奎不知道牌子是老万竖的。老万心里在流血,他后悔为什么要竖那块引狼入室的牌子,心里埋怨儿子,为什么要在老木匠眼皮底下写那三个字,老木匠不多嘴,刁德奎不会知道喇嘛山有黑熊。

刁德奎接着说,水是生命之源,任何野生动物都离不开水,我选在紫苏泉边挖陷阱,就是考虑到黑熊会去那里饮水,那里可是撮罗子峰唯一的水源。我安排人在紫苏泉周边挖了三个陷阱,除了下山方向外,其他三个方向都挖了。陷阱足够大足够深,不是吹牛,就是老虎掉进去也出不来,因为陷阱是瓮形。我让人用新割的苜蓿草盖住陷阱后就开始守株待兔。你们知道我必须活捉熊,猎杀没啥技术含量,活熊才是生产胆汁的机器。

老万想,紫苏泉也是自己的取水处,处于紫苏沟的这处山泉水质甘洌,冬夏自涌,紫苏环绕,故而人们给它取名紫苏泉。那天他没有去紫苏泉打水,酒后早早入睡了,如果去打水就会发现那些可恶的陷阱,自然也就能阻止这次残忍的捕猎。

三只熊不是一起掉进陷阱的,刁德奎说,是那只你们叫包子的小熊到泉边玩耍先掉进了陷阱。小熊掉进陷阱后成了诱饵,它一直叫个不停,先是引来了另一只小熊,这只小熊三转两转也掉了下去,两只小熊一起叫,就把大熊给叫来了。熊很有集体意识,它们不会看着家庭成员落入陷阱而不顾。大熊不时探头朝陷阱里看,两只小熊看到大熊,叫得一声比一声惨,结果那只大熊扑腾一下主动跳了下去。熊毕竟是熊,它跳下去就能把两只小熊救上来吗?它这是自投罗网,让我正好将它们一网打尽。

小万问,大熊明知道是陷阱还往下跳?

大熊跳下去就用爪子挖土,它或许想挖个洞让一家三口逃生,可是我能给它这个机会吗?别说是一只熊,就是瞎目杵子我也不会给它机会。刁德奎提到的瞎目杵子是一种啮齿类动物,前肢发达,视力衰退,以善于挖洞著称。

老万忍不住插话,它们都是活的,你怎么把活熊抓回来呢?

刁德奎摘下茶色眼镜,抬手揉了揉那双外凸的眼睛,然后伸出三根手指说,我有麻醉枪呀,三枪就全放倒了。

老万感觉心头被射中了一枪,浑身战栗发抖。刁德奎经常给黑熊做手术,当然有的是麻醉枪,他应该是用大剂量的麻醉枪射击了黑熊母子,然后再用机械将熊吊出陷阱,装车拉回了养殖场。

刁德奎继续说,难怪包子有出息,其实那天被麻醉枪射中后,那两只熊的眼睛都闭着,只有包子眼睛一直睁着,一副死不瞑目的样子。下去拴绳的工人害怕,爬出陷阱说什么也不再下去,说那只小熊的眼睛里有一种奇怪的光,像带着电一样,让人神经麻酥酥的。我说你们放心捆吧,这剂量的麻药三只熊要到明天下午才会苏醒。工人说什么也不敢下去,除非小熊闭上眼睛。没办法我只好亲自下去捆绳子吊熊,然后装车运回了养殖场。

光头道,你用那么大剂量的麻药很危险,熊或许会醒不过来。

刁德奎摆摆手,那无所谓,醒不醒过来就看熊的造化了,人的安全第一,总不能让熊伤了人吧。

盗猎的过程说完了,老万更不想去养殖场演出了,说专场可以来马戏团演,养殖场还是不去好。光头也说最好不去养殖场,那里气场不对。

刁德奎有些不悦,啥气场不对?不就是一场马戏吗?在哪里不是演?

小万见老万和光头都不太情愿去养殖场演出,就以老板的身份决定说,去就去吧,协议我都签了,要讲信用。

光头问,安全怎么办?

有危险性的动物不带,狮子老虎不去也就危险不到哪里去。小万说。

刁德奎说,你们也是,两只小熊只养活了一只,要是那只也活着,就是一对摇钱树。

小万看了看光头,光头有些不自然,皮球毕竟是在他手里养死的。

那只叫皮球的小熊气性太大,真像只皮球,一触即跳。光头说,我估计它是气死的,有些动物很怪,比如麻雀,没人能调教小麻雀,过激反应会让它们丧命。

你还是方法不当,刁德奎说,我那里的熊连死的机会都没有,它们被关在铁笼子里,笼子做了特殊设计,熊站在笼子里没法回头,只能乖乖为我生产胆汁。当然,这也是从实践中总结出来的。我曾经买过一只公熊,铁笼子过大,公熊能在笼子里转身回头,结果这家伙回头把身上的塑料管子咬掉,还自己扯开了肚皮,肠子血里呼啦淌了一地,当天晚上就死了,那可是一台好车的价钱!刁德奎看上去有点懊悔,一只壮实的公熊对他意味着什么,在场的每个人都知道。

你那里的熊至少还能吃东西,可是皮球却选择绝食,实属应激反应过度。光头为自己解释,很显然,作为马戏团金牌驯兽师,他不想承担更多养死皮球的责任。他指着老万说,若不是万大哥有奇招,包子也不会活下来。

啥奇招?刁德奎看着老万问。

老万不想搭理这个讨厌的家伙,从表情、眼神,到说话的腔调,他都反感这个表里不一的盗猎者。有些人的恶是表里如一的恶,看上去至少可以提防,而有些人的恶却是伪善掩盖下的恶,这种恶对人的伤害是颠覆性的。他觉得刁德奎就是这样一个人,如果不是看在弟弟的面子上,他会扭头离开。

刁德奎的提问他只回答了一个字:蜜。

光头说,只要有蜂蜜,包子就会乖得像儿子一样听话。

蜜?刁德奎自言自语了一句,接着说,我家有很多蜂蜜,椴树蜜、百花蜜,还有俄罗斯进口的带脾的蜜,表演那天可以让维尼用蜂蜜喂喂包子,让维尼和包子亲密接触一回。

老万没有说话,他在想铁笼子里的黑子,黑子被固定成一个站姿,一站可就是一生啊!刁德奎想没想过黑子的感受?熊是好动的动物,动物动物,你不让它动,它活着还有乐趣吗?他想,黑子若是身体发痒了怎么办?它连挠痒痒的权利都没有。难怪黑子不时会发出惨叫,很可惜,那惨叫除了包子没有谁能听进去。他几次看到包子在窗口急促跺脚的焦虑,如果能钻出铁窗去,他相信包子会奋不顾身奔向那拦着铁丝网的红砖围墙,像它妈妈当初主动跳进陷阱一样,要死也死在一起。

就这样定了吧,我回去安排几个保安长点眼色,至于有危险的狮子老虎不来就不来吧,维尼喜欢熊,有包子来就可以了,再配点耍猴骑马啥的就行。

表演后我在食堂请你们会餐,这顿饭可不简单,因为刚刚有只熊到寿了,你们能吃到熊肉呢。过去,少数民族猎人打到熊那是整个部落的节日。

熊到寿?老万忍不住问了一句,该不是那头叫黑子的熊吧?

是不是叫黑子我不知道,就是从喇嘛山捉到的那只大黑熊。这只黑熊总是没白天黑夜地叫唤,弄得别人没法睡觉。饲养员特别讨厌它,给它喂食也马马虎虎,导致胆汁抽取量有限,养着也没啥价值,只好将它安乐死。你们放心,实施安乐死之前兽医做过检疫,这只黑熊没有传染病,肉和下水都可以放心吃。我这个人心软,考虑到它毕竟给养殖场创造过价值,我不能用残忍的手段杀它,就采取了电击的方式让它安乐死。过去可不是这样,过去淘汰的熊都是勒死的,等于给熊实施绞刑,我觉得这样不妥,现在法院执行死刑都不用绞刑,对熊也要人道一点。

老万的头瞬间变得很大,觉得脑汁和脑壳有一种离核儿的感觉。这家伙太假惺惺了,明明残忍地害死黑子,还不忘给自己脸上贴金。好端端黑子一家就叫你的贪心给毁了,你还在这里讲什么人道!老万为包子感到难过,唯一的亲人也走了,这个冰冷的世界上连个相依为命的亲人都没有。过去,至少在熊舍里还能听到妈妈的呼唤声,尽管叫声听起来揪心,可那毕竟是一种信息的传递,说明妈妈还活着。妈妈不在,以后从窗子望过去,只有朦朦胧胧的喇嘛山了。他感觉眼前泛出一片水花,鼻子开始发木发麻,接着就酸酸的不能自已。他借口上厕所离开了小万的办公室,站在走廊里他深深地自责,这一切,都是因为那块熊出没的牌子啊!

当天下午,老万比平时多带了一些黑蜂蜜,在熊舍里一边给包子喂蜜吃,一边紧紧地抱着包子,望着那个舷窗似的小铁窗,眼泪还是不自觉地流了下来。老万觉得当初自己喜欢包子,主要是包子给他带来了快乐,他从没把包子当成野兽看,在心里早把这只可爱的小熊当成了朋友。现在,包子虽然长大强壮起来了,但在他眼里还是个孩子,包子那双黑曜石一样的小眼睛让人心生怜意。

都怪我,我才明白炸蜂的后果在这里。对不起,以后我会好好待你,不许任何人欺负你!

包子自顾自地在舔蜜吃,它不知道养殖场里发生的事,它更不知道明天晚上养殖场和马戏团的人将在会餐中吃掉它苦命的妈妈。

五

要阻止这场演出！老万对自己说，尤其演出结束后的会餐，无论如何他也无法容忍。他来找小万，小万正在看报纸，见到老万就扔掉报纸说，好日子要到头了。

怎么回事？老万问。

报纸上说马戏表演有虐待动物的问题，要严管控制。

老万觉得这个消息不错，马上接话说，是啊，你大侄子说马戏表演是靠动物的眼泪换取观众的欢笑，确实应该取缔。

大侄子是个动物保护主义者，他从小就心软，随你。小万叹了口气说。作为叔叔，小万是看着侄子长大的，侄子虽然人高马大，胆子却比米粒还小，现实生活中连只老鼠都不敢打。

你大侄子还说了自己的想法，说什么时候把马戏团的动物换成人，就说明文明进步了。老万又补了一句。

小万立马站起身，眼睛瞪着老万，半天没说话。

咋了？老万发现弟弟有点异常，道，报纸上只是一条新闻，不是没有人通知你关门歇业吗？

未雨绸缪，未雨绸缪你懂吧。小万说，大侄子的话让我茅塞顿开，把马戏团的动物换成人来表演，这是一个转型发展的好思路。

老万笑了，你想让人来扮演狮子老虎，那不是唬人吗？

小万摇摇头，你想错了哥，我是想把马戏往杂技上转，杂技，不就是人表演给人看吗？

老万点了点头，他不得不佩服弟弟，弟弟做事有头脑，一条报纸上的新闻能让他思考起马戏团的未来，说明弟弟是个做事的人。

小万问他是不是有事情。老万很少到他办公室来，老万对小万办公室过于奢华很不感冒，曾劝小万说办公室大不等于生意大，就像挺大一个蜂箱里面只有半箱蜂，着实浪费。

老万说来是想劝他取消碾山养殖场的专场表演，说看包子表演，吃包子妈妈的肉，这是观音菩萨都过不了眼的罪孽，罪孽会有报应。

小万办公室的北面，有尊一人高的观音菩萨像，金丝楠木质，在射灯下泛着血丝一样的祥光。这是小万花大价钱购买的，小万不是信众，他买这尊木雕是作为艺术品收藏的。但有了菩萨在此，每当有大事要定的时候，他都会到这像前静静地站立片刻。刚才，老万"菩萨都过不了眼"一句话触动了他，他起身来到观音像前，与观音菩萨对视了好一会儿，回过头来说，可是，人要讲信用呀。

老万知道小万下不了决心，就退了一步说，实在要演出的话，会餐就免了吧。

晚上表演后要加餐，这是规矩。小万说。

但这次加餐吃的是黑子肉，那可是包子妈妈，这种以黑子肉为噱头的会餐对于别人可能是福利，对于我来说就像人血馒头，如何下得去口？

小万想了想，道，你不想吃可以不吃，但你不能阻止别人吃，我支持你，我也不会吃，动物是马戏团的衣食父母，我也下不去口。

真的就推不掉这场演出吗？老万不死心。

小万缓慢地摇了摇头，哥呀，我最近在进修国学，我的老师讲到人无信不立，儒商的本质就是诚信。当初人家以两只羊的价钱把小熊卖给了我，是不是很讲究？人家讲究我不能不讲究。刁德奎总体上说是个敞亮人，他本来不用管饭，主动表示要高规格招待咱们，这是不能拒绝的好意。

老万叹了口气，弟弟说得没错，自己和弟弟站位不同，对这件事难免看法有异。他没有再勉强，摇摇头离开了。走到门口听小万在身后说，哥呀，别怪我嘴碎，你对包子好没错，但熊是熊，人是人，别掰扯不清啊。我的国学老师告诫我，做生意不能讲妇人之仁，当年孔子西狩获麟大哭不止，这就属于妇人之仁，谁叫三只黑熊出非其时呢，同情一下也就过去吧，凡事别太较真。

老万回过头道，我不懂什么西狩获麟，包子一家招谁惹谁了，竟要遭此摧残，人总该讲点天理吧。

小万没有再说什么，他知道劝不了执拗的哥哥。

老万又来找光头。光头家住平房，房门敞开着，两口子正在家里包包子，是素三鲜馅。光头包包子很专业，比胖姐还麻利。自从当了驯兽师两口子就开始吃素，令胖姐苦恼的是吃素也发胖，好在胖姐心态好，说不吃素会更胖。光头举着两只沾满面粉的手问他啥事。老万说去找弟弟希望取消养殖场的演出,弟弟没同意。光头说取消肯定不行,就像这沾了面粉的手,除非去洗手,可是洗了手包子就包不成了。老万说这和包包子啥关系。光头说刁德奎买了一百多把塑料椅子,明显是请了不少关系户,这些关系户就像面粉,都沾在刁德奎的手上。刁德奎是借孙子生日做大文章,你说这手还能洗吗?老万明白了,道,他买这么多椅子以后是不是要经常演?

估计是,刁德奎是生意人。光头说,你别阻拦了,你弟弟这个人讲究,他同意演出是因为事先有协议。

老万讪讪地离开光头家,光头出门来送,告诉老万明天晚上演出一定要管束好包子,熊嗅觉好,在那个地方演出容易被干扰,一旦包子失常,肯定会遭枪击。保安不会用麻醉枪,麻醉枪起作用有个过程,一般会用电击枪,电击枪没轻重,容易给包子造成大的伤害。

我会和包子寸步不离的。老万说,有我在身边包子会安静的。

光头说,也是,我觉得你和包子之间的关系是个奇迹。

明晚吃饭你别吃黑子肉,算我求你。老万声音有些变调儿。他无法劝别人,他只和光头两口子走得近一些。

光头笑了,用沾满面粉的手摸了一下下巴道,那是自然。

老万点了点头,离开光头家才想起来这个劝告有些多余,人家两口子吃素嘛。

离开光头家,他心神有些不宁,便想到山上看看。这段时间儿子在看守蜂场,割完今年最后一茬蜜就可以收箱下山。喇嘛山益母草和紫苏多,两种草花期长,九月依然有蜜可酿。在喇嘛山除了雪白的椴树蜜外,再便是香槟色的益母草蜜和紫苏蜜。儿子正躺在窝棚里刷手机,见到老万就抱怨说这喇嘛山整天看不到个人影儿,快把人憋死了。老万问有没有黑熊来偷蜜吃。儿子说没有,别说熊,连狍子和野猪都没见过。老万便去查看那三排蜂箱,走到最后一排最后一箱时,他呆住了,原来这箱黑蜂开始炸蜂了。

快拿帽子来! 他朝帐篷里的儿子喊。

这箱黑蜂和上次炸蜂一样,在箱门前骚乱成一个蜂球,嗡嗡嗡的叫声产生了一种共鸣,让人觉得脚下的草地都在震动。

这是咋了? 儿子也跑过来,拿着两顶防蜂帽。两人匆匆戴好帽子,炸箱的黑蜂容易发怒,一旦发起怒来会成群地攻击人。

儿子说，这么长时间都没啥事，怎么你一来就炸蜂？都这个季节了，还能分箱吗？

老万查看了蜂箱周围，没有外敌入侵，炸蜂属于内部出了问题。他说，不用分了，给蜂箱通通风，给蜜蜂多喂水，再看看它们能不能回家吧。

老万亲自上手做了处理，箱门口的黑蜂渐渐开始归巢。他松了口气，和儿子回到帐篷。他用紫苏泉水泡了一串蘑菇，晚饭想吃点榛蘑，山泉水能让干蘑重现鲜蘑的味道。他让儿子下山回家洗个澡，晚上他在这儿值守一夜。儿子说，你在这里过夜包子谁来管？他说自己已经做了安排，包子的食物会有人从门洞投进去。儿子这才高高兴兴地下山去了。养蜂对于年轻人来说最难忍的是寂寞，山野里连个说话的人都没有，儿子能坚持这么久已经不容易了。

晚上，以炒榛蘑佐餐，他喝了一杯小烧，不为庆祝什么，喝小烧是因为心里烦。

以往，喝一杯小烧后会很快进入梦乡，小烧是屡试不爽的催眠剂。喇嘛山没有狼，除了前段时间的三只黑熊外，没再发现其他大型猛兽，看守蜂箱这个活儿总体是安全的。儿子接手蜂箱后，不知从哪里弄了一根电棍防身，但一次也没有用上。

老万睡不着，黑子一家三口憨憨的样子总在脑海里晃悠。迷迷糊糊间，外面传来一阵呜呜呜呜的叫声，他心里一惊，这不是包子在叫吗？包子的叫声属于那种具有穿透力的低音。他坐起来，侧耳一听，呜呜呜呜的声音还在响。他穿上衣服，带上电棍和手电筒出去查看。听声音，应该是从紫苏泉方向传出来的，他打开手电，沿着手电的光束小心翼翼走向紫苏泉。夜晚无风，小路旁大都是灌木，不时有几棵高大的柞树，树冠黑魆魆的，煞是幽静。这条路老万走过无数次，哪里有坑洼他记得清楚，走起来并不吃力。

来到紫苏泉，他发现呜呜呜呜的声音竟然是从溪水中发出来的，他觉得好奇怪，溪水有轻轻的哗哗声，怎么会发出呜呜呜呜的叫声呢？他用手电筒一点点往下照，忽然发现溪水中一块青石上站着一只大鸟，他打了个哆嗦，仔细一看，原来是一只乌林鸮。乌林鸮并不怕人，利爪下踩着一只个头很大的水耗子，因为猎物太大，乌林鸮提不动，便一直在发出呜呜呜呜的叫声。让老万心情不爽的是，强光下的乌林鸮似乎朝他笑了笑。

他不想打扰乌林鸮的美餐，扭头回来了。

在帐篷里躺下,他心里却在犯嘀咕,这一天之内发生了两件事:黑蜂炸箱、夜猫子笑。

这不是什么好兆头。他对自己说。

六

老万随车驶入碾山养殖场是午后四时。高高的撮罗子峰遮住了西下的日头,让整个养殖场沉浸在大片阴影里。厂区充斥着一股腥臊味,马戏团的人纷纷掩住口鼻。厂区边缘有些杨树,杨树落叶近半,许多乌鸦站在树上,却不叫,似乎在等待着什么。在光头的建议下,这次是用笼子带包子来的,包子在笼子里很不适应,两只前爪一直不停地在摇动钢筋。老万就站在笼子边,不时伸手抚摸一下包子的头,发现包子的嘴角有许多白沫,心想这一定是包子生气了。因为在此之前的所有演出都没有把包子放进囚笼,他像牵藏獒一样牵着包子出出进进。

碾山养殖场除了味道难闻外,它的建筑也令人有种压迫感。按照正常的建筑观念,如果设计了一个中心广场,其他建筑就该呈放射状设计,这样给人的感觉会通透一些,但眼前场区的建筑却是土楼形的,排污也是明沟,沟里的水墨汁一般黑。站在广场里如同置身旋涡中心,周围的房子形成了一种旋转起来的挤压感,让人感到浑身的血管都在弹跳。

空气污浊、环境别扭,老万心里蹦出这样两组词,心里不禁觉得刁德奎所谓的文化范儿也就一般,以前算是高抬了他。老万想,即使有再多的钱,整天生活在污泥浊水之中又有啥意思?还不如在喇嘛山养蜂呢,有山花可赏,有浆果可吃,有山泉可饮,有鸟兽相伴,最好的是空气新鲜,山里的空气甜丝丝的,像清澈明亮的紫苏泉水,能把人的五脏六腑洗得干干净净。

从铁笼子出来后,包子忽然左顾右盼起来,像是听到了某种呼唤。紧接着,它嗅着沥青地面掉头往西北方向走,西北方向有处房子屋门大开,有系着白色围裙的人出出进进。屋门前有棵榆树,树枝上挂着黑乎乎一张生皮。那里应该是食堂和餐厅。老万牵紧了绳子,把包子拉了回来。包子走几步一回头,如果不是老万拉得紧,包子肯定会跑向那里。

碾山养殖场的中心小广场是下沉设计,直径约四十米,圆形,铺着花岗岩条石。周围是五级台阶，怎么看都像个古代的祭坛。广场中央有三根杉木旗杆，上面没有旗子，如同三炷没有点燃的高香。

广场周围坐满了观众，许多人举着手机等待录视频。胖姐悄悄告诉老万，说观众席前面坐的除了刁德奎的七大姑八大姨外，几乎全是刁德奎的关系户，有县里的头头脑脑，有药材采购商，有制药厂老板。让老万吃惊的是当地林业派出所的所长也领着小儿子来了，所长穿便装，身旁的小儿子虎头虎脑，手持一块小熊模样的雪糕，却没有吃，眼睛一直在滴溜溜乱转。

小万坚持没有带其他猛兽来，作为马戏团的经营者，安全问题一定要摆在首位。好在刁德奎也没强求，维尼想看的是包子，对其他动物兴趣不大。专场演出安排时间大概一个钟头。第一个节目是猴子骑矮脚马，一只猴子穿红袍，像模像样骑着马绕圈儿。矮脚马很温顺，不用猴子扬鞭，自顾自地在场地里跑了六圈儿。第二个节目是群猴争球，光头当裁判，把一个球抛入场地中央，任一群猴子去抢，抢到的猴子将球抱给光头，可以得到一块糖果。第三个节目是猴子骑自行车，六只猴子每只骑一辆儿童自行车，成纵队在场地里转圈儿。第四个节目是五狗走队列，由五只泰迪直立行走，光头喊着口令，五只泰迪步子走得很齐整。第五个节目是山羊蹬花瓶，这个节目有点难度，总算表演了下来。前五个节目都是光头的，最后出场的是老万和包子。包子要表演四个节目：平衡晃板、钻圈儿跳绳、推磨和翻跟头作揖。前三个节目很成功，赢得观众阵阵掌声。包子推磨磨出的豆汁没有分发给观众，刁德奎说都留给食堂晚上做盆萝卜缨子小豆腐。翻跟头作揖相对简单了一些，不会有什么危险。老万瞥了一眼前排就座的刁德奎，刁德奎身边是他的宝贝孙子维尼。维尼穿一件带有小熊图案的黄色长袖 T 恤，一会儿站起来大叫，一会儿又坐下鼓掌，能看出孩子很开心。老万发现维尼戴着一条项链，项链有点粗大，与细细的脖颈不成比例。

突发事件的出现没有任何预兆，一切都像是意外。

虽然包子在进入广场前表现出了些许不安，但进入广场后，它像一个敬业的老戏骨快速入戏，晃板平衡掌控得极到位，钻圈儿跳绳也完成度极好，连帮助摇绳的光头夫妇在结束后都竖起了大拇指。最后表演的翻跟头作揖，这是一个逗观众欢笑的表演，表演没什么难度，在地上翻个跟头，站起来向观众作个揖，作上一圈儿后演出就算结束。很多观众就利用这个时间与包子合影，包子也很配合,会站在原地做片刻停留,它开心的时候还会抬起右掌示意一下。当包子滚到刁德奎跟前时,维尼起身给包子递过去一块蜂脾。这不是本地的黑蜂脾,应该是刁德奎购买的俄罗斯进口蜂脾。包子作揖后站在那里低头嗅了嗅,双手抱过蜂脾,蜂脾足有半块砖头大小。众人鼓起掌来,这是本次马戏表演唯一一次人熊互动,大家纷纷用手机拍照、录像。这时,包子像发现了什么,将头往前探了探,嗅起维尼的胸口。谁也没想到包子会突然发起飚来。只见它抛掉手中的蜂脾,仰起头呜呜呜叫了起来。这是一种深沉而有力的低吼,撕心裂肺,五脏俱焚,外人听不出门道儿,但这低吼却让老万头发全都竖立起来。他太熟悉这种低吼了,包子扒着铁窗往外面张望时发出的就是这种天地共振般的低吼。

老万快步插过来,就在包子张开大嘴扑向维尼的刹那,他用后背挡住了发飚的包子。包子两只前爪抓住老万肩膀,力图拨开他的阻挡。他感觉到包子前爪铁钩一样扎进肩头的皮肉,但包子没有撕咬他,如果包子想撕咬,他的脖颈会被一口咬断。

这时,人们回过神来,几个保安持麻醉枪和电击枪冲过来,砰砰砰,不知道开了多少枪,老万忍着剧痛用足力气喊,不要,不要啊!

包子浑身变软,瘫在了老万的后背上,像一个大孩子睡在母亲宽厚的背上。

维尼毫发无损,但他那双小熊一样的眼睛变大了,一眨不眨,像两粒点了墨水的卫生球。

老万要求养殖场的兽医赶快给包子注射解药,尽管他肩头在往外渗血,他没有让人包扎,他希望把这种痛感保留到包子醒来之后。兽医检查了一番,对刁德奎和老万摇摇头,说没救了,过量麻药足以致命,何况还遭受了多次的电击,包子心脏已经停止了跳动。奇怪的是包子两眼一直睁着,只是失去了黑曜石般的光亮。

老万抱着包子哭泣起来,观众都愣愣地看着突然发生的一切。光头很冷静,他走到维尼面前,捏起维尼胸前粗大的项链吊坠问,这不是熊牙吗?哪里弄的?

刁德奎说,就是一会儿会餐吃的那只黑熊的牙,都说熊牙辟邪消灾,我就让厨子收拾干净给维尼戴上了。光头一字一句地说,难怪,这是包子妈妈的牙,包子是嗅到了妈妈的味道才突然发飙的。

刁德奎摇摇头,嘴里嘟囔,怎么会是这样,怎么会是这样?

正在人们沉默的时候,一直睁大眼睛的维尼突然大哭起来,他双手摘下脖子上的项链,使劲儿扔向了爷爷后转身跑开了。刁德奎和一干亲眷都跟着追了出去。

小万过来蹲下身对老万说,哥,对不起,是我害了包子。

老万面如青铜,扭头望向不远处的喇嘛山,一字一句地说,我要亲自埋葬包子,谁也休想打它皮肉的主意。谁要是敢剥包子皮、吃包子肉,我就和他拼命!

包子就由你处理,小万说,你想怎么处理呢?

让包子回家。老万说完眼泪就哗哗流下来,肩膀触电一样抖动个不停,血丝从衣服里渗出来,颜色变得黑红。

就依你。小万站起身,摆摆手宣布马上退场,会餐取消。

第二天,老万带人将包子埋在撮罗子峰下的紫苏泉边,他用扣大棚用的塑料薄膜将包子卷了不知有多少层,然后沉到深达两米的墓穴中,然后填土,没有起封。让众人不解的是,在埋葬包子的地方,老万又竖起一块牌子,牌子上是这样三个字:熊出没。

小万站在牌子前一个字一个字拉长了念,熊——出——没——又喃喃自语道,我懂了,哥。

【作者简介】老藤,本名滕贞甫,山东即墨人,中国作家协会第十届主席团委员,现任辽宁省作家协会党组书记、主席。出版长篇小说《战国红》《刀兵过》《北地》《北障》《铜行里》《苍穹之眼》等十部、小说集《黑画眉》《熬鹰》《没有乌鸦的城市》等八部、文化随笔集《儒学笔记》等三部。曾获东北文学奖、辽宁文学奖、《小说选刊》奖、《北京文学》优秀作品奖、《湘江文艺》双年奖、百花文学奖、丁玲文学奖、中国作家出版集团优秀作家贡献奖等奖项。长篇小说《战国红》《铜行里》分获第十五届、第十六届全国精神文明建设"五个一工程"奖,长篇小说《北地》入选2021年度中国好书。作品以英、德、法、俄等十种文字被译介到国外。系中宣部"四个一批"文艺人才。

鱼缸与霞光

◎ 韩松落

大卫·林奇是这样开始一个故事的:碧蓝天空、白色栅栏,红色玫瑰和黄色郁金香圆鼓鼓地盛开着,翠绿的叶子托着花朵;孩童过马路,女人喝下午茶,老男人浇草坪,年轻人徘徊在草地上,低头翻捡着什么:哦,草丛里有一只爬满蚂蚁的人耳。

这里也可以用同样的方法开始。群山环绕的小城,白杨树和槭树的叶子被夏天的太阳晒成墨绿;灰色的楼宇,阳台上有鸽子咕咕鸣叫;屋檐下,燕子在泥窝边轻盈地弹跳一下,然后飞走。燕子飞走的地方,有一扇窗,阳光照进窗户,投在临窗的木桌子上,桌上有一张信纸,写着一些字。随后,有个男人走进屋子,拿起这张纸,皱着眉头,开始阅读。

一九九六年七月十二日,甘肃东部的天泽县,省矿业机械厂电工班的李志亮留下一封信,离家出走。

李志亮生于一九六八年十一月十五日,祖籍辽宁,是矿业机械厂的子弟。父亲李东强,一九四六年生于辽宁;母亲郝琴,一九四七年生于河北,高一辍学。李东强于二十世纪八十年代初毕业于哈尔滨工业大学,在矿业机械厂担任工程师。哈工大毕业生为什么会来位于甘肃县城的机械厂工作,他从来未曾解释过。郝琴则在李东强的安排下,到厂里的后勤部门工作。

李志亮生于河北,四岁时随父母到了甘肃天泽,在矿业机械厂幼儿园度过两年;六岁时到天泽县东关小学读书;十二岁小学毕业,随后进入天泽县二

191

中初中部就读,初二时转学到教学条件较好的天泽县一中初中部;高中依然在天泽县一中就读,高三时考入中原机械工业学校;一九八九年,回到矿业机械厂工作。他开始在车间工作,后来在父亲的协调下,转到电工班工作。

矿业机械厂所在的天泽县,位于甘肃东部,距离省城兰州二百公里,面积三千五百平方公里,人口三十八万。这里旧石器时代就有人居住,秦始皇时代设县,其后两千多年,面积有扩有缩,但大致位置没有变化。因为地势平坦,位于陇海线上,且有河流,有矿产,二十世纪五十年代之后,陆续有工厂迁移至此。除矿业机械厂之外,天泽县还有一家冶炼厂、两家修造厂、一家塑料厂,以及驻守当地的几支部队。矿业机械厂在当地是大企业,有两千名员工。县城的商业,都集中在矿业机械厂、冶炼厂所在的云川北路上。

矿业机械厂的核心部分从辽宁迁来,创始阶段的工人多数是东北人和河北人,他们的后代也多半在工厂工作,工厂有自己的生活区,矿业机械厂由此成了一块飞地。天泽人说当地话和兰州话,矿业机械厂的人说普通话、东北话、上海话;当地人听秦腔,矿业机械厂的人听京剧和越剧、沪剧。天泽县最早穿牛仔裤、最早跳迪斯科的,都是矿业机械厂的工人。李志亮在这里长大,需要在两个世界之间转换——在厂区和家里说普通话和东北话,在学校和县城说天泽话和兰州话。

李东强的外形,有明显的东北人特质,方头大脸、眉眼端正,但性格温暾,沉默寡言,倒是和本地人比较接近,在非常年代也没有因为言行出挑带来麻烦。但他有个喜好,和本地人不一样,也和他的粗糙外形不一致——他有藏书的习惯,家有藏书接近五百册,而天泽县图书馆的藏书,也不过两万册。但李东强极少邀请别人到家里做客,也从不徒手拿书在街上行走,甚至一再告诫家人:不要在任何场所被人看到手里拿着书。因此,他的藏书和读书习惯,从没引起人们注意。

李东强和郝琴有两个儿子:大儿子李志明,生于一九六六年,中专毕业后,到矿业机械厂工作;二儿子就是李志亮。两个儿子的相貌,比父亲英俊许多,但两个人都有一种蒙尘之感,像是在刚刚制作完成的匕首上,撒了一把土,英俊得毫不明显,需要仔细辨认。两个儿子的性格,也比父亲爽朗,因为基本是在当地长大,有童年朋友,交往范围也更广。

一家人居住在矿业机械厂的家属区,十一号楼三单元302,他们的住房由矿业机械厂自行修建,在一九九二年竣工,根据面积和楼层,以每套一万五千元到二万五千元的价格卖给厂内职工。售卖之前,根据工龄、职称、职务等因素进行了排序,李东强分配到的这套,房本面积九十平方米,实际面积一百四十平方米,售价二万五千元。

一家人的生活,没有丝毫古怪之处,全家人的性格、行为,乃至消费、娱乐,就在天泽县城居民的平均线附近摆动。生活中的一切细节、一切用品,也像所有天泽人一样,非常容易辨认出处。军便服、军大衣、军靴、军用皮带,通常购自县城附近的部队门市部,每逢部队廉价处理军用品,小城青年就蜂拥而至;工作服、绒衣、手套、电工绝缘鞋、挎包,是厂里的劳保用品;脸盆、香皂、洗发膏、牙膏、球鞋、皮鞋、文具,购自天泽县百货大楼,每批就几款,可以凭借款式分辨出购买时间。偶然也有来自其他地方的物品,比如,有些年轻人,会在周末乘火车去兰州(通常都会设法逃票),买花衬衣、卫衣和饰品。还有几次,是白银针织厂等日用品工厂遭遇经营危机,用白汗衫和背心等产品抵工资,员工们拉着产品来到天泽县,在街心花园兜售,价格极为低廉,汗衫五块钱,背心三块钱。第二天,天泽县的男性,几乎全部穿上同款汗衫和背心。

在其他地方,天泽县居民的生活,也显得单调和整齐划一。二十世纪八十年代末,广场舞兴起,起初的主力是中老年人,因而被叫作老年迪斯科;后来,全县三十岁以上的女性,几乎全部加入。二十世纪九十年代初,气功热,几大气功门派,统治了全城成年人,也有儿童和少年加入。有一位八岁男孩,由家长引领,用一年时间,练某种气功练到二级,成为气功神童,到处参加报告会并展示神通。一九八八年,《红高粱》获得金熊奖,全城居民出动观影,因为传说此片儿童不宜,小孩都被留在家里,有个孩子因无人看管,在家触电身亡。一九九二年,《大红灯笼高高挂》上映,全城居民又一次倾巢出动。

天泽县也极少发生凶案,大多数治安案件,都在盗窃、斗殴、诈骗这个层级。仅有的几起凶杀案,都是熟人作案,很快就能破案。公安局门口,有四个装了玻璃框的看板,两左两右,用以展示公安局侦破的凶案,从现场血迹到尸体远景近景和伤口局部,全部彩色照片,配以仿宋体手写的案情介绍。看板的更换速度,依据凶案发生频率,或者说,凶案被侦破的频率而定,如果半年没有合适的凶案,就半年不换,以至于彩色照片全部褪色。

李志亮的性格,也在平均线附近:不算温和,也不至于暴戾;不细腻,也不算粗糙。他的日常穿着,也没有出格的地方,毕竟,父亲李东强最担心的,就是自家人因过于引人注目而带来灾祸,每每发现这种苗头,就全力打压。李志亮常穿的衣服,包括一身军便服、两件化纤夹克、几件白衬衣、一身工装蓝的运动款绒衣,冬装是部队的劳保棉袄和军大衣,还有一件是托人在空军基地买到的深棕色飞行员皮夹克,带毛领,非常昂贵,但他一直舍不得穿这件衣服。一九九四年,他还曾花一百八十块钱,在兰州市东部批发市场,购买了一件墨绿色的羽绒服。回家之后,在周围环境的衬托下,他发现这件衣服的颜色还是扎眼,第一次穿出去,就被熟人评价为"真骚情",他再也没让这件衣服上身。

李志亮的爱好很少。可以算作爱好的,只有两个。一个是用机械厂的边角料,制作各种摆件。有一阵子,兰州青年流行用炮弹壳子、弹壳制作工艺品,这股风气也蔓延到了天泽县。李志亮不能免俗,找到部队上的熟人,要了些训练用过的弹壳,做了几件东西,但很快就厌倦了。

另一个爱好,是骑自行车游荡。他有一辆凤凰"二八",黑色,不是轻便型号,但他很喜欢,他经常骑着这辆车,在城外游荡。城外有大片麦地,他就骑车在麦地中的白土路上穿行。麦收之后,他会把车推进麦田,在麦垛上靠一会儿。曾有人看到他从城外回来时,自行车把上挂着一个用蓝色野菊花和麦秸编织的花环,这是他唯一算得上浪漫的经历。

他没有谈过恋爱,几次相亲都失败了,好在他对相亲也没有多少期望。如果他是天泽本地人,二十八岁还不结婚,就显得异常,但人们对矿业机械厂这块飞地,以及这块飞地上居民的看法,多少有点不一样。当地人甚至觉得,矿业机械厂的男青年,如果热衷恋爱,会对当地的婚恋市场造成冲击,他们都打光棍可能更好。总之,他生活里并没有出现会带来精神上的重大挫折或者人生重大挫败感的事件。

一九九六年七月十二日,农历五月廿七,晚上六点十分,郝琴下班到家,换了拖鞋,放下厂工会分给每位员工的一箱杏子,就去厨房准备晚饭。六点四十分,李东强和李志明下班回到家。父子俩的工作地点不在一起,他们是在回家路上遇到的。李志明接过父亲手里的杏子,一手提一箱,和父亲一起到家。三个人打算等李志亮到家后一起吃饭,就坐在餐桌前说着话,对话的重点是杏子:李志亮必然也领到了一箱杏子,四个人,四箱杏子,该怎么处理?毕竟杏子不经放。直到八点,他们也没等到李志亮回家,他们以为他被朋友叫去吃饭了,就先吃了饭。当晚,李志亮没有回家,一家人并没觉得异样,直到第二天早上上班前,李东强到李志亮屋子里去,才发现他留在桌上的信,只有十几个字,写在一张矿业机械厂的信纸上:

我走了。我要走遍中国,走遍大地,走遍星球。

李东强拉开衣柜,发现李志亮带走了自己常穿的衣服,下楼去派出所报案时,发现李志亮骑走了凤凰“二八”。报案时,警察认为,李志亮是成年男性,留了信件,不能算失踪,无法立案,何况,他离家还不到二十四小时。根据他们的经验,很多离家出走的人,通常会在三个时间段内回来:一周,三个月,半年。

李东强全家,分头到李志亮的所有同事、同学和朋友家打探消息,想看看李志亮有没有留下更明确的信息,却发现他出走前没有任何异样,当天下午还在正常上班,唯一不同的是,他五点就提前下班,因此没有领取发给员工的那箱杏子。被李东强一家询问过的同事、朋友和同学,又自发扩散消息,到认识李志亮的人那里打听消息,都没有结果。

很快,警察所说的第一个时间节点过去了。一周了,李志亮没有回家,也没有任何消息。就在这时,天泽县城南,距离县城中心五公里的垃圾场,发现了一具焦尸。其实,一个拾垃圾的老人,在几天前就看见了那具焦尸,但那具尸体被扔在一个大垃圾坑的坑底,需要踩着垃圾走一段陡峭的下坡路才能到达,加上他视力不好,并没有看得很清楚,“不知道那黑黑的是个啥”。直到几天后,他看到有野狗在撕扯那个黑色的物体。这时距离李志亮出走,刚好一周。

尸体经过了很充分的焚烧,衣服和皮肤都被烧毁,看不出身份样貌,唯一能作为线索的,是一条没被完全烧毁的军用皮带的皮带扣。那个皮带扣,和李志亮的完全一样。但那时,在天泽县或者邻近区域,系同款军用皮带的人实在太多了。认尸之后,李东强认为这不是李志亮的尸体。当然,还有更好的方法——当时,DNA检测技术已经用于刑侦了,只是需要送检测物到北京去,检测费用加上差旅费,非常昂贵。焦尸案最终成为悬案,没有出现在公安局的宣传栏里。

三年后，天泽县文化馆的赵老师，在西安参加培训，在街头看到一个人，酷似李志亮，只是头发略长，衣服略时髦。这个人迎面走过来，似乎也认出了赵老师，眼神顿了一下，走过去之后还回了头。据赵老师说，他立刻掉头追上这个人，跟他打了招呼。这个人不承认自己是李志亮，但当赵老师说"你父亲母亲都在等你回家"的时候，他的表情大变，泪水瞬间滑落，愣了很久，然后转身离去。赵老师认为自己遇到的就是李志亮，回到天泽后，赵老师专门找到李东强，讲述了自己的经历，言之凿凿，情绪丰富，两分钟的相遇讲了一个小时，却没有任何证据，整个场景也酷似民间鬼故事里的情节，加上这位老师经常发表古怪言论，比如别人死去的亲戚给他托梦，所以，他所说的话，并没有人当真，转眼就变成小城传说，流传了一阵，就逐渐被湮灭了。

　　从那之后，就再也没有李志亮的消息了。李东强和郝琴，依旧在矿业机械厂工作，退休后，两人回到辽宁老家住了一段时间，因为无法忍受漫长的冬季和动辄零下三十摄氏度的严寒，最后还是回到了天泽县。李志明也依旧生活在天泽，他一九九九年结婚，三年后有了女儿，他和妻子另外购置了住房，多数时候还是和父母生活在一起。李志亮的那间屋子，始终保持原状，他留下的那张纸条，被李东强夹在了一本人民文学出版社出版的《巴尔扎克中短篇小说选》里。他说，这种收藏方式最保险。

　　在李志亮出走前两年，有两只燕子，在李家的阳台上方筑了一个窝，整日飞来飞去，啁啾不停，这在楼房小区是很罕见的事。李志亮出走之后，那窝燕子再也没有回来过。郝琴视之为某种昭示。

　　这件事看起来就这么过去了，但这仅仅是对李家而言，在距离李家不远的六号楼一单元501，这件事引起了另外一些后果，甚至可以说，是一场持久的风暴。

　　住在501的，是矿业机械厂的另一家人。这家人是标准的三口之家：父亲曹广仁，生于一九五六年，矿业机械厂经营科业务员，这个科在一九九六年分出一部分员工，成立了多种经营科，曹广仁也在其中；母亲王自强，生于一九五五年，矿业机械厂工人；他们只有一个孩子，是个男孩，生于一九八〇年，名叫曹景，在李志亮出走那一年，他刚好十六岁，正在读高一。

　　曹景一家，和李志亮一家生活在同一个厂区，两家很少有交集，也没什么来往。不过，在曹景十一岁时，他表姐的追求者、李志亮的同事，为了让曹景表姐高兴，以及显示自己是爱孩子的，时常带曹景出去玩，也带他去了李志亮家里，看李志亮用边角料做东西。那天，李志亮穿着工装蓝的绒衣、一条看起来很厚实的卡其色裤子，脚上穿着一双白色回力鞋，用了三个小时，做了一艘二十厘米长的铁船，并且给木板喷了蓝色油漆，做成海面的样子，粘了几块黑色的石头充当礁石，一块稍大的形状不规则的炭渣，被他做成了一个小岛，填了一些青苔，还种了几棵草。一片海和一座岛，就带着油漆味诞生了。

后来，曹景还看见过李志亮打篮球，看见过李志亮骑车去往城外，也在商业街上碰到过他。李志亮唯一一次穿墨绿色羽绒服出门，就曾被曹景看到。因为见过一次面，曹景很能从人群中认出李志亮来，他总是隔着老远就站定，等李志亮走到跟前，认真地和他打个招呼。但他再也没有被带去李志亮家里看他做东西。记忆里，只有那么一次，只有那么一个下午，安静的、若有所待的一个下午。他也有点奇怪，李志亮后来为什么再也没有穿过那件羽绒服。

李志亮出走三天后，曹景从父母那里知道了消息。当时，他们一家三口正在吃饭，曹广仁说起了这件事，曹景突然感到一阵恶心、一阵虚热，喉咙里似乎有液体涌上来，却没吐出什么，只是干呕了几声。在父亲扶他去卫生间的时候，他听到母亲抱怨说："跟你说了别在饭桌上说这些东西，容易把孩子惊到。"

之后几天，他持续地情绪低落、神思恍惚、无法入睡，这些他都没有告诉父母，父母也并没有注意到，其实就连他自己，都不能明确地知道，这种情绪低落和李志亮的出走有没有关系。因为当时的他，正面临自己的问题。初中毕业时，他没有考上中专，尽管全年级也只有两个人考上了中专，但曹广仁仍然非常失望。考不上中专，就意味着曹景失去了在两年后就业的可能，还要上三年高中，高中毕业之后，鉴于当地的升学率非常低，他未必能考上大学，也未必能有工作。曹广仁开关门的声音都大了很多，王自强则刻意拖长声叹息。曹景认为，自己的情绪和这件事有重要关系。

除此之外，他还经历了更折磨人的事。他也考入了李志亮曾经就读的天泽一中高中部，高一的第一个学期，一件意想不到的事发生了，他的信被"截"了。事情是这样的：这所中学的收发室，收到所有的信件和包裹之后，除了挂号信会由门房托学生带话，通知本人来登记和领取之外，其余的邮件，并不会做进一步分发，而是全部放在校门口的信报夹里，任由所有人翻阅和领取。这样一来,信件到达收件人手里的概率就非常低。有些信件,就被路人截取了,他们会选择那些看起来有点出挑的信封,拿走,读完,然后扔掉,或者通知信件主人,拿钱来换信。信报夹是无数斗殴和悲剧的发源地,但学校一直没有改变这种信件发放方式。

曹景就受到了这样的威胁。截走他信件的,是初三补习班的学生,他们把信拿走,小范围传阅后,托人带话给他,要他拿八十块钱来,才能把信给他,否则就会拆信,并且把信件内容公布出来。对于当时的他来说,八十块钱是一笔很大的钱,他拿不出这笔钱。但根据他的经验,这会有很严重的后果,不把信件拿回来,就得准备迎接极其猛烈的下流谣言。他盘算了一下自己的存款,一共二十多块钱,这二十多块钱,他攒了差不多半年。之后一周时间,他每天放学后到县修造厂模具车间后的沙堆里筛废铁,去废品收购站卖,一周下来也只卖了十块钱。他又到血站去,试图卖血,但血站以他年龄不够拒绝了他。

几天后,初三补习生"撕票"了。其实信早被拆了,他们只是把拆信这件事公开了,并把信件内容添油加醋告诉了很多人。那封信没有任何过火的内容,写信者是他初中的女同学,女同学在初中毕业后,没有考上高中、技校和中专,就到省城去打工了,写信过来,无非是要他帮助联系几位初中同学。但截信的人却故意扩散说,信件内容非常下流,他们肯定"拔包子"(接吻)了。曹景的"风流韵事"由此流传开了。

至于为什么会是初中补习班的学生威胁高中生,也需要说明一下。初中补习班的很多学生,入读中学通常比较晚,又补习了两三年,实际年龄要比高中同学大得多,甚至大过高三同学。而且补习班管理松懈,补习也是为了考技校和中专,学生都有些江湖气,跟社会青年交往频繁,和高中部的风气完全不一样。

这件事对曹景产生了影响。有很长一段时间,他总觉得同学在对他指指点点,传播他的"风流韵事"。有人走过他的身边,不巧表情不好,或者吐了痰,他会以为是在唾弃他。班上同学写信收信,甚至读到冰心的《寄小读者》——所有与信件有关的讯息,都会让他心惊肉跳。这后遗症持续了很久,一直到高二下半学期,班主任任命他为班长为止。整整一年,他就耗在这件事上,这一年,他如同在混浊的深渊里由人搅拌。

也是在那时候,他读到一本书,这本书是父亲从县图书馆借回来的——

老鬼的《血色黄昏》，一九八九年出版，讲述知青在内蒙古的生活。封面画着暗红色的天空，血红的落日，黑色的山峦，黑色的大地，一个壮硕的黑色男人，站在天地之间，搬运着一个黑色石块，整个身躯，似乎都被这石块坠到弯曲。这本书的书名、封面，和书里描绘的一场大火，带给曹景一种特殊的感觉，这种感觉和李志亮的出走搅拌在了一起，最终形成了一个画面：血红的天空，黑色的大地，天地之间，有一个黑色的人影，向着目睹了这个画面的人走过来，不停地走，无声地走，但始终也走不出这画面。他不知道这个人是谁，也不知道他长什么样，就是觉得异常恐惧，画面消失之后，又是持续性的情绪低落。

起初，他只是不断想象这个画面，只要停止想象，画面就消失了。没过多久，这个画面出现在了他的梦里。有时候是出现在别的梦境里，别的梦做得好好的，突然画面中断了，血红天空、黑色大地和黑色行走者出现了，行走者无声地行走着；有时候，整个梦境都是黑色行走者在天地间行走，无休止地走，可能走一个小时甚至两个小时。有一次，梦境出现了变体，这个行走者还推着一辆自行车。这个梦境和时不时袭来的情绪低落，还有现实中各种事件的叠加，让曹景的整个高中时期，都处于一种抑郁状态。遗憾的是，那时候，人们对抑郁症还没有什么了解，曹景只能靠自己对自己进行观察，以及自我安慰。

在李志亮出走前，他居住的那座居民楼出了一件很小的事。住在二单元402的居民、同样在矿业机械厂工作的三十六岁的王林平，被一种来历不明的噪音困扰。这种噪音是一个拖长了的"嗡"声，像是在头顶上悬挂了一个巨大的金属钵，然后摩擦钵的边缘形成的回声，听起来不很明显，却令人烦躁不安。这个声音每天早晨六点准时出现，持续"嗡"一天，到夜里十一点准时消失。更奇怪的是，王林平全家五口人，只有他能听到这个声音，所有人都认为他出现了幻觉。

整整一年时间，王林平被这个声音折磨，无法入睡，更磨人的，还有周围人的嘲笑和敌意。他对这个声音和自己受害状态的描述，似乎是一种自供，表明他过于敏感，有被害妄想。而不论敏感，还是被害妄想，还是无法忍受一个小小的噪音，都和一个矿业机械厂工人的身份不符。这种精神状态和睡眠状况，让他出了很多次小事故。

他并没有坐以待毙，而是到处寻找这个声音的来源。起初，他以为这个声音来自楼上人家，借口到楼上人家串门，进去打探。楼上没有任何异常，没有发声装置,也没有异常的物件,更没有那个"嗡"声。于是,他又请求厂里的水电工,在查水表电表的时候带上他,让他可以到紧邻他家三单元的 401 和 501 去"串门"。电工答应了,在上门的时候带上了他,结果依然如此,那两户人家没有任何异常。

一年后,他偶然听说,三单元 602 那户人家养了一缸金鱼,邻居们说起这家人来净是嘲笑:"也不看看自己一个大老粗,养那么贵的鱼图个啥,又费电又吵。"他突然产生灵感,觉得这个鱼缸的噪音和自己听到的噪音有点关系,于是声称自己想看鱼,托邻居把自己带去了那户人家。一打开门,一只巨大的鱼缸,就立在客厅正中,增氧泵正在工作,发出"嗡嗡"的声音,但只要进到卧室里,就听不到这个声音。而且这家人开关增氧泵的时间,和他听到噪音的时段完全一致:每天早上,老爷子起床的时候打开增氧泵;晚上十一点,老爷子睡觉的时候关掉。他立刻回了自己家,让那户人家五分钟后关掉增氧泵。五分钟后,噪音消失了。他终于确定了那个怪异声音的来源,并分析出了这个声音的传播方式。鱼缸靠墙,增氧泵发出的声音被墙壁吸收,墙体和楼的结构,可能正好形成了一种扩音机制,声音经过墙壁的共振、扩大,成为一种噪音。当然,那时候他们都不知道低频噪音这个说法。

奇怪的是,这户人家既不和他家在一个单元,也不在一个楼层,更不在一个方位,但鱼缸发出的声音,就是能跳过三单元的 502、501、402、401 这几家人,神秘地、无法解释地,传到了他的耳朵里,让他无法入睡,使他几近疯狂。也因为这种跳跃式的传播,他始终查不到声音的来源。这件事的结束没有那么复杂,王林平请求那户人家挪开鱼缸,不要靠墙,并在增氧泵下面,加装一个防震垫,说到恳切处,几乎声泪俱下,差点当场跪在那家人面前。那家人和他同在矿业机械厂工作,经常见面,没有那么难缠,也被这位邻居的激烈情绪吓住,生怕招来祸事,就按他的要求做,低频噪音从此消失。

厂区不大,"鱼缸事件"很快传遍全厂,这户养鱼的人家收获了更多的嘲笑。六号楼的少年曹景也听到了这个故事,起初他没觉得这件事有什么特别之处,只把它当作这个世界教给他的一点新知识。不久之后,李志亮出走了,在持续的情绪低落中,曹景突然想起那只鱼缸,并且产生了一些联想。

他觉得,李志亮似乎就是那只鱼缸,发出了一种声音,或者一种信号,这种声音经过复杂的环境和心理的共振,变成了一种超常规的信号,最终到达他这里。他分明离李志亮很远，仅有一次交往和若干次街上遇见，但那个由李志亮酿成的"低频噪音"，终归兜兜转转来到了他这里，和他发生了关系。这个世界上，未必只有他收到这个声音，但只有他听到了这个声音。

后来，曹景上了大学，毕业后进入交通设计公司，在大城市开始了自己的生活。李志亮和他的出走，在很长一段时间里，被曹景遗忘了，他甚至忘记了那座小城，那座小城被他隔离在了一个不会碰触的区域。但有一天，大概是在二〇〇七年，血红天空、黑色大地和黑色行走者的梦境又出现了。

曹景分析过这个梦境重现的原因，大概是公司重组，自己所在的研发部门被压缩，他被分流出去，在几个部门之间流转了一段时间，最后总算到了新的部门；部门领导比较跋扈，而且酷爱喝酒，经常拖着下属或者乙方公司人员一起喝酒，所有人都苦不堪言。喝酒唱歌，经常要熬夜，熬夜后的两天，曹景的情绪都会比较低落，星星点点的低落，最终连成了线，他开始持续地轻度抑郁，并第一次萌生了辞职的念头。就在那时，黑色行走者的梦境开始出现了。几个月后，他换了部门，但黑色行走者一旦开始行走了，就像野兽在某处撒了尿，做了记号，从此不断重返旧地。

那之后的十年时间，血红天空和黑色行走者，常常出现在曹景的意识里。戴上手套开始工作，黑色行走者也迈出了步子；冗长的会议中间，拿起笔假装做笔记，黑色行走者在笔记本的纸页中出现了；家里的水龙头坏了，等待修理工上门的时候，黑色行走者嗒嗒地行走着，步子的节奏和水龙头滴水的节奏一致；女朋友不接电话的时候，黑色行走者在远处行走着。他情绪低落的时候，也不太敢看天空，尤其是黄昏的天空，那时候的天空，一律是血红的，云彩像是女娲用刚从炼石炉舀出的熔浆抹出来的，还沿着天空不断滴落。

黑色行走者的出现，是有预兆的，每当这个画面快要出现的时候，曹景看到和感受到的一切，都变得大、浓、深，空气越发透明，雾越发浓重，红色越发暴戾，黑色越发如同深渊，事物的细节越发清晰，连灯泡和星星散发的光芒，都像是一根根细细的玻璃管子。黑色行走者出现之后，那种浓重、鲜艳就留在了他的心里，甚至，不是精神性的存留，而是物理性的，他甚至能感觉到，自己身体里，有红色的血液或者油漆，一伸手就粘在手指上，那些事物刻录下的波纹，能够用手指像读盲文那样读出来。

他也会反复想象李志亮行走中的一些细节，这些细节都是他用自己的旅行经验来填补的——李志亮怎样看地图,怎样向别人打听路线,怎样打零工赚钱,怎样找到临时的居所;会不会突发病痛,会不会在乡村小诊所输液,周围都是呻吟着的病人,黧黑的脸、肿胀的手掌,医生的桌子上,放着一本卷了角的《知音》杂志。他甚至能想象到,李志亮走在路上,路边的水塘里长满藻类,覆盖了整个水面;夜晚行走在正在修建高架桥的山谷里,周围都是巨大的钢筋框架和吼叫的水泥搅拌器,像走在异星的地狱里。这都是他工作时经历的场景,被李志亮挪用了。后来,当他减少野外作业之后,他想象中的李志亮,开始频繁地出现在城市里:李志亮在喝咖啡,他成为深夜食堂的店主;他在盲人按摩店接受按摩,按摩师在讲述自己的悲苦经历;他隐居在闹市区的老房子里,屋子里有昏黄的灯光。

但这还不够。几乎是,每当曹景有了新的生活体验,经历了新的场景,他就会把这个体验和场景,安放在想象中的李志亮身上,像是一种供奉。他有种可怕的感觉,似乎李志亮和他幻化出的这个行走者形象,正在变成一个黑洞,一个填不满的黑洞,自己的所有经验都用来填补他、充实他、丰满他,给他以血肉,而自己在填充过程中迅速干瘪下去。

但彻底触发他迷狂的,是二〇二〇年十二月的"西藏冒险王"失踪事件。

"西藏冒险王"叫王相军,是四川人,长期驻留在西藏,拍摄西藏的地理景观。二〇二〇年十二月二十日,他在拍摄西藏那曲嘉黎县的依嘎冰川时,失足落入冰川暗河。直到第二年三月份,他的尸体才被发现,警方确认他是意外溺水高坠死亡,排除了他杀。

在"西藏冒险王"还只有六万粉丝的时候,他被推送给了曹景。曹景起初没有关注他,但不久之后,平台又一次把"西藏冒险王"推送了过来,这一次,曹景关注了他,一直关注到他拥有一百四十万粉丝。曹景通过"西藏冒险王"在快手和抖音上将近五百个视频作品以及若干直播中的片言只语,逐渐拼出了他的人生概貌,记了笔记,最后写成了一篇短文:

> 王相军希望人们叫他老王。老王是四川广安人,一九九〇年出生。十九岁高中毕业之后,他离开家去打工,曾经去过北京、上海、广州、深圳、广西、云南,在这些地方,他做过三十多份工作。在广东,通常是在电子厂工作;在广西,当过搬运工;在云南,就在饭店洗菜洗碗。

之所以每份工作都做不长，是因为他并不喜欢大城市，他觉得，那些地方一开门就是高楼大厦，特别憋闷。他也不喜欢复杂的人际关系，在家乡的时候，他看到往日的小伙伴慢慢长大后，一个个变得很社会、很假，找个大哥罩着，"就开始欺负个子小的、打不过自己的、没有背景的"，他觉得很失望。后来出门打工，他也不喜欢那一个个小社会，"就连一个厨房里，老板、切菜的、炒菜的，这么几个人，都还要拉帮结派钩心斗角"，他觉得"人心很不好，很假"。他喜欢大自然，"喜欢真实的东西"，"我们看到的山，就是很真实的"，"我们看到山是这个样子，它就是这个样子，看到这个树什么时候开花结果，它也就是这个样子"。

所以，出门前，他就知道自己要的是什么了，"有了路费，想去哪里就可以去哪里，觉得这个想法特别棒"。只要打工一段时间，攒够路费和一段时间的生活费，他就去下一个地方，看山看水，直到"一个地方看得差不多了"，再去下一个地方，找下一份工作，攒够钱，就离开。如此周而复始。

打工攒的钱不太多，工作两个月攒的钱，可以给他提供去下个地方的路费，并且生活半个月，然后就得继续找工作了。

他最后一份通常意义上的"工作"，是在那曲的一家青海拉面馆。拉面馆的工人都爱刷快手，尤其夜班，都是用快手打发时间，他也下了一个。因为喜欢风景，他自然关注了很多拍风景的、搞徒步的博主，看多了他们拍的风景之后，他觉得，"我去的那些地方比他们的漂亮得多"，如果自己做快手的话，"搞到五万十万粉丝应该没问题"，于是他就辞职了，开始拍快手。

他的启动资金，就是打工攒下的七千块钱，他用四千块钱买了一辆摩托车，剩下三千块钱作为路费和生活费，他就这么开始了他的视频拍摄之旅。拍视频的收入不稳定，有时候一周都没有一毛钱的收入，有时候一天可以收入几千块钱，但他对生活的要求不高，他就希望通过拍视频得到的收入，能让他继续走下去。

他去过很多地方，最喜欢的还是西藏。他在西藏停留的时间最长，从二〇一二年他第一次到西藏起，之后的八年时间，他有六七年都在西藏，他在两个短视频平台上的作品，也多半和西藏有关，因为，"西藏是最舒服的,西藏的山更大""去了很多地方,只有西藏待得住,一天看不到雪山都不行"。

他拍了日照金山,为了拍到金山,他等了整整四天;他拍到了喜马拉雅山的冰川,也拍到了喜马拉雅山的春天和山上的百里杜鹃;他为雪山上零下十五摄氏度的天气里盛开的蓝花惊呼,匍匐在地上闻花朵的香气,也在海拔五千多米的高山上,为盛开的荷花雪莲、苞叶雪莲惊叹,反复说着"这个是珍稀植物不能采不能采哟";他在无人区的湖泊边,光着膀子和马卡鲁峰合影;他站在念青唐古拉山前,反复说,这山比阿尔卑斯山更美。

这么多年,他只在二〇一七年回过一次家,也很少和家人联系,因为一联系就要回家,"回家就有很多琐碎的东西",他认为自己的状态不是旅行,而是流浪,但他喜欢这种状态。

有人问他将来有什么打算,他忽然放慢语速:"一直能走下去,就非常好了。"

二〇二〇年十二月二十日,老王落水,引起巨大轰动,短视频平台上迅速出现大量和他的落水有关的评说视频,每个都流量巨大,点赞人数几万几十万,评论人数有几百上千。因为搜救者没有找到他的尸体,也没有其他线索,人们就在他的视频和直播片段里寻找蛛丝马迹。阴森的传言很快出现,传播最广的一种说法是,他是被谋杀的,最大嫌疑人就是他的助手小左。有人把他落水前一天的蓝色冰洞视频的声音,做了慢放和降噪处理后,疑似听到了对话,有"流血""杀死"等词语。人们认为,小左嫉妒他的成就,嫌老王给自己的钱少,就谋杀了他。

还有人说,有特务在西藏的冰川上活动,被王相军发现;还有人说,有特务想要夺取王相军积累下来的地质资料。总之,他的死,变成了一个离奇阴惨的传说。而几乎每个评述解说他的视频,都会配上 Else 的 *Paris*,一首被大量用于案件纪实、恐怖片和神秘事件解说视频的乐曲。

差不多有一个月,曹景每天要用几个小时看这些视频,看了一个两个,平台就会推送更多。在曹景的宇宙里,老王由此成为唯一的内容。面无表情的出走者、遥远的西藏、蓝色冰洞里的低语、冰川上的"谋杀"、冰河里的死亡,反复出现。他被这件事里那种阴郁的、非现世的，又有点超脱的气氛吸引了，放任自己沉溺在这种气氛里不能自拔。更重要的是，断断续续的封闭管理，也让他有大量的时间沉溺其中。

他的情绪也越来越低落，但不是那种具有伤害性的低落。他知道自己的低落情绪是"西藏冒险王"的失踪带来的，不是由自身生发的，这就意味着，它不具攻击性，不是向内的，而是只停留在表皮。

这件事让他意识到，李志亮正在变成一个不断吸引同类事物的磁铁，让他身上背负的铁屑越来越多，他决定，要和李志亮以及他幻化出的形象所带来的长久的抑郁情绪，做一个告别。他选择的方法，是回到现场，坐实李志亮的存在，复原当时的细节，破坏这件事的幻觉之光，给李志亮的出走除魅。

就在王相军落水一个半月后，他回家过春节。回到天泽后，他发起几场聚会，召集了许多朋友，打听李志亮的人生细节。他知道自己得准备一些理由，于是努力编造了一些，比如想写写家乡的故事、想给李志亮的父母一点安慰等等，但又觉得不合适。小地方的人，对这种调查行为非常警觉，对"书写"就更为警惕，会以为他是媒体卧底，并产生严重抗拒。李志亮的家人，也必然会听到消息，并且产生抵抗。最终，他编造了一个不会被人深究的理由，来柔化自己的行动：当年，厂里的一个姐姐暗恋李志亮，曾经托他给李志亮送过情书。这个姐姐现在和他在一座城市，前不久在一次活动中，两个人偶然遇见了。姐姐五十岁了，孩子也大了，还是非常牵挂李志亮，想在不打扰李家人的情况下，了解李志亮的现状。

这个故事基本是合理的，更重要的是，符合一般人对感情的期望，特别是非常时期人们的期望。朋友们果然对这个凄美的暗恋故事产生了极大兴趣，非常热心，努力向那个遥远的姐姐表达善意。他们的见识也超出曹景的想象，曹景本以为他们会带来一些过时的信息，提出一些老土而落伍的看法，比如"他可能就是厌世当和尚去了"，并对他的郑重其事不以为意。没想到，他们和他想的不一样。

有些朋友是调查派的。一个调查派的朋友说："可以查一下户口，有时候一个户口上的人早都迁走了，只不过我们不知道，但派出所会留底子。"另一个朋友说："我在抖音上看过一个解说特大凶杀案的视频，凶手是五六个人组成的犯罪团伙，杀了人抢了钱，就跑到内蒙古去了。然后他们买通了人，在一个农村重新立了户口，又把户口陆续迁到内蒙古，等于是重新出生了。李志亮会不会也找个废掉的户头子，变成另外一个人？""问题是李志亮又没有杀人也没有放火，这么费劲变成另一个人干啥？直接迁走不是更方便。"曹景听他们讨论得如此认真，有点不好意思："这个是不是不好查？现在查身份信息都会留下痕迹。"同学一笑："我们这是小地方，小地方懂不？"一边说，一边打了个响指。

第二天，同学先给警察朋友打了个电话，随后带他去派出所，见到警察朋友后同学低语几句。警察朋友看了看站在一边的他，点点头，指着他笑了一下："我认得你，你是高二(3)班的班长。"然后进了挂着"副所长办公室"牌子的屋子，大概十分钟后，警察朋友出来了。同学问："为什么去了这么久？"警察朋友说："到领导办公室去，也不能请示完就走嘛。"随即带他到户籍室去，打开电脑一通操作。李志亮的户口，依然挂在李东强为户主的户口下，沉寂已久，没有迁出，也没有注销，警察朋友还拍了张照片给他。

消息还在汇集。有人汇集出李东强家的家史；有人拼凑出李志亮的几次相亲，以及相亲对象的下落；也有人认识李志明全家，知道一些零碎但无用的消息。这的确给了曹景极大的安慰。他以为老朋友们生活在偏远封闭的小县城，早都失去了生机，对生活毫无想法，但没想到他们另有一种生机勃勃，经常聚会，经常喝酒，还结伴出去野炊、爬山和露营，一样在看《山海情》《小偷家族》，玩《阴阳师》游戏，时下的消息都知道，包括"韩国 N 号房事件"、蓝可儿塞西尔酒店失踪事件。尽管这些知识多半来自抖音和快手，但至少不是毫无波澜，信息多了，互相矫正，也能凑出对的一面。

有些朋友是推理派的。在李志亮离家出走后第二年，厂长被抓了，他的罪行超乎人们想象：勒死情妇，车撞知情者，给竞争者投毒，巨额现金藏在柜子和空鱼缸里。于是有人认为，李志亮很可能因为知道厂长做的见不得光的事，被厂长害了。至于那封信，或许是被迫写的，也或许是厂长找人仿照他的笔迹写的。写好之后，拿着他的钥匙，趁他们家没人，开门进去，把出走信放在桌子上了。就算遇到李志亮的家人也不要紧，那时候同事之间的来往紧密得很，拿着钥匙出出进进都很正常。还有人说，李志亮的父亲其实已经认出那具焦尸就是李志亮，但害怕厂长加害他们全家人，没敢当场指认。

还有一位朋友，更出乎曹景想象，他从文化底蕴、风俗习惯的角度，提出了自己的看法。他认为,甘肃处于半农半牧区,本来就有游民传统,出走并不少见。天泽县在历史上,更是典型的半农半牧地带,以前是羌人的地盘,后来匈奴来过,现在也是多民族杂居,有回族、东乡族、蒙古族、藏族、羌族、维吾尔族。城外不远有个贺家营,村民三千人,据说是吉卜赛人的后裔,以算命为生,平时在家种地,农忙结束就带着《周易》《万年历》《麻衣相法》,牵着狗和毛驴,游走全国算命卜卦。他们有自己秘密的神灵、自己的隐语,也不和外族通婚,他们的算命技艺也从来都是父传子、母传媳,服饰也和汉人不一样,男女都穿黑,女人梳"高头"(高高的发髻),裹黑色头帕,穿带花边的大襟褂,戴镶了很多银穗的耳环。

还有一个曹家堡,全村不到两千人。自打有了这个村子,全村人都以养蜂为生,政府给村民分了地,他们也不怎么种,荒着,长草,顶多种点自己要吃的菜。他们就喜欢养蜂,一年到头流浪在外面,回来一个月,就又走了。可能养蜂是假的,他们就是为了找个理由走出去。"我们班上的蒋个铁,他爸爸就是养蜂的,有一年过完年,押着蜂箱出去,说是追油菜花去,但再也没回来。后来蒋个铁也跟他爸一样,跑到南方去,说是打工去了,但再也没回来,带回来的信说是又结婚了。"

他还说,甘肃人往外跑的习性是长在基因里的,改不掉的。从二十世纪五十年代开始,甘肃人就开始往新疆跑,农民、要饭的、逃犯、逃婚的、娶不上媳妇的……都往新疆跑,新疆遍地都是甘肃人,所以现在的新疆话与兰州话有许多相似之处,抖音上几个拍方言段子的新疆人,他们说的话,别处的人听不懂,甘肃人一听就懂。这位朋友认为,这种气氛下,发生什么都不奇怪。"丢下老婆丢下丈夫丢下娃,突然走掉的人多得很,只不过我们不知道。李志亮也有可能受了这种影响。他一天天骑着车在外面浪,你知道他都认识些什么人,给他灌输了些什么想法?"

李志亮既不是真正的本地人,也不是游牧民族的后代,李东强和郝琴也是谨小慎微的知识分子,他的出走,不太可能是受家庭影响,他也许就是被这块土地上的空气影响了,就像王林平被鱼缸影响、曹景被李志亮影响一样,鱼缸噪音既然能辗转抵达王林平,吉卜赛浪人、游牧民族传统就能抵达李志亮。

几次聚会,没有结果。聚会的主题就变了,变成纯喝酒。李志亮一家,也不见有人提起了。

还是没有真正的线索，反而让李志亮的面貌更神秘更复杂了。曹景决定，既然无法从李志亮这里切断抑郁信号，就从自己身上着手。回到自己常驻的城市，他就开始寻求心理咨询师的帮助。

他找到了我。

在这里，请休息十分钟，休息十分钟再回来。以上的部分，可以叫作《鱼缸》，以下的部分，就叫《霞光》。这两个名字，没有什么特别的意思，就是为了中场休息之后，你我还能找到这里。

我是在十五岁的时候，对心理学产生了兴趣。那一年，我沉迷于推理小说，并且读到了江户川乱步的《飘忽不定的魔影》。那部小说里，有一个江户川乱步小说里经典的妖女形象，这个女人精通心理操控术，并且擅长催眠，心理学在她这里，几乎是近乎妖术的存在。她利用心理操控技术，制造了一系列凶杀案，包括迷惑保镖，进入一间防卫森严的密室，让人以为这是一桩较为典型的密室杀人案。

这本书激起了我对催眠术和心理学的兴趣。我在市图书馆，找到了一本日本人撰写的《催眠术》，反复阅读揣摩。当然，江户川乱步和他的妖女，对一个想了解心理学的人来说，不算一个太正统的开始，但的确是一个有着强劲动力的开始。强劲到，让我去读其他的心理学书籍；也强劲到，让我在学了金融，又在金融机构工作了五年之后，最终回到和人心有关的行业。曹景找到我的时候，我已经在心理咨询行业工作了十年。

他的朋友推荐了我和我所在的平台，我和曹景用视频连线进行咨询，五次咨询，每次六十分钟，上面所有这些，就是他在这五个小时里对我的讲述。

曹景这样的来访者，是我最喜欢也最惧怕的。他是自觉的，已经把自己理得清清楚楚，甚至主动挖掘了影响自己的各种因素，对这些因素进行了深入剖析，这个过程旷日持久，已经被他打磨得逻辑通顺，没有毛刺了。这也是我最担心的地方，他呈现给我的，都是经过他选择的、深加工过的，留给我的空间并不多。

我试着从一个比较平凡和俗气的角度，来梳理曹景的状态和他抑郁的成因。在曹景的少年时代，李志亮所代表的，是少年曹景不曾拥有的事物，包括他想要拥有的外貌、衣着、技能和身份，以及家庭环境和人际关系。李志亮是一个显性的投射对象。如果按照正常的进程，这种投射对象，在曹景成长之后就会失效,毕竟,曹景后来拥有的都是李志亮不曾拥有的生活,长大的曹景很快就会发现李志亮的局限性,以及小城生活的单调。少年的神和神龛一起被倒掉。

遗憾的是,李志亮失踪了。他的失踪,和天泽小城的环境,以及曹景在高中的遭遇联动,酿成了一种特殊的心境,一种急性的抑郁。拥有了这种特殊的心境和气氛之后,李志亮在曹景这里,就获得了不朽。这个神龛就没法轻易推倒了,甚至越来越牢固。因为你无法让一个消失的人消失。此后发生的事,打个比方,就像沙漠里有一株草,拦住了一些风沙,慢慢变成一个小沙包;小沙包就能拦住更多沙土,最终变成一个巨大的沙丘。也像珍珠蚌,被种入沙砾之后,会分泌珍珠质包裹沙砾,最终形成珍珠。或者,像一个普通人,因为干了一件不平凡的事,就渐渐在传说里变成了神,人们自觉地添砖加瓦,塑造金身,寄托愿望。

失踪的李志亮,在别人那里,可能只是一个普通的失踪者,但对于曹景这样一个特殊的个体来说,却意义非凡。平凡小城里的曹景,在成长过程中,期待得到一些人性的材料,进行深加工,但没想到,他最终得到的材料,是李志亮和他的失踪。对他来说,这个材料是相当不平凡的,甚至具有某种异色,他用自己当时的心境和此后的生活体验,对这个材料进行重重包裹,让它越来越复杂,甚至可以说,他把这个失踪者,锻造成了一个自己的小神,把出走和失踪,锻造成了一个小信仰。这种信仰的可怕之处在于,他是以一己之力进行锻造的,整个过程中都充满了自我重复、自我强化和升华,这种重复和强化,最后可能走向偏执,甚至带上邪异的色彩。这就是他抑郁的来源。

他的抑郁,之所以被"西藏冒险王"激发,或许是因为,李志亮是故事的前半段,是一个提问,而"西藏冒险王"更像是这个故事的后半段,是一个回答。李志亮和"西藏冒险王",都是脱离生活常轨的人,他们也有自己的幸福感,但这个世界不会认为这种幸福感是合理的,他们会动用各种微妙的力量,让这个脱离者再也不能回头。"西藏冒险王"身后的诡异传说,说明人们是怎么评判他的,人们显然认为,他遇到这些诡异的结局,并不意外,这样才算合理,他人生的逻辑必须继续延伸,延伸到这些结局上。

从"西藏冒险王"所受的待遇,曹景足以推断出,李志亮最后会有怎样的结果。这个结果还会被进一步歪曲,变成李志亮无法掌控的样貌。曹景的抑郁于是被全面激发了——他不但被李志亮本身困住，他还发现，自己抑郁的来源，是无法讲述，也不可能获得理解的，甚至是会被歪曲的，而且必然会被歪曲。

这是我的理解，我把我的理解交给了曹景。这大致就是一个咨询师要做的事，"对他人的理解"，这个任务到我这里，似乎已经完成了。这种理解似乎也得到了曹景的认可，因为他本来就是带着对自己的理解来的，所以我们完成这个任务的过程还算轻松。

起初，我们约定的是七次咨询，第五次结束之后，他却没有约下一次，然后就突然消失了。我有点失落。我其实还想给他一个建议，我希望他能让别人参与这个信仰，重铸这个信仰，甚至毁灭这个信仰。比如，把李志亮和他的故事讲给更多人，让一个人的异教变成许多人的文学，让 cult（受特定群体欢迎的、作为偶像崇拜的，在电影制作领域指的是手法独特、题材诡异、非主流领域的拍摄风格）变成正典。"李志亮病毒"其实并没有减弱，于是我隐隐约约觉得，事情没有这么快结束。却没想到，它走向了另一个方向。

我们没有留私人的联系方式，与咨询师有关的工作纪律，都严格禁止我们和来访者有额外的交往。国内心理咨询界对咨询师的要求是，在咨询结束后，三年时间内，不能和来访者有咨询以外的联系；国外就更严格，有些协会要求，咨询师和来访者，终生不能产生咨询以外的交往。但半年后的二〇二一年九月，我在微博上收到一封未关注人的私信，发私信的人说自己是曹景的朋友，受曹景委托前来，想加我的微信，发一些资料给我。我反复考虑后，留下了我的微信号，马上就接到了他的添加请求，打过招呼后，他发来了一系列照片。

这些照片，是曹景搜集到的和李志亮有关的照片，包括李志亮的几张单人照片，几张合影——和家人的、和同学的、和朋友的，还有他的工作证照片，他制作的模型照片，他留下的出走信的照片，以及天泽县城的照片，矿业机械厂车间、家属区和李志亮家所在的楼栋照片，他家屋内的照片——他的房间、他的床铺，还有天泽一中的照片，甚至还有城外的麦地，以及那个发现焦尸的垃圾场的照片。总之，他在那五天时间里告诉我的所有事，都有照片佐证。

李志亮很英俊，那种英俊略微超出一个小城青年的英俊，但也并不十分瞩目，它是模糊的、不确定的，就像一件基本款的衣服，你并不知道它算不算出色,直到它被合适的人穿在身上。天泽县城以及矿业机械厂,和我的想象差别不大,我是在这种环境中长大的,也有一群久未联系的留守朋友。

其实,在知道自己即将看到李志亮的照片时,我就应该拒绝的,但好奇心战胜了一切,而好奇心是有后果的。

——让一个具体的形象进入眼中,和让一种病毒进入身体是一样的。更何况,这个形象不是一个单纯的形象,它还包括了一座小城的历史,一段二十世纪九十年代的动荡史,一个未解的凶杀案,一场被人忘却的失踪,以及一个工厂、一家人、一个人的故事,而且有可能是全部故事。更不巧的是,我完全能理解这个故事。

这个形象让我对曹景有了进一步的推断,对他来说,李志亮是个"他者",是个阴郁的男神。曹景生活在天泽县的时候,这种意义还不明确,因为,县城生活,有另一种危险——它把人埋没,它让人不愿意相信,在这种不起眼的地方,会出现刻骨的、独立的、不需要任何参照的美,会有空前绝后的机遇;它让人蒙尘,也让人失去判断,在小地方你不知道自己遇到的是一颗坠落的废星,还是壮阔的银河。

等到曹景去往大城市,后果就显露出来了。他逐渐发现,大城市的人,从形象到内心,从情感到表达,都不得不互相驯化、互相学习,越来越相似,落入那个"同质化的地狱"。它貌似让人更鲜艳、更有光泽,形象和内心都得到更多的扩张,但它同时也是毫无止境的埋没。因为它早就具备了人工智能时代的一切特征,它是一片混沌海。你只有更巨大、更独特,获得更多的支持,才能稍稍抵抗这种埋没,这种被混沌海吞噬的可能。为此,你只能不停地卷入放大自己的战役之中,而这场放大自己的战役一旦开始,结果就是放大的通货膨胀。你在二十米见方的显示屏上露脸了,别人就获得了在五十米见方的显示屏上露脸的机遇;你露面十五秒,别人就能露面十五分钟;你生产出了一种独特性,这种独特性就会迅速被效仿和普及。而大多数人连这样的机遇都没有,大多数人都无法成为生产者,只能接受自己平庸、懵懂、被埋没的命运。

曹景忍受不了这种"不是生产者"的宿命,但他能做的,也只是努力否定、嘲笑"不是生产者"的那些人。在和我交谈的时候,一旦提到周围的人,他就会走题,开始肆意评价他们,说他们"一模一样,特别无聊","A 和 B 毫无区别,是互相复刻的关系,构成他们的最小积木块都是一样的。同样的游戏角色,同样色号的口红"。他甚至还举了一个例子,他们的领导有段时间迷上了安藤忠雄,所有的同事,都开始讨论安藤忠雄,会议上不时地用他作为例证。他起初以为这是权力影响的结果,但后来发现,是因为周围的人处于空心状态,无所适从,急需言辞、内容和故事,权力只是他们接受填充的理由之一。只要有人愿意领头,哪怕那是一个没有权力的人、懦弱的人,他们也会马上起身,跟着他去向任何一个地方。他们把自己交出去太多次了,也已经驯化成功了,他们不能忍受一刻落单。

李志亮却和任何人都不一样,而且永远没有可能变得一样了。他的英俊,他的自行车,他的荒野,他的小城,他所在的二十世纪九十年代,他和那个游牧传统日渐远去的往昔的若即若离,他和那桩焦尸案的迷离关系,都让他拥有了神秘感,让他有别于所有人。天泽县的生活,虽然也是由各种积木块构成,积木块的来源甚至更单一,但那些积木块更大,更草率,更接近人性的根本词汇、根本欲望,因而所带来的禁锢感反而没有那么牢固。李志亮也没有可能表露自己对高迪或者黑川纪章的看法,也不会因为讨论时事而翻车,失去了新进展,失去了产生新进展的可能,他就是一个毋庸置疑的"原人",并将永远锁定在这个位置上。他具有了一种永久的差异性,这种差异性甚至像一口深井的井水,取之不尽,每过一个晚上,就会自动悄悄注满。因为这口井拥有一个曹景这样的信徒,不断从现实生活中搬运东西到过去,现实中的面孔、话语、扑朔迷离的信息,加上他的新感受、新认识、新理解,再搬回去,去充实它的丰富性,强化它的差异性。他不断注水,又不断从中打出新的井水。这也是曹景在时隔多年之后,又回过头来探寻李志亮的轨迹的原因。我在看到他的照片的第一时间,就明白了这件事。但我没想到,这种推断对我同样成立。

也是在那段时间,我遇到一个来访者 W。这个来访者是一位普通的司机,唯一不寻常的地方是,他是大剧院的司机,车上载的都是演员等文艺工作者,或者文艺工作者变成的领导,总而言之,是一些略微超出常规生活的人。耳濡目染之下,他懂得向心理咨询师求助,并且有所准备。

W 生在唐山,经历过地震,是地震孤儿,地震过后,远走他乡投奔亲戚,在亲戚照顾下,上中专,到厂里当电工,在厂子倒闭前,调到剧团为领导开车,后来又跟随剧团领导,调到了大剧院。他在二十五岁时结婚,妻子在广播电视学校后勤部门工作,岳父岳母则在大学后勤部门工作,妻子的工作是岳父岳母安排的,他们的安排显示了他们对现实的想象力和触手可及的长度。

W有一个看起来很奇怪的问题:他不能出门旅行。在描述这个问题的时候,他的说法矛盾而混乱,起初他说"我很宅,喜欢待在家里,不喜欢出门",后来又说"我成天开车往外跑,已经跑得够够的了。不开车的时候,就想待在家里"。对仅有的几次旅行,他的说法都是"被迫的、被动的""单位组织大家出去,我不去能行吗?出去了我就尽量待在酒店里"。但当我问他是否去过新疆、海南的时候,他又表现出强烈的好奇心,问我:"听说海南的海是蓝的,不是泥汤子海?"

之所以在出行、旅行这件事上产生这么多的对话,是为了突出他的宿命感,引出他真正要说的事情:"你看,我这么不爱出门的一个人,偏偏找了一个莫名其妙爱出门的老婆。"但他妻子的事,却并不是爱出门这么简单。

结婚三年后,W的妻子突然离家出走,不知去向;半个月后,妻子又突然回来,神色疲倦,对出走期间的事只字不提,状态类似梦游或者失忆。在刚发现妻子出走时,W就向岳父岳母报告了消息,岳父岳母并不惊慌,只是神色羞赧,似乎已经知道了会发生什么,并且安慰W,让他不要过分焦急。此后几年时间,妻子又出走多次,最长的一次出走,足足有五个月,每次出走归来的状态也都大同小异,仿佛经历了一场白日梦游。从她的谈话中,可以隐隐约约得知,她是追随某个男人去了,每次追随的都是不同的男人。W的岳父岳母终于吐露实情,他们的女儿在青春期曾经爱上海员,后来遭遇冷暴力分手,从此留下心理创伤,在结婚前就曾多次出走。

岳父岳母讲述往事的时间场合,略有点离奇。当时马上就要中秋节,大剧院推出迎中秋戏剧周,W得到作为福利的十张门票,邀请亲朋好友前来看戏,岳父岳母也在其中。在门厅等候时,或许是人来人往的嘈杂,让岳父岳母稍感松弛,不断走来打招呼的熟人,也分担了他们的压力,他们便从某个中秋节讲起。那个中秋节,他们的女儿离家出走,导致他们没有过好中秋节。起初,他们吞吞吐吐,半遮半掩,但看到W并没有激烈反应,逐渐坦然,话语也越来越顺畅,但最终的落脚点,显然又掺杂了一点心思,"我说这个的意思是让你放心,她往外跑不是你引起的,和你没有关系,不是你不好,你们好好过"。最离奇的是,谈话结束,进了剧院,剧院里演的竟是《倩女离魂》,是在郑光祖的版本上加入现代戏剧元素改编而成,甚至有暗黑舞踏的场景,岳父岳母吃不消,提前离场。

那时已经有了精神科,以及各种心理门诊,但良莠不齐,泥沙俱下。W带着妻子,四处看精神科,竟也有了点成效,妻子出走的时间间隔逐渐拉长,到W向我进行讲述时,妻子已经有八年没有出走。

但W的问题在于,他竟然暗暗期待妻子再度出走。生活逐渐变得庸常,妻子也不像从前那样,似乎总有无穷的力气折腾出各种生活戏剧来,突然发生的出走事件,让她有了神秘感。她去了哪里,为什么出走,和谁在一起,遇到了什么,她和别的人究竟有什么不同,她遇到的人和他又有什么不同。她每一次出走,似乎都在为她的神秘感充电,直到电力消耗殆尽,她就又一次及时出走,如此这般,几次三番,让他对她充满了期待,也充满了欲望,甚至对她涉足的地方也充满了欲望,他想象着她的迷狂之旅,甚至想在她出走后,悄悄跟着她,看看她都去了哪里,遇到了什么。如果是光明正大地和她一起出去旅行,就没有这样的魔力。

他甚至描述了一个很具体的想象场景。在想象中,他跟踪着出走的妻子,去了所有她去的地方,在妻子没有觉察的角落窥视着她。等她回家之后,他独自出行,又把妻子走过的地方重走了一遍,还住进她住过的酒店房间,洗她洗过的温泉,坐她坐过的车,和司机聊天,打探妻子和司机的谈话。甚至具体到,他想象妻子睡过的酒店床单,和他跟父母一起生活时睡过的床单一样,肉色,有牡丹和孔雀的图案。

但他周围的一切人,却都在给他压力:像他妻子这样的出走是不正常的,是必须矫正的,并且给出了一个很现实的后果——"再这么下去班还上不上了?"他也服从了这种压力,佯装焦虑,佯装痛苦烦闷,但真正让他焦虑的,却是妻子终于被矫正了,八年没有出走的时光,对他来说犹如服刑。是的,他用了"服刑"这样的说法。

在我看来,她不出走,他就没有机会出走。在出走这件事上,他是失能的,地震摧毁了他的家庭和他的童年生活,并且给了他一个强有力的暗示——他需要安定的生活,他需要一个不会垮塌的窝,他需要重建;任何出行,任何一种不安定的生活,都是对他曾经遭受的痛苦的背叛,会让重建的努力付诸东流。犹如电影《唐山大地震》中,幸存者所说的"我如果过得花红柳绿,就更对不起你了"。他不能背叛。她的出走给了他一线生机,一点可能,牵扯出一个深不可测的世界。这样的出走让她变成了一个"他者",让她拥有了神秘感。她出走带来的焦虑、痛苦,则占据和替换了他已有的焦虑。

他之所以把妻子的出走,简单地描绘为爱出门,是为了在面对陌生人时,淡化妻子出走事件中的失德色彩,更是为了淡化自己内心欲望的失德程度,也有可能,他既不觉得妻子是失德的,也不觉得自己是失德的。这种淡化只是刻意彰显自己的妥协。如果,妻子只是爱出门,那他也好办了,他的压力就不该有这么重。

我头头是道,侃侃而谈,在谈话的过程中,一丝忧虑从我心头掠过,我和曹景是不是面对着同样的问题?曹景是用出差代替了旅行,那不是真正的旅行,我则假装自己是因为工作走不开。我甚至怀疑起自己的职业选择。起初,我的老师问我为什么选择这个职业的时候,我给出的回答就是:"我从小跟着父母,搬家太多次了,就希望过安定一点的生活,这个工作正好可以在家做。"

对曹景和我,都一样,李志亮是一个可以恣意行走的替身,一个外部世界的引入者,一个"他者",一个阴郁的男神。

一旦理解了这个逻辑,就是有后果的。

二〇二一年三月到九月,曹景结束咨询后的半年时间里,我偶然会想起他讲述的事,也偶然会想象血红天空和黑色大地的景象,但都是浮光掠影,稍纵即逝。直到九月,看了那些照片之后,一个晚上,我突然梦到了那个场景:梦里,那个黑色的人影披着漫天的血色霞光,不停向我走来,却永远走不到我面前。惊醒之后,我莫名其妙想到两个字:感染。

之后,我需要在一个月时间里,前往五个地方开会或者工作,在那几个地方,我少则停留三天,多则停留十天。因为疫情,如果我每次结束工作,就回到我所在的城市,行程码就有可能带星。于是我决定,那一个月都在外地打游击,只去没有疫情的地方,如果一个地方开始有零星爆发,就赶紧离开。

我去了很多以前想去却没有去成的地方,李志亮的形象,时不时叠加在我看到的人和事之上。在大同云冈石窟,看到那些被严重剥蚀的佛像,我联想到的,却是李志亮照片上的脸。在平遥古城,一个卖砖雕的小店,年轻的店主说自己卖完这批货就要去上学了,我问他:"这种零工好找吗?你是怎么找到的?"心里想的却是,另一个人,在过去的二十多年时间里,可能一直在做这种短期工作。

到了四川绵阳，正是华西秋雨季，这里已经连续阴雨许多天，我冒着雨去一条小街上吃米粉，在一家被油烟熏得乌黑的小店坐下，店主很快端上米粉，然后把围裙一卷，和一个孩子在厨房的后门坐下，面对着一条被绿萍覆盖的小河对话。他们讨论的是这个家的女主人——店主的妻子、孩子的母亲。这个母亲，显然也有些不同寻常之处，"她从哪里来的，莫得人晓得""她整天坐在窗户前头，对着这条河看，这条河有什么看头，臭的哟"。

　　显然，她不在这个家了，有可能是短时间去了别的地方，也有可能是永远消失了。我凭着断断续续听到的几句话，拼出一个轮廓。自从开始关注李志亮的故事以来，我突然发现，现实世界里的失踪实在太多了，这些消失的人和他们的故事，被一个隐蔽的大数据库，不断推送到我面前。此刻，大数据又在工作了，它知道这正是我要听的故事。可我不想再多知道一个失踪者的故事了。

　　回到酒店，我有两天不想出门，天气似乎也在配合我，始终阴雨连绵，给了我不出门的理由。两天后，我买了动车票，离开了绵阳。

　　我的抑郁状态被彻底激活，是在二〇二二年五月。在家待了将近两个月之后，一天晚上，楼上突然传来了一声"嗡"，很长，很有金属感，就像曹景描述的那样，像"在头顶悬挂了一个巨大的金属钵，然后摩擦钵的边缘形成的回声"，这个声音每天晚上十一点准时开始，第二天早晨八点结束。在这个时间段里，它响十分钟，停五分钟，然后再来十分钟，就这样循环。我毛骨悚然地想到，我的"鱼缸低频噪音"来了。但此时此地，我不可能像天泽县的王林平那样，挨家挨户地去查找声音来源，小区是封闭的，单元门是封闭的，即便没有封闭，大城市居民楼的邻里关系也不可能给我这个机会。

　　因为李志亮的故事，我想当然地以为，这个噪音的来源也是鱼缸。我于是在业主群里发问，谁家养了鱼，谁家有鱼缸，能不能在增氧泵下面放一个减震垫，能不能把鱼缸挪开一点，不要靠墙放。但业主群的全部注意力，都被抢菜、拉走感染者占据，没有人注意到我，哪怕我在刷屏。我试着录下这个声音，发现它录不下来；我＠我周围几户人家，他们陆续回答了我，说自己没有听到什么声音；我打电话给物业，甚至报警，都没有结果。警察打来电话，声音非常疲惫，说即便出警，也还是要交给社区来协调。

　　这个低频噪音持续了一个月后，终于有一天，群里有个邻居回应了我，说她也能听到这个声音，我看到她的楼层，有点犹疑，她在四楼，而我在九楼，即便我已经知道,曹景故事里的那个鱼缸噪音,也是跳空传播的,但四楼和九楼相差得也太多了。我还是加了她的微信,问她是在什么方位听到这个声音的,她说是在朝北的屋子里,她怀疑那是屋后的加工厂发出的声音。当那个噪音再度出现的时候,我打开了我朝北的屋子——两个月来我只在白天进去过,果然,那个噪音比我在朝南的卧室听到的,要强烈得多。打开窗户,窗外,一百米外,一个平房院落里,一个形似水泥搅拌机的巨大的消毒设备在工作,轰轰作响,并且喷出白雾。它发出的声音打在我们北面的墙上,沿着墙壁传送到朝南的卧室,就成了我听到的声音。向市长热线和市政、环保部门投诉之后,那个声音消失了。它消失得如此容易,让我有点意外。它的来历如此简单,也让我有点惆怅。

被这个噪音笼罩,无法入睡的深夜,我在抖音和快手上看视频,开始是什么都看,后来就变成只看旅行视频,原因非常简单——越是无法出行,越是渴望出行,只能看户外旅行视频纾解。这个原因是如此简单、赤裸和直白,如此理所当然,让习惯用幽密的语言和复杂的理论进行心理分析的我,感到无比震惊。

李志亮就在这些旅行视频里,无处不在。

"巡游轨迹",看着两位主人公开着车,在大盘鸡发源地沙湾城外,在公路边停下车,买了一个西瓜吃,他们的脸就慢慢变成了那些旧照片上的李志亮。"白强游记"在湖北宜昌 827 厂,他走进已经被废弃的厂区和生活区,从食堂打饭的窗口向里望去,"李志亮在外面这么多年都吃什么"这个问题突然出现在我的脑海。"黑皮晓洁一起看世界",夫妻两人在新疆兵团,钻进七十年前挖的地窝子,仿佛就会吵醒睡在深处的李志亮。"向西行""浪迹天涯""米奇妈房车旅行""陈雄极限户外""扬帆在旅途""失落的村庄""辟谷行脚""小白的奇幻旅行"……镜头里那些热爱荒山、废墟,正在走遍中国、走遍星球的人,对他们家乡的人来说,也不过是一个又一个李志亮?

看着看着,我就明白了,曹景其实已经找到了解决之道:把他的感受分享给我,不,感染给我。他的生活停顿了,新进展变少了,那口井,让他有了匮乏和枯竭之忧,他急需新人加入,和他一起,搬运新东西注入井中。

他一定用了很长时间,在平台上选择合适的咨询师,再一个个去了解他们,二〇二一年这样的年份,他有的是时间。选定目标之后,他还会继续通过微博、抖音和别的平台了解咨询师，看他们是在什么环境里长大，是不是易感体质，是不是和他同频，对荒野、废墟、失踪、死亡是什么感觉。我在抖音上仅有的十个视频，那些晚霞、鲜花、荒草、废墟，那种在"恋生"和"恋死"之间的摇摆，足够让他最终确定要联系我。

的确，我生长的环境和他和李志亮几乎一样。所以我完全能够理解他，在我理解他的同时，甚至在我起心动念的一瞬间，我就已经被感染了。我希望他能让他一个人的宗教，去经受更普遍的审视，他其实已经在做了，给我看李志亮的照片，就是给我埋下种子，拦住风沙变成沙丘，等待一个时机激活它。他知道必然有这么一种时机。

不知道什么时候才能解除静态，我一边疲惫不堪、精疲力竭，一边毛骨悚然——我每天看到的荒野、废墟和我想象中的李志亮带给我的感受，就是毛骨悚然。我决定向别的咨询师求助了。我用的是曹景用过的方法，先在平台上找咨询师，然后通过他们的自媒体去了解他们，最后我圈定了一个人，一个叫刘茵的咨询师，在业内有声望，翻译过几本心理学著作，操办过很多线下项目。

尽管我们的职业规范是，让我们尽量减少社交暴露，她显然也遵守了这个规范，但我的职业经验，让我足以通过非常少的材料，就能了解一个人。我通过她不到五十条的微博了解到，她在东北和内蒙古交界的地方出生长大，那个地方，是一个叫牙克石的城市，有工厂、废墟、林业站，也有森林、河流、草原和荒野。她在微博上转发一个荒野旅行视频的时候说，她哥哥有个朋友，毕业以后回到牙克石工作，教书教画画，对荒野非常着迷。她还说过一句话："咨询其实就是陪着来访者一起探险。"我预感她能了解我的经验。

五天时间，每天六十分钟。咨询开始后，我告诉她，我也是咨询师，之所以来找她，是因为我在一次咨询中被"感染"了，希望她有准备。然后我告诉她，我的出身来历，我中学时候遇到的霸凌，我的复仇方式；我怎样入行的，接触过哪些理论；我怎么遇到曹景的，我对他的分析，他讲述的故事在哪些地方影响到了我。她说："这是个击鼓传花的游戏，只不过，第一个接到花的人，有点不太寻常，他让这朵花变成了花束。"我明确地感受到，她理解了。

在她看来，曹景出生于一九八〇年。这是一个刚刚经过巨大动荡的时代，时代遗留下种种创伤，而在当时的背景下，人们仍然停留在集体主义的生活方式中,为生存本身而活。这些创伤无法言说,也没有空间见光,但是在黑暗中存在,在潜意识中一代代向下传递。同时,不能"出挑"是之前的时代延续下来的生存法则,就像李东强,对"出挑"的忧虑和抑制,就是因为他本身的发展由于"出挑"而受到了重大的影响。

"在这样的背景下,天性不敏感的人,就可以随波逐流地选择大众生活;而对于敏感的孩子来说,很多东西,时代的、父辈的,自身成长中经历的所有被引发的情绪,是没有地方可以放置的,只能自己默默承受,自己用自己的方式尝试解决、解释和突围,或者就变成了一只秘密的困兽,成为抑郁和焦虑的来源。

"症状是一种表达。很多人内在的隐患,日常处于潜伏状态,会让人隐隐不安,但是人都有逃避的本能和功能,在成长过程中,形成了自己的防御机制,实现了表面的平衡和相安无事。没有到迫不得已,没有人会主动地去查看。但是经年累月积聚在那里,一直是隐患,有一天被一些相关事件激发,隐患就藏不下去了,趁机呈现,也是在用这样的方式寻求关注,寻求解决的路径。

"想要症状消失,或者说获得某种程度的痊愈,最好的契机,是在某个故事中找到自己,放置自己,以自己的真实肉身为这个群体的故事找到结局,也为自己的隐疾和故事找到结局。完成自我的叙事,也完成这一类人的叙事,自我实现了完整和意义,症状也就消失了。"

没过多久,我就找到了结束这个阶段性抑郁的契机,"完成了自我的叙事"。这个契机非常简单和直接,我们可以出门了。那之后,我休息了两个月,打算回老家。回老家的前一天晚上,朋友约我吃饭,他给的地址,是一家新疆餐厅,稍稍有点偏僻,打车过去,大约六十五块钱。

这家餐厅似乎是按照新疆时间来运营的,晚上九点半,我和朋友落座之后,旁边临窗的一个大桌,才开始有人来;到了十点,陆陆续续来了十二三个成年人,他们带了四五个小孩,小孩子对饭菜兴趣不大,简单吃了点,就在店堂里奔跑和看电视。成年人们坐在那里,互相问候、寒暄,烤肉和大盘鸡陆续上桌,白酒、啤酒、红酒,酒换了几种,有人开始轻声哼歌,老板及时送来两把琴——一把吉他,另一把琴我不认识,冬不拉?热瓦普?我分不清楚,但已经有人开唱了,一首非常沉郁的歌,唱歌的人闭着眼睛,表情深沉而痛楚。

他唱完歌,他的朋友们开始鼓掌,我也示意朋友一起鼓掌,他们听到我们的掌声,向我们点头示意。他们一个坐在左侧的光头男士,招招手,似乎是请我们坐过去的样子,我指指自己,一个疑问的表情,不等他回应,就坐过去了。

"你们从哪里来?"

"乌鲁木齐,不过我们是博尔塔拉人,不是乌鲁木齐的。乌鲁木齐嘛是省会,我们不是省会的,我们是小地方来的。他们一家,维吾尔族;他也是;他,柯尔克孜族的,这个是他女朋友,他女朋友是维吾尔族;他,蒙古族;他们三个,汉族。""你们是亲戚,还是同事?""不是的,我们是朋友。汉族的这个朋友嘛,到我们那里援疆,援疆你知道吧,支援新疆,我们就认识了。他们是你们这里的人,今天晚上是他们招待我们。""你们刚才唱的是什么歌?""《萨马勒山》,你没有听过吗?"

我搜到了那首歌,《萨马勒山》:

> 萨马勒山我挚爱的故乡,像镜子一样的湖水,
> 如今我是士兵却不是为你而战,每天都是煎熬。
> 你总是一次又一次地,出现在我的脑海里,
> 生我割下我脐带的我挚爱的土地。
> 我们没有马,双脚已麻木没有知觉,
> 好像已经走了十五天,
> 好像已经快到下一个战场了。
> …………

"再唱一首。""好,再唱一首。"琴交到了另一个人手里,他调调琴,唱起另一首歌,似乎是蒙语。坐在我旁边的一个年轻小伙子,看我一脸茫然,拿出手机,找到正在唱的这首歌,给我看歌词。《阿拉套山》,也是和山有关的歌:

> 啊朋友,我想听你歌唱,
> 唱唱我们的夏尔西里时光。
> 草原繁花把我们埋藏,
> 我们静静或坐或躺。

啊朋友，我想听你歌唱，
唱唱我们的爱情和酒量。
欢乐的宴会直到天亮，
你不停把《黑眼睛》唱。

啊朋友，我想听你歌唱，
唱唱我们的父母和家乡。
白杨树下说起父亲病况，
脚下厚雪咔嚓地响。

好朋友，我想听你歌唱，
唱少年的愿望是风的愿望，
唱那达慕大会的骄傲荣光，
唱我们寻找的天堂就在身旁。

啊朋友，我想听你歌唱，
我已经在回家的方向。
阿拉套山就在我的车窗，
痛楚般的欢乐心中回荡。

他唱完了，我忍不住问："你们以后就不走了吗？"

唱歌的男人故意用了一种不满的语气调侃说："哎，咋了，你们这里不能来吗？"

"不是不是，不要误会，我希望你们留在这里啊。"

"你们这里我们留不下，太贵了，我们就是路过一下。他们一家，后天去广州了；他要去海南；他要到厦门去；你旁边的这个到成都去；这三个汉族兄弟，还在你们这里。新疆太冷了，冷的地方出来嘛，都往热的地方跑。你不唱一首吗？我给你伴奏。"

那个晚上我和他们一起坐到凌晨两点，最后在路边告别，整个晚上，我没有想起鱼缸噪音，没有想起李志亮。和他们在一起的那几个小时仿佛都是一个巨大的包裹着我的茧里的事物，他们根本不知道这个茧的存在，他们的不知道，把这个茧击碎了。

真正的最后一击，是在我回老家以后。第二天，我回到老家；第三天，和老同学聚会，我简单讲述了这一年多我遇到的事。在一个个给他们打电话约饭约酒的时候，我突然产生奇怪的感觉，感觉自己又在复刻二〇二一年二月的曹景，像他那样联系旧日朋友，希望一种更有人间气息的关系给自己支撑。

只是我的结果比较利落，所有这些，在我讲完自己的事后，就戛然而止——我被同学的一句话掀翻，抑郁猛然刹车，也许是暂时终结，但终归结束了。也可能因为，我是间接感染，我身上的"毒株"毒性已经比较轻了，所以能被轻易终结。

就一句话："对县上的同学来说，你就是个失踪者啊，你还到处打听失踪者的事情，明明你就是，你还不知道你吗？"

"你还不知道你吗？"是我们方言中的表达方式，带点轻微的贬义，你还不了解你吗？你还不知道你是个什么东西吗？还有一个第一人称的说法："我还不知道你吗？"我知道我，我知道我是什么东西。所有的失踪者，血红天空下黑色大地上黑色的行走者，他们就是我，我就是他们。我早都走出去了，我本来就身处不安之中，不用制造安稳的幻觉。我不用对他们有所寄托，我不会继续供奉了。

在那天的酒局中，我给曹景打了语音电话，把自己最终的发现告诉了他。我说，我有预感，我不会再梦到他的梦了，梦里那个人已经走过来了，我已经看清楚了他是谁。他有一张脸，所有人的脸。我们要和"李志亮的血色黄昏"共存了，它来过就不会被彻底清除，但我知道接应它的是什么了。内部，我身体里的荒凉感；外部，时代的节点。每个人头顶都有鱼缸，也都有嗡嗡作响的时刻。

曹景说："那就好，多保重。"停了一下，他说："出来走走吧，我已经出来了。"

"好的，是时候出来了。"

而在别处——

在别处，李志亮早已经出来了。

他在四川的小城，开了一家很小的面馆，为顾客做一碗面。下午四点才出摊，晚上十点收摊。

他在国道边上，开了一家修车铺子，他是矿业机械厂的先进员工，修车对他来说不难。

他在甘肃、青海、新疆开包车，走大环线，一天挣八百块钱，从春天跑到秋天，冬天休息。有时候遇到好人，有时候遇到难伺候的人。遇到难伺候的人，他就不那么高兴。

他在宁夏，在贺兰山下卖饮料。他找了一个很好的位置，游客经常会在那里停留，停下来就会买点水和零食，顺便让他帮着拍张照。

更多时候，他都在行走。行走中的他，面目清晰了，甚至有可能带上了微笑。

他走在戈壁、荒野、草原上，风滚草滚过马路，远处有群黄羊遥遥望着走路的人。

他走在花海里。花海中，戴着彩色头巾的女人们，埋下身子在劳动，拔草，给花草浇水，把鹅卵石拣出来，扔得远一些——鹅卵石总是会吸收阳光的热量，变得滚烫，烤坏这些八瓣梅、万寿菊和波斯菊。鹅卵石是拣不完的，今天拣掉，明天还会出现，那足以证明，大地在震动。

他走在小镇的街道上，杂货店、五金店、小吃店，在他的视线里不断出现。街道尽头走过一些人，他们拉拉扯扯地，正在奔向某个葬礼，有人穿着白色的孝服，有人举着白色的纸花串、招魂幡，有人拎着一大袋花卷。

他在车站的长椅上休息，坐在对面的老人抽着纸烟，断断续续和他聊天，终于，老人温和地说："你怎么不找个工作？找个工作好啊。"

他把房车停在青海雪山下的营地，清早推开窗，窗外不远处，就是悬崖、山谷和对面的山峰。营地的朋友走过来打招呼，他们说着什么，也许是说昨天睡得好不好，也许是说下一段路怎么走，也许是在商议中午吃点什么，"我们在张掖买的丸子还没有吃呢，中午一起吃，我支桌子去"。

他坐在乡村大巴上，车窗外开过一辆拖拉机，拉着满满一车秸秆，一个孩子趴在秸秆顶端，牢牢地抓住捆秸秆的大麻绳。冬麦已经破土了，淡淡的绿色铺满整片大地，黄昏的雾气正在散开，雾气最深处，有人点了火堆，也许是在烧落叶。火苗很亮，火色很红，似乎足以让整片大地温暖起来。

　　他在西藏的雪山脚下，看见了日照金山。不枉早上五点起床，他想。他哈出一口气，他听到不远处有说话的声音。那声音带着轻微的回声，在山下回荡。

　　他在塔吉克族人聚居的小城，坐在全城唯一的一家咖啡馆门前。旅游的季节已经过去，漫长的冬天就要开始。天边有淡淡的霞光，一个穿着黑色羊毛长袍的老人，沿着墙壁的阴影边缘，走向街道尽头。

　　他走在河西的玉米地中的白土路上。阳光很好，白土路很硬，在玉米地中间，像一条静静的白色河流，玉米已经结穗，绿色的叶皮被撑开。四下无人，他手舞足蹈，甩着手脚，似乎脚长到一步就能跨出去很远，像走在水上那么轻松。

　　他走在大理三月街。街中心，售卖特产的人，支起巨大的舞台，在迪斯科舞曲中，一边唱歌，一边介绍他们的特产。路边的小摊上，摆着色彩瑰丽的物品，动物的皮毛、骨头、晒干的草药。天上有一朵飞碟形状的云，也许真有个飞碟藏身其中。

　　他走在太行山的山道上，已经是秋天，树叶正在变得金黄，偶然可以看到小小的院落。可不敢小看太行山深处的小院，就是最落寞的小院里，也至少有一尊精致的佛像、一片异常精美的壁画。小小的院落，至少要有一件宝物，才能在太行山里立得住脚。

　　他走在琼海城外的防浪堤上，浪花扑上来，打湿了他的鞋子。渔船正在离开港口，开始一天的工作，有人站在船头，穿着白色的T恤，又有一个人走出船舱，也穿着白色的T恤。后出来的那个人，把手臂搭在另一个人的肩膀上。海对他们来说，依然那么新鲜，每天早上，都像是第一次看到。

　　他不停地走，不停地看，永不疲倦地，投身风景。风景不是墙，风景可能是幻景，可能是肥皂泡，需要走进去，需要戳破，让它破碎，让它成为泡沫。

　　中国大地上，这个星球上，无数感染了"出走病毒"的人，离开原来的位置，疯疯癫癫地、兴高采烈地、手舞足蹈地、垂头丧气地走在大地上，像一个又一个破烂的稻草人。一百亿双鞋也不够他们这么穿的，他们不顾一切地行走着，戳破一个又一个，一幕又一幕，风景的幻景，风景的肥皂泡，让它们破碎。

　　而他们自己，坚不可摧。

镜头拉远,地球也在宇宙里孤零零地转着圈行走着,试图戳破宇宙的幻景。

那就好,多保重。

【作者简介】韩松落,著有《春山夜行》《我口袋里的星辰如沙砾》《窃美记》《为了报仇看电影》《我们的她们》等,出版音乐专辑《靠记忆过冬的鸟》。曾担任华语电影传媒大奖、平遥国际电影展、迷影精神赏等多项电影奖评委。曾获第二届"短篇小说双年奖"首奖、刀锋图书奖等奖项。

歧园

◎ 沈念

一

　　海瑞思从宾夕法尼亚州飞过来,几地中转,几次改签,如同独行侠,开启她的第一次跨国之行。这位刚毕业的女博士,曾经的理想是做一名人类学家,听从父亲的规劝而选择了生物医学。年初以来,她跟我这位不用付费的中文老师语音聊天,让我帮她矫正词语搭配,我打心眼里佩服她广泛的兴趣和超强的学习能力,还有那股子不管不顾的冲劲儿。不然谁会选择以这样的方式跨国旅行呢。

　　她的跨国旅行,其实是想要拍一部追溯家族史的纪录片,拍她曾祖父一个世纪前建在巴丘的教会学校。很久以来,人们似乎忘了有这么一所学校,旧址早被改名唤作歧园。她前期做了详尽的案头工作,最近传给我的文案上,给一直没想好名字的纪录片取的英文名叫 *Float and Rise*,中文名被我译成了《浮现》。她喜欢这个译名,说有画面感。我觉得她要做的事背后有股神奇的力量,又像是神秘之物潜游水底,会突然破空跃出,水花四溅。我的工作任务是当好向导兼翻译,全程陪同并协助她完成拍摄。当过文物考古所副所长的朱广泰每次见到我,就抑制不住激动,说,你要盯紧她,歧园这个项目,成败在此。

　　此事与我发生关联,缘于一年前区里的选调,我从街道办进了合并新成立的文旅局。这种单位在早几年,闲云野鹤者多,往往会诞生很多文艺爱好

226

者,去单位蹭个空调、写字画画,有你没你无大碍。但人员改制分流后,退了一些年纪老的,新招选调一批年轻的,一个部门挂好几块牌子,事情明显多了起来,招商那一块的工作去年并入文旅局,安排到了我这个新人的职责范围内。

三十年河东,三十年河西,眼下的招商政策和理念也有变化,过去招的是能来钱的项目,讲究真金白银,都限在工业和商业,周期长回报少的文旅项目压根不谈,现在环评要求高,从上往下又都在讲青山碧水、旅游发展、文化赋能,对我们这个前身是旅游度假区后来升格独立建制的行政区来说,就盘算着要从故纸堆、老建筑、旧地名、旧物件里,抠出一点有文化历史的感人故事来。故事讲好了,力量无穷,这是朱广泰最近给我们灌的"鸡汤"。歧园,在他心里,就是一个好故事。

朱广泰没当局长前,喜欢逛逛古玩市场,市场正好在我工作的街道辖区,他去哪家店坐馆帮人鉴赏点旧物件,我没事也凑过热闹,当过他的拥趸。我们也算是旧相识。到区文旅局后他变了个人,一心扑在工作上,再也不扎在古玩圈了。区里新上任的孟书记是他的学长,当过几年的市旅游局局长,领导们是干一行爱一行熟一行,嘴里大会小会都碎碎念,文化旅游不分家,关键是挖深这口井,巴丘的老底子有多深啊,二十世纪九十年代的国家历史文化名城,我们生活在这片土地上何其荣耀,大家要有荣誉感啊,不能给老祖宗丢脸啦。一句捧一句打,让底下的干部心里绷得紧紧的,一下还适应不了他的节奏。孟书记自春节后宣布,今年的文旅发展,一个月一调度。前天的调度会一开,他就去了歧园,朱广泰用心良苦,趁机特别汇报了海瑞思与纪录片的事,然后我就被叫过去了。孟书记听我简单介绍完,眉头舒展,叮嘱我们抓紧和海博士的联系,打好"感情牌",让纪录片一炮打响,推动歧园变成网红打卡地。

书记当着众人的面给我"打鸡血",我只有拍胸脯回答,万事俱备,只欠海博士三天后抵达开拍的东风了。我的话刚说完,手机来了舅舅陈光宗的微信:外公这次真的不行了。我等着领导们把歧园转了大半圈离去,才赶紧往医院跑。

外公的病危通知年前医院就下了,好歹挺过了新年,家里人都松了一口气,以为又会像往年勉勉强强再活上一年。但前几天,他的身体又出了状况,只好继续往医院送。令我揪心的是,在《浮现》这部纪录片里,外公是那个年代所剩无几的见证者中年纪最大的。他若活着出现在影像中,说上几句话,哪怕就拍些场景和背影,打个字幕介绍,效果也是杠杠的。海瑞思每次和我互动,她对我外公的健康比我还上心,她一边忙着毕业答辩,一边盯着国际航班的调整,想走最快捷的航线从天而降。

出了歧园,我回电话给舅舅,他在电话里语气急促,像拉了一个破风箱,伴着话筒里一段沙哑的吱啦之声。我说,刚被领导调研给绊着,你在哪里?他用咴咴的嗓音说,外公最疼你,这段日子你多陪陪外公,说不定眨眼人就没了。我想他素来喜欢词语夸张,加上之前有过几次"狼来了"的经历,嘴里回复"没事的",心里却急得很。他接着说,我们在医院,你外公要回家。我又急了,说,病人都得听医生的啊。他说,私下和医生聊了,医生说尽量让老人保持稳定情绪,住医院和住家里,哪里环境合老人心意就住哪里。我说,那你也不能答应。他说,我是左右为难。刚综合考虑了,最后选择还是听你外公的。我说,先等着,我马上赶过去。他说,你来了,我再让护士站安排救护车送回去。

到了医院,外公刚入睡,眼闭着,满脸褶子,皮肤微微透明泛红,鼻孔发出时粗时细的鼾声。风湿病是他早年湖上漂落下的老毛病,后来当渔业队长,一辈子没离开过水,风湿对器官的影响,医生说心脏有可能随时停摆。舅舅告诉我,老头子刚又发犟气了,吵着要回家。他过去进医院没两天就吵着走,说要死也死在家里。医生对这种不动手术的病人大多也不在意,正发愁床位紧张,病人要回家休养一下,他们就顺着老人心气,说回去吧,回去不定又可以挨过一阵子。我们虽说心里早有个准备,但总抱着更长远的希望。我请在医院工作的朋友探问,没有别的感染,还是老毛病,言外之意是回去也没问题。

舅舅正在打电话,听着是电视台的事,挂了电话,示意我去走廊外,问我,你说的美国博士何时到啊?再不来真是赶不上了。我说,大后天就到了。他说,那应该能撑下来,但也不好说。他强调是半个小时前,外公主动问起这事。我心里一惊,外公不是有什么要特别交代的吧?他说,病房那儿一阵吵,我不知他嘀咕些啥,俯到他嘴边,认真听才听清,你猜他说了谁的名字?我说,你赶紧说,猜不着。他说,海福记,海牧师什么时候到啊?我说,你怎么答的?他说,我想你外公是犯糊涂了,纠正他也没意义,就说人快到了,嗯拉嘎(您老人家)安心等。

我松了口气,说,还是回亮灯好了,医生跟我讲明白了,顺着老人的心意,就没什么遗憾。

二

接着说我和海瑞思建立联系的事。去年冬天,她费力巴拉地给毕业论文打上句号后,觉得要给自己安排一件意外的事情做一做,某天夜里突然心血来潮就登录上巴丘的网站。那段时间正好市外宣办在做旅发大会的集中宣传,很多媒体链接刊发了一篇篇图文并茂的报道。她从小听家里长辈讲到过巴丘,以及曾祖父在中国的生活经历,当即灵感炸裂,在论坛发了一篇言辞恳切的帖子,说想在博士毕业后去一趟中国,要去巴丘做一部纪录片。她是这么说的:

> 我的曾祖父海福记,从美国复初会筹措到资金,选在开埠不久的洞庭湖畔办学。他在一个叫青沙湾的地方购买了一块地,大约有十三亩,从规划、设计、筹资、建设、完工,历时近四年,建设过程十分艰辛。没有建筑师,没有承包商,曾祖父一人负责所有的事宜,包括购买材料并监管了施工过程,所有建筑,都是按照他绘出的草图建设的。我听家人说学校还有遗址,地方政府还在管理着,我想去曾祖父曾祖母生活过的中国,去他们亲手建成的学校看一看。我们家族的根得到过那一片湖水的滋养,那是我梦里都想去的地方。

一个人对家族一段历史的溯源,跨国界跨文化,言辞中充满深情,叩人心扉。帖子一发出,就在论坛引起了关注。本地自媒体"标题党"蹭热度:"被遗忘的'国际学校',这个地方要火了!"

网站管理员把信和相关媒体跟风报道转到了外宣办、文旅局,一级级往上报,最后管文旅的副市长做了批示:加紧联络,热情细致,为海瑞思博士拍摄纪录片提供好服务。

可海瑞思来巴丘的事,落实的过程并不顺当,最后阴差阳错也是顺理成章就由我们区文旅局担当起来了。副市长又指示,要专人对接,而且要选一个英语好的年轻人,左挑右选,对接任务就落在了负责招商工作的我身上。起初我拿到联系邮箱,给她发去一封简短的介绍信,表达了我们的邀请。她很开心,为了方便联络下载了微信,加上微信后,我正发愁大学读的那点纸上英语丢得差不多了,特意下载了英语听力、英语词典等几个App(手机软件),结果海瑞思在语音聊天中飙起了中文。我惊诧不已,她呵呵地笑着解释,这是他们家族的强项,对汉语的使用有着天生的优势。我很纳闷,难道基因真有如此强大的力量?她有一天跟我解密,她读过三年的周末中文班,跟一位清华大学毕业赴美读博的室友学过汉语,那个女生恰好是湘南人。又说她这一年读了几本外国人写中国的书,还尝试着做中文翻译,整理曾祖父那个时代的一些史料。她当时正在电脑前,顺手给我发了一篇文字,像是给我的信,又像是她的一篇翻译。第一句话是:"你一定听说过赛珍珠的名字。"我心中一乐,居然还端出了一位诺贝尔文学奖作家,然后迫不及待地读下去:

> ……我不是要和你说赛珍珠的故事,而是要说比她小七岁的妹妹格蕾丝·赛登斯特里克·遥克(Grace Sydenstricker Yaukey)。她曾于一九二四年至一九三五年在巴丘生活过一段时间,并以这段经历为背景,在一九四七年出版了小说《传教士》。这是一部历史小说,像是记叙作家本人及家庭在中国南方传教的真实写照,有一个主人公是名叫吴醴生的中国青年,是一位信教的年轻教师,他的妻子在教会医院当护士。小说还讲述了几位共产党人,都是了不起的英雄。格蕾丝一共写过二十多部关于中国题材的作品,我当然没全部读完,但《传教士》给我的影响很大,毕竟能从她写的文字里看到我的家族在中国生活过的身影,我也正好边读边想象你生活的那个地方。

我把信转给朱广泰,为了歧园的开发,他也做过很长时间的功课。看过后,他说,格蕾丝确有其人,但市里的文史专家没挖掘过她和赛珍珠的关系,更没想到她也写过关于中国的作品。海瑞思还拍了照片发来,是一张发黄的《华盛顿邮报》,上面刊发了一条消息:"格蕾丝·赛登斯特里克·遥克逝世,著作多书写中国。"她在信的末尾写道:"格蕾丝于一九九四年五月去世,我那年四岁不到。"

> 我的曾祖父叫海福记,一九○○年四月,这位在日本仙台生活了八

年的传教士,提着长途旅行的棕色牛皮箱,乘坐法国邮轮伊丽莎白公主号到了上海,稍作停留,他往南在宁波上岸,去过绍兴、诸暨等地后,又返回宁波走水路向西到了汉口。他对要考察的地方是模糊的,他在汉口停了半个月,再度上船沿长江逆行两百多公里到了城陵矶。这一次长达两个月的远行,原本并没打算扎根洞庭湖畔这座老城的他,五年后在青沙湾建起了一所颇具规模的学校。

这段历史海瑞思给我讲过好多次。接待她的任务落到我头上后,有一天我回到从青沙湾划出去的渔村亮灯,突然一惊,想到外公在这里住了一辈子,离歧园并不远,"城南旧事"多少是知道一些的吧。他那时尚未生病卧床,多数时间喜欢坐在屋门口高处的一块台阶上,望着远远的湖面,手上端着一大缸浓茶,茶叶不讲究,好歹都喝。舅舅有次到四川出差,从山里买回一大包野生茶,熏过后茶梗又粗又长,抓一把丢水壶煮着喝,可以反复煮上二十泡。外公把烟戒了,肺受不了,咳个不停,酒也减了量,唯独浓茶的喝法没变。

我与外公谈起海福记,他被我突然的发问弄得发蒙、神色慌乱,我把原委说明,他才如释重负。他说,我记得那个美国来的牧师,一天到晚笑眯眯的,有人干脆叫他"笑面虎"。我说,您见过他吗?他睃了我一眼,似乎我的不信任对他是种侮辱。渔民的性情与水有关,随遇而安、江湖义气,但听不得瞧不起人的话。他说,那时城陵矶大码头,外国人来了不少,有许多是来传教的,海牧师不拉人进教堂,却建了一所学校。话虽这么说,但外公到底见没见过海牧师,一直是我心中的谜。从时间上考证,海牧师在巴丘的最后一年,外公刚满三岁。按常理而言,这个年龄段的记忆是很不靠谱的,但外公在清醒之际说出那个年代的往事,绘声绘色,具体到事件发生时的时间、天气和细节,记忆如同刻在脑子里,随时调用。

海福记取中文名的来历,已无从可考。海瑞思从家族长者那里也没得到准确的答案,有做社会学研究习惯思维的她一边顺藤摸瓜,一边浮想联翩。她与我说多了,我也跟着"烧脑"。我想,海福记到中国后,不是喜欢走街串巷嘛,那时江浙、汉口的店铺招牌,多是叫福鼎记、福生堂,他是不是从中得到的灵感?我把想法告诉海瑞思,过了几天,她给我发信息,说真查到了一个叫福记的品牌。我一看链接介绍,确实是清道光年间一家紫砂器制作和销售的名号,创始人陈寿福是做朱红泥水平壶的一等高手。我顺嘴问,海牧师喜欢喝茶吗?她立刻说,喜欢,父亲说他有一把紫砂的壶不离手。我说,那壶还在不?她说,壶没"活"下来。我遗憾地说,壶要"活"着,也算是一件古董了。

一个人漂洋过海,去了日本,又到了中国,给自己取姓海,又图吉利取名福记,全对上了。海瑞思像有了重大考古发现,欣喜不已。我问她,海牧师原名叫什么?她拍了张照,给我看家谱:威廉·埃德温·霍伊,一八五八年出生于美国东北部的宾夕法尼亚州的米夫林堡,二十四岁本科毕业于富兰克林与马歇尔学院,二十七岁兰卡斯特大学神学院硕士毕业并获得传教士身份,之后去仙台担任大教堂牧师,后赴湖南巴丘创办教会学校,中国名字叫海福记。半年前,朱广泰就着手找人编撰一本未打算公开出版的文史资料,从档案馆调取的信息过于粗线条或有残缺,类似于古代史官的大事记。我把这份家谱转给他,他兴奋不已,指令我多从海瑞思那里找些能确证的史料。

海瑞思坚信她的曾祖父与我外公之间有交集。她说,海福记是个喜欢孩子的人,正是基于这一点,他才把后半生的精力集中放在了异国他乡的教育上,也才有了这所教会学校。我快人快语,说也可能是当时传教很难,办教育才是最好的方式,中国有句话叫"明修栈道,暗度陈仓"。她问这个成语是什么意思,我让她自己查。我猜她会生气,但她过一会儿回复我,并无恼意,很认真地说,每个时代的理想主义者是大有人在的。我心中存疑,在那个纷纭的时代里,海福记是纯粹的理想主义者吗?

有一次她要与外公视频通话,我担心语言不通,她要听明白外公的巴丘方言几乎不可能,偏没想到他们对话的效果很神奇,话语的意思大概能对接得上。舅舅在一旁也听得傻了眼,捂着嘴窃笑。外公告诉她,当年海牧师初来乍到,整天走街串巷,跟那些渔民和商贩问这问那、讨价还价,一个多月后就能开口说中国话了,不看脸的话,真还以为就是青沙湾跑出来的一个乡下老头儿。如此说来,海瑞思的语言天赋是有源头的,她身上有从海牧师那里遗传的基因。

基因研究正是海瑞思的专业范畴,我打趣地说,这个语言的基因遗传可以成为你的研究方向。她一本正经地说,我还想过基因程序参与到AI(人工智能)的研发中。我说,具体会是个什么关联?她说,人工智能将是改变医疗领域的领先技术,已经有很多尝试,比如是否设计一种语音AI,代替失去表达能力的老人说出脑子里的想法。我说这个想法好。她说，好想法还没完全打开，在等待机会。我说，等待什么？她笑着说，灵感。我也笑，灵感不正来了嘛。

外公与海瑞思视频就很开心，我就想多从他那里挖点"料"。朱广泰总提醒我，歧园是个有意义的项目，开发歧园也是开发一段历史。我凡事也喜欢探究个原因所在：在那个不太平的年代，群体的观念固化，接受新事物的过程从来都是漫长的，一个外国人怎么能如此迅速融入另一个国家的底层民众之中，文化的壁垒又是怎么拆毁的？我请外公释疑，为什么那时大家都喜欢海牧师？他沉思了一阵，给出的回答是，海牧师是个爱笑的人，有再多的烦恼事，他都满面春风，一笑而过。这个答案，仔细一想，比什么大道理都通透。

海瑞思在视频中也始终笑眯眯的，外公说，你笑起来特别像海牧师。她当即尖叫起来，在房间里欢呼蹦跳了一圈。外公蒙了，不知自己是不是说错了什么。她说，外公太厉害了，我祖父也说过同样的话。也就是那次聊天后，海瑞思变得特别关心外公的身体健康，纪录片要拍外公的想法也越来越强烈，一个活着的证人，是一个世纪前所有故事真实与否的关键。外公的身体看起来晃晃悠悠，却也算坚挺，偶尔想到了就会让舅舅问我，海家的孙女什么时候来？

歧园荒废多年，偶尔有人跑进园子里转一圈，四栋砖木结构的欧式建筑，和许多棵树交错着长在那里，看上去就是存在很长时间的样子，但半个小时不到就转完了。旧址唤作歧园，自有它的缘故：顺着入园主路上坡，走到四分之三处，分岔一条小路，下行绕到宿舍楼东面，又有新分岔出来的小路，园里多歧路，就像一棵活了很久的老树分出去的枝杈。舅舅告诉我，过去这里叫过祈园，祈祷之地，也有人叫过弃园，废弃之地。每个名字都有它的来历，但我一直觉得歧园这个名字很独特。

半小时能走完的地方，压根就留不住人，谈什么旅游，说出去不是一个笑话？我把对"半小时"这个问题的思考跟朱广泰和盘托出，他频频点头，却不做任何表达，只是说，我们不要走马观花，静下心再去走一走。我常常一个人跑去歧园，这倒不是因为朱广泰的交代，而是遇见了那里的门卫老头儿，我们一见如故，有点忘年交的味道。

歧园建在青沙湾的甄壁山上。甄壁山山顶是平的，像个桌面，南北有一里路长。地上潮气重，四处长了杂草和苔藓，大树掩映，蕨类植物长得多，这个环境里的中式屋顶、西式墙身的老建筑就都有了苍老的感觉。靠西侧砌了一条一里长的青砖路，两人并行刚好通过。保存完好的四栋建筑是牧师楼、小教堂、外籍教师楼和宿舍楼，大操场上从北往南有篮球场、健身场、田径场。这一片原本整体归入老城区，周边拆了两三轮，但这里维持原貌，被保护了下来。我心中唏嘘，过了一百来年，历史像一棵棵根深叶茂的树长在这里，树还在，但能说全它故事的人，很难再找到几个了。

歧园西面临湖，从西门步行，过观景台就能下到湖边。南校门是正规通道，有个长长的缓坡上山，坡脚的门卫室，有个姓文的老头儿白天会守着，晚上回家，虚掩一扇小侧门给人进出。我第一次在歧园遇到他，搭讪了几句，他说自己以前是钢球厂的工人，我读中学时有几个玩伴都是钢球厂的子弟，熟悉厂区布局，对从那里出来的人有种天然的亲近。我问他怎么称呼。他说，过去有姓有名，也有身份，现在退休了，一个老头子，大家叫我文老头儿。我乐了，说，我也这么称呼您？他说，你别这么叫，给我来个新称呼？我想了想说，那我叫文爹吧。

后来我知道文爹不是普通工人，当过钢球厂的总工，高考恢复后的第一批大学生。他没事喜欢刷年轻人爱看的视频，还爱拎着一个小收音机，本地音乐频道有个固定的节目，轮番播放《夜梦冠带》《打差算粮》等巴陵戏曲。这种戏的弹腔伴奏有胡琴、月琴、小三弦，辅以唢呐、笛子等。他见我听得懂戏，以为我是票友，就和我聊戏里的打击乐器哪里是板鼓、堂鼓，哪里是大锣、小镲等。收音机里的声腔咿咿呀呀，在这空旷之地平添几分凄凉。我有时候是清早去，有时候是天快断黑了，山顶很安静，湖风吹得树叶婆娑作响，让人误听为一群孩子在交头接耳，偶尔刮来一阵大风，枝杈间发出嘈杂的响动，又会误听成一位板着脸的老师在声嘶力竭地训斥。

后来去几次，文爹闲着无聊，也陪着我走，我问他，这地方有什么好？他开始没吱声，而后答我，人好。我以为他会说这里"安静""有历史"，就问，什么人好？他就说出一长串的名字，许多是我没听过的，过去这所教会学校也是新式学堂，富家穷户的子弟都有来读书的，有头有脸的人自然也出了一拨拨，虽多已作古，但事迹和影响甚广。东南侧坡角的凉亭，是典型中国式的雕砖小品，文爹一屁股坐在亭中的石凳上，说，我一坐在这里，脑子就会冒出一个八股老秀才的身形，长辫青衫，见人要拱手施礼，或者撩撩长衫，斯文人的礼数。很多人说过这老秀才的传闻，是海牧师请来的国文教员，教几名外籍教师学习中文。凉亭上原来有块金丝楠木的雕匾,被市博物馆借去展览后就变成馆藏品了,上书"秀挹湖山"四字,也有人读成"山湖挹秀"。字是老秀才写的,但据说请的当地雕匠花了大半年工夫,才把这蚕头燕尾、铁画银钩的书法感觉雕刻出来。博物馆馆长还回来的是一块石头牌匾,机器大半个上午就弄好了,电脑字,刻得浅,没有着色,久了就有些模糊,要细细辨认才认得出。他讲话的口气听似随意,我却听得沧桑起伏、叹惋不已。

很小的时候,我来过歧园,但不记得和谁一起去的,除了到处都是树,没有别的清晰印象了。最近几次去,我一上坡,就听到各种声音,像是有人要与我说话。声音重叠,拥挤着、奔跑着钻进耳朵,嗡嗡作响。我扭头四处张望,除了文爹,再无人影。又一次去,文爹帮我开小教堂的门锁,平时不对外开放。我看小教堂的第一眼就惊诧了,它的造型既不高耸也不对称,与印象中的教堂完全不是一个样。后来我琢磨了教堂的设计,在平面图上大概就是一个大正方形的一角突出一个小正方形,立面看,左边一幢平房,右角是钟楼,四周绿树环立,颇有几分雅致幽静。

我问文爹,来这里参观的人多吗?他说,谁还来看这旧地方,地方又偏,也没修缮,孤零零几栋屋。我说,嗯拉嘎在这里守了多少年了?他不假思索地说,说久不久,第九个年头了。

文爹的家就在歧园附近,祖上留下来的一块宅基地,有个小院子,他从钢球厂退休后,儿女在外地安家立业,不需要他做贡献,他乐得清闲,就来当了歧园的门卫,一个月没几个钱,但习惯了这地方,且仿佛有在歧园做过校工的老父亲的气息,就把歧园当了另一个家。文爹已经是歧园的高级导游,对几栋楼的功用来历、建楼的先后顺序、当时是谁住的、后来谁住过、楼的特点是什么,他三言两语、清楚明晰,他是那种有文化又有趣、接地气很朴实的老头儿。

话一说开,文爹竟然认识我外公。他问起外公的身体,称赞说,他拉嘎(他老人家)别看是个穷渔民,那也算个传奇,把一儿一女培养成了大学生。后来我跟外公说起文爹,他也记起来了,就跟我讲文爹的父亲在歧园上过学,家里负担重后来就休学了,抗战爆发后,他父亲被聘到学校当校工,又跟着学校迁至沅陵待了几年,转回来,教会学校几经更名,中华人民共和国成立前后办过私立湖滨高级农业职业学校、湖滨中学、省立湖滨农林技术学校等,他一直没离开过学校,死心塌地地热爱,只可惜患肝病早逝。

后来我和海瑞思的交流，很多信息的传递一半来自外公，一半就来自文爹。和朱广泰偶尔碰到一起聊，我又鹦鹉学舌，他听后立刻对我刮目相看，说，你小子下了功夫啊，是个干事的人。我心里就暗自得意，俗话说得好，家有一老是一宝。我身边有这两位老宝贝，很多事就好办得多了。

三

从医院出来，我边开车边给海瑞思发语音信息，说了外公身体情况，她也很焦虑，但再急也没办法，航班已经被航空公司调整过一次了，大概是乘客少航班合并的原因。她说，菩萨保佑，让我一定见上外公一面。我调侃她，应该是请上帝保佑。她严肃地问我，你还有心思开玩笑，你们不是遇到难处就请菩萨保佑吗？我不想和她辩论，就发了个红脸的表情。我心想，生老病死，顺其自然，当我们明明白白懂得生死的规律，自然就有了活着的踏实感，毕竟生命的长短，谁也没办法左右。

早几年，城市南延，一条湖滨大道提质扩建，顺带把几条偏支岔路打通，从市区回亮灯村半小时车程就到了，过去的偏僻之地，浮在半空中的鱼腥味，现在为一股汽车尾气所取代。舅舅陪外公由救护车送回家，我开车跟随。车上湖滨大道，速度减缓，我打电话问舅舅外公的状态。他声音压得很低说，奇了怪了，车一跑动起来，你外公的气色就红润多了，问过几次到了哪里，刚才在湖滨大道他还侧起身，让护士扶起来望了窗外几眼。

外公要看什么呢？天色渐暗，灯火夜驰，这片老城区不断拆了重建，建了又拆，就变成一片新中有旧、旧中有新的奇怪面貌。我几年前在街道办，重心就是忙征拆，每天走家入户，耐心细致讲政策讲未来，哪家哪户都各有生活的难处，条件好的人家早搬去了东边新城，这片西南角就变成了一个结瘤，动不动手术，都是麻烦和难题。市里主导的渔火季文旅工程规划庞大，前面实施的部分慢慢把这一片带热闹起来了。上面鱼腾马跃，下面不能死气沉沉。朱广泰顶着孟书记的施压，就把压力传导给我们。我是首当其冲，被他叫去办公室，直接就说，对教会学校的功能和招商要多动心思。他的目的还是想激活教会学校这个文旅资源。我心里有抵触情绪，与朱广泰心急火燎的想法有分歧，歧园是可以做文章的地方，但我们得先想好，不是单纯为招商而招商。我在基层工作那么多年,懂得说和做是分开的,说了就要做,这是我的原则,我也可以不做,但不能不说。

外婆去世后,外公不肯进城,这两年舅舅陈光宗多半时间就住到村里来照料。他从电视台采编一线岗位退下来,到了工会,不用上班打卡,这位当年的名记者,虽是半退休状态,但徒弟们仍然恭敬有加,依然没少跑过来探望。他对外公百依百顺,最根本的缘由,正是文爹说的,如果不是外公拼死命出湖捕鱼养家,不是外公坚持送他到岸上借读,他现在就有极大可能是亮灯的一个皮肤黝黑、头发半秃、满脸深纹的半老头子。

外公说,哪个不想子孙后代有出息,是没那个条件,也没那个认识啊。我问他,怎么就想到要送子女去读书呢?他说,不上岸读书,就下湖打鱼,两条路,没有别的选择。外公说的确是湖区的现实,有些人的命运,非此即彼。我说,村里怎么就外公知道读书比打鱼重要呢?他说,这得感谢一个人,美国来的海牧师,他在青沙湾办学兴教,有了读书的氛围,不然哪动过这个念头。那个年代,哪个人不都是在水里深一脚浅一脚过来的。

我回到村里,外公身体状态好的时候,会主动讲起海牧师的往事。在外公眼中,海牧师不只是传奇,还很神奇。他说,海牧师竟然在半个月时间里把夹杂着几种方言的巴丘话听了个差不离。我质疑,未免太夸张了吧?外公感慨地说,人家是有心人,上船就学中国话,到了武汉,停留期间,也一直在找中国人学习。我后来在一份史料里读到海牧师到汉口后用中文给妻子写的信:“在我离开之前,哮喘再次困扰着我。快两个月了,在长江中游的这座大都会,哮喘意外消失了,身体从未有过比现在更好的感觉。”

那时,他的妻子带着三个孩子,中途在一个叫牯岭的地方小住了一段日子。外公说,海牧师妻儿歇脚的那个地方在江西庐山,是英国一位喜欢旅行的传教士李德立发现的,那里清凉,适合避暑,有商业头脑的李德立灵机一动,租用了一大片山地,划分很多块区域后当起了中介商,向各国友人拍卖。当地人根据“清凉”的英文 cooling,就把那地方叫成了牯岭。拍卖很成功,有二十二个国家的传教士来这里买地建别墅,不到两年,建成了“万国别墅群”。直到今天,在牯岭还有口味纯正的咖啡,有地道的西式壁炉,冬暖夏凉,外国人都特别中意。我听说后上网一查,最高峰时期牯岭建有一千多栋别墅,被日军飞机炸毁了不少,剩下不到一半。又是一段不知藏了多少悲欢离合的历史。

我和外公聊天的时候，舅舅也坐在一旁听，有一回他忍不住说，你们漏了一段海牧师最重要的经历。外公不吭声，我侧目，问，哪一段？他说，海牧师是怎么来巴丘的？我说，不是走水路，从上海到宁波，再由武汉到城陵矶吗？他说，这个路线考证是没错，那你知道他上岸后经历了什么吗？

　　外公讲过海牧师上岸后，带了一个人，是在汉口等待他的助手史蒂文。这个人是个中国通，人家喊他李指南，一头自来卷长发，但他一上岸，就被一群不喜欢洋人的民众丢掷石头，眼睛受了伤，又赶紧逃回船上去了。我说，陈大记者，有什么新说法？舅舅说，有一年台里做了一档节目叫《城南旧事》，找了不少老街巷的老人家采访，地方研究会的罗先枢会长就说到了海牧师。罗先枢是本地知名的文史专家、真正的巴丘通，经他的嘴说的必定是有准确的依据。

　　外公似乎没听我们说话，眼皮子合拢睡着了。我说，罗先枢讲的海牧师从城陵矶下船登岸进城的那一段，我想听。舅舅一笑，这一段我印象特别深，都跟巴丘的吃喝玩乐有关。我说，别卖关子，快讲。

　　他说，海牧师上岸进城时是午后两点，但南正街的潇湘大饭店还在营业，他似乎早就做过功课，先进店点了王百兴酱菜，八个小碟，酱菜上浇了少许麻油，香气扑鼻，蓑衣萝卜嚼得脆嘣，再没有比这更好的下饭菜。饭后他在天岳山的君山茶庄喝了一杯声名在外的银针茶，芽壮多毫，条直匀齐，汤色杏黄明亮，滋味鲜醇回甘，就是茶钱贵得让人心疼，后来在巴丘的几年，他都只选择喝物美价廉的北港毛尖。傍晚不到，他进百香园看了场花鼓戏，一句话都没听懂，只是觉得以往看过日本歌伎的装扮，都是从中国的戏剧人物里学来的。

　　你猜他第一天住在哪里？舅舅问我。我摇头，心想那个年代，一个外国人初来乍到，是会有接待安排的吧？他说，说出来好多人不信，他就住在半边街。半边街三十多年前就陆续拆没了，我从没见过，倒是听说过。半边街在老城墙靠汴河园的北坡，坡南半边是菜园，北半边的一排又破又旧的老房子，是穷人住的地方。舅舅说，那家客栈的房间小，只能放下一张小床，下床就是门外，不过他那晚睡得很安稳，似乎史蒂文被砸伤的事压根就没发生过。

　　舅舅边说边联系罗先枢会长，请求发一些有关海牧师的资料文章。他发来一张照片，照片上的海牧师有个宽前额，头发一边倒，眼睛里笑意流淌。海瑞思也给我看过海牧师在塔前街租住的民舍创办求知学校的师生合影，拢共年龄不一的学生二十四名，那是他到巴丘两年之后的事了。罗会长还发来一个文档，讲的正是这段办学初期的经历：

> 海牧师最初是在租的家里办英文培训班，一个月里，只招到了四名学生，有两名学生是他请来教自己中文的雇员的孩子，另外两名是比较早睁眼看世界的那种洋务派人士的孩子和他的邻居。情急之下，海牧师把妻子从牯岭接回来，妻子是宾州高等师范毕业的，特别爱孩子，她一来，招生广告贴出去，又陆续来了十几名学生，也包括五名女生。学校是从无到有办起来的，海牧师在一九〇三年打算回美国筹款时打的报告上写过一段话："中国人是最能吃苦的，有些贫寒之家的孩子读跑学，早出晚归，中饭就是一只箩碗装了家里带的饭菜，一条手绢包了，拎着带到学校吃，非常不易。"

外公颤悠着又把眼睛睁开了，我们在说这些事的时候，他像并没睡着，嘴边还有浅笑。他看着屋顶上的横梁，这些年，他坚持不肯搬离他的旧屋，他说住新屋睡不踏实。外公家的房子是村里最奇怪的一幢房子，半边新半边旧，当时拆旧建新时，舅舅要面子，说推倒重建，外公坚决反对全拆，理由是老房子的几根木檩条是有来历的。

我过去对房子也没在意，有一次无意中听他们议论，多听了几句，弄清了原委，那几根木檩条是海牧师送的。当时太外公是老渔民，半夜下湖捕鱼，清早送到鱼巷子赶早市，风里来浪里去，也就是混口饭吃。有一天他听几个卖鱼的摊贩说新来的外国人要在青沙湾办学校修校舍，没工钱但管饭吃，他就动了心。其实在巴丘有个地方习俗，邻里之间盖屋，都是要去帮忙的。从亮灯到教会学校约十里路程，并不远，架桨划船，顺水而行，一个半小时左右能到，不像现在路修好了，十几分钟车程就到了。那个时候的海牧师满腔热忱，他的办学受到当地人的欢迎，报名上学的越来越多，于是他不得不听从妻子的建议，选到偏僻一点的青沙湾建一所更大的新学校。太外公心想，青沙湾也算得上是亮灯的邻居，当天驾船返家路过时就去报了名。工地上已经来了很多他认识不认识的泥瓦匠、木匠、石匠、铁匠，城里有手艺的人做手艺活儿，没手艺的人来帮着搬砖拌泥。太外公是个守承诺的人，工地上有活儿就干活儿，没活儿就帮着打杂,一直到校园几栋房屋全部建成才离开。看着一栋栋房子按照自己的设计建起来,海牧师对太外公为人做事特别满意,临走时将材料中剩下的两根半截洋槐树檩条,派人搬到了他的船上。两根半截洋槐搬回了亮灯,太外公当时哪有钱盖屋,就找了几块旧油布严严实实包着丢在那里,后来直到外公成年盖屋时才派上用场。

这段日子,朱广泰消瘦了些,原本已发福的肚腩不那么显形了。他对涉及渔火季文旅项目的事格外上心,歧园的教育、文物、建筑等功能发挥,是他的心病。那股心火转移到别处,就是口腔溃疡、嘴角疱疹,随身杯里泡的是杭白菊加莲心,吃的是牛黄解毒上清丸。他白天四处跑,局里改在晚上开会,会上会下他给人洗脑,大谈创业精神,又语重心长地讲如何不愧对这一湖水这一方土地。

他忙碌,我正好躲开,怕他反复交代,说什么关键是要以最快速度"拿下"海瑞思。我当时就怼回去,怎么个"拿"法?!我们只有做到了真心诚意,她就能感受到,如果她不敏感,我也没办法。朱广泰把我叫去办公室,他对我的表态颇有不满,但知道我是个认真做事的人,也不计较。他拿出一份文件说,请了第三方做了个评估,教会学校管理修缮的全部费用,一年没六百万元拿不下来。我听到这个数据很惊讶,平时也替歧园算过一笔账,一草一木、一点一滴的开支,累积起来就是个大数字。我说,教会学校当初建设总共花了 16859.13美元,折算成白银不到四万两,再折合成现在的人民币,也就是四千来万吧。朱广泰睁大眼,像是不信这个被我折合出来的数字,这么些钱建一所大学校,那是个奇迹啊。我又把太外公帮海牧师建学校而后得到洋槐树檩条的事说了,他激动起来,这个故事好啊,有人证有物证,太难得了,纪录片里这一段得好好拍。我说,局长放心,这些线索已经提供给海瑞思了,纪录片里都会拍到的,如果拍摄有需要,我舅舅也答应了出手相助。

朱广泰听我这么说,情绪好转,才把核心产地的龙井泡了一杯递给我,呵呵一笑,出去可不要说,所剩无几。茶不假,根根挺直光滑、嫩绿光润,甘醇香气扑鼻而来。我故意说,这个茶叶嘌呤碱多,缓解疲劳,提高思维能力,是不能让不干事的人喝的。他不介意我话中带刺,又谈了目前招商口上的同事初步衔接的项目,有想在教会学校办陶瓷馆的,有提出办名人蜡像馆书画作品展的,也有人说把宿舍楼拆掉重建,继续办私立学校的。我初听,要么觉得投资水分多，难以实现，要么觉得不靠谱，没有任何特色，搞个展览卖场热闹一阵，又人去楼空，重新办学各种配套达不到，已经不现实，反而是破坏。我向他建言，有时候保护也是发展，一定得等到合适时机，再来破局。朱广泰说，现在什么时代了，时间不等人，机会也不是等来的，要去创造。我说，创造固然没错，但也不是我们死皮赖脸拽着人家吧。理念各执一词，有些不欢而散。茶才喝了一小口，出来后我就后悔了，浪费了那杯好茶，真是暴殄天物。我和舅舅聊了这事，他劝慰我，拍板权在上面，办事的人就不要多争论。我说，我不说大家都不说，也不能由着上面任意为之吧。舅舅说，你这性格，属火，换在早些年就该跟文爹去钢球厂当火炉工。

朱广泰的态度，让我对那几栋老建筑的命运有了隐隐的担忧。遇人不淑，始乱终弃，不如养在深闺。海瑞思到来的前一天，他又找我了，好像忘记了我们之间的争论。我哭笑不得，我想，他的性格是属水的，缠绵、柔韧，不达目的不罢休。他这次郑重其事地告诉我，别小瞧了海氏家族，其中海瑞思的父亲这一支，现在经营着一家生物医药企业，在美国小有名气，专门研制抗癌治癌创新药，还是纳斯达克的上市企业。如果海氏集团愿意为先人在异国他乡存续一份怀念，成立一个基金会或者捐助一笔款项，那歧园这个项目就有了转机。言谈之间，朱广泰对自己的设想充满信心，他说，这个情况已经核实过，所以你的使命光荣。

我没有他乐观，也比他苦恼。海瑞思与我交谈时说过，她素来独立，这不仅是说她的行为，也包括她的经济能力。我委婉地问过她来中国的费用开销、对纪录片拍摄的投入。她说这种个人性质的拍摄，类似于采访，前期不怎么花钱，便携式摄像机是家里原本就购置的，她自学了拍摄技术，后期剪辑、配音效可能需要请专业的人指导，但她可以请学校的专业生帮忙，而她的交通住宿费，有这几年的奖学金和参与导师项目的补贴，应该绰绰有余。从头到尾，她压根就没提到过有那么一位企业家父亲。我问，你家里人对纪录片什么态度？她说，我选择自己想做的事，家人的态度并不在考虑之列。从小到大，每一件事，家人都尊重我的决定。话说到此，我就讪讪无语了。

我把聊天信息所得转告朱广泰，说事情怕是宜缓不宜急。他的脸色先是沉了一下，继而喃喃自语，不该是这样的，也许你说得对，我们的热情感动了她，到时窗户纸捅破，她就懂了，这对她们家族是多么荣耀的一件事。

四

飞机为了避开突变天气的雷电,在空中盘旋了漫长的三圈后才落地。太阳是跟着飞机落地出来的,碧空如洗,金光万丈。我以为延误会让她厌烦,没想到她的眉眼里都是欢笑。她一身休闲装,戴着米黄色小礼帽、墨镜、白色卡通口罩,推着一只大号行李箱走出来。我早在视频和照片中认过她的形象,原本这趟航班乘客不多,我像个粉丝见偶像,挥动手中的那束鲜花,她脚步未停,直接向我疾步过来。见了面,我犹豫了一下,要不要握个手,或是拥抱一下?她却是左手握成拳头,举在空中,我旋即明白她的意思,也握拳相对。这样算是打过招呼了,她颇为得意,哈哈大笑。

海瑞思的中文名是她祖父取的,很奇怪的一家人,从出生后,不分男女,都要取一个以海为姓的中文名,有的家庭成员可能一辈子也不会来中国,但取名之事成了家族的传统。对于她来中国的动因,我问过是不是她祖父的遗愿,她说是,又不是,家里有一张曾祖父留下来的照片,看了就特别想来中国。我说,什么照片,是全家福?她说,我给你发过的那张师生合影。我当然记得那张照片,海牧师来中国半年办起的求知学校,黑白照片已经模糊不清,但能认出坐中间长着宽额头的海牧师。

海瑞思问,外公身体怎样?我说,从医院回了家,医生下了病危通知,也许就在等着你吧。听我这么说,她说,那我们赶紧出发吧,我这几天都梦见外公了。我把当日行程和朱广泰接风洗尘的晚宴说了一下,海瑞思很坚决地说,见外公是大事,晚上就在亮灯吃吧,你不是说过有打鱼佬农家乐吗?我说,打鱼佬你都记得啊。我心里越发佩服这个美国姑娘,平常不打眼的聊天中的重要信息,都存储在她的“芯片”上,形成了一个区块链信息库,想要用到之时就自动蹦出来了。

车上了高速,我给朱广泰发了信息,告知人顺利接到了,大概两个小时后到入住的酒店,海瑞思临时改变计划,安顿好后先去亮灯看望外公,然后在打鱼佬吃晚饭。朱广泰回复,这个安排好,我还在开会,晚饭前去打鱼佬会合。

海瑞思路途奔波,却无半点倦意,隔窗打量着高速路两旁的风景,向我请教路牌上的地名的来历。我看她没有休息的意思,就找话题聊。东拉西扯了几句，又说到了歧园的项目上。这件事我再不情愿对她开口，但好歹也得试一试。我动了个心思，从最近的一个事实说起，关于歧园文旅开发对外整体招租项目的事。有一家从广东迁至本地的陶瓷生产企业，去年就在接洽，想把湖滨做成陶瓷学校，展示陶瓷历史和现代工艺的产品。她问，有景德镇那么有名吗？

我说，那远比不上，景德镇是中国瓷都，钧窑、汝窑是中国名窑，巴丘曾经发掘出土过所谓的官窑，但老窑窑址不在这里，工艺也早已失传，有一些杯、碗、碟的残片，考证说是始于东汉，延续至唐代。

她说，我知道有一种青瓷，祖父用过的一只喝茶的杯子就是青瓷，小时候被我打碎了。我听说她打碎过青瓷，就笑着说，你真厉害，说不定是个天价之宝。她说，妈妈生气了，说是曾祖父从中国带回来的传家宝，我吓得不行，后来祖父出面说这只是仿制品，碎了就说明它不重要了。我说，你祖父对你真好，为了安慰你，故意说是假的。她睁大了眼睛，你这一说，提醒了我，祖父后来不那么爱喝茶了，我们一家人都没留意。

海瑞思的祖父是在她进大学后去世的，祖父特别爱她，她也爱祖父，后来选的生物医学专业，虽是父亲主导，但也与祖父有关。祖父研究医学化学，年逾五十后撤离实验室现场，结束了那一场场仿佛没有尽头的实验，创办了一家医药企业，他的实验室搭档后来带着团队拿到了诺贝尔生理学或医学奖。这是祖父心中的一个遗憾，如果坚持，他的家族就会拥有另一种荣光。也许是我们的聊天引发感伤的怀念，她闭上眼睛，没了言语，我从副驾驶回头瞄了几次，她似乎入睡了，眼角有泪痕，双臂环抱胸前，像个孤独的洋娃娃。

海瑞思走到外公床前，摘下口罩，握住外公筋络暴起的手。她将自己的手覆盖在外公的手背上，肤色迥异，像一片新鲜的绿叶叠在一片枯叶上。外公听到我说话，睁开眼朝她看了看，眼神里先是一片漠然，然后像一片水流过的荒地，有了欢喜的湿润。她表情凝重，轻声喊道，外公，我来看您了。我在旁边补充道，海瑞思刚下飞机，直接从机场过来了。

外公示意我们扶他起来，我把床头的被褥垫高，垫在他的腰背之下。他一只手示意海瑞思坐在床边，她的手攥紧着他的另一只手。架好的摄像机已经开始拍录下这场景的每分每秒了。

你多笑，这是外公开口说的第一句话，接着又说，长得真像海校长。我知道他说的海校长是海瑞思的曾祖母。这个叫海玉音的女人一生和丈夫生育了四个孩子。一九二七年，中国战乱频仍，学校停办，教堂活动停止，海牧师带着妻子和孩子乘坐麦金利总统号邮轮返美。那是一次纷乱的远洋之旅，不幸的是快到美国西海岸时，海牧师有天深夜突然中风，没来得及抢救就脑出血去世了。两年后，听说中国时局有所稳定，战乱稍有缓和，深情重义的海玉音带着大女儿海菲娅和三儿子海恩斯再次来到了巴丘，继续丈夫未竟的教育事业。那时，教会学校设立了三年制的小学部、四年制的中学部和四年制的大学部，海玉音被委任为中学部校长。

海校长从美国再度返回中国，到底是出于一个怎样的目的？海瑞思之前和我探讨过这个问题。我也问过外公。外公对海校长的第一印象是记得她的精致，她随身兜里会带一条手帕，手帕打开会有淡淡的香味，花露水的气味，吃饭的时候，她就会把手帕抖开平展，放在大腿上。有人看到了会笑，但没人去学，学了也不像，东施效颦，会更让人笑掉大牙。她牙齿洁白，唇启露齿，像湖面阳光闪过的一道光。她饭后要刷牙漱口，一天三次；只喝白开水，从来不喝茶。人们想，这大概就是她牙齿白的原因吧。后来有人私底下说，她从小牙齿让虫蛀光了，戴了一口假牙。这件事一直无人探究真假。外公说，大家都喜欢这个圆脸庞的外国女人，她不苟言笑但待人和善，每次上街见到乞讨的穷人，都要从小包里拿出点钱施舍。那些没有钱交学费又想读书的孩子，她都会答应，先入学，有了钱再补交。有的学生读了书又没交学费，都是从她的薪水里扣的钱。

我对海瑞思说，你不是说理想主义嘛，也是那个时代里人的纯粹性所致吧。她说，我明天要好好看歧园的树，曾祖母最爱的是树。这个说法让我心中一惊，当年经海牧师之手种了很多树，加上请人种下的，大大小小有一千多棵吧。小教堂前那棵四人合抱的大柏树，被夏天一个炸雷劈开，燃烧了一个多小时，最后火扑灭了，只剩下一截两米多高的枝干，像块黑黢黢的墨炭。过去这么些年，各种原因砍挖了不少，但依然还剩很茂密的一片绿荫，一棵树的叶冠连着另一棵树，挤挤挨挨，耳鬓厮磨，在校园里行走，可以不用雨伞。所有的风仿佛是因为枝叶的摇晃而产生的。海牧师为什么要种那么多的树？也许就是因为妻子的喜欢而爱屋及乌吧。

打鱼佬农家乐今夜灯火明亮，因为海瑞思的到来。它是亮灯的外来户盛全伍开的。当年他家祖上从江苏漂流过来，两兄弟是孤儿，船上穷得空空荡荡，只有用不尽的力气和好水性，夜里遇上十几米的大风浪，船被打翻了，周遭一片漆黑，幸好兄弟俩各抱着一块碎船板，冷飕飕地漂了一夜。第二天早上睁眼就到了青沙湾，听说附近有个渔村，去了之后，老二还是当渔民，老大倒插门学了门酿酒的手艺。现在的老板盛全伍是老大的儿子，从小怕水，但学会了喝酒，就跟着父亲酿酒。亮灯村纳入全市渔火的文旅项目规划后，村委会鼓励有一技之长的渔民前店后家，做出有点渔村特色的东西。他灵机一动，就把旁边兄弟家闲置的屋盘租下来，几间屋一布置，又借钱在屋后的连片空地挖了一口小鱼塘，去年放了点鱼苗，也偶尔从鱼贩子那里买一些野生的。他的酒原本名声在外，听说他开饭庄了，活水煮雄鱼、清焖俏巴、油煎刁子、酒糟鱼块，跟鱼有关的都是他的拿手菜。买酒的顾客平时没事或节假日，就开车跑到这里来吃个饭打个牌，走的时候带点鲜鱼，打鱼佬农家乐一下就火了起来。

打鱼佬的院子比平时多聚集了一些村民，听说来了一个眼睛蓝得发黑的外国女人，又听说是海牧师的后代，大家更是兴致勃勃。歧园的历史多少有些耳闻，但大家心里的印象是那里废了，此刻更多是想打听海瑞思中国行的真正目的。她来干什么？朱广泰比我们先到，已经和人打起了哑谜。有人认识他，请朱局长透点口风，他光顾着笑。他确实有很久没笑过了。村支书往自己脸上贴金，说亮灯村是市里渔火季文旅项目实施的重点区域，朱局长请海牧师的重孙女来，是要拍电影，到美国去上映。大家又来了兴趣，围着村支书问会有哪些演员，亮灯村民会不会被拍进去。朱广泰趁机抽身，钻进了隔着帘子的包厢。

面对一大桌鱼鲜饭菜，海瑞思的兴趣不在吃，而在菜名的研究，包括来历、食材、做法。朱广泰用公筷捡了一堆菜，她就蜻蜓点水尝了点味道，却特别喜欢喝汤。对鱼的腥味，她并不在意，反而说腥味浓的更鲜。朱广泰从头到尾边吃边当讲解员，介绍巴丘的自然历史，说海牧师办学培养了哪一些有名的人物，谈市里在开发歧园这块宝地上的重视态度。他说几句，就停顿一下，有意看看海瑞思的表情，她咧嘴一笑，他又继续讲，她要皱眉，他就换个话题。

中途朱广泰朝我使眼色，我懂他的心思，把话往海氏集团上引。朱广泰接我的话问，海氏集团有没有在别的领域拓展？海瑞思直截了当地回答，没有。朱广泰说，鸡蛋不要放在一个篮子里，你爸爸海克文先生完全可以跨国界跨行业嘛。海瑞思说,祖父对我们家族成员说过一句话,人生能把一件事做好就算成功了,所以爸爸必须遵照。尴聊之间,正好盛全伍进来敬酒,想听听外国朋友对他手艺的评价。朱广泰把盛全伍的家世夸张地渲染了一番,海瑞思来了兴致,站起来端茶与盛全伍碰杯,说,我可以拍你吗?盛全伍连忙摆手谢绝,朱广泰狠狠瞪了他一眼,说,天上掉馅饼到你头上,你还傻不拉叽不答应,知道要是把你一拍,打鱼佬就世界有名了。

第一次见面的饭局,虽有尴尬,但急切的朱广泰略有保留,没有直接提到"投资"这个让人敏感的词。人家初来乍到,不知我们对歧园保护和开发的实情,要是带着心理阴影,不知要把我们想象成什么人。平常朱广泰主持的饭局,加上喝酒会把时间拉很长,但这顿饭都没喝酒,关键也是海瑞思说到酒就连说不会喝。路途奔波,见到外公后的复杂情绪尚未缓解,她对朱广泰谈论那些地方发展理念的词汇不敏感,打了好几个哈欠,我瞅个间隙提议,早些结束饭局回酒店休息,这才把他有板有眼的讲话刹了车。

送海瑞思回酒店,朱广泰说,中餐西餐酒店都有,吃完报房间号就行。海瑞思突然说,酒店费我能自理,不能给你们多添麻烦。我看到他脸上有些挂不住了,赶紧打圆场,先安心住下,后面再说。海瑞思并不介意,打着哈欠和我约时间,明天她想赶到教会学校拍黎明。她从包里掏出一沓装订好的文件纸,递给我,说道,上面有一些拍摄的想法。我翻开第一页,上面写着:

第一幕:日出

时间:黎明

地点:歧园

拍摄对象:树、房子、湖面、小路……

注意事项:光与影、自然环境、叶尖上的阳光、空中的灰尘……

她说过她是时间管理者,但我没想到她考虑得这么周密,对每一天的拍摄工作都做了具体安排。等她进房间安顿好,我们准备回去休息,朱广泰拽着我说有事商量。他不说话,站在大堂门口抽烟,他近段时间烟瘾比过去明显大了,头发也不"刷漆",一片黑白参差。我心里有种隐隐的同情。他说,你今天没开会,我说了一个重要观点。我跑这一天下来也疲累,但只好耐着性子把话听完。他深深地吸了一口烟,然后用力掐掉烟头,说,市场时代,任何东西都可成为商品,我们要把这片荒芜卖掉,变成荒芜经济。我眼睛瞪圆了,头一回听他讲"荒芜"这个词,过去我们只是觉得歧园的冷清现状有些可惜。我心想,这是荒芜吗? 有那么多活着的历史和活着的人曾经在那里生活,留下了气息和声响,留下了记忆和过往。但他说得又没错,现在无人参观,闲置废旧,不形同废墟吗,不是荒芜又是什么呢?

五

乍暖还寒的季节,清晨六点,天刚蒙蒙亮,流淌着一股湿润的气息。歧园的运动场四周种的是两圈法国梧桐和丹桂,宿舍楼的背面半坡上种的是一排银杏,再往下是一片板栗林,再就是漫山遍野的香樟、栎木,但凡有点空地,都是尺树寸泓。当年的小树,现在都是枝叶扶疏、亭亭如盖。

空旷之中的鸟声和寂静,界限十分清晰。海瑞思一走进园子,径直奔向牧师楼,那是她曾祖父亲手建起又住过好几年的房子,站在靠西的走廊上,可以看到坡下种的几株芭蕉,肥硕青翠的叶子丛生交错,但长得不高,没有挡住人的视线,因此有了一片开阔之地,正好看得到湖,就像特意留出的一扇窗子。我想,当年海牧师茶余饭后,是不是也喜欢坐在走廊上喝咖啡、看日出日落,也欣赏那些在不同季节争芳吐艳的杜鹃、紫薇和栀子?

海瑞思走进这歧园后,就缄默不语,像是害怕惊扰了这里的静默。有的地方,很多年过去,独独留下的树,是人活过的证明。树比人活得久,至少在歧园是如此。海牧师死去都快一百年了,但山上的树越发郁郁葱葱。

水波上的光亮一下撕开了天幕,我被洞庭湖的黎明震住了。一道金光在远处刺破云层,顿时炸裂开来,碎成片片羽毛飘落。光是贴着水波摇动起来的,越来越近的时候,颜色变浅变白,像很多条银蛇舞动起来。

你感觉到房子在摇动吗? 海瑞思对我说。我诧异地看看四周,连风都停了,树上的枝叶安安静静。再一抬眼,湖上的颜色又发生了遽变。太阳露出半张脸,金色都化为了大块的橘红、杜鹃红,继而是洋红、朱红、嫣红、猩红、灼红、宝石红,像一张红色的网从天而降撒下来,每一个网眼里的红都有着千姿百态的差异。摄像机一直架在那里拍摄,海瑞思脸上的沉默,也被镀上了红色,她没有笑,却如同在笑。她望着我,说,我想起了一种酒,就是这样的红色,是勃艮第红酒。

我们很久之后才发现,文爹一直站在身后,直愣愣地看着我们。之前我告诉过他这次的拍摄计划,他也是海瑞思要采访的对象之一。打过招呼,海瑞思就手持机器,拍阳光下的一面面墙,拍一根根廊柱,也拍一块块的青砖。文爹挨到我身旁悄声说,我在一本画册上看到过她的画像。我问,在哪里?他说,几年前市政协编的一本书里,上面配文印了海校长的画像,她们长得太像了。我想起来,那篇文章我也读过,是市里几位做文史研究的老同志共同写的回忆,配图找了些黑白人物照片。说真心话,那些照片原本就是黑白色,年深月久,反复印过之后,已经有些模糊不清。我没法确定,照片上的海校长和眼前的海瑞思到底有多像,但文爹说话的语气,斩钉截铁,像是曾经见过海校长本人。

文爹拎着一串钥匙,我们跟着他边参观边拍摄。走进刷成银灰色的牧师楼,他说这楼又叫银房子,L形回廊一面朝向湖一面朝向校区,转角处立有五根拱券形立柱。去了外籍教师楼,楼被刷成了红色,他说这叫红房子。年深月久,掉了色,只剩一点淡淡的红,浮在墙面上,又像是很早之前就长在墙砖里了。走廊上也是拱券形立柱,简化涡卷的柱头,有点像刮大风时湖面上泛起的一朵朵浪花,花瓣的边缘线很长。房子里电源有的好有的坏,我拿出手机灯照明,从客厅到卧室内是圆拱形小门,通风和采光靠的是长方形玻璃窗,其中有建筑代表性特点的是大量采用了繁缛的巴洛克灰塑浮雕线脚。线脚很长,虽然每间屋子并不宽敞,但因为线脚带来的视觉效果,空间就有了延展感。

两栋楼一北一南,风格相近,并不完全是建在山顶上,而是选择了缓坡,也不突兀,像是对地形凹缺之处的弥补。我转过几次后,发现了这些建筑的秘密,依山就势,错落有致,其实这也是公开的秘密,但不得不佩服当时设计者的匠心。我问海瑞思,这些房子都是海牧师设计的,你骄傲不?她不说话,也不点头,只是痴迷地看着一面面墙、一块块砖。

海牧师就是总设计师,文爹感慨地说,他没学过建筑,但把中西建筑合璧这件事干得一点也不马虎。过去文爹带我里里外外把四栋建筑看完后,我想确实值得赞美几句,可赞美的词汇枯竭,就说了两个词:洋为中用、古为今用。文爹显然有些不满意,我说出两个不痛不痒的公共词汇。他说,人家一个神学博士,对建筑学一点也不外行,还说明一个理,专注做事的人,一通百通,什么都能做好。海瑞思一边看一边拍,嘴里念叨着,太棒了。我疑惑地问,海牧师一点建筑知识也没学过?她摇头,说,我也从没听说过。文爹大大咧咧地说,没学过但可以依葫芦画瓢,没学过并不代表他不懂原理。他拿自己为例,说,过去我天天和钢球厂的机器打交道,根据产品的需要画图铸模,也是边学习边实践。这几年呢,每天瞅瞅这些建筑,都看出不少门道,你们看这里所有的建筑都没改变原生地貌,都是利用丘地边缘起建的。他领着我们细致地察看面积最大的宿舍楼,传统穿斗式构架,走廊东西排布,每间宿舍各开两扇窗朝外,通光透风;外廊是多立克柱,如同能发出美妙韵律的琴键;外墙是清水砖,屋面是中式青瓦琉璃剪边,屋脊为西式涡卷装饰。房子沿山地南缘起建,南面看是三层楼,北面看则是两层,地上地下功能既独立又有整体性,形成了通风、排湿的地下层和架空层。

海瑞思突然感慨地说,我有个想法,要让爸爸在家乡仿建一座歧园。

海瑞思对拍摄的用心和专业超出我的想象。她有时取好景,摆好摄像机,对着一棵树、一面墙,会反复拍,最多的时候拍十来遍,也不嫌劳累和烦琐。她出镜时,会中英文夹杂地说一下到这里的感觉,做一番介绍,有时完全是沉默,只是摸一摸斑驳的树干、灰旧的墙砖,仿佛它们能替她说话。我和文爹都成了镜头里的"演员",她让我沿着西面那条青砖铺的路,慢慢往前走,前面两次走得快,没有通过,她让我看镜头回放,取景框里,满地落叶,杂草萋萋,荒凉流淌。她说,这样的环境里,时间是停滞的,我们的脚步也要放缓,意味着时间里走过的每一步都是艰难的。我似乎听懂了"艰难",一下触发了我对海牧师的理解,那也是我始终没真正弄明白的地方,在那个凋敝、纷乱时期的中国,是怎样的动力让海牧师夫妻俩来兴教办学的?海牧师死在了归国途中,妻子和两个儿子死在了中国。

当我再次走上青砖路,背影变得庞大而沉重,压在我身上,我迈不开脚步,像西西弗斯推着巨石往山上走,脚上灌了铅一般的重量。这一遍拍得很成功,海瑞思喊完 cut(停),兴奋地击掌庆祝。她竖着大拇指,跑到我身边,脸上浮着一层红丝绸般的红润,说,太棒了! 我还没从内心的忧伤中走出来,耳道里有一种轰鸣,差点听成了"太笨了"。

我确实是个很笨的人。朱广泰布置给我的任务,我始终没有开口。上次海瑞思当面说海氏集团专注医药领域,我多问会显得突兀。降低身段求人投资,跟感情上的事一样,如果不是情投意合,求的这一方张嘴就先拜了下风。如果说,海氏集团愿意参与歧园的修复、投资与开发,双方就其功用的理念达成一致,让每一棵树、每一块砖石在时间里复活,那是最理想不过的了。但海瑞思并没想过这个话题,也不懂我们的心思,她一心想着把纪录片拍好,不管最后拍成什么模样,这至少是她的一次寻找,她的生命有了先祖血液的流动与共鸣,于她是生命和情感的一种延展。

六

海瑞思的时间把握得很紧凑,环环相扣。没有拍摄的时间,她就选一棵树,或是靠着哪栋建筑的廊柱,闭目养神,或是望着天空发呆。我不打扰她,也进入一种冥想,心中奇怪地获得一种宁静。有一次,她说,我在这里能感受到曾祖父就在身后,你能不能帮我借一台摄像机?难道她还想拍到身后的"海牧师",我觉得这就是个臆想。但跟在一旁的文爹却对这个想法持双手赞成,他也很"专业"地说,用两个机位,这样对同一个时段场景的呈现,可以多维度也可以节省时间。我说,借了机子还得借个摄像师,我只能请我舅舅出马了。海瑞思对我舅舅陈光宗有印象,开心地说,那就辛苦舅舅吧。我把想法在电话里一说,舅舅下午就扛了台大摄像机过来了。他说,我原想带几个助手,嫌碍手脚,索性亲自上阵,正好可以给海博士讲讲她伯祖父的故事。

海瑞思从家谱上记住了两个死在中国的伯祖父的名字:海顿和海恩斯。我也查阅过资料,海顿的记述寥寥无几。后来海瑞思说得更详细些:海牧师先期抵达巴丘时,十岁的次子海顿留在牯岭避暑。隔了几个月,海顿到巴丘就生了一场病,头疼发热,也许跟气候和水土有关,但当时海牧师每天忙碌得分不开身,见不到人影,等到有天深夜回来,海玉音告诉他儿子生病了,他才到床前去看嘴唇发干、脸形消瘦的儿子。海玉音安慰他说经人指引,已经找了城里的中医,吃了退烧的药,喝了羚羊角煮的水。海牧师稍感放心地睡了,第二天早上出门,再去看海顿时,发现他的脸又红又热,但身体皮肤是冷冰冰的,海玉音说儿子昨晚时而喊热时而怕冷,折腾了半宿。海牧师这才觉得不对劲儿,赶紧从宝塔巷找了一个船老板租了艘小火轮,跑了大半天,傍晚到了汉口的普爱医院。值诊的是位英国医生,他说孩子怕是感染了伤寒病,前一段时间汉口有相当多的病例。化验、开药、打针，海牧师忐忑不安地陪在留观室里，祈祷海顿能转危为安，但次日凌晨，他从梦中惊醒，摸到的是海顿冰凉的手。海顿悄无声息地死了，夜里几点死的都无人发现。海玉音听闻噩耗，像丢掉了魂魄，痴言痴语，晕厥后卧床休息了半个月，身体才渐渐恢复。

舅舅架起机器，和海瑞思简短交流以后，就进入工作状态之中。机子扛了二十多年，专题片新闻节目场内室外，他一上手，就看得出专业性，大家对他的取景构图也是赞许有加。那天下午，刚对小教堂的外景开拍，就下起了雨。伞盖般的枝叶承载不了雨的重量，雨一颗颗落了下来。我从车里取了伞，赶紧给两台摄像机撑伞遮雨。此前，海瑞思就有个想法，一年四季、风霜雨雪、黎明黑夜，每一个时间点的镜头都要拍到。难得遇到雨，她很兴奋，从远拉近，绕着小教堂和通往教堂的碎石路，一镜到底。把这一组镜头拍完，雨滴打湿了她额前的鬈发，汗流出来，头顶看得到迷蒙的热气。舅舅突然很神奇地说，你看，海博士冒的热气有人形，像不像一张脸？鼻子、眼睛、嘴巴，都清清楚楚的。我和文爹好奇地围拢来，她身体一晃动，不知我们要看什么，那些热气瞬间就消失了。

外景拍到了大量的素材，然后就是采访几位和教会学校有过各种交集的老人。很奇怪，这些老人一见海瑞思，就莫名的欢喜。他们耐心解答各种提问，从家里找各种老物件老照片，提供各种线索，有的临走还送特产和礼物。海瑞思也很有心，带去的是一张当时海牧师在牯岭拍的全家合影，一女三儿，虽然是一张复制版照片，但配上一个精致的小木框，镶嵌纸面的人物，反而有了浮凸感。她也给外公送了一张，外公把照片放在枕边，没事的时候就摸到它，举到眼前看看。看一会儿，他眼睛里就有了眼泪，顺着皱纹流下来，打湿了枕头。

在几个采访者中，外公的拍摄，海瑞思是最用心的，前后去了五次，每次外公精力有限，说的时间短，她也不着急，亮灯离城近，有时也不用我陪，她就让司机开着车扛着机子直接登门了。外公那几日的气色明显有了变化，脑子里的记忆也活络了起来。在很长的一段时间里，外公在村里受人尊敬的主要原因，就是他养育的子女，不像其他人家，没有走出过亮灯村，继续在水上漂。舅舅在电视台，我母亲是小学老师，端公家饭碗的人，外公天然有种心理优越感。

有一天，外公精神显得格外好，午餐吃了两片肥扣肉，舅舅见机，打电话把我们叫去了。见到海瑞思，外公更是喜笑颜开，我们把竹躺椅摆在屋门口的老樟树下，扶他出来透透风。海瑞思摆弄着机器，外公目不转睛，眼神里一会儿笑意涌流，一会儿充满忧愁。外公说，我之所以送子女读书，全都得益于海校长那个时候返回巴丘在青沙湾办学。我自己没有读书，我爹送不起，十几岁的时候，同我爹驾着船偶尔经过青沙湾，靠岸借着给海校长送点鲜鱼的机会，我就悄悄站在外面，听从教室里传出的洪亮的读书声，觉得那是世界上最好听的声音。后来我勒紧裤带借钱欠债，把子女送到岸上借住在一个亲戚家中，跟着亲戚的孩子一起读跑学，心中只有一个念头，不让孩子走我的水上老路。

　　海瑞思请外公回忆她三伯祖父海恩斯的事。据说海恩斯当时引起过很大的轰动，我也略知一二。海恩斯是在海顿去世三年后出生的，海玉音已是高龄产妇，但很顺利地生下了这个小儿子。海牧师慎重起见，把小儿子送回美国乡下的外婆家中，直到十七岁那年，他才又跟着海玉音来到这所教会学校。海牧师去世后很长一段日子，海玉音长久地陷入悲痛之中。她心心念念来自中国的消息，每天要把报纸上有关那个遥远国度的新闻从头到尾读一遍，生怕错过一点细枝末节，她也跑到教堂向身边的人打听，看有些什么新消息。听说中国战乱停止，海玉音决定带着女儿海菲娅和儿子海恩斯再次前往中国那座湖畔小城。在大西洋西岸长大的海恩斯从小水性极好，到了洞庭湖，他一放下行李就欢呼起来，眼前的一湖碧水，也跟家门口的海洋一样阔远无边，却有着说不清的奇怪感觉。

　　外公咳了几声，指了指舅舅。舅舅会意，说，我对海恩斯的中国经历有过一次比较深入的寻访，是电视台做的一档有关洞庭湖的节目。节目中提到一种叫江豚的水中动物，弯来绕去，七挖掘八追溯，结果有段故事牵扯到海恩斯和外公的身上。

　　舅舅给海瑞思递了根烟，她点燃，烟雾聚拢散开，像个嬉戏追逐的孩子。海瑞思问，少年时的海恩斯很淘气？舅舅沉思一会儿，说，我觉得海恩斯的故事不是一个词可以概括的，那是一种不同心性的少年对世界的态度。

　　他说，那个年代，城里的许多人家喝的饮用水就是洞庭湖水，每天有专门的供水人员清早拖着大木桶车走街串巷，买水的人把水倒入家中水缸，用盛明矾的竹筒摇一摇，不一会儿水就清亮亮的了。人要上湖，须得乘船，当时的水上交通船舶，典型的有渔民的渔船和商行、大户人家买的小火轮。海牧师为了教会学校采买的便利，就从汉口买了一艘二手的小火轮。海恩斯到来后，立刻和开船的师傅建起了亲密的友情，只要学校没有安排，他就伙同船工开着小火轮去湖上兜风。有时候,他也叫上几个朋友,去湖对岸的芦絮湾和水洼子打野鸭子。野鸭子是一种候鸟,到了秋冬季节,就成群结队地跑到湖湾里来了。他落过一次水,幸好太外公的渔船经过,把他捞了上来,正是这个机缘,十七岁的少年海恩斯和十二岁的外公交上了朋友。

我没听外公讲过和海恩斯之间的交往,就催舅舅赶紧讲。海瑞思却示意我不要急。躺着的外公挣扎着坐起来,眼眶周围薄得透明的皮肤变得越来越红,又细声地抽泣起来。

过了好一阵,外公情绪平复下来,舅舅望了录制中的荧光屏一眼,说,还是我来替你外公说吧。

海恩斯落水被救后,就视外公为知己朋友,没事就约着一起驾着小火轮出湖。有一年春天,海恩斯选了一个阳光和煦的日子,开船去了三江口。三江口是洞庭湖与长江荆江段的交汇处,那里的水泾渭分明,一半清一半浊,也正是在这个地方,湘、资、沅、澧四水也才算是经洞庭湖流入了长江。那天临近中午,湖上能见度特别高,船突突地响,船尾冒出一股黑烟。他们从三江口兜了个圈返回时,突然外公有了一个发现,接着海恩斯也看到了湖面有几个白色的影子。海恩斯赶紧拿枪朝其中一个白色的背影开了一枪,外公告诉他可能是江猪子,但又不能确定,因为平常所见的江猪子多为黑色,黑得油光发亮。外公听大人说过遇见江猪子的经历,一般会在出现不远的地方再次出现,因为它需要跃出水面呼吸换气。两人就死死盯着前方的水域,几分钟后,白影子再次出现时,他的枪响了,似乎击中了它。船工驾驶船慢慢靠近,江猪子受了伤,半浮半沉,他们用渔网把它打捞了上来。

回到学校,海恩斯像凯旋的勇士,奄奄一息的白江猪身边围满了人,也有闻讯而来的渔民。按照地方的习俗,外号江猪子的江豚是投湖公主的化身,有灵气,会在大风浪来临前给渔民报警,渔民从不主动追捕,有人意外获得后,见者可以讨要它的油和肉。江豚油味凉,是治烫伤的特效药,肉大补。听了围观人群中渔民的一番言论后,海恩斯就请船工把江豚的油和肉分给了看热闹的人。

喜欢生物学的海恩斯有一种强烈的好奇心,决定要搞清楚白江豚这个物种的来龙去脉,于是给美国国家自然历史博物馆哺乳动物馆的馆长写信,米勒馆长很快回信,建议他有机会将江豚头骨带回美国深入研究。半年后,海恩斯借一位外籍老师回国之机,托他将头骨送到了米勒馆长手上。这个标本成了世界上第一个白鱀豚头骨标本。

我隐隐激动起来,这些都是歧园这棵故事大树的粗枝茂叶,我问道,当时海恩斯捕到的其实是白鱀豚?舅舅说,是的,海恩斯的伟大就在于他的那次无意中的捕获和敏锐发现,让这种存活了两千五百万年的动物进入了世界名册。海瑞思说,有一年,美国一家报纸的记者登门要采访这段往事,但家里人都记不太清楚,我祖父对这段往事也只是略有耳闻。我问她,海恩斯后来是怎么去世的?她眼神里的光突然黯淡,不说话了。舅舅也沉默了,外公的眼泪却哗哗地顺着面颊流了下来。

外公声音颤抖,缓缓地说,我的命是海恩斯给的。我惊诧地站起来,屋里的气氛像是遭遇极寒冰冻,大家都失了话语。过了长久一阵,外公的情绪再度平复,说,那天我们从牖山岛准备返回,天气突变,乌云压顶,狂风骤雨很快就来了,船摇摇晃晃,像要随时翻沉一样。海恩斯站在船舷边勾扯掉水里的渔网,滑了一脚,掉水里去了,我抓了块木板丢下去救他,船晃得厉害,也跟着落了水,我力气小,四处抓瞎,呛了几口水,迷糊中是海恩斯推了我一把,醒来时我紧紧抱着那块木板,船工吓得脸色惨白,说海恩斯不见了。风平浪静后,船工请了很多牖山岛的渔民帮着找人,后来是在牖山岛的水湾发现的海恩斯,人淹死了,他要是抓住那块木板,可能死的人就是我了。

海瑞思眼睛又湿又红,眼泪圆滚滚地无声滴落。我心中浪潮翻滚,一股揪心的疼。扭头看身后,摄像机的工作指示灯闪烁着,机位正对着外公。海瑞思说,海恩斯的命原本是您父亲救的。外公说,我的命是海恩斯给的,活到今天,我还记得他那张脸。屋外夜色沉静,海恩斯的故事经由外公,也经由舅舅和我们,共同完成了夜晚的一份口述。

海恩斯的死,对海校长的打击最大,办学辛劳,丈夫离去的荫翳尚压在心头,现在彻底摧毁了她心中的那道防洪堤。一年后她也患病去世了,剩下女儿海菲娅孤零零一个人留在歧园,幸好有一群孩子相伴,学校的事情忙得让她没有时间感受孤独。我陪着海瑞思去见文史专家罗先枢,采访中他拿出那篇他写的关于海菲娅文章的报纸复印件,一字一句地读给我们听:

七七事变之后,国内人心惶惶,海菲娅那年已经四十五岁了,即使再舍不得离开父母一手一脚建起的学校,也只能无奈地跟着学校的大部队转移。当时的迁移路线,是一路向西,先西迁至华容的罗家咀,没有停留太久,又去了怀化的沅陵,与当地一所女中联合办学,后又西迁至湘西的花垣,在那个偏远的边城,她待了八年,直到抗战胜利,她才返回巴丘,但那时的校园一地狼藉。海菲娅又扑在校园的建设修缮上,她的付出曾得到了国民政府教育部颁发的奖励。她的弟弟几次写信,恳请姐姐回国,少受颠沛流离之苦,但海菲娅没有退缩,直到四年后的中华人民共和国成立前夕,她才回到美国家乡,终身未婚。

听到文字中描述姑祖母抽象的一生,海瑞思的神色浮现出一种怅然的伤感。她说,当时写信的弟弟其实就是她的祖父,他们家族的长辈也私底下议论,当时海菲娅不愿回国的原因,是与一个中国人相爱了。那个他,是学校西迁过程中认识的一位地理老师,他们准备等战争平息后,就在小教堂举行西式婚礼,可不幸的是那位男老师死于日军的一次飞机轰炸。

我说,我知道为什么你要关注格蕾丝的小说了。海瑞思说,她的小说中有他们的影子。我说,这么说,她们曾经是同事,都在歧园里生活过。舅舅说,他们的命运让我特别感伤。海瑞思说,任何时候,人所经历的一切,历史的眼睛终会看见,不是吗?

拍摄的间隙,朱广泰陪市文旅局和区领导来看望海瑞思,但她对这些官方交往并不在意,直来直去,有时干脆以拍摄时间紧推辞了。朱广泰每天和我有信息互动,也单独来探过班。我时时揪心这件事,但又忘了这件事。有一次他到歧园,我们正在拍建筑,从录制屏上,看得清屋顶上用的象牙椽飞、琉璃勾头滴水剪边瓦和本地的小青瓦,古色古香。

朱广泰跟这些古旧物没少打交道,随便挑一个也能说出个子丑寅卯。他说,海牧师真是天才的设计师和建筑师,这些建筑是歧园的灵魂,应该好好保存下来。海瑞思听得感兴趣,他就指着录制屏上屋脊、饿脊正面的六瓣花饰,说,过去的中式古建筑,都是吻兽、饿兽,海牧师换成了花饰,就有了现代建筑的味道。海瑞思问,真有价值的话,没想过把这里变成旅游景点?朱广泰故意沉吟,轻叹一声,说,歧园不能真的变成弃园,想法是有不少,但投入要真金白银,目前还没有遇到中意的合作开发方投资。海瑞思不接话了,脸凑到机器前,把镜头拉近,静静地拍着檐头上长有一层薄薄青苔的几块青瓦。朱广泰自言自语,还是缘分没到吧。

夜景并不好拍摄,舅舅说没有灯光设备,拍出的效果是黑的,但海瑞思提议了几次,我们只好遂了她的愿,拍一次夜晚的歧园。有一次坐着休息,海瑞思问道,歧园未来可能会变成什么模样?舅舅知道我的心思,接过话头说,歧园可惜了,海氏集团完全可以来投资嘛!她耸耸肩,说,企业的经营有一套管理模式,海氏因为产品的稀缺性,很多时候都不用自己去经营,医药市场给了它独特的地位,我们家族有规定,做技术的不干预经营,投资的事情必须是由经营者决定的。舅舅说,如果我们能拿出一个好的方案,合作也不是不可能的,是吧?她拍了拍屁股上的尘灰,笑了笑,起身去摆弄带来的几盏立式照明灯。灯一亮,热气爆开,眼就花了。但这点光在偌大的甄壁山上,在被几百棵树包围的建筑里,就像大湖里的一滴水,又像几只停在半空中的萤火虫,发出微弱扑闪的光。

拍摄了一段时间,海瑞思把灯关了,光热缓缓散去,夜空一会儿就清爽起来。眼前的黑暗,铺天盖地,或者说原本就是一团墨黑。她说,虹膜扩张,黑暗中的光线进入人眼,视力会适应并改善,视觉会变得更敏锐。我们都不说话,似乎声音会把黑暗打碎。那个场景有些瘆人,但渐渐地,我们习惯了黑暗,习惯了寂静,我能看见树叶在晃动,看见昆虫和夜鸟倏忽间穿过叶丛,飞到邈远的夜空。那夜,天上有半轮明月,湖上的天光,一齐投射过来,穿过那片空旷,银房子的墙壁有了亮影,倒像是变成了一个弱光体。歧园也就跟着有了隐约的光,细心的人能看到光会移动。我突然发现,黑色也有了层次与变化,青骊、烟墨、夜紫、墨黔,及至硫黑、陨石黑、晦黑、骏黑。黑色不再沉重,而是在滞缓中变得灵动起来。

她席地而坐,背靠着银房子的墙壁,有时她也像被点亮了似的。眼睛、鼻子、嘴和四肢,身体的局部在黑夜里被擦亮。舅舅说,最好的摄影师是一道光,把拍摄对象照亮,也把自己隐藏起来。我们继而沉默着,过了许久,她要我们听。她说,她闭上眼睛能听到曾祖父在屋子里的呼吸声、曾祖母的脚步声,还有海菲娅用英语朗读着《圣经》里的句子:"凡是真实的,凡是高尚的,凡是正义的,凡是纯洁的,凡是可爱的,凡是荣誉的,不管是美德,不管是称誉,这一切你们都该思念。"这些句子,我也曾从不是基督徒的外公嘴里听到过。外公说起过,海恩斯死后,他有过很长一段时间,就坐在牧师楼的石阶上不肯离开。太外公说,他死了,你就是海校长的儿子。

歧园的故事,从不同人的嘴里说出来,拼凑出一条比较完整的时间链。这正是海瑞思需要且在寻找的时间链。她的笑容比过去少多了,有时听得入迷,眉头紧皱,有时眼里盈满泪水,悄悄用手擦去颧骨上的泪迹。有一次她面对镜头时说,我来寻找的,不只是看到的事物,也不只是听到人们复述时间里的往事。

那又是什么呢?海瑞思没有说出她心里的答案。舅舅那天提出"拿方案"的说法,突然让我心中一动,灵光乍现,接连几个晚上无论多晚回家,我都趴在电脑前,开始敲打一份方案,主题为"《浮现》新歧园设计发展方向"。

拍摄进度推进很快,要结束的前两天,真让我们遇到了湖上天气剧变。先是簌簌风威,歧园里所有的树都在摇摆,山也跟着晃动起来,似有一种"孤蓬自振,惊沙坐飞"之感。继而大雨如注,地上浮起一片吧嗒、吧嗒的响声,雨雾浓密,天地像是沦陷在黑暗之中。摄像机指示灯变成了最大的光亮,海瑞思伸出双手,接着从檐下垂落的疾雨,她额前的头发也被打湿了。

半小时后,风停雨歇,空气中的水腥气弥漫。又过了一刻钟左右,湖面的亮光越聚越多,水波就在那一片光的水色里缓慢升起,升上天空,又从半空滑落,像高处峡谷的闸门打开,水拼争着向黑暗之地奔涌而去,占领黑暗,光尾随着,并浮现出来。真是一个奇特的夜晚,这般变幻的自然物象,如果不是在这里,是永远无缘见识,也不会留下深刻记忆的。

一场大雨,也让海瑞思的情绪得到一次释放。她脸上的笑出走之后再度回归,她对我们大声说道,我懂了,我该思念的是什么。我们看着她,虽有不解,但也跟着笑起来。她接着说,你们相信气息吗?我能感受到他们的气息,这些树就流淌着他们的气息。我说,你的基因里流着海牧师的血。她说,他们留在中国的意义,是把信仰看得比生命更重要。我问她,如果他们还活着,最希望这里是什么样子?她说,以前的模样。我说,以前是回不去的,那你最希望这里变成什么样子呢? 她脱口而出,他们信仰的样子。

我渐渐喜欢跟随她走进夜里的歧园,似乎有幻游之感,看到一束光把脚下照亮,很快光亮就消逝于庞大的黑暗之中,也不是消逝,是以另一种方式发光。好像什么都看不见了,又好像有更多不可言传的感受从深水里浮了出来。

她的气息,召唤着家族先人的气息从时间里苏醒且游移过来。

《浮现》方案完稿的那天晚上,我梦到了海牧师,他一改平常的忙碌,和海校长悠闲地站在歧园的树荫下说话,听不清他们在说着什么。几声悠扬的铃声响起,海菲娅夹着课本从教室里走出来,年幼的海恩斯不知从哪里跑出来,手上挥舞着那封米勒馆长的回信,向田径场跑去,只有海顿孤独地站在走廊的护栏上,哇啦哇啦地唱着一首没人听得懂的英文歌曲。没过多久,教室里的人如水流般涌出来,走走停停,走到歧园的每个角落,到处都是人,奔跑、追逐、交头接耳、引吭高歌,树林间躲着的鸟突然之间扇动着翅膀,挣脱茂密枝叶,发出一阵阵哗响。

第二天来到歧园,当我向海瑞思讲述这个梦的时候,她抓着我的衣袖,一只手捂着嘴,很惊讶的神色,她也梦到了在歧园的他们,远远地向她走来,默默地望着她笑。她像孩子一样摇着我的手,一个劲儿地问,你梦到了,梦到了吗?我也说不清我们居然会在同一个晚上梦到相同的人,也许真是应了人们通常说的"日有所思,夜有所梦"吧。

文爹自称读过解梦之道的书,问我们的梦里有没有人说话。海瑞思摇头,说大家一声不吭,都是安静地看着她,发出浅浅的笑。他说,梦见故去的亲人,不说话是好兆头,是好消息。海瑞思说,会是什么好消息呢?他诡秘地说,天机不可泄露,到时候好消息来了就是梦解了。她哈哈笑着说,好一个神算!

沿着歧园上山的路走,这条路我们最近来回走了很多次了。文爹问我,政府对歧园有什么新规划?我说我希望歧园就是现在的模样,不是说保护也是一种发展嘛,但现实要求它改变,发展成别的样子。他说,照我看,万变不离其宗,海博士家族的故事是个好影视题材,找人写一个好的剧本,国际主义情谊、爱恨情仇、悲欢离合、中西文化交会、世界故事、中国声音,诸多元素,应有尽有。海瑞思和我不约而同笑了起来,他接着说,要是政府能拿钱,或者找人投资,这里不妨做影视城,外景地拍摄,加上婚庆主题公园、西式婚礼、洋装、婚纱、电车、民国风、怀旧风。他呱啦呱啦,像个正经请来的策划大师,说的都是金点子。

海瑞思说,文神算,变成了文策划,都是高水平。文爹面露羞意地说,这些说法并非全来自他,而是他那刚读大学的孙子春节回来时,陪他到歧园散步时"慷慨激昂"说的话。我们开心地笑起来。笑声在歧园里没飘多远,就被静谧吞噬了。我们重新陷入一种轻松的寂静中,我想,他的说法中不乏一些好的创意,新新人类的创意,也许就是未来的模样。

海瑞思朝我嘘了一声,我不知发生什么,她说,灵感来了,我想起了AI。文爹说,是人工智能吗? 我朝文爹竖起大拇指,示意听她说。

她说,我想到开发一种体验感强的人工智能应用。我们可以在先人住过的地方,或设定一个模拟场所,通过先人用过的器皿、存留的气息、留下的影像,加入遗传编程的研究,再综合仿生学、控制论、视觉神经等学科,创造一种AI,让后人仿佛回到先人身旁,与先人对话,去讲述过去、谈论未来。舅舅一直没说话,也兴奋起来,说,我是谁? 我从哪里来?

我无法想象那个场景或是特定场景智能化所需的诸多技术支撑,只是心生感慨,AI来势汹汹,人类每一步的变化,往往源于少数人的突发奇想或某个念想,依旧要解决的是人存在以来未解决的哲学终极命题。

我来多久了? 海瑞思望着夜空,像是同时对我们发问。不等我们回答,她又说,记得是第十一天了,我却感觉经历了一个漫长的人世间,物是人非,这是你们经常说的一个词吧? 我微笑着说,再教你一个新词:万物生长。

七

海瑞思按照预定的方案完成了拍摄,让她感动的是还有很多意想不到的收获。她经沪回国,朱广泰坚持和我一起到机场送行。航站楼前,她和我拥抱告别,问我,你相信前世吗?

我诧异不语,也不知如何回答。她说,我觉得自己被打开了,是往前世走了一回,这算不算一次寻根之旅? 我点头说,美好的寻根之旅。她沉思一会儿说,谢谢你帮了我这么多,可我什么也没帮你,你设计的方案我看过了,我会带给爸爸看,祝你好运! 我说,祝歧园好运! 她再次伸手拥抱,我鼻子一酸,有点哽咽,故作镇静地说,我也要感谢你,如果不是因为拍这部片子,我也不会对这段历史做这么多的挖掘,有收获的是你,也是我。朱广泰转过身,插话说,有收获的是我们,是歧园。

送完机返回的路上,朱广泰和我彼此都不说话。他佯睡,我实在忍不住了,道歉说,事情没办好,请局长谅解。他睁开眯缝的眼睛,说,哪里的话,纪录片拍好了，就是把事办好了。我说，歧园投资的事没谈。他说，哪有这么容易谈成的，之前你说得真情实意，我后来理解了，保护也是一种发展，歧园的未来，宜缓不宜急，我们从长计议。我说，其实我做了一份合作设计方案，让海瑞思带回去。他说，我就知道你小子是个有想法的人，海瑞思悄悄告诉我了，你要是信任我，把方案给我一份，三个臭皮匠顶个诸葛亮。

回国后，海瑞思和我的联系少了，但并没完全切断。她偶尔在深夜发来《浮现》这部片子的制作进展。她回国后就迅速拉起一个小团队，初剪、A拷贝（小拷贝）、正剪、选曲、配音合成，四个月后正式交片了，正好参展国内的青年电影节竞赛单元。她也问过我歧园的开发有没有新消息，我说了一些靠谱和不靠谱的项目规划。她说，朱局长还很着急这件事吧？我说，说不着急是假的，但他观念改变挺快，走到哪里，都要宣传这是中西文化教育友好交流的遗产，而不是遗物，他责无旁贷的使命就是要让文化遗产发声发光。她说，其实你说得对，没有想到最合适的，保护也是一种发展。

朱广泰在一个半月的时间里，组织了几位专业人士，在我的方案基础上完善补充，又制定了一份更详尽的关于歧园建立影视摄制基地、研学教育基地和中西教育文化史陈展馆的综合开发合作项目书，其中有些亮点，比如角色扮演、时光隧道、沉浸式婚庆等，都是从年轻人那里征集的灵感。有一天加夜班出来在办公楼前遇见他，他一忙碌就忘了染发，走在黑暗中，参差白发真就发出了银色的亮光。我们交流着一个好消息，是由海瑞思半小时前传递来的，她给家人讲了她的中国之行后，他们共同看完了她拍的纪录片，海克文先生拿走项目方案书后认真读了，提出了几点合作上的建议。

外公是半年后去世的。那天他大清早醒来，说口渴、胸口疼，喝了一杯凉白开后，又躺下来休息。凉白开他喝了多少年了，雷打不动。过了十几分钟，他入睡了，一声不吭，像个乖乖娃儿，等到我舅舅陈光宗唤他起床的时候，已经没有了呼吸。去年的城市规划调整把青沙湾一并纳入后，早些年外公给自己看好的墓地，已经不允许土葬了。外公要离开亮灯了，他是村里第一个死后葬进陵园的人。舅舅给他在白鹤陵园新开发的山头买了个位置，墓碑的方向正对着青沙湾。

葬礼结束，我接到朱广泰的电话，他说收到了一份来自宾夕法尼亚州的邮件，还有一笔一万美金的汇款。这是海瑞思获得的电影节基金会对《浮现》

这部新锐纪录片的奖励资助。邮件是海克文先生发来的,说他反复看过项目方案书,对一些设计建议充满期待,并商定时间要亲自到中国洽谈具体事宜。在保护中发展,在发展中保护,这是我们递交方案中的核心理念,海克文先生表达了高度认可。

昨晚我坐在外公灵柩前的时候,海瑞思发信息说,祖父生前说过一件后悔的事,他做过无数次设想,要是当时他也与姐姐海菲娅去了中国,以后的人生会怎样?她又说,有一次跟父亲聊天,问过同样的问题,父亲说,人生没有假设。我回复她,你们父女从事的基因医学研究,不就是一种让假设成真的事业吗?她突然问我,外公还好吗?我原本没想告知她外公去世的消息,见我没有回复,她说,昨晚做梦,梦见又到了歧园,看到夜空里有颗闪亮的星星坠落了。我说,是的,外公走了。

手机屏幕沉默了很久,海瑞思才发来一张图片和一段语音。图片拍的进歧园的路,配了一段英文,她告诉我这是梭罗的话,我查阅后的中文意思是:大地的表面是柔软的,人们一走过就会留下踪迹;同样,人的心路历程也会留下踪迹。语音里播放的是一段音乐,曲调深沉,如泣如诉,她说这是纪录片中的配乐,教堂祷告时会播放的曲子,名字叫《我要看见你》。我想,外公十几岁走进歧园,以及后来多少次在那里,是不是悄悄凑到小教堂门缝前听到的旋律,就是这首曲子?

外公头七过后的那天夜里,我又去了一次歧园,里面空无一人,眺望市区方向,远处车灯如豆,一眠一眠,没有任何声响,连虫鸟都隐匿了。我拍了一张黑暗中浮动着几颗光斑的照片发给海瑞思。安静的甗壁山像一头睁着大眼伺机跃起的巨兽,又如同一艘驶入茫茫大海之上远去的航轮。我走了很长的一段青砖小路,忽然听到声音从天而降,风声四起,水声扑打,夜鸟低鸣,草木私喁,歧园里沉睡的一切仿佛都苏醒了,发出窸窸窣窣的响动。我知道,过去从未过去,谁也阻挡不了的时间,又要从过去出发了。

【作者简介】沈念,1979年出生,中国人民大学文学硕士,中国作协会员、湖南省作协副主席。出版有小说集《灯火夜驰》、散文集《世间以深为海》《时间里的事物》、长篇儿童小说《岛上离歌》等。曾获鲁迅文学奖、十月文学奖、三毛散文奖、万松浦文学奖、张天翼儿童文学奖、湖南青年文学奖等奖项。

去昙城的路上

◎ 胡性能

一

这条黑暗中的隧道阿站走过多次,每次都精疲力竭。当然都是在梦中。他坐火车的次数不多,更没有徒步穿越隧道的经历,可为什么这种离奇的体验会在梦里一再重复?隧道里光线暗淡,空气稀薄,两条铁轨在身后的入口处反射着金属的亮光,像黑色巨龙伸出的触须。单调的脚步声、水滴声,还有隧道前方无尽的黑暗,令阿站感到呼吸困难。他机械地迈着沉重的双脚,还隐约闻到了隧道里轻微的霉味。一如既往,他感到孤独、无助,直至看到远处隧道顶端有一条细缝透出光亮。阿站朝它走了过去,看到那条发光的细缝往两侧撑开,露出了他卧室上方带有亮瓦的屋顶。

从睡梦中醒过来,阿站将放在侧边的另一个枕头放在颈下,深吸了一口气,又吸了一口,望着屋顶上的那块亮瓦,他看到橙红色的光线照射进来,在对面墙体的上端,留下一块菜板大小的楔形光影。这当然是碰上那种阳光灿烂的晴天。如果整个白天都待在楼顶的卧室,就会发现那个金黄色的光影会从对面墙上缓慢移动到这面墙上,然后在接近屋顶的地方消失。上午的光影与下午的光影颜色不同,形状也不同,而夏天光影的位置与冬天的也不一样。有时,阿站会觉得他的卧室里仿佛藏着一个无形的大钟,耳旁甚至会传来咔嗒咔嗒的声响。

这是阿站搬过来住的第五个年头。当初装修房子的时候，他不顾妻子小玉的反对，固执地让人在斜面屋顶凿开瓷砖那么大的一个洞，装上了一块透明的玻璃采光瓦。就在他枕头的斜上方，一睁眼就能够看到。曾经，他目睹过一片褐色落叶掉在上面，像一只眼睛，令人有些惊悚。几天后落叶不见了，估计是被夜里大风刮走的。去年夏天的某个清晨，下过一次巨大的单点暴雨，隔着几厘米厚的水泥板，都能够听到雨点砸击在屋顶细碎而密集的声响，好像那场雨就是冲着他的房子而来。阿站当时躺在床上，看沸腾的雨水在亮瓦上流淌，觉得自己好似置身于一条河流的底部。冬天的时候，他还看到过雪花一片片掉落下来覆盖住了亮瓦，银白色的一块，像梦境一样轻柔，那样的夜晚大地一片安宁，容易入睡。

借着亮瓦透进来的亮光，阿站将左手握了起来，放在眼前仔细端详。看似完好的手，只在手腕侧面有个不易察觉的疤痕。他紧攥拳头，用力，再用力，像是要牢牢把什么东西握在手里。阿站看见自己弯曲的拇指、紧绷的指节，以及指节上的一条条纹路。他想起师父王九说过，左手拳头的大小，约等于心脏。这时，他感觉楼口那儿站了个人，望过去，是妻子小玉。

"醒了？"小玉问。

"醒了！"

"那我去给你煮早点。"小玉说着反身下楼。

昨天晚上睡觉之前，她上楼来，摸了摸阿站的额头，说烧退了，让阿站把她端上来的姜糖水趁热喝了，再发身汗。现在，阿站望着眼前攥紧的拳头，感觉自己缩紧了几天的心脏，正在慢慢恢复原状。他偏了一下头，看了看床头柜上放着的那个圆形座钟，秒针的尾端有一只袖珍的小公鸡，正在啄食虚拟的米粒。表盘上的时针已指向八点。

在家躺了几天，感冒已经好得差不多了，狂风暴雨砸击过的土地又恢复了宁静。每年夏天，他都会病上一次，仿佛身体里有两只镶嵌的齿轮，其中一只某处有个缺口，每当转动到那儿，齿轮总会打滑，让他有那么几天持续的晕眩并发烧，走路时地板会晃来晃去。这是阿站一年一度的劫，持续十年了，像预先设置的闹钟那样准确。但过了此劫后，他的身体会在接下来的一年里水净沙明，不再有那种混沌的时刻。

一年中，除了病的这几天，阿站几乎不休息。他任劳任怨，无论多么艰难的活计,都风雨无阻。病愈后的阿站从床上起来,将双臂高高举起,转动了一下手腕,伸了个懒腰,感觉自己像是一只从冬眠中苏醒过来的动物。洗漱池在阁楼入口的地方,池子上方镶嵌了一米见方的镜子,顶端安装有长条形的卷灯,柔和的光线从那儿弥漫开来。这是几天来他第一次认真洗漱。阿站在镜中看到自己的脸。病了几天,他以为脸色会很差,便将头凑近仔细观察,发现比预料中的要好。也许这几年长胖了,阿站的脸看上去不再像过去那么狭长。洗漱完之后,他对着镜中的脸凝视了片刻,然后把老婆专门为他买的护肤霜挤了一些搽在脸上,对着镜中的自己笑了笑。

早餐是面条,酸辣面。但小玉习惯在碗里给阿站放上两个油炸鸡蛋,说是这样就能保证他一天的营养。烧退了,人有了精神,几天以来阿站第一次有胃口,他往面条里又加了一勺油辣椒,吃得满头大汗。

二

"有些人长在中年!"吃完早点,阿站开车去服务队,路上,他想起当年母亲对他的安慰。阿站读初中时,毕业前,班上通知每位学生要交几张一寸的免冠正面照,阿站便去了县城的照相馆,正襟危坐在一面白墙前,面对摄影师的相机,他努力屏住呼吸,脸上的肌肉变得僵硬。几天之后他从照相馆取出照片,很沮丧。照片上的人是自己,确定无疑,可他又不愿意承认这是自己。阿站甚至想把照片撕掉,他没有想到自己正儿八经照下来的相,会是那样的丑。回到家后,阿站闷闷不乐,母亲知道了原因,宽慰他说:"有的人长在少年,有的人长在青年,还有的人长在老年。"那个时候他不太相信,但现在,他觉得母亲的话说得有道理。至少,他比以前更能接受自己的样貌了。

其实只是休息了几天,可阿站觉得自己像是有很长时间没来上班了。车窗外,早晨清新的空气灌了进来,让人神清气爽。又到了夏天,空气中充满了植物蓬勃生长的气息。经过钢结构厂、小纹溪大桥,翻过一道隆起的低矮山梁,便能看见不远处灰色围墙里的殡仪馆。公路边,有鞭炮炸过之后留下的一地纸屑,阿站从打开的车窗里闻到了熟悉的硝烟味。路过殡仪馆大门时,他侧头朝里面望了望,看到许多戴黑纱和白花的人,正三三两两聚集在院坝里交谈。服务队的办公室租的是殡仪馆旁的一座农家院子,里面有一栋两层的红色砖楼,围墙也是红砖砌成,一人多高。以往,阿站总是来得早,但他会把车停在围墙外的路边,把院子里的空地留给其他人。但这天他将车开进了院子,停在了过去队里金杯车停的地方。阿站从车里下来的时候,看到了院子里停的汽车和摩托车,知道早上队里的人都来过了。他掏出钥匙打开办公室的门,屋子里没人,师父他们一早去了中水乡,那儿出了事故,死了不少人。

从门后的挂架上取下抹布,在屋外的水池里浸湿后又扭干,阿站把办公室的茶台、桌子和椅子统统擦了一遍。殡仪馆围墙边高高的烟囱里,每天都有人顺着那条管道爬到天堂,留下的肉身焚烧之后,会有些细小的粉尘飘落下来。所以大家每天到办公室的第一件事,就是擦拭桌凳。以往,这件事大多是阿站来做,谁让他总是比其他人早那么一点到队里呢?

早上还在家中吃早点的时候,师父就打来电话问了他的病情,此时他们正开着队里的金杯车行驶在去中水的路上。中水是离县城最远的乡镇。乡村公路,交警鞭长莫及,农用车常违规用来当客运车,这次还超载,车从高崖上坠落,尸体掉落在深涧里,收殓的难度大,除了阿站,队里所有的人都赶过去了。否则,阿站还能在家里再休息一天。

阿站上午处理了一些杂事,下午才想起来,又忘记吃药了。小玉每天都让阿站吃粒复合维生素,说是对身体怎么怎么好,可他觉得没用。他一年四季与尸体打交道,看到有人每天一把把保健药吃下去,比谁都注重养生,最后还不是早早走了。但想到老婆的叮嘱,阿站还是喝了口茶水,一仰头,把药片吞了下去。

以为这一天不会有什么活计了,正在这时,电话响了。是老丁。他的声音像是经过了纱布的过滤,沙哑、有气无力。老丁是医院里常年给队里提供活计的人,他说有人要急送,到昙城,还特意叮嘱病人是刘主任老乡,怕是挺不过今晚了,要赶回去。城里人大多在医院咽气,乡镇人的习惯,更愿意留着最后一口气回到老家,就像落叶归根,办丧事、守灵什么的,都方便。

听说去的是昙城,阿站并没有像老丁催促的那样立即出发,反而是慢吞吞倒掉泡了大半天的旧茶,来到茶台后面坐着,并烧水准备另沏新茶。办公室对着门的那堵墙下,有一个树根雕制的褐色茶台,上面放着一套景德镇产的青花瓷茶具,没事的时候师父就坐在墙下泡茶。最近两年,师父迷上了云南的普洱茶,烫杯、洗茶、泡茶,师父做得有板有眼,每喝完一口茶,还习惯性地把杯放在鼻下闻一闻，夸张地说能够闻到稻花香、玫瑰香或者橘香。阿站没这么讲究，他喝绿茶，一个大容量的浅蓝色防爆太空杯，抓把茶叶丢进去，一杯茶可以喝上一天。但这天阿站接了老丁的电话后像是有了心事，他等茶台上的电水壶咕嘟咕嘟响了以后，摸出手机，拨了队友刚子的电话。

电话里的彩铃声一直响，但没人接。

自动烧水壶到沸点后便会自动断电。阿站握住电水壶的手把，将开水冲进太空杯，看见卷成米粒大小的茶叶在水里慢慢舒展开来。停了一会儿，他又拨了师父的电话。通了。

"师父，你们那儿情况怎么样？是不是在回来的路上了？"

"还没呢，崖底有个水塘，还不晓得有没有人掉到里面，"师父的声音里夹杂着风声，"今天能不能回来都难说，回来也会很晚了！"

"噢！"阿站略微有些失望，"师父，老丁派了个急活，送人去昙城……"

"绳子，绳子，卡住了！刚子、二毛快来帮忙。"电话那头好像很忙，师父说，"忙着呢，挂电话了啊！"

望着手中的电话，阿站想，看来这次躲不开，得跑趟昙城了。

三

阿站坐在驾驶室里，将车窗玻璃摇下，手肘搁在车窗外面，嘴中喷出的烟雾间歇性地飘了出来。五月，天气已经变热，即使是在医院，穿裙子的人也多起来了。这时阿站看到一辆滑轮车从住院部大门推出来。几分钟之前，老丁催促的电话打到了阿站的手机上，阿站说已经在住院部门外候着了。隔着一个长条形的花台，阿站看到病人身上盖着一床红色缎面的被子，但戴着黑色绒线帽子的头露在外面，这意味着滑轮车上的人还活着。服务队除了处理尸体，护送病人膏肓的患者回老家也是业务之一。阿站轻轻点了一下喇叭，示意对方自己的位置，并从驾驶室里跳下，准备搭把手。

几个穿着蓝色大褂的护工推车的推车，拿杂物的拿杂物，朝他的车走了过来。一个中年女人跟在旁边，像是家属，她抱着个塑料编织袋，一脸的倦容。

送人用的是五菱宏光面包车，改装过，后面的座椅取下了，铺上一块草绿色外套的海绵垫子。车身也重新喷了蓝白相间的油漆，晃眼一看还以为是救护车。阿站绕到车后，打开车门，准备和护工一道，把病人转移到车里。这时病人挣扎着想起身跟旁边的中年女人说话，似乎是想要交代什么，却没余力让声带颤动，发出的声音嘶哑而短促。

"带上了，带上了！"中年女人答复病人，声音里带着轻微的焦躁。病人这才不再挣扎，放松下来躺在垫子上，手伸了出来，尽是明显的骨节。不仅是手，病人眼眶和脸颊都内陷进去了，嘴皮失去水分，萎缩得厉害，就像是骷髅头上蒙了一层蜡黄的绵纸。

阿站帮着抬病人，他低头下去，近距离看到那张皮包骨头的脸。病人的眼睛紧闭着，嘴微微张开了条缝，因疼痛发出嘶嘶的声响。阿站心一沉，他看到病人左嘴角上方有一颗痦子。尽管病人的皮肤萎缩，肤色发黑，可那颗痦子仍然很明显。阿站的头皮有一些发麻，这颗突然看到的痦子让他感到恍惚和虚幻。

站在车旁的中年女人两眼发红，打了个长长的哈欠。她爬进车厢，依次接过护工递过来的杂物，将它们摆放在病人身侧。

"是你什么人啊？"阿站问。

"还能是谁啊，这种时候，吃苦受累的还不是女儿。"中年女人说着，背对着车头坐在了病人的头旁。护工们散去，阿站关上面包车后门，爬进驾驶室，呆坐了片刻才启动汽车。面包车发出熟悉的马达声，朝医院大门驶去。临近晚餐时分，医院里人来人往，热闹异常，像个超市一样。院内道路人们无序穿行，阿站放慢车速，他背对着车厢，看不到病人的脸，但刚才看到的那颗痦子一直在他眼前晃动，让他心神不宁。

阿站将病人那张瘦得脱相的脸，与记忆中痦子的脸两相对照，觉得有些相似。病人的脸尽管被病痛折磨得扭曲变形，但嘴角左上方的那颗痦子很明显，又是昙城人，年纪也差不多……阿站确定他们是同一个人。难怪一早他在洗漱池边洗漱时，右眼跳个不停。左眼跳财，右眼跳灾！阿站警惕起来，怀疑这趟送病人去昙城，会不会碰到什么不顺的事情。

太阳西斜，面包车穿行在县城熟悉的街道，阿站隐约感到就像是在与什么东西告别。人行道上下班回家的人、街道两旁商铺里传来的音乐声、打折商品的吆喝声、路灯电杆上挂着的红色中国结……面包车驶往城外，所经过的一段环城路正在进行排水改造，一侧路面被剖开，泥土翻卷开来，排水沟裸露,沟边混乱地堆放着一些灰白色的水泥管。因为正值雨季,再加上汽车轮胎碾轧,道路变得泥泞。前方,公路边窜出一位交警,将阿站前面的一辆车拦下。隔着几十米,阿站就看到一辆农用车抛锚在路边,车体红色的油漆剥落,司机站在路边束手无策。因排水系统的改造变得狭窄的环城路变得非常拥挤,往来的车辆只能交替驶过,喇叭声此起彼伏。估计还得等上一会儿,阿站熄掉发动机,将汽车停在路边,望着对面的汽车一辆接一辆驶来,绵延不绝,像是永远也不会停下来。

一些往事在心中沉渣泛起,却又厘不清个头绪。过了一阵,阿站他们这一侧的车才被放行。路面溃烂得不成样子,挡风玻璃前方是一眼望不到头的车辆,阿站担心此时要是再有一辆车在前面爆胎就麻烦了。谢天谢地,车速虽然缓慢,毕竟顺利通过了这段拥堵的路。阿站换了个挡,斜眼看了看仪表盘上的时间,已经快下午六点了。

也许是面包车驶过这段环城路有些颠簸,车厢里传来病人的呻吟声。从业十来年,阿站几乎每天都会出入医院,什么样的病人都见过了,他估计自己拉的"痞子"患的是癌症,否则不至于瘦得那么脱形。怎么偏偏由自己送"痞子"回家?阿站觉得这事巧合得有些离谱,心中有些不安,他猜不透这种巧合中,究竟隐藏着命运的什么算计。

之前停在路边等车通过时,阿站注意到,在他身后的车厢里,中年女人给病人喂了药。是止疼药还是镇静剂?过了一会儿,病人停止了呻吟,车厢里安静下来。阿站仰头往斜上方望了望,他在后视镜中看到了自己的脸,但仅限于眉骨和眼睑之间那个区域。早上洗漱时他曾观察过这张脸,但此时,他发现自己的眼神正在变得阴郁。

经过猪鬃厂、中石化加油站、烟草公司仓库,这些单位过去都在城郊,现在全都缩进城来了。这几年县城像气球一样膨胀,似乎也顺带改变了周边的地理,阿站茫然地望着窗外,第一次感觉他生活了几十年的县城是那样的陌生。终于出了城,驶上213国道,走了几公里后,前方出现一个岔口,有蓝地白字的路标,往右的箭头指向昙城。

昙城并不是一座城,它只是一个乡镇的名字,至今阿站都不知道它名字的由来。随着车速加快,公路两侧的行道树、零星建筑、菜地、塑料大棚在后视镜中越来越小,然后彻底消失,有如船尾的泡沫破灭后又溶化在水里,阿站的头皮一紧,他感觉到挡风玻璃的前方,暮色正汹涌而来。

四

去昙城的这条乡镇公路,阿站当年曾跟随运货的卡车跑过多遍。空车的时候,他曾经坐在驾驶位,在老师傅的指导下,见缝插针地学习过驾驶技术,幻想着自己某一天也会成为一名卡车司机。他觉得自己已经熟悉这条公路的每一个坡道和弯道。但事隔十来年,当他驾车重新返回昙城,熟悉中透出的竟然更多的是陌生,这令他有一些恍惚。有一段路,两侧皆是条形土地,新麦收割后,地里整齐的麦茬还没有来得及拔除。

走在这条路上,他当然会想起吕磊。他们一度过从甚密,像配对的桌椅,如今却天各一方。已经有好些年没见到吕磊了。最后一次见到是在哪儿?阿站的记忆在吕磊这儿打了个结,像几股毛线缠绕在一起。但他至今能清晰地想起吕磊的样子来:肥头大耳,梳了个大背头,还上了发油。那一年阿站下岗赋闲在家,之前他在水泥厂上班,厂子垮了,正当阿站感到前途一片茫然时,吕磊突然来访,他穿着宽大的黑色夹克和同样颜色的西装裤,黑色的尖头皮鞋擦得锃亮,看上去像一个发了财的老板。说起来他也算是阿站的远房表哥,但血缘关系远得虚无缥缈,甚至连他们自己也说不清楚。两人曾同在翠华中学读书,吕磊高阿站两个年级,与其他几个同学常在一块玩,并且给自己这个小团伙取名叫翠华五鹰。

吕磊读中学时就提前发福,身体里像是加入了苏打粉。但他脑子灵活,主意多,从那时开始就有大哥的派头。其他人叫他大哥,唯有阿站还叫他表哥。两个人的关系特殊,在团伙里的地位就会很微妙。阿站中学毕业,去了县城的水泥厂,而吕磊考到外面去读书,回来只工作了两年,就下海了,此后两人几乎断了联系。再次相逢,阿站发现吕磊的气质变了,他喜欢用戴着金戒指的右手,夹着一根雪茄。偶尔,他会将雪茄放在鼻子下面,噘起嘴,从左到右,像吹口琴那样缓缓拖过。这样做时吕磊的眼睛微微闭着,很享受的样子。是他告诉阿站,雪茄的味道很好闻,醒脑。

吕磊在昙城乡弄到一个工程,是一段乡镇公路的路面改造,原来的泥土路面,要用砖块大小的石头镶嵌,然后压实,称之为弹石路。工地说是在昙城,但有点偏,从乡政府出去还有好一截路程。

"表弟,要不,你跟我过去一起干?"吕磊说。

一声"表弟",唤醒了同为五鹰成员的峥嵘岁月。他们当年在校园里抱团,称兄道弟,但毕业以后,就各奔东西了,但彼此的情谊,还是与其他同学不同。

吕磊开给阿站的报酬不低,包吃包住,每个月还有五百块钱。吕磊说:"如果工程顺利完工,挣了钱,还会发一点奖金!"

那是遥远的一九九七年,五百块的月薪是阿站在水泥厂的两三倍。阿站有些不相信,他说自己又没得啥子技术,不知道去工地能干啥。

"看工地呀,我需要个助手,你不晓得那儿的农民狡得很,"吕磊以一个城里人的优越口吻对阿站说,"人尻了莫得行,守不住工地,表弟你的气场强,镇得住当地人!"

当天下午,吕磊就开着他的二手桑塔纳把阿站带去县城南郊的停车场。有一批货要从县城拉去昱城的工地,吕磊雇用的大货车,在南郊停车场等待装货。那时,碰到要创建卫生县城,规定白天不允许大卡车进城,所以拉到昱城的货物,只好找微型车拉到停车场来装车。交代完后,吕磊便开车先去了昱城,说是会在那儿等阿站他们一道吃晚饭。阿站守着空车等着装货,他将自己的行李包放在驾驶室车门边当枕头,跷着二郎腿躺在座椅上养神,没想到还真睡了过去。

醒过来,是因为微型车陆续拉了货物过来。阿站像个监工,看着货物在车厢里码好。装完货后,司机将车厢门上了锁,又围着卡车绕了一圈,对着几个车轮踢了几脚,拍拍手,与阿站先后爬上了驾驶室。卡车摇摇晃晃从停车场里开了出来,像浪涛里失控的舟船。那是四月下旬的一天,气温已飙到二十多摄氏度。对于一个水泥厂的下岗工人来说,重新找到工作,有如落水的人又爬上了岸,阿站对未来的生活充满了向往,那个时候的他并不知道,会在昱城经历铭心刻骨的事情。

就像是某种预兆一样,阿站第一次押着货去昱城,路上就遇到了麻烦。从县城去昱城,途中会经过一条叫黑堰沟的峡谷,当他们抵达那儿时,夕阳已经爬上右侧的那道崖壁上方。这条乡镇公路,司机已经开车跑过多次,他指着右前方山崖上的一道裂罅对阿站说,那石缝里放着好几具棺材。

悬棺啊?这事阿站以前隐约听说过,他仰头望着那道崖壁,发现那道崖壁已被阴影笼罩,上面的石缝看得不太清楚。一两百米高的悬崖,石缝离地面七八十米高,里面真要有棺材,怎么放进去的呢?

"要是爬上左侧的那个尼姑庵,就能够看到石缝里的那些棺材!"司机指着左前山崖上的一处建筑说,"用望远镜在那儿看,那些棺材看得清清楚楚!"

隔着一条水流不大的小河,安放悬棺的崖壁下,有人挂了些红布条。司机放慢车速,以便阿站可以仔细观看。贴着石壁,似乎还有一些没有完全燃烧就熄灭了的香烛,阿站打了个寒噤,就在这时,两人都听到一声爆响,伴随着排气的声音,卡车左边一矮。

"麻烦了!"司机说,"爆胎了!"

两人从车上下来,蹲在左后轮那儿查看。此时,阳光已经从右侧的山顶消失,山谷里暗淡下来,两人用千斤顶将卡车顶起,费了好大的劲,弄得一身泥土,才换上卡车的备用轮胎,耽搁了许久时间。

进入四月,白昼渐渐变长,原本他们会在天黑前赶到工地,但换好轮胎离开黑堰沟时,天早已黑了下来。当卡车穿过县城乡时,有几个十来岁的孩子在街上疯跑,司机将远光灯调成近光灯,小心翼翼从集镇上穿过。又开了半个小时,当卡车的远光灯照着公路边一道红砖砌成的围墙时,司机说声到了。阿站看了看戴在左腕上的电子表,发现已是晚上九点,他的肚子饿得咕咕叫。

听见卡车的马达声,有人从大门里走了出来,是吕磊。

"怎么这么晚才到?"吕磊的语气中有些抱怨。

"路上爆胎了!"司机将头从车窗里伸出来说,"在黑堰沟!"

阿站从驾驶室里跳了下来,走到吕磊身旁,叫了声表哥,卡车跟在他们身后。在车灯的照射下,阿站注意到大门旁的门柱上,挂着一块长长的白色木板,上面写着一排黑色的大字"奉水公路改造第九标段指挥部"。

进了院子,阿站发现所谓的工程指挥部,其实就是一排活动工棚,有十来间屋子,还有块几百平方米的空地,上面堆着一些施工机械,院子里黑灯瞎火的,好像没有通电。

"鲁师,鲁师,叫你婆娘热热菜!"吕磊站在院子里喊。随即,工棚有间屋子的门打开了,一位身材矮胖的男人从里面走了过来。

"这是老鲁!"吕磊对阿站介绍,又对老鲁说,"这是阿站,我表弟!"

阿站伸出手去与老鲁握了握手,感觉对方的手结实、粗糙、有力。老鲁把香烟掏出来，是云南产的红塔山，他先递了一支给吕磊，又递了一支给阿站。"不会！"阿站摆摆手说。老鲁就把烟叼在嘴上，用火机先把吕磊的烟点上。借着屋子里透出的暗淡光线，阿站看见院子里的围墙边，停放着一辆压路机、一台挖掘机，还有一些码放整齐、用于浇筑水泥的模板。

有锅铲相碰的声音传来，不一会儿，一个身材高挑的女人从屋子走了出来，说菜热好了。女人背对着屋门，光线不是太好，看不清她的模样，但感觉很年轻。

"我老婆！"老鲁吐了一口烟说道。

"五红是我们指挥部的厨师。"吕磊补充说。

"什么厨师，就一做饭的！"老鲁说。

饭后，几人坐在屋檐下聊天。阿站坐的地方正对着院子的大门，有一条路隐约通往对面的那座山。视野的尽头，是黑乎乎的山梁，其中一座山峰的剪影，看上去像是翘嘴的鱼头。

那是阿站到昙城的第一夜。

五

老鲁平头，只是头顶前端的头发稍长，看上去像是一个遮檐。他个子不高，但很结实，长相算不上英俊，但也不能说丑。那年他已经过了四十岁，年纪对于阿站来说，介于父亲和兄长之间。老鲁说一口带西北腔的普通话，在一群说川南话的人中间，有些格格不入。显然老鲁此前经历丰富，但他似乎不愿多谈。阿站猜测，也许因为年轻的女人五红，老鲁才来到了昙城。

多数时候，吕磊在外面跑，工程有许多外部的事情要协调。所谓的指挥部，常常就只剩下阿站与老鲁夫妇。老鲁喜欢喝酒，每天晚上都会来上几杯，阿站就陪陪他。喝的是昙城当地人用苞谷烤制的土酒。男人嘛，只要坐在桌子边喝上几顿酒，立即就称兄道弟——老鲁就这样成为鲁哥，阿站就成为兄嫂呵护下的兄弟。喝到酒意上脸，两个人会划上几拳。

老鲁的十个指头短粗，皆因以前练过铁砂掌，除拇指外，其余四个指头几乎一般长。指尖是厚厚的老茧，指甲只有正常人的一半，却有正常指甲的几倍厚。他的手看起来变形、呆板，但划起拳来，老鲁笨拙的指头会突然变得灵活，伸缩和变化非常迅速,激起阿站的好胜欲。

"黄鳝黄,黄鳝死了肚皮黄,泥鳅出来哭一场,虽然不是亲兄弟,同在一个烂泥塘!四季财呀烂泥塘,七巧巧呀烂泥塘……"院子里传来两人划拳行酒令的声音。这是昙城一带风行的行酒令,阿站以前也这么划拳,但与老鲁比比画画时,他不觉得这个工地是烂泥塘,即使是,也有一种别样的温暖。

房屋建在一个前不着村后不着店的荒野之地。相比七八公里外的乡政府所在地,这个简陋的指挥部像个野地孤儿,感觉是被人遗弃的临时建筑。也许在此处选址,不过是因为后面就是堰沟,取水方便。所以这里平常门可罗雀,只在中午的时候热闹一阵。在公路上挥锤敲打石头的工人,都是附近村民,这是当时吕磊拿下合同的附加条件。有人到工地时带了午饭,盛饭的器皿是铝制饭盒或者带盖的搪瓷口缸。早晨来工地时将它们放在指挥部锅炉房的蒸笼里,中午便能够吃到热饭热菜。平常在指挥部吃饭的,除了老鲁夫妇和阿站外,就是开压路机的师傅、送材料的司机以及公路养护段巡游在各个标段的技术人员。

吕磊每隔数天会露上一面,主要是陪县上和乡里的人过来检查,那就得大吃大喝,鸡鸭鱼都得提前准备,吃饭时划拳行酒令的人也变成了别人。五红一个人忙不过来,老鲁也会给老婆搭把手,阿站忙着端盘子送菜。等把各路神仙送走之后,他们才会安静地坐下来,吃五红事先给他们留好的饭菜。

因为把老鲁叫作鲁哥,五红也就成了阿站的嫂子。夫妻俩一日三餐照顾阿站不说,他的衣服脏了,有时也是五红帮着洗。他们每天吃一样的食物,喝一样的酒,后来阿站学会了抽烟,还抽与老鲁一样牌子的烟,连洗衣粉的味道都一样……阿站逐渐习惯了这种一家人式的生活。

老鲁右手食指上,有个月牙形的疤痕。阿站以前问过,老鲁笑而不语。但后来两个人关系亲近,老鲁才对阿站讲起他当年的经历,讲起他在国外九死一生的故事。是老鲁告诉阿站,国外有人用铁棺材养鳝鱼,杀人做鱼料。当时阿站没有想到,就在听过这个故事不久,他自己差点被沉入雨洒河,喂了里面的鱼虾。

把土路铺成弹石路,需要大量的石头,所幸昙城一带遍布石灰岩,就地取材就行。早在工程动工之前,吕磊就搞定昙城的有关领导,在指挥部斜对面的山洼里建了一个采石场。老鲁的主要工作是打眼放炮,这项活计胆量大于技术。炸下来的石头,质地坚硬,成本很低,直接用农用车运到工地,工人们再用锤子把石头砸成砖块大小,一块块镶嵌进路面,然后等着压路机从上面滚过压实。

炸下来的石头用不完,还会卖给其他标段的工程队。红颜色和蓝颜色的农用车前来拉运石头,不时出现在起伏如浪的道路上。在指挥部和对面山梁之间,有条小河顺着山势流淌,因处于洼地,在公路上看不见小河的身影。如果把河边那些合抱粗的老柳树砍掉,视野也许会好一些。不过,还没看到那些农用车,就能听到它们靠近的马达声。

出事前的那天晚上,阿站又陪着老鲁喝了不少白酒。之后两人坐在院子里聊天,老鲁又说起对面山脚的那条河:"水主财,这个工程下来,吕磊是要发大财了。不过呢,这是老板的事,咱该干啥还干啥。"

是啊,阿站心里明白,外面说起来自己是吕磊的表弟,是帮吕磊看摊的,其实他也就是个打工的。不管吕磊怎么发财,都和他们没什么关系。老鲁还是炸他的石头,阿站还是负责看管他的仓库。

叮叮当当,工地每天都有锤子敲打石头的声音。哪怕是干活时神思恍惚,把高扬的锤子砸在手指上,也只是惨叫一声,到指挥部找半瓶云南白药倒在伤口上,用块纱布裹住,要不了几天又能够干活了。所以修弹石路是比较安全的,危险是在采石场。所以吕磊反复叮嘱老鲁和阿站小心,万一出事,工程就白干了。

阿站管理仓库,负责分发炸药和雷管,还要记录放炮的情况,尤其要排掉哑炮再爆的危险,做到万无一失。而老鲁放炮炸石头,更要胆大心细。他先用掘进枪在岩石上打眼,然后填药。为安全起见,引线往往布置得比较长,等人们有充裕时间躲到安全之处再引爆。有时点燃引线后,要经过超出心理预期的等待。

凡是采石场,都避免不了哑炮。每次碰到这种情况,就有一种紧张的气息在空气中弥漫,大家屏息以待。所幸,结果总是虚惊一场。事后查看,往往是引线中途熄灭,需要换上新的引线,重新引爆。老鲁粗中有细,几次哑炮的险情,都被他安全排除。

炸药和雷管都是爆破前才领取,阿站像一位忠于职守的狱警,认真核查用量,也包括炮眼的数量,用笔做好原始记录。放炮前,老鲁会吹响哨子发出预警。引线的长短不一,燃烧的速度也不一,所以一炮与一炮间隔的时间不一样。每响一炮,阿站就在笔记本上画上一笔,每个"正"字代表五炮。

即使这样细心,还是出了事。

六

病人呻吟了一声,不知道是因为疼痛还是颠簸。阿站现在驾车到昙城,他发现这条公路虽然又经过改造,铺上了沥青,但路面仍旧不够平整。阿站换挡,让车速有所下降。

昙城,一别数年。

当年那个刻骨铭心的夜晚所经历的事情,还有此时这张左嘴角有颗痦子的脸,它们同时回到阿站的眼前。突然的恍惚影响了阿站,他握住方向盘的手松了一下,面包车随即像条丧失平衡的鱼,侧身滑向一旁。好在只是一个瞬间,阿站便清醒过来,急忙打了一把方向盘。行车偏移造成的效果,似乎是他想专门绕过路面的水坑。阿站定了定神,握紧方向盘,细汗从他额头上沁了出来。汽车的前方,是远处色泽暗淡的山峦、路边暮色中的村庄以及仿佛从过去岁月中延伸过来的公路。耳旁,是呼呼的风声。

以往,阿站不碰昙城的业务,宁愿跑更偏远的乡镇。他推说,自己在那里遇过事,心里有阴影。队友开玩笑,说他当年在昙城一定留下孽债,不敢回去面对。玩笑归玩笑,但一转眼,阿站干这个行当这么多年,的确没再回过昙城。碰到昙城的业务,师父照顾阿站,会安排其他的队员去。

师父对阿站有所偏爱,队里的人都知道。当年师父收阿站做徒弟时说过,不是每个人都可以从事殡葬这个行当,得命里带才行。阿站不知道师父说得对不对,如果确有其事,那么他隐隐觉得,昙城或许就是这个命的起点。当年,离开昙城的阿站四处寻找谋生的办法,找来找去,左右不成,最后阴差阳错,竟然找了个每天都跟死人打交道的工作。

殡葬师的收入不低,但这碗饭的确不是每个人都端得起来的。有人壮起胆子,可连太平间都不敢多待,也有人见识了几具不成样子的尸体,就再也没有坚持下去的勇气。师父曾经考验过阿站,第一天就让他跟随到医院重症室,拉回一具因车祸被撞得面目全非的遗体。那是个电闪雷鸣的夜晚,死者的面孔和肢体都已变形,一只眼珠带着混浊的黏液爆裂在眼眶外面,好像覆盖着一层污膜,凝固地注视着阿站——在青蓝色的荧光灯的照射下。

师父示意阿站把滑轮车推到病床边,把一块蓝布扔在了床尾,歪了一下头告诉阿站:"你抬上身,我叫一二三,一起用力。"阿站寻找便于用力的位置,将手伸在死者的肩下。他抬起头来,目光与师父对上,伴随着一声"起",尸体被两人动作默契地抬起,放平到滑轮车上。

将床尾的蓝布抖开,覆盖在尸体上。师父的脸上并无一丝笑意,即使是他对阿站的表现满意。师父用手指指,让阿站推着滑轮车往电梯口走。师父按亮电梯向下的指示键,等着。

电梯轿厢宽大。阿站将滑轮车紧贴一侧,给师父让出位置。然而电梯门外,没人。阿站等了一会儿,师父还是没来,就像凭空消失了。

师父是故意的,他想考验阿站,便借故上厕所,让阿站独自与尸体待在一起。等他从厕所里磨磨蹭蹭出来,再坐电梯下去,以为阿站会在下面的大厅等他。可电梯门打开,外面同样空空如也。

往太平间方向追过去,师父远远看到阿站步伐平稳的背影。他由此猜测,新来求职的这人也许与尸体打过交道,否则很难那么淡定。

随后,师父安排阿站独自清洁死者——他就在旁边看着,没有要搭把手的意思。这是阿站职业生涯的开端,面对清洗台上被扭曲的尸体,阿站停了一会儿,像是不知如何开始,也像是一种有意的迟疑,或是一种出自亲人的缅怀和默哀。清洗台上方的金属龙头,套着暗红色的胶皮管,水流将死者的身体打湿,然后被涂抹上阿站掌心里的沐浴液。再然后,阿站像对待一位弥留者那样细心地处理着尸体,直到完成最后的清洗。

清洗之后,那具已经告别的身体似乎变白了,也更瘦了。引人注目的是他发黑的下体萎缩在一堆荒草里,很难想象那里也曾有过生机勃勃的春天。也许是不相信最终葬身于自己的驾驶失误,老头儿爆裂的眼睛睁着,阿站怎么也合不上,师父过来,摆弄了几下,死者才在师父的帮助下变得近于安详。

"你以前干过这行?"师父怀疑,他知道很难有谁第一次面对尸体可以这样从容。阿站摇了摇头,没有说话。他那时,还无法向师父提及老鲁。

从事殡葬以后,阿站处理过形形色色的尸体。有因为感情被人用刀捅的,有亲自驾驶把自己喂进卡车底部的,有头天欢天喜地庆生,第二天就身子凉掉的,有绝望轻生喝下一整瓶农药的……当这些人到了太平间,清洗、穿衣、入殓,就都是一具具失去生命体征的肉体。阿站认真处理每一具尸体,然后把他们推进火化炉等待羽化升天。每个环节他都十分熟练。

也有一些尸体要留着打官司,那就需要先做遗体防腐处理,先将死者的血液放干,再用福尔马林和酒精的混合液注射进血管。每当做遗体防腐时,他便有轻微的对抗和异样的感觉。那把摆放在铝盒里的刀,不知道切开过多少人的身体。人死了,心脏停止跳动,血管里的血不再流动,就像一条遍布大坝的江河,往日奔腾的江水失去了活力,成了一摊死水。

曾经,阿站对一具遗体印象深刻,那是因为死者面孔看上去与老鲁有几分相似。处理那具尸体时,阿站比平时更小心,动作也更轻柔,像是收殓自己亲人的遗骸。死者是与老鲁有几分神似,高矮差不多,胖瘦也相近,为此阿站还特地检查了死者的双手,查看了他的手腕。死者的手上没有老茧,十个手指头参差不齐,没有血色,但死者生前保养得不错,指甲缝里没有一丝泥垢。

也许,如果时间能够倒退回去,以阿站现在的从业经验,重新面对当年老鲁的尸体,他会认真替他清理脸上伤口里的碎石,他会替他清洗头发、身体,给他整容,化最后的妆,亲自将他送入炉膛,完整收殓他的尸骨……

如今重返昙城,阿站想起师父,心中充满感激。师父将一身收殓尸体的本事教给了他,无论是清理尸体里的金属,还是为残破的尸体塑形,乃至给死者化妆,师父都毫无保留。而阿站通过处理一具具尸体,不知不觉间,他当年在昙城的伤痛,以及曾经铭心刻骨的仇恨,都在与死亡打交道的过程中淡化了,就像溃烂的皮肤因为清凉的药膏而渐趋愈合。

七

这些年,阿站偶尔会想起当年他在昙城的经历,往事好像一只扇动着翅膀的鸟飞来,在他的大脑里短暂驻扎,然后再度飞走,越飞越远,只留下一个黑色的斑点。离奇的事情是突然发生的,那个炮炸得有些诡异。不是哑炮突然爆炸,而是老鲁在打炮眼时出的事。

出事那天没有任何预兆。风和日丽的好天气,像遮盖在灾难上面的华丽饰物。吃过早餐之后,老鲁去了采石场。按照常规操作,他会在中午之前把炮眼打好,然后等人们吃午饭休息时,他就放炮。一切都像以往那样正常。

老鲁离开指挥部不久,采石场那儿柴油发动机的响声便隐约传来,突突突的声音,像一挺二十世纪战争中的马克沁重机枪。谁知道是怎么回事,正当老鲁用风镐在石壁上打炮眼时,突然就爆炸了,从山体上崩出的石头,造成老鲁前额和右眼部开放性挫裂。致命伤不止一处,老鲁的腮腺还被炸开了一道四五厘米的口子,石块镶嵌进了肉里,血流如注。

听到爆炸声,阿站先是一脸疑惑,他还没有分发那天中午用于爆破的炸药和雷管,也没听到哨子的预警声,怎么就爆炸了呢?他开始以为是卡车爆胎,但声音不对。他满怀狐疑,走出屋子向采石场方向眺望。不一会儿,就看到有人惊慌地奔跑过来,不用问,阿站知道出事了。

吕磊不在工地,阿站的责任感陡然上升。他还没有赶到采石场,就看见有人把老鲁抬了下来,放在了河堤边。老鲁的头部血肉模糊,人已经没了气息。阿站在老鲁尸体旁边蹲了下来,不敢相信眼前的一切是真的。但阳光明亮,河水流动,风中有明显的血腥味,阿站不知不觉,用自己的右脚掌在泥地上弄出一个椭圆形的坑。工地上敲打石块的村民此时也停止了工作,他们远远近近围在周边。阿站在老鲁血迹斑斑的脸上,看到多处火药爆炸造成的点状灼伤。

"鲁哥!"阿站感到大祸临头。回头看到闻讯赶来的五红,他用更低的声音叫了一声"嫂子"……

躺在地上的,果真是自己的丈夫老鲁,五红掩面而泣。

指挥部的院子里,堆着一些修筑护坎时用于保持水泥湿度的草席,有村民抱了两床过来,阿站将它们小心地盖在老鲁身上。

"我得去乡上给吕磊打电话!"阿站找了一辆摩托车,着急地往乡上赶。有一段路湿滑,摩托车不好控制,像一头发怒的公牛,让阿站重重地摔在地上,好在他没感觉出什么疼痛,继续上路。一路上,这一年多来与老鲁相处的片段像电影倒带那样闪回,阿站忍不住哭出了声,眼泪打花了他的脸,也影响了他的视线,他不得不暂时将摩托车停下,用手臂当帕子,揩干泪水。

"黄鳝黄,黄鳝死了肚皮黄……虽然不是亲兄弟,同在一个烂泥塘……"隐约听到老鲁划拳时的声音在哪里响起,遥远得,像是从另外一个世界传来。

消息传得比阿站胯下的摩托车还快,连乡政府都知道第九标段采石场死了人。值班室里的那台摇把子电话发出刺耳的机械摩擦声,数十公里外的县城里,得到消息的人迅速行动起来,像篦子一样,将县城吕磊可能藏身的地方梳了一遍,终于将这不幸的消息传到了某个茶室的牌桌上。

吕磊不信:"老鲁死于打眼?你别狡辩了,一定是有哑炮你没有清点完。"他愤怒地对阿站吼道:"工程白干了,你把我害死了!我马上回来。"

阿站放下电话,他知道吕磊即使把桑塔纳车开成赛车,到这儿至少也得一个钟头。

老鲁不是本地人,他算是入赘,老婆五红的家就在县城,是一个离工地只有数公里的村庄,阿站曾经陪老鲁一起去过,那情景仿佛就发生在昨天。此时阿站重新回到放置老鲁尸体的地方,守着他。他掀开覆盖在老鲁身上的草席,看到老鲁脸上的血污已经凝固。那张脸,似乎上了一层陈旧的油漆,看起来有几分陌生。

一切恍如梦中。河水流淌,阳光如常,附近的田地和山野清晰而明亮。而周围是脚步声、呼吸声和窃窃的私语声。阿站幻想吕磊赶到这儿时,老鲁能从草席下面坐起来,更希望眼前的一切只是个短暂的恶作剧,或者是在梦中。

阿站对上午突然的爆炸百思不解,老鲁出事以后,他飞快对过自己的笔记本,查验是否出错。昨天下午发放出去十二炮,包括火药和雷管;他的记录里,也是工工整整写了两个"正"字和一个"T"字——十二炮,不会错,没有错!而老鲁出事的这天,火药和雷管都还没发放,怎么就炸了呢?除非是老鲁自己想不开,偷偷盗了火药和雷管,去采石场自寻短见,而且他还必须从自己这儿偷到仓库的钥匙。

八

那天中午,和吕磊一起赶回工地的,还有乡上派出所的警察。确认老鲁已经成为尸体之后,大家又一同去了事故现场勘查。

然而,现场一片狼藉。采石场到处是石头,分不清哪块石头是哪天掉落的。树枝和石块散乱堆放,钻机倒在岩下,柴油发动机悄无声息。警察终于凭借自己的专业经验,找到炸死老鲁的那个炮眼,但那只是岩壁上一个毫不起眼的凹痕。

虽然不能当场给出定论,但综合各种勘查,警察初步判断是哑炮复爆,倾向于认定是老鲁操作失误。即使炸药或引线本身有问题,也是吕磊的责任。各种证据都表明,并非阿站失职导致的事故。阿站倒是自己存疑,觉得事情可能没有这么简单,尤其是他今天的炸药和雷管还没分发给老鲁,哪来的哑炮复爆?除非像警察分析的,是以前的哑炮存留,没有及时排除。阿站难以祛除心中的谜团,他感觉周边变化的光影中,人影晃动,虚虚实实,显得扑朔迷离。事故的真相只有一个,隐藏在难以寻找的线索之中。

等吕磊他们回到指挥部商量怎么办时,院子里突然冒出来许多老鲁的亲戚,他们吵吵嚷嚷,围着吕磊要说法。

为了防止意外,吕磊从城里返回时还带来了两个人,但对比人数众多的老鲁的亲戚们,他们显得势单力薄。阿站尽管择清了自己的责任,尽管他对老鲁怀有兄长般的情感,尽管他和五红一样没有从错愕中完全反应过来,但阿站知道自己必须站队吕磊。他偶尔帮上几句腔,当然也担心情况失控。吕磊低声与他耳语过几句,阿站就从这份秘密的叮嘱里明白:一定要稳住,千万不要把事情闹大。

对吕磊来说,哪怕责任全是老鲁的,只要死人的事一旦捅开,不仅要停工整顿,工程还要遭受巨额罚款,甚至能否继续都是个问号。所以,吕磊决定私了。

巨大的变故让五红几乎失语,出声的时候,也是喃喃自语发出一些重复的音节。作为受害方家属与吕磊进行谈判的代表,是五红的舅舅。那个黑脸的中年男人,精瘦,长着一对三角眼,眉毛短且黑,最为醒目的是,男人左嘴角上方有一颗瘊子。令人意外的是,五红的舅舅思维敏捷,用一双精芒四射的眼珠打量着吕磊,然后开出了二十万元的高额赔偿。

"你这是抢劫啊!老鲁人不在了,我没法追究责任,但他给工程造成的损失也是事实。我愿意出点钱,也是看在往日的情分上……"吕磊说。他以往梳向后脑的头发跑到前额来了,有一绺搭在脑门上,这让他看上去好像不是往常那位信心满满的吕总。

"不要装好人,显得你多仗义似的。老鲁没了,五红以后的日子怎么办?我们农民的命贱,就你们城里人金贵?"瘊子推了一把吕磊,像是动手前的警告,"二十万元一条人命难道贵了?要不赔二十万元,你今天就走不出这个院子!"

"对,不交钱别想走。"老鲁的亲戚们附和,并且挥动拳头,明显是在威胁。

虽然因为老鲁的事情，阿站被吕磊错怪和责骂，但那是小事。关键时候，阿站还是站出来，挡在前面护住吕磊："有什么事情好好说，不要动手。"阿站的表情变得凶狠，目光锁定在领头的痦子身上。

　　"你们看着办！赔不了钱，就给老鲁陪葬吧！"痦子语气激烈，毫不退让。

　　"嗷——"吕磊像疯了一样叫了一声，他蹲在地上，用双手抓扯着头发，像是想把它们拔光。突然，他站了起来，喘着粗气："二十万元，就是杀了我，我也凑不够啊！你们得说一个我能力范围内的数字，这才能解决问题。"

　　"哼，你一个包工程的，凑不出二十万元？"痦子斜着眼睛望着吕磊，"这话鬼才信。"

　　在痦子的挑衅和怂恿下，周围的人七嘴八舌，磨刀霍霍。阿站看着这些所谓的亲戚，似乎没有亲人离世的悲伤，在意的，只是拿死去的老鲁卖个高价。无论是对老鲁，还是对吕磊，阿站自认怀有一份对待兄长般的情义，此时的嘈杂，让阿站觉得仿佛有千军万马在身体的某个地方激烈厮杀，愤怒像野火一样从他脚底生长起来，瞬间就从他的天灵盖蹿升出来。

　　"你们别欺人太甚！"阿站冲着对面的痦子脱口而出，"大不了，老子用这条命赔你们！"

　　"你算哪根葱?! 你的命也值不了几个钱！"痦子轻蔑说道，并用力推了阿站一把。

　　阿站怒目而视，紧攥双拳刚要挥向对方，就被吕磊拦住了。"表弟！我们不吵，我们抱着解决问题的态度，"吕磊一边感激地看了阿站一眼，一边按下他运着力气的手腕，然后转头对着痦子说，"赔偿金肯定得往下降。至于降到什么数额彼此都能接受，现在就商量！你们看好不好？"

　　讨价还价的时间很漫长。吕磊给他们讲道理，摆事实，语气时而强硬时而柔软。阿站插不上话，但一直陪在旁边。屋子里偶尔会出现间歇性的静默，是因为博弈的双方都精疲力竭。院子外面的公路，有辆汽车驶过时响了两声喇叭。阿站抬起头向外张望，有些恍惚。他想起到达这里的第一天晚上，对面的一个山头，看上去就像鱼嘴。

　　最终双方做了妥协，敲定的赔偿金额是十万元。这在当时，可不算是一笔小数目。谈妥之后，吕磊当即决定返回县城筹钱，他怕阿站留下来再起冲突，就把他也拉上了自己的桑塔纳汽车。

但车被人挡住了，车门被痦子一把拉开了。"你们不能都走了！要是都不回来，我们找谁去？"痦子警觉地说，"把你的表弟留在这里！"

"表弟！"吕磊转头望向阿站，眼睛里充满妥协后的恳求。阿站默默坐了几秒钟，低头钻出汽车。拦在车前的人让路了。阿站听见发动机的轰鸣，桑塔纳的轮胎摩擦着地面，碎石被弹起，然后消失在前方。

<h1 style="text-align:center">九</h1>

说好当天下午吕磊就带钱回来。就这样，阿站被当作人质扣留了下来。担心阿站会找机会逃跑，痦子坚持把阿站关在宿舍里，还特地嘱咐人上了锁。

痦子率着亲戚们在指挥部驻扎下来。他们与老鲁都没有关系，只是五红的亲戚。阿站和衣躺在床上，睁着眼睛望着简易工棚的天花板，此时的他，已经完全接受这个事实：老鲁死了。

虽然平时两人情同手足，但老鲁对自己的身世和往事似乎不愿详谈。只知道他家在甘肃，再详细的阿站就不知道了。不过，老鲁给阿站描述过浩瀚的戈壁、斑斓的丹霞地貌，还说唐僧西天取经路过的火焰山，就在离张掖不远的地方。此时，阿站想象着遥远的西北，想象一片闪耀着星光的夜空，想象夜空下静寂的小镇和村庄，感觉到好像有一个人影，面孔模糊，正在朝着那个方向疾行。

想起和老鲁一年多来相处的点点滴滴，想起老鲁行酒令时认真的模样，想起老鲁用普通话叫他兄弟……阿站的泪水流了下来。隔了几间屋子，痦子一群人在喝酒。喝酒就罢了，还划拳。划拳就罢了，他们还哈哈大笑，声音里听不出半点难过。直到此时，阿站才发觉自己一天没吃饭了，身体像是个空空的漏斗。阿站期待着外面传来汽车驶近的声音。来昙城一年多，每当吕磊来工地，就能听到那种熟悉的马达声。没有。只有喝酒和划拳的声音。倦意像大雾一样弥漫过来。半梦半醒的阿站梦到了老鲁，梦到自己眼睛里进了沙子，而老鲁用他短粗的手指翻动他的眼皮……然后，他的意识和老鲁一起消失了。

房门被重新打开，力度不小，像是被人用脚狠狠踹开的，逆光进来几个黑影。领头的，还是一脸凶相的痦子，他的声音像一把匕首那样尖厉刺人："狗日的老板肯定跑路了，到现在还没有送钱来，打几次传呼过去，他回都不回。"

筹钱的吕磊一直到天黑都没有现身，他消失得像石沉大海。瘝子渐渐失去耐心："他要是再没回音，你就等着被收拾吧！"然后，他气急败坏地狠踢了阿站两脚，才恼怒地走出房门。

　　如果吕磊真跑路了呢？阿站不敢往下想。干脆回避这个问题，饥饿感促使阿站幻想，曾经吃过的饭菜以虚拟的方式再次进入自己的肠胃。

　　阿站原以为，会有人给他送点什么吃的。但等了太长时间，一直没有人来。直到阿站用力拍门，希望他们想起自己的晚饭。终于听到杂乱的脚步声，阿站松了一口气。可这次房门打开，就像是海水倒灌进船舱，他立即被从门外拥进来的人群揪翻。

　　他们不由分说，嘴里骂骂咧咧，仿佛阿站是直接杀害老鲁的凶手。他们好像也是这样认定的，骂了吕磊骂阿站，说老鲁就是死在他们手里，而且还打了阿站几个耳光。阿站像绝境中的狼一样亮出獠牙，企图以凶狠的表情镇住对方。屋子的空间有限，阿站就是反抗也放不开手脚；何况拥来的，还都是长期干体力活的壮汉，手脚有劲。这些人充满希望的等待、发财落空的失望以及怀疑被骗的愤怒，让他们的内心像一口炒锅，不断被加入硫黄、木炭和硝石，阿站的挣扎点燃了最后的火药。屋子里一阵噼里啪啦，等硝烟散尽，阿站已被摁在地上动弹不得。脸被屈辱地杵在地上，嘴里塞进一块满是油腻味的抹布；双手反绑在身后，绳索捆得很紧……阿站感到羞辱和恐惧，身体有股洪水横冲直撞，就是找不到泄洪的出口。

　　虎落平阳，所有挣扎均是徒劳。不知道他们要干什么。莫非他们晚餐时喝多了酒丧失理智，真要让阿站去给老鲁偿命？阿站高一脚低一脚，被瘝子一伙人推推搡搡，拉扯着往前走，不知道要去哪儿。跌跌撞撞走了一会儿，隐约能够听到河水流淌的声音，阿站像一个被押向刑场的囚徒，来到了通往采石场的水泥桥与小河交错的堤岸上。这时，阿站依旧抱有幻想，希望耳朵能够捕捉到风中的蛛丝马迹，希望能够突然目睹一对车灯由远而近……阿站觉得，此时没有比桑塔纳汽车发动机更美妙的声音。

　　说好吕磊当天下午一定带钱回来的，但后来不管怎么联系，吕磊都毫无音信。瘝子从怀疑到几乎确信，吕磊已经跑路了。谈好的赔偿金拿不到手，曾经许诺的十万元，可能仅仅是吕磊用于金蝉脱壳的骗局。瘝子恼羞成怒，觉得自己的智力和面子都受到了侮辱，甚至影响了自己在家族里的形象和地位。

他迁怒于阿站，要逞逞威风。

十

随后到来的惩罚，完全超出阿站的预想。

躺在河堤上的老鲁，遗体上覆盖着的草席被人掀开。"把狗日的与尸体绑在一起！"黑暗中传来痦子的声音。阿站用脚底死死撑住路面，希望自己的双脚能够像粗壮的钢针那样插进地里，不再向前靠近，但他被那群酒足饭饱的人控制住，按在了老鲁的尸体旁边。

一路的挣扎耗尽阿站残存的体力，此时他无力又绝望……痦子觉得放走吕磊是一个错误，他不无遗憾地说："妈的，应该把狗日的老板扣下来，让别人送钱来才对。"

痦子拿着小指粗的麻绳过来绑阿站。麻绳勒进阿站的胳膊，像一条缠绕的蛇，绕过他的手腕和老鲁的手腕。阿站突然奋力扭动，拼命挣扎，像一条碰着盐粒的泥鳅。"捆紧一点，免得狗日的挣脱了！"绳子被一捆再捆，勒得阿站的肩膀像要脱臼了。痦子和他带来的人一起用力，很快，老鲁就像是长在阿站身体上的一个部分，累赘而笨重。此时，老鲁那张被石块砸烂的脸在阿站的记忆中不再是兄长的亲切，而是变得血肉模糊的狰狞。阿站控制自己不要去想那张脸，可那张变了形的脸越发清晰。尽管痦子他们将阿站与老鲁背对背捆绑在一起，可阿站总觉得老鲁的脸就在他的眼前。与一具尸体绑在一起，阿站觉得自己的心往一个深渊掉了下去，越来越远，越来越远。嘴里的布被阿站顶掉了，他的牙齿一边不停叩击，一边哀求痦子放开自己，保证吕磊一定会带钱回来。

"他可能是筹钱时碰到了麻烦，你们放了我，我一定找到他送钱。一定，送钱！"阿站开始结结巴巴，赌咒发誓，"工地还在这儿呢！他跑，跑不了……我保证，保证！"

"你的保证顶个屎用。他什么时候把钱带来，我们什么时候把你放开！"痦子蹲下来，就在离阿站头部不远的地方，他点燃了一支烟。那张痦子突出的脸，因为烟蒂的火光，仿佛在黑暗中慢慢浮现，又慢慢隐入黑暗。

阿站的头皮发紧。吕磊真如痦子所说的那样跑路，他不知道该怎样面对接下来的这个长夜。

片刻之后，痞子将抽完的烟蒂摁进脚下的泥里，站起来对身边的人说："走，咱们回去，继续喝酒！妈的，明早再不送钱来，老子把尸体给他抬进城里！"

脚步声陆续散去，空气冷了下来，黑暗仿佛向这儿聚集。老鲁、五红、吕磊、痞子……无数人变形的脸孔，像被揉皱的纸团，塞进了他的大脑。

空旷中，阿站感到从来没有过的孤单。黑暗中的一切再度变得具体，身旁河水流淌的声音也清晰起来，空气中能够闻到一股潮腐的气息，仿佛夹杂着令人微微发呕的血腥味。和他绑在一起的老鲁，沉得像块石头。两人喝酒行酒令的快乐时光已然远去，阿站背负着的，是一具令他陌生的尸体。这时，有什么东西掉在了阿站的眼皮上，他晃了晃头，重新睁大眼睛望着漆黑一团的上空。片刻之后，又是一滴，滴在他的鼻翼。是雨点，稀疏的雨点。阿站希望这雨点密集一些，密集得像他心中想流出的泪水，为老鲁，也为自己。

十一

雨刮器的速度慢了下来。阿站重返县城的路上，下了会儿阵雨，但时间很短，不大一会儿，落在阿站汽车前挡风玻璃上的雨越来越少。在阵雨停下之前，车里的病人就不再呻吟。阿站听到陪同的女人打了几个电话，除了急躁的抱怨，还有夹杂的哭声……她边哭边说，似乎既有对"痞子"弥留之际的不舍，也是在申诉自己遭受的某种委屈。

沿着当年修筑的弹石路驶往县城，道路两侧的田野里出现不少灰色的水泥楼房。两侧向前延伸的电线上，不时会看到挂在上面的塑料袋，那是大风吹拂留下的痕迹。路过黑堰沟时，阿站特地抬头，专门看了一眼一侧的崖壁。他想起了第一次来县城时，汽车在黑堰沟爆胎……在那之后，他就认识了老鲁和五红夫妇。

路面结实而粗糙，偶尔的路障让车轮小幅震动。车里拉着气息奄奄的病人，阿站平常会职业性地减速，以降低患者的不适；但病人脸上的那颗痞子，让他内心有了波动，似乎又突然体会了多年前的那种无助。车头的前方，远方山岭逶迤着延伸，汽车一旁的行道树不时晃过，间隔不一，让人想起缺损的牙床。

重返昙城，景象熟悉而又陌生。到了乡政府所在的集镇，天色已经暗淡下来，距将要前往的李家屯，还有一段距离。两侧田地里的苞谷正苗壮生长，阿站找不到当年自己待过的地方。似乎这条路左侧，从没有过那样的工棚和院子。阿站甚至没有发现当年从指挥部通向采石场的丁字路口。大地上的标志被时间擦除，仿佛从未有过那样一个刻骨铭心的夜晚。而那的确曾是阿站所经历过的最漫长的夜晚，似乎比一生都还要漫长。

"慢一点！"轿厢里传来女人哽咽的声音。说话的是"瘪子"的女儿，能看得出她对即将离世的父亲依依不舍。也许在女儿眼里，父亲就是父亲，尤其是在弥留之际，他这一生的好，可能会被密集地想起，像海水蒸发之后，碗底露出洁白的盐霜。但对阿站来说，瘪子是一把记忆里的苦盐。所以，他内心隐秘的不快，会转变为肌肉的较劲，好像车轮不听支配，只要稍稍加速，就颠簸明显。

雨是彻底停了，但云层仍然躁动不安，它们不断聚拢又撕开。汽车偶尔会被阳光照耀，更长的时间是在云层的阴影中滑行。经过多年打磨，车轮下的这条路比当年陈旧得多。无数转动的轮胎，让车辙变得低洼，有的地方甚至积了水，汽车驶过会溅起泥浆。这时，对面有辆大车驶来，正好相遇在狭窄之处。阿站将汽车停在路边，为对面的大车让行。

等阿站错车后下一个缓坡时，他突然有种奇怪的直觉，就像车体在一瞬间变轻了。他怀疑，那个时刻，可能是"瘪子"断气了。拉着"瘪子"的尸体，与拉其他人的尸体有些不一样。阿站感觉到自己的背部像贴了一块过敏的膏药，让他格外不舒服，他下意识踩了一脚刹车，仿佛是想等等谁。假如判断是对的，那么刚才"瘪子"应该是走了，可面对"瘪子"的死，阿站的内心并不轻松也不快乐，反而有些在荒芜中的茫然。尽管离开昙城最初的几年，他曾一想到瘪子，就会愤恨，甚至幻想过无数报复的手段，每一种都希望让瘪子生不如死。

那时的阿站从没想过，有一天，自己将成为"瘪子"最后的送行者。

终于到了。

已经有几个人等在院子里，有大人有孩子。因为院子狭小，不足以在里面掉头，阿站是倒车进入的。后门对着屋门，更方便抬动病人……或者，是死者。有些气息奄奄的患者，就像所有螺丝都松动的机械，稍不小心就会散架，甚至就是在最后的挪移中从患者成为死者的。当经验丰富的阿站指挥家属搬动时，意外地听到"瘩子"发出一声微弱的呻吟。他没死，垂落的手搭在了阿站的手腕上。

阿站低头，垂死者这只瘦骨嶙峋的手，像是从岩石上生长出来的：骨节刺眼，触目惊心。阿站想起另外一只手，那是属于老鲁的手，它曾坚硬粗糙，后来变得皮开肉绽、血肉模糊。老鲁的手，仿佛和他那张惨不忍睹的脸一样……仿佛，是被炸药同时摧毁的。

十二

阿站曾问老鲁："哥，你一个西北人，怎么会来到昙城娶了五红？"好奇的目光注视着他。老鲁没有详说，但大意是，在国外的经历使他随遇而安了。

老鲁讲过一个场景，听起来吓人。他说，有不少幻想一夜暴富的人被诱骗到国外赌博，有人因欠下巨额赌债被控制，那些无法交付赎金的人很惨，有人被锤杀，赤裸的尸体被扔进一个长条形的铁箱，沉入养鳝鱼的池塘。铁箱上用钻头打上许多筷头粗的小洞，鳝鱼的幼苗会从那些小洞中钻人，然后把里面的尸体当成食物。它们疯狂啄食，当尸体被啃个精光，幼鳝已经长大，变粗的身子无法从那些细小的孔洞中钻出。所以，当铁箱被人从水里捞出，里面是大小均匀、颜色泛绿的鳝鱼，以及一具发白的人骨。

这个可怕的场景到底是真的，还是那天晚上老鲁划拳输得太多，编出这样一个故事来吓唬阿站的？但老鲁那个独特的行酒令，阿站印象深刻倒背如流。尤其数年前那个夜晚，阿站首先想起来的，竟然是这个。

安静。绝望的安静。只能听到稀疏的雨滴掉落的声音，以及阿站自己粗细不均的呼吸声。安静，也让捆在身后的尸体变得具体。活着的时候阿站与老鲁亲如兄弟，经常搂肩搭背，没想到，他们后来竟会以如此陌生的方式肩对肩、背靠背。他们曾经划拳行酒令的手，在彼此身后捆死在一起。瘩子捆得非常认真，他把绳子捆绑得很结实，让阿站既无法站立，也很难躺下，前后挪动也困难，只能姿势难受地相互贴着，像倚靠着一个刑具般的椅背。阿站不知道会被捆上多久，他只能遥望黑暗而变形的远山，祈求吕磊能够尽早带钱赶回来。

为了对抗恐惧，阿站回想和老鲁之间经历的往事，回想他们喝酒划拳时的亲密。幸好是背对背绑在一起，阿站看不到老鲁残破的脸，但他的手会触碰到老鲁的手。老鲁的手比原来冰冷,比原来坚硬,似乎也比原来的粗糙。以前划拳,老鲁常常互换左右手,既改变自己的出拳习惯,也打乱对方的出拳节奏。阿站还记得老鲁右手食指上那个月牙形的疤痕,他极力劝说自己:绑在一起的是他熟悉的人,碰到的是他熟悉的那双手。

"黄鳝黄,黄鳝死了肚皮黄……"黑暗中响起阿站结结巴巴的声音,他想通过重温以往与老鲁的划拳来缓解心中的恐惧,但他很快闭嘴了,因为他想起行酒令时老鲁说的:"黄鳝黄,黄鳝死了肚皮黄,泥鳅出来哭一场,虽然不是亲兄弟,同在一个烂泥塘。"眼下他与老鲁躺的地方算不上烂泥塘,但也差不多。午夜,河边水汽弥漫,空气中有股难闻的鱼腥味,而土地的寒湿之气也侵入了他的身体。

"不不不,不说这个……换一个!"他自言自语。

四季财、八马双、哥俩好……划拳是在想象中进行的。老鲁每次喊八马双时,他右边的眉头会抖动一下,阿站发现这个规律之后,他与老鲁划拳就渐渐占了上风,这是阿站与老鲁之间的一个小秘密,可他永远也无法告诉老鲁了。这天夜里,阿站想象与老鲁划拳时嘴里没有声音,被捆住的手指没有动作。在此之前,阿站多次尝试逃脱但都失败,现在他放弃了,只能靠想象与老鲁划拳,来缓解恐惧。

突然,阿站感觉自己的手被老鲁的手指头回勾了一下,好像又勾了一下,阿站的后背一凛,起了一身鸡皮疙瘩。此时,他才发现老鲁的手和背都不像刚才那样坚硬了,似乎柔软起来。这个发现让阿站头皮发麻,他犹疑着伸出手指头触碰了一下老鲁的手,没错,老鲁原本硬得像钢筋的手指头有一种怪异的弹性。

"鲁哥,你可别吓我啊!"阿站的声音里带着哭腔,好像老鲁此时活过来,要比他是一具尸体更令人害怕,阿站想象老鲁此时把脸伸到他面前,哈哈大笑,露出被烟熏黄的牙齿……阿站的身体再度颤抖起来,就像身后绑着的不是老鲁,而是一条巨大的电鳗。过了好一会儿,阿站才慢慢停止颤抖。以前在什么地方听谁说过,一个死去几天的人因阳寿未尽,阎王不收,只得返回人间。莫非老鲁死而复活?阿站压低声音叫了两声"鲁哥",没有回应。

这是第一次,阿站离死亡这么近,近到,仿佛整个世界的死都背在他的身上。也是第一次,阿站觉得自己面对的是死亡,背负的也是死亡。

他不由自主地叹了一声气,开始回忆自己短暂一生中的温暖。就像死囚临刑前的最后一顿好饭那样,他想起一个给过他温暖的女人。阿站在水泥厂工作时,与一个离异女人有过秘密的欢情。女人三十多岁,比阿站大很多,会诱导,也主动。那些夜晚,阿站像是一架永动机,不想停下来。那是多么美好的夜晚啊,女人用她丰腴的身体,喂饱了阿站这头饥渴的野兽。曾经,阿站还提出过娶她,然而,女人觉得阿站的年龄与她的悬殊,不适合。再后来,女人改嫁到外地,两人天各一方。此后阿站虽然时常回忆起她来,但却再也没有见过她。

来到县城的工地,夜晚漫长,阿站特别想念与女人在一起的日子,他一遍遍反刍那些温柔之夜,回忆甚至编造一些细节,让身体像气球那样膨胀。阿站愧于承认,有一次在夜晚的梦境中,那女人长了一张五红的脸,带给他格外的满足与快乐。阿站没有什么对不起老鲁的事,如果有,只有这么一件。

奇怪的是,这个夜晚,当阿站再次回忆起与水泥厂女人的欢情时,他完全感觉不到自己老二的存在。为了验证自己的判断,阿站将自己的两条大腿夹紧,缩肛,将想象中的它沿着脊柱往上提升。不是幻觉,那个地方变得空空荡荡。阿站恐惧之余又想,也许,自己再也用不到它了。

十三

当阿站渐渐适应了身后老鲁的存在,身旁的小河突然水声大作。阿站坐着的地方水流像游蛇那样浸了过来,他感到一阵迷惑,虽然下过雨点,但没有人会料到,雨洒河的水竟然暴涨,速度很快地漫上堤岸。

原来那天夜里,雨洒河上游暴雨,让拦河而建的电站开闸,导致河道里的水位急速上涨。水势越来越大,泛着暗光的河面变得越来越宽,阿站突然有种不祥的预感,全身收缩起来,他意识到,如果河水继续上涨,他会被淹死在这儿,成为老鲁的陪葬。目睹灾难的来临,身体却动弹不了,阿站仿若置身噩梦。

阿站发声求救,沙哑的声音被河水的声浪所淹没。喝多了酒的痞子他们,根本无从得知阿站的险境。不过,得知又能怎么样呢?即使意欲施救,混浊而漫灌的河水也容不得这样的时间。很快,阿站和老鲁被冲离原地,水流的力量惊人,像铲着阿站和老鲁,跌跌撞撞向前。与此同时,水位仍然在上涨,阿站就像一个手无寸铁的人等待着杀手的逼近。

阿站生活在江边,即使水性不错,也对付不了这样突如其来的洪灾;何况,还拖着一具沉重的尸体。令阿站意外的是,当他被水流冲刷,背后的老鲁竟像一个托垫。如果下面没有老鲁,阿站就会完全浸在湍流中。现在是老鲁完全浸没,让阿站得以露出水面呼吸。也许正因为是两个人而非一个人的体重,让他们甚至会暂时卡顿,像河道上那些暂时未被冲走的石头。阿站的脸侧,是混浊的河水,水有时会呛进他的鼻孔……他尽量抻着脖子,仰着头,努力把口鼻更高地露出水面。而老鲁的脸,可能正在大大小小的鹅卵石上摩擦,或埋进淤沙与烂泥之中。

这种停顿和拖延,让阿站在绝望的窒息感中,生出一丝祈祷:但愿,河水在他尚能仰头呼吸的时候突然消退,就像它意外地到来一样。当阿站这样想的时候,他不切实际的希望立即遭到嘲弄,原本水下托举的老鲁晃动几下,然后又带着阿站,跌跌撞撞地顺流而下。

在蛮横的水流里,阿站的肢体像被冻僵,调整和控制都变得极其困难。不知道是运气,还是阿站的挣扎,老鲁多数时候都在他的身体下方。但偶尔,两人像缠斗搏命,阿站被按压在水底,然后又被奇怪的力量翻到水面。连续呛水,让阿站喘不过气来。

接下来的陡滩,让时沉时浮的两人卷入漩涡。阿站四周全是无尽的水,没有方向的水,阿站无法分清上下左右,他感觉自己被囚禁在一个棺木里,清醒而又身不由己……棺木是用金属制成的,沉重、压抑、冰冷。黑暗中的手扼住了阿站的喉咙,让他呼吸困难,胸腔里翻滚着找不到出口的岩浆。直到棺木顶部出现了一个又一个圆形孔洞,筷子头那么大,阳光像是突然从那些孔洞中照射进来,通透明亮。它们像一根根黄金打造的光柱,阿站盯着看,直到看见无数细小的幼鳝顺从光线的指引,从孔洞中钻入。它们蛇形游动的身子,在那些条形的黄金光影中穿梭,飘逸、舒展。阿站甚至能看见幼鳝们暗绿色的光滑脊背,以及鳝头两侧针尖一样闪耀着冷光的眼睛。

不知道这样过了多久,几近虚脱的阿站才缓慢醒来。河水从阿站的肋下流过,仿佛有无数冰冷的蛇鳝爬过他的身体。阿站的心一紧,同时庆幸自己竟还活着,并且被冲到原本已是岸边的位置。一棵几近倒伏的树,把枝条延伸到水里,卡住老鲁的就是这些枝条。水流冲刷,让阿站身上的绳索有所松动,但并未打开痞子在手腕上系紧的锁扣。不过,也正是因为和老鲁牢牢捆绑,当阿站意识昏迷,冥冥之中,是卡在枝条上的老鲁救了阿站。

阿站不能等在原地,救援者也许根本就不会出现。因为这一段河道狭窄,两侧山势陡峭,平常也人迹稀少。他必须利用水流稍缓的时刻,利用缓上来的一点力气,利用这难以置信的运气来自救……这也许是最后一次机会。

随后的阿站没有任何情绪起伏,像耐心的工匠只专注于工艺;他全心全意对付老鲁那双手,就像他们在划拳中再次博弈。对付痞子那些欺辱他的人,阿站无能为力;但现在,他必须集中全部的气力,用于对付自己的兄长。

阿站想与绑在一起的老鲁分开,最终,一块有棱角的石头,使阿站的愿望变成现实。阿站在上面用劲地磨、拼命地磕、竭尽全力地摔打,一下一下又一下……为了让绳结断开,他让老鲁的手皮开肉绽,让老鲁的关节和筋骨断裂。阿站不知道自己这样做了多久,他只是连续不停,不停。当然,阿站偶尔会磕碰到自己的手,但他尽量小心,始终把蛮力放在老鲁那双已然烂掉的手上。

又是一阵突然加大的雨势。阿站精疲力竭,浑身发冷,他还想用脚死死扣住河底的石头,却感觉身体轻得像棉花,控制不住地要从水中浮起,跟随水流往下漂,也就是这个时候,阿站感到身后一松,有什么东西离开了他的身体,是老鲁。阿站刚才的努力终于磕碰开捆绑在两人手腕上的绳子,他能够站直了,用脚死死扣住河底的石头,劫后余生的他长吁一口气。

只是稍微恍惚了一下,老鲁就漂出好几米开外。阿站有些自责,他竟然没有想过用捆绑他们的绳子固定住老鲁。暗淡的光线下,漂浮在水中的老鲁张开身体成一个粗壮的"大"字,膨胀的背部在水流中若隐若现,越漂越远。被繁密的雨点击打,但老鲁似乎获得了某种自由,就像趴着入睡的人……直到消失在阿站视野的尽头,老鲁的这个姿势都没有改变。

"鲁哥!"望着空寂而幽暗的河面,满脸是雨的阿站低低地叫了一声。

十四

筹钱返回县城的吕磊,见到的是精神恍惚的五红。老鲁的命没了,遗体也不见了,还搭了个阿站。而那个号称主事的痞子舅舅说是带人沿河寻找,也不知道是不是担心又出一条人命，他们提前溜走了。

吕磊寻人无果，便报了警。更大范围的搜寻开始，河水退去，岸边的岩石和滩涂再次裸露，但没发现两人的身影。直到搜寻队在雨洒河下游几十公里之外，找到了老鲁。河水浸泡、石块撞击、鱼虾啃食，让老鲁的尸体毁坏得不成样子，手腕伤痕累累，手指都露了骨头。阿站，不见踪影。

……那天，阿站在路边拦截一辆又一辆过路的汽车，但没有谁愿意停下来载他。司机们总是对路边突然闪现的人影心怀警惕，何况，湿淋淋又沾着河泥的阿站，一副人不人、鬼不鬼的样子。游荡了许久，阿站才爬上了一辆运粮食的货车，回到了父亲的家。

到家后的阿站就病倒了，发高烧，整个人像只正在燃烧的火炉。他不停说着胡话，身体不由自主地痉挛。昏昏沉沉地睡，零乱地闪回片段，有些记忆如同河底的淤泥，混沌而黏稠。等阿站清醒过来，已经是几天以后的事了，他躺在自家的老屋里，一个神汉正在将一沓黄色的纸插在墙上，旁边方桌上，放着一个盛着凉开水的土碗。父亲请来神汉，驱除附在阿站身上的鬼魂。阿站无力阻止，他浑身瘫软，任凭那个神汉将水碗定在墙上。

当吕磊硬着头皮来到阿站家里报丧，却意外发现阿站活着。阿站告诉了吕磊，自己经历的那个惊心动魄的夜晚，但他回避了从河道脱险的具体细节。吕磊离开前，给阿站留了钱，嘱咐他先把病养好，再来上班也不迟。

阿站康复之后，执意离开昙城，再也不愿意回来。吕磊很快解决了老鲁出事带来的麻烦，但此后阿站与吕磊的来往越来越少，直到中断联系。听说吕磊生意做得越来越大，离开了县城，迁居到了重庆。再后来，又听说他投资失败，亏了本、破了产，还欠下不少债。不知哪个传闻是准确的，但有件事是真的，吕磊当年真的给了五红一笔补偿，阿站想起来，就有一丝隐约的暖意，毕竟吕磊没有丢下她一走了之。不过，无论是对吕磊还是对阿站，两人都是彼此生命的过客，像一条月光下分岔的铁轨，螺钉已锈迹斑斑，铁轨旁长满杂草。

当年离开昙城的阿站四处求职，找其他工作都不顺，最后阴差阳错，跟了师父入了殡葬行。这样说来，那个雨洒河之夜，那个曾经如兄长般的老鲁，倒成了阿站人生的一种秘密衔接与转折。他说不清，自己对遗体的态度和处理，是否包含某种特别的个人原因。也许正因那个命悬一线的夜晚，有了与老鲁捆绑在一起的经历，阿站反而对尸体没有了常人的恐惧。老鲁活着的时候像兄长一样照顾他,这种照顾,甚至延续到了老鲁死后。甚至说,阿站如今端着的这个饭碗,是老鲁送他的,也不为过。所以,阿站兢兢业业地学手艺,凡事不太追究,也不太计较,这也深得师父的喜爱和器重。

阿站曾经猜测过老鲁的意外,他觉得始终是个谜。当年勘查现场的警察,前几年出车祸死了,遗体还是阿站帮忙收殓的。做了殡葬师,阿站见过各种各样的死亡,也曾听到过有人在头天的炮眼里塞进雷管和炸药,如果打孔时为了省力,将风镐钻头伸进去,只要一转动,雷管就会引发炸药爆炸,让人还以为是哑炮响了。当然,这只是阿站的猜测和不甘,过去这么多年,所有的秘密都淹没在时间的大水里。

因为让他怀有遗憾的老鲁,也因为让他还遗恨的瘩子,昙城倒始终是阿站心中的某种禁忌。他不愿意前往昙城,也不愿意提及这段往事。甚至,往事中的阴影,让他再也没有吃过黄鳝,他连泥鳅也不吃。有一次去师父家吃晚饭,师娘把那些待宰的泥鳅放在一个不锈钢盆里,舀了一小勺盐丢进去,随即用锅盖盖上。尽管只是短暂的一瞬间,阿站还是看见盆里的那些泥鳅疯狂扭动身子,并听见它们挣扎时碰撞盆体的声音,听上去像是雨水的敲打。阿站浑身发麻,一阵反胃,就像有条巨大的黄鳝想从他的胃里窜出来。他慌忙冲到卫生间,刚把头对着蹲坑,胃里还没消化的东西就喷涌而出。

除此之外,阿站对自己的生活没有什么不适应,也没有什么不满意。他的生活能有基本保障,能有师父和兄弟们的关照,尤其他还有温柔的小玉。阿站因此怀有一种难以名状的感激。

十五

巧遇"瘩子",让往事重新翻卷上来,但阿站面若平湖。

恨意的确消退了。因为精瘦而强悍的"瘩子"也成了病人,走到了弥留之际的倒计时。阿站苦笑了一下,"瘩子"想死在自己家里的遗愿,竟然是由自己来护送完成。然而,令阿站没有想到的是,自己判断上的失误。

当"瘩子"垂落的手搭在阿站的手腕上,像一种无奈的求助与求乞……护送的女儿和另一个上前的男子似乎为了急于告慰病人,争相说着:"到啦到啦! 妈,你醒醒! 妈,咱回到家啦!"

阿站的耳朵捕捉到了意外的称呼,"妈"。什么,他送回来的病人不是男的?黑色绒线帽下光秃秃的头颅,病人脸上甚至有些狰狞的线条,仅仅是因为病痛和化疗的折磨?问题是,阿站从事多年的殡葬行业,他怎么会犯这样的基础错误?仅仅因为巧合,一个嘴角的醒目瘊子,让阿站以为护送的是当年的仇人?仅仅是因为"昙城"这两个字,让阿站乱了心里的方寸?

　　阿站迷惑地追问:"这位……是你们的妈? "

　　"是啊! "男人叹气,"唉,我妈她不抽烟不喝酒的,得这种癌。"

　　返程之前,阿站先给小玉打了电话,告诉她这就回去。小玉还是按照习惯,叮嘱他路上小心。"你的病刚好,开车别累着啊。"小玉的声音温暖,"快到家时再给我打个电话,我给你准备夜宵。"

　　车窗外,夜色笼罩大地,山野的轮廓模糊。车灯的光束,照耀着延长的道路、路边连续的塑料大棚、闲置的土地以及静寂的房屋,通往朦胧的远方。从车头望出去,远天黑暗的布幔缓慢卷开,细碎的星光悬浮而闪耀。

　　经过黑堰沟,阿站放慢速度,把汽车停在路边,拉上手刹。这是他第一次来昙城汽车爆胎的地方,如今想来像是宿命的预示。他跳下车,望着对面模糊的崖壁。当眼睛适应了周围的黑暗,崖壁的轮廓慢慢显露,他知道就在秘密的罅缝里,隐藏着悬棺。不知是被谁放置,也不知是什么年代放进去的,仿佛它们自古就生长在那里。峡谷寂静,隐约传来河水流淌的喧响。

　　阿站从固定在轿厢的铁皮盒里拿出香炉。平常阿站护送病人回家,如果人在路上死了,他会在返回时在病人落气的地方停下,烧几炷香告慰一下亡灵,也算求个自己的平安。那些亡灵,都是前往老鲁的那个世界……所有人都会前往那里,有一天也会包括阿站自己。对着岩壁上的悬棺,阿站缓慢地点了三炷香,弥漫草木焚烧气息的青烟缓缓上升,融入头顶的虚空。

　　阿站的头抬得更高,注意到许多黑影在无声穿梭。是蝙蝠,它们高速振翅,翼膜光滑如丝绸,能够在黑暗中灵巧穿行,在峡谷的此岸与彼岸之间畅行无碍。阿站的嘴角上扬,不知不觉,他笑了。

　　离开黑堰沟,离开昙城,阿站稳稳握着方向盘。风,从摇下玻璃的车窗外吹进来,吹动阿站的衣衫。有个瞬间,阿站觉得自己的身体轻盈起来……星空下,他像蝙蝠那样,他的黑夜拥有白天一样的自由。

【作者简介】胡性能,1965年6月生,云南昭通人。中短篇小说集《在温暖中入眠》入选中国作协"21世纪文学之星丛书"(2004年卷),另有中篇小说集《有人回故乡》《下野石手记》《生死课》、短篇小说集《孤证》。作品多次入选文学年度选本。现为云南省作家协会副主席,中国作家协会全国委员会委员。

父亲和雕像

◎ 肖克凡

一

睡梦里听到电话铃声,李秀柱翻身爬起按亮台灯,碰洒昨晚那杯残茶,头脑倏地清醒了。这不会是医院打来的电话吧?半夜里父亲病情……他身体紧张得微微颤抖,下意识做着深呼吸,黑暗里寻摸那只老款手机。

大龄男青年使用老款手机,这很特别。其实"八〇后"并不太年轻了,只是缘于他单身。有时单身显得年轻,有时则显得不老不少,置身"剩男"群体,李秀柱属于标配状态。

他下床寻着电话铃响,迈出卧室看见客厅电视柜上手机屏幕亮着,径直过去拿在手里,铃声恰恰哑了。

昨晚体育频道重播世界拳王争霸赛,菲律宾的帕奎奥把英国的里奇·哈顿给KO(打败)了,李秀柱看过这场拳赛把手机忘在电视机前了。平时观看电视里拳击比赛,经常令他想起小学时被坏学生乱拳捶打的狼狈样子。是啊,自己为什么从小就爱认尿呢?长大成人反而爱看拳击节目,这等于看别人打别人,然而绝没有坐山观虎斗的意思,就是从心里佩服勇敢的人。

打开客厅顶灯,黑夜唰地明亮起来,这让他有些不适应。手机屏幕显示未接来电来自广东省东莞市。哦,这不是半夜值班医生打来的电话,于是松了心。想起广东省东莞市此时夜生活正炽,估计是谈生意的拨错号码打到北方来,千里迢迢叫醒我,这也算是缘分吧。

是啊,东莞那边说粤语吃粤菜,打工的人挺多,挣了钱就消费,吃夜宵属于常规操作。前些年华北电机厂有人南下"珠三角",他没敢跳槽,继续过着横平竖直的正方形生活,暗自感叹自己性格受父亲影响。高级电焊工李玉福为人处世遵循吃亏常在的人生哲学,无论受到多大委屈都不吭声,平时教育儿子能忍自安老实做人。父亲往往是儿子的样板。李秀柱技校毕业走进华北电机厂也做电焊工,这叫子承父业,也可以叫工人阶级接班人。

高级电焊工李玉福脸颊宽阔,椭圆形眼睛稍凸,通冠鼻梁高耸,身材瘦高皮肤褐色,常年电焊作业弯腰弓背,尤其平时不爱出声,久而久之得了"骆驼李"外号,全厂闻名。既然父亲被描摹为性情温顺吃苦耐劳的"沙漠之舟",年轻的李秀柱越发老实本分,而且老实本分得成了大龄未婚青年。这些年倒是相过几次亲,女方大多嫌他过于刻板沉闷,难以进入心动行列。

后来他翻阅字典查找跟自己心理状况相关的字词,找到那个"悱"字。一边是"竖心儿",一边是"非",这个字是形容想说又说不出的样子。可是自己确实不知道说什么,心里便茫然着。

好几次相亲都是这样,绞尽脑汁也不知要说什么,于是索性彻底退出这项民间热门活动,对自己实施"闭环管理"。母亲已然去世多年,只剩下父亲关心儿子婚姻大事,他老人家认为找个志同道合的媳妇过日子就行。可是李秀柱不太清楚自己"志"在何方、"道"在何处,反而越发增加相亲难度。如今父亲退休得了肺癌,几经庸医误诊才住进这家三甲医院,主治大夫告诉家属患者预后不良。这种境地哪还有心思相亲呢,当务之急是全力尽孝,争取治好父亲的病。

离开客厅打着哈欠返回卧室,上床摆平肢体,想起被电话打断的梦境,他窘窘地说了声"荒唐",饱含自我批评的语气。那么大尺度的春梦幸亏被电话铃响打断,否则不知梦里会有何等举措,这真要感谢东莞拨错的来电。

醒了就睡不着了,只得静静躺着。这个临近不惑之年的"八〇后",相貌大部分随了母亲,椭圆脸形光滑白润,有些像京戏里的赶考书生;一双眼睛微微凸出,则是父亲的翻版。只是鼻梁"山根"稍显塌陷,反而透出几分厚道的气质,这点不知相亲时加不加分。

既然睡不着,便不停眨动明亮的眼睛。他的目光很特别,大白天不显明亮,好像被烈日遮蔽了,却在黑夜里闪耀着,显得不中不着。自从离开华北电机厂不再上夜班,他的目光只剩下白日里的黯淡,没了夜半闪耀。

躺着睡不着继续回忆那个梦境,睡梦里那女子穿着暴露、言谈轻佻、举止放浪,这算是风骚吧?父亲肯定认为这路人不正经,可是这路人偏偏让我梦到了,好麻烦啊。

猛然间电话铃又响了。他抓起手机看到来电显示还是"广东省东莞市",立即点开接听。

"你爸应该转到第六人民医院去,现在这家医院光凭靶向药物治疗过于单一,必须采取联合治疗措施,你爸的病不能耽误!你听见了吗孙子?"电话里是个低沉的男声,夹杂些许南方口音。

"我听见了……"李秀柱本能地答道。

"好啊,孙子你别耽误啊,抓紧给你爸转院吧。"对方说罢便挂断电话。

孙子……这人叫我外号"孙子"?那么他肯定是华北电机厂的人!可是我听不出他是谁……李秀柱回拨对方电话,听筒里传出"嘟嘟嘟"的声音。他以为这是通话占线,便挂断电话等待着。

"你爸应该转到第六人民医院去,现在这家医院光凭靶向药物治疗过于单一……"李秀柱回味这几句话,再次拨打对方电话,还是传来"嘟嘟嘟"的回音。可能对方设置了陌生电话拦截吧,打不通的。

我父亲闷头干活不言不语,一辈子没有什么朋友,这大半夜冒出个格外关心他的人,可是打过电话又隐蔽起来了……李秀柱从父亲联想到自己,是啊,我也没有什么朋友,前年收养的那只流浪猫去年还死了。

他把这个来自广东省东莞市的电话号码存到通讯录里,取名"知我外号者"。是啊,我在华北电机厂外号叫孙子。那老一辈工人为什么叫我孙子呢?李秀柱苦笑了。我这外号跟古代兵法半点关系都没有。

窗外天光大亮,李秀柱再次拨打"知我外号者"的电话,照旧"嘟嘟嘟",他意识到对方彻底"潜水"了。

大清早,孝顺的儿子照例走进厨房给生病住院的父亲操持早饭:富硒小米粥、煮柴鸡蛋、酱油腌黄瓜。父亲在华北电机厂工作多年,每天都从家里自带饭菜上班,从来不吃职工食堂,除非紧急抢修加班加点,在食堂买个馒头垫巴垫巴。如今他老人家生病住院,仍然不吃医院配餐。

父亲是个随遇而安的老工人，唯独不吃外餐成了鲜明的个性。这样儿子不但要跑医院送饭，还把自己练成父亲的"御用厨师"，而且全部沿用母亲遗留的手写本家庭菜谱。母亲的字迹很是娟秀。

一边忙着"父亲料理"，一边匆匆吃着早餐，李秀柱的规定动作是馒头塞进嘴里，自选动作则是咀嚼榨菜或萝卜干，继而大口喝水送下。想起工厂俗话把吃饭称作"喂脑袋"，前辈师傅们的语言真是生动鲜活，便有些怀念车间班组。前些年华北电机厂没了，地皮转让给开发商建成金环花园住宅小区，号称这座城市百姓幸福生活的名片。

提拎起保温餐盒走出家门给父亲送早饭，李秀柱坐在公交车里给"知我外号者"发了短信说：谢谢您关心我父亲李玉福的病况，劳驾请告诉我您是谁好吗？

还是不见对方回应。他觉得这很像电视剧情节，便学着编剧暗暗构思着故事，不知不觉竟然有了悬念……

下了公交车尚有五分钟脚程，巧遇从前车间电工田铭，这家伙领着读小学的儿子参加英语培训班，说将来去墨尔本投奔姨妈，要从小打牢英语基础。又瘦又矮的田铭竟然有个又高又胖的儿子，这令李秀柱有些惊讶，觉得这也很像电视剧情节，比如产科病房抱错婴儿。

田铭显然对生活充满信心，主动说现在在金环花园物业公司做水电维修工，双脚还是踏在原先华北电机厂土地上，这等于没有离开工业故土，仍然坚守着呢。

"这等于没有离开工业故土"，听到这种新颖独特的说法，李秀柱不由竖起大拇指说："田铭你命运不错，仍然坚守着呢。"

在工厂外号"瘦狼"的田铭抚摸着胖儿子头顶说："人生哪有十全十美的？十全五美我就满足啦！我父亲去年肺癌住在第六人民医院用伽马刀治疗，光自费项目花了四万多，谢天谢地伽马刀把瘤子治小了，咱这银子没白花……"

"你说伽马刀能把肺里瘤子治小啦?！"李秀柱猛然提高嗓门问道，"你是说第六人民医院的伽马刀？"

田铭倒退半步说："你说话就跟猛踩油门似的，别吓着我儿子好不好？"

"嗯！你这样说就对上号儿啦……"李秀柱想起"知我外号者"打来电话同样提到第六人民医院，顾不得跟田铭道别，扭身朝着医院方向跑去。

田铭望着远去的背影笑了笑说:"这孙子今儿怎么啦?从前在车间没见他有这么大动作。"

是啊,孙子逢人矮三辈儿,他怎么会有大动作呢。田铭似乎有些同情李秀柱,毛四十岁了仍然单身,一人孤守阵地多冷清啊。

二

打开手机搜索到有关伽马刀的信息,李秀柱反复读了两遍,或多或少弄懂它的基本原理。伽马刀不是刀,它是通过立体定位伽马射线照射,破坏肿瘤组织达到治疗目的。采用伽马刀治疗肿瘤,患者创伤小,恢复比较快,避免深度麻醉,住院时间较短,仍然属于放疗范畴。

嗯,放疗在京津冀叫"烤电",在江浙地方叫"照光"。李秀柱给父亲送过早饭,径直跑到第六人民医院,花二百块钱挂了肿瘤外科的"特需门诊",见到教授级放疗专家纪国镇。

纪教授满面和蔼、语调清晰,李秀柱竖起耳朵凝神聆听,字字句句记在心里:"伽马刀治疗肺癌早期能够起到抑制癌细胞扩散的作用,也可以治疗多发转移病灶。尤其适合于不能手术和不能麻醉的病人。伽马刀还可以结合化疗、靶细胞药物或免疫综合性治疗……"

这好比听了场科普讲座,李秀柱感觉这二百块钱没有白花,绝对物超所值。他起身给这位专家教授鞠躬致谢,表示父亲癌细胞没有扩散,回去尽力说服他老人家接受伽马刀治疗。纪国镇教授微笑开导他,说既然患病就要积极治疗,患者和家属的信心很重要。

临近中午走出第六人民医院大门,李秀柱来不及回家做饭,一路踌躇决定购买外餐,却不知哪几宗菜品更接近母亲的手写本家庭菜谱。他来到宴宾楼饭庄外卖窗口,给父亲买了清炒鸡丝、香菇油菜、八珍豆腐,外加番茄蛋花汤,搭配大米饭。

提拎着餐盒打上出租车,大胡子的哥得知这是儿子给住院的老爸送饭,随即唠叨起来:"你说什么是爹和儿啊?那就是儿来的时候,爹在出生证上签个字;爹走的时候,儿在死亡证上签个字;多年前爹从医院把儿抱回家,多年后儿从火葬场把爹抱回家;当年爹给儿买大房子,最后儿还给爹小盒子。咱们说明白吧，就是爹帮儿上户口，儿给爹销户口，这是爹和儿的关系。"

李秀柱听得不是滋味，喉结发紧似乎想哭。他告诉的哥停车。的哥说还没到地方呢。他说靠边停车吧。

结了车费，他站在大街边上，左手提拎餐盒，腾出右手揉了揉泛酸的鼻子说："您这出租车都快改成灵车了，我哪敢坐啊。"

他扬手又叫了辆出租车，就这样匆匆赶到病房，满脸愧疚说这不是妈妈的菜谱。李玉福表情淡然，轻轻点头。

这时李秀柱明白了，纵然母亲去世多年，父亲肠胃依旧从属于母亲。那册遗留人间的手写本家庭菜谱，既是父亲常年依赖的味道，也是父亲不食外餐的心理依据，常年保持生活的固有状态，绝不改样。

父亲养成不吃工厂食堂的习惯，据说起源于粮食定量供给的年代，那时自家饭食可以"瓜菜代"，用以填补口粮不足。例如掺有柳叶嫩芽和榆钱儿的玉米窝头，便足以写进"家庭食品非遗名录"。如今城市绿化喷洒灭虫剂，无论柳叶嫩芽还是榆钱儿，一律不可食用，这便久违了骆驼李的古典肠胃。

儿子凑近病床前打开餐盒请父亲吃饭，这时有人跨进病房叫了声"李玉福同志"，父亲目光凝了凝，注视着来访者。

"你不认识啦，我是崔凤歧！"来访者身材健硕、声音洪亮，抖动满头白发，好像浑身上满发条。

李玉福认出这是过去华北电机厂领导，嘴唇颤颤叫了声"崔书记"，声调很低。对方听罢拍手笑道："你果然没忘记我！那年没评你当劳模不会记恨我吧？"

一句话病房静了场。李秀柱快速眨眼望着父亲。李玉福皱皱眉头耸耸鼻，说："那年咱厂评选劳模，厂里推荐的就是我啊。"身患癌症的老电焊工沉静若水："那天下班我又跑去找宋桂池厂长，我说自己不配当劳模，请厂领导评选别人吧……"

崔凤歧仿佛被堵了嘴巴，一时不知如何应对。

李玉福似乎不愿放弃这个话题，不慌不忙回忆道："宋厂长问我推辞评选劳模的原因，要求我实话实说。我就把心里想法说了。宋厂长听了哈哈大笑，劝我不要这样过度严格要求自己。我还是坚持自己的想法。可巧宋厂长办公桌上电话响了。我不知道这电话是谁打来的，反正宋厂长接过电话见我还是坚决推辞，就接受了我的要求，结果把劳模评给田保松了。"

李秀柱吃惊地望着父亲——这位常年少言寡语的骆驼李今日竟然毫无避讳地陈述己见，一口气说出这通完整流畅的话语，不由内心暗生疑窦，父亲患了癌症话变多啦？

"所以说崔书记，我是自愿退出劳模评选的，您不要把责任揽到自己身上。"

崔凤歧远远比李秀柱更吃惊，在他印象里李玉福是个埋头干活儿绝少出声的技术标兵，此时话语连篇叙述陈年旧事，仿佛云破天开了。

于是崔凤歧只得更新话题说："那年全厂先进生产者表彰大会，你上台发言情真意切，我至今记忆犹新呢！"

"崔书记，这事儿您不提我倒忘了。"李玉福露出近乎无奈的表情。

崔凤歧抖擞精神说："那天表彰大会你上台发言，说自从十六岁进厂学徒，这么多年华北电机厂把自己培养成人，从心眼儿里认为自己就是华北电机厂的儿子，所以要让儿子进厂接班做电焊工，咱们工人阶级血脉不能断……"

李玉福听了这番话，下意识扭脸望着自己的儿子。李秀柱咧嘴朝父亲笑了笑。

崔凤歧跨步上前拉住老电焊工的粗糙大手说："咱们华北电机厂职工八千九百人，最令我感动的就是你李玉福！你不让儿子读高中替他报名考进咱厂技校，这才是爱厂如家呢。"

原来是父亲替我报名我才被工厂技校录取的，他老人家不声不响就把我的前途给定了。此时李秀柱颇有真相大白的感觉。

李玉福从病床起身说："崔书记，我没文化，那篇发言稿是厂办主任庞占元给我写的，庞主任还让我在他办公室里操练几遍，特别强调念到'我是华北电机厂的儿子'时，音调要高，动作要大，凡是念到这种关键句子不要把肉埋在饭里……"

"没错！你埋头苦干任劳任怨，广大职工看在眼里记在心上，我们领导班子绝对不会把肉埋在饭里的！"崔凤歧挥了挥手重现开大会做报告的风采说，"所以多次把你评为技术标兵和先进生产者嘛。"

李秀柱担心父亲空腹低血糖，双手捧着余温尚存的餐盒注视着父亲。

崔凤歧再次转变话题说:"药补不如食补!李玉福同志你要加强营养多吃饭,争取战胜疾病早日康复。"

李玉福轻轻点头,示意儿子拿筷子。父亲默然接受了这份外餐,李秀柱备感欣慰。这可能跟崔凤歧书记在场有关吧,毕竟老工人最听党的话。

"人老啦!我只能投靠独生子,明天坐飞机去新加坡,今天跑来看看你……"崔凤歧有些动情地说,"我准备编写《华北电机厂史》,人物谱里不会遗漏你李玉福的!"

"我是个干活儿的电焊工,您就不要写我了。"李玉福扬了扬手说,"既然明天您去外国,那就在这儿吃顿饭吧,我儿子买了外面的套餐呢。"

"啊……"崔凤歧怔了怔,随即精神振奋说,"好啊好啊,这顿饭就算你给我饯行,以后有啥事给我打电话,等你病好了到新加坡旅游,我带你去牛车水逛逛!"

不擅交际的老电焊工突然挽留来访者吃饭,这令儿子又惊又喜,立即打开病床前的折叠餐桌,依次摆好餐盒:清炒鸡丝、香菇油菜、八珍豆腐、番茄蛋花汤、大米饭。他感觉主食不够两人吃,便从床头柜抽屉里取出那包烤馍片。

崔凤歧接过烤馍片笑着说:"这是我家乡陕西的面食,很久没有吃到啦。"

"那烤馍片你多吃,这大米饭归我。"李玉福露出鲜见的笑容说,"今天咱俩跟这儿吃饭,我怎么觉着还是在华北电机厂呢。"

"这就叫穿越时光隧道,让咱俩回到华北电机厂。"满头白发的崔凤歧说着时髦词语。

似乎受到父亲情绪感染,李秀柱助兴说前天遇到田铭了。崔凤歧嚼着香脆的烤馍片打听田铭是谁。

"田铭现在在金环花园物业公司做维修工,他爸是原先华北电机厂精工车间的田保松。"

"噢……"李玉福听罢轻咳两声说,"人家田保松是全厂技术尖子,也有好几项技术革新成果呢。"

"你也是技术尖子嘛,田保松遇事喜欢争先,经常跟厂领导取得联系。不过我倒欣赏你这种作风,任劳任怨不计得失,最能代表华北电机厂工人阶级精神风貌。"崔凤歧说着双手捧起那碗番茄蛋花汤,稳稳递给李玉福。

"您过奖了崔书记,我这人啥也代表不了,非要我代表呢,就代表手里那把电焊钳吧……"

"如今有了氩弧焊、电渣焊这类新技术,可是代表工人阶级的光荣传统不能丢。"崔凤歧嚼着烤馍片,好像满口生香,"你那几把老焊钳应该送进工业博物馆,永久收藏!"

李玉福缓缓放下筷子,冲着崔凤歧拱了拱手,算是无言的感谢。

吃过这顿午饭,老书记和老工人拉了拉手,道了道别,谁也没再说话。李秀柱将客人送到电梯门前,连声致谢。崔凤歧表情严肃说:"你爸得了这种病就要想得开,首先争取五年存活率,人家田保松不就闯过来了。"

李秀柱用力点头说:"祝您明天平安到达新加坡,我希望我爸治好病去您那儿旅游。"

送走这位老领导,快步返回病房,李秀柱没想到父亲张口评论道:"崔凤歧变化不小,他当党委书记时没跟我说过几句话,今天怎么变成话匣子啦?好像把下辈子的话都说了。"

"树老根多,人老话多。"李秀柱随声附和,认为父亲今天话也不少。

"是啊,到了新加坡崔书记找谁说话呢?想要聊天只能往国内打电话,只要他儿子有钱交得起电话费就行……"李玉福想象着崔凤歧移居国外的生活景况。

李秀柱听着这番念叨,感觉父亲思路清晰、词语贴切,看来他老人家原本健谈,却在厂里少言寡语得了"骆驼李"外号。这种反差实在太大了。

一时琢磨不透,儿子陪父亲下床在楼道里遛了遛,返回病房给父亲按摩双腿双脚,说总躺着肌肉萎缩。李玉福忽然轻声问儿子:"咱们华北电机厂的地皮就是卖给新加坡开发商的吧?"

李秀柱随声回答:"是啊,新加坡地产商开发金环花园楼盘,一期开盘每平方米三万八千元,现在涨到五万多元了。"

李玉福听了没吭声,好像重新成为少言寡语的人。李秀柱趁机试探道:"您转到第六人民医院去吧,听说那边有新疗法效果不错呢。"

"我这病转到第六十六人民医院也不好治,咱们就不要折腾人家大夫了。"

第六十六人民医院?折腾人家大夫?李秀柱再次领略父亲的口才。这真是个内秀的老工人,要么不张嘴说话,张嘴说话就这么生动。

儿子参不透父亲的心思,便没有提及伽马刀治疗,也没提及半夜接到"知我外号者"的东莞神秘电话。

三

大活人戳在马路边等候出租车,李秀柱趁机打着腹稿,就跟人体雕像会喘气儿似的。之后他打车来到金水广告公司递交辞职报告,张嘴从肚子里掏出腹稿说:"这次辞职是要全力照顾身患癌症的父亲,我保证不是恶意跳槽另攀高枝。"

金水广告公司老板是个年轻的"九〇后",颇为欧式地摊开双手表示同情,然后耸了耸肩问道:"老李你辞掉工作没有薪水吃什么?"

李秀柱竟然鬼使神差答出两个字:"肉糜。"

这就是李秀柱为人怪异的地方,连他自己都说不准何时何地嘴里会迸出这类很不靠谱的词语,因此大龄剩男便显得更不靠谱了。此时直抒胸臆说出"肉糜"二字,令年轻的公司老板不知所云,只好提醒他少吃肉类避免增高胆固醇,注意补充蔬菜和水果。李秀柱听罢点头笑了。他从小笑容就像父亲,规模不大纹理清浅,味道微苦略有回甘。

走进自己的"奥飞斯"位置将文案材料归置利落,把能送出的家伙什送给同事,道了声谢谢说了声拜拜,一如既往乘坐电梯下楼,意外遇到公司外勤小包,这小伙子表情神秘地报料:"老李,有情况!戴少卿那本回忆录是盗版的,外边有人举报啦。"

李秀柱记忆有些模糊,好像年初经手做过这册图书首发式的文案,当时宣传力度挺大的。此时图书盗版的消息已然与己无关,他心无波澜地走出写字楼大厅,咽了口唾沫润湿着用过的腹稿。

他不由想起当年跳槽离开华北电机厂,心情也是这样清静寡淡,就跟出差结束从旅馆退房似的,裤兜里结算的薪水好像旅馆退房的押金。这样想着嘴角又露出味道微苦的笑容。他决定节省费用不打车,信步走到那家婚姻介绍所门前刷了辆共享单车。他曾是这家婚介所的注册会员,因没有及时续交会费被踢出婚介所电脑系统。好在他并不想继续相亲,集中精力伺候生病的父亲。人家崔凤歧书记说得对,首先争取五年存活期,这才是头等大事。

父亲身患肺癌让儿子感到命运不公,为什么霉运偏偏落到这位老电焊工头上?记得父亲参加全市电焊工技能大赛输给锅炉厂的王世忠没能夺得金牌,便觉得这辈子愧对华北电机厂,好久抬不起头来。那一代老工人就是这样克勤克俭。所以人们说骆驼李若真是头骆驼,他会觉得自己对不起沙漠的。

骑着共享单车来到城市商业银行门前,下车掏出借记卡,从自动柜员机里取出五千元钞票。每逢交纳住院押金父亲都要求儿子使用现金,好像只有钞票才是真金白银,凡是看不见摸不着的东西均不牢靠,包括银行卡。

父亲是华北电机厂大工匠,儿子只是个普通青工;父亲身高一米八二,儿子只有一米七五;父亲生肖属鼠却得到"骆驼李"外号,一跃成为大型动物,儿子同样生肖属鼠却得了"孙子"外号,不仅属于小型啮齿动物还降低辈分。这就使得李秀柱时不时感到自卑,既然难以继承父亲手里那柄焊钳,只得改行跳槽了。

平时儿子对父亲言听计从,却不觉得自己是个孝子。"孝子"已然成为古老词语,如今流行"不明觉厉"和"普大喜奔"的新人类词语。有时说到"孝子",甚至被误以为谁家筹办丧事呢。

李秀柱把五千块钱揣进怀里,左顾右盼确认周边安全,又骑上共享单车了。一路上想起母亲。家里的存款据说是母亲从外祖父那里继承的,为此母亲生前保密多年。他到公司辞职时跟年轻的"九〇后"老板说回家吃肉糜,那确实吃得起的。这要感激远在天堂的母亲荫护,给家里留了保底的钱款。不过他的所谓"肉糜"大者不过铁板烧,小者肉夹馍而已。一个生肖属鼠的"八〇后"剩男,你还想吃天鹅肉啊。

走进家门首先脱皮鞋换拖鞋,然后洗手擦脸漱口,这套规定动作从小养成习惯。进家洗手擦脸实属常情,然而母亲生前特意强调进门漱口,仿佛外边空气太咸,漱漱口赢得清淡爽利。母亲去世后儿子全盘守制不曾改变——这就是非典型"八〇后"的典型生活细节。然而不知这习惯跟几次相亲失败是否有关。

习惯性完成全套规定动作,干干净净走进厨房操持晚饭。浇汁鸡蛋羹、咸肉炒蚕豆瓣、虾油黄瓜拌豆皮、肉丝紫菜汤,主食两个全麦粉小花卷。依照母亲遗留的手写本家庭菜谱,他努力做出父亲依赖的味道。当然,盐还是要放的——母亲留下带有刻度的小勺子。

蒸好了鸡蛋羹,浇些酱汁,装瓶保温。母亲手写本家庭菜谱里的自家酱汁味道独特,这肯定来自外祖父的私家秘方,毕竟工商业家族生活追求美味。他这样寻思着打开微波炉烘热全麦粉小花卷,猛然想起自己做过的那个春梦,便忙里偷闲拿起手机调出"解梦大全"软件输入"梦见女士"四字,这时两个小花卷加热完毕,他伸出目光瞥见手机里"解梦大全"给出的全部答案,第三条这样解释:

梦见风骚女子表示你有狡猾的敌人需要去征服。

我有狡猾的敌人需要去征服?李秀柱下意识环视左右,仿佛敌人已经临近。用鸡翅木夹子将全麦粉小花卷夹进保温盒里,他认真思索起来。

那么谁是狡猾的敌人呢?他烧水焯熟豆皮,这样消除豆腥味儿。母亲手写本家庭菜谱里的凉拌菜,这道虾油黄瓜拌豆皮是父亲爱吃的开胃菜。

一瞬间脑海里天光大亮。噢,那个狡猾的敌人就是父亲的肺癌啊!这些天我不是在跟它战斗吗?看来我要征服对方难度不小。

不知道父亲对战胜病魔有没有信心,他老人家自从住进双人间病房接受治疗,就跟参加焊接技术讲习班似的,满脑子全是工厂往事,技术革新、生产挖潜什么的,从来不过问自己病情。这是有意回避还是无所用心?年轻人猜不透老辈人的心思。

李秀柱想起同辈人田铭——感谢这家伙提供伽马刀治疗的信息。田铭他爸田保松不是把瘤子治小了吗?所以我爸也能得救,我就指望伽马刀创造奇迹了。

他认真按照母亲遗留的家庭菜谱给父亲做好晚餐,拎起保温箱走出小区坐进出租车里,摁亮手机调出"解梦大全"再次找到"梦见风骚女子"条目,聚精会神读到这样的文字:

起梦时间为深夜,时值夏季六月,五行为午火,午火炎炎正升,六阳气逐一阴生,故此梦应验率大约百分之四十三,应验时间大约十日内外。

如果说狡猾的敌人就是我爸的肺癌,那么伽马刀治疗我爸肺癌的成功率大约是百分之四十三吗？这比例不低啊！但是十天期限比较紧张。

他的内心渐渐冷静下来，认为这种解梦话术可信可不信，但是第六人民医院的伽马刀还是要相信的。人家纪国镇教授是享受国务院政府特殊津贴的专家，他的伽马刀属于国内放射治疗新技术。人要活着就要相信科学，人要活命就要信服伽马刀。我得尽快安排父亲转院不能拖延了。

下了出租车跑进医院大门快步赶到病房，儿子伺候父亲吃晚饭。似乎咸肉炒蚕豆瓣和虾油黄瓜拌豆皮唤起父亲的情思，他老人家略显遗憾地说："你妈妈走得太早，她没赶上医疗高科技时代。"

这句话令李秀柱兴奋起来。我还没跟父亲提起伽马刀，他主动谈到医疗高科技时代，这就叫父子心有灵犀吧。于是李秀柱趁机说起伽马刀疗法，把纪国镇教授的治疗原理讲给父亲听。

"这种伽马射线特别厉害，用不好容易伤人呢。不过伽马刀是光束定位照射治疗，它好比战场上狙击手精准射击，光杀敌人不伤老百姓，转害为利了……"

邻床病友受到感动说："这儿子想方设法给老爸治病，多孝顺啊！"

李秀柱受到病房舆论夸赞有些不好意思。只见李玉福忽地起身离开病床，迈开大步走出病房直奔电梯间。李秀柱慌忙跟随跑进电梯，满脸迷惑抬头望着父亲。

李玉福身材瘦高，在电梯里衬得儿子矮了。如今"八〇后"们身高普遍超过父辈，李秀柱恰恰例外，母亲的生命基因让他成为这代人的个别现象。

父子俩走出电梯来到住院部小花园。李玉福不停地挪动双脚，情绪异常烦躁。李秀柱尝试着自我批评道："我就想转院用伽马刀给您治病，没想到惹您起急了。"

"秀柱，这事儿我不能不起急！"李玉福猛然提高嗓门，惊动了灯影里打太极拳的老头儿。

"我老啦，好多事情不记得了，听你说起伽马刀治病力道很强，一句话把我点醒了，这让我想起那台伽马射线探伤仪，那玩意儿要是放出射线来，人命关天啊！"

"伽马射线探伤仪放出射线伤人……"李秀柱不解地问道，"您这话从哪儿说起？"

李玉福沉浸往事说道："那年援助巴基斯坦的发电机组，时间紧任务重，我两天两夜连轴转，把水轮机座环和受油器的关键部件焊接好了，六十八道焊口连接起来足有上百米。凡是援外产品都是政治任务，绝对不能有微观缺陷！厂里调来伽马射线探伤仪，反复检测所有焊口，全部合格，厂领导夸赞我是靠得住信得过的大工匠……"

"您肯定是靠得住信得过的大工匠！"李秀柱急于得知下文，朝父亲竖起大拇指。

"那场生产大会战顺利完成，他们说这台伽马射线探伤仪是老型号旧设备，把它折旧埋了吧。我急着参加全市技术标兵表彰大会，就没跟着动铁锨挖大坑……"

太极拳老头儿大声插言道："敢情你还是全市技术标兵？老光荣啦！"

李秀柱对太极拳老头儿说："您不要掺和了好不好？当年我爸还差点评上市级劳模呢。"

"这劳模评上跟不评上，那可大不一样啊。"太极拳老头儿颇有感慨。

李玉福只好走出住院部小花园，扭头对身后的儿子说："人老了就是话多，你不要跟那老头儿抬杠。"

儿子连连点头表示听从。父亲继续回忆道："那次生产大会战副总指挥是崔凤歧，他也同意把那台伽马射线探伤仪报折旧。你知道只要生产设备报了折旧，那费用就能够直接摊入生产成本了……"

李秀柱认真听着，感觉父亲说话谁都听得明白。

李玉福压低嗓门说："当初以为那是工厂后墙的荒地，说埋就埋了，可是那玩意儿要是放出射线，让人看不见摸不着啊！它可比埋个定时炸弹危险多了吧？"

"咱们华北电机厂没了，从前工业厂区变成民用住宅，这都老皇历了，您就别操这份闲心了。"李秀柱不认为事态严重到埋了定时炸弹的程度。

"华北电机厂是没了，可是华北电机厂老工人还在啊！我既然想起这码事儿，就不能扭脸躲着走。"李玉福说着起了火气，"你说我操这份闲心，这是胡说八道不负责任！"

父亲这几句话仿佛闪烁着电焊弧光。儿子从未见过他老人家如此激动。早先那位沉默寡言的骆驼李，今天有了脾气。

李玉福满脸迫切表情说："华北电机厂变成金环花园小区,从前上班下班的工人,如今换成常年住家的百姓,那伽马射线不是更危险了吗?咱们要赶紧把这事儿解决了。"

"您先转到第六人民医院用伽马刀治病,"李秀柱神色凝重说,"我抓紧寻找埋藏伽马射线探伤仪的地点,咱们两条腿走路行吗? "

骆驼李使劲儿摇头说："不行!那天崔凤歧说不能把肉埋在饭里,今天我说不能把祸害埋在地里。咱们就要抓紧解决不再拖延,只争朝夕吧。"

父亲居然引用"只争朝夕"这个词,满脸毋庸置疑的表情。这再次令李秀柱感到父亲有些陌生。人老了,变了。父亲不是骆驼李了,可能从来就不是。

"森林着火还有自己熄灭的时候呢。那台探伤仪这么多年埋在地下力道衰减,它不具备伤人的能力了吧。"李秀柱试图缓解危机气氛。

"秀柱啊,这种事情宁可信其有,不可信其无。"李玉福缓和语气说,"你看同样都是伽马射线,它在医院里搞成伽马刀就能治病救人,它埋在地下散发射线就会祸害百姓,从前车间班组学哲学管这叫一分为二。"

父亲已然引用哲学说话,可见信念坚定。李秀柱点头问道："那么您还记得埋那玩意儿的地点吗? "

"应当离工厂后墙不远,大约往农药厂方向吧……"李玉福眯起骆驼式眼睛回忆说,"那时工人真有干劲儿!生产大会战好几天不回家,生生把那台伽马射线探伤仪用得都折旧了。"

李秀柱已经懂了,那时候国有企业工艺设备逐年折旧,最终直接摊入生产成本,不列入设备更新资金。父亲多年养成为公家精打细算的习惯,至今不改。今后也改不了。

四

走进被称为"城市幸福生活名片"的金环花园小区拱形大门,李秀柱想起"天翻地覆慨而慷"的诗句。是啊,难以想象这里曾经是座国有大企业。如今华北电机厂没了,人的记忆也无所依附。年轻人光知道这里是商品住宅小区,一平方米五六万元。

他礼貌地向小区保安打听售楼处,对方摇头说房子早卖光了,如今只能寻二手的。朝着小区深处走去,猛然听到身后有人喊自己外号,他扭头看见小树林里走出个满头银发、身材微胖的女士,嗓音特别响亮,大体属于人类里的喜鹊。

"这些年我四处打听你的下落,谢天谢地今儿遇见啦!你三十大几了还单着呢?可惜你母亲走得太早,没人操心你的婚姻大事……"

李秀柱想不起来这位热心老阿姨是谁,就尴尬地笑了笑。

"我是你妈妈的同事杜玉雯!你小子忘啦?"这位老阿姨上前自我介绍说,"我跟你妈妈同在工艺科晒图室上班。你妈妈大家闺秀,浑身都是优点,就一个缺点——不怎么会做饭!"

李秀柱茫然望着杜玉雯说:"您是不是认错人啦?我妈妈是章洁清,她会做饭啊。"

"孙子,你妈妈当然是章洁清,错了包换!我不是说你妈妈不会做饭,我是说你妈妈做饭清淡寡味不好吃!哎哎,无论多优秀的女人也有短板,你妈妈有你姥爷留下的私家菜谱,她就是弄不出味道来……"

"可是,我爸爸常年从家带饭菜上班啊……"李秀柱停住话语思忖着,满脸狐疑。

杜玉雯更换话题说:"你爸爸可是个技术尖子啊,华北电机厂没人不知道骆驼李!那年连夜抢修锅炉房,他骑在管道上烧电焊立了大功……哎哎!我就是想给你介绍对象,原先浸漆车间的江丽你知道吧?她白净苗条,没有婚史,今年三十六七岁,你俩要是结了婚还能生养,女人过了四十岁生孩子就高危啦!"

李秀柱被杜玉雯的连珠炮打得发蒙,一时不知如何抵挡,只得打听金环花园售楼处在哪儿。杜玉雯抬手指向远处紫色小楼说:"从前那儿是售楼处,现今给物业维修部占了,你赶紧去问问吧!哎哎,你若有意跟江丽见面就到家找我!我住13号楼1门703。哎哎!你爸爸没续后老伴儿吧?我手里还有几个老年妇女,干脆把你们爷儿俩同时解决了吧……"

说了声"谢谢杜阿姨",李秀柱扭身逃离这位"业余红娘"的强大气场,快步走向那幢紫色小楼。

金环花园物业公司维修部大门紧闭,有个窗口挂着"水电维修登记处"的牌子。李秀柱凑近窗前喊了声"师傅",里边无人应答,好像连"徒弟"都没有。

他只得后退两步,看到大墙上挂着金环花园小区规划图,立即惊喜地笑了。这次笑容并不微苦,咽口唾沫感觉回甘。

这满墙的规划图被时光侵蚀得色彩斑驳,依然能够俯瞰金环花园小区全景,近乎一览无余。他连忙掏出手机录制视频,并大声给父亲配着画外音说:"爸爸,您看这就是华北电机厂变成的金环花园小区,有楼盘、绿地、假山、水池、道路……总共六十九座住宅楼,东边有个网球场,西边有座小喷泉,零星分布八处小型停车场、健身馆、幼儿园,还有大片中央绿地,看着挺宽敞的。噢,还有便利店呢……"

李秀柱临时改成普通话解说:"爸爸,您看您看,这儿保留了华北电机厂大烟囱,他们给装饰成通天塔了。这通天塔是外国神话传说中的,老天爷故意让谁跟谁说话都听不懂,所以人们要学外语……"

这时维修部窗口露出田铭的脑袋瓜儿,嘴角叼着烟卷儿说:"喂喂,你这儿自导自演拍纪录片呢? 我们可要收你场地费的!"

李秀柱拍好视频收起手机说:"这金环花园小区规划图太重要了,我爸看过这视频就会唤醒记忆寻找线索的。"

"你爸要寻什么线索?"田铭说着攀爬窗台跳了出来,这让李秀柱觉得金环花园物业公司管理松懈混乱,当年华北电机厂安全生产管理严格,绝不允许随意攀爬窗台。

田铭全身浅蓝色休闲装,脚穿白色旅游鞋,干干净净、利利索索,好像要出国观光。

"今天是我爸六十八岁大寿! 我预订了冠春园大饭庄四桌生日宴,两桌来宾,两桌家人! 俗话说大病不死,必有后福,我办祝寿宴是给我爸祈福增寿呢! "

李秀柱暗暗羡慕田铭,他爸用伽马刀把瘤子治小了,今天过六十八岁大寿。当然我爸也要用伽马刀治疗,也要把瘤子治小了,我爸明年七十岁大寿也要摆几桌酒席。

田铭听懂李秀柱的来意,笑嘻嘻拍拍他肩头说:"伽马射线探伤仪那破玩意儿不会永久散发射线,这些年埋地里早就乏啦! 我看你这是吃饱了撑的,闲着没事儿找事儿,你想大海捞针就捞吧! "

李秀柱被田铭说得有些疑惑:"你说那射线早就乏了,可是科学家说物质不灭嘛。"

"什么物质不灭！你别说那台破探伤仪了，就连华北电机厂都没了。"

"你不是说过双脚仍然踏在华北电机厂土地上，"李秀柱固执地反问，"今儿怎么又说华北电机厂没了呢？"

"好啦好啦，你就跟这儿物质不灭吧，我要安排我爸寿宴菜谱去啦！现在人们养生少盐不吃咸，我选择的冠春园淮扬菜很清淡的。"

田铭三步并作两步窜走了。这让李秀柱想起母亲的家乡淮扬地区，那边饮食习惯清淡，可是北方这边夏天高温作业，工厂里电焊工出汗过多，吃饭口味偏咸的。

这样寻思着走出金环花园小区，他回头望着工厂烟囱改造的通天塔寻思着，田铭这家伙说我是大海捞针，我就以这座塔为基点吧。

骑着共享单车赶回家里给父亲操持午饭，翻开母亲遗留人间的手写本家庭菜谱，先后烧出海米炒油菜和里脊烧笋丝，打开冰箱找出主食冷冻银丝卷，放进微波炉里加热，沏了个菜蔬芙蓉汤，父亲的午饭齐活了。

杜玉雯阿姨说母亲做饭清淡寡味不好吃，可是父亲常年携带家里饭菜上班。李秀柱再度疑惑起来，反复打量母亲的手写本家庭菜谱，比如腊肉炒蒜薹，比如肉圆烩冬瓜，比如肉丝煸豆角，这些都是家庭经济状况明显好转的大众菜品，已经远离"瓜菜代"年代。李秀柱小时候跟奶奶生活，记忆里缺少母亲下厨做饭的情景。

一路乘坐出租车，准时准点把午饭送到父亲嘴里，然后试探着询问饭菜味道怎样。李玉福嗯嗯了两声，等于回答儿子了。

"那时候您从家里带饭上班，我妈做饭挺好吃吧？"儿子考古似的探问。

"你妈做饭挺好吃的。"李玉福适时做了应答，"有时厂里加班买个馒头垫巴垫巴，我还是乐意吃家里饭菜的。"

不知为什么李秀柱颇为感慨："爸爸，您这辈子挺不容易的……"

李玉福任凭儿子感慨，低头吃饭不吭声。

伺候父亲吃过午饭，李秀柱打开手机为父亲展示金环花园小区规划图，着重介绍那座大烟囱改造的通天塔。

李玉福看过视频思考着说："这是现今金环花园小区规划图，你还要找到过去华北电机厂规划图，用两张规划图对比着，一步步寻找埋那玩意儿的地点。"

父亲把寻找伽马射线探伤仪当作头等大事,好像肺癌都不重要了。

李秀柱尝试变通说:"您从来都遵守组织纪律,这件事儿要跟上面汇报吧?"

"华北电机厂都没了,你说这事儿跟谁汇报呢?咱们自己能办的事情,就不给组织添麻烦,一声不吭解决就是了。"

既然大工匠决定不言声,儿子只得接受"孤军奋战"的重任。他跟父亲提起治病话题说:"那玩意儿埋在地下不是三天五晌伙就能找到的,您先转到第六人民医院吧,抓紧时间用伽马刀治疗……"

"我的病没有那么严重。"李玉福语气坚定地说,"先把伽马射线探伤仪解决了,这样既对得起过去的华北电机厂,也对现今的金环花园小区有了交代,就是我死也安心了。"

李秀柱知道遇到这种裉节儿,没人能够说服父亲的,除非让母亲人间复活。他想起母亲禁不住问道:"爸爸,您最爱吃我妈做的哪道菜?我学着给您做。"

"噢,你妈妈做菜不爱放盐,她们南方人口味清淡……"李玉福总体概括答道,并不涉及具体问题。

李秀柱想起有年夏天中午,外号"骆驼李"的大工匠放下电焊钳摘下电焊面罩,脱掉汗水湿透的帆布工作服,光着膀子躲到车间角落里蘸着酱油吃饺子的场景。

他记得父亲那双筷子是临时找的两根不锈钢焊条,手里闪烁着银色光泽……

五

李秀柱来到科技数码店,把金环花园小区规划图的照片放大打印成彩图,还是感觉清晰度稍差。记得父亲说过光凭这张金环花园小区规划图不成,还要对照从前华北电机厂的规划图,拿着两张图纸对照定位,然后展开寻找。想起以前看过的科幻小说,主人公佩戴神奇眼镜望穿地表,哪儿有油层、哪儿有煤矿、哪儿有气岩,看得一清二楚,省了钻机勘探。

科幻小说就是用来鼓舞人类前进的。李秀柱目光里有了几分亮色。他拨通114查号台询问北青区档案馆的电话号码，连续拨打几次没人接听，嘴里嘟哝着"出师不利"随手再拨，电话竟然通了。于是好似佩戴了科幻眼镜，他要隔空遥望对方。

　　有过文案工作经历的他事先拟好腹稿自报家门，包括姓名和身份证号码，然后提出查询当年华北电机厂规划图，以便寻找埋藏地下的工业遗物……

　　对方听到他自报姓名和身份证号码，电话里稍微沉默，突然传出震耳的女声："喂喂！你怎么还给我打电话？那次会面之后我跟婚介所明确表态，我对你没有眼缘，让他们从备选男士名单里把你删除，你怎么又联系我呢？"

　　李秀柱顿时蒙了顶，不知遭遇了哪路兵马埋伏，说话结巴起来，嘴里进出大量顿号。

　　"您、您说话我不明白，我、我打的是正常电话，请问，您这儿是北青区档案馆吗？"

　　"我这儿当然是北青区档案馆，但我首先是齐红玲！我只跟你相过一次亲，走出咖啡厅就形同陌路了。我让婚介所不再关联，今天你却以查找工厂图纸名义私自打来电话！"

　　齐红玲？李秀柱极力回忆着，当初婚介所安排过四次相亲，每次都是"一轮游"没有续集，倒是有个小眼睛短头发单身女士，胖乎乎的，他忘了名字。另外三位女士统统不记得模样了。

　　这样想着他大声解释说："我从114查询台问到您这个号码，打电话想寻找当年华北电机厂规划图，我对天发誓打电话不是要跟您搞对象，再者说我真的想不起您是谁……"

　　一番话换来静默，仿佛电话里那位名叫齐红玲的女士消失了。李秀柱轻轻喂了两声说："实在不好意思，给您造成这么大误会。"

　　电话里终于传出齐红玲的声音："你要查找工矿企业规划图，那么请提前预约时间，到时候带着身份证来大厅窗口登记，预交复印资料费二十元，多退少补。"

　　"我预约明天上午九点钟可以吗？"李秀柱得到确认，连声致谢说，"对不起，我真的记不起您了，不过现在我记住了预约明天上午九点钟。"

　　电话里名叫齐红玲的女士问他还有没有其他业务要办，李秀柱连忙说没有了。对方挂断了电话。

齐、红、玲？她说在咖啡厅见过面，我怎么没印象呢？天啊！会不会有个跟我同名同姓的单身男士跟她相过亲？俗话说无巧不成书，就这样我在电话里跟她撞上了。

不论巧不巧，人家记住"李秀柱"这个名字，说明齐红玲女士是个好脑筋，她应该去大公司搞财务才是。明天我去北青区档案馆要是见到她，当面说声谢谢吧。

近午时分赶往医院给父亲送饭，中途路过那家婚介所，他看到门店改为月子会所。从婚姻中介一步跨到分娩生孩子，这倒是符合与时俱进的逻辑。

李秀柱匆匆来到病房伺候父亲吃过午饭，感觉他老人家身体状况没有明显恶化，便越发期待他早日接受伽马刀治疗。李玉福则告诉儿子肉丝炒豆角味道不错，不咸不淡正合口味。

"咸中有味淡中有香，以前咱们工厂食堂就有这个菜品。"李秀柱转而告诉父亲，他明天去北青区档案馆复印华北电机厂规划图。

李玉福耸了耸骆驼鼻子说："按理说崔凤歧应该知道当年埋伽马射线探伤仪这码事儿，可惜他没留下新加坡电话号码，这事儿咱自力更生吧……"

"您把心搁肚子里吧，无论漫天撒网还是大海捞针，我都要百分之百努力！"李秀柱好似小徒弟向大工匠表决心，"到时候您要转到第六人民医院用伽马刀治疗啊！"

"你把伽马射线探伤仪妥善处理好，"李玉福仰起高颧骨的脸颊说，"那样我心里就安稳了。"

一个身材小巧的女护士走进病房说："25床电解质化验报告出来了，你血钠浓度128mmol/L，低钠，要补浓盐水，饮食也要吃得咸些。"

听女护士说低钠，李秀柱低声问父亲："您还记得工艺科晒图室的杜玉雯吗？杜阿姨说我妈妈做饭清淡寡味不好吃……"

李玉福摇摇头说："你妈妈是南方人，杜玉雯是东北人，一个爱吃米，一个爱吃面；一个爱吃淡，一个爱吃咸，这不是会不会做饭的问题……"

"电焊工高温作业出汗太多，您过去吃得过于清淡。现在我给您做饭有意偏咸，人家护士说您要补钠呢。"李秀柱觉得父亲大半辈子少盐寡咸不吭声，真对得起"骆驼李"的外号。

想起半夜东莞打来的电话，李秀柱做出随便问问的样子说："前些年咱厂不少人去东莞那边打工，那里头有您特别熟悉的吗？"

"那里头有好几个技术尖子，车钳铣刨大工匠。"李玉福闭目养神说道，"其实东莞那边也聘请我了，高级技术顾问薪水不低。你妈妈说那是给资本家干活儿，坚决不同意我去……"

"我妈妈？我妈妈的父亲从前不就是资本家吗？"

"对，你姥爷名叫章守才，他信奉实业救国，创办了宏达电器厂。"李玉福睁开眼睛说，"后来公私合营划进华北电机厂，所以你妈妈不让我去东莞给私企老板打工。"

李秀柱更加觉得父亲这辈子不容易，电焊工出大力流大汗，还吃得那么清淡寡味。后来要去东莞那边显示大工匠风采，母亲硬是不让去。这样想着恨不得立即送父亲去第六人民医院，赶紧用伽马刀把瘤子治小了，然后为父亲举办寿宴。不是摆四桌而是摆六桌，超过田铭他爸田保松的寿宴规模。

他似乎意识到自己是个传统型"八〇后"，即使蜕变也还是信奉"六六大顺"的。

六

一连几天来到金环花园小区，李秀柱蹲在中央绿地边缘，铺开华北电机厂规划图和金环花园小区规划图，反复对照仔细估算，寻找埋有伽马射线探伤仪的地点。

唉！我若不找到那玩意儿，我爸肯定过意不去，那就拖延治病呗。李秀柱内心有些焦虑，扭头望着中央绿地里的汉白玉雕像。这尊雕像显然没有全部完工，但是大体可以看出工人形象：头戴柳条安全帽，左手紧握尖嘴锤，右手撩起护目镜，仿佛将目光投向远方。李秀柱毕竟当过工人，这尊属于半拉子工程的雕像令他感到亲切，于是情不自禁跟这位"石头工人"说起话来，这样缓解着内心压力。

"我爸说埋那玩意儿的地点临近工厂后墙，坐标偏西朝着农药厂方向，往东边是当年废弃的火车道，往南边就是现在的通天塔。这么多年过去了，难道它放出的射线好比武侠小说里的绝命暗器，既看不见也摸不着更觉不出，无形之中把人伤了?好在这些年没听说金环花园小区有居民遭受射线伤害得了白血病。那么我争取尽快找到它吧,了却我爸这份心思……"

毕竟属于名副其实的汉白玉,这尊石头工人静静听着,一语不发。李秀柱转而聚精会神对照这两张图纸,一会儿鸟瞰华北电机厂,好似凌空飞翔;一会儿透视金环花园小区,仿佛地下掘进。就这样他不断穿越时空,幻想化身电视剧《封神榜》里的土行孙,纵身遁形地层深处,顺利找到那台锈迹斑斑的伽马射线探伤仪,然后跑去向父亲报喜……

很久不曾体验幻想的美妙,全然不觉沉浸其间尽情享受着。这时小树林那边有人呼唤他外号孙子。

"哎哎! 这儿又不是四川三星堆,既探不出青铜器也找不到大象牙,你摆弄这两张破图纸跟谁相面呢?"

李秀柱被这喊叫声从幻想世界里拔将出来,抬头望着突然出现的杜玉雯阿姨。

杜玉雯拍了拍大腿说:"天啊,怪不得你不积极搞对象,敢情满门心思在这地界儿寻宝呢。这些天我倒是听人说过,古董文物现在挺值钱呢,有些人发了大财。"

因为从小接受家庭教育,见到长辈要站立说话,所以李秀柱连忙起身解释:"杜阿姨,我要找的那玩意儿比您说的古董文物还要重要! 您说我能不投入吗?"

杜玉雯显然理解有误,瞪大眼睛问道:"你果真来这儿寻宝啊? 当心倒腾文物古董出事儿! 从前你妈妈跟我说过,你姥爷就喜欢收藏那些玩意儿,肯下血本呢。"

李秀柱耐心解释:"我是形容伽马射线探伤仪是宝贝,那玩意儿能探到人类肉眼看不到的微观瑕疵,三百毫米厚的钢板都能看透……"

"噢,当初埋了宝贝现今要挖出来,这是谁的主意啊?"杜玉雯急着去买菜,说罢转身穿过小树林消失了。这情景令李秀柱感觉有些迷乱,再次想起《封神榜》中的人物土行孙,伸手掐了掐太阳穴,极力让自己清醒,继续对照这两张没有标明比例尺的图纸。

即便大海捞针也要有基准定位啊,这图纸没有标注比例尺,就无法估算直线距离。李秀柱只好暗暗给自己打气,坚定信心,一定胜利。转念觉得空喊口号不管用，便收起这两张图纸，起身拍了拍屁股上沾的草叶子，寻思着回家给父亲操持午饭。

一群白发苍苍的老者，有男有女，有高有矮，有胖有瘦，悄悄朝着中央绿地包抄过来。李秀柱不知这是什么阵势，想起那个流行词语：不明觉厉。

"小伙子，你不要走！"为首的是个身高体壮的老头儿，鹰鼻鹞眼尖嘴巴，声音有些沙哑。

李秀柱下意识将两张图纸卷成筒子握在手里，给人的感觉是他拥有武器。

"这几天你在这儿寻摸什么呢？看着鬼鬼祟祟的。"身高体壮鹰鼻鹞眼尖嘴巴的老头儿率先问道。

老实本分的"八〇后"实话实说："我在这儿估算埋伽马射线探伤仪的地点，可是图纸没有比例尺难以确认方位和距离。"

"好！你态度还算端正。那就继续坦白吧，这是谁雇用你寻找那玩意儿的？"这个老头儿张口质问。

一个身材精瘦的老太婆不甘落后追问道："我看你老实巴交的样子，一定是幕后有人指使吧？"

李秀柱转身看了看身后那尊尚未完工的汉白玉雕像，表情茫然地解释："这儿又不是戏台哪儿有幕后啊？再者说我也没受谁的雇用……"

这时人群朝着中央绿地聚拢过来，形成赶庙会似的人圈。圈大人薄，得看得瞧。李秀柱仿佛成了撂地摆摊的江湖艺人。

"敢情中央绿地里偷偷埋着伽马射线探伤仪伤人，我们居民压根儿不晓得，完全没有知情权！"

"今天总算逮着你小子，逮着了就休想逃避责任！"

"当年为什么要埋呢？现今为什么要挖走呢？这里头肯定有猫腻！"

"我看这是那些贪官犯了事儿，他们企图掩盖历史真相！"

人们已然形成包围圈，同仇敌忾，义愤填膺，七嘴八舌抨击着李秀柱。

父亲坚决要把那台伽马射线探伤仪找出来，这是出于老工人爱厂如家的责任感。可是没想到事情突然变成这个样子，此时竟然让儿子沦为社会公敌。李秀柱孤立无援接连咽了几口唾沫，一时说不出话来。

身高体壮的老头儿走进人圈子里，一双鹞眼目光炯炯，使劲儿拧开瓶装水润了润嗓子,尖嘴巴演讲开了。

"我们金环花园小区的居民,大多是从前华北电机厂的退休职工,如今华北电机厂没了,我们的生命安全和身体健康谁来保障?这几天听说这里埋了害人的东西,我们就团结起来维护自身权益!有人说伽马射线衰减没有危害了,那么为吗要把那玩意儿挖走呢?这明明是要销毁犯罪证据嘛!"

这老头儿显然提前做好功课,尖嘴巴说得头头是道,薄嘴唇讲得有理有据。李秀柱暗暗叫苦。面对"幕后有人指使"和"销毁犯罪证据"的指责,他感觉已然掉进坑里了,而且这坑还是父亲给自己挖的,即使脚蹬手刨也爬不出来。

"我说这个小伙子,你也不要害怕。"鹰鼻鹞眼尖嘴巴的老头儿语气和缓许多,"只要你如实回答我的问题,今天就放你走人。"

"您不能扣留我啊!"李秀柱像个准备抢答的小学生。

"这次是不是华北电机厂领导派你来的?他们前些年把工厂地皮卖给新加坡开发商,如今担心自己屁股没擦干净?"

李秀柱感觉自己被弄成法制题材电视剧里的人物,瞪大眼睛望着对方说:"您把情节弄得太复杂了,这次我父亲让我寻找那台伽马射线探伤仪,这跟华北电机厂领导出让工厂地皮有什么关系呢?"

"好哇!你承认是你父亲派你来的。看来你能够大义灭亲,那就把问题彻底交代清楚!"那个身材精瘦的老太婆兴奋起来,"你父亲是华北电机厂哪位领导,他叫什么名字?"

李秀柱毫不犹豫答道:"我父亲是华北电机厂高级电焊技师,他叫李玉福。"

"你是李玉福的儿子?"鹰鼻鹞眼尖嘴巴的老头儿满脸疑惑,"这么说伽马射线探伤仪是李玉福埋的,他派你来这儿销毁证据?"

"您根本不了解情况!"李秀柱反驳说,"请不要信口开河好不好?"

鹰鼻鹞眼尖嘴巴老头儿自信地笑了:"你说我信口开河?我刘振岭外号'刘大辩'!华北电机厂八千九百多名职工,我确实没有当面跟李玉福打过交道,但是听说当年评选劳模他给刷下来了,现在又爆出埋藏伽马射线探伤仪的案情,这更说明他有历史问题嘛!"

李秀柱大声反驳说:"您为吗把埋伽马射线探伤仪说成案情呢?既然您也是华北电机厂老工人,应当懂得实事求是的道理。那台伽马射线探伤仪不是我父亲埋的,您不要往他身上泼脏水好不好?"

"我往他身上泼脏水?你打电话把你爸叫来,让他现场跟大伙交代清楚,当初埋藏伽马射线探伤仪散发射线危害群众,这事儿到底谁是主谋!"

李秀柱不能容忍父亲受到这种污蔑,猛地爆发喊道:"你凭什么让我爸来跟你交代清楚?你不要指手画脚冒充大尾巴鹰!"

有生以来从未如此发作,李秀柱反而给自己吓了一跳,倏地住口就跟断了电似的,这模样引发看热闹的人群哄笑。

人群里悄悄挤进来两个男子,一个瘦高,一个矮胖,他们身穿墨绿色野营服装,仿佛来自遥远的塞外牧场。瘦高男子表情沉郁注视着李秀柱。矮胖男子目光瞄着刘大辩,神色冷峻。

刘大辩越发强势说:"你要不打电话把你爸叫来,今天休想离开这儿!"

"对!今天休想离开这里!敢把伽马射线探伤仪埋到地里害人,这笔旧账要清算的!"

"不要让这小子跑路,赶紧叫小区保安来吧!"

看热闹的人群发出呼喊声,极力促使事态扩大。

矮胖男子掸了掸墨绿色野营服袖口尘土,大步走到人群形成的包围圈里,盯视刘大辩说:"你随意限制人身自由是违法的,我现在打电话报警,你也休想离开这里!"

"你、你是干什么的?"刘大辩不由朝后退了两步。

"你外号叫'刘大辩'?好吧,咱们辩论辩论。"身穿墨绿色野营服装的瘦高男子冷笑说,"你聚众滋事破坏社会稳定,以为倚老卖老就可以胡作非为吗?"

性格懦弱的李秀柱仿佛盼到救兵,使劲儿挥舞手里图纸卷筒说:"我要回家给我父亲做饭!我父亲生病等着转院治疗,可是没想到他好心没得好报,还被你们污蔑销毁犯罪证据……"

"哎哎,这是怎么啦!这是怎么啦?"老阿姨杜玉雯挤进人群高声说道,"这小伙子原先是咱厂青年电焊工李秀柱,我正要给他介绍对象呢。哎哎,你们不要欺负大龄青年好不好?"

身穿墨绿色野营服装的矮胖男子转向杜玉雯,语调稳重地问道:"这位老阿姨,我们是来调查伽马射线探伤仪的,您熟悉这块中央绿地的情况吗?"

李秀柱趁机拨开人群冲出重围,撒腿跑回家给父亲做饭去了。

"谈不到熟悉不熟悉!"杜玉雯伸脖踮脚望着李秀柱远去的背影笑了,"这小子三十好几啦,怎么还像个小孩子似的?这都怪他妈妈以前管得太严,今天差点把自己淤在这儿。"

刘大辩立即转向杜玉雯:"杜老婆子,你把那小子放跑了,这笔伽马射线旧账要算在你身上!"

"我说刘大辩,即便那破玩意儿埋在地下,这些年也锈成铁疙瘩了。它要是还散发射线你早就死了,还能在这儿寻衅滋事吗?"

杜玉雯意犹未尽撇了撇嘴评论说:"李玉福真是吃饱了撑的,没事儿找事儿非要派他儿子拿着两张破图纸,整天在这儿好像盗墓贼寻宝似的。"

那两个身穿墨绿色野营服装的男子,一起朝着杜玉雯点头,显然表示赞同她的观点。

刘大辩缓了缓力气问道:"你俩到底是干什么的? 要是外地人,必须有暂住证的!"

七

杜玉雯撇着八字脚走进李玉福的病房叫了声"骆驼李",大大咧咧说道:"听你儿子说你住院了,我就跑来看看你呗,谁让我跟你老婆是科室同事呢!你说章洁清要是活着该多好哇,她不该早早就走了,生生把你扔在沙漠里。"

李玉福望着突然出现的杜玉雯说:"是啊,秀柱他妈妈要是活着该多好啊,你俩还能做伴儿逛市场买便宜东西。"

"我听你说话底气挺足,看来轻易死不了,你争取多活些年吧,不要急着去天堂找你老婆。哎哎,你看你儿子多孝顺,对你言听计从还学会做饭,一日三餐跑医院伺候你,听说他还把自己工作给辞啦!"

杜玉雯说着转向李秀柱:"当年你妈妈就替你抱委屈,好端端小伙子进工厂得了'孙子'的外号,这多不好听啊。哪个大姑娘愿意跟孙子谈恋爱呢?就这样把你耽误啦!你妈妈不在了,我负责你婚姻大事吧,让章洁清在天堂安心。"

"是啊,我进厂见人先矮三辈儿,总觉得抬不起头来。"李秀柱伺机宣泄内心郁闷说,"杜阿姨,我没招谁惹谁怎么落得这个破外号呢?"

李玉福的骆驼鼻子微微翘了翘,不吭声。

"哎哎！你算问到历史遗留问题了。"杜玉雯啪地拍响大腿说，"那年全厂先进生产者表彰大会，你爸爸登台发言情真意切，说自己十六岁进厂学徒，这么多年工厂把他培养成人，就认为自己就是华北电机厂的儿子……"

"你听我说啊老杜，那讲稿是厂办主任庞占元替我写的，他特意嘱咐念稿要情感饱满、表情激昂……"李玉福打断杜玉雯及时解释着。

杜玉雯拽了拽李秀柱袖口回顾说："你技校毕业进厂也做了电焊工，工人们就议论开了，既然骆驼李是华北电机厂的儿子，那么儿子的儿子自然是第三代。你就得了'孙子'这个外号，慢慢流传开了。"

李秀柱听到自己外号来历，一时哭笑不得。

"哎哎，你知道你妈妈的外号吗？她叫'华北电机厂儿媳妇'！因为你爸爸号称'华北电机厂的儿子'嘛。"

"我妈外号'华北电机厂儿媳妇'？"李秀柱惊异地望着父亲，"合着咱家成了华北电机厂的子孙。"

李玉福骆驼鼻子微微翘了翘，还是不吭声。

杜玉雯继续讲解："没错！你姥爷的宏达电器厂，公私合营划入华北电机厂，宏达电器厂原址就是现今中央绿地那块地界儿，这是你妈妈亲口跟我说的。哎哎，果然你们全家都是华北电机厂的后代哪！"

"我妈妈没跟我说过这些事儿，她光留下那本手写的家庭菜谱……"李秀柱说着掏出手机看了看时间，想到该回家给父亲做饭了，表情流露出几分慌张。李玉福仿佛看穿儿子心思，露出极其少见的笑容说："老杜啊，谢谢你大老远跑来看我，你跟秀柱他妈妈同事多年，我从来没请你吃过饭，今天你留下别走了，我从医院食堂叫两份套餐……"

杜玉雯毫不客气地说："哎哎，你这老财迷全厂有名，今儿怎么自愿破费了？我可没看见太阳从西边出来啊！"

"您真的要订外餐不吃自家饭菜了？"李秀柱半张着嘴巴望着父亲。

李玉福朝儿子点了点头，转而对杜玉雯解释说："这两份套餐原本是我跟秀柱的，今儿就算是我替秀柱妈妈请你吧。"说着父亲转向儿子说："你自己跟食堂另订份套餐吧。从今往后你也不要给我送饭了，我要是不想吃食堂饭菜就叫外卖，反正现在挺方便的。"

"这太好啦！骆驼李不能永远住在章洁清的菜谱里，你自个儿迈腿抬脚走出沙漠就对了。"杜玉雯习惯性地拍响大腿说,"哎哎,你骆驼李请我吃饭?今天这顿套餐太珍贵啦!"

"当然珍贵,一份套餐四十八元呢。"李玉福还是露出所谓老财迷底色。

"您和杜阿姨吃套餐吧,我泡碗方便面就行……"李秀柱切实感到父亲变了,而且变得很彻底——不光同意吃外餐,而且乐于请人吃饭。看来医院病房这地方真是神奇,没吃什么药就让人转变了。

临近正午时分,医院食堂餐车送来两份经典套餐。李秀柱打开病床餐桌,小心摆好餐盒。李玉福说:"老杜咱俩吃吧。"杜玉雯挪动屁股跨坐在床沿儿上,伸出筷子夹了块黄焖牛肉说:"骆驼李你变得不怎么财迷了,那就抓紧把病治好出院回家,好好跟儿子过日子,可是……"

李玉福居然主动问道:"你可是什么呀?"

"这么高档的套餐千万别糟蹋了,咱们吃完饭再说吧!"杜玉雯不再说话埋头进餐,把李玉福的胃口甩在后边。

李秀柱端起热乎乎的泡面,跟随杜阿姨的进度吃了起来。

"这四十八元套餐不错,够咸。"李玉福边吃边发表评价。

这话让李秀柱想起父亲吃饺子蘸酱油的情景,那是口味清淡的工厂时光,如今恍若隔世了。

大大咧咧的杜玉雯完全不像老年人,风卷残云般把四十八元人民币变成的套餐顺到肚里,用手背抹了抹嘴角,充满干电池似的打开话匣子。

"我说骆驼李,你住院治病闲得难受是吧?非要让你儿子去金环花园小区寻找伽马射线探伤仪,就跟勘探古代宝贝似的,这下子让小区居民们得知底细,天啊,敢情地里埋着伽马射线探伤仪啊?一下子炸了锅!"

"秀柱你给我倒杯水吧!"杜玉雯清了清喉咙,拉开长篇大论架势说,"刘大辩带头起事,说遭受地下射线伤害不能容忍,要求物业公司把那破玩意儿挖出来,还要打官司索赔人身损害。吓得人家物业经理跑派出所报了案,可是警察说内部矛盾先调解处理。这些天舆论越传越广,有几个老太婆要来医院找你理论,半路听说你得了肺癌就回去了。"

毕竟工厂出身常年跟电焊弧光打交道,李玉福并未过度惊慌,眯了眯骆驼眼说:"敢情惹了这么大麻烦,这事儿秀柱怎么不告诉我呢?"

"你儿子是个大孝子!他怕干扰你治疗呗。"杜玉雯喝了口水润了润嗓子,全然不改媒婆本性补充说，"那几个老太婆里有个叫高富英，我本想把她介绍给你做老伴儿，听说那台伽马射线探伤仪是你埋的，别人就劝她不要跟害人虫搞对象！"

李秀柱忍耐不住说："我爸怎么会是害人虫呢？那伽马射线探伤仪压根儿不是我爸动手埋的，当时他赶着去市里开会了。"

"既然不是你爸动手埋的，他就不该让你去寻找！现在自己把事情坐实了，浑身长嘴也辩不清。"杜玉雯迅速变换话题说，"秀柱，你打算跟浸漆车间江丽见面吗？这次人家可没歧视你啊。"

李秀柱听了哭笑不得："我爸都成了害人虫，您还催我去相亲。"

李玉福不改认真负责的老工人本色，询问这桩麻烦怎么解决。杜玉雯越发抖擞精神说："金环花园物业经理表态了，他们公司没有资金挖地三尺寻找那破玩意儿，说谁的孩子谁抱，谁的业障谁消。你听明白了吧，骆驼李？"

"我的孩子大了不用抱，我的业障就是肺里的瘤子，消它得用伽马刀……"高级电焊技师认真答道。

杜玉雯急声急语："事儿有头，债有主，物业经理要来医院跟你摊牌，让你出钱把伽马射线探伤仪挖出来！我说话你怎么还听不明白？难怪章洁清跟我说你脑筋太死板呢。"

李玉福听说妻子生前认为自己脑筋死板，反而越发死板地说："那就抓紧时间找到那台伽马射线探伤仪，咱们把它挖出来处理了，这样大家就放心了。"

李秀柱跟着解释说："我查过资料，伽马射线半衰期五到七年，这么多年没听说有谁得了白血病，说明它衰减无害了……"

李玉福不理睬儿子，耸了耸骆驼鼻子问杜玉雯："他们要我出多少钱啊？"

杜玉雯颇不专业地估算道："这工程没有二十万元下不来吧？"

李玉福稳若泰山地说："噢，这桩麻烦，我会使尽全力解决的。"

"爸爸，土木工程，不可擅动。"儿子忠告父亲说，"首先要请勘察院的人测绘施工图，然后跟施工单位签订合同，调动挖掘机和装载车进驻工地。即便顺利挖出那玩意儿，还要回填土方平整土地，重新种植草皮树木恢复原样，包括那座没有完工的汉白玉雕像，您使尽全力出得起这笔工程款吗？"

杜玉雯哈哈笑了，叫着李秀柱外号说："孙子！你不用着急上火，这是你爸跟我表决心呢，他就是嘴上说说而已。你爸每月退休金才五千多元，除非把自己器官卖了换钱，可是偏偏长了瘤子没人要！"

李玉福竟然被杜玉雯给逗乐了："是啊，我满大街挂牌子也没人买我的心肝脾肾。"

李秀柱还是给父亲吓住了。谁都知道人称"骆驼李"的老电焊工忠厚老实，从来不说半句大话，此时表态竭尽全力解决这桩扰民难题，可是即便砸锅卖铁也凑不齐这笔钱的。

"孙子，你爸想挖个坑找到伽马射线探伤仪，没想到挖了这么个大坑，那就拿人民币往坑里填吧。"

李玉福不言不语，闭目养神了。李秀柱意识到跟父亲无法沟通，就暗暗憋气。

杜玉雯看到这样场面，偷偷朝孙子挤了挤眼睛，扭转发胖的身子走出病房。李秀柱快步跟了出去。

"今天我来病房的目的很明确，就是把这件事儿跟你爸挑明了，没想到他留我吃了顿饭。哎哎，我看你爸没有从前那么抠门儿了，好像很有底气。"

"杜阿姨您太乐观。"李秀柱满脸忧患说，"我爸再有底气，他也拿不出这笔工程款。"

"你真是个实心眼儿的好小伙！"杜玉雯大为感慨说，"即使当初那伽马射线探伤仪是你爸亲手埋的，那也叫职务行为！如今有了纠纷让他们找华北电机厂去，你们爷儿俩用不着承担这份历史责任。"

"可是我爸自愿承担这份责任啊。"李秀柱有些起急。

杜玉雯大声开导说："华北电机厂地皮变成商品住宅，那就让他们找金环花园小区呗！哎哎，如今像你这样实诚的'八〇后'太少了，心眼儿实得就跟秤砣似的。我指定要促成你跟江丽的婚姻！让好人终成眷属。"

"那台伽马射线探伤仪找不到，我爸就不去接受伽马刀治疗。杜阿姨您别让我搞对象了。"

杜玉雯再次拍响大腿说："你先把对象搞好了再说。你爸爸这辈子委屈自己，你不要学他那样子憋屈自己。"

李秀柱听了这话，感动地点点头。他送杜玉雯进了电梯，匆匆返回病房向父亲转述杜玉雯的观点。李玉福听到"职务行为"四个字，竟然罕见地笑了笑说:"华北电机厂已然没了,咱们自己把这件事儿平息了,省得刘大辩领人闹事儿给政府添麻烦。"

"您认识刘大辩吗?"李秀柱犹犹豫豫地说,"他说那年评劳模您给刷下来了……"

"咱们华北电机厂太大了,我没跟刘大辩打过交道,听说他性格耿直爱讲公理。"李玉福不急不躁地说道,"这个刘大辩不知内情,那年评选劳模我不是被刷下来的。"

"崔凤歧书记说要把您写进厂史,您应该把这件事情讲清楚,免得人家以为您有什么历史污点。"

"是啊,电焊工夏天出汗太多,我有时就去职工食堂打咸菜汤,那汤免费。可是我从来不买食堂饭票菜票,反倒经常白喝食堂免费的咸菜汤,这等于是占公家便宜啊。占了公家便宜的人不配当劳模,我这样认为就去找宋桂池厂长了。"

李秀柱感到非常惊讶,夏天高温作业出汗太多,父亲只好去食堂喝免费咸菜汤,他真是缺盐啊。

李玉福继续回忆说:"宋厂长认为喝免费咸菜汤不属于多吃多占行为,坚持要我评选劳模,最后看我态度实在坚决,他就把劳模评选名额给了田保松。"

李玉福似乎担心儿子不相信咸菜汤的故事:"这事儿你听明白了吗,秀柱?"

"您为吗不让我妈妈把菜做得咸点呢?这样您不用去喝免费咸菜汤,也不会认为自己占公家便宜,那就可以评选劳模了。"

李玉福又露出罕见的笑容:"人活着哪有这么顺溜的?再者说喝咸菜汤不是职务行为,我认为自己还是有些问题的……"

李秀柱觉得父亲实在不可思议,以前喝了免费咸菜汤就坚决推辞评选劳模,如今呢,非要自掏腰包挖出那台难以寻找的伽马射线探伤仪。这个退休老工人的社会责任感太大了,大得令人难以做到。

八

正是下午时分,双人间病房窗台爬满阳光,晒得那盆多肉开了小黄花。李秀柱提拎满兜子水果跨进病房看到父亲病床空空荡荡,感到有些意外。邻床护工说:"你爸跟两个男的下楼去了,那样子像要洽谈什么项目。"

那俩男的跟肺癌患者洽谈什么项目?李秀柱顿时想到骗子。近来病房里经常来人推销所谓治疗疑难病症的新疗法和新药物,有病乱投医的癌症患者不慎掉进套路里,最终弄得人财两空。

李秀柱赶紧乘电梯下楼来到住院部小花园,远远望见父亲跟两个男子围坐石桌前。李秀柱首先想到坐石凳让父亲受凉,大步上前便怔住了。这俩人正是曾经给自己解围的男子,只不过墨绿色野营服装换成了黑色夹克衫。

李玉福看到儿子来了,一派稳若泰山气度,说:"秀柱你也听听吧。"

身材矮胖的男子说:"你好哇小李,今天咱们又见面了。我自我介绍一下,我姓厉。"

身材瘦高的男子掸了掸黑色夹克衫上的烟灰说:"那天刘大辩欺人太甚,你没有跟他发生肢体冲突,真是工人阶级好品质啊!你叫我老朱好啦。"

李玉福颔首告诉儿子:"这两位同志要协助咱们寻找伽马射线探伤仪,他们愿意提供部分施工费用,争取尽早把这桩麻烦事儿解决了。"

李秀柱惊讶得目光闪亮,随即暗淡。有人愿意出资协助寻找伽马射线探伤仪,而且此时活生生就在眼前。他感觉这事儿有些不靠谱。然而,自幼接受家庭教育,家长商讨事情,晚辈只得旁听。尽管早过了而立之年,儿子依然没有而立,遵循母亲遗留的家规,静静旁听不插嘴。

身材瘦高的老朱告诉李玉福,近来经过他们分析论证,确认伽马射线探伤仪埋在中央绿地汉白玉雕像附近。当年开发商规划蓝图里预留的"H地块"就是如今的中央绿地,无形中保留着华北电机厂故土,因此埋藏地下的伽马射线探伤仪并未受到触及。

"你们怎么知道伽马射线探伤仪的?"李秀柱忍不住了,大胆打破家规问道,"你们又是怎样确认的埋藏地点呢?"

身材矮胖的小厉告诉李秀柱,这件二十世纪八十年代末出品的伽马射线探伤仪,临近具有工业文物价值的年限,他们两人是专业文物调查员,广泛搜集社会信息属于日常工作。

"这么说这是你们的职务行为?"李玉福使用新近学会的词语道,"你们常年搜寻信息东奔西走很辛苦吧。"

"我们隶属保护文化遗产基金会。"身材瘦高的老朱随即说道,"咱们双方要签订委托合同,我们制定施工方案,您授权后我们筹备开工,施工现场实行严格管理,以便排除不安定因素。"

李秀柱暗暗寻思:合着我父亲成了这台伽马射线探伤仪的主人?这就跟国有资产流失似的,划归个人所有了。

李玉福则流露欣慰表情说:"你们工作认真负责,这很好。不过这工程要挖开中央绿地,你们要我出多少费用呢?"

"是啊,你们做工程应该有预算的。"李秀柱再次插嘴。

身材矮胖的小厉望着身材瘦高的老朱问道:"那么首款付五万元吧?"

"李老先生住院治病用钱,首款四万元吧。"身材瘦高的老朱解释说,"我们要安装蓝钢挡板把周边封闭起来,这样既不扰民也方便施工,初期费用不会小的。"

李秀柱索性介入道:"这件事情我们还要仔细斟酌。"

"好啊,咱们共同努力完成这项公益事业。"这两个身穿同款黑色夹克衫的男子,满脸微笑起身告辞走了。

"我觉得这事儿太突然,怎么就跟做梦似的……"儿子对父亲说出自己的看法,"好像伽马射线探伤仪波及社会层面,已经酿成舆情了。"

李玉福起身离开石桌说:"你不在病房不知道,这几天物业公司经理来过,催我把伽马射线探伤仪挖出来;派出所警察来过,说刘大辩要求开展居民健康普查,闹得人心惶惶的。唉!我让你寻找伽马射线探伤仪,真没想到把事情弄大了……"

自从父亲生病住院,儿子对这位老电焊工有了全新的认识——从前的骆驼李少言寡语不愿说话,其实心里有数。如今身患重症便露出陌生底色,让儿子有些琢磨不透了。

李玉福连续说话有些气喘,被迫缓了口气说:"老朱和小厉跑到病房找我,说是寻找遗落民间的工业文物,我想趁这个机会把伽马射线探伤仪解决了,就乐意跟他们合作。"

"既然这属于他们本职工作,为吗还要您出钱呢?这四万块钱只是首款。"李秀柱想起工厂歇后语"老鼠拉木楔子——大头儿在后边呢",便近乎央求地说道,"您先搁下这件事儿,赶紧转院治疗吧。"

"趁我没死还活着,先把那台伽马射线探伤仪刨出来吧。"李玉福扭身离开住院部小花园,朝着病房走去。

李秀柱快步追赶说:"这么多年过去了,老朱、小厉要是挖出个铁锈疙瘩怎么办? 那样他们投资就打了水漂。"

"是啊,这里肯定有他们的考虑。"李玉福并不回头说,"他们大概认为铁锈疙瘩也是个工业文物吧?"

这时李秀柱手机响了,他看到来电显示"知我外号者",急忙停住脚步接听来自东莞的电话。

果然还是那天半夜东莞来电的声音,而且当头便问:"你父亲转院没有? 他使用伽马刀治疗效果怎么样?"

李秀柱急忙回答还没转院。对方重重叹气说:"孙子啊,你真能拖延! 这种恶性肿瘤要抓紧治疗争分夺秒。"

听到对方称呼自己外号,李秀柱恨不得钻进电话里问道:"您这么关心我父亲的病情,我万分感谢! 您肯定是华北电机厂老前辈,那么我叫您叔叔还是伯伯呢? 请告诉我您究竟是谁,现在我有事情向您求助!"

对方不听李秀柱说话,电话里处于自说自话的状态:"哎呀! 骆驼李是华北电机厂大功臣,吃苦耐劳一辈子,他怎么得了这种病呢,一想起他我就心疼……"

这电话里肯定是老前辈,李秀柱便不再插话,仔细听着。

"孙子,你父亲这人太耿直、太实在,他平常不言不语,可是评选劳模找到我态度那么坚决,反复表示自己没有这个资格、不够这个荣誉! 你说大夏天电焊工去职工食堂打点咸菜汤喝,难道这也算是个污点吗? 他就这样极端要求自己。结果只好把劳模评给了田保松。"

"噢——!"李秀柱瞬间开悟目光发亮,冲着电话里大声问道,"您,您是宋桂池宋厂长吧?"

电话里没有得到对方回答,李秀柱难以控制激动心情说:"您肯定是宋厂长! 谢谢您对我父亲的关心,现在我父亲遇到大麻烦啦。金环花园小区居民得知地下埋着伽马射线探伤仪,联合起来强烈要求把那玩意儿挖出来,还闹着退房搬家要我父亲赔偿人身伤害损失,都快酿成群体事件啦……"

"你是说骆驼李把伽马射线探伤仪埋在地里了? 那次生产大会战我去北

京参加会议,并不知道这件事情啊……"

李秀柱急得露出哭腔:"宋厂长!我父亲放下焊钳赶去参加全市技术标兵表彰大会,那玩意儿根本不是我父亲动手埋的!现在保护文化遗产基金会来了俩人,要我父亲出四万元预付款,然后组织施工挖开中央绿地……"

"噢,我记得那是援助巴基斯坦的发电机组,当时属于政治任务。"电话里宋厂长陷入回忆道,"当时崔凤歧分管生产大会战吧?他应该出面解决这件事情的。孙子啊,你不要着急也不要难过,先把你爸转到第六人民医院接受伽马刀治疗,人家田保松已经度过五年存活期……"

李秀柱受到感动,恭敬地等到对方挂断电话,然后跟百米抢跑似的冲出住院部小花园,气喘吁吁跑进病房大声说:"爸爸,宋桂池宋厂长来电话啦!"

李玉福手里举着崭新的手机正在接听电话。李秀柱不由怔住了。咦!父亲什么时候买了新手机啊?

从小接受母亲的教育,此时父亲接听电话,儿子只能等待。李秀柱感觉电话里的人在向父亲询问情况,好像跟伽马射线探伤仪有关。

李玉福耐心回答电话里的提问:"是啊,现在的中央绿地是华北电机厂的地皮,你们调查的情况没错,这块地皮最早是宏达电器厂地界儿,后来公私合营并入华北电机厂也没有改造过,成了露天材料存储场,直到它变成现今金环花园小区的中央绿地……"

看来这通电话真的跟伽马射线探伤仪有关,李秀柱心里敲起小鼓。尽管从小受到母亲教育,毕竟自己不是小孩子了,应当全力劝阻性格执拗的父亲。

"好吧,我文化不高写不好这些东西。"李玉福对电话里的人说,"我儿子在广告公司做过文案,我让他给我写委托书吧。你们还要个许诺书,一式两份。"

李玉福挂断电话对儿子说:"这手机是他们刚才送给我的,老朱说是有手机联系方便,小厉给我写下电话号码。不过工程结束我肯定会还给他们,咱们不能随便要别人东西。"

儿子顾不得承接这个话题,再次报告宋桂池宋厂长打来了电话。

"宋厂长啊!"李玉福惊讶得瞪圆骆驼形眼睛,"敢情是他告诉你把我转到第六人民医院去的?好多年跟他没联系了。"

李秀柱立即告诉父亲,宋厂长说工业生产争分夺秒,生病治疗更不能拖延。李玉福起身抱怨道："人家宋厂长这么关心我，你怎么不早告诉我呢？你这孩子真是拖沓啊……"

看来父亲是个服从命令听指挥的老工人，听到领导关心自己竟然显得受用不起。于是李秀柱只得苦笑说："那时我还不知道东莞来电就是宋桂池宋厂长，人家没有自报家门。"

"噢，那么宋厂长说我什么了？"李玉福急切地问儿子，满脸期待的表情。

"电话里宋厂长说您做人太耿直，喝职工食堂免费咸菜汤根本不算毛病，可是您过度严格要求自己，非要推辞评选劳模不可，就这样生生把荣誉让给了别人……"

"嘿嘿，咱不能见荣誉就上嘛。"李玉福目光里掠过几丝满足的神色，继续追问道，"宋厂长还说我什么了？"

李秀柱抓住这个机会说道："让您转到第六人民医院去治疗，这就是宋厂长的明确指示。"

李玉福下意识点点头："宋厂长真是个好领导啊。"

"不过电话里宋厂长说，当时他去北京开会了，后来崔凤歧也没跟他说过伽马射线探伤仪这码事儿。"

李玉福再现老工人本色说："咱们不议论领导班子的矛盾好不好？"

李秀柱连连眨眼望着严于律己的父亲，不知该说什么了。

父亲渐渐从宋厂长话题里走出来，向儿子转述刚刚接听电话的内容："老朱说要把伽马射线探伤仪挖出来，就要有当事人的委托书和许诺书，这样才容易申请施工。小厉还说金环花园物业公司和小区居民们要求立马开工，刘大辩给施工队伍筹备茶水站，就跟支援前线子弟兵似的。"

不等儿子询问委托书和许诺书的详情，李玉福充满使命感说："明天你从银行提出四万块钱，这笔钱花出去我心里就踏实了。"

"这笔钱又不是您老人家欠谁的，难道不花出去心里就不踏实吗？"李秀柱觉得父亲怪怪的。

此时李玉福有些气促。李秀柱跑去请来护士给父亲吸了氧。

李玉福随即明显缓解说："我想给宋厂长打个电话，我要亲口告诉他，只要我活着就要把应该解决的问题解决了……"

"您还应该向宋厂长报告，说您尽快转院接受伽马刀治疗，这样才叫服从命令听指挥呢。"李秀柱说着,衣兜里手机叫唤起来。

"这又是宋厂长电话吧? 你赶紧接,赶紧接!"李玉福满脸期待催促儿子。

李秀柱接听电话嗯嗯了两声,然后捂住听筒小声告诉父亲:"这是田铭他爸打来的电话……"

李玉福得知不是宋厂长打来的电话,表情略显失落:"田铭他爸不就是田保松嘛,听说伽马刀把他瘤子治小啦?"

"所以,刚才电话里宋厂长要求您立马转院治疗,您不要辜负领导关心!"儿子破天荒朝父亲提高音量说话,语气很冲。

李玉福不仅接受了儿子的高音量,而且表情欣然。

李秀柱继续接听田保松打来的电话,说:"田伯伯您说什么? 您也记不清这码事儿了……"

九

杜玉雯风风火火走进病房,可巧撞见儿子跟父亲发生争论。历来唯命是从的"八〇后"大孝子,此时缩肩弓背伸出脖子,这架势好似充满斗志的小公鸡。

双人间病房里说话不得高声。"小公鸡"极力压低嗓音,却说得面红耳赤。这令杜玉雯想起从前的无声电影。

"你真是厉害了,我的孙子。"这情景令业余媒婆大感意外,尽管听不清说话内容,还是觉得大孝子起义了。

李玉福望着疾声低语的儿子,同样压低嗓音说:"你要是不把这四万元工程款打给人家,我不会转院治疗的。"

杜玉雯凑近前去,竭力听清父亲跟儿子的争论内容。

"这么说您非要把四万元存款搭进去,这到底为什么呢?"李秀柱表情充满不得其解的苦恼。

"你哪里知道啊,这四万元是你姥爷留给你妈妈的,你妈妈去世时又留给我。虽然说这四万元现今不算巨款,可是压我身上很沉重的。我做梦都没有想到能有这么个机会,让我把这笔钱花到公益事业上……"李玉福语调低平,引得杜玉雯竖起耳朵。

李玉福瞥了瞥这位业余媒婆，禁不住提高音量告诉儿子："何况这项居民公益事业就落在你姥爷原先宏达电器厂地界儿上，也就是现今的金环花园小区的中央绿地。秀柱啊，你说我能不把这四万元投进去吗？这事儿你们谁也不要阻拦我。"

"人家田铭他爸在电话里说了，他那天赶到现场用风砂轮给受油器底座除锈，不记得谁把伽马射线探伤仪给埋了。"

"田保松说不记得谁把伽马探伤仪埋了，这不等于没埋。我给你打个比方啊，我不记得你妈妈银行有存款，这不等于咱家存折里没有钱吧？"

李秀柱见父亲变得如此雄辩，表情越发焦急说："前些天我找物理研究所打听了，好几个工程师都认为即使那台探伤仪埋在地里，这些年伽马射线也衰减没了……"

"耳听为虚，眼见为实，你说探伤仪没埋在地下，人家小区居民们相信吗？你说伽马射线衰减没了，人家物业公司接受吗？你不挖开中央绿地找到那玩意儿，人家派出所警察罢休吗？"李玉福说得脸色泛白胸闷气喘，"秀柱啊，我说话你怎么听不明白呢？"

"您这样固执己见，我当然听不明白。"大龄未婚青年针锋相对毫不妥协。

杜玉雯抓住缝隙趁机插嘴说："孙子！你要是早就有这种劲头儿，还愁搞不上对象吗？不过你也别让你爸生气，他铁心要把这桩历史遗留问题解决了，这是多高的政治思想觉悟啊！"

"杜阿姨，这项目不能盲目开工！"李秀柱继续低声说道，"我不是心疼那四万块钱。"

邻床的病友观看这幕人间活剧，满怀善意朝李玉福说："人老了不要跟自己较劲儿，更不要跟儿子较劲儿，您还是用那四万块钱给自己治病吧，不要再挖坑了还把儿子扔进去。"

李玉福礼貌地向邻床病友点头，然后扭脸打量着杜玉雯，似乎是问你又跑来做什么。业余媒婆咧嘴笑了笑："今天我来就是要请你大驾光临金环花园小区，小汽车在楼下等着呢。"

"老杜你真要给我介绍对象？非要我'夕阳红'不可？"李玉福嘴里破天荒冒出"金句"。

杜玉雯做出"呸"的表情说："哎哎，我才不管老光棍儿的破事儿呢。我被聘为金环花园小区寻宝工程协调员,昨天走马上任的。今天老朱和小厉特意派我来医院,请你到施工现场视察指导工作。"

"我们四万元现款还没打过去,他们就紧锣密鼓准备开工?"李秀柱既惊讶父亲嘴里冒出金句,更惊讶老朱和小厉施工进展神速,"杜阿姨,您真当了寻宝工程协调员?"

"对呀!他们说寻找伽马射线探伤仪就是寻宝,我也搞不清楚啥叫工业文物。"

圆脸护士长闻声走进病房说:"请探视者马上离开!请患者不要随意脱离病房外出送客!"

李秀柱立即抓住机会,向护士长表示父亲不会离开病房,然后催促杜玉雯说:"人家让探视者马上离开,您不能违反医院规章制度吧。"

金环花园小区寻宝工程协调员兼业余媒婆快速眨着眼睛说:"骆驼李!今天我不把你弄到中央绿地施工现场,这光荣任务就完不成啊!"

"这里住院部有规定,不允许患者离开病房。"李秀柱朝护士长投去求援的目光。

"请探视者马上离开!"护士长黑着面孔补充道,"请患者回到病床接受治疗。"

"我说护士长啊……"李玉福突然发话问道,"如果我不是这儿住院的病人了,您就允许我外出了吧?"

护士长的圆脸僵了僵,机械地点点头:"当然啦,我只负责管理住院的患者。"说罢气哼哼走了。

李玉福望着儿子说:"你去办理出院手续吧……"转而朝杜玉雯挥了挥手:"我支持你的工作,跟你走。"

李秀柱登时傻了眼,伸手拉住父亲病号服袖口说:"您铁了心去工地啊?这究竟为什么我怎么弄不明白呢?"

"你是个好孩子啊,秀柱。"李玉福思索着说,"有些事情慢慢都会弄明白的。"

"骆驼李!"杜玉雯开心地笑了,"我觉着你跟过去相比大不相同,看着挺带劲儿的。"

"你做寻宝工程协调员他们给多少钱?"李玉福似乎随意问道。

杜玉雯心直口快答道:"一天两百八十元! 中午管饭。"

"那我就更应该支持你啦,老杜。"李玉福说罢转脸望着儿子,"我跟你说过中央绿地的来历,你陪我去现场看看你姥爷工厂的旧址,如今这事儿挺重要的。"

李秀柱尽管不大明白父亲心思,既然他老人家非去不可,眼下谁也拦不住的。

圆脸护士长快步返回来说:"患者未办手续擅自出院,出现问题谁负得起责任!"

李玉福向圆脸护士长躬了躬身:"我要转到第六人民医院去,那儿的伽马刀能治疗我的病。"

听到父亲这样说话,李秀柱仿佛感觉旭日东升了,连连点头说:"谢谢爸爸! 我愿意陪您去金环花园小区中央绿地。"

杜玉雯精神抖擞说:"好哇,接你们的汽车停在楼下跟小坦克似的。"

"咱们要遵守医院规矩。等秀柱办好出院手续,你明天来接我吧。"

杜玉雯既不反对也不赞成说:"好吧! 我是磨坊的磨——听驴的。"

"老杜,你这话是贬损我呢。"听到这句熟悉的工厂歇后语,李玉福本能做出反应。

"我没说你是驴啊! 哎哎,我是说派我来的老朱和小厉,我听他们的。"杜玉雯撇清自己说,"人人都知道你是骆驼李,骆驼不会跟驴抢草料吃的。"

李玉福吩咐儿子说:"秀柱,你找大夫写病历吧,我明天出院咱们直接去金环花园小区。"

"你这派头儿哪儿像个老工人,简直就是个老干部!"杜玉雯并非挖苦地说。

"厂里几次让我脱产当干部,秀柱他妈妈都不同意,她说当年就是看中我的工人身份。"李玉福回忆往事有些伤感,"不然她怎么会嫁给我这个电焊工呢。"

杜玉雯不由上前两步说:"是啊,你在家里听老婆的,在厂里听领导的,这辈子就知道劳动光荣呢。"

李秀柱听罢有些动情。如今父亲明显有了自己的主见,可惜得了肺癌。

大清早拾掇妥当,李玉福跟医生护士道了谢,特意跟病友握手告别,就算是完成了出院仪式。爷儿俩乘坐电梯下楼走出住院部大厅。儿子前边引路就跟保镖似的。杜玉雯小碎步儿跑上前来。李秀柱发现这位老阿姨脸庞光润、嘴唇微红,显然化了妆。她迎头告诉李玉福添加衣服预防感冒。李秀柱随即给父亲披上黑色呢子大衣。

一辆大型吉普车停在前面。李玉福跟司机招了招手说了声"你好"。杜玉雯再次感慨这老工人挺有派头的,不知为啥从前把自己混成沙漠动物。

李玉福望着杜玉雯说:"今儿大晴天是个好日子。"

业余媒婆实话实说:"哎哎!我说骆驼李,你要是保持这种劲头,肯定属于老年婚介市场稀缺品种,我真想给你介绍个老伴儿,你看那高富英合适吗?"

李玉福不接话茬儿,坐进大型吉普车里说:"老朱和小厉他们东奔西走到处寻找文物,跋山涉水就要开这种越野车,来得急也去得快。"

"来得急也去得快?你在这儿炒股玩短线呢?"杜玉雯扭动身躯挤进车里问道,"哎哎,我跟你说话你听见了吗?我想给你介绍个老伴儿,就是那个高富英。"

"咱们凡事都要按部就班,你把秀柱婚姻大事解决了再说。"李玉福及时做出恳切回答。

"好啊!我把高富英的闺女江丽介绍给秀柱,你们爷儿俩就齐活啦。"

李玉福出现冷幽默:"你在这儿搞批发呢?"

这让杜玉雯笑得前仰后合:"敢情你有嘴劲儿啊!华北电机厂让你隐藏这么多年。"

这种话题儿子不便参与,只得听着。

小坦克似的大型吉普车穿过市区。李玉福轻声问道:"秀柱,你给宋厂长拨电话他还是不接啊?"

"不知道宋厂长在没在东莞那边,兴许人家全球漫游呢。"李秀柱有些答非所问。

"只要宋厂长没去新加坡就好。"李玉福闭目养神不说话了。这令儿子再次感受到父亲心明如镜。

大型吉普车驶进金环花园小区拱形大门，身穿黑色制服的保安敬礼放行。李玉福回忆说以前这是华北电机厂南大门。杜玉雯立即说："咱厂北大门常年不开。"李秀柱则说："我进厂那年南大门关闭，新开了东大门。"

"是啊，新开了东大门西边就冷清了，原先宏达电器厂的地界儿是露天材料场，夏天长满狗尾巴草。"李玉福说着打量车窗外边，"现今原封不动变成中央绿地了。"

"没错，骆驼李你是活厂史呀！"杜玉雯见汽车停稳，推门下去朝着远处招呼道，"哎哎，朱总指挥！厉副总指挥！我把寻宝工程顾问请来了，你们赶紧夹道欢迎吧。"

李秀柱探身搀扶父亲胳膊。李玉福伸腿下车，挺直身板迈步向前，完全不像医院里出来的病人。

这时被杜玉雯称为总指挥的老朱跑了过来。他身穿墨绿色野营服，双手沾满泥土说："李老先生辛苦您啦！这几天我们准备开工，今天请您现场指导。"

李秀柱抢先问道："我那四万元还没有打给你，你们就争分夺秒筹备开工？"

被杜玉雯称为副总指挥的小厉也跑过来说："李老先生是工人阶级化身，我们相信您老人家说话算话的！"

杜玉雯没深没浅说："李玉福还没死呢就成了工人阶级化身，你们这个荣誉给得太早了。"

"你们没经过主管部门领导审批就筹备开工，"李玉福走向那尊汉白玉雕像说，"原先国营单位可不能这样随便的。"

"我们属于保护文化遗产基金会，不需要国家投资……"

李秀柱插嘴打断小厉的解释："所以你们要我父亲支付四万元工程款。"

老朱突然表态说："如果工程进展顺利，这四万元可以缓交甚至不交。"

李玉福目光锁定老朱说："那四万元我肯定要拿出来，我的事情我要有个交代的。"

李秀柱再次望着自己的亲生父亲，已然能够接受他老人家任何异常表现了。

放眼望去，中央绿地足有半个足球场面积，周边竖起部分蓝色挡板，正在将工地封闭起来。那尊尚未完工的汉白玉雕像，依然原地矗立似乎等待着什么人，或者等待着什么时刻。李秀柱心头蓦地热乎起来，父亲仿佛也在等待着什么人，或者等待着什么时刻。

老朱在左小厉在右，两人紧紧围绕李玉福仿佛足球场上盯人的后卫。李玉福走到汉白玉雕像近前，脚下草地松软身体有些摇晃。老朱伸手扶了扶问道："您现在脚踏的这片土地，早先就是宏达电器厂地界儿吧？"

李玉福扭身盯视老朱说："你说得没错，当年宏达电器厂老板名叫章守才，这些情况你们肯定知道的。"

小厉连忙解释说："我们开展田野调查寻找工业文物，那要做足案头工作的。"

"章守才是我外祖父，可惜没见过面。"李秀柱代替父亲问道，"你们是从工商联史料里查到他的吧？"

"还有《华北电机厂史》。"老朱这样回答。

李玉福突然笑了笑——这是儿子从未见过的父亲的表情。"老朱啊，你见过《华北电机厂史》？人家崔凤歧书记还没写出来呢。"

"那应该是别人写的吧。《华北电机厂史》人物篇里提到宏达电器厂资本家章守才，他日本留学攻读有色金属学，学成归国创建宏达电器厂，中华人民共和国成立后被选为市工商联委员。"老朱补充说道。

"噢，敢情已经有人写了《华北电机厂史》，抢在崔凤歧前边了……"李玉福缓步来到尚未完工的汉白玉雕像前，叹了口气。

"开发楼盘有烂尾的，这雕像不能这样啊。"李玉福说着抖了抖肩膀褪下黑色呢子大衣，铺展在草地上侧身猫腰坐下说，"这块地界儿就是宏达电器厂的原点，它划归华北电机厂成了露天材料库，现今变成金环花园小区中央绿地，你们别看它外表变化很大，地底下还是老样子没动过呢。"

既然得到现场地界儿确认，老朱和小厉连连点头，伸手要搀扶李玉福起来，就像保护活化石似的。

李玉福反而端坐不动说："要是埋地下的伽马射线探伤仪力道没有衰减，我坐这儿等于接受大号伽马刀治疗，这挺好的。要是这地下没埋着伽马射线探伤仪，我就到第六人民医院接受小号伽马刀治疗，那也挺好的。"

小厉听罢表情有些迷惑："您老人家真够幽默的，到时候我们派车送您去第六人民医院。"

"您要抓紧治疗,争取早日康复。"老朱也很诚恳。

"你们放心吧,我要是死了就让我儿子打款给你们,那四万块钱不会打水漂儿的。"

老朱受到感动再次强调:"刚才我跟您说过了,如果发掘工程进展顺利,您的四万元可以缓交甚至不交。"

"如果工程进展不顺利呢?"李玉福不待对方回答,再次露出罕见的笑容,"你们快去忙工作吧,让我在这儿静静心。"

"谢谢您老人家现场指导工作!"老朱跟小厉躬身致谢,心满意足地撤走了。

李秀柱脱了砖红色冲锋衣铺在父亲身旁,以同样姿态坐下了。李玉福扭头看了看身后汉白玉雕像说:"从小你母亲要求太严,把你管束得性格拘谨放不开,当然我也有责任。"

"没事儿,这样我倒养成偷偷思考的习惯,就说您推辞评选劳模那件事情吧,从开始我就觉得另有原因,不会光是喝免费咸菜汤的缘故吧?"

"是啊,宋厂长也劝我不要硬给自己上纲上线。所以我挺想跟宋厂长通个电话,跟他讲讲这件事情的来龙去脉。"

"好像宋厂长光往外打电话,谁往里打电话他都不接。"李秀柱揣测说,"他电话号码显示东莞,我怎么感觉他没在那里呢。"

李玉福不认为厂领导全都移民新加坡了:"你给宋厂长发个短信,就说李玉福有重要事情向他坦白交代,请他把电话打过来。"

听这话好像父亲要投案自首。李秀柱不好意思跟父亲开玩笑,立即掏出手机发送短信。

一群人踏进中央绿地朝着汉白玉雕像走过来,有男有女,步履散乱。阳光明亮,照耀着他们的满头白发,显示这是支老年队伍。李秀柱担忧有人前来闹事,警觉地起身迎上几步。

走在最前边的刘大辩手里举着考古队使用的小铁铲嚷嚷道:"骆驼李!听说你自愿出钱挖开中央绿地,我刘振岭佩服你这股子奉献劲头儿!那破玩意儿要是挖出来了,这事儿就算解决了。那破玩意儿要是没挖出来,这事儿也算解决了。"

"我说刘大辩,你不愧也是华北电机厂老工人,说话靠谱。"李玉福神色坦然道，"那玩意儿就算锈得成了铁疙瘩，挖出来证明当初是埋了。要是没挖出来呢？那就证明当初没埋。终归把事情弄清楚了，这样既对得起从前华北电机厂老字号，也让现今金环花园小区居民们安心。"

一位圆脸庞大眼睛的老阿姨，花白头发五短身材，走上前来说："骆驼李！我是高富英你还记得我吗？那年你来浸漆车间焊接蒸汽罐，午饭从家里带来的饺子，你嫌口淡进班组找我要的酱油！"

"那是夏天七月份吧？"李玉福表情窘迫地说，"这事儿我记得，你还给我灌满了小瓶，让我吃了好几顿呢。"

高富英听罢兴奋起来："我退休了让闺女江丽顶替进厂，她也在浸漆车间包扎组，今年三十六岁了还单着呢。"

这时刘大辩语气生硬地打断高富英说："老高你跑这儿说亲来啦？这局面还是由我主持吧！"

李玉福起身朝老工友们招了招手，这意思是向大家问好。刘大辩不失时机调侃道："你怎么就跟大领导接见革命群众似的？敢情住院住出高干派头儿了。好啦！咱们言归正传。听说那玩意儿不是你埋的，反倒乐意出钱开挖中央绿地，你就是咱华北电机厂退休老工人的化身！所以大伙跑来看望你。"

李秀柱旋即反应道："您不要使用'化身'这词好不好？我爸身体挺硬朗的。"

"嘿嘿，还是孙子说话有学问！"刘大辩换成吉利词语，"你爸是咱华北电机厂退休老工人的样板！"

"绝对样板！不过你住院治病肯定用钱，咱们不能让你自掏腰包。"高富英热情洋溢插言道，"昨天我们发起募捐活动，今儿收到三千六百八十六元！华北电机厂退休职工四千多人，我们准备挨家挨户去宣传……"

"谢谢！咱厂老工人生活都不富裕，千万不要挨家挨户凑份子！"李玉福合掌作揖说，"我总算有了这个机会，无论怎样也要把这四万块钱拿出来！"

"瓜子不饱是人心！此事儿再议，此事儿再议！"刘大辩冲大家发出号召说，"大伙看望了骆驼李表达了心意，咱们赶紧撤吧！"

于是人们轮番过来跟李玉福握手，场面挺感人的。高富英握手时塞过来个保温杯说："记着喝热水，千万别着凉！"

李玉福趁机替儿子打听道："你闺女对男方身高有要求吗？我家有房没

车。"

"我家没房没车,只有个身高一米六二的黄花大闺女,保证原装的!"高富英拍着老女工的胸脯说。

这群退休老工人不再言声,纷纷转身朝回走。高富英裹进人流意犹未尽扭头喊叫:"骆驼李!你抓紧把病治好了,咱们攒局旅游去……"

人群走开了。李秀柱听到刘大辩声音:"老高我看不用攒局,光你跟骆驼李搭伙旅游就行。"

李玉福望着走出绿地的人们,湿了眼角。李秀柱意识到这是自己有生以来首次看到父亲落泪,恰恰站在华北电机厂故土上。

儿子有意回避着,低头拧开高富英阿姨赠送的保温杯,看到水里浮着红枣和枸杞。李玉福接过杯子喝了口热水说:"他们多好啊,可惜都老了。"

"人老了更珍贵呢。"李秀柱意味深长安慰父亲。

"秀柱啊,趁我活着要把这两件事儿办了:一是跟宋厂长通个电话,跟他实话实说我推辞评选劳模的真实原因;二是把这四万块钱花在应该花的地方,这样对你母亲也有个交代……"

"您拿出四万块钱开挖中央绿地,正好落在宏达电器厂原址上。"李秀柱试探着问道,"这就是把钱花在该花的地方了吧?"

"没错,这些年我心里搁着这四万块钱,可巧老朱和小厉就来寻找工业文物了,这好像他们专门给我来施工的,你说这叫无巧不成书吧?"

李秀柱还没答话。手机响了,他急忙接听,然后扭脸告诉父亲,这电话是宋厂长打来的。李玉福啪啪拍手就跟开会鼓掌似的,抢过手机紧紧贴到耳畔:"宋厂长,我是李玉福!好多年没有见到您啦……"

李秀柱知道父亲有心里话要说,伸手扶住他老人家颤抖的肩膀,侧耳听着。

李玉福低声告诉宋厂长,当年不参加劳模评选说是因为喝免费咸菜汤占公家便宜,其实那不是真正的原因。

这句话李玉福重复说了两遍,鼻尖儿挂着汗珠儿,显得语无伦次。电话里宋厂长急着询问推辞劳模评选的真实原因。

李玉福这才止住念叨,左手伸进衣兜深处寻摸着,缓缓摸出个叠成长方形的纸条,然后将食指摁进嘴角蘸湿,轻轻捻开纸条,重新拿起手机紧贴耳畔，按照纸条内容念诵起来。

儿子惊诧得把小眼睛瞪大，敢情父亲早就悄悄写好"坦白交代材料"，今天算是派上用场了。

李玉福表情郑重地念道："我推辞评选劳模的真实原因如下：我岳父章守才是个文物古董迷，他回国兴办实业缺乏资金，就卖了多年收藏的宝贝，有了资金把宏达电器厂建起来。他手里只保留了两件铜器和四件玉器，总共六件。后来实行公私合营，宏达电器厂划归华北电机厂。可是我岳父悄悄把那六件东西给卖了。他去世前把这笔钱款留给他女儿也就是我老婆章洁清，章洁清也没把这笔钱交给国家，就这样拖延好多年。后来我老婆得了急病没说几句话就走了……"

李玉福肩膀微微颤抖着，儿子伸出胳膊搂住父亲。李玉福手捧纸条继续念道："这四万块钱传到我手里，我就寻思着要上交国家，可是这样等于证明章洁清贪财给隐瞒了！我哪能让我老婆死后还留下这种污点呢？黵了她生前好名声。那就让这笔钱成了我的污点吧，就算我见财起意鬼迷心窍留在手里了。既然我有了这种污点就不配当劳模，所以坚决不参加评选……"

李秀柱受到父亲感染，喉头哽咽，想哭。

李玉福读了手里纸条，气喘吁吁补充说："宋桂池宋厂长！既然这四万块钱落到我手里，我这辈子的最后心愿，就是把它用到咱们公家地方……"

电话里传出宋厂长的声音："我说李玉福同志，你岳父那六件东西如果不属于国家严禁买卖的文物，那么这笔钱就不算非法收入，你为什么如此主观认定呢？"

李玉福渐渐镇定下来，下意识挺直腰板说："既然公私合营工厂都归了国家，我岳父就应该把手里文物古董上缴，他私自卖了就算犯错误！"

"李玉福同志啊，我真没想到这么多年你就这样整治自己……"电话里宋厂长说不下去了。

"爸爸，这些年您真不省心……"大龄青年李秀柱听得流下泪水。

十一

排队挂了第六人民医院纪国镇教授的"特需门诊"号，李秀柱趁机向这位专家讲了父亲执意寻找伽马射线探伤仪的固执行为，悄悄询问需不需要请求心理医生干预。纪国镇教授反而略显敬佩地说："你父亲这代人接受传统教育多年，他所形成的价值观和责任感，一辈子不会改变了。这在年轻人眼里是变态，其实完全不需要心理疏导，只要你找到那台伽马射线探伤仪就好了。"

预约做了胸部核磁共振和全身骨扫描几项检查，李秀柱走出诊室告诉父亲回家静养，等候病房腾出床位就来住院治疗。

李玉福听了连连点头。自从跟宋厂长通过电话，这位退休老工人明显解脱出来，身体状况平稳，精气神儿旺盛。李秀柱禁不住对父亲说："您的病会不会被误诊了，其实肺里根本没有长瘤子？"

李玉福流露出不屑的表情说："得了癌症就得了嘛，干吗非要翻案不可？要真是误诊就太没意思了，弄得跟小孩子过家家似的。"

一般人查出癌症巴不得是误诊，从而逃出生天。李秀柱觉得父亲确实不同寻常，即使人生出现如此重大裂纹，他老人家自己就焊好了。

就这样，老子反而给儿子做起思想工作："秀柱啊，我记得你母亲以前说过，那些玩意儿是你姥爷偷偷卖的，估计十有八九属于国家禁止买卖的文物。我看咱们还是从严掌握政策，宁可信其有，不可信其无。"

"您就认定我姥爷那笔钱属于不法收入？所以非要……"李秀柱收住语锋苦笑说，"好吧，如今您日常生活有退休金，住院治疗有大病医保报销，用不着自己花很多钱，那四万块钱您想用哪儿就用哪儿吧。"

"人不能投错胎，钱不能用错项。"李玉福仰了仰骆驼式下颌说，"这笔钱就要用在该用的地方，你也这样认为吧？"

从伽马射线探伤仪到放射医学伽马刀，陪同父亲经历这段起伏跌宕的时光，李秀柱已然明白，父亲的这种极端自律的行为，并非源于个人性格的固执，而是常年恪守规矩养成了自我管束的习惯。人到暮年这种自我管束的习惯越发坚定，甚至比电焊都结实。

"明天中央绿地开工剪彩，今儿咱们提前去那里看看吧。"居家等待住院治疗的李玉福，说着打开立柜找出那件黑色呢子大衣，显然马上要出发。

"这块呢子是你姥爷留下的，后来你妈妈找裁缝给我做了这件大衣，说是遇到重要场合穿。可是我没遇到什么重要场合啊，你妈妈没看我穿这件大衣她就走了……"

父亲这番话有些沉重,李秀柱缓解气氛问道:"那时我妈妈为吗不同意您去东莞呢? 应聘高级技术顾问多好啊,在那种场合正好穿这件呢子大衣。"

　　"你妈妈自尊心太强,她说高级技师跑去给人家打工,有损国有企业技术标兵身份,不能贪图高薪伺候私营企业主……"

　　李秀柱感到疑惑:"从前我姥爷就是私营企业主啊。"

　　"所以啊,你姥爷把理应交给国家的文物古董给卖了。"李玉福仍然坚持独家判断,继续给自己增加难度。

　　儿子委婉地表达不同见解:"老朱他们的保护文化遗产基金会也是民营性质,民营就是私营嘛。"

　　"所以啊,我要到他们私营工地看看。以前我焊活儿接到施工单,总要提前摸清基本情况,不能冷手抓热馒头。"李玉福再次强调说,"中央绿地要掘地三尺,这么大动静我不能心里没数啊。"

　　李玉福穿上黑色呢子大衣,挪步镜前照了照说:"我看着不像等候住院的病人吧?"

　　"当然不像!"李秀柱突破父子玩笑禁区说,"人家杜玉雯阿姨还要给您介绍老伴儿,夕阳红嘛。"儿子从来不敢跟父亲调笑,说罢便后悔了,慌忙抬手揉了揉眼睛。李玉福冲着镜子说:"今儿天气不错,咱爷儿俩出发吧。"

　　李秀柱提出让老朱和小厉派车来接。李玉福摇头说:"他们的车也是租来的,不要以为我不知道这些情况。"

　　李秀柱陪着父亲走出小区打上出租车,突然间脑海出现空白想不起目的地名称,急得握拳敲打太阳穴说:"我还没老怎么就糊涂啦!"

　　李玉福从容说出金环花园小区南大门。出租车师傅扭头认出这位八级大工匠说:"我原先是维修车间木工,记得那年您登台发言说自己是华北电机厂的儿子,现今工厂没了,您成了孤儿吧?"

　　听出对方话语含有讥讽意味,李玉福不吭声。李秀柱接过话头说:"您不知道华北电机厂还有孙子吧? 这叫传辈儿呢。"

　　李玉福适时说话了:"你不是做过木工吗? 你祖先鲁班早就没了,你不是也没进孤儿院吗? 国家让你自谋职业开起了出租车。"

　　出租车师傅被堵了嘴,只得调整身段说:"你们爷儿俩对华北电机厂忠心耿耿,这先进事迹值得表彰,好啦,这趟车钱我给你们免啦。"

"你用不着这样。"李玉福并不领情，"我该花的钱就得花，从来不欠别人的人情。"

出租车师傅从未见过这种乘客，没话了。李秀柱内心再发感慨。父亲真是个老电焊工，此时说话闪烁刺眼的弧光。

出租车开进金环花园小区南大门，停到中央绿地近前。李秀柱用现金付了车费。李玉福身披黑色呢子大衣下车，伸手敲了敲车窗玻璃说："华北电机厂确实没了，可是你别忘了它以前按月给你发工资啊。你可以不念想它，但不可以贬损它。咱们厚厚道道活着吧。"

看着这辆出租车开走了，李玉福满脸舒展表情，指着周边插满彩旗的中央绿地说："从前厂里组织生产大会战也插旗子，不过全都是红色的。"

李秀柱解释如今流行五彩缤纷。李玉福望着原先华北电机厂大烟囱问道："你说过这玩意儿叫什么塔来着？"

儿子耐心给父亲讲解通天塔的典故。李玉福不满意地说："这不是存心制造麻烦吗？张三说话李四听不懂，李四说话王五听不懂，只好弄得孩子们玩儿命学外语，到头来还是听不懂。"

李秀柱发现远处汉白玉雕像附近有人，就跟这尊雕像属于他家似的，立即快步奔上前去。

汉白玉雕像前面站着两个中年男子。一个身穿印有"地质勘查"字样的藏蓝色夹克式工作服，脚踏高勒大皮靴，手里拎着"洛阳铲"。李秀柱在电视里见过这种考古队员的工具，忍不住询问对方的来历。"地质勘查"说话南方口音。

李玉福不慌不忙跟过来，使劲儿咳嗽两声。

李秀柱听了"地质勘查"答话，有些惊讶地反问："你们来这儿踏勘现场做什么？"

另一个男子穿戴"大一统"，紫色帽衫紫色运动裤紫色旅游鞋，大太阳照耀下浑身闪烁紫色光芒，令人想起某家上市公司名称。这紫色男子手里抱着文件夹对李秀柱说："我是市文物管理处的小柴，他是地质勘探院的老权，我们奉命来搞田野调查的。"

李玉福抖了抖黑呢子大衣，及时介入这场谈话："这地界儿早先是华北电机厂，更早是宏达电器厂，这儿从来没种过庄稼，你们搞什么田野调查呀？"

小柴满脸惊喜望着这位老人，说："您知道宏达电器厂？我就是要找您老人家这样的亲历者！"

"我父亲没有亲历宏达电器厂……"李秀柱拦住小柴说，"我们是华北电机厂的亲历者。"

老权解释说："华北电机厂吸收了宏达电器厂，所以这里称为'原宏达电器厂地界儿'，这是我们专业的概念。"

小柴对李玉福介绍说："近来本市古董圈子里盛传原宏达电器厂地界儿埋有贵重文物，吸引社会闲杂人员摩拳擦掌准备寻宝。所以我们决定开展现场踏勘，经过调查如果确认这里埋有国家级保护文物，我们将依法启动区域封闭管理，确保文物不被盗挖。"

"我以为你们也会打着寻找伽马射线探伤仪的旗号，直接奔着宏达电器厂来啦。"李玉福索性脱掉黑色呢子大衣搭在胳膊弯里，散发着胸有成竹的气息。

老权问道："您的意思是说，有人打着别的旗号来这里寻宝？"

李玉福目光投向中央绿地周边地带，可巧老朱和小厉快步朝这里跑过来。

"你们也是冲着宏达电器厂来的？"李玉福朝老朱说出内心的判断，"可是你们从哪儿知道这些情况的？"

老朱表情顿时严峻起来："我们隶属保护文化遗产基金会，当然知道这里可能埋有文物古董。"

"看来只有我父亲是真心寻找伽马射线探伤仪。"李秀柱有些情绪地说，"你们以这个名义，其实肚里另有主意！"

这时小厉出头解释说："我们是想双管齐下，这样既帮助你们解决了伽马射线探伤仪的麻烦，也完成了寻找文物古董的任务，一举两得嘛。"

李玉福不由感叹道："你说得挺实在，这次要是一举没得呢？你们怎么收场啊？"

小柴接过话题冲老朱和小厉说道："无论你们隶属哪家基金会，未经国家文物管理部门批准，均无权勘探发掘任何文物古迹！我要求你们停止违法行为，立即撤出现场等候处理！"

老朱急着解释道："我们基金会是在民政局注册的合法社会团体！保护祖国文化遗产人人有责。"

"你们国营的跟私营的先不要争吵好不好？"李玉福从上衣兜里抻出张纸页泛黄的字条，小心翼翼捧在手心里说，"这是当年买主写给我岳父章守才的收据，你们听听就明白是怎么回事儿了。"

儿子不知父亲私下还有这个存项，连忙伸手去接。李玉福侧身躲闪说："这字条脆得赛煎饼，你别把它碰碎了。"

李秀柱拿出手机给这张收据拍了照，让父亲把"煎饼"叠好收起装进衣兜，随即打开手机相册，大声朗读收据照片的文字："收据，本人邱满孙，今收到章守才同志私人收藏汉唐两代铜器共四件（具体年份待考），以及疑似战国时期圆肩圆足……"

"你等一等再念！你说这收据是邱满孙先生写的？他可是文物界泰斗级人物啊！"小柴急不可待打断李秀柱说，"当年我的硕士论文就是《邱满孙年谱考》，前些天读过他的自传《邂逅远古》，没错！他年谱里记载曾经过手汉代唐代铜器四件，而且捐给我市博物馆啦！"

李玉福微笑着说道："你真是个急性子，听我儿子念完了再跳脚撒欢也不迟啊。"

李秀柱继续朗读道："……以及疑似战国时期圆肩圆足'三孔布'、北宋'淳化元宝'钱币各两枚。购物款项当场结清。此具，乙巳十一月十四。"

"噢，这些东西是章守才卖给邱满孙的？"性情急躁的小柴快速换算说，"没错！那轮乙巳就是一九六五年。"

李玉福平静地说道："是啊，转年我岳父就去世了。"

小柴稍作停顿，随即又蹦又跳喊叫起来："哎呀！我想起考古课老师讲过'三孔布'是赵国铸币，正面铸地名，背面有字记重量！它是秦半两的先驱，显示古代布币向圆形化过渡的趋向……"

"你真有学问哟，看样子比我姥爷还懂行。"李秀柱关切地问道，"这些东西平时市博物馆展出吗？"

小柴平静不下来："你姥爷卖给邱满孙的北宋'淳化元宝'，这钱币也有说道呢！它钱文是宋太祖亲笔书写的真、行、草三种书体，至于后来'崇宁''大观'的钱文，则是宋徽宗赵佶的瘦金体了……"

老朱急忙打断小柴的专业叙述，转向李玉福问道："既然您手里有买卖字据，那么说明这地里压根儿没埋那些东西是吧？"

"你怎么还没听明白呢？"李秀柱拍响手掌说，"乙巳年我姥爷把东西都卖给邱满孙啦！人家邱满孙先生高风亮节捐给本市博物馆了。"

李玉福也拍响巴掌说："这些东西就应该捐给国家，人家邱满孙先生做得好，我岳父卖了换钱是不对的。"

老朱和小厉面面相觑，一时不知如何表现。

老权对小柴说："既然有了证据咱们就不用踏勘调查了，你回到单位写份报告就结案吧。"

"好吧。"小柴说着向李玉福讨要邱满孙的收据。李秀柱抢先阻拦说："你不就是回去向领导交差吗？告诉我电子信箱，我把字据的照片发给你就是了。"

"没想到我手里这张收据立了大功，不然他们就要挖地三尺寻宝呢。"李玉福挺感慨的。

地质老权同样感慨道："您这张收据都快具有文物价值啦，千万别让它跟煎饼似的碎了……"

这时老朱跟小厉耳语了几句，然后向小柴发问："起初你们怎么认定中央绿地这里埋了章守才的文物呢？"

小柴浑身闪烁紫光反思道："即便我们是文物管理部门也会受到江湖传闻的影响，特别是戴少卿所著《玩古六十年》，由金水广告公司策划筹办首发式，极力夸张渲染'民间寻宝秘籍'，结果在全市古董圈子里产生误导，原宏达电器厂地界儿突然成了寻宝热点。这也是以讹传讹给我们的教训吧。"

"哎哟！我想起来啦……"李秀柱拍着脑门儿回忆说，"我在金水广告公司参加了《玩古六十年》首发式策划，当场就卖了好几百本书呢……"

李玉福当然知道儿子做过那家广告公司文案，此时不急不躁地说："秀柱，你这叫自己踩自己的脚，差点绊了个跟头。"

老朱听罢悄声对小厉说："那本《玩古六十年》卖九十八块钱呢，首发式现场我排长队买了两本。"

小柴做出总结姿态说："今天就到这里吧！有什么情况大家再联系。"

"我是奉命协助文物管理处工作的，"老权对李玉福抱歉地说，"您要寻找伽马射线探伤仪我就帮不上忙了……"

就这样，小柴和老权跟这对父子挥手道别，大步离开中央绿地，然后开车走了。

李玉福立即询问老朱和小厉:"他们跟领导汇报去了,现今这地底下没有文物古董可挖,你们俩怎么收场?"

老朱稳住心神说:"我们当然会善后的。您动作缓慢没把四万元打过来,这无形中避免了损失……"

"可是你们先期的投资打了水漂儿啊……"李玉福安慰道,"既然这样了,你们要撤就赶紧撤吧,我们自己接茬儿寻找那玩意儿,这原本就是我们自己的事儿,没承想把你们招来寻宝了。"

小厉有些失意地说:"这次我和老朱抓住你们寻找伽马射线探伤仪的契机,顺风顺水启动发掘工程,没想到被虚假信息给误导了……"

"按理说我该把那四万块钱打给你们,可是我要继续探寻伽马射线探伤仪,手里没钱不行啊。"李玉福不乏歉意地问道,"这次那个什么基金会不会把你俩解雇了?"

"像您这样好到天花板的大好人,我怎么能收您的钱呢!"老朱显然受到感动说,"我干脆跟您实话实说吧!北青区档案馆的齐红玲是我表妹,为了寻找章守才埋藏文物古董的地点,我请她检索了宏达电器厂的原始档案,没想到我表妹发现大量有关华北电机厂的资料……"

"齐红玲!你说齐红玲是你表妹?"李秀柱猛然想起那位电话里声称曾在咖啡厅与他相亲的女士,惊讶得叫起来。

老朱被他的惊讶弄得也惊讶起来:"原来你知道那个情况啦?"

李秀柱被老朱的惊讶弄得更加惊讶了:"你说我知道哪个情况啊?"

这时李秀柱的手机叫唤起来,瞬间打断老朱说话。掏出手机接听电话,他表情随即热烈起来,连连致谢。挂断电话他立即告诉父亲,第六人民医院腾出病床明天可以住院。

李玉福微微点头:"好啊,让我先尝尝伽马刀的滋味,攒足劲头儿挖出伽马射线探伤仪。"

老朱抓住空当继续话题说:"我表妹齐红玲在老档案里找到那张报道当年华北电机厂生产大会战的《劳动日报》,这张报纸详细记载技术标兵李玉福连夜焊接援助巴基斯坦水轮发电机组的事迹,李玉福总共焊接六十八道焊口,经过伽马射线探伤仪检测全部达到质量标准。市生产指挥部提议纪念此事,这台编号 8708 的伽马射线探伤仪……"

一大群人跑进中央绿地,七嘴八舌嚷嚷着。李秀柱看到小个子田铭跑在前面,后边紧跟老当益壮的刘大辩,再后边就是杜玉雯和高富英那些退休老工人。

刘大辩扯起大嗓门说:"咱们绝对不用挖地三尺啦!这里压根儿就没埋伽马射线探伤仪,那玩意儿就是个传说!"

老朱低头听清刘大辩说话内容,伸手拉着小厉跑去组织民工拆除中央绿地周边的蓝钢挡板,准备撤退了。

"老朱刚才说那台编号 8708 的伽马射线探伤仪……"李玉福望着老朱和小厉走远了,只得转向刘大辩问道,"你刚才说不用挖地三尺啦?"

田铭迈步挡住刘大辩,伸手摘下棒球帽摇晃着说:"崔凤歧书记从新加坡打来电话了……"

刘大辩再次夺过话头说:"所以田铭立马带领我们跑到市近代工业博物馆,果然那台编号 8708 的伽马射线探伤仪陈列在玻璃展柜里,旁边还有文字说明呢……"

趁着刘大辩换气停顿,田铭再次夺回话语权说:"文字说明这台探伤仪多次承担我市机械工业援外产品的焊接质量检测工作,包括出口巴基斯坦的水轮发电机组和出口民主刚果的矿山机械设备,所以布展陈列以示纪念……"

高富英几乎饱含控诉表情说:"那么究竟是谁造谣说那玩意儿埋地底下啦?结果急得人家骆驼李肺里长了瘤子!"

李玉福欣慰地笑了:"我这瘤子跟这事儿没有关系,它自个儿非要长出来咱也挡不住啊。"

"所以,你要马上住院治疗别耽误了!"高富英仿佛成了管家婆,突然进入角色。

"那台伽马射线探伤仪摆在工业博物馆里就没射线伤人了吧?"李玉福还以多年形成难以磨灭的老工人责任感问道。

"人家博物馆肯定做了安全处理,你就别操这份闲心了。"杜玉雯终于说话了,"幸好你那四万块钱省下了,赶紧住院治病吧。"

"可是我岳父这笔钱不能砸我手里……"李玉福打量着那尊久未竣工的雕像,心里寻思着。

高富英果然心有灵犀,顿时化身知音说:"这烂尾的石头工人实在影响工人阶级形象!我娘家外甥是河北曲阳石刻厂的,咱们找他们厂把这座雕像完成吧,弄出个巍然耸立的工人阶级高大形象,稳稳当当竖在这儿。"

"说得好!这也算把那笔钱花在应该花的地方了。"李玉福当即表示赞成,冲着高富英挑起大拇指。

刘大辩扭脸对高富英说:"你要嘱咐你娘家外甥按照工厂电焊工的形象雕刻,好让你夕阳红称了心。"

高富英听罢腾地红了脸。李玉福则不言声,就跟聋子听不见别人说话似的。

这时候李秀柱手机又响了。李玉福瞬间恢复听力说:"你赶紧接电话吧!兴许是大夫催我住院去呢。"

"这电话是老朱打来的,他说没跟您道别就走了,祝您早日康复。"李秀柱向父亲转达道。

"孙子!你爸这病能治好!你看沙漠里骆驼不吃不喝都死不了,寿命长着呢。"半天没说话的杜玉雯嚷嚷起来。

"爸……"李秀柱临时起意说,"这大中午的饭口,您请大伙吃顿好的吧?咱们就去那个出过工伤的边师傅开的饭馆。这也等于把那笔钱花在应该花的地方。"

"那好吧……"李玉福皱眉思忖道,"不过这顿饭钱我自己出,那四万块钱留着给雕像施工呢。"

紧接着李玉福制定"大政方针"说:"六菜一汤,六菜一汤。"

高富英再现管家婆风采说:"哎哟!你这两句话加起来,等于十二个菜、两个汤!老财迷你盯着买单吧。"

李玉福正儿八经说:"只要够咸就行。"

儿子此时总算敢于跟父亲开玩笑了:"是啊,省得您找人家高阿姨讨要酱油去。"

高富英立即表功说:"你爸找我要了好几回呢,光荣牌的,那时不叫老抽叫酱油。"

"既然骆驼李请吃饭,咱们趁他没改主意,那就赶紧吧!"

这群退休老工人听到杜玉雯的号召,嘻嘻哈哈奔饭馆去了。一眨眼间中央绿地空了,光剩下这爷儿俩。

李玉福打量着那尊汉白玉雕像说:"人活百年,一旦走了永远回不来了。可是这位石头工人就特别长久,兴许人家也有记性呢。"

"是啊,人家当然有记性,而且既不怕射线也用不着伽马刀,结结实实万年牢。"李秀柱说着,突然有些激动。

华北电机厂的儿子李玉福,华北电机厂的孙子李秀柱,华北电机厂的汉白玉雕像,呈"品"字形站在大太阳底下,被晒得热乎乎的。人们远远望过来,这三位就跟车间班组工人似的,接了施工单合计着准备干活儿去……

【作者简介】肖克凡,作家,现居天津。著有长篇小说《鼠年》《原址》《都市上空的爱情》《旧租界》等八部,小说集《赌者》《蟋蟀本纪》《爱情手枪》《天堂来客》等十六部,散文随笔集《一个人的野史》《有时候想念自己》等四部。出版《肖克凡文库》十八册。长篇小说《机器》获中宣部第十届"五个一工程"奖、首届中国出版政府奖,并入围第七届茅盾文学奖。长篇小说《生铁开花》获北京市文学艺术奖。中篇小说《继续练习》获《小说选刊》年度奖。中篇小说《妈妈不告诉我》获《人民文学》年度奖。

西北有高楼

◎ 王祥夫

一

怎么说呢,你不妨朝西北那边看。

如果有人留意,就会经常看到西北角那栋楼的三楼阳台上总有个女人探出头来朝下看,这女人已经不年轻了,却还梳着两条辫子,因为她梳着辫子,所以又让人觉得她还年轻, 这就让人们有些捉摸不定多少觉得有点奇怪,人们看到她的嘴巴在动,却听不到她在上边独自说些什么。

"她在跟谁说话呢? 跟谁?"有人问。

"那是个傻子。"有人说。

"她生下来就是个傻子。"停停,这人又说。

怎么说呢,这一带据说马上就要被拆掉了,所以有说不出的乱,到处是拆迁垃圾,不刮风下雨还好些,一旦刮风,垃圾会被吹得到处都是。院子里人们搬家扔出来的垃圾简直是什么都有,瓶瓶罐罐,破沙发烂床,但主要是各种烂塑料袋子,因为这里要拆迁,市政卫生部门就放弃了这片拆迁之地的卫生工作,任由它脏乱,其实他们也收拾不过来。垃圾这东西其实是长腿的,会到处跑,今天在东,明天又跑到了西,最可怜的是道两边的树上,挂满了被风吹上去的塑料袋子。这地方肯定要拆了,人们都搬走了。但即使是这样,下边街两边的小饭店、小菜铺、小五金店还有镶牙馆、小按摩店、理发店现在还都继续开着，那些小店老板的想法是能挨一天算一天，就这么，大家都互相观望着，院子里的人家，怎么说呢，现在差不多都已经搬空了，门窗都被拆掉，铝合金铁合金的窗框子都被拆去换了钱，整栋楼的上面现在是一个又一个的黑洞。说到拆迁，人们一开始还坚持着不搬，因为上边一直在催，一直在催，不停地在催，但没起什么作用，直到后来有了新政策，贴出了告示，上边一条一条说了许多要人不忘初心的大道理，但其实最动人的却只有一条，那就是谁家搬得早谁家就有可能先挑到那边好的楼层，那边是哪里？好像是谁都不会知道，但有消息灵通而又有关系的一些人已经私下知道那边是什么地方了，一传十十传百，都纷纷跑去看，却原来还是个工地，正在打地基。但位置很好，靠近市中心，又离一所学校不远，西边还有个大超市，大超市过去是家医院。于是人们开始搬了，一家搬，许多家就都也跟着搬，有兵败如山倒的味道，很快，院子里整整八栋楼都几乎搬空了。但怎么说呢，当人们都纷纷搬走，上边好像又一时不急着拆了，应该是，院子里的人家搬空了，下一步就轮到了小街两边那些大大小小的店铺，但上边下来的人只在街两边的店铺墙上刷了不少很大的"拆"字，用白粉画一个很大的圈把那个"拆"字圈在里边，以期引起人们的注意，刷完这些"拆"字，拆迁工作就停顿了下来，拆还是不拆呢？人们又好像为此十分着急，这是春天时候的事，现在都已经是秋天了，树叶都开始"哗啦哗啦"地飘落了，但还是没有拆的消息，时间停在这里了，好像不再向前去，也不向后退，一时停顿住了。但这里人来人往的热闹还是不减，住在这里的人们虽然暂时被安排到了别处，但他们没事还是喜欢回到这里来买米买面或买菜买油，好像东西只有这里的好，或者是找老街坊站在一起说说话，而他们所说的话又左右离不开拆迁。

"怎么还不拆？"有人说话了。

"还不全因为老张那个大妞。"有人答话了。

"她想干啥？"有人又问。

"她想等她的小萨回来，她怕小萨回来找不到家。"

人们说的那个大妞就是那个经常出现在三楼阳台上梳着两条辫子的女人，人们都叫她大妞，别人都搬走了，但大妞却没地方去，你让她去什么地方？她没结过婚，虽然没男人她却生过一个孩子，但那孩子九岁上又丢了，给人贩子拐走了,所以她没地方可去,大妞可真够命苦的。人们说话的时候还会朝西北角那栋楼瞅一眼。有时候就会看到大妞恰好待在上边的阳台上正在呆呆地朝下望,还有,这里的老住户一看到她就会想起大个子老张。

"老张要是还在的话……"有人开口说话了。

但也有不认识老张的人,跟着问了一句:"老张是谁?"

"老张早死了,他要不死他闺女早就有地方去了。"

这人说话的时候又抬起头来朝那边阳台上边看,别人也都跟上朝上边看,西北角三楼的阳台上边现在没人,但人们能看到阳台上堆满了垃圾,都是大妞捡的,她现在靠捡垃圾过活。人们都能看到她整天背着捡来的垃圾进来出去。

"谁是老张?"那人又问了,想知道个究竟。

"跟你说早死了,老张是个苦命人。"

答话的人是个黄脸老太太,是这个院子里的老住户,最近老年广场舞的明星,差不多的人都知道她。关于这个院子里的事,没有她不知道的,人们都叫她朱姨,其实她不姓朱,她男人姓朱,人们就都以她男人的姓叫她朱姨。朱姨长了两只小细眼,说话总是神神秘秘,总是把身子凑过来,总是把声音放低,这么一来呢,就像是她要说的话很神秘了。朱姨一共生了五个孩子,男人在农业局当副局长。那一年,她男人把他的老父亲从山东老家接了来,来了就不走了,结果就死在了这里,人们还记着那口大红的棺材,没地方放,就停在他们自家的门口,人们出来进去都要从那口棺材边上过,晚上挺瘆人的。山东人是重礼仪的,那几天好多山东人都从山东那边过来了,来奔这个丧。那时候大妞的母亲还没跳楼,大妞的家就在朱姨家对面的那栋楼,只不过朱姨在一楼,大妞家在三楼,老张女人总是挺着个老大的肚子从三楼下来叫上朱姨一块去买菜。

她们买菜总是在下午,这时候的菜便宜。

她们出去了,各自挎着一个竹篮。

"走慢点。"朱姨说。

"我也快不了。"老张女人笑着说。

朱姨对老张女人说:"这回你放心,一定是个小子。"

这么一说呢,老张的女人脸上就有了笑容。老张的女人是个大高个儿,大妞长到后来就随了她，也是个大高个儿。老张女人一连生了三个女儿，她希望自己下一个能生一个儿子。说来也怪，老张家楼下一层的那户姓吕的山东人，女人居然也是一连生了四个姑娘，人们都叫她吕姨，其实她也不姓吕，是她男人姓吕，不知为什么，人们总是随着她们的男人这么叫，男人姓什么就叫她们什么姨，叫到后来人们都不知道她们姓什么了。后来吕姨的肚子又大了，但跟着又一个姑娘生了下来，也就是老五，吕姨看着这个老五是既生气又绝望，她一使劲，把这个孩子就摁在了尿盆子里，等她松了手，那孩子却又从尿盆子里漂了起来并且尖锐地哭出了声。为了她不会生男孩的事，她男人老吕总是半夜打她，吕姨死死咬住牙不让自己叫出声。人们都说老吕的女人也太苦了，是心苦，所以人一天比一天瘦。她工作的单位就在院子东边的商店，从南边出了院子往东一拐就到，所以她把家照顾得有条有理。这天吕姨又在哭了，人们听到了她的哭声，她男人这次没打她，她男人不在家，出差了。她可以放心地哭，把心里的委屈都哭出来。

"心病，这都是心病。"朱姨对老张女人说。

老张女人没说话，她心里也很难受。

"如果吕姨生个男孩就没心病了。"

朱姨看了看老张女人的脸马上又说："你这回生的肯定是个小子，你看你这走路。你再迈两步，再迈两步。"

"做女人真麻烦。"老张女人说。

老张女人挺着个大肚子从楼上慢慢慢慢下来了，她每下一个台阶都用一只手撑着自己的后腰，下一个台阶撑一下，下一个台阶撑一下，她终于从三楼下来了。她从她住的一栋楼走到二栋楼，走到了朱姨家，但她不进家，她挺着大肚子把胳膊伸出去，敲敲窗玻璃，喊朱姨跟她一起去买菜，那几天朱姨的公公已经被打发了，她男人不知道从什么地方雇了辆解放牌大卡车，把他爹的大红棺材和那些从山东过来的亲戚一车都拉走了，回他们山东聊城去了。

那些天，老张女人心情挺好，她见人就说她这回可能是个小子，她已经感觉出来了，确实和以前有些不一样，而且，她说朱姨也看出来了，她说朱姨会看。

"朱姨的话八九不离十，她在医院工作，这种事她见多了。"老张女人对人们说。

"她有经验。"老张女人还对她旁边的邻居许锁凤也这么说,老张女人没事总到旁边许锁凤的家去串门,坐坐,说说话,或者喝口茶,做饭的时候缺点油盐什么的过去取就行。那时候的人们,白天总开着门,关门做什么,邻居有什么事一迈腿就进去了。

许锁凤是东北女人,黑瘦黑瘦的,说话眼皮会不停地跳,到了晚上她对自己男人王大义说:"你看看还有这么劝人的,朱家老婆说老张女人这一次一定会生个男孩,这不是害人家吗?哪有这么劝人的,这不是害人吗?要是生下不是呢?会更受不了。"

"他妈的浑蛋。"许锁凤的男人直接来了一句。

"要真心想劝就说生男生女一个样,你说是不是应该这么说?"许锁凤的眼皮又跳开了。

"朱家这个坏娘们我看着就来气。"

许锁凤的男人又说:"我看她是在使坏心眼。"

"她男人也不是个什么好东西。"

许锁凤想起来了,老朱,就是朱姨的男人,常常吃过晚饭没事带着他的小儿子在院子里散步,他嘴里叼着支烟,他那才五六岁的儿子嘴里也叼着支烟,别人说:"他那么小你就惯着他抽烟?"

"玩玩呗。"老朱笑着说。

"我×!世界观有问题。"王大义说。

二

运动来了,说来就来了。

运动来的时候老张女人已经在坐月子了,朱姨的话没说准,老张女人这次又生了一个姑娘,姑娘一生下来她就连着大哭了几场,她一边用手使劲捶自己的肚子一边哭。许锁凤买了五斤鸡蛋过去看了看老张女人,两家关系不错,总是有什么事都互相照顾着。

"这怎么办啊?这怎么办啊?"

老张女人就这一句话对许锁凤说了一遍又一遍。

"你说，"老张女人忽然盯着许锁凤，"你让我说什么？"

许锁凤忽然有点怕，老张女人的眼神看上去有点吓人。

"你说会不会我生的是个男孩，在医院里被人换了？"

"不会不会，哪会出这种事。"许锁凤忙说。

老张女人突然又放声大哭了起来，说大妞没毛病就好了，自己好命苦，三个姑娘，大妞是那样，这又紧跟着来了不长把儿的。老张女人"噗噜噗噜"地哭着，她一边哭一边用手使劲捶肚子，一把眼泪一把鼻涕。

"我是真不想活了，没意思。"老张女人说。

"看你说的都是些什么话。"许锁凤忙说。

"唉，没意思，人活着真是没意思。"老张女人说。

老张女人哭的时候大妞就在那里坐着，她呆呆地看着她妈，她的两只手手心朝上摊平放在自己的两条腿上，她也上过学，上到三年级学校说实在是没办法了，她现在连二乘二得几都弄不清，所以她不再上了，她就在家里跟着她妈待着，她整天也没什么话，也没什么动静，她妈哭的时候她会抬起手看看自己的手指，可手指有什么好看的呢。

许锁凤敲门进来的时候，大妞站起来一下。

"许姨好。"

许锁凤走的时候大妞又站起来一下。

"许姨好。"

除此之外她不知道该说什么，她不是不会说话，她就是不知道自己该怎么说话，她的脑子转得非常慢。

"我就看咱大妞挺好的。"

许锁凤对老张女人说，她这纯粹是为了让她开心。

大妞在那里坐着，两只手平放在腿上，手心朝上，有时候她会把手拿起来看来看去，看什么呢？

到了晚上，王大义在水池子那边洗碗，许锁凤站在他身后看着他洗，头顶上那盏灯是十五瓦的，不亮，也不暗，为了省电，大院居民委员会不许任何人家的灯泡超过十五瓦，连肖市长王市长家里的灯泡也是十五瓦的。

"你说，她一口一个活着没意思，脑子是不是有问题了？"许锁凤对王大义说。

"出什么事了？"王大义说。

"她怀疑医院是不是把自己的孩子给换了。"

"真是胡说，其实她根本就不该生。"王大义说。

"我看她再生也许还是个姑娘，老张压根就没那个本事。"许锁凤忽然笑了起来。

王大义也跟着笑了起来，但马上就不笑了，小声对许锁凤说："你知道不知道，老张刚被关起来了。"

"被关起来了？为啥？"许锁凤说。

"谁知道呢。按说他是部队上下来的人，现在又在武装部工作，会有什么事？不会有什么事吧？"

王大义说不上来了，他洗完碗了，把它们都又给放到碗架上去，他给自己点了支烟，抽着，眯着眼，他待会儿还要裁报纸，上边安排下来了，家家户户这几天都要在窗玻璃上贴防空纸条，报纸裁两指宽的条子，打点糨糊，一条一条交叉地贴到门窗的玻璃上，这样要是敌人的飞机飞过来扔炸弹，玻璃碎了也不会飞得到处都是把人划伤。

王大义抽完了烟，坐下，把报纸拿过来裁条子。只要王大义在家，他几乎什么事都不让许锁凤做。王大义在工会工作，工会和武装部在一个院子，在俱乐部的对面。

"你多裁点，我明天把老张家的条子也给他们贴上。"许锁凤对王大义说。

王大义说："那个大妞什么也干不了，以后谁找她？这下可好，她爸也给关起来了。"

"关谁不好，怎么把他给关起来了？"

许锁凤待不住了，她去了厨房，原地转了一圈，从厨房出来，又转了一圈，又去了阳台，她在阳台上站着，朝下看，朝远处看，是越看心里越乱，她在阳台上站了一小会儿，不少红蜻蜓就在她头顶上飞，像是要下雨了。许锁凤又转身进了家，眼皮此刻跳得飞快，她看着王大义。

"你看你，快去抹点清凉油。"王大义对许锁凤说。

许锁凤的眼皮子只要是一抹清凉油就会好点，就不会再跳，所以许锁凤的身上老是有一股子清凉油的味道，院子里的人们因此给她起了个外号就叫

"清凉油"。

"你说她怎么办,正坐着月子呢。老张这样了,她可怎么办?"许锁凤对王大义说。

"问题是她也许还不知道老张被关起来的事。"王大义说。

"这种事,最后一个知道的也许才是她。"许锁凤说。

"外边的人可差不多都知道了。"王大义说。

许锁凤把刚买的菜忽然拿了一半要给那边送过去,两个茄子、三个西红柿,还有几棵小白菜。

王大义看着许锁凤,说过去千万别乱说。

许锁凤把菜给老张家送了过去,她推开门进了老张的家,屋里挺暗,一进门左边是厨房,再往里是卫生间,再往里一左一右是两间房,老张的女人在南边也就是左边的那间房,她正坐在床上,抱着她那个还不到一个月的四姐,许锁凤一进门她就两眼红红地说:"老张怎么两天没回来了?单位出差也得跟我说一声啊。"

许锁凤的眼皮一阵乱跳,她可不知道该怎么说。

"可能是单位有什么急事吧。"

许锁凤马上又说:"吃饭的事好说,我多做点给你送过来。"

"你可千万别下地别使凉水。"许锁凤说。

许锁凤又转过身子对坐在那里发呆的大妞说:"你帮着你妈洗洗屎布子,你妈不能用凉水。"

"许姨好。"

大妞马上站起来了一下,又马上坐下,两只手平放在腿上,手心朝上。

许锁凤从老张家出来的时候,大妞又站起来了一下。

"许姨好。"

然后她又坐下,两只手平放在腿上,手心朝上。

"唉,揪心,实在是揪心。"

许锁凤叹着气从老张家又回到了自己的家里,她一屁股坐在了那里,看着王大义,两眼里忽然都是泪。

"你可别哭。"王大义对许锁凤说,"来,抹点清凉油。"

"我这人就是心软。"许锁凤说。

"你就是心软。"王大义说。

王大义突然笑了,他想起了什么,想起了他和许锁凤谈对象时候的事,那次王大义从部队上探亲回来,他们还没结婚,他和许锁凤躲到没人的地方说话,他想了,憋不住了,他想要,想不到许锁凤果真就给了,许锁凤一边给一边说:"我就是心软,我就是心软,我就是心软。"

就在这天晚上,朱姨也来看老张女人,外边开始下雨,还打雷,朱姨头上顶了个花手帕,花手帕着了雨,贴在头皮上,外面的雷声忽然又一个,忽然又一个,只在天边,每来一个雷半边天都会一下子亮起。

朱姨的手里拎着两串葡萄,朱姨家窗外的院子里种了两株葡萄,葡萄半生不熟,一半紫一半绿。

"这也不算凉东西,你少吃两颗,没事的。"朱姨对老张女人说。

朱姨和老张女人说话的时候大姐正在厨房的水池子里洗屎布子,厨房在一进门那里,灯光半明不暗,大姐就在水泥池子里洗屎布子,那个池子什么都洗,洗碗洗菜洗衣服,池子上边是三层木格子做的架子,一层放碗筷,一层放酱油醋和油罐子,最高一层放笼屉还放着一摞盆子。这个厨房不能说大,从厨房出去就是那个阳台,阳台上堆着煤,那时烧火做饭都用煤,还有劈柴,阳台上还有两盆花,里边照例是草茉莉,一早一晚地开着。从阳台上探头朝下望就可以看到下边老吕的家,老吕家那时候还养了不少鸡,白的,老吕喜欢白色的鸡,所以他养的都是白来亨鸡。晚上那些鸡都会自己回来,"咕咕咕咕"叫着,自己钻鸡篓里去了。楼房的格局都差不多,从阳台望下去下边是老吕家的厨房,老吕家厨房门的两边拉了一根铁丝,平时洗的衣服就挂在这里,到了秋天这地方的人习惯晾干白菜,老吕晾的干白菜也挂这里。老吕是山东人,他喜欢吃干带鱼,买来的带鱼先不吃,洗好了挂在铁丝上晾干再吃,所以人们总能看到老吕家厨房门口的铁丝上晾着带鱼,去了头,剖了肚,等着风干。

"我跟你说,出事了。"

朱姨对老张女人小声说。

老张女人心惊胆战地看着朱姨。

"你快说,是不是我们老张?"

老张女人一把拉住朱姨。

"这话除了我可没人敢跟你说。"朱姨说。

老张女人眼巴巴地看着朱姨。

"你说,是不是我们老张?"老张女人又说。

"是,老张被关起来了。"朱姨说。

"关起来了?"老张女人看着朱姨。

"是被关起来了。"朱姨说。

老张女人不说话了,嘴张那么老大,有声音从嗓子眼里发出来,"咝咝"的,不是哭,也不是叫,像是喘不过气来,人像是快要给憋过去了。朱姨有点怕,她看着老张女人,看着她那只抓着毛线团的手越攥越紧,最后毛线团从她的手里滚了出来,那只手又死死攥成了一个拳头,最后这个拳头又被老张女人塞到了自己的嘴里,但哭声是塞不住的,老张女人哭出了声,哭声此刻就像是一股看不到的洪流,决堤了。

老张的家里突然爆发出的老张女人的哭声有点吓人,这哭声持续了好长时间,好像就一直没有断过,一直哭一直哭,一直哭到朱姨离开还没停。到了后半夜,人们都在老张女人的哭声中睡着了,却忽然又被惊醒,人们都听到了那"咚"的一声,哭声就此了断,紧接着,是婴儿的哭声。婴儿的哭声是在一个又一个打雷的间隙里响起,纤细嘹亮而不容忽视。

最先从梦中惊醒的是住在一楼的老吕,他先是听到"咚"的一声,声音就在自己家厨房的门外,然后是婴儿的哭声,他不明白发生了什么事,但他又好像明白发生了什么事,老吕慢慢打开厨房门,人一下子被吓得瘫软在了台阶上,是老张女人从三楼阳台上头冲下跳了下来,怀里,还紧紧抱着她那还没满月的四妞,可怜的四妞,在雨里,也在血泊里。

四妞没有死,因为她被老张女人抱在怀里,老张女人从三楼阳台跳下来的时候是头冲下,她当下就没了,四妞却还被她死死抱在怀里,她没松手。

老张回来了,被放了出来,老张失魂落魄、跌跌撞撞走路的样子给院子里的人们留下了十分深刻的印象,什么叫没了魂,老张的样子就是没了魂。老张的哭声是突然爆发的,"啊哈哈哈、啊哈哈哈、啊哈哈哈",是男人的哭声,男人好像都不怎么会哭,只会号,那就是老张在号,人们都看见老张一边哭一边跪在老吕的家门口烧纸，那是老张女人头朝下跳楼落地的地方，老张在那地方一边烧纸一边号，那号声可太吓人了，人们这才知道男人的哭声原来是这么吓人。那个四姐，很快就被送了人，因为老张实在是没法子把这个吃奶的孩子留在身边，她上边还有三个姐姐。一连几天，大妞不会说话了，她被她妈吓傻了，吓痴了，她站在那里，坐在那里都不会说话，她呆坐着，两只手平放在自己的腿上，手心朝上，展开，手里什么也没有。

许锁凤那几天成了保姆，天天忙着给老张一家人做饭，大妞也帮不上什么，许锁凤把饭在自己家做好再给老张家用盆子端过来，面疙瘩汤，滴点香油撒些香菜末在里边。许锁凤从外边端着饭菜进来的时候，大妞会站起来一下，还是那句话："许姨好。"

许锁凤端上空盆子离开的时候，大妞又会站起来，还是那句话。

"许姨好。"

说完这句话，大妞会再坐下来，两手平放在自己的腿上，手心朝上，没事，她还会去洗那些四姐留下的屎布子，她把屎布子洗来洗去，洗干净了，再晾出去，晾干了，再拿下来洗，反复来去。

"洗什么，别洗了！"

这天老张忽然对着大妞大吼一声。

"你怎么不替你妈去死！"

老张的话王大义和许锁凤都听到了。

"啊呀，大妞好可怜。"许锁凤眼泪马上就出来了。

"唉，再这样下去老张也要完了。"王大义说。

许锁凤忽然不再说什么，这个东北女人，一屁股坐在床沿上，眼皮也不跳了，清凉油也派不上用场了。

"我×了个他妈的！"王大义一拍桌子站了起来。

"你要干啥？"许锁凤泪眼婆娑。

"我去揍她个狗娘养的，这事都怪她。"王大义说。

"对，去揍她！"

许锁凤用力擤了一下鼻子，这下通了，她知道王大义说的这个"她"是谁，她完全同意。

第二天的中午，院子里发出了尖锐的叫声，是朱姨的。

这时候正是人们下班的钟点，在一栋楼和二栋楼之间的空地上，人们都看到王大义在打朱姨，他一只手拽着朱姨的一只手，不让她跑，朱姨也是刚下班，王大义先是用大耳刮子一左一右扇，几下就把朱姨给扇倒在地上了，然后是弯下腰继续扇，还用脚踹。人们都看着，但谁也不敢上前去把王大义拉开。这时候人们看到了朱姨的大儿子和大闺女，他们居然也站在那里看，看王大义打他们的母亲，他们居然没有一个敢冲过来，就好像眼前的事跟他们没有一点点关系。朱姨家的老大是个姑娘，叫爱新，爱新已经不小了，二十七八岁了，长了一双细小的眼睛，她站在那里一动不动，脸上没一点点表情，好像眼前的事跟她真的无关。朱姨家的老二叫爱同，二十多岁了，是个大小伙子，也长了一双细小的眼睛，他也站在那里一动不动地看着王大义打他的母亲。还有朱姨的小儿子，他十多岁了，他小小的就学会了抽烟，他也站在那里一动不动，好像眼前的事也跟他没有一点点关系。据说，王大义在院子里打朱姨的时候，朱姨的男人就在家里，只不过他是在家里观看，隔着窗子，他也没有冲出来。

"我×，我非要把你们的世界观给你们打过来不可！"

王大义终于打完了，拍拍手，跺跺脚，又把头上的帽子正正，在人们的印象中，他永远戴着一顶旧军帽，身上好像除了军装就没穿过别的什么衣服，只不过是领子上没有那两面红旗，帽子上没有那颗红星。

王大义"噔噔噔噔"上楼去了。

朱姨躺在院子里一动不动，围观的人也都慢慢散去，老吕的那几只雪白的来亨鸡过来了，它们一步一步试试探探，每走一步都点一下头，慢慢走到了躺在地上的朱姨身边，然后，在地上煞有介事地左啄一下，右啄一下，它们在啄什么，没人知道。

三

大妞去上班了，这事挺新鲜。

她上班的地方就在南边的医院，这家医院就在大妞她们家旁边，只隔一条很窄的东西向小街。往东去，是去车站的那条路，往西去，便可以一直走一直走走到西边的山上。山上有什么? 什么也没有,这地方的山大多是荒山,山下有宝藏,便是挖也挖不完的煤。人们说这座小城的地下是空的,都给挖煤挖空了,小城南边的那条河早没水了,水也都给挖煤挖得流到了地下。

大姐有工作了,她的工作是洗瓶子,这个工作真不怎么的,但好一点的大姐又都做不了。这工作还是老张家楼下二楼东边那家的方大夫给介绍的,方大夫就在这家医院工作,人长得胖墩墩的,圆圆的脸永远是红扑扑的。她是上海人,男人在银行工作,人倒瘦瘦的,戴副黄框子眼镜,人很和气,又斯文,也是上海人,他们每年过年都要回上海一趟,会给院子里的人捎回来不少东西,他们也乐意为大家服务。这一年,他们从上海带回来一个小小的玩具,就是一面小小的镜子,还有一个立在那里正在跳舞的人,踮着两只脚,举着一只手,只需把那面小镜子对着小人一推,那小人即刻就在桌面上快速旋转起来,这真是既新奇又好看,于是许多小孩都跑去他家看。

大姐上班了。她的工作就是整天在那里"哗啦哗啦"洗瓶子。那间房子靠近医院的北门,出了北门就是大姐她们的院子,所以每天上下班只需走几步路,从院子出来,几步走过那条街就行。洗瓶子的那间房人们都叫它水房,靠着西墙是一个比一个高的台阶式大水泥池子,水不停地从最高的那个池子往下流,这样方便洗瓶子,以前的医院里都会有这么一个水房。洗瓶子的工具是一个很大的铁丝编的方形筐,瓶子一个一个口朝上放进去,放满了,用手提着在水泥池子里"哗啦哗啦"洗就是,还有一把刷奶瓶那样的刷子,要把每一个瓶子都认真刷到,刷完再冲,冲干净了再放到消毒笼里去蒸去消毒。那时候还没有塑料瓶,医院的一切瓶子几乎都是玻璃制品:小眼药瓶子是琥珀色的,好看;涂皮肤的皮肤药小瓶子是深蓝色的,也很好看。医院还给大姐发了工装,居然是蓝色的,医院里别的人穿的工作服都是白色的,而唯有洗衣房和洗瓶子房的人们穿的工装是蓝色的。说是工装也不对,因为那只是一个很大的蓝色围裙,前边有一个很大的口袋可以放放工具。大姐洗瓶子的那个猪毛刷子很粗,需用很大劲才能塞到瓶子里,塞进去转几转就行。没清洗过的瓶子是口朝上放在一个铁丝编的方形浅筐子里,洗好的是口朝下放在另一个铁丝编的方形浅筐子里。

"这一筐头朝上放,那一筐头朝下放。"水房的那个小伙子李红旗对大姐说。

"这一筐放洗过的,头朝下,这一筐放没洗过的,头朝上。"水房的那个小伙子李红旗又大声说。

"怎么又放反了。"李红旗又大声笑着说。

水房的这个李红旗算是大姐的师傅,水房洗瓶子一共四个人,另外两个老女人很少跟大姐说什么,她们一边洗瓶子一边说些家长里短婆婆妈妈鸡毛蒜皮的事。

李红旗又过来了,又踢了一下筐子,说:"这下对了,没放错。"或者突然又大声说:"啊,又放错了!"

李红旗人其实挺好,还没结婚,也没对象,他岁数不大,才二十三岁。他爱踢足球,他从小随着他那当兵的爸爸在北京长大,说着一口好听的北京话。水房里他藏着一只足球,没事的时候他会拿着足球到水房后边去"嘭嘭嘭"踢几脚。水房的后边是一片空地,种了些杂树,还有玫瑰,开紫花,真香。靠水房不远还有间空房,里边放了不少医院的杂物,其中有一具教学用的人体骨架,耷拉着头挂在那里,好多住在附近的小孩还会跑过来专门看那副骨架,他们进不来,只能扒在这间房北边的那个小窗往里边看。一边看一边害怕,是越看越害怕,忽然有人大叫一声,大家便拼命四散跑开。

大姐在水房里洗瓶子,没过多久她就不再出错了,没洗的口朝上放在一个铁丝筐里,洗过的口朝下放在另一个铁丝筐里,她记牢了。洗瓶子的时候她总是和李红旗靠在一起,另外两个老女人双双靠在一起。老女人有说不完的话,而大姐却和李红旗没有多少话可说,或者他们根本就不说话。

但是,像花一样,该开的时候就一定是要开的,这一年大姐过了六月就整整十七岁了。

那天,一个苍蝇粘到一个葡萄糖瓶子里了,大姐想把它用手取出来,但怎么也取不出来,李红旗把那只瓶子从大姐手里拿过来,把一根手指伸到瓶口里一抽一拉一抽一拉,再猛地一拉,那只苍蝇就跟着出来了。

"看看,这么一抽一拉就出来了。"

大姐笑了,李红旗也笑了。

李红旗忽然把身子背了过来,他背着谁?背着那两个老阿姨,他背着她们却面对着大姐。他把一根手指,中指,笑嘻嘻地对着大姐,又慢慢慢慢捅进了瓶口,又慢慢慢慢抽出来,又捅进去又抽出来,又捅进去又抽出来,手指一捅一抽的速度越来越快。

"好玩不好玩？"李红旗小声对大妞说。

大妞不懂,她摇了摇头。

"有时间我教你。"李红旗小声说。

"只要你想学。"李红旗又小声说。

"这个很好玩。"李红旗的声音更小了。

"你玩过没玩过？"李红旗看着大妞,他觉得自己已经遏止不住地起来了,是越想越起来,这简直就没有办法,他就让自己紧紧顶住水泥池子的池壁。

"我教你好不好？"李红旗说,脸红红的。

"好。"大妞说。

"你看,这比如是我。"李红旗把中指对着大妞竖了一下。"这个,比如,就是你。"李红旗把瓶子的瓶口指给大妞。

"这个这个这个。"

李红旗把中指又插到了瓶口里动了起来,一边动一边说:"这个这个这个,很好玩。"

李红旗又猛地把身子侧转过来给大妞看。

"你看,我快憋死了,我想插你那个瓶子。"

李红旗的那地方顶得老高。

这一天,大妞她们的院子又停了水,人们就都过来到医院的水房里来打水,排队打水的人很多,医院让人接了一根胶皮水管子甩到水房的外边,这样方便人们前来打水。前来打水的人们看到大妞了,才知道她已经有了工作,虽然这工作不怎么的。

"一晃都两年了。"有人叹息着说。

院子里的人都知道这话什么意思。

"她那个妹妹也两岁了。"又有人小声说,"那个孩子给得不远,就隔一条街,听说长得很像老张。"

李红旗又踢球去了,但他抱着球没心思踢了,他站在那里,整个人一半在太阳里一半在阴影里。后来他又蹲下来,他不知道这是不是爱情,不是爱情下边怎么会一想到大姐就硬得像根铁棍子？李红旗蹲在那里，人一半在太阳里，一半在阴影里，到吃饭的时间了，他去食堂吃饭。他要了两个馒头和一碗粥，还有一碗菜，酱油炒山药丝，里边有几片肉，还有两块酱豆腐，他吃得很慢，好像是完全没有胃口。下边，这时候又起来了。这是许多人的青春，也可以说许多人的青春原本都是这样。

这天，李红旗跟着大姐去了大姐的家，李红旗想好了，他知道大姐的家里平时没人，也许可以在她的家里插她的那个瓶子，这又用不了多少时间。从医院的北门出来，过了小街就进了大姐家的院子，然后去西北角那栋楼，进了大姐的家，李红旗跟着大姐把她家看了看，南边，是一张大双人床，北边屋是三张单人床，"品"字形摆开，中间放了张桌子，大姐的妹妹们晚上回来就在上边写作业。然后，他们就去了阳台，阳台上满是阳光，他们朝下看就能看到医院，看到他们的水房，医院正门两边那个"八"字形顺着台阶由高到低的水泥扶手是孩子们的滑梯，每天都有孩子们在上边滑滑梯，滑梯扶手两边开满了蜀葵，雨水好的年份里这种特别能开花的植物可以长到比一人还高，但一刮大风它就倒，虽然倒了，但还那么横躺在地上开花。

李红旗和大姐站在阳台上，他们其实也没有什么话。来的时候，李红旗就对大姐说了："要不，咱们去你家插瓶子？"大姐答应了，但李红旗这会儿突然又改变了主意，他俯身在阳台上朝下看的时候忽然想到了什么，他感到一阵晕眩。他明白大姐的母亲就是抱着她的妹妹四姐从这里跳下去的。

"咱们赶快走。"李红旗觉得自己不能在大姐家里待了。

李红旗又和大姐回到了医院。李红旗知道医院里有个好地方，那就是洗衣房。他们去了洗衣房。洗衣房里有两台很大的洗衣机，还有烙床单的台子，还有就是一大堆待洗的床单被罩，上边不干净，有的上边甚至还有斑斑的血迹，另一大堆是洗好的床单和被罩，烙好的都叠整齐了放在那里，洗好还没烙的又是一大堆堆在那里。

李红旗抱着大姐在那堆洗干净还没有烙好的床单上开始了，没有李红旗想象中的尖叫和反抗，只有没一点点声音的顺从。但李红旗进入得很艰难，很用力才进去，大姐"嗷"了一声，把李红旗抱得更紧了。

窗外是夏日中午的阳光，满窗碧绿，碧绿之中又有不停闪烁的光点。李红旗又来了一次，又来了一次，又来了一次，如果不是人们上班的时间快到了他也许还会来。

很快，人们就发现了留在床单上的血迹，马上上报了医院的领导。

"好家伙，严打期间出这种事。"

医院的书记李又奇脸上平时就没有什么笑容，他个人的生活就很麻烦。岳父岳母跟着他，岳母瘫在床上已经好几年了，还有他的一个久病在床的小舅子也在他家，但他怕老婆，他什么都不敢说。出了这种事，他脸上的表情高深莫测令人害怕。

李红旗很快就被带走了。

李红旗被带走之前，医院还找他谈了话，意思是如果承认和大妞搞对象而且还准备结婚就是另一种性质，医院还问李红旗会不会娶大妞。李红旗想都没想，马上很坚决地说根本不会。李红旗的话很快就传到了院子里，许锁凤马上是气不打一处来，眼皮跳得更加飞快，她对大妞和老张说："这种事那小子既然这么不仁，那就别怪咱们不义，那咱们就说他强奸。"什么是强奸？这两个字对大妞解释起来可是太难了。

"你就说你不愿意做那事，是他强迫的。"

许锁凤教给大妞这么连说了几次。大妞记住了。

"你怎么说，你说说看。"许锁凤说。

"我不愿意。"大妞说。

她坐在那里，两只手平放在两条腿上，手心向上。

"你再说说看，那怎么就做了？"

许锁凤在深入细致地开导大妞。

"是他强迫的。"大妞说。

她坐在那里，两只手平放在两条腿上，手心向上。

"不是强迫，而是强 pai。"

许锁凤是东北人，东北人从来都把"迫"字念成"pai"。

"是他强 pai 你！"

"是他强 pai 我。"大妞说完，把手抬起来看了看。

"对喽，这回就对喽。"

许锁凤满意了，眼皮也不乱跳了，年前，王大义带她去北京查过，那边的眼科专家说许锁凤是得了"神经性一紧张就眼皮乱跳症"，这病的名字好长，可真难记。每说一次旁边的人们都会哈哈大笑,许锁凤自己也会笑,说:"这啥玩意儿啊,这么老长一串,我可记不住。"可过不久,许锁凤又会把这个病名对另外一批人再说一遍。

"大夫让我吃'西比灵'。"

"什么'西比灵'?"别人问。

"英国药,进口的。"

许锁凤忽然觉得自己真像是有那么点与众不同,吃点药也和别人不一样,"西比灵"听着就洋气。

没过多久,不到一个月吧,李红旗被枪毙了,这真是让人们都感到意外,这是谁都不愿想的事。怎么会这么快就被毙了?这就叫给他赶上了,赶上了严打。有人看到李红旗被五花大绑在车上,后背插着一个牌,牌上写着他的名字,名字上边还有三个字:强奸犯。这一次严打被枪毙的还有一个抢手表的,手表没抢到人倒给毙了。这也是一个年轻人,哭得很惨。人们说李红旗站在车上跟没事的人一样,左看看,右看看,车开得很快,马上就过去了。这次一共被枪毙了十个犯人,很多人跟着去那个叫小站的地方看行刑,现场不知道为什么还站着几个穿白大褂的大夫。

给李红旗行刑的时候天下着很大的雨,雨把地面打起一阵一阵白烟。

四

大妞的肚子一天比一天大。

人们都说李红旗那小子"枪法"不错,一打一个准。

老张为了这事火得不行,他觉得自己真是见不得人了,走路都低着头。大妞在医院不能待了,老张让大妞去了麻黄厂,去堆麻黄。麻黄厂在城南。这地方人们生火都离不开麻黄,顺手抓把麻黄先用火引着,再把小煤块放在麻黄上。那时候,几乎家家户户都要烧麻黄,这你就可以想象这家麻黄厂该有多么大。过去的职业里边有一项就是卖麻黄的,一辆小车,由一头小毛驴拉着,车上装的都是麻黄,这种车当年很多,赶车的一边走一边喊"买麻黄来——买麻黄来——"麻黄买回来要摊平在地上先晾,晾干了再收起来,那时候家家户户都要有一个放炭的地方和一个放麻黄的地方,放麻黄的地方人们叫它"麻黄仓",鸡们喜欢这种地方,当然是母鸡,它们喜欢到这地方去下蛋。蛇也喜欢这地方,有时候人们伸手去抓麻黄,结果一阵怪叫,一条蛇被拉出来了。大妞去了麻黄厂堆麻黄。麻黄垛有两层楼那么高,麻黄被提取完药用的麻黄素剩下的就只能生火了。有一年麻黄厂着了大火,人们站在城里都能看到那地方的火光,还看到火力把一垛子麻黄一下子忽然举到了半空,人们这才知道火的力量原来可以这么大,可以把那么大的麻黄垛一下子举到半空。

大妞去麻黄厂之前,许锁凤教了她几次,如果有人问她话她该怎么说,因为她那肚子已经大到了不可忽视的地步。

"有人问你你怎么说?"许锁凤看着大妞。

大妞不知道该说什么,她看着许姨。

"就说他死了,刚结婚就出事归天了。"许锁凤说。

"要不就说车撞了,当下就完了。"许锁凤又说。

这些话大妞都记住了,但麻黄厂的人哪里会问,他们早就知道了大妞和李红旗的事,这事在全城几乎传遍了,是人人皆知,但人们都在心里可怜大妞,根本没人会问。去麻黄厂上班要带饭,因为那边没食堂,人们到了中午就会靠在麻黄垛子上一边吃饭一边晒太阳。厂里给人们用大铁皮桶焊了一个热饭的工具,大铁桶外边是一层一层的可以放饭盒的架子,在桶里把麻黄点着,人们把带来的饭盒放在铁皮桶上,饭一会儿就热了,就这么简单。到时候厂里还会给人们送来两壶水,大铁皮壶,有半人高,一个人提不动,只能由两个人抬着。

大妞肚子已经大到坐不下来了,她只能站在那里吃。她的两只脚都浮肿了,一按一个坑。她围着她妈的一条花格子头巾,还围着一条粉色的围脖。天已经很冷了,人们都被冻出了清鼻涕。

"大妞快生了,该置办什么就置办点什么吧。"

许锁凤这天过来对老张说。

"生下来死了才好。"老张说。

"你看看你这话说的,哪还像个话!"许锁凤气了。

老张就不再说话,喉结滚上来滚下去。

"屎布子小孩衣服都要准备。"许锁凤说。

"奶瓶奶嘴奶粉也不能少。"许锁凤又说。

"唉,那孩子也是一条命。"老张最后答应了。

许锁凤去准备了,老张塞给她五十块钱,那时候,五十块钱不算少了,买半扇猪肉也这个钱数。

这天晚上,有人上来找老张,这人径直来到了老张的家,这人在外面敲敲门,是晚上,白天人们都上班他也找不到人。他敲门,他进来,还没开口说话就流泪了。

"我是李红旗的爸爸。"来人开门见山。

李红旗他家的人听说了大妞怀孩子的事,他们商量了又商量,然后派他爸来了,他们就李红旗这么一个孩子,也就是说,大妞肚子里的孩子是他们唯一的希望,是他们承继香火的唯一的希望。

"出去!"老张忽然就火了,眼泪夺眶而出。

老张家的事李红旗的家人也都听说了,老张一流泪,李红旗的父亲也跟着流泪了,也是泪流满面。

"出去出去!"

老张没有松口,也没让这人看一眼大妞,大妞就在北屋,她把门从里边关得严严的,她和她妹妹都能听到外面在说什么,但她们都不敢出去。

"出去出去出去,我们家没这个人。"老张说。

那个人,李红旗的父亲,忽然身子一矮给老张跪了下来。这边的动静给许锁凤在那边听到了,许锁凤很快就和王大义赶了过来。

"干什么干什么干什么?"许锁凤说。

"你是谁?我怎么从来都没见过你?"王大义说。

"出去出去出去。"老张还是这句话。

李红旗的父亲站起来,他也不知道自己该说什么了,他不会说了,他只好往外走,一步一步下着楼,轻手轻脚又跌跌撞撞。

"你怎么不像你妈那样也给我死了!"

老张忽然把北屋的门打开,对大妞大声说。

"看你这叫说的人话?"

许锁凤气了,她气了谁都不会怕,她把手冲老张一扬,说:"你也太那个了,你怎么这么说话!"许锁凤有点担心,担心大妞给她爸说得一时想不开也从阳台上跳下去。

"她要想不开真跳下去呢?"许锁凤小声说。

"她要也跳下去就好了。"

老张大声哭了起来,他坐床沿上,把自己的头埋在自己的两条大腿里。他看着自己的泪水"啪嗒啪嗒"掉在自己的黑布面鞋上,那鞋还是他女人活着的时候给他做的。老张哭得更厉害了,又在号,是号哭。

那个人,李红旗的父亲,忽然又上来了,他本来已经走出了楼道,他在楼道门口听到了上边传下来的哭声,他又重新上来了,许锁凤和王大义也没想到他会再次上来。他上来没说什么话,把两沓子钱放在桌上,又转身离开。

这次李红旗的父亲走得很快,当过兵的人,腿脚很麻利,他几乎是跑着下了楼,"咚咚咚咚、咚咚咚咚、咚咚咚咚咚咚咚咚",紧接着是扑通一声,人撞在了楼道门口的墙上,他顺着墙坐在了地上,没人能够听到他哭,他咬着自己的嘴唇,血流出来了。

外边黑着,楼道里就更黑,没人能够看到楼道门口坐着这么一个人,在黑暗中流泪。

大妞生了,生下个大胖小子。

"这下你该高兴了吧,这下你该高兴了吧。"

大妞七天后出院,从住院到出院,都是许锁凤一手操办,她把那孩子抱给老张看。

一看到是个小子,老张马上彻底管不住自己了,真让人想不到,老张马上就"哦哈哈、哦哈哈"地笑起来,这真是很出人意料。连许锁凤都想不到老张会突然笑起来,这真是让人始料不及。老张根本想不到大妞会生个大胖小子出来。再后来,老张又把自己给悄悄关在了厨房里边,他把门从里边轻轻插好,然后面对着北面的那面墙站好,老张小声对着那堵墙说:"小蛾,有男孩了。"

小蛾是老张女人的小名,她的名字叫刘小蛾。

"刘小蛾,你有外孙了。"老张又小声说。

"刘小蛾,我们有外孙了。"老张再次说。

老张说着,眼泪已经"哗哗"地流了出来。他的一只手在墙上用力地抠着,那堵墙上已经被他抠出许多很深的道子,一道一道又一道。他脸上的泪水也是一道一道又一道。再到后来,老张不哭了,也不抠墙了,他把脸上的泪擦干净,鼻子那地方还有些发堵。他从家里出来下楼去了,提着个篮子,他去商店买了一只鸡还有猪蹄髈,鸡蛋是早就准备好了的,但他又买了十斤。鸡蛋供应现在不用购物券了,他可以多买几斤。听说油也可能今后不再用油票了。

"那小子长得真好看。"

老张对商店里边的人说,他和商店里边的人都很熟。

在商店里他看见了老吕的女人,她也正在上班,她在卖副食的那个组,她正在给顾客称东西,打包,收钱找钱,这两天越南红糖来了,人们都很喜欢从越南那边过来的红糖。

老张想了想,对她什么也没说。

但老张又想了想,还是忍不住,他对老吕女人小声说:"小蛾这下有外孙了,那小子真好看,是个小子。"

老吕女人忽然把不住秤杆了,秤杆一下子挑了起来,秤盘里的那包越南红糖一下掉在地上摔破了包,红糖撒了一地。

老吕女人蹲下来,收拾那些撒在地上的红糖。

"这些红糖不能要了,你重新给我再称二斤。"

那个女顾客很不高兴地对老吕女人说,但老吕女人像是没有听见,放下秤,进里边去了。商店里边有一个很小的卫生间,只能蹲一个人的那种,只有一平方米,头顶上是一盏十瓦的小灯泡,灯光昏黄如梦。

老吕女人蹲在里边老半天没出来。

"我让你高兴!"老吕女人一个字一个字地说。

"我让你高兴!"老吕女人一个字一个字地说。

五

房子肯定是要拆了,但大妞就是不往外搬,她能去哪里呢?一是她没地方可去,二是她说她哪里都不去,死也不去,有地方也不去。她要等着小萨回来,小萨是谁?小萨就是她的那个儿子,小萨是九岁那年被人贩子拐走的,那时候不但她疯了,连老张也想外孙想疯了。也许是受了太多的刺激,出了那件事之后,老张没过两年就去世了,去世的时候人瘦得只剩下不到八十斤,那么个大高个儿,人整个可以说是瘦没了。去世的时候老张什么话都不会说了,只会不停地说"小萨、小萨、小萨",小萨从丢掉到现在已经整整十一年了。小萨当年养的那只黑猫还活着,算一算,这只黑猫也已经活了十三年了。家里现在也只有大妞和这只黑猫,这只黑猫有时候会从阳台上一下子跳到楼顶上去,在楼顶上这边走走,那边走走,有人看见它在楼顶的最边沿走来走去很担心它掉下来,有一次它真的从楼顶上掉了下去,那几天人们看到大妞整天在院子里找猫,猫的名字是小萨给起的,叫"黑豆"。

人们听见大妞在焦急地不停呼唤黑豆。

"黑豆、黑豆、黑豆。

"黑豆、黑豆、黑豆。

"黑豆——

"黑豆——"

但很奇怪,这只黑猫十多天后又回来了,它蹲在一楼老吕家的门口不肯走,人们说那地方可能就是它十多天前从楼顶上掉下来的地方。

老吕的家,现在很安静,自从十一年前老吕女人怀了她的最后一个孩子后,这个家就算是彻底垮了,她最后又生了一个姑娘,这个姑娘就像是一股风,一下子就把老吕家的那盏希望之灯给吹灭了。

大妞的孩子也正是在那一年丢的。

大妞平时几乎不说话,但她有什么话还是会跟许姨说,许姨现在上不了楼了,她有时候会坐着轮椅来,会在下边喊大妞让她下来一下,她坐在那个轮椅上在院子里跟大妞说几句话,安顿几句。

许锁凤对大妞说:"不行就搬了吧,迟早也得搬。"

大妞说:"小萨回来怎么办?"

"唉——"许锁凤一声长叹,无言以对。

大妞说:"到时候小萨该找不到家了。"

许姨又长叹一口气,她现在老多了,头发都白了,头发一白,脸就显得更黑更小,似乎比原来小了一大圈。自从王大义出了事,她就一下子老了,她老了,眼皮却不再跳了,这让她完全变成了一个毫无特点的人。一般人的眼皮不会跳,更不会那么快地跳,她的眼皮不停地跳不停地跳就让她在人群里一下子显了出来，显出了她的独特性，但现在她的独特性没了，眼皮不跳了。有时候她自己对着镜子想让眼皮跳几跳，但居然学也学不来。王大义出事是六年前，他起心要在对面"梨花里"那片靠马路的地方盖一间房是为了把自己的父母接过来，父母是乡下人，睡惯了炕，所以王大义要在那片空地上盖一间有炕的大房子。他居然不知怎么通过关系把那块地批了下来，这么多年来王大义对许锁凤百依百顺就是为了有朝一日顺顺当当地把父母给接过来。房子盖好了，挺大，是个平顶，是北方的那种一头高一头低的平顶，这种房子在建筑学上有个专用名词叫作"一泼水"，是房子中最难看也最简单的一种，屋里盘了条大炕，炕盘好后，试着烧了两次火，火也好烧，炕也真热。

那一阵子，王大义是迷上了那间可以烧炕的房子，几乎天天都要过去看看，不是收拾一下这里就是收拾一下那里，后来连着下了两场雪，天就冷了。王大义干脆就睡在那间新房子里，王大义说自己好多年没有睡过热炕了，还真好，他想让许锁凤跟他过去体验体验，可许锁凤对炕根本就不感兴趣。许锁凤后来觉得自己还是没去的好。那天出事了，吃早饭的时候王大义就没回来，到了十点多的时候王大义还不见踪影，到了中午吃饭的时候王大义还没回来。许锁凤打发老二去马路对过那间有炕的大房子去喊他爸，老二敲不开门，他一急，就用脚直接把门给踹开了。

王大义躺在炕上，光溜溜的。

屋子里浮动着一层青烟，都是煤烟味。

许锁凤也忙赶了过来，但越靠近那间有炕的大房子她走得越慢，一步一步一步一步，终于走到了，门大开着，不少人围在外面。人们突然听到了许锁凤尖厉的笑声，许锁凤也说不上自己是怎么了，她一进屋一看见王大义光光地躺在那里的样子就想笑，她管不住自己了，她就直接笑了出来，她一直笑一直笑，人们都奇怪她为什么会笑。自己男人死了她还笑，这是什么世界观？因为王大义动不动就爱把"世界观"这个词挂在嘴上，人们在背后就叫他"世界观"。这种场合不是能够让人发笑的场合，但许锁凤就那么一直笑，一直笑，许锁凤的笑声很可怕，她用笑声把自己的眼泪给带了出来，她笑着笑着泪流满面。她一直把自己给笑得浑身发软，她站不起来了，瘫在了地上，瘫了。

老二摇着她，说："妈，你怎么了？我不能再没有你。"

好几个人过去帮着扶她也扶不起来。

亲戚们从老家赶过来打发王大义，兄弟和侄子，很多的人，人们哭，往死里哭，人们烧纸，烧的纸灰飘落像在下雪，但人们有什么办法呢，人是死了，人死如灯灭，到后来，人们还是把王大义给拉到城南的火葬场火化了。

王大义变成了一把灰，从火葬场的大烟囱里轻盈地飞上了天。人们这才想起要上房看看，这一看不打紧，才发现房子的烟囱原来是给一块石板盖住了，盖得严严实实，所以才把王大义给闷死了。人们好像明白是谁干的，但人们好像又不明白，人们都觉得后脊梁骨那地方有点发凉，人心可真是埋得太深了。公安局来人了，但他们也没一点点收获，上房的人用两块布把脚上的鞋包住了，公安局的人没辙。

许锁凤一下子就老了，站不起来了，虽然眼皮的毛病好了，却坐上了轮椅，因为和儿媳妇和不来，她又住到了那间有炕的大房子里，王大义就是在这间屋子里被烟闷死的。半夜醒来，她会躺在炕上冲着房顶突然大声喊，她怕有人再上去把上边给盖住。所以，人们总是能听到她晚上发出的怪叫，尤其是在后半夜，她大声地叫，完全不顾邻居们的感受。她只想着会不会有人上了房。

"啊——

"啊啊——

"啊啊啊——

"啊，你给我下来——"

半夜听到这种声音真是怪吓人的。

"啊，你给我下来——

"啊，你给我下来——

"啊，你给我下来——"

现在只有一个人隔一两天就会到许锁凤那里去看看她，这人就是大妞。大妞的话还是不多，她几乎没话，她来了，也许给许锁凤带几棵菜、几枚鸡蛋，或者几个西红柿，然后就静静地坐在那里，两只手平放在两条腿上，手心向上，平放着，一动不动。

"大妞大妞，外边雨停了没？"许锁凤问大妞。

"唔。"大妞唔了一声。

"大妞大妞，猪肉是不是又涨价了？"许锁凤问大妞。

"唔。"大妞又唔了一声。

这天，大妞又来了，不是她一个人，她还带着一个人，这对大妞来说是很少见的事。她带着那个人从外边进来，也是个女的，个子也很高。许锁凤坐在屋里，因为大妞她们是从外边进来，光线从她们身后过来，许锁凤一时看不清这人是谁，许锁凤在家里没事坐着的时候或到门口晒太阳的时候总是背朝着家门，她坐着没事总会织点什么，毛袜子、毛手套，或者是毛衣，织好了，拆了，再织，织好了，拆掉，再织，她是在打发时间。她坐在轮椅上，一定是脸朝外，她认为这样就不会有人袭击到她。自从王大义去世后，她的世界观变了，她不再相信任何人，胆子也变小了，小到时时刻刻都会觉得有人想害她。

"我的世界观变喽，我的世界观变喽。"许锁凤对大妞说。

大妞不懂什么叫世界观，她看着许姨。

大妞带着那个女的进来了，为了让许锁凤看清一点，她让那个女的侧身站在光线里，许锁凤这下看清了，许锁凤猛地"呀"了一声，拍了一下巴掌。她明白大妞带来的人是谁了。

"是不是四妞？"许锁凤说。

来人果真是四妞，那个被老张女人抱着跳下楼没摔死的四妞。她先是被给到了大妞她们家的对面那家人，后来被那家人带回了老家咸阳。

四妞从咸阳回来了，她说什么也要回来看看。

许锁凤一眼就认出是四妞，来人正是四妞，她的养父母从小就没瞒着她，在她懂事的时候就把一切都告诉了她。她的养父史红兵是老张的战友，他们十六岁一起当兵，三十五岁那年又一起复员。史红兵有四个孩子，两男两女，生活也相当困难，但老张这边一出事他就把四妞抱了过去，家里有什么好吃的先给她，家里有什么好的也先给她。老张的战友史红兵到现在还让四妞姓张，他给她取了个意味深长的名字，叫"张不忘"。这个名字不像是个女孩的名字，但史红兵就是给她起了这么个名字。上学的时候，老师登记名字的时候还停顿了一下，老师问老张的战友："这个名字虽然特殊，但是不是可以改一下？"

"不改。"

老张的战友把四妞名字的来由跟老师讲了，直讲得那位女老师泪流满面。

"我从来没这么难过过。"那女老师把四妞抱在了怀里。

"命好大的孩子。"那女老师把四妞抱得很紧。

四妞现在已经结了婚,生了孩子,男人长得很周正,个子也不低,在义乌搞小商品,日子过得很不错。但她就是想回来看看,好在老房子还没拆掉,她回到了她出生的房子,大妞带着她站在了自己家的那个阳台上,四妞对此当然是没有任何记忆,但她已经哭到站不起来,只好蹲下来,蹲不住了,又一屁股坐在了阳台上,阳台上现在堆满了一包一包的垃圾,已经快要没有可站的地方。风吹着,吹着塞在蛇皮袋子里的一大块塑料布,"哗啦啦、哗啦啦、哗啦啦、哗啦啦"。

四妞就那么坐在阳台上,看着下边这座像是冒着蓝烟的城市,这座小城太干燥了,天热的时候如果碰上一连几天不下雨,地上就像是在冒蓝烟,贴近地面的一切都像是在蓝烟中摇晃,这就让周围的一切都显得不那么太真实,但它又确确实实存在着。

"妈——"

四妞忽然开口大喊一声妈。

四妞想喊,她忍不住就喊了出来,喊完妈,她扒着阳台的水泥栏杆慢慢又站了起来,她泪眼模糊地从上边看下去,下边那条小街此刻有很多人,在买东西,在说话,在指手画脚,什么地方忽然"噼噼啪啪"地放起鞭炮来,一股蓝烟腾起来。为什么放鞭炮?不知道。这座小城有许多的不可知,有许多欢乐,还有许多不欢乐,有人在生,有人在死。

然后,大妞就把四妞带到了许锁凤那里。

"晚上就在我这里吃饭。"

许锁凤兴奋起来,东北女人,虽然老了,但一旦兴奋起来还火光闪闪,她说她这里还有鲅鱼干。

"咱们吃鲅鱼干炖猪肉。"

大妞这时发现自己的一根辫子开了,她把它又重新编了编。

四妞说:"姐,谁现在还梳辫子。"

大妞说:"我要不梳辫子,小萨回来认不出我怎么办?"

"梳吧梳吧,我看就挺好。"许锁凤忙说。

大妞索性把另一根辫子也打散重新梳了起来。

许锁凤兴奋了起来,她很长时间没有兴奋过了,日子又像是一下子倒退了回去,她要自己做饭给张家两姊妹吃,她早已习惯自己做自己吃了。她把一个小案板放在腿上,切肉,切鲅鱼干,现在她使的是煤气罐,她那个老二,给她接了一根水管,这样一来她就方便多了。老二的日子现在一个人过得很好,他在游泳馆对面开了一个小店专门卖游泳裤和救生圈什么的,还卖些钓鱼用的东西,老二还经常过来看她。但这个老二就是不结婚,许锁凤也不再说什么。

"自己开心就行。"许锁凤说。这话好像不是她这个岁数的老太太说的,但她确实是这么想的。

"你是不是跟那小子好了?"许锁凤问老二。

老二和一个名叫刘学新的小伙子关系很好,两个人总是形影不离。

许锁凤对老二又说一句:"你的世界观怎么是这个样子?现在真是一人一个世界观。"

老二忍不住笑了起来,现在谁还提"世界观"这三个字,没人再说这个词了。老二最近去发廊搞了一个锡纸烫,人一下子像是年轻了二十多岁。

"我年轻不年轻?"老二对他妈许锁凤说。

"年轻,你看上去比你侄子都年轻。"

许锁凤笑得很开心,开心极了,她拿出一双自己织的毛手套,让他交给刘学新那小子。

许锁凤现在不再对老二说娶媳妇的事,她觉得这个世界你必须认,它变成了什么样你也必须认,你既然不能从这个世界上跳出去去别的什么地方你就得认,如果王大义活着他也必须认,这个世界变得太快了。前不久有人闹事,因为电表闹事,不少人去了供电局,因为电表走得太快了,人们找了一块原先的老电表对比了一下,家里就那些电器,电冰箱电饭煲电灯什么的,原先的老电表挂在那里一个月走二十个字,现在的电表却一下子走出三十五个字来,供电局就是不给人们回复,而警察却赶来了,命令人们必须马上散开,不散开不行,没有什么商量。电表的事根本就没解决。

"时代不同了电表能一样吗?"

这就是后来供电局给人们的答复,人们都愣住了,真不要脸!谁都对答不上来了,是啊,这个时代确实跟以前的那些个时代不一样了,简直是一个时代一个样,人们不知道该怎么说了,面对变化太快的世界人们只能哑口无言。要想好好生活,你最好别说话。

大妞和她妹妹四妞在许姨许锁凤现在的家里吃了一顿晚饭,她们说起了许多老街坊的事,不少人都不在了,老吕家的两口子都死了,那个胡锦秀,就是那个黄脸婆朱姨,她倒还活着。

"她什么玩意儿!"

说起朱姨,许锁凤还是满肚子的气:"你王叔的死就跟她分不开。"但怎么分不开,许锁凤没往下说。

"你妈的死,能跟她分得开吗?你妈的死也跟她分不开!"许锁凤忽然又说起往事,"劝人有那么劝的吗?那叫坏心眼,那叫不怀好意,那叫火上浇油!你王叔打她还是轻的,你王叔就是这一点好,一辈子眼里揉不得沙子。"

关于过去的事,四妞当然一点都不会知道。她看看许姨,再看看她姐,别说什么往事如烟,在四妞这里什么都不存在。

许锁凤忽然拍着巴掌又"哈哈哈哈"大笑了起来。这个东北女人,就是活到一百岁也许还会像个孩子。她想起一件事来,说是事也不对,是一句话,一句王大义活着的时候经常说的话。王大义除了工作能做好,家里的零碎事他从来都做不好,总是让许锁凤埋怨,许锁凤总说王大义笨,王大义总是回她这么一句:"我笨,我笨能把你搞到手吗?"不知为什么,许锁凤当年特别爱听王大义说这句话,每次他这么说她都很开心。

轮椅上的许锁凤一边笑得哈哈的,一边拍着手,轮椅上的毛线球滚地上去了,四妞忙把它捡起来。

"我和你王叔可是头婚,我们可不像那个姓朱的。不对,她不姓朱,她姓什么来着?"许锁凤想不起来了,"就你们都叫朱姨的,现在骚到全城都出了名了。"

许锁凤是在说朱姨,她的名字叫胡锦秀。

朱姨的性格现在也有了很大的变化,人们都说她的性格变得越来越外向了。朱姨现在热衷于跳广场舞。原先的广场在西门外那地方,靠近展览馆。展览馆的样子就像是小型的北京人民大会堂,后来重修城墙还把它整体移了一下,那么大个"工"字形建筑要整体挪移让许多人都觉得不可思议,但确确实实是整体挪移了，从原来的地方向北挪移了几百米。城墙重新修复后广场就不复存在了，市里在城墙的下边又开辟了许多个广场，人们可以去那里跳舞、舞剑、放风筝。朱姨现在天天都去跳舞，自从老朱去世后朱姨像是换了一个人，人们才忽然觉得朱姨是一个这么好玩的人，她是一下子就变了过来，没有过渡，一下子就变过来了。以前人们都不会觉得她是个有说有笑的人。而现在，她居然，怎么说呢，她居然成了广场舞的主角，她从不和别人跳"一二、一二、一二一二、一二三、一二三、一二三一二三"这种集体健身舞，她从不跳这种，而是，怎么说呢，她居然戴了一副黄边眼镜，抹了口红，穿了一条花裙子，别人跳舞，像她这个岁数，只是腿动和胳膊动的事，而她是眉也动眼也动，是用眉动眼动眉飞色舞来配合她的胳膊和腿。她跳舞，可以说是独自跳，她有意把腿罗圈起来，飞快地过来，猛地一转身，一个媚眼飞过来，又飞快地过去，在那边又猛地再一转身，又一个媚眼飞过来，这么一圈，那么再一圈，眼神这么一飞又那么一飞，让人们看得开心极了，说是风骚，是真风骚，是那种极为少见的老风骚。她那眼神和满脸的丑笑十分感染人，丑有时候也是一种美，当这丑是有意表演给人们看的时候它便有了美都无法与之相比的吸引力，民众的低俗就在这里，他们喜欢丑远远大于喜欢美。艺术这种事，是真正的艺术家在那里把艺术往高了推再往高了推，而到了民众这里却会被一下子再拉下来。如果说真正的艺术家是个战士的话，那么他们实实在在是和那些人民在战斗。朱姨在广场上的出现，因为她的舞姿，人们才猛然想起她年轻时候曾在部队的文工团里边待过，只不过是嫁了老朱之后，她把自己的一切都收拾了起来，她是老朱的第二个女人。朱姨对家里人说她这是在锻炼身体，对同龄人说她这是让自己的心保持年轻。她天天去广场，而每次去都是独自一个人，或者是今天选中一个老舞伴和他跳一会儿，明天再选中一个老舞伴再和这个跳一会儿。她的舞伴没有固定的，她和选中的男舞伴跳的时候一开始还搭搭胳膊搭搭手腕，但马上会脱离，她会在男舞伴身边不停地绕圈子，却不再跟他拉手接触。但接触一下又能做什么？他们都老了，即使有想法也无能为力。

"老不要脸的，没一点世界观。"许锁凤这样说。

"没有世界观的人你就不能跟她打交道。"许锁凤又说。

"你的世界观是啥样的？"许锁凤笑着，扳着大姐的胳膊问，"我看你啥世界观都没有，你这不也活得挺好吗？"

许锁凤笑了起来,她想让大姐也高兴一下。

许锁凤和四姐说话的时候大姐不吭一声,她好像听着她们在说,又好像没在听,一切一切都好像是离她很远,只有说到小萨,她才忽然有话,脑子才会变得清亮,因为门开着,可以看到外边。大姐突然站了起来朝屋外走去,她看到了两个饮料瓶扔在门口的地上,她出去把那两个饮料瓶捡了起来,又看看四周,看看还有什么东西可捡。大姐没见什么可捡的,她看见了乌鸦,从西边飞过来了,扑扇着大翅膀。

这两天乌鸦又多了,早晨是从东边往西边飞,到了晚上是从西边往东边飞。

六

天冷了,树叶都黄落了。

"不找事做不行,老了怎么办?"

那天许锁凤一边织着手里的毛活一边对大姐说:"你要找事做。"

大姐又要去做临时工了,这一次是要去蒙德拉小区做保洁。是李红旗的妹妹托房产所的刘兰花给找的,自从小萨丢了以后,大姐和李红旗的家人又有了来往,小萨上小学李红旗的家人给过两万块钱,这事大姐也总记着,有些事情,大姐总是忘不了,而有些事情大姐又总是记不住。李红旗一家人对大姐都很好,都快二十年了,李红旗的家人从来都没把大姐当过外人。

"嫂子。"李红旗妹妹这样叫大姐。

"不许她们这么叫!"老张活着的时候坚决不许她们这么叫。

"我心里滴血!"老张说。

蒙德拉小区在城南,过了第三医院再走一段路就到了,从大姐现在的家出来一直往南走就行。那是个新小区,从外表看很漂亮很上档次,但是从里边看就未必,二十多栋的高楼什么样的人都有,地下车库是两层,车库里平时没有人,去年贴在车库门上金红色的对联还兀自在那里自得其乐地闪烁,人多且热闹的时候金红二色固然好看,没人而冷清的时候尤其是在地下车库这个连个人影都没有的地方,这两种颜色就多少显得有点阴森。

想不到，现在当保洁还要考试，而且后边还跟着面试，这第一关大妞就过不了，李红旗妹妹托的那个刘兰花说："他妈的，想不到这还要考试，太离谱了。"直性子刘兰花开口就是"他妈的"。她对李红旗的妹妹说："正好，体育场他妈的缺个看自行车的，我跟我姑姑说了。"刘兰花的姑姑在体育场当主任。"不行就让她去体育场吧，那地方不用考试也不用学习，去体育场看车也没什么事，现在偷车的人也没有，谁现在还偷车啊。"

体育场也在那条路上，比去蒙德拉小区还近一半的路。那是个老体育场，紧挨着儿童公园，春天丁香花开的时候这地方都香得呛鼻子。现在的体育赛事很少，体育场里的房子都被出租做了小商店，这地方还喊出了一个口号，叫作"打造北方小义乌"。这可要比打什么比赛都要热闹得多。体育场是圆形的，好像在世界上也没有方形或三角形的体育场。

负责体育场工作的是个东北老女人，姓刘，刘兰花的姑姑当然姓刘，人们都叫她刘主任，是个副科级，但这地方她说了算。她嗓子总是哑哑的，每天都要背着手绕着她的体育场走一圈，一边走一边思考问题，思考怎么来钱，她一边走一边抽烟一边用手指不停地弹烟灰，一支抽完这一圈还没走完，她就会停下来再续一支，再一边抽一边思考问题一边不停地用手弹烟灰，她那个右手的食指和中指是焦黄的，她身上没别的味都是烟味。她的嗓子哑，按说应该少说话，但她还爱大声说话大声地训人。体育场的房子除了出租了一大半，现在还留了一小半做训练用，搞训练的时候那些被培训的学员要吃要住，所以这里还有一个小食堂。每天都有人会往这边送菜送肉送鱼什么的，这一切都她自己一个人负责，她是事无巨细一揽子全管到。她穿中山装，但不戴帽子。她还喜欢读书，起码她自己这么说。她的办公室，按说她这级别还什么办公室不办公室，但她给自己安排了一间，办公室里边一进门就是一张很大的办公桌，桌上交叉放着两面小国旗，她说做人不能忘国，没有祖国你就什么也不是。她读的书也都放在桌上，有好几本马克思的书。她说她中午没有睡觉的习惯，读读书就算是睡午觉。还有一些书是中央领导人的文选。她说在中国，文字最标准化的就是中央领导的这些个文选，"多读它们，你的一切水平都会得到很好的发展"。她对体育场的人们普遍地这么说。人们都知道她在体校当过近十年教员，教射箭，据说她的臂力过人，全是当年射箭练出来的。人的身体真的很奇怪，两条胳膊的肌肉练出来了，乳房却好像没了，刘主任那地方是一马平川,好像什么都没有,屁股后面呢,也一马平川没什么可看的线条,年轻运动员给她起了个外号"平板电脑"。她年年夏天都要留一次小平头,她说为了凉快,不认识她的人猛一看还不知道她是男是女。

快要入冬了,入冬前,埋在地下的暖气管排水系统都要重新检修一下,室内的暖气也要检查一下漏水不漏水。所以这几天体育场特别忙。

"你来一下。"

刘主任招招手把大姐叫到了她的办公室,她的办公室里边都是烟味。

刘主任也没让大姐坐,就让她那么站着。

刘主任对大姐说:"来我这儿就得好好干,你看我这地方就不是养闲人的地方,你今天先去熟悉熟悉,今天你就先跟他们抬抬下水管,在咱们这儿工作就是要哪儿忙就去哪儿。"

灰色的水泥管子有多粗?一个人可以在里边钻进钻出,六个人抬一根这样的水泥管子很吃力,这样的水泥管子一般都要用机械来处理,但刘主任把话指示了下来。

"能省就省,也没几根,咱们人抬吧。"

既然刘主任这么说了,人们也没别的可说,那就"吭哧、吭哧"抬吧。体育场的南边新挖了一道沟,这些水泥管子都要下到那道沟里去。

这是第一天,大姐跟人们一起抬水泥管。人们问什么话大姐都不回答,她不知道自己应该说些什么。

"这可好,来了一个哑巴。"人们说。

大姐从来都没干过这样的重活,而且,抬水泥管子的就她一个女的。刘主任还说:"她那么高的个子,应该是身大力不亏。"大姐从小到大,碰上高兴事是这样,没话,碰上不高兴的事她还是这样,没话。干这么重的活抬这么重的东西这在她还是第一次,她马上就要坚持不下去了,但她还是坚持了下来。

"比这苦的事多着呢。"

刘主任那天站在那里看人们抬管子,看他们一点一点挪动,居然这么说。但刘主任作为一个女人忽略了一个问题就是岁数问题,大姐已经不是吃那种苦的岁数,虽然她还梳着两条辫子。

一根大水泥管子抬下来,大姐浑身的衣服从里到外都湿透了。

那天下雪了,又粗又大的管子也埋完了,大姐又被喊去洗床单被单,过两天有个体育培训班要开班。这天刘主任一边抽烟一边背着手在体育场绕圈,体育场外边的风实在大,她不在外边绕了,她在里边绕,她一边绕圈一边抽她的烟,一边时不时地用手指弹烟灰,她看到大妞在洗被单,她招招手示意大妞过来。大妞没动。

她又招招手,示意大妞过来,她想跟她说几句话。大妞不知道她什么意思,还是没动,直直看着她,虽然直直看着她,但那目光又十分漠然,让人不好捉摸。

"唉,还真是个傻子。"刘主任说。

她对另外那几个人说:"她有点傻,大家都照顾着点她。"

就在昨天晚上,刘主任的侄女刘兰花来了一下,给她姑送了一大袋子土豆、一箱做好的柿子酱,还有一大袋子胡萝卜和一大袋子压好的粉条子,都是李红旗自己家大棚里种的,她把大妞的事都对她姑说了,包括那个李红旗。

刘主任在心里暗暗吃了一惊,老半天没说话,她忽然心软了,那水泥管子实在是太重太重了。

"你怎么不早说呢?"刘主任对她侄女说。

"他妈的,让她去厨房洗碗去吧,风吹不着雨淋不着,明天要降温了。"刘兰花对她姑说。

昨天晚上还发生了一件事,刘主任放在桌上的那个烟灰缸不知怎么就裂了,屋里晚上不像进过人,怎么回事?刘主任把这事对刘兰花说了,说这真是怪事,没人动它它自己就裂了。她一边抽烟一边说人这一辈子要经过许多怪事,许多怪事连科学家们都感到头疼。

"比如你奶奶吧,"刘主任对刘兰花又说起家里的旧事,"你奶奶去世那天中午,人们要做饭,你妈把锅放在灶上,倒了点油在里边,然后是往里边倒菜,再然后是下铲子,谁知道铲子一下去还没炒两下,锅上出现了一个大窟窿。"

这事家里人都知道,刘兰花觉得也没什么稀奇。

"老太太可厉害了,她肯定在那里说我叫你们吃,我叫你们吃,我让你们谁都吃不成。"刘主任说。

没过几天,大妞就腰疼得动不了了,站不直,弯着点腰还好受点,可能是抬水泥管子抬的,把什么地方拉伤了。她只好回家躺着。天很冷了,夜里的风很大,可以听见楼前边树上的乌鸦一晚上都在叫,那些乌鸦最近都落在楼前边的那两棵树上,黑压压一片。

天气好的时候大妞会慢慢慢慢挪下楼去捡破烂,捡一大袋子,然后弯着腰再把它们扛上楼去。一入冬,这边的拆迁就更没人提了,人们说到了明年春天再看吧,地都冻成个这样了还拆什么拆。大妞因为腰疼,再加上扛着捡来的垃圾,她上楼上得很是困难,后来只好爬。好在人们都搬走了,没人能够看到大妞拽着个大塑料袋子在楼梯上爬。

许锁凤来过一次,她坐着轮椅上不来,只能在下边朝上使劲喊:"天冷,大妞——又没暖气,大妞——你不想冻死就跟我走,大妞——跟我去睡热炕——"

因为这地方准备拆迁,暖气和电早就停了。又下了两场大雪,天就更冷了,没人知道大妞在那既没暖气又没电的屋子里怎么过。但人们都知道她肯定是还活着,因为人们从下边朝上看,可以看到上边的门和窗都用东西堵得严严实实。有时候那只黑猫会从屋子里溜出来,缩在阳台的边沿上晒太阳,鼻子毛上都是霜,想必它也很冷。

"看那猫,看那猫胡子,都白了。"下边有人说。

大妞的另外两个妹妹也会时不时地过来看看她们的姐姐,但她们也都很忙。大妹在饭店打工,小饭店,门脸不大,她负责洗碗。二妹在小区搞洁保,一个人包五栋楼,每天要从一楼一直清扫到二十五层,一栋楼两个单元,一共五栋楼,你想想会清扫到多会儿。说到照顾这个脑袋有问题的姐姐,她们都是有心无力,也只能抽空过来看看,说几句话,她们也想把大妞接走去她们家住住,天暖和了再回来,但不可能。

"我走了,小萨回来怎么办?"大妞首先就不愿去。

大妞正在用手剥捡来的栗子,一堆绿毛霉栗子,偶尔也能剥出一两个好的。她的手上都是冻伤。

"我可不走,小萨回来怎么办?"

小萨的小名叫张小萨,大名叫张永进,都是老张给起的。

"咱们姓张,咱们不跟他们姓李。"老张说。

大妞的爸爸老张在小萨被人贩子拐走之后很秘密地做了一件事,这件事老张的家人都没对外边的人说过,他们怕一旦说了老张的单位会停发老张的退休金,这件事就是老张其实已经出了家,他出家的地方就在这座小城的东街靠近东城墙的法华寺。那个寺院不算老但挺好,山门全是黄绿二色的琉璃,太阳一照,闪闪发光。

法华寺的长老曾经是老张手下的一个小班长,后来他复员去当会计,有一年账目却怎么也理不清,这让他烦透了。干脆,他出家了。他一出家,单位那边果然也没人再问了。

老张对现实生活完全绝望了,如果说他的外孙小萨还算是一根把他与尘世紧紧拴在一起的细绳,那么,小萨一被人贩子拐走这根细绳就彻底断掉了,老张掉了下去,掉到了什么地方? 这个问题只可意会不可言说。

老张没在庙里住过,他没来得及住,人就死掉了。

他出家的名字叫:妙永。法华寺的花名册上至今还有老张的名字,是这么写的:妙永,曹洞宗妙字辈,法号妙永。

七

快接近春节的时候这座小城又下了两场很大的瑞雪,天气就更冷了,雪大天寒,人们发现有不少乌鸦被冻死了,从树上"啪嗒、啪嗒"直接掉下来,或者它们就是被风雪直接从树上吹下来的,掉下来的乌鸦都全身缩作一团,屁股后边都糊着一堆屎。

人们都说,一开春这边的房子肯定要拆了,不拆就不像话了,看看这垃圾,看看这个乱。人们说这话什么意思呢? 其实是没一点的意思,也只是大雪天的没话找话。因为天气冷,下边街上来的人不太多了,深一脚浅一脚的也不好走。虽然下边街两边的小饭店、小菜铺、小五金店还有镶牙馆、小按摩店、理发店现在还都继续开着,但那些小老板手艺人也都打算要找个新地方了,春天一来,万象更新。

"去他妈的,一个人老待在这儿算什么。"人们都说。

人们掐算着日子,掐算离春节还有几天,五天、四天、三天、两天、一天。

春节前这一天,有人来敲大妞家的门了,很长时间都没人来敲门了,是谁呢? 许姨是上不来,她没那个本事了,朱姨也许会上来但又不太可能,还有大姐的两个妹妹,她们都想让大姐去她们家跟她们一起过年,但大姐跟她们说好了,谁家也不能去,她要等小萨回来。

春节前的晚上,也就是人人都喜欢的除夕,大姐听到了,听到有人从下边上来了,真是有人从下边上来了,脚步声"扑通扑通"地从下边上来了,然后,在门口停住了,停了片刻,外面的人开始敲门,敲门的声音在大姐听来很熟,一下两下三下,一下两下三下,一下两下三下。

"谁?"大姐问。

外面没人回答。

"谁?"大姐又问。

外面还是没人回答。

大姐不敢动了,她真是有点怕,她身上穿得很厚,她不想让自己冻感冒也不想让自己冻死,她要等着,她不敢待在那一南一北的屋里,那两间屋里的墙上都是银光闪闪的霜。她只能待在厨房里,而且,她还要把厨房的门关死,她在灶里生了点火,这样一来还有点暖和气。那只黑猫此刻就卧在灶台上,它也冷,这个冬天可真是太冷了,它把自己蜷起来,蜷起来,它的防寒措施就是只能把自己努力蜷起来,蜷到最小,这样就能把身体的温度最大程度地保存起来。

外边的人又在敲门了,敲敲,停停,敲敲,停停。

大姐慢慢站起来,慢慢摸索着去开门,她怕极了也渴望极了,门从里边打开了,屋里的冷气猛地和外边的冷气汇合在了一起,一时是屋里的人看不清屋外的人,屋外的人也看不清屋里的人。

大姐猛地像是听到了那熟悉得不能再熟悉的喊声:

"妈——

"妈——

"妈——"

怎么说呢,当白腾腾的寒气散开之后,大姐愣在了那里,还不如说她真是被吓坏了,站在她面前的不是她的儿子却是好几个人,是四姐的全家,他们开着车冒着大雪从外地赶来了。他们没别的,只是想跟可怜的大姐一起过一个年,不管吃什么,不管喝什么,不管屋里有多么冷,他们赶过来了,要跟可怜的大姐在一起过个年,他们都来了。

"大姐春节愉快！"四妞的男人说，好周正的一个男人。

"大姐春节愉快！"四妞说，眼里一时都是泪。

"大姨春节愉快！"四妞的孩子们也都说。

外面又下雪了，纷纷扬扬的雪，好大的雪，这雪下得可真好。

【作者简介】王祥夫，已出版长篇小说、中短篇小说集、散文随笔集五十余部。作品多次被《小说月报》《小说选刊》《中篇小说选刊》等选刊以及多种全国年度小说、散文随笔选本选载。曾获第三届鲁迅文学奖、《上海文学》奖、百花文学奖、赵树理文学奖、林斤澜短篇小说杰出作家奖、《中篇小说选刊》全国优秀中篇小说奖、高晓声文学奖、《雨花》文学奖等奖项。

建筑伦理学

◎ 盛可以

一　基础

　　归根结底,坏就坏在她有一颗糍粑心,麻烦都是自己揽过来的。过去几十年,万紫远在千里之外,操心着每一个家族成员的生活与命运,解决这样那样的问题,现如今又做着一件不自量力的大事:回乡建房。

　　动念时,她的账户余额只有几千块,在北方置业欠下的房贷与借款尚未还清,但母亲在电话中谈论坏天气,说到雨大屋漏,墙体开裂,天花板像尿了一摊。她的心里酸楚,想起小时候漏雨的房子,雨击打接漏器具时发出的贫穷声响仍在耳边回荡,她不假思索地说,要给母亲建新房,好像她钱多得没地方花。

　　现有的房子是二十世纪九十年代建的,算父亲大权在握时期的产物。长兄万福一家与父母各住一层。万紫曾出过一份资助,但没有属于她的房间。在外面漂着,就已经没人把她当作家庭成员了。这是女儿与儿子的区别。这是风俗。她不想承认这里头的冷漠。后来回乡已看不到自己的生活痕迹,床被烧了,书桌被劈了,连放着私人物品的抽屉也被撬开,厕所墙缝里塞着她的日记本残页——那时候卫生纸在乡村还没普及,甚至仍有人使用树叶或竹片——这些事,她也早就不计较了。

　　父亲去世后,万紫努力在母亲身上弥补"子欲养而亲不待"的遗憾,吃的、穿的、用的、娱乐的、保健的,把母亲当作孩子宠。每周和母亲通几次话,联系不上就胡思乱想,担心出了什么意外,有时候还弄得兴师动众。母亲的耳背越来越严重,每次通话,万紫总觉得声嘶力竭,后来有了网络视频,看见母亲皆好,万紫只是微笑着听,随便她絮叨什么。

母亲的话题不外乎天气、家禽,以及花花草草,她一向是知足常乐的,不知道从什么时候开始有了攀比心理。她在电话里说,村里头净是赚了钱回乡建别墅的,还仔细描述倒卖钢筋的兄弟在河边修建的联排别墅如何闪闪发光,做槟榔生意的孙老板花园里的环廊八角亭如何威武气派,连承包荒田的那个文盲都盖起了崭新的四合院。在母亲的叙述中,过去那个乏善可陈的乡村,似乎在这几年间已经改头换面,人们生活美好,民宅奢阔,唯独万家的旧楼房还在丢人现眼。

"我们的房子是村里面最差的了。"母亲是这么说的。

万紫是有家族荣辱感的人,这句话极大地刺激了她的虚荣心,加强了建房的想法。房子的功能是居住,是阖家欢乐,是让母亲骄傲、面上有光、家族有脸,一栋漂亮的房子还能告白世人:"我们万家,也是出了能人的。"

退路是不必想了的。建筑成本低不了,粗略预算,即便是厚着脸皮延期偿还朋友的债务,强行算上未来新书版税,用点网络小额贷款,仍有一个不小的资金缺口。打开手机银行,没有意外,账面仍然是一个营养不良的数字,最美的梦想也养不肥它,只有醉酒才能让它从四位数变成八位数。恍惚间,数字和小数点摆臀扭腰,疯疯癫癫地跳起了街舞,活像几个不务正业的穷小子。真能人圈养的数字都是会自我繁殖的,细胞裂变似的繁殖,自己不过是一个被虚荣心吹起来的"能人",失败感击中了万紫。

她是四兄妹中排行最小的,上面有两个哥哥、一个姐姐,都是善良愚直之人。大哥万福和姐姐万红经济条件并不宽裕,读书少,受教育程度低,在城里打短工,当保姆,努力活着,尽所能养家糊口。只有二哥万寿上了大学,结婚生子,工作稳定,可惜人生无常,几年前病魔掳走了他,父亲过于悲伤,紧跟着走了,母亲一个人固执地独居乡下,万紫主动承担了赡养母亲的义务。

万紫个人短暂的婚姻没留下什么,原生家庭始终是她感情的唯一寄托。亲情是一座富矿,同时也是光秃秃的经济荒山,她从没想过去那里挖点什么,但这次开始考虑这种可能性。因为万福的儿女早几年就毕业参加了工作,家中经济条件有所改善,再加上宅基地与旧屋是他们与母亲两家共有,新的建筑将来也是他们的,这时候出点力,担点责任,恐怕也不算过分。

万紫决定与内当家大嫂子阿桂谈谈。

二 结构

阿桂个子很小,蘑菇头,天生苦面相,但是性格乐观随和,年轻时也蹦蹦跳跳。她是那种获得别人旧物便欢喜满足的人,身上穿着东家不要的衣服,家里堆满二手破烂物,总觉得什么都有用得着的时候。论活着的卖力程度,那是没人可比的。多少年给别人煮饭扫地带孩子,用粗糙结茧的双手将儿女培养成人,好歹读了些书,入了社会自食其力。

阿桂比万紫大八九岁,嫁过来之前,经常带万紫出去玩,有时也给她买件衣服,赢得了万紫的好感,建立了友情。阿桂总是笑嘻嘻的,心境豁达,什么都不往心里去,她吃苦耐劳的品德也是大家认可的。人们总拿她与万寿的妻子阿桃比较,同样是做儿媳妇,阿桃的命可是好了一大截,她只管涂脂抹粉,天真俗艳,两条纤细的鸟腿以及芭蕾舞裙般的超短裙,轻快地蹦来蹦去,回来连碗都没洗过一回。

人们说阿桂是万家的福气。万紫在城里有套大房子,平时空着,回来时就召集全家人在这里吃住团聚,总是阿桂买菜做饭,她从不抱怨。那时的贫穷并不影响大家庭延续融洽欢乐的气氛,没有利益冲突,没有口角,一切都是简单的。虽说后来在晚辈教育问题上与阿桂产生龃龉,但从不伤及和睦。万紫孤身一人,所有的爱只能倾注给原生家庭,通过晚辈的事,她才慢慢意识到家庭结构已经变化,原生家庭早已不存在了,他们专注于各自的小家庭,对她的情感比重,和她对他们的情感比重是完全不相等的,她成了他们的一个远亲。

阿桂已经知道建房的事。母亲迫不及待地放飞了万家要建房的重大消息,在村子里引起了不小的轰动。人们是疑惑的。万家自从相继折损了老将父亲与重将万寿,家族元气大伤,只剩下散兵游勇、残兵弱将,何以能完成建房大业?万家最小的女儿出去几十年了,她靠什么赚了那么多钱?一个在大城市里工作的女人家,为什么要回这乡里造房子?她打算回来养老?乡人疑虑重重地关心着后续进展,暗地里打探更多的真相,也有人不屑一顾,等着看一声空响炮之后的笑话。

　　"怎么要我们出钱呢？"阿桂原以为坐等新房子崛起就行,接起电话时语气是高兴的,听到要她出钱时身上一冷,脸就垮了下来。这太意外了,这是破天荒的,万紫对所有家人一贯慷慨大方,过去那么多年,连拔他们一根寒毛的情况都没有过。阿桂毫不掩饰心中的不满:"你明明知道我们没能力。"

　　阿桂的态度变化让万紫吃了一惊。过去这些年,在她面前,阿桂从来不会使用这种直截了当的语气,更未说过任何拂逆的话。她的表现一向是温驯的,虽不至于俯首帖耳,但也是言听计从的。这意味着她承认万紫在家族中的地位与影响,承认万紫的眼界见识,也承认她有恩于她。比如阿桂重病,没钱住院,是万紫主动送钱救了她的命;比如为她家争取了一套廉租房,让他们一家四口得以在城里安家;比如多次替她的儿女找工作;比如赞助他们出去旅游等等,更别说柴米油盐,以及日常生活中的种种关照。有一回,阿桂说她发现了节约卫生巾的办法,就是在上面垫一沓卫生卷纸,这自鸣得意的生活智慧让万紫感到难过,她立刻上网买了几大箱卫生巾寄给她,那是阿桂直到绝经也用不完的。万紫就是这么一个人,任何东西从来不需要他们开口,只要她耳朵听到的、眼睛看到的、心里想到的,她的糍粑心绝不会错过任何一次同情。

　　但是,那都是历史。阿桂现在有了自己的主见,她强调的"你明明知道我们没能力"这句话里带有不易察觉的一丝挑衅与嘲讽,接下来又表现出一种卑微与自怜:"凭我们的条件,建房子这样的事,是想都不敢想的。"

　　阿桂的语气让万紫感到不适,她听得出阿桂在女儿万莉家,背景有给局长当司机的女婿的声音,他们住在万紫过去的房子里,早些时候因为在北方购房,亲情价卖给了万莉,没想到她闪电式相亲怀孕结婚,司机及他那边的家人也住了进来,自此改朝换代。阿桂最引以为豪的,是司机的铁饭碗,以及局长权力投射过来的影响与便利,她多少有点鸡犬升天的心理,人生终于在女儿这里打了个翻身仗,腰板直了些,说话时不觉显示出魄力与无畏,这也是人之常情。不过,万紫手中握有阿桂的历史,她有自己的想法,只要阿桂仍然属于万氏家族系统的成员,就必须臣服于万紫在家庭中的支柱地位,因为她没有私心,半生都在为家庭奉献,她理当获得尊重。

　　"坦白说,我也没这个能力,因此才和你商量。乡下的那个房子,连一个我的房间都没有,怎么现在建房,就只该我出钱了呢?你这是什么逻辑?"万紫忍着心中的不快,"你们是最应该出钱的,这也是一种象征。你们是家中长子长媳,爷爷和父亲的丧葬费,我一个人揽了,没让你们出一分钱,母亲是我在赡养,我的生活并不比你们轻松。你们有需要,任何时候可以找我这个妹妹,我有困难,就只能求老天开恩?"

"我知道你为家里付出很多……"阿桂不情愿地承认这一点,"我的苦日子什么时候是个头啊,眼看着万固二十六七岁了,工作不稳定,还没有买房子,我们也没退休金,他连相亲都不敢去相……"

"如果没有别的债务,我是可以扛下来的。"万紫不觉同情阿桂描述的现状,侄子万固的青春期在打游戏、借高利贷中挥霍完毕,怎么帮也是烂泥扶不上墙,现在作为一个"无理想、无目标、无热情"的三无人员,打点零工过日子。

万紫心里一闪念,想着自己咬牙全部承担算了。她安慰阿桂:"万固的命运,在他自己手里,你们养他到大学毕业,已经尽了父母的职责。"

"建房子的确是好事,问题是……我们真的没钱,到现在都欠账。"阿桂这辈子最擅长的是哭穷,打她嫁到万家开始说起,结婚分家亏账,丈夫身体不好,养鸡发了瘟,养猪猪病死,债越积越多,早就想进城打工,婆婆却不肯帮忙带孩子,耽误了赚钱机会,后来总算进了城,挣的也只够崽女读书,刚还清陈年旧账,儿子却借了几万高利贷,自己买社保被骗掉几万元,村里的红白喜事一件接一件,多少年来真的没存得住一分钱……

"你就这么去算吧,出资十五万元,收获一套价值八十万元,或者一百万元的房子,稳赚不亏的投资是不是值得努力?"万紫提供了一个新的思维角度,也算是向阿桂交底。

"万福他倒是很想建新房的,"阿桂似乎有所动摇,她那么精明,当然知道无本生利是最好的,"你知道你大哥那个人,面子浅,从来都不肯去找他那些发迹的同学借钱,我一个女人家,到哪里找这么多钱给你?"

"不是给我,"万紫纠正她,"我不会要你一分钱。是给你们自己建房子。"

"莉莉出嫁,我还找她舅舅借了几万元置嫁妆……别的姑娘出嫁,娘家都是几十万几十万地给,我们没能力,觉得真的对不起莉莉……"阿桂竟然哽咽起来,不久便啜泣了,空气穿越稀疏的牙缝发出尖锐的呼啸,"眼下就要做外婆了,不拿出像样的东西来,只怕连莉莉都会被婆家瞧不起了……"

阿桂这番话没有获得预期的效果，反倒证明了她愿意为儿女砸锅卖铁，对婆婆却一毛不拔的事实。

　　"安顿母亲是大家的责任，你们一家四口都在工作，也请体谅一下我。"万紫不留余地。

　　"你知道我不爱撒谎，十五万元是真的拿不出来，就算我厚起脸皮又去向亲戚开口借，顶多凑个八九万。"阿桂说道。

　　"要不这样，我就给母亲建座小一点的房子，用她的宅基地面积，不占你们的，我也轻松一点，不用背负那么多债务。"万紫不喜欢阿桂的讨价还价。

　　"你知道，万福他这个人固执，我再和他商量商量。他一个男人家，在这种时候是应该站出来有所担当了。"丈夫儿女都是阿桂的牌，她想打哪张就打哪张，如果都出完了还没赢，就会自找台阶下，"我们会尽力去凑，什么都不比安顿好母亲重要。你放心，我说话算数。"

三　施工图

　　资金落实，工程启动，惶恐、担忧、债务重压，各种滋味倾巢而出，万紫彻底卷进了焦虑的旋涡，每夜身体在黑暗中翻来覆去，伸手却无可以攀缘的东西。鲁莽，悬崖边，精神崩溃，责任碾压，漏雨的声音，腰身不再挺拔的母亲，苦难，银行还款的短信。一根无形的鞭子，抽打着她。黑夜的浓郁聚集在胸口，空气黏稠，呼吸不畅。理论上的资金，手画的饼。弓已拉开，箭在弦上。她知道邻居们聚集在母亲家里，谈论与建房有关的事项，贡献经验的、提醒避开陷阱的、介绍施工队的、推荐材料厂家的、寻找工作机会的，人们以各种各样的方式参与其中。母亲已经成为核心，她满面喜悦，笑对各路人马。

　　希望、愁苦、心悸，思绪如群魔乱舞。

　　一只夜鸟在窗外反复叫响，它是在欢唱，还是哀鸣？

　　回想那些无眠的黑夜，万紫不知道自己是怎么熬过去的。贸然靠近建筑这头庞然大物，一个人瞎子摸象，从纷乱的绳团中找到线头，由一张规范的施工平面图纸开始，踏上建筑征途的第一步。网络搜寻过程，也近乎一项社会调查，她发现很多建筑设计施工的一站式服务，原来社会上早就有一股强劲的返乡潮，多年前进城谋生的人，今天纷纷带着财富返乡，重整荒芜的家园，应运而生的乡墅建筑产业早已如日中天。

她从眼花缭乱中挑选出理想中的建筑风格，买下施工图纸，根据建筑面积和使用需要，调整了户型设计，自己动手画新平面图，在乐趣中也释放了精神压力。房子的东头给母亲设计了套房，洗手间空间很大，淋浴室不装玻璃，避免母亲磕碰。必须给自己一个专用套间，回来不再有寄居感。在西墙加一个落地条形窗，通过这个窗户，可以看到荷塘、堤边的河流和船只。她很想留一间书房，但考虑到自己毕竟是一个外人，占据空间太多，阿桂会有想法。

村里的包工头，他们也许能建造出房屋的实用功能，但肯定无法达到这栋建筑的美学标准与灵动神韵。她认为得找省城经验丰富的工程队。网上搜索"农村建房"，满屏眼花缭乱的结论，页面不断弹出客服窗口。在这场凌乱的信息战中，她打了无数电话，扫了很多二维码，穿过了宣传、广告、情色诱惑等不实信息的枪林弹雨，总算筛选出五个感觉靠谱的施工队，将建筑图纸发送过去，请他们预算报价。

作为一个建筑文盲，在洽谈过程中，她被迫了解了很多专业知识，什么桩基础、条形基础、伐板基础、箱形基础、独立基础，什么框架结构、混凝土结构，什么地质用什么基础，什么结构有什么性能，因为不同的基础与框架，造价差距很大。还有屋顶结构，现浇混凝土坡屋顶，因具有造型美观及隔热功能，与普通屋顶相比，价格是翻倍的。

几个施工队发过来的报价大致相近。预算表、材料清单像天书一样，型号、规格、数量、价格，密密麻麻的数据像一群蚂蚁在心窝里爬动，她勉强看了一阵，感觉是一个人在无边的大海里徒劳挣扎，有种绝望感。她想闭着眼睛谈个一口价，苦于没有还价依据，又不可能去市场调查，更何况计算材料数量比例，不是一下就可以学会的，要把这些事全部弄透，整个生活必然会被拖下泥沼。

说来也是运气，这时候，有一个报价的工程师，出于某种莫名的好感，愿意在专业方面提供帮助。他坦言自己是做建筑设计的，接了工程，通常会和施工方合作，他不打算在中间赚她一道，推荐她直接和施工方沟通。他教她工程预算砍价通常有百分之二十的空间，告诉她需要避开的坑、付款方式、哪些常用的建材品牌，还有合同注意事项，比如明确工序、竣工期限、罚款制度、在预算清单里一定要注明建材品牌等等。

被推荐的公司叫"新乡墅",施工许可等证件齐全,网页做得规范,是干正经事的样子。荣总经理在照片中西装革履、面相厚道,看上去诚实可靠。实际交谈中,荣总的确表现了值得信赖的一面,谈吐、修养、专业知识,都不像江湖骗子。万紫和他交谈愉快,沟通顺利,这也预示着良好的合作前景。接下来修订施工设计平面图,确定工程清单,在造价问题上反复进行心理拉锯战,总算度过了这段漫长的泥泞跋涉,像个真正的生意人一样完成了建筑合同。荣总将工程部负责人王龙翔总经理拉进群里,由他对接签约及具体施工的事。

四　剖面

作为兄妹,万紫与大哥万福一直是两个平行世界的人,一辈子没说过几句话,因为建房子需要有人监工,才有了真正的接触与合作。万福长她十二岁,中学时寄宿,十七八岁参加工作,二十岁蒙冤在监狱困了几年,兄妹俩实际生活相处的时间很短,主要集中在万福出狱之后、万紫远行之前的间隙,没有从小在成长中建立情感,关系一直是生分与客气的。

万福是一个腼腆的老实人,说话少,手脚勤快,害怕和人近距离接触,也从不和人发生口角与冲突。也许是不幸的遭遇导致性情变化,他总是有点惊弓之鸟的样子,胆小、警惕、惶恐,却又身手敏捷,仿佛随时准备逃命。家人也都很同情他的特殊遭遇,对他的态度格外温和,谁也不会对他说重话。

对于万福的命运与性格,万紫一直深怀同情与理解。

万福在建筑工地干过,懂得一些工程的事。他兴致很高,拿到施工图纸之后,日夜研究,弄懂图纸,以便好好监工,确保房子和效果图一样漂亮。他对工程提出了一些看法,比如:宅基地,过去是池塘填起来的,最好使用桩基础,防止下沉,且牢固抗震;屋顶呢,现在流行现浇混凝土的,有个闷顶层隔热防冻,而且绝对不会漏雨,杜绝过去那种修修补补的烦恼。

使用桩基础和现浇坡屋顶,要增加十几万元的预算。这一层万福是不会考虑的,因为造价多少不是他的事。万紫的心里产生了一点寒意。万福是知道她的经济状况的。旧屋并没有使用桩基,二层楼的房子,几十年也没有出现下沉的现象,在预算紧张的情况下,桩基可以不打,能不花的钱,可以不花。他不能什么都选最好的做。

为了避免留下任何遗憾，万紫心想，反正已经被压弯了腰，再添一块砖头，也不至于要了自己的命。她没有反对花这笔钱，一是延续着过去对兄长的包容与尊重，二是害怕房子出现任何状况，三是她的确想让家里所有人都开心。小的时候，她总是幻想着突然冒出一位有钱的亲戚，帮助解决这样那样的问题，现在的她，就是在扮演这样一位有钱亲戚的角色，也不管家里人是不是有同样的幻想。事实上，自从有经济能力开始，她便主动充当了家里的救世主，她总觉得过去那个小女孩还在原生家庭受苦，还在盼着奇迹，救他们，就是救她自己。

正式动工之前，需要给母亲找一个过渡居住的地方，村里不少只有春节才会有人填满的空房子，有干净舒适的，主人也很热情，母亲考虑再三，选择住在家边上一所废弃的破房子里。那里面家徒四壁，没有厕所，没有浴室，没有厨房，只有几盏孤零零的灯泡悬在屋中，照着灰蒙蒙的红砖墙，塑料糊住的窗户到处是破洞，两扇大门歪歪扭扭不肯闭合。但母亲有她的古怪与固执："以前不就是这么过来的吗？"在她看来，这点委屈不算什么，住破房子更自在，不欠谁的，也不需要应酬屋子的主人。一想到春节还得和别人挤在一起，她就浑身不舒服。她还说破房子离家近，坐在屋门口可以看新房进展，方便给工人烧茶送水。大家只好修修补补收拾破房子，这费了一些时日，万紫出钱，万福出力，也给十二岁的黑狗在屋外用砖瓦搭了个窝。做完这一切，就只等着拆旧建新了。

拆屋这天阳光灿烂，万里无云，笨重的挖机缓缓进场，轰轰烈烈地拉开了工程序幕。有几个村民围观。这是万紫从视频中看到的。第一次通过航拍机看到自己生长的地方，像通过上帝的视角看到全新的景象，河流仿佛一根飘带从房子边上拂过。旧楼房的屋顶灰蒙蒙的，屋身瘦瘦地立着，挖机猿臂一掼，偌大的房子像玩具模型，噼里啪啦哐当哗啦，没几下就被捣得粉碎，转眼就成一片废墟，转眼就剩坍塌后的静寂。浓雾腾空。

她禁不住热泪盈眶。

她没想到自己在拆屋时会哭，并且哭出声来，好像过去多年的记忆，也瞬间成了瓦砾。

在过去的二十多年里，它承载了很多亲人团聚的欢乐和几代同堂的温暖时光。她后悔忘记让他们在拆屋前拍几张旧屋的照片，忽然感到心里空了一块。眼睁睁看着消失的,不仅仅是一所旧房子,还让她想到建设的艰难与摧毁的容易。她想念曾经生活在这里但已离世的亲人,她想起了有乡绅风范的爷爷、始终在劳动的父亲、曾是家族主心骨的二哥,她的亲人那么少,死去的、活着的,弯着手指头就能数得过来。她还想起了旧屋的前身,童年记忆中到处漏雨的老屋,雨水击打接漏器具发出的声响,这时想起来却是那么的美妙动听。

虽然这个旧屋连她的一个房间都没有过,但是在它毁灭的那一刻,她发现自己是多么爱它。

也正是在这喜悦与泪水交集的时刻,她心中所有的压力与惶恐都消失了,因为她猛然顿悟到自己在做一件了不起的事,在开启家族的新时代,一个崭新的、明媚的未来,所有的亲人都将在这温暖的光环中变得光彩照人。

这么想着,她才发现侄辈们竟然没在现场。万固和万莉是在这旧屋里出生成长的,他们在这里生活了十几年,对旧屋理当有着更深的感情,有更多的记忆与不舍。她感到遗憾,甚至恼怒。也许他们心灵麻木,也许他们过于年轻,还不到感时伤怀的年纪,也许旧屋记忆正是他们要摆脱的,有什么必要特意回来观赏它的倒塌?

她反复看着拆屋的视频,想到不久后一栋崭新漂亮的建筑将在这片废墟上崛起,由她创造的家族最盛大的时刻就要到来,所有亲人都将沐浴在这片祥和与幸福之中,欣悦涌上心头,她也渐渐自豪起来。但没多久她接到两个电话,一个是坏消息,书稿没有通过选题,总编觉得格调灰暗,不合乎当下形势,希望有更正能量的作品。好消息是小说集没问题,价格不错,出版社同意预付。也许是过了焦虑期,心理上适应了重压,她已经不那么担心钱的事了,她有某种信念,一旦动工,房子就会像雨后春笋一节节长起来的。

母亲精神喜悦,说王总带了一箱坚果给她,他在现场指挥了一阵就离开了,赶去另一个快竣工工地。母亲还赞他能干,有年纪,讲话客客气气,懂得礼数,样子跟村里的农民一样,"一副黝黑子脸"。要等到正式开工以后,万紫才会知道王总和荣总其实是合作关系,王总的施工队财务独立,工程基本没荣总什么事。王总本来就是个农民,当过建筑工人,在工地时间久了,熟悉了工程项目,有了人脉后开始揽活,久而久之有了相对固定的工人,积累了一点口碑。事实上,乡村建房队基本都是这样,像王总这样头脑灵活、有点文化基础、好学肯干的,就会做点名堂出来。

找到了可靠的施工队,又有懂行的万福监工,万紫泡了杯花茶在电脑前坐下,心想终于可以继续做自己的事情了,刚敲击出几行字,万福的电话就来了。

"你得制止他们哩,"万福拉着一种事不关己的腔调,几乎是幸灾乐祸的,"这些人可不太守规矩,有用的碎砖石、混凝土块,都被他们运走了。"

"你不在现场?"万紫相当诧异。这点小事竟然需要两千公里以外的人来救火。

"我叫他们停下来,不要再运了,我说了碎石我们填地基、填池塘用得着,他们根本不听,连宅基地的老土都刨了一层,还在一车一车地往外运,喊都喊不停。"

"你是东家老板,他们是为你做工的,怎么会不听你指挥呢?还挖掉地基老土往外拖运?你就这样看着他们把宅基地挖成一口塘?"地基原本就要买土填高,这么一来,就要花更多冤枉钱了,万紫觉得心被刀子划似的痛,火也上来了,"运输车从你身上碾过去的吗?你为什么不直接打电话找王总?"

万福也焦躁地嚷了起来:"我跟他们说了不要挖了,他们不听我的!"

"你现在就站在车头前阻止他们。我马上给王总打电话。"

阿桂曾经抱怨,家里的大事小事,永远都是由她出面求助摆平,万福几乎不跟任何人正面交流,顶多在擦身而过时扔下一句话,别人回答的时候,他已走出老远。眼下情况紧急,万紫顾不上教万福如何处理现场问题,赶紧挂掉电话联系王总。意外的是,王总并不知情,他只叫了挖机,运输车不是他安排的,但他立刻通知挖机师傅配合,自己也从另一个工地赶到现场。万紫顿时明白,王总把拆屋的工程承包给了挖机师傅,而挖机师傅和卡车司机是熟人和伙伴,卡车运输是按趟收费的,一趟两百多元,为了让司机多跑几趟,多赚点钱,挖机就使劲地挖,有用的、没用的,统统装进运输车,在他们看来,建别墅的都是有钱人,钱来得容易,不会在乎这点事。

万紫乐观轻松的心情,就像刚捞起来的鱼没蹦跶一会儿就完了。下午四点多,王总发给她现场图片汇报进展,拆屋平地已经完工,地基前所未有的辽阔,这个一望无际的坑洼氤氲缥缈,比马路矮了一大截,不知道要花多少钱买土才能填回来,她气得眼泪在眼眶里转。本来每一项超出预算之外的开支,都在挑战她的承受极限,割她的肉,让她感到疼痛、恐惧、脆弱,没想到还会产生这种纯粹的、愚蠢的浪费,这是根本不应该发生的。她内心弥漫着深深的失望感,王总原来也不过是提篮子买卖,有些貌似老实的底层工人是狡猾市侩的,大哥万福竟然无能力应对现场问题……她预感自己即将陷入一个巨大的泥沼,卷入错综复杂的工程内部,被无尽地消耗。

五　空间

对姐姐万红的自甘堕落灰心失望时,万紫的感情重心在屈指可数的亲人中间转圈,渐渐落在已是婚嫁年龄的侄女万莉身上,给她买东买西,教她穿衣打扮,且将自己的房子以亲情价格卖给了她,想着回家时兄弟姐妹照样在这个房子里团聚,延续过往的传统。这之后万红忽然变得言语怪异,带着一股莫名的怨气,添了孙女也不报喜,却一个劲地在网上发女婴的图片与视频,向世界炫耀。这些都是阿桂转过来的,因为她也没有接到消息。万紫的思想活跃起来,心想万红明知道自己喜欢小孩,却偏偏藏起来,明显是对一个无家无后者的嘲笑与轻蔑。在这样的情况下,她没道理去涎着脸,央求着看一眼她漂亮的外甥孙女。这件事深深地刺中了她的心,她感觉受到了严重的冒犯,于是也假装不知情,就这样两姐妹长时间断了联络。

万红疏远家人之后,扭头去社会上交朋友,男男女女吃饭喝酒,似乎很快活。她的穿衣打扮也风格突变,净是些花里胡哨的奇装异服,肥大的裤裆垮到膝盖下,像个年轻的嘻哈族,还频繁在网上发视频搔首弄姿,唱歌跳舞。万紫被她的变化吓了一跳,她看得出那不是真的快乐,更像是受了什么刺激,做出这副人生很狂欢的样子。万红的视频都用了滤镜,那张脸年轻漂亮得不像她的,脸色煞白,眼角飞扬,嘴唇鲜红欲滴,她似乎确信自己就是视频中美若天仙的样子,忘了自己已经五十六岁。直到万红的第三任丈夫向阿桂喊冤叫屈寻求帮助,大家才知道,万红已经把他打出家门一个多月了。据说她自认为发现了第三任丈夫外遇的蛛丝马迹,将他的衣物统统打包扔在门外面,要他滚蛋。

第三任丈夫是一个长相狰狞、内里怯懦的男人,动不动就哭、下跪、自扇耳光,但这一次脸上还是被万红抓得稀烂,身上被踢得青红紫绿。他本以为像往常一样,不过三天风波就会平息,回到自己的家里,等着妻子消气,没想到却收到离婚的狠话，赶紧哭哭啼啼地搬救兵。

第三任承认也许在微信聊天过程中有过一点想入非非，但指天发誓绝没做对不起妻子的事。阿桂最痛恨的就是男人管不住自己的精神和肉体，吃着碗里的还看着锅里的，她毫不客气地批评他，作为一个条件一般的二婚男人，找到这等姿色的老婆，本来就应该好好珍惜现在的婚姻，任何非分之想都是不应该有的。第三任辩白自己的忠诚，也为自己在语言上的不检点，进行了诚恳的自我检讨，表示会管住自己，请求阿桂去劝万红，夫妻间十年风雨不容易，不要因为误会伤了感情，也求阿桂去请万紫出面，他说万红只听这个妹妹的话。

第三任说得没错，过去的确是这样。万红刚进城时，和阿桂关系不错，两人曾经一起找工作，互帮互助，结伴做过餐馆服务员之类的零工。但万红受万紫的帮助最多，她有事没事总打钱过来，万红现在的廉租房以及室内装修，都是万紫的功劳。早些年万红在城里漂泊的时候，有一年冬天，和男朋友分了手冲到街上，没地方安身，万紫就想到天寒地冻中，亲姐姐流落街头的情景，糌粑心备受煎熬，一刻也不能忍受，当天就从几千公里外的城市赶过来，冒着纷飞大雪给她租房子，购生活用品，一切安排妥当后才放心离开。

说起来，万红是握有一手好牌的，但被她自己打烂了，像她这等姿色的乡村姑娘，如果不自暴自弃，远不是这种境况。她有好的身体条件，个子高、皮肤白，算得上一方美人，只是性格刚烈，当作优点时，能得一句无用的赞美，作为缺点的时候，常常尖锐易折，对人生损多益少。一个普通的乡村少女，十八岁结婚生子，在一方狭小的池塘中，不断掀起惊涛骇浪，第一次婚姻持续了二十年，充满战争与暴力，离婚时不到四十岁，孩子已经成人。她并没有舔着伤口，拍掉灰尘，迈开脚步向新的人生前进，相反跌入新的混乱当中，为人行事令人费解。在城里毫无目的、风雨飘摇的生活中，她和一个退休多年的老头胡乱结了婚，老头的儿女反对父亲的婚事，认为外人是来瓜分父亲的财产，经常上门骚扰、辱骂，甚至对房子做出一些破坏性的行为。有一次矛盾升级，惊动了警察，也上了本地电视台的新闻。万红竟然接受了采访，配合着将一件并不光彩的事情广泛宣传，成了别人茶余饭后的谈资。

不多谈万红诸多不可思议的行为，略去那几个过渡的男人，她与第三任丈夫经历了海盗船、过山车般的情感动荡，好歹在尖叫声中安全着陆。第三任知道自己条件差，没有安全感，不让万红出去工作，宁愿把她惯成了一个懒惰没责任心的女人，天天活在牌桌上，而且染上了买码赌博的恶习。就这样一晃过了十年，其间赌债缠身，买码输了好几万元，逼得第三任不得不联系亲戚帮忙，夫妻俩一起去袜子厂打工，干了一年多，好歹还清了赌债。这时万红在广州当厨师的儿子报喜添丁，要她过去带孙子，万红火速前往，到人生地不熟的地方，就这样无意间戒掉了赌博。

"万紫恐怕不会管你们的事了，生了孙女都不告诉她，她可是生气得很。"过去他们吵闹时，阿桂劝过几回，后来也就习惯了，不再多管闲事，"清官难断家务事，这种问题还得你自己处理。"

这引发了第三任对万红儿子的不满和自己的委屈，像被枪声惊得满天乱飞的鸟，说他们夫妻感情本来很好，每次吵架都是因为这个儿子带来的矛盾，譬如钱的问题、带孩子的问题，这个儿子又不懂事，只晓得索取，有一分钱就被他哄掉了，还榨干了她的健康，她过生日，他却连电话都不打一个。万红从广州回来时，瘦了四十斤，脸上的肉被刀削掉了一样。

"我的老婆，我心疼啊，我买鸽子炖汤给她补身体，她反过来说我是做了亏心事讨好她。"

说到此处，第三任又是一阵深深的啜泣。

"有个事情，我还没跟你们讲，"他擤了一下鼻涕，仿佛是连同前面的那些是非恩怨一起甩到了空气中，"她是因为胸口疼回来的，我带她去做了 CT（电子计算机扫描断层），肺部有一个阴影。"

六　防潮

阿桂子宫里长过一个鸡蛋大的肉球，切掉子宫之后，意外地获得了神秘的能量，不再是过去那个总是心悸心慌的女人，变得既笃定又自信，她以一种漫不经心的方式，让所有人知道她的亲家公战友众多，有好几个在省城做官。女婿是个能说会道的人，尤其是饭桌上端杯喝酒时口吐莲花，很有功底，阿桂特别满意。她养儿育女的辛苦，今天总算得到了回报，走出了低迷的人生，见谁都有平起平坐的底气。虽说女婿本人抽烟喝酒打牌，牙齿黑黄浑身酒气，新婚时总在外面喝得醉醺醺的，身上还残留着不知来由的香水味，万莉每次哭诉,阿桂总说这是婚姻的磨合期,磨合磨合就好了。

阿桂抽空将万红的家庭矛盾与肺部的阴影统统告诉了万紫。经历过二哥万寿的发病与死亡,万紫知道急剧消瘦很可能是癌症的信号,更何况还有胸痛、肺部阴影这类明显的症状,她甚至能想到出现阴影的原因:暴躁的脾性、多少年呼吸棋牌室的二手烟、无法自我开解的极端情绪、对生活消极的态度……

"前几天跟她联系,我问她为什么添了孙女不告诉我,她说'不告诉你犯了什么法',我真是哭笑不得。原来她以为我把房子送给了莉莉,觉得自己是家里多余的了,我只和你们是一家人,合伙踩她。"万紫只顾顺着自己的情绪,说完才意识到不妥,因为这会点燃阿桂和万红的矛盾。

"她心胸太狭隘了,我们自己都顾不上呢,哪里踩得了她呀……"阿桂说道,"上次莉莉到广州办事,顺便带了些家乡特产,要她儿子来车站接,结果他们说没空,东西邮寄就行,何必人跑过来。"

"真没有人情味,我骂了她儿子一顿。"

"我跟你说,你骂侄儿侄女没事,我知道你是为他们好,可你别再说她儿子的不是了,她很不高兴。说真的,我们呢,是没什么能力,但是你这个妹妹做了那么多,对她还要怎样才算好啊?"阿桂貌似说的公道话,却有点火上浇油的味道,"唉,憋了这么大的闷气,那还不气出病来?"

阿桂的话让万紫陷入沉思,半晌没有回复阿桂的信息。如果万红真是气病的,那么自己就有责任反省,为什么让她生气,以及为什么丝毫没有意识到她在生气。在万红专注打牌买码的十年中,万紫的确减少了对她的关照,一方面因为对她失望,另一方面因为她有第三任照顾,对她不错,吃的穿的都随她喜欢。

"饶是她那么不近人情,我也还想着新房子给她留一间,以免将来她老了没地方住。"万紫的糍粑心涌起一阵阵酸楚,二哥病逝的过程历历在目,如果接着又失去一个姐姐,那老天对万家也太残忍了,她不敢想象真有那样的噩耗降临。

阿桂没有接话。

聊天在阿桂古怪的沉默中告一段落,直到第二天由万福在电话中续上。

"房子不建了。"万福当头一盆冷水泼下。

"不建房子？妈妈住哪里？"

"你给她在城里随便买一套。"

"买一套我倒是更省事,但是你明知道妈妈不愿去城里。"

"随便她住哪里……反正,我们不想建了。"

万福话一落音就挂了电话。

万紫知道主谋是阿桂,万福不过是个代言人。

"万福说房子不建了,到底是怎么回事？"电话打通,阿桂过了很久才接。

阿桂用"可能""大概"含糊了几句之后,硬生生地说道:"干脆挑明了吧,你大哥他是不想万红住在新房子里,她那边太麻烦了,大大小小的人牵扯不清。再说了,也合不来的。"

万紫闻言惊愕,不敢相信自己的耳朵,老实的大哥和豁达的嫂子,原来是一对这么自私无情的夫妻,仅仅因为怕万红住进来,就要停止建房,根本不在乎母亲住在哪里。万紫只不过是糍粑心,想到了长远之后可能遇到的问题,假定万红老无所依,把她拢进新屋来一起养老照应,她并没有跟万红说过这件事,万红也不一定愿意住进来,更何况离老年还有很长的时间,谁知道中间会发生什么变故？

聊到万红的肺部阴影时,阿桂感叹她的命运多舛,洒下了同情的泪;万福批评了万红不体贴妹妹的辛劳之后,转身就用万紫的信用卡买了一张一千块钱的油卡,因为那样就能得到一条卷纸的赠品。汽车是万紫的,万福只负责开,保险、油费、违章罚款,统统不用他管。

万紫对兄嫂的固有认知瞬间被颠覆了。

"你在外面打拼这么多年,为家里付出那么多,你看她一点都不知道心疼你,还生你的气,连孙女都要藏起来不给看,"阿桂开始了她旁敲侧击的话术,"她又爱说假话,没规没矩,住到一起,不晓得会搞得多复杂……"

万红是有很多毛病,但都是能够包容的,何况现在她肺部有个阴影,四兄妹已经只剩下仨,他们竟然在拆了旧屋的情况下,不同意建房,置八十岁的老母亲于不顾,更是令人寒心。

万紫已经听不清阿桂在说什么了,后悔像一条冰凉的蛇在胸腔爬行,冰凉中夹杂着阵阵灼痛。她的心里演绎着这样的逻辑推理:你们有两个妹妹,一个富,一个穷,富妹妹在帮你们建房,你们心安理得地接受她的资助,却不同意另一个穷妹妹,在未来可能出现的坏情况下分享这种好处。换位推断,假如建房的是有钱的妹妹万红,对于没钱的妹妹万紫,你们的态度会是一样。因为你们把妹妹分成有用的和没用的。

阿桂常说,人亲骨头香。原来香的是钱,经济决定了感情深浅。

仿佛看见了穷困潦倒的自己被势利的兄嫂赶出屋外,万紫浑身冰凉,在这个秋日的早晨打起了寒战。

建房子固然是为了母亲,最终受益的却是万福一家。向政府申请建房许可证时,母亲曾建议用她和万紫的名字合报,但万紫笑着否定,用了阿桂的名字。万紫的想法很简单,阿桂他们照看母亲,母亲晚年幸福,房子就是他们应得的回报。

万紫的心被戳了一个窟窿眼儿,所有的热情、欣喜、骄傲,纷纷从这个洞里飘漏下去,像下雪一样。她后悔没有早些醒悟,跳出原生家庭的心理框架。过去她和他们是一家人,现在她也认为他们是家人,但在他们心里,她早就只是一个亲戚。家人和亲戚不同,亲戚是由家人分裂出来的,家人却不是亲戚组合能成的。

"我同意你们的想法,新房子不会考虑万红。"不能眼看着那一片废墟成为笑柄,不能让母亲在破房子里吃苦受难,万紫决定抛开一切,继续建房。同时开始考虑缩减成本,改变装修预算,由高端货改为普通材料,放弃园林绿化,一切可做可不做的,都不做了,他们不值得她投入那么多。

七 放样

住破房子的母亲,形象一下子颓了不少,搬家时无序混乱,东西一堆堆存放在别人的杂物间,想穿的衣服找不到,鞋子也不知道塞在什么地方,索性懒得收拾,头发乱蓬蓬的,脸上脏兮兮的,活像一个无儿无女、孤寡凄清的老人,好在笑靥如花。看到母亲嘴角贮满了喜悦的小酒窝,万紫心酸又欣慰,真想抱一抱母亲,开一个玩笑,问她为什么没把漂亮的酒窝生给她。

只能尽量让母亲在破房子里住得方便舒适一些,万紫网购了很多东西,泡脚按摩盆、便捷马桶、煤气灶、烧柴烤火的炉灶、户外太阳能灯,不断去镇里取件的万福抱怨起来,叫她停止买买买,屋子里都放不下了。

破房子的墙砖薄薄的,仿佛一拳头就能捶穿,这个寄居的冬天无疑会格外寒冷,万紫担心母亲的风湿病,变形的手、僵硬的膝关节到冬天就疼得睡不着觉,她比任何人都急于竣工,一再跟王总强调母亲的处境,要他马不停蹄,保证按照合同要求在三个月内完工,逾期的话,她会毫不客气地按合同罚款。

　　动土之时,按照当地习俗,要杀叫鸡公,放鞭炮,敬拜土地公,请求赐福,保佑施工过程平安顺利。万紫把所有的费用转给了阿桂,嘱咐她提前一天买好叫鸡公,确保不误开工良辰。有些事不论你信不信,冥冥中隐含着无法解释的预兆。阿桂提前一天买好叫鸡公送下乡来,这只叫鸡公油亮水光,精神抖擞,象征着吉祥与兴旺,孰料夜里头被黑狗巴顿咬死了。母亲大清早发现鸡的尸体,连忙打电话通知阿桂,一定要赶在动土吉时之前,将新的叫鸡公送过来。但是叫鸡公并不好找,阿桂转了几个菜市场,终于看到一只毛色暗淡、与世无争的,没有挑三拣四的余地,过了一个档口,发现一只稍好的,索性也买了下来。

　　“祝贺万府开工大吉”的横幅拉扯在两棵树之间。母亲和工人们竖起了大拇指,对着镜头笑容灿烂。王总还发来一组航拍图,全方位展示了动土的盛况。漫天的鞭炮烟雾、满地的鞭炮红屑,围观的乡邻,群鸟飞过秋高气爽的天空,一派大兴土木的热闹气象。这一天只放了样,按照万紫的意思,前面地坪八米,后院五米,两侧各留四米,便于车子绕屋行驶。整个建筑盘踞在地基中央,白灰画的施工基础图清晰地展示了建筑的内部格局。

　　第二天上午万福来电话,说他们放错样了。万紫只觉得脑袋轰的一声炸了,拆屋时地基被挖空了,放样又放错,到底是施工马虎,还是监工窝囊?如果她在现场,这都是不可能发生的。她实在搞不懂施工方为什么会出现这么低级的失误,更不懂万福为什么连这么明显的问题都不能及时解决。

　　“怎么放错的,我不是提供了完整的数据吗?”

　　“我早上量了一下,整体后移了一米多。”

　　“昨天放样的时候,你没在现场跟着量尺?”

　　“我跟他们说了,他们坚持说没放错。”

　　“你只要提出复尺,不就一清二楚了吗?他们敢看着尺子说没搞错?放样返工是小事,但这不是一个好的兆头,预示着后面的麻烦与不顺。”

　　“那就按现在的样,不要返工了。”

"不行，后面有坟，退过去太近，屋檐都要搭到坟边了。"

万紫不明白，知道放错了样，为什么不提出复尺？为什么不找包工头，却要等到第二天打电话给几千公里以外的她？就好像他只是她安插在工地的间谍，只要他们完成一个工程项目，他就暗地里检查，搜集情报向她汇报。放样返工容易，万紫担心的是，到了水泥钢筋工程部分，很多项目几乎是不可能返工的，如果不及时解决问题，返工就会造成工期延误和经济损失，母亲要在破房子里多受一些罪。

也许问题就出在那三只叫鸡公上，那个混乱的开局。

王总接到万紫的消息，立刻赶到现场，重新量尺，亲自放样。三天后打桩队进场，在机器的轰鸣声中正式拉开建筑工程的序幕。

"你放心，我会把你的房子当个样板房来建，"王总打消万紫对工程的顾虑，"你的房子建好了，这本身就是一种宣传，活广告，比我们到处吆喝强多了。"

王总早就看到村里的商机，那些旧楼房都是改革开放与市场经济的产物。二十世纪九十年代的乡村有一股建造楼房的潮流，哪怕是弄一个空壳，屋里家徒四壁，也要建二层，不矮别人一头。这些屋子和万家的旧屋一样，都是村人自己在没有施工图纸的情况下建成的，风雨中坚持了二三十年，已经筋疲力尽，不少呈现危楼状态，有几户已经在走报建程序，寻找施工队了。总之，明里暗里的客户蠢蠢欲动，都在等待这栋建筑落成的样子。

打桩工人没穿统一的工作服，王总称不方便施工。万福拿一根长竹竿插进桩孔测量深度，发现有的桩孔没达到八米的深度，甚至只有四五米深，觉得工人不负责任，工人则认为他的检验方式苛刻，因为他们的利润基本上是靠偷工减料实现的，照万福这样的监工方式，他们在工程上做不了半点假，利益受到损害，带着不满的情绪，终于矛盾爆发，万福与他们发生了争吵，有两个工人甩手不干了，剩下的人无法完成桩基运转。

"这些施工的都是王总在天桥下临时叫的民工，施工毫无规矩，也不专业，现场弄得乱七八糟。工程主管是个小混混，建筑上的事一问三不知。明明混凝土质量不行，稀泥一样，我跟他说了好几次，他才换了大一点的卵石，增加了水泥的比重。做工也是三天打鱼，两天晒网，施工半个月了，连桩孔都没打完。"

万福用一种激烈的对抗保证了桩基的深度与质量，代价是停工。

母亲一看工地空荡荡的没人工作，打电话问万紫怎么回事，万紫觉得母亲应该问在现场监工的儿子，他肯定比一个远在几千公里以外的人更清楚事情的来龙去脉。

这节外生枝让万紫心烦意乱，她郑重要求王总整顿，抓紧时间继续施工。

连着下了一周雨，等太阳将泥地晒干，重新开工已经是半个月以后的事了。新的施工队伍面貌焕然一新，工人们穿着统一的蓝马甲，戴着蓝色安全帽，个个精神抖擞，两天打完剩下的桩基，接着挖沟砌基脚，各工种合作有序。现场材料堆放整齐，杂物清理得干干净净，一切井然有序。王总亲自在现场紧盯了四天，确保某些关键点准确无误，才离开去了另外的工地，由新的主管小马负责盯着。他是王总的外甥，据说在本市城市学院念过土木工程，有大楼盘的工作经验，不过小马很快就暴露了他对工程的一无所知。他身高接近两米，谦卑腼腆地略弓着腰背，脸动不动红扑扑的，青春疙瘩痘也会亮起来。

小马有些志不在此的散漫，性格随和、露怯，对工人不管束、不斥责，还经常搭把手干活，甚至听凭工人使唤。他人缘不错，工人们喜欢他，但对东家来说这不是好事。施工最忌主管懦弱，又没有专业知识，不但无法指导工作，也没有能力发现施工错误，发现了也无力纠错，慢慢地建筑的数据会随着工程的进展被不断修改，最后整个房屋的还原度会非常低，甚至出现不协调不对称的笑话。

母亲不懂这些，看到这支"作风优良"的施工队在工地上弄得叮当作响，热火朝天，觉得照这个速度下去，过年前就能建好搬家。母亲的乐观感染了万紫，她提醒母亲装修需要两个月，装完还得空置一段时间，释放甲醛，明年春暖花开的时候搬家正好。好心情没维持几天，母亲又打来电话，说又停工了，万福和工人发生了口角，两个泥工生气不来了。万紫心头一阵焦躁，打电话给万福，他说门窗尺寸留错了，墙砖砌斜了，两头差距偏差了六七厘米，相当于脸上的鼻嘴长歪了。

"我当时就提醒了他们，尺寸不对，要搞准，他们不听，只顾着一窝蜂砌了上去。他们的工钱是按砖头计价，砖头砌得多就赚得多。"

"你不要和工人吵，有事跟小马说。"

"小马是个配相的，顶个屁用！"

"建房子吵架,不吉利,你可以直接找王总,或者告诉我,我来跟王总谈。"

"你不在现场,不知道他们砌得多快,我只上了个厕所他们就搞完了。"

"严格按照图纸数据施工,错了就要返工。"

"我就是要让他们返工,返工返怕了,就不会犯错了。"

万福采用了惩罚式的监工方式,没考虑这样做也严重损害了自己的利益,时间成本对他来说也许没什么意义,但对万紫来说非常重要,只要房子不竣工,母亲没搬进新家安居,她就无法安心创作,不创作就没有经济收入,活在债务的重压下,无法轻松地呼吸。

每一件事都需要万紫亲自沟通处理,每一次刚获得一点内心安宁就被瞬间破坏,她真想放手算了,随便房子建多丑,只要不塌不漏雨就行了,但下一秒想到自己花这么多钱,付出这么多心血,怎能不达成自己的心愿?她从不是凑合的人,她是一个完美主义者。

万紫怀着一股无处发泄的怒火联络王总,她从没用过那种严厉的口吻。

王总回复:"哎,万总,很抱歉发生这种情况。我非常理解你的心情。主要是你们工期太赶,本来我是要用我们自己的工人的,他们在另一个工地,还需要几天才能过来,你们催得急,我只好在本地找了一个包工头。这些泥工的技术没问题,他们只是平时在农村习惯了这么干活,没想过你们家对房子的要求与标准很高,不知道你们这栋楼是与众不同的,是讲究艺术审美的。你放心,我马上要求他们返工,保证让你满意。"

八　接缝

几次返工之后,施工时间一再拉长,再加上天气、人手不足等原因,工程进度彻底缓了下来,慢到近乎停工,长时间里只有一两个人在工地晃。那是离过年还有两个星期的时候,一楼天花板的混凝土没有浇筑,整个建筑只是一个没盖儿的模型。工地上起先有三个人,主管小马、年轻泥工,以及一个新来的智商偏低的中年男人,后来泥工粉完墙走了,只剩小马和低智男人在工地做些杂活,比如捡垃圾、搬碎砖。小马还要负责买菜做饭。低智中年男人做小工的时候骂骂咧咧,说:"他妈的有人偷钢管,胆子那么大,当着我的面拿钢管。"人们这才知道他是有来头的,他是王总的亲哥哥,智商低,但还是懂得维护自己的弟弟。通过他的描述,人们大致能判断是谁在偷钢管,不仅是钢管,工地上那些无端消失的东西,也算在了那人的头上。后来每天收工时小马都会让傻舅舅把有用的东西收起来,放在安全的地方。

这时候万紫已经真正了解万福的性格与为人。他不傻,但发现问题不能解决问题,或者不能及时就地处理问题,往往是小病拖成大病,生米煮成熟饭,这时候再来处理增加了难度,有的甚至无法弥补,留下遗憾。比如两个前庭柱子造型不对称,万福在木工师傅装模的时候,就提出尺寸问题,并且发出了警告,但木工师傅还是胡乱完了工。工人的确不听他的话,一是他说话的方式别人不太接受,二是都知道真正的老板是万紫,他们总想着施工如何方便简易,稍不留神,就按自己的想法,玩"木已成舟"的把戏。

主管不得力,监管也让人头疼,听说又有地方要返工,万紫忍无可忍,气得大喊大叫,质问万福为什么同样的错误一犯再犯,万福也大声怼她,似乎也压了一肚子怒火,暴躁程度让她吃惊。两人吵到恶语相向。万紫认为他没有资格朝她发火,她出钱出力,为他们付出,而他只是为他自己的家付出。母亲见兄妹不和,眼泪就流个不停,说要是知道建房子吵架,她情愿住在旧屋里。万紫为了哄母亲开心,主动息事宁人。

万紫每天开着监控视频,她喜欢听工地的噪声。那是房子生长的声音。她也喜欢看母亲在屋门口遛狗,和路人大声聊天。鸟在枝头跳动,啼叫声清晰悦耳,搅动着乡村的宁静与怡然。

一场寒霜之后,薄雪覆盖了工地。

视频中一派肃杀。昏暗的天空,枯枝在寒风中颤动。万紫久久地盯着屏幕,感觉寒意弥漫。母亲穿得鼓鼓囊囊的,弓着腰,背着双手,从建筑桥板走到前厅大露台,在那儿眺望了一下远处,转身进了客厅,紧接着从一个房间走到另一个房间。她每天都这样在未来的新家转来转去。

看到母亲寒冷中的身影,万紫心里就一阵疼痛,责怪自己没有早些建房。如果在父亲健朗的时候为他们打造新家,也许父亲会活得更长一些。现在她祈祷母亲能够长命百岁,享受这专门为她打造的舒适大宅。眼看着年前竣工无望,万紫心急如焚,母亲这时倒接受了现状,反过来安慰她。破房子里没有热水,想到母亲用冷水洗菜做饭,艰苦挨冻,万紫心里非常难受。阿桂一直没有回来过,万莉万固也没回来过。万固大学毕业前的半年时间里,阿桂几乎每周都要下乡看母亲,用食物将她的冰箱塞得满满的。万紫帮万固联系实习单位,毕业后安排到报社当记者,没几个月他忽然辞工,辞工了又后悔不迭。万紫对万固是尽了全力的。

万紫在寒意包裹中奔赴英国当访问学者。两国时差增加了处理建房事务的难度,经常下半夜打电话、发信息、熬夜。万福不会说普通话,她得亲自打电话咨询和预订铝合金门窗和瓦,这些她从没接触过的建筑材料没有一点温度,她对它们既不喜爱也不厌恶,她只是不得不狂热地在网站上搜索,学习规格型号,懂得不同利弊,进行品牌价格对比,计算新房的门窗面积,在自己可以承受的预算范围内挑选产品。

万紫面临的最大问题是无法信任商家,在已有的建筑经历中,她发现商家处处体现缺乏诚信与职业道德的品性。上市公司的品牌产品质量有保证,这意味着她要投入更多资金。漏雨的童年记忆使她毫不犹豫地选择了一线品牌的琉璃瓦。因为小时候门窗都单薄不严实,会被风推搡得发出怪异的声响,她经常做怪物破门而入的噩梦。她不允许再有刺骨的寒风从门窗缝隙中灌进来,门窗要牢固坚实,挡住噩梦中的怪物,连八级风也不能撼动它。

铝合金门窗和琉璃瓦总价超出预算一倍。别墅大门的预算更是由五千元飞升至一万五千元。那款非洲进口沙比利木制大门彰显质感与格调,想象母亲每天清晨打开这扇结实厚重的大门,同时开启一天的美好心情,她咬着牙付款预订。这是佛山一个专做木门的厂家,也是从网上找到的,虽有第三方保证资金安全,产品可退换,但万紫仍不放心,和销售经理进行了无数次沟通对话,销售经理非常有耐心,不断给她发送车间生产视频,堆放原材料的仓库,各种客户订单、出货票据,甚至与其他客户的聊天记录、付款信息,尽一切可能打消她心中的疑虑。

"你不要老是这么不相信人。这样你会活得很辛苦的。"

万紫承认销售经理说得对,她的辛苦有一半是她对商家缺乏信任造成的,或者说是商家普遍不诚信造成的,前半句说的是主观自己,属于自作自受,后半句说的则是客观现实,是人性带来的负面影响。建筑工程包工包料,并不意味着省事省心。整个施工过程,万紫同各行各业的人所洽谈的内容,可以出一本巨著。在买琉璃瓦的事情上,她经历了巨大的诚信挑战与考验。瓦的厂家也在佛山,是她在网上联络的。瓦商发来产品图片,根据建筑面积计算出用瓦数量,给了些有益的建议。与其说是经过了几天的洽谈,不如说是万紫一直在质疑、查阅、求证、观察和判断之中,以确保对方不是虚假诈骗。最后商家给出一个银行账号,要她付清全款才发货。就这样将几万元瓦款打到一个陌生人的账户里,这需要绝对清醒的头脑。万紫不敢这么做。她要求预付部分,货到付清尾款。瓦商说他们从不这样做生意,都是一次性付清,运费另付,他们可以推荐货运联系人,她也可以自行安排。

"你相信我就打货款过来,不相信就不要打。"瓦商最后丢下一句话不理她了。

这之后万紫陷入了激烈的反思。她在寻找症结。这反思甚至是痛苦的、尖锐的。她其实被自身的多疑困扰已久。这种多疑的正面效果是,迄今为止她从没上过当受过骗。这显示她的聪明和理性。但也不排除有人容易相信别人,也从没上当受骗。也许她应该选择相信别人,即便是上当受骗,人生当中失去的肯定远没有她得到的有价值。万紫抱着背水一战的心情将钱打给了瓦商。四天后果然一辆超长的大卡车将瓦送到了工地,瓦的品质和宣传的一样,数量准确无误。后来的沙比利木门同样也没让她失望。

九　边缘托梁

监控视频里的天空渐渐发白,传出公鸡打鸣、狗吠、母亲咳嗽和洗脸刷牙的声音。天全亮时,视频由黑白跳到彩色,高清画面可看到很多细节。小马走在桥板上,双手缩在袖子里,手臂直直地垂在身体两侧。他的低智舅舅裤脚一高一低,为了将那两轮斗车调头,在泥地里碾来碾去,他骂斗车不听话,也骂弟弟给钱太少,一百五十块钱一天,什么都要他干,他自己却待在家里舒舒服服地烤火。小马伸出手来帮了一把低智舅舅,一直将斗车推过桥板。他的任务是将几个卫生间的坑洼填满,为做地面硬化和防水打基础。此时离过年还有一个星期,一层混凝土楼板的浇筑工程推迟,王总说工人都回家过年了,只能等到年后。而天气好得让人心痛,阳光明亮,濯洗着残缺的建筑物和空荡寂寥的工地,有种眼睁睁地看着工期推延的恼怒。万紫重申了逾期罚款的警告,王总却拎着两袋子礼物来给母亲拜年,母亲留他吃了一餐饭,说眼下没有什么是比过年更重要的了。

二月底，破房子开始零星漏雨。邻居有装修过的房子空置，全家人在广州做生意，让母亲搬进去，但母亲说房子就要建成了，懒得挪来挪去，直到有天晚上大雨倾盆，屋里漏得无处安身，连睡觉的地方都泡在水里，这才大半夜撤离。万紫是第二天知道这个事的，母亲遭受这样的磨难，她迁怒于王总，因为工程已经逾期两个月了。这时候新房子已经浇筑完斜坡屋顶，一栋漂亮的建筑如出水芙蓉，线条流畅飘逸，显出灵动和生机。万紫的脾气发不出来，反倒感谢王总慢工出细活，对建筑赞不绝口。

相比于造房子，装修工程要简单得多，但是更琐碎。万紫原本就认识几个装修老板，经过洽谈比较，最终把工程包给了钟老板，十年前她在城里的房子就是他装修的。从建房子开始，她就在同步构思室内装修的风格，早已酝酿成熟，定调为原木色侘寂风。她在网上挑选了灯具、电器等东西放进购物车，也与橱柜衣柜定制商沟通完毕，谈妥了款式与价格，提前完成了装修内容。

她是四月回乡的。她本打算和母亲一起居住，给母亲做饭，兼顾装修。在视频中见过宽敞整洁的房间，河水在窗外荡漾，宁静富有诗意，似乎是理想的居住空间，住进来才觉得简陋不便，厨房没有热水，冷水唤醒了手上的风湿，手指隐痛。房间里有一股无人居住的陈年霉味，到处是蛛网。床上没有席梦思，厚薄不均的老棉被像石头一样硬，里面还藏着饥饿的跳蚤。最要命的是没有空调，四月已经热起来了，蚊子早已活跃，白天在厨房做饭，都要遭受它们的攻击。

她只好在城里租了一套三居室。晚上打开浴室镜前灯，镜子里突现一尊观音菩萨，吓得她魂飞魄散，心想将菩萨放在脏污的卫生间，只能是为了避邪，说明这房间里发生过不好的事。她搬到客房睡，还是感觉有股寒毛倒竖的阴凉，勉强挨了两夜，不得不求助万红带小孙女来做伴。

她租的自己熟悉的小区，在万莉家对面的楼里，就近去她家拿自己原来的床上用品。阿桂和万莉在客厅里逗孩子，万紫说明来意，阿桂屁股不挪窝，不紧不慢地问："要新的，还是要旧的？"

虽已嫁人生子，侄女万莉还是她母亲的影子，毫无主见。她木然地笑着，仿佛与眼前这个远亲并不相熟。

"无所谓新的旧的。"万紫已经感觉不太舒服。

"去拿旧的吧，反正她都要买的。"阿桂吩咐万莉。

万莉这才应声而动,转身去了房间。

万紫无心落座,站在那儿看着屋子里熟悉的一切,心里忽然一阵刺痛。家里的每一样东西都是她亲手挑选布置的,原木书柜里还有她没有搬走的书,酒柜里放着她的酒具和酒,她精心挑选的立式空调还是崭新的,套着她买的蕾丝边碎花尘罩,她购买的沙发和地毯也是原样没动……这些东西换了主人,也不认得她了,也都冷冷地一声不吭。她像个乞丐一样,站在这个持续了十年大家庭聚会的屋子里,等着新主人施舍一床被子和枕头,没有一丝家人的热情,更没有她对她们那样的慷慨。她也想到万莉从小就穿着她买的衣服,村子里没有谁比她穿得洋气。毕业后给她找工作,鼓励她自考本科,给她交学费,出钱给她办出国旅行的签证,给她去广州面试的交通住宿费;也曾不远千里赶回来,几宿不睡处理她个人感情上的麻烦事……

万紫不知道自己当时为什么不拂袖而去。

十　范围蔓延

泵车浇筑坡屋顶时,万福在屋顶上,穿着长靴,手里拿根东西戳来戳去,测量混凝土的深浅,与工人发生几句争吵之后,索性拿起工具和他们一起扒整屋面。但是混凝土最终仍是厚薄不均,又重新浇筑了一遍,施工盖瓦时发现仍不达标,高低不平,东边比西边厚了几厘米。盖瓦的包工头手拿卷尺站在屋面上骂屋面浇筑的乱搞,这意味着他们必须先凿掉高出的混凝土,低洼处用水泥补平,尽量降低偏差,即便这样,盖瓦时仍然有许多需要调整的地方。他抽着烟在屋顶走来走去,最后拨通了王总的电话,大声批评了一通屋面浇筑的人不负责,他盖过那么多房子,从没遇到过这样的情况,这样子施工难度太大,并表示这个活他接不了,要王总另请高明。王总很快赶过来,上了屋顶,和盖瓦包工头一起检查测量,情况使他的表情越来越凝重。王总与盖瓦包工头讨论整平屋面的费用,盖瓦包工头仍是推却不干,说这里头的活几乎是看不见的,他不想让王总觉得他在诓他。但王总弹掉烧到指尖的烟,利落地接受了盖瓦包工头的要价,在屋顶再抽了一支烟便走了。盖瓦包工头吩咐工人工作的时候,万福已经在凿凸起的混凝土,电钻机狂躁作响,水泥灰飘散。

以上是万紫在监控视频中看到的。因为工程进展与施工的种种问题,她已经与王总有过无数次电话沟通与微信讨论,有几次甚至发生了不愉快的争执。大部分情况下,王总都同意按照她说的去做,但往往要经过很长时间的扯皮、理论,他会使用疲劳战术,用源源不断的词语,滔滔不绝地自说自话(这一点和他低智兄长很像),使用狡辩、偷梁换柱、移花接木甚至死缠烂打等手法,企图把理扳到他那一边,或是用话语将她绕晕。有时候她会在厌恶与精疲力尽之间做出让步,但绝大多数坚持死磕。王总从没遇见过这样的对手,她脑袋里面装着超强的逻辑与清晰的思维,而且有理有据,甚至能将几个月前的聊天内容截屏作为证据,弄得他哑口无言。

他们还没正式见过面,王总的样子基本符合万紫的想象,如果用地域来形容他,那就是城乡接合部的样子,戴着金项链的小麻雀,努力像凤凰那样华丽地飞翔。和他的低智兄长眉目挺像。说不清是倔强还是僵硬的脖子上面顶着一个小脑袋,身板也是直的,皮肤很黑,举手投足间显得经验丰富,利索果断里也有股狠劲,不拖泥带水,做决策毫不犹疑,的确像干大事的——这副样子在乡村的确是能唬住人的——乍一看,与她所接触的那个为了达到某种目的可以无休无止啰唆不断的形象截然不同。

她和他曾经为了各自的目的互相说着违心吹捧的话,她夸他专业、懂行、施工质量好,只不过是为了获得更好的工程质量;他夸她容易沟通、合作愉快,是为了让她手不攥那么紧,指缝间额外漏下些碎银来,或者在工程结束后慷慨地奖励红包。完成屋顶浇筑后,王总常说的话就是这个项目进入了亏损状态,他大可以立刻停工止损,但他要履行承诺,在这里亏的,在别处赚回来,无论如何要在这里建起一栋漂亮的样板楼。在万紫看来这都是聪明过头的话,她也懒得戳穿他。只要能尽快竣工,她乐意忍受这些虚伪的言语。

曙光即将刺破云层。不料下午接到母亲的电话,说万福又和别人起争执,盖瓦师傅不做了,正在收拾东西准备离场。万紫第一反应是不能再次延误工期,立刻驱车回来。

瓦工们在屋顶抽烟等她。万紫望了眼屋顶,二话没说,就从钢管架起的楼梯爬了上去。站在屋顶,万紫才意识到自己是个女人,连微风也在破坏她的身体平衡,她腿脚微颤,不敢朝下看。

"你们都知道,这房子从去年到今年,建了很长时间了,真的再也耽误不起了。有什么问题,我们坐下来谈谈。"她轻松愉快地说道,双脚暗自努力稳住重心。开阔视野中,她重新认识了她的村庄,第一次看到河对岸的村庄田野,甚至更远处的城市。

"万紫,你不记得吧,我是你老同学。"盖瓦包工头腼腆地说道。

万紫使劲回忆,终于从他沧桑的面部搜索出宝贵线索,认出他就是经常拖着两条鼻涕虫的小学同学张太山。三四十年过去了,他脸上的肌肉还保留着抽吸鼻涕的习惯。

"是你啊,老同学,那我就放心了。"万紫和包工头握手致意,"这里有什么困难需要我解决的?"

"你哥说我们不晓得搞,他比我们懂,我们搞他的不好。"老同学指了指万福,他正在破房子门口洗手。

"到底怎么回事,你跟我说,我们来商量决定。"

张太山抽吸了一下鼻子,把事情的来龙去脉说了一遍。

因为彼此沟通不到位,万福不信任他的技术,用贬低的话刺伤了他的自尊。万紫下屋找万福做思想工作,说她以前也不信任别人,总是在疑虑、担忧,结果把自己搞得很辛苦。她在建房过程中,慢慢学会了相信别人。建筑不像裁剪衣服,容不得有一分一毫的偏差,建筑体积庞大,有时几厘米出入并不明显,也不会影响美观。事实上,在整个施工过程中,每个地方都没有精确到图纸的数据,有的地方甚至出入十厘米,现在房子不是照样好看,大家都很满意嘛。

万福到屋顶与张太山握手言和。盖瓦继续。

十一 找平

王总与万紫在工地见了面。在长达八个月的频繁沟通博弈中,他们似乎成了老熟人,都没有第一次见面的寒暄客套,直奔主题。王总带了色卡,请她选定外墙漆颜色型号,然后要她再付一点工程款。万紫认为外墙漆还没刷完,按合同是工程竣工才付清尾款,扣除一万五千元作为维修保证金,工程没问题则一年后全部退还。

"你要我提前支付工程款,这是合同以外的要求。"万紫说。

"万总,你这个项目,我真的亏损很大,屋顶我都给你浇筑了两遍混凝土,防水保暖也都做的最好的,绝对不会漏雨。"

"这个我要说清楚,你浇筑两遍,是因为第一遍不达标,盖不了瓦,而且浇两遍也没有解决屋面不平的问题。说实话,你额外浇那么多混凝土,我还挺担心承重问题的。房子不漏雨,难道不是施工最基本的标准吗?至于工程亏或赚,那都是你的生意。我们是签了合同的。"

"我真的亏得不行了。盖瓦这里的工钱都是一两万元,他们完工了,我也得给他们钱吧。"王总说道,"我本来是想亏一点就亏一点,只要把项目做好,让客户满意……但是现在亏得太多了,现在连盖瓦的工钱都没有了。这个项目返工次数太多……为了让你们满意……我真的是不计成本在做……"

"你的盖瓦工钱,跟我有什么关系呢?我并不曾欠你一分钱工程款。"万紫有点恼火,他开始了那种絮絮叨叨的话语进攻术,他的目的就是想让别人失去耐心,图个清静赶紧满足他的要求,但她偏又喜欢以理服人,"项目多次返工,是施工方导致的,合同里注明了施工方承担全部返工的损失,你不要把纠正施工错误说成无私奉献。"

"买外墙漆也需要钱,我可真是拿不出来了,"王总启动拖延新战术,掐住她急于竣工搬家的弱点,"只能等下个月,另一个项目付我工程款,我才有钱买漆。"

她嗅到王总开始耍赖的气味,知道合同对他已经失去约束力,撕破脸只会使竣工在即的工程陷入僵局。尾款还有四五万元,只要王总无理停工三天,她就有权终止合同,自找外墙工程,能节约一两万元。付出时间和精力,她会赢,但这样扯皮,不是十天半个月可以终结的。权衡再三,她最终妥协,提前支付了一万元油漆款。

"对了,散水什么时候做?"当初讨论工程项目时,她还不知道散水是什么东西。

"合同不包括散水项目。我不做合同以外的事。"王总说道。

万紫拿出合同,指出散水工程在清单里,王总指出散水后面的价格栏是零元,零元代表不施工。

"我们的工程是打包一口价,清单中项目的标价高标价低没有任何意义,但出现在清单中的项目,就是工程必做项目。"

"没有,没这个项目,我不做合同以外的事。"

"你口口声声不做合同以外的事,怎么就要我做合同以外的事,提前付工程款呢?散水一直在项目清单上,价格修改过好几次,最后你由两千多元修改为零元的,因为后来是工程总款一口价,我就没在意任何单项价格了。你现在这样狡辩,只能说这个零元价是你挖的坑。"

"我们都是这么处理的,不施工的项目,价格栏里就是零元。"

"这个附件明摆着写的是'施工项目清单',更何况那么多不施工的项目,为什么没在这个清单里备注零元,偏偏只有散水?"

"我做了这么多年工程,从来没出现你这样的情况。"王总偏离主题,"散水是合同以外的工程,我可以做,但是你要支付散水工程款,我一分钱都不赚你的。"

"好,王总,我们现在就来按合同办事,这样公平。我现在请你做散水,要多少钱你说了算。另外,工程已经逾期四个月,按合同罚款三万元,还有延误的每天罚款累积,你也仔细算算。"

王总闭上嘴巴,半晌说道:"这么着你是不想付尾款了?"

"你放心,我是要脸的人。该我付的钱,一分不会少。"万紫态度坚决。

王总拿手机计算器算了点什么,面孔突然软化松弛,笑得像老友重逢。

"算了,散水我来做,我亏就亏了。挖埋排污管道是我做,还是你自己请人做?"

"什么?你建一栋房子,不做管道排污?那房子怎么使用?"她察觉到他又在耍花招。

"这些不在施工范围内,合同里没有写。"

"我理解你做一个工程也不容易,从没想过按合同罚你的款。合同里有好多东西没有写,需按常规施工的都没有写。你是内行,哪一个建房子不考虑排水排污,这是最基本的工程。我真的不理解,你这么大一个老板,怎么到最后为了几千元要如此绞尽脑汁?"

"要不是亏得太多……"

"行了,你就说要多少钱吧。"她决定吃亏让步,一秒钟都不想待下去了。

"管子加人工,三千八百元。"

"没问题。我出。"

爬出令人不快的泥沼,甩掉王总那副无赖的嘴脸,万紫还是像吞了苍蝇似的难受。她没料到会如此直接、正面地和包工头接触纠缠。在他们挖就的池塘里扑腾,不可避免要呛几口脏水。王总是农民,不管业务做得多大,见识与思想里也还是农民的本质,脑海里并没有法律意识,合同只是废纸,或者是农民式的狡黠,知道建新房的人求平安顺利,不愿惹上官司的晦气,工地瘫痪不吉利,都会选择退让息事。

万紫带着狗到了田间,大口地呼吸。

装修老板来电话,他认为主体没有完全竣工,装修不宜进场,同时施工会造成某种混乱。母亲似乎度过了最焦虑难熬的阶段,变得从容了。她可以笑着谈论施工过程中的曲折风波,说装修也是大事,不争这几天,一切要从容有序。万紫知道自己还远不到轻松解放的地步,室内装修是另一个高峰和折磨期,她得重整行囊,继续攀登。

十二　防水层

屋面盖瓦通常一个星期可以完工,但这个屋面整整花了二十天才告一段落。万紫多次爬上屋顶检查施工情况。这个屋面让小学毕业的张太山伤透了脑筋,但他什么都敢接,他的经验就是这么摸索积累的,铺错瓦修改了几次,浪费了不少材料,万紫碍于同学情面,主动承担了损失,追购补货。

万紫最后一次上屋顶验收盖瓦工程,她承认老同学张太山算得上天才,最终能把瓦铺得如此整齐美观。她指出了一些需要修整的小问题,比如缺了角或掉了色块的瓦,需要涂上瓦色漆,烟囱的油漆没做到位,屋脊瓦下裸露的水泥远观一道白,破坏了瓦景,瓦檐下的水泥天沟壁刷上瓦色漆,最后清干净瓦面的水泥浆和脏东西。老同学张太山高兴地抽吸着无形的鼻涕,开始滔滔不绝地描绘以往铺瓦的速度和这次施工的难度,声称没有他不会铺的瓦。

来自文化前沿上海的建筑设计图纸,一个不发达省份的小村落能有这样的完成度,这是值得称赞的。这是万紫完全按照自己的喜好来做的,建筑预算最终膨胀到了一百万元。房子与效果图一样,明媚大方,由于抬高了一米的地基,即便是大平层,仍显出几分巍峨,显得高高在上,衬得周围民居渺小寒酸。母亲整日笑眯眯的,背着双手走来走去。路人都要停下来打量一阵,纷纷赞叹。

过去十年间,万紫曾经梦想有一栋这样的房子,种菜养狗,写书画画,远离尘世喧嚣,但她梦想的地点不是这里,而是在大都市旁边,或者欧洲某处。万紫心怀骄傲,一种微妙的情绪在胸腔弥漫,她感到自己和房子有着直接的血缘关系,这是她付出全部生活换来的,是她生产出来的孩子。

端午节那天,阿桂终于带万固回来了。这是建房以来万固第一次露面,但他就像昨天来过似的,没有任何新鲜事物能使他表情波动。

"这下好了,再有人给万固介绍对象,就回来这里相亲。"阿桂笑嘻嘻地说。

万紫知道阿桂又在使用旁敲侧击的话术,也听出了话外音,眼前浮现阿桂与儿孙辈在这栋房子里唱主角的情景。

"万固相亲,应该去你们现在居住生活的地方,向对方展示真实的家庭状况。"万紫认为年轻人要自己打拼自己的世界,"这栋房子,是母亲和兄弟姐妹养老的地方。"

阿桂沉了脸,没有反驳。

过几天万紫带菜回来,给母亲做了午饭,母女俩沉闷无声地吃完,到洗碗的时候,母亲终于说话了:"听说你不许侄子把新屋当作婚房,不同意他在这里拜堂?"母亲冰冷尖刻,"这是万红的主意吧?我就知道是她在中间挑事。"

万紫明白阿桂不敢直接顶撞她,暗地里添油加醋,借母亲的力量,煽动母亲为孙子争取利益,柿子找软的捏,拿万红开刀。

"你们不能冤枉万红,这不关她的事。我是为你建的房子,这里也是我们养老的地方,大哥大嫂是沾你的光。难道你想要四世同堂?"万紫一字一顿说得很大声,一半是因为母亲耳背,一半是恼怒阿桂拿母亲当枪使。

"祖宗牌位在这里,他不在这里拜堂,到哪里去拜堂?"母亲继续质问。

"我哪有资格不让他们来拜祖宗牌位?"万紫说道,"阿桂的话你不要全信,你不是不知道她牙齿稀。还有,你听力很差,有些话你可能只听了一半,传来传去,只会造成更多的误会。"

母亲沉着脸,噘着嘴,抹起了无声的眼泪。

母亲总是用哭做武器。在与父亲漫长的婚姻中,万紫没少目睹母亲在地上撒泼打滚、呼天抢地。他们的战争给孩子蒙上了巨大的心理阴影。万紫讨厌母亲的哭相,她年轻时有阳光明媚的笑容,牙齿洁白整齐,嘴边两个小酒窝,但她偏不轻易展示这些。

母亲使劲挤动脸部肌肉和眼睛，让眼泪滚出眼眶，以便手抹过去时不会扑空。

"你为什么要哭呢？"万紫说道，"你想要四世同堂？你们三世同堂时，不是吵得天翻地覆吗？你孙子性格那么懦弱，未来的孙媳妇要是厉害，不通文墨，不孝顺老人，你怎么办？我建栋房子是让你享福的，不是受气的。"

母亲似乎在回忆过去婆媳间那些撕破脸的争吵，儿子和儿媳共同对付她。后来他们到城里打工，住得远了，少了眼前的利益纷争，回乡像客，婆媳关系才慢慢好了起来。

"你说得也对，万固读了大学，是在城里工作的，应该在城里买房置业，他住到这乡旮旯里来做什么？"母亲想明白了，抹干眼泪，"他也是太不争气，想想你二哥的儿子万明，只比他大一个月，自己在广州闯得多好，去年就挣了二十万元，回来买了房。"

"万明的性格胆识是放养出来的。父母越是死管、包办，孩子就会越无能。"

"他和你有联系吗？"谈到另一个孙子，母亲就想到死去的儿子，眼泪又流下来，"万明伢子长得好呢，讲话、声音都像他爸爸，笑起来两个酒窝。"

"一直有联系。"万紫对母亲撒谎。实际上，在万寿的葬礼过后，阿桂通风报信，说万明对万福态度恶劣，万紫心想万寿都没这么做过，怎么轮到你一个晚辈这么无礼冲撞了？她没有问阿桂一句为什么，直接批评了万明。本来联系就少，这么一来，就完全断了联络。

万紫在现代化的大都市里读书工作，有着一套完全不同的思维与价值观，也一直游离于家族纷争之外，偶尔充当他们的调解员，秉持公正。没想到回乡建房这个简单的想法，却让她踏进了乡村伦理俗世，掉进他们的伦理价值规则的泥沼，这里面开着是非的花朵，长着清除不净的利益杂草，只有金钱衡量并暗自推动着他们的情感与行为。村里的事情万紫知道一些，比如有个患癌的母亲在家里等死，七个儿女没有一个人送她入院；一个孤独的老人瘫痪了，儿女们因为轮流照顾的日程争吵不休，毫不掩饰期待老人死亡。万紫隐隐感觉，这一类的世俗纷争，已不可避免地缠上了她，她的心在渐渐发疼。

想到阿桂对万红的态度；想到久久地站在万莉家中，等着她拿出一床曾经的旧被单;想到万固的冷漠麻木;想到万福的大吼大叫;想到假如年老时回到自己辛苦建设的房子,不过是投靠在阿桂家族的屋檐下,进不进得了门都尚未可知,万紫越发意识到有必要未雨绸缪,认真考虑房产归属的问题。

她编写了一条浅显易懂的信息发给阿桂,内容如下:

> 阿桂,有几件事情,我觉得有必要跟你沟通商量。
>
> 1.关于房产证署名问题,我经过综合考虑,希望加上我和母亲的名字,三方各占的份额比重为:你们占百分之二十,母亲占百分之二十,我占百分之六十。
>
> 2.我的新书出版不了,装修款无法落实,部分装修区域可能顾及不到。
>
> 3.我旧债未还,建房又添新贷,压力很大,无力独自承担母亲的生活。希望你们理解我的难处,尽力在经济上赡养老人,每个月给她两三百元生活费。

"我什么都不要,我只想死,太累了。"阿桂是第二天回复的。

"什么意思?"万紫不知道阿桂受了什么刺激。

"我想知道你的真实想法。"

"我说了,要在房产证上加我和母亲的名字。"

"加你们的名字可以……为什么要写这么多东西?"

"怕你不明白。说清楚些好。"

"如果硬要这么讲,还是不明白。"

"什么不明白,尽管问个明白,什么死啊活的?你为谁累?我为谁累?你的命运不是我造就的。"

"给母亲出份子钱,要出就都出。"

"你还要谁出? 要死了丈夫的阿桃出?"

"那倒不是。"

"还有谁必须出? 万明吗? 那万固是不是也得出?"

阿桂像往常一样怀着一肚子不同意见沉默下去了。

十三　挑檐

事情就是这么拧巴起来的。阿桂若还是从前的阿桂,摆出一副什么都不往心里去的豁达,表现人亲骨头香的信任,万紫是根本不会想到要在产权证上加名字的,正如当初申报建筑时,她主动要阿桂当户主一样,意思很清楚,房子属于阿桂。这么多年,阿桂理当了解万紫的糍粑心,她每次坐飞机前,都会把几十万元房款打到阿桂的账户上,免得飞机掉下来,影响房子的竣工。阿桂是被房子的美丽蒙蔽心智,一心为自己的家族盘算,计算到家,不料越算计获得越少。

阿桂的阴阳怪气促使万紫尽快做房屋财产切分。明确产权是第一步。阿桂自然不同意份额的分配法,嫌她占的比重太少,尽管这比她实际投放的比重要多。她也担心母亲那一份将来留给孙子万明,到时她阿桂家族恐怕连祖屋地基都保不住。万紫是家族的女性,嫁出门的女,泼出门的水,一个外人却占着房子的大头,意味着她还是家族的话事人,未来还得臣服她家族主心骨的地位,这对自认为出人头地了的阿桂来说,是绝对不能接受的。万寿去世后,连家人团聚做饭这件事,阿桂都想甩手不干了,何况她自己的家族已经枝繁叶茂,撑起了一片天空,她弯了半辈子的腰,能够直起来了。

阿桂撕下脸面,挑明了对抗万紫。

房子还没竣工,财产战就拉开了序幕。

万紫从国土部门的朋友那儿了解相关情况,乡村房屋产权署名有法律规定,署名人的户籍须在本村,但朋友也留了一个活口,说会研究研究。

这一天,万紫带菜下乡给母亲做饭,刚到家门口,就看见一个穿宽横条纹T恤的中年男人正与母亲聊天,一边在本子上记录什么,抬头见到万紫,热情地迎上来握手:"我是镇国土所的李主任,很荣幸亲眼看见家乡的名人呀。"他说遵照领导吩咐,就万紫的房屋产权署名问题,先来熟悉了解一下情况,再看看怎么操作。陪同李主任的村主任也握手打招呼,他们都像对待一个大人物似的,分寸掌握在热情和小心翼翼之间,万紫说话时,李主任在本子上记了点什么,表现他尽职尽责的工作态度。末了李主任合上笔记本,请万紫去镇里吃饭,还有村支书和村主任作陪,具体在饭桌上再聊。

镇上的餐馆没有任何格调,就是一吃东西的屋子。圆桌上面铺着一次性薄塑料,显得非常低廉,菜谱上却尽是野味珍奇,也没有标价格,显然来的都是知晓内情的熟客。李主任根本不看菜单,随口报出几道菜名征求万紫的意见。村主任似乎也是这里的常客。万紫对野味珍奇没有兴趣,要求普通家常菜就行,最后李主任硬要加上一道红烧脚鱼,不然这餐饭吃得太简陋,他过意不去。

饭间李主任再次聊到万紫的户籍问题,在法律上有难处,不过他也向上级汇报了,看怎么能协调好这种情况。他也提出了建议,比如产权证可以署母亲的名字,由母亲写遗嘱,指定她为继承人,这是最便捷的办法。万紫觉得这不吉利,建栋新房子,却让母亲写遗嘱,她内心也有忌讳。李主任说还有一个办法,就是在村里再拿块地,以大嫂子的名义申请。万紫觉得这个可以考虑,即便他们不愿意在那块地上建房子,多一块地总归是好的。有没有合适的地,还是个未知数,万紫想着等到事情有了眉目,再和阿桂商议。李主任当即让村主任通知熟悉情况的队长,约好队长一起在村里选地,但队长在医院,只好另作安排。

万紫回来告诉母亲喜讯:"也许能拿到一块好地皮。"

"哪里有地皮拿?"母亲问道。

"村里的地皮,暂时还不知道是哪一块。"

"拿地皮干什么?"

"看阿桂他们喜不喜欢再说。"

满肚子意见但沉默不语,这是万氏家族的风格特征。母亲偏过头假装打瞌睡。她对这个女儿有几分畏惧,万紫多年来对家人的无私奉献以及见识智慧在家里树立起来的权威,是连有霸权地位的父亲都会服从的。母亲不露声色,和阿桂进入史上最亲密、互动最频繁的时刻,称得上婆媳关系的蜜月期。这两个曾经吵得撕破脸,恶语相向,在同一个屋檐下仇敌般互不理睬的女人,一个为了孙子,一个为了儿子,在面对一个共同的强大敌人——女儿、小姑子时,秘密结成了同盟。政府工作人员下来,母亲已经留了心眼,提防万紫利用关系,瞒着儿子和儿媳妇,在房子和地基方面做手脚。

装修已经开始了,万紫隔天就要回来一次。她喜欢在沿河的无名公路上开车。穿过城市拐上江边长堤,江水辽阔,淹没了俗世的嘈杂与喧嚣。在船笛声中行驶片刻,驶入河流边的芳草长堤。这是万紫最喜欢的河流,秀美可亲,听得见鱼尾弄出的声响，看得见细小的涟漪一圈圈荡开。河边有垂钓者。河里横着渔舟。河堤已经铺了混凝土，路面有不少新老补丁，会车时需要慢下来才能通过。通常道上没什么车。万紫听着欧美流行音乐，音响开得很大，低音炮中座椅震颤。有时也听英语新闻。她熟悉这条路上的每一个坑洼，知道哪家养了条马犬，哪家有个拄拐的人，哪里会有一片芦苇，哪里会有一棵古樟。经过声名远播的百米双桡龙舟栖息的地方，她会想一想不久前的龙舟盛况。水中泊着数十尾龙舟。天上盘旋着无人机。比建筑物还高的巨大的屏幕里进行着现场直播。看龙舟的人挤在河边，像河边种了一排薄薄的绿化带，不是小时候十里长堤水泄不通的壮观。

万紫一般不走正式公路，有意绕开镇子里的混乱与堵塞。自打古桥被人为破坏之后，镇里就没有她喜欢的事物了。村子里似乎也没有她眷恋的，除了母亲。但午饭时关于地皮的事让万紫有小小的兴奋，即便不建房子，在那块地皮上种点什么也是很不错的。

车拐弯下了江堤，进入市区主干道，万紫立刻绷紧了神经。这里的人开车经常不打转向灯突然拐弯，有时是忽然快速挤到前面，还要提防斜刺里冲出来的摩托车。这座城市的人总是在争分夺秒。

"万福说什么你做初一、他做十五，要你在中国都不得安生，什么事情这么严重？"手机显示万红的信息。

万紫脑袋一热，踩了一脚刹车，电话拨过去："发生什么事了？"

"电话里说不清，等你回来当面讲吧。"万红说道。

天气高温闷热，一整天在装修工地，汗水遍身流淌，还要做饭洗碗，给母亲搭配营养，疲惫不堪地开车回城，一句"在中国都不得安生"的话，将本已奄奄一息的万紫击得粉碎，就像一枪打爆一个瓜。万紫知道这句话的分量，万福不是随便说的，是阿桂给他递了刀子，过去万紫跟阿桂分享的个人秘密，都成了阿桂手中的"黑材料"，她认为把这些当作武器，可能断万紫的财路，毁她的事业，甚至能让她失去人身自由。

"他们是为了什么？要干什么？"万紫握着方向盘，呆呆地望着前方。

暮色渐渐凝重。

后方的汽车鸣着喇叭，从她的车边绕行过去。

十四　尺度

　　万红的第三任也来了。他们的夫妻关系有点任性,基本上是第三任配合万红的脾气,要他滚就滚,要他回就回。这一轮战争持续时间最长,以第三任向万红上交两万元现金获得"保释"为结果,太阳照常升起。这一次苦头吃得最大,除了长久的精神折磨,对自己一毛不拔的第三任,吸取了两万元血的教训,发誓不再和女人聊天,删掉了一批潜在的"危险分子",生活中也不再随便和女人搭讪了。

　　万福和万红第三任的关系一直不错,他的信息是往第三任的手机里发的。

　　万紫查看所有信息,聆听语音播放。她的心脏被一只手死死地揪住了。

　　"从上面压下来做手脚,要把我们赶出去,我们还蒙在鼓里……她做初一,我做十五,我要让她在中国不得安生。"

　　"我们没想要建房子。拆了我们的旧屋,要给我们赔偿。我在工地做了七八个月,工钱一分都少不得……"万福以一种吊儿郎当的腔调说着这些,似乎还有一种幸灾乐祸的愉悦。背景是"打官司,一定要打"的叫嚣,很难想象那因歇斯底里而破嗓的声音,是从身高一米五、满脸苦相、柔弱无争的阿桂嘴里迸发出来的。

　　看完所有信息,听完所有语音,万紫明白是母亲制造了这场矛盾。当她从镇里吃完饭回来,告诉母亲可以多拿一块地皮的喜讯之后,母亲别转头假装瞌睡,但是背地里迅速"通知"阿桂,自己的女儿要霸占宅基地了。

　　万紫一阵晕眩。建筑之事耗尽了她的心血与能量,连续奔波工地装修,原本酷爱开车的她一想到要开车上路就恶心,身心俱疲到了崩溃的临界点,如果不是为了母亲这一信念支撑,她早垮掉了。

　　"我怎么生在一个这样的家庭中?"万紫浑身发冷,从心底蹦出了这句话。被母亲歪曲其意后的出卖,阿桂他们歇斯底里的表现,一件子虚乌有的乌龙事件,成了人性的试金石。

　　万紫彻底散了架,瘫倒在沙发上。

　　万红的火暴性子上来了,打通阿桂的电话,一通劈头盖脸地斥骂:"你们有没有一点良心,说什么她要赶你们出去,让我搬进来住? 她是这样的人吗?

我会住进去吗?她为了这栋房子有多辛苦你们不知道?没想到啊,你们终于有出息了,真的有种了,要和帮了你们一世的妹妹打官司了,还要让她在中国不得安生?你们知道自己在干什么吗?为什么把她想得那么卑鄙无情?她干了什么对不起你们的事?旧房子拆了要她赔,非要这么说的话,你忘了拆旧房是你们自己在现场指挥的,妹妹在几千公里以外。再说了,你忘了建旧房时你们求她帮忙解决资金?忘了生病时找她要钱?忘了救命也找她拿钱?忘了你们现在住的房子是谁帮你的?谁把你的儿子扶到写作的道路上来?谁给他介绍了工作?烂泥扶不上墙是他自己的责任吧?别人不可能一次次地给他找工作吧?爷爷和父亲去世,医药费、葬礼,你们作为长子长媳,没让你们掏一分钱。母亲一直是她赡养的吧?她做了什么对不起你们的事情,就值得你们要这样置她于死地?"万红一口气数落下来,手都在颤抖,"谁害妹妹,我杀他全家!我反正也不是长命的了。"

阿桂沉默着。

"不是妹妹有一千万元,拿一百万元出来建房子,而是在负债的情况下做这件事。你们想想,为什么她现在要在产权证上加署名字?就是因为你们没良心,对你们失望,你们太让她寒心。你忘了每次坐飞机前,她都要把几十万元房款打到你的账户?她怕飞机掉下来,怕房子烂尾,怕母亲没地方住。你们竟然一点都不明白她的心思。你们现在在争什么?你们要什么,打官司打什么?你们现在过来说清楚!"

"我不知道万福说了那种话。"阿桂轻轻说道。

"你不知道?那电话里叫嚣着要打官司的堂客们是谁?"

"那是有上下文的。"

"帮你们建房子,犯了法。"

"我什么都不要。"

万紫吐出一口长气,拿过电话:"阿桂,有些东西不是你张嘴就能要到的,得看别人是不是心甘情愿地给你。"

"我没想要房子,"阿桂低声说,"但宅基地是我们唯一的家。"

"知道农夫与蛇的故事吧?"万紫说道,"你们现在过来,我们把一切都说清楚,我不想和你们有任何财产纠葛。"

阿桂在万莉家,她很快就过来了,进门就抹眼泪:"你们都知道,万福一向是口无遮拦的，他又不会真的那么去做。当然他说出那样的话肯定不对，一个妹妹这么辛苦地帮家里，只有感激的，我已经骂过他了，回去我还会跟他谈。老这么信口开河伤人心，要不得。"

"让我在中国不得安生，对你们肯定是有好处的吧？"万紫已经不相信阿桂的眼泪了，"我马上降级装修水准，你们房间的木地板和卫生间装修，资金也到不了位。"

"他是嘴上厉害，心里软。"阿桂假装没听到，"你都不晓得他是怎么骂孩子的，骂得比这恶毒得多，好在儿女都不记恨他……这是你们兄弟姐妹之间的事，你们是血亲，我也不好说太多。"

"这不是我们兄弟姐妹之间的事，这是我和你们家的事。"万紫纠正道。

阿桂开始数落丈夫的毛病和缺点："又没本事，又不会沟通，脾气又暴躁，开口就骂人，净挑伤人的话说，说完又后悔，我太了解他这个人了。要不是看在儿女分儿上，要不是知道他心底是好的，我早就和他离婚了。你们不知道，我被他气得出走、住院的事都有。但有什么办法，看着他那么瘦，身体又不好，在外面做一天苦力，又没吃什么好的，也没享过什么福……"

阿桂打出苦情牌，所有人都沉默了。

万紫心里涌起一股怜悯。如果他们老老实实的，不那么精明地计算着房屋财产，对万红宽容友善，房屋产权自然全部是他们的。她明白阿桂在力争获得新房子更多的权利，她眼里只有自己的生活，只想着自己的儿孙满堂。她过于用力，暴露了她对亲人的无情冷漠。阿桂是一个可怜的女人，为了自己的家庭埋头苦干，在城里当了几十年保姆钟点工，依旧家徒四壁，屋子里的烂家具旧电器全是别人的施舍，一年到头她都在工作，切掉子宫没完全恢复就开始出去做事。万福瘦得下巴像锤子，环卫工人、筑路工人、保安、抢险员，哪里要他去哪里，还要经常与体内的血吸虫抗争。

万紫惊觉自己堕落到和可怜人争吵的境地，羞惭万分。她从来没有这么真实地卷入过乡村家庭的内部生活，她没有拿过任何人的东西，也没想过拿，她只是停止一味付出的模式，决定在经济上和他们划清界限。他们不习惯她的改变。和他们相比，她是强者，他们也认为她是强者，她比他们富有，比他们有文化，比他们见过世面……她理所当然地为他们付出。他们不懂她，她应该懂他们，甚至理解他们，因为她是研究人、分析人的，她有更高的思想层次。

但是当万紫在自我反省中,对阿桂他们的情感趋向友善缓和之时,却发现他们已经编织了强者欺负弱者的故事在亲戚当中传播。弱者天生站在道德制高点,强者自然会遭受不公平的谴责,连平时联络稀少的亲戚都说:"阿桂委屈。"

十五　截体

母亲亵渎了万紫对她的爱。那一天她离母亲那么近,母亲半靠在床头吹风扇,万紫坐在床沿,怀着一种向母亲撒娇的小女孩心理,分享她带回来的好消息。地皮可不是随便什么人都能拿的。她想让母亲知道,过去可能要看各级领导干部的麻木脸色,现在村干部领导干部都会请她吃饭了,以后没有人敢欺负万家人了,女儿可以保护母亲了。她以为母亲会开心。可是母亲把这些看作女儿与权势勾结、欺负儿子的情报,偷偷地通风报信了。

李主任又来调研。万紫看见母亲与他在屋后说话抹泪。她还没来得及告诉母亲,她的乌龙情报,导致了一场巨大的冲突,阿桂肯定也没提。她可以猜到母亲在和李主任说什么,她正以伟大的母爱阻止一场儿子宅基地被夺走的阴谋,毫无顾忌地损害女儿的尊严与名誉。

万紫感到屈辱与羞耻。

"你还不过来,你喊的上面的人,又来做调查了。"母亲黑着脸。强调"你喊的",敌我分明。

万紫心里咆哮着,对母亲那张哭过的阴郁的脸涌起一股厌恶。

她笑着和李主任握了握手,问母亲哭什么。她多希望有一个慈爱的、知书识礼的妈妈,有能力化解家庭矛盾,至少不会制造矛盾。

"没有,她是眼里吹进了沙子。"李主任很聪明,逗留了一会儿就走了。

"你应该把事情搞清楚了,再去通风报信。"万紫对母亲说道。

"我不该告诉他们?"母亲流着泪护犊子,"上面都来这么多人了,只有他们都还蒙在鼓里。"

"什么事情蒙在鼓里呢?你为什么要把我想得那么坏?说什么我要把他们赶出去,让万红住进来,心得有多狭隘才会这么揣测别人啊。"母亲的脸脏兮兮的,眼睛只剩一条缝,满脸皱纹,万紫真不忍心吼她,可是不吼她又听不见,

"不要什么都怪罪于你那个可怜的穷女儿,她太无辜了,你知道她要养病,老天保佑她不是癌症吧。"

万紫想起万寿,一股悲伤袭来。

母亲一扭头走开了。这是她的习惯动作。不知道是不懂表达,还是不屑一说。她总是无法把一件事情说透,无法水落石出,每次沟通,总是随着她脖子一扭宣告终结。只有和阿桂聊天,对于东家长西家短的事情,她才有滔滔不绝的见解和评析。

万紫不知道此刻母亲心里在想什么。她有没有反省,有没有对大女儿心生怜悯,产生一点愧疚,有没有为自己并不准确的情报,给子女间造成了误会和矛盾感到不安?她有没有想过,原本是书斋中的小女儿,放下自己舒适的生活,放下赖以为生的电脑,像个男人一样顶着烈日在工地上指挥、劳动,晒得黑黑的,忍受因阳光过敏带来的皮肤刺痒,只是为了给她建房,为了家族团聚?她有没有想过小女儿为什么不留着钱过自己的日子,去世界各地游山玩水?

万紫面向菜畦呆立。母亲的菜种得很好。那原是个洼地,是母亲找她要钱填起来的。万紫觉得自己在此地的忙碌就像一个笑话,一个并不逗人发笑的笑话。她感到窘迫,可又无法一走了之。她还要负责外墙的漆面验收,和王总结账。无论如何,她要保证房子按原计划完工。她已经没有心思计较室内装修。装修师傅和她商量什么,她都由师傅自行处理。全屋铺木地板的计划改为铺瓷砖,取消了吊顶,取消玻璃淋浴间,洗手台由三千元一个降到一千五百元,即将动工的园林围墙也暂时不做了,屋子周围的土也不填了,绿化园林自然不会考虑。

外墙漆已经做完了。一个黑壮的外地人从王总手中包下了这个项目,然后将工作交给了两个本地的年轻人。万紫这才想到应该检查外墙效果,随便转了一圈,发现施工毛躁,漆喷得厚薄不匀,边界线不直,有几个地方还弄错了颜色。她打电话告知王总整改。隔天过来,只见咖啡墙面打着几个白补丁,王总说油漆工已经撤走了,补丁是小马打的,没有咖啡色油漆了,所以用白色的填补。

"你家的黑衣服会打白色补丁?这么大的工程都做完了,几个小地方就不能好好收尾?"如此敷衍了事,万紫觉得不可思议。

"你买油漆来,我免费给你刷。"王总说道。

"你又蛮不讲理了,对吧?做好外墙漆,是你的责任,咖啡色上打白补丁,我相信你心里明白这是个笑话。我不可能验收。"

王总以亏损为由不断狡辩,双方在电话里纠缠了很久,最后万紫说:"这几个地方的颜色不处理好,工程验收通不过,无法竣工,延期将要追加罚款。"

"万总,我已经通知你验收了,三天之后你验不验收,工程都会竣工。砌墙和盖瓦的工钱我还没付,你欠我的尾款数目差不多,就由你支付给他们吧。"

"你欠农民工的工资,和我没有关系。你得按合同办事。"万紫觉得这世界到处在和她作对。

"我跟你说了,这个项目我亏损,你不要太欺负人了。有好几个地方你要求返工,我都没收你的钱,是不是?你要是不承认,我就去把返工的地方砸了。"

"你敢损毁我的私人财产?有没有一点法律知识?只要是甲方的责任需要返工的,我都承认,那几个小地方返工,不过是一两个工的事,我就给你三个工,九百块钱。你还有什么要算的?我给你算违约金了吗?遇到我这样的甲方,算你走运。"

王总说工程逾期是客观的,天气不好,陆续下了很多天雨,工人又轮流感冒,有一段时间因为管控,工人还不能离开本地……他不顾一切地狡辩,渐渐露出下三烂和混混儿的蛮不讲理,言语中还带着某种隐隐的威胁。

万紫掐掉了电话。

第二天,瓦面包工头张太山和泥工师傅来找万紫,说王总交代了,工钱在她的手里。万紫如实相告,尾款不多,扣除质保金,并不能够付清他们的工资,而且王总无权转移债务。万紫请他们放心,如果王总不付工钱,她会帮忙联手告他。

当天晚上,万紫发了一条信息到建筑群里,通告王总工程烂尾,以及拒付农民工工资的情况。一直沉默的荣总也在群里劝王总好好收尾,不要引发更大的麻烦。

王总没有回复。

两天后,万紫发出一份关于乙方拒不履行合约,甲方保留法律解决途径的书面通知。

尊敬的乙方(王总)：

甲方别墅工程逾期四个月尚未完工，两次通知乙方，修补外墙漆，完成洗手间防水，尽快竣工验收，但乙方拒不执行合同，反复商谈无果。现甲方最后书面通知乙方，务必在周一上午八点之前，解决处理工程烂尾事宜，如仍拒绝履行合约，甲方将即日通过法律途径维护权益。

1.报案。恶意拖欠农民工工资，不付房东水电费跑路。

2.起诉。工程逾期四个月，严重违约，造成巨大损失，须按合同赔偿。

时限三天。

甲方：万紫

二〇二三年八月四日

十六　散水

万紫的生活从来没有这么混乱，这么充满无力感。家人的态度，工程烂尾，包工头耍赖，装修电工埋错了线，瓷砖老板为了销货故意发错颜色，产品型号也不对，仍然狡辩那就是她要的。大大小小的事情在这一瞬间全部涌来，万紫无力应对，退一步将错就错。不去计较瓷砖颜色、装修样式，来的什么，就安装什么。她也厌倦了这些小商小贩，厌倦了他们防不胜防的欺骗，厌倦了他们巧舌如簧的坑，厌倦了在毒辣的太阳天出门，为这样那样的事继续奔波，却没有人在乎。建房子是她一个人的事。他们认为她无所不能。是的，她是无所不能。离开这么多年，她从来没有要求过家人的任何帮助，没倾吐过苦水，没诉说过悲伤，没表现过脆弱，她比钢铁还坚固。没有人主动打电话给她，关心她、问候她，屈指可数的电话，都是要钱、生病，或者发生了别的事情，以至于她看到他们的来电，心跳就急剧加速。

她又想起了二哥万寿。如果万寿活着，很多事都可以推给他来做。他办事她放心。她后悔没有回来参加万寿的葬礼，没有关心过他的儿子万明。从阿桂那里听了太多关于阿桃的负面信息，比如阿桃外遇，不关心万寿，万寿在家里喝了很久的粥，病得连粥都咽不下去，才肯花钱到医院看病，听起来她简直是

435

个蛇蝎心肠的女人。

万寿的死，万紫是怪罪阿桃的。阿桂说什么，万紫都信了，不容分说便拉黑了阿桃。万明聪明开朗有魄力，比阴郁鲁钝毫无主见的万固更受欢迎，阿桂乐见万紫抛下这对孤儿寡母，将焦点放在她的家庭。

无眠长夜，万紫心头涌起对阿桃母子的愧疚，尤其是当阿桂一家如此无情，扳着手指头能数过来的亲戚，眼看着就扳不了几下子，她忽然想重新拾起阿桃这头亲。所有关于阿桃的动态都是阿桂说的。什么矢志不改嫁，自称永是万家媳妇的阿桃找到了男朋友，然后是阿桃同居了，阿桃结婚了，阿桃要带新人回去见母亲，母亲拒绝了。已经过去七年，时间改变了一些固有的东西，万紫发现自己早已谅解了阿桃，同情阿桃千疮百孔的生活。在万寿被诊断出癌症晚期前两年，她自己经历了一年多的化疗，与死神近在咫尺，病中有了信仰，病好后成为忠实的信徒。

万紫想好好地祝福阿桃，她是苦过的女人，她理当追求幸福，获得幸福。她记得万寿第一次带阿桃来家里，阿桃双脚踩在门槛上玩。现在想起来，阿桃应该也是一个率真的人。她又想起某年回家，万寿将两岁的万明放在她的床上，要姑姑带着睡，说是"再不抱他就长大了"。第一次见面，万明一点都不认生，好像知道这是很亲的亲人。

想到这些，万紫忍不住泪流满面。

她决定去见阿桃。

天气持续高温。万紫的脖子和手臂冒出密密麻麻的红色颗粒。她一直没空去买抗过敏药。挤入自私与粗鲁的车流，嗅着焦躁而自大的气息，她想回到自己北方的家。她在这里像一个可笑的蠢货，掉进了漆黑的陷阱，在他们的伦理价值观念包围中，感受到自己的失败，承受他们对一个老单身女人诡谲的眼光与揣测。母亲也是其中之一。母亲从来不和她谈任何个人问题，她喜欢和阿桂在背后议论她，就像谈论某个邻居家不正常的女儿。

一辆车不打转向灯忽然往左横去。万紫猛踩刹车，爆了一句粗口，自己也吃了一惊，短短几个月，她由一个说话缓慢的文明人，变得如此急躁暴戾。

她脑海里又出现"在中国不得安生"的声音，还有阿桂变声的吼叫"打官司，一定要打"。她曾经感动于每次回乡阿桂买菜做饭，万福杀鸡剖鱼，他们是她的亲人。她也想好了请阿桂在家照顾母亲，她付她薪水，她会照顾他们没有退休金的晚年,当然也包括万红。

她心里始终装着他们。

可是……

一股凄楚拥堵在她的喉咙口。

"在中国不得安生……"

"亲情是什么……亲情就是金钱和物质的总和……"

眼泪涌出来,满脸爬行,她渐渐泣不成声。

"我没有自己的家庭,在我心里你们就是我的家人……既然是出口伤人,为什么不来道歉,为什么不向我道歉?"

万紫突然感觉左侧传来刺耳的鸣笛声,她本能地将方向盘往右猛打,一个巨大的阴影覆来,一辆庞大的油罐大卡车擦着车头飞过,轮胎因为紧急刹车摩擦出浓烈的青烟。

命悬一线。

从油罐车呼啸而过的阴影中回过神来,她意识到自己活着,脚还听使唤,双手在方向盘上,没有血迹,浑身上下没伤一根毫毛。

也许是二哥的庇佑。

她花了些时间平复这幕惊险带来的冲击,缓慢地开到镇餐馆。

阿桃已经在这里了。一见面她就抓着万紫的双手,眼睛瞬间红得像兔子,眼泪汩汩外涌,冲刷着涂着粉底的脸,露出皮肤老化的底色,显得不太洁净。万紫没想到自己也会哭,就像盼着家人替自己出气的小时候,终于见到了二哥,滚下委屈的眼泪。

做了几十年姑嫂,还是头一回这样亲近。两人在能容纳十几个人的大包厢里时哭时笑,好半天平静下来,菜也快凉了,两人一边吃,一边从容地说些体己话。

万紫谈起来自阿桂他们的误会与伤害,越来越感觉阿桂是"老骥伏枥",扮猪食老虎。阿桃倒是有些为嫂的气度,劝万紫别往心里去,家里只剩这么些人了,要和和气气地住新房,让母亲开心。但她也会说起过去的不快,比如万寿刚落气时,阿桂就发号施令,要按镇里的习俗办丧事,她不同意将万寿葬回村里,万明就是因为这件事顶撞了他们。

阿桃云淡风轻地说了很多她似乎早已看开的往事,有些事情与阿桂的说法截然相反,倘若阿桃没有撒谎,那么阿桂就算得上一个城府很深的有术之人,她掌握了万紫爱憎分明的性格,给她灌输了许多阿桃的负面信息,成功培育了万紫对阿桃的厌恶之苗,万紫相信阿桂的每一句话,这么多年被牵着鼻子走,断了阿桃这头亲,疏远万红,最后只守着阿桂一家转。

万寿在世时,阿桂曾经对万紫说,万寿他们想回来分宅基地和祖屋。但阿桃说他们从没有过那样的想法。万紫相信阿桃说的,这就是阿桂典型的旁敲侧击的话术,一为试探万寿他们是否真有此念,二是看万紫对此的反应与态度。如今面对新房子,她张牙舞爪,同样是害怕宅基地被万紫瓜分。

万紫为自己的头脑简单感到羞愧。

"过去的事情都过去了,"阿桃含泪而笑,"一家人永远是亲人。"

十七　雨篷

与阿桃见面,冰释前嫌,这肯定是善意的,于情于理都应该弥合这道裂缝。事实上万紫夸大了内心的歉疚,她并不欠阿桃的。她曾经在救治万寿的事情上全力以赴,得到消息便立刻找人安排入住省会医院,并且提前结束了在欧洲的旅行赶回来。她强有力的支持给了万寿活下去的信心与希望。万紫和兄弟姐妹住在医院旁边的酒店,陪伴他治疗了两个多月,她负担了所有的开销,付出了近十万元的医疗费用。阿桃与万紫姑嫂多年,从来没有建立单独的联系和私人感情,经常一两年不通音信。

不过,万紫迈出这一步的动机应是更复杂一点。有那么一刹那,因为阿桂一家的言语和行为态度,万紫忽然间产生了势单力薄和众叛亲离般的惶恐,因此特别怀念二哥万寿,而阿桃是万寿的象征。也许这是推动万紫去见阿桃的深层因素。也许万紫在这次见面中有建立同盟的企图,但因双方相互缺乏基本的信任基础,又有关于阿桃厉害的传闻,万紫不会在悲喜交集的眼泪中掉以轻心。

阿桃只是另一个版本的阿桂。万紫依旧不喜欢阿桃,甚至觉得见面是多此一举,家长里短的无聊琐事,弄得沉渣泛起。无非是提供了一次彼此宣泄的机会。她们原本是不同世界的人。这一次并不完全信赖,甚至暗藏戒备的交谈,将是两人此生唯一的一次,她们也终将只是在做红白喜事时往来的亲戚,交情不会溢出。

不过,她们毕竟见面同哭,万寿泉下有知,多少会有些欣慰吧。

下乡的路上,万紫的心情明朗了许多。

太阳一早就释放出辛辣。天气预报显示最高温四十摄氏度。黑狗看见万紫欢欣吠叫。万紫牵着它在田间遛弯。黑狗嚼着叶子细长的青草。狗不舒服会自己找草吃,万紫也想嚼一种青草治疗不适。她内心忐忑,给王总下了强硬的书面通知之后,不知道形势会朝哪一面发展。她真的无力再应付任何节外生枝的事情。假设王总来了,她就通知张太山过来,他们打算扣押王总的车,逼他现场付清工资。如果王总不来,她就得带领张太山他们采取法律手段。打官司是最坏的结果。

"现在谁都不敢欠农民工工资了,这是犯法的。只要去劳动部门一告,很快仲裁,资金就直接从包工头的账户划拨出来了。"张太山对打官司并不悲观。他抽吸着无形的鼻涕,说起去年承包的工程,施工时有一个工人摔死了,被判赔十二万元。他对这条路很熟悉,律师都是现成的,和他们打交道不是一次两次了。

农民工懂得使用法律维权,这出乎万紫的意料,自己免于被拽拖进官司的泥沼,心里略微轻松。建筑工程剩下的几个小施工项目,装修师傅答应完成,卫生间做防水,涂掉外墙漆的白补丁。如果王总不来,等于放弃尾款和质保金。但他人不在本地,张太山讨薪也没他说得那么容易,拿不到钱,终归会牵扯到东家,横竖是件麻烦事。

万紫心里正七上八下,只见一辆黑亮的豪车停在了堤边上,王总和小马下了车。万紫发信息通知张太山,拴好狗,在工地等着。

"今天咱们把所有问题都解决好。"王总往建筑里头走,小马拿着账本跟着,"你来说清楚,有哪些地方需要修整?"

"天花板已经开裂,看到了吗?"万紫指着屋顶几条细长的裂痕,"但我不想追究责任,我请装修师傅处理这个事情。工程太马虎,有个房间的天花板一头比另一头高五六厘米,只好通过吊顶来整平。至于卫生间做防水,以及外墙漆修补这两项,你现在就可以计算一下费用,我们今天做一个彻底清算。你用工程尾款减去这八个月的施工水电费三千六百元,由我母亲垫付的,减去卫生间防水及外墙修补费用,再减去质保金一万五千元,我要付你多少?"

"行。防水工程加外墙漆修补两项就算八百块钱吧。"王总埋头计算，很快得出结果，"你总共还要付我三万九千六百元，再加上上次提到的九百块钱返工费，一共是四万零五百元。"

"按照合同约定，扣除质保金一万五千元，一年以后退还。"万紫说道，"你不能要我做合同以外的事。"

"万总，不能这样，这都不够我付泥瓦匠的工钱，"王总恳求，"要不剩下的工钱，我让他们一年后找你拿。"

"你欠谁工钱，和我无关。我现在马上付清工程尾款。"万紫打开手机转账，"我已经全部履行了合约责任。"

"这不行啊，我欠着别人的钱还不清，你怎么能欠着我的钱不给呢？我的血汗钱啊！你不给，我今天就跟着你走，你走哪儿，我就跟到哪儿。"王总边说边无耻地贴近万紫。

"按照合同规定，质保金一万五千元一年后退还。你不要耍赖！"王总靠得那么近，涎着一副下作的嘴脸，做出侵犯的姿态。他身上散发出不洁的气味和劣质的气息，万紫迅速地避开这团脏污的东西，往长堤上走。王总紧跟在后，嘴里念念有词。

万紫疾步前行。

王总如影随形。

万紫猛地停步转身，甩了他一耳光。

"打人了，打人了呀！"王总几乎是欣喜地叫了起来，扭头寻找自己方面的人，见小马垂着手木然旁观，厉声问道，"你拍呀，拍了没有？"

小马不情愿地拿出手机，开始拍摄。

万紫恍然大悟，原来找打正是王总的目的，挨了打，他就获得了进一步闹腾的筹码。

小马的手机对准了现场，王总的表演开始了，他继续逼近，几乎要贴到万紫的身体，挤眉弄眼，肢体挑衅，企图再次激起她的愤怒。

万紫克制着，只能用冷冷的眼光射杀这头野兽。

但野兽的皮早已厚到刀枪不入。

已经有不少村民围观，屋角边、树荫下，三三两两的，男人抽着烟，女人摇着蒲扇，神情闲淡。

毒太阳像舞台灯光,照着一对男女主角。

小马的摄像头准确地捕捉着演员的肢体动作与表情。

"你敢再碰我一下?"男女主角的脸相距不过一巴掌宽,男主皮肤油汗泥泞,身体不动,运用面部表情和眼神肆无忌惮地挑衅,羞辱、刺激,忽而鄙夷,忽而邪恶,忽而轻佻,"你再打我一下试试?"

被冒犯的女主眼里是愤怒、厌恶、绝望、孤立无援,如果导演安排她手里有一把西瓜刀,男主就会捂着肚子倒在血泊中。

一个外地人敢在村里这样撒野,这是过去历史上从来不曾发生过的,更莫说这样明目张胆地欺负女人,左邻右里早过来揍趴他了。但是,这个年代的这一刻,一个外地人对本村女性肆无忌惮地冒犯与羞辱,没有一个人站出来把这个泼皮拉开,没有人出面秉公理论,更没有义愤填膺的拳头砸过去。

好戏开场,人们在外围静静地观赏,小声议论,探讨故事的来龙去脉。背景是一栋新鲜明媚的别墅,蜘蛛还未来得及织网,尘埃还没有积满窗台,烟囱口还不被油烟污染,瓦缝里还没藏下一片落叶。它一尘不染,在阳光下散发出厚厚一沓新钞的清香。

长达八九个月的建筑工程,王总掌握了万福胆小怕事的特点,熟悉了村里的人际关系,但凡万家有一个硬汉,他也不敢如此放肆。

万紫的眼里渐渐贮满了泪,失望与心酸替代了心中的厌恶与愤怒。她没想过向万福求助,她心里还回响着"在中国不得安生"的刺耳声音。围观者中没几个她认识的,他们对她更加陌生。

她慢慢恢复了理性与冷静,清醒地意识到眼下的村庄,已经不是她那时的村庄,她不过是一个外地人,村民们围观的,是两个外地人的纷争。

无计可施中,万紫打电话给万红,叫她和第三任"带些人来"。这话是说给王总听的,她想暂时挫一下他的嚣张,摆脱眼前的困局。

王总像一只斗鸡,紧盯着对手。

"你别欺负一个女人。"这时候张太山来了,连扳带推逼退王总,"有话好好说。"

"我没欺负她,是她打人!"王总向周围人求证,"你们刚刚都看到了吧,是她打人。"

没有人回应。

王总望向小马，小马低下了头，这个年轻人脖子都羞红了。

"你们的事我不管，今天你必须结清工钱。"张太山说道。

王总的车被围住了。有人喊把轮胎卸了，有人喊打残欠薪的人。

见形势不妙，王总友好地搭着张太山的背："哥们儿，你放心，你的钱我一分都不会少……只要万总的尾款一付，我立刻转给你……由她直接给你也行。"

"一码归一码，我不管你那些啰里吧唆，今天你就得把工钱给我付了，我的工人在等着呢。"张太山不吃这一套。

"保证一分钱都不会少你的。这个项目我亏大了，真的没钱……"

"没钱你还换了新车？"

"我的车坏了，这是临时借的……"

"不给钱，那就扣车。"张太山毫不客气。

王总掉转矛头，手指万紫："大家看吧，她欠着我的血汗钱不给，我们辛苦做了这么久，亏本做的这个项目……"王总又死皮赖脸地逼近万紫，说："你还我血汗钱，还我血汗钱……"

这时一辆摩托车咔嚓停下，是万红和第三任，他们真的带人来了，"人"就是万红怀里那个一岁半的孙女。

三个人来势汹汹。

"你干什么，欺负女人算什么东西？老子一嘴巴扫死你个杂碎！"万红腾出一只手来直指王总。

本已蔫巴的王总顿时来了精神，将右脸朝万红跟前一伸："你打，你打呀！"

话音未落，他便挨了"啪啪"两巴掌。

"你敢动我老婆一根毫毛，老子两根手指拈死你！"王总还没反应过来，第三任已经挡在面前。

"拍到了吗？"王总转头问小马。

小马点点头说："都拍到了。"

"我要报警，这里暴力打人。"王总心满意足地打通了110。

母亲忙完事情从屋子里出来，看到堤上聚了些人，不知道发生了什么，见到王总也在，连忙客气地迎上去，问他要不要在家里吃午饭。

十几分钟后,来了两辆警车、四个警察,胸前都别着微型摄像机,落地犹如四大金刚。

"谁报的警?"高个儿警察问。

"我。"王总回答。

"谁打的人?"高个儿警察又问。

"我打的。"万紫说道。万红回屋给小孩换尿不湿去了。

"不是她,是那个抱小孩的女人。"王总说道。

"走吧,都随我们去派出所做记录。"高个儿说道。

人们堵在王总的车前,说不能让他走,他还没付清农民工工钱。

高个儿警察说他们只处理打人的事。

"他的车留下,人可以跟你们走。"张太山灵活。

"我也是当事人,我跟你去。"万紫说道。

"要打人的当事人去。"高个儿警察很严肃。

"我姐姐在带婴儿,而且她晕车,去不了。"

"那我就只能强制执行。"高个儿警察威容难抗。

"你敢! 你得先搞清楚事实。"万紫厌恶这冷血的执法,"是那个包工头逼过来,我姐姐出于本能要保护孩子。"

黑壮警察叉开腿堵在万紫面前,警告她这是在妨碍执法。

"收起你这副嘴脸吧,别对着基层老百姓作威作福,你是来为人民服务的。"被王总堵住,万紫心中的厌恶感到了极点,这会儿被黑壮警察堵住,瞬间觉得自己强大起来。

头脑灵泛的围观者被万紫的话逗得笑了起来。

"你们听着,一个女人抱着孩子,如果和他有肢体上的冲撞,那也是为了保护孩子。他是个壮年男人,他那么情绪失控地逼近她们,很容易伤到一个柔嫩的婴儿。"万紫开始了她擅长的雄辩,"而且,今天最主要的事情是,他不给农民工工资。警察是抓坏人的,这里明摆着有个坏人,真正违法的坏人,你们不去管,却要对一个抱着孩子的女人强制执行什么? 你们这是在变相帮助坏人。我可以告诉你,你无权强制我做什么,如果你要求我配合,那你还得对我客气一点。否则,我现在就向你们的领导投诉。"

万紫真的拨通了电话,她用的是免提。

人们静下来。警察也竖起了耳朵。

"伍哥,我乡下建房这里出了一点麻烦。包工头拒付农民工工资,在这里撒野。我姐姐抱着小孩和他发生了冲突,他报警说我姐打人。现在镇里的警察过来要强制带走我姐姐,却不管违法欠薪的包工头。"

"好,你别着急,我马上想办法。"

此时已是上午十一点。围观者堵在长堤上,影响了车辆通行,一个警察不得不临时当起了交警。

看上去空荡荡的村庄,一出事竟然能凑齐这么多闲人。世界一片混浊。万紫感到荒诞,感到羞耻,没想到离开几十年,竟以这种方式给人们提供了一顿免费的盛宴,供他们津津有味地咀嚼着,沉浸在闲适迷人的田园风光之中。

她立在沼泽中。四周雾气氤氲升腾。阳光刺激下,她的皮肤上有更多的颗粒冒出来,痛痒的面积在渐渐扩大。

两三分钟后,高个儿警察的手机响了,他边接边走到僻静处,所有目光齐刷刷地望向他。十分钟后,又来了两辆警车,后面一车全是着黑色便衣的警察。

一个帽子有点紧的警察跟万紫握手,自我介绍了之后,转身朝人群大声说道:"乡亲们,请安静一下。这里发生的情况,我都已经了解了。我们也不欺负外地人,全过程请大家随便监督、录像,我们保证实事求是处理。请问,谁是万女士建筑工程的包工头?"

"我。"王总摸着脸,表示他受了伤。

"哪些人被欠薪了?"

"我们。"张太山和泥匠包工头站出来。

"有没有凭据?"

"有。"张太山和泥匠包工头递上票据。

"欠条是不是你打的?"帽子有点紧的警察问王总。

"是的。但是……"

"别废话,立刻把农民工的钱付清。"

王总面如死灰,默默地掏出手机,开始微信转账。张太山和泥匠收到钱,朝帽子有点紧的警察竖了竖大拇指。群众鼓掌,称赞帽子有点紧的警察是个办实事的。

"那她打人的事怎么办？"王总问。

"那是一个抱着孩子的女人，你是一个年轻力壮的男人，一个弱者，一个强者，弱者为了保护孩子，发生了肢体碰撞，也是情理之中的。我问你，你有没有孩子？"

"有。"

"那我相信你更能理解我刚才这番话了。"帽子有点紧的警察拍拍王总的肩，语重心长地说道，"伙计，在外面做工程不容易，和气生财，了结了这个工程，回家去抱抱孩子吧。"

王总脖子僵直，像是噎住了。

这时又来了一辆警车，是镇长和镇里的派出所所长。

村里头第一次集中出现这么多警车。

十八　分水线

"阿桂，我得告诉你事情的来龙去脉。母亲实在是不愿在别人家住下去了，我想着提前把她的东西搬进新屋算了，即便还没铺地板，住起来也还是要舒服很多。天气那么热，顶着中午十二点的太阳，我一趟一趟地搬。有些东西我搬不动，我只能喊你丈夫帮忙搬。只要是我能做的，我绝不会麻烦他。施工队已经竣工撤离，屋边的横排水管被运泥车轧坏了，你丈夫在挖开检查，准备换新管子。我喊了他几回，他才扔掉铲子，很是不耐烦。

"搬完东西，我正在搞卫生，供电所打电话告诉我，他们在别的工地匀出人来了，马上来给我们挖洞埋电线杆，工人已经在路上了。我赶紧放下手上的事，问你丈夫电线杆埋在哪里，都定好位置了没有，确定不要影响砌围墙。他就放下锄头，走到化粪池边上，脚踩中电线杆位置。我说他的定位正好在分界线上，而且太靠沟边，一挖洞沟边的水泥块也会垮掉，电线杆正好在围墙线上，而且影响终端做圆柱造型。你丈夫焦躁不安，狡辩着说没在围墙线上，又说了他定在那个位置的原因，一会儿说是避开排水沟，一会儿说线在空中要拉成直线。

"我让他解释一下排水沟在哪里、水从哪里排的，他要是说得对，我肯定要听。我不知道他是不是单纯地要反对我，不愿承认我总是对的，他闷声不吭地走了,继续去挖他那边的水管。我是一个讲道理的人,以理服人对不对?他采取这种态度是表示抗议吗?我朝他喊:'位置都没定好,怎么就跑了?既然你提到了水沟,你连这个事情都解释不清楚吗?'他就在那边发火,不知道他心里积着什么怨。我累得像条狗,也失去了耐心,我极度厌恶跟他合作,太难沟通,太拧巴。我们就隔着一个地坪大声吵了起来。他说我一直欺负你们,最后甩掉手中的锹,大声骂我:'你是小人。'

"阿桂,我过去真的一点都不了解你的丈夫。他说要让我在中国不得安生,我可以原谅他的有口无心,但这划下了伤痕。这一次又骂我是小人,这是要把我的人品踩进泥地里,让我沾一身污。三只叫鸡公早就预示了这些不顺。避免反目成仇,我们不应有任何利益关系,我考虑如何切割房产。"

万紫一口气说完,表示要请律师走法律程序。

"哎呀,你莫听他的,他讲话跟放屁一样。"阿桂说道,"知道你们吵了架,我也很生气,狠狠地骂了他,给他做了很久的思想工作。我说,妹妹和阿桃这么多年没联系,现在见面是很正常的事情,哪里会有别的什么目的,家里还剩几头亲呢。死去的死去了,活着的要珍惜啊。"

阿桂又以旁敲侧击的方式提到万紫与阿桃的见面,透露这件事触动了他们敏感的神经,他们怀疑这里头有某种阴谋,因此给她扣上"小人"的帽子。

"幸亏我给了阿桃一个说话的机会,我现在知道了,什么是偏听则暗、兼听则明。"一股绝望的、厌恶的、污浊的怒火堵在万紫的胸口,夹杂着累积已久的悲伤、痛苦、寒心,这两股力量推动她与他们拉开距离,划清界限。

万紫受够了这些令人唾弃的鸡零狗碎。离家闯荡三十年,走遍东西南北,正是自己的努力与人格赢得了尊重,回到自己的家中却遭受亲人的侮辱、藐视、怀疑与敌对,听信他们的一面之词。无所谓阿桂是怎么知道她和阿桃见面的,也不去想阿桃到底是个什么样的女人,这对曾经的妯娌,究竟是对手还是盟友,万紫已经意识到该如何与这些亲戚保持距离,她决定和阿桂切割房产(关系),永远摆脱这纠缠不清的局面。

切割谈判定在星期一。万紫请了彼此信任的林主任做公证人,便于双方发生争执时调解,他曾经为村里的筑路项目出过力,阿桂住的廉租房,也是他帮的忙。

切割房产唯一可行的办法,只能是万紫出一笔钱,阿桂放弃房子的权利。

太阳炽热,阳光透过驾驶室车窗烘烤着裸露的手臂,万紫根本没有时间处理皮肤过敏的问题。看到自己的形象和周围的一切,都在这个夏天变得面目全非,她悲哀地感到自己活成了一个笑话。

林主任带了一位律师朋友。万紫请他们在条桌边坐下,上茶。厨房是开放式的,阿桂在洗碗。她说这事她不管,随她丈夫怎么办。一贯当家做主的阿桂,在这等重要的事情上忽然放手交权,傻子都知道她玩的是垂帘听政。万福在外面劳动,听到阿桂喊,就从后门进来,侧身坐在椅子上,仿佛椅子瘸了脚,需要他用身体平衡。他的身体语言显示了内心的怯懦和心虚。他不自在地笑着,含着腼腆,衣服上还有刚刚劳动留下的泥浆,手上也有些泥土。

万福的样子让万紫感到一阵辛酸。

有什么不太对劲。

但谈判已经开始。

万紫双肘搁在桌子上,以前所未有的严峻说道:"今天林主任在场,我先说几句心里话。没建房子之前,我们兄弟姐妹的关系是最和睦的。在建房过程中,随着更多的接触与更深的了解,我们家里不断发生矛盾与冲突。毫无疑问,房子是一切矛盾的源头。我认为,只有彻底解决房子的问题,才能避免亲戚关系恶化,反目成仇。"

"我很感谢你们的信任。"林主任劝和,"我今天就像你们的一个兄长来参加你们的家庭会议。你们的父亲在世的时候,常到我办公室喝茶。他是很为儿女们骄傲的。万紫为家里做的贡献大家都有目共睹,她是最小的,是理当被呵护的。你们的家庭其实相对简单,像我们家族,还有同父异母的兄弟姐妹,成员更多,亲戚关系也更复杂,作为长兄,我也处理过家里大大小小的矛盾。值得欣慰的是,我们所有的家庭成员都认同一点,那就是,要有爱,爱是凝聚家庭和社会的力量。"

一阵沉默。

爱是黄金,穷人家早当掉用来吃饭穿衣了,哪里存得住。

"我是这么考虑的,"万紫硬着头皮往下说,"你们也知道我的经济状况,我仍然会尽我的承受极限,想办法拿出四十万元给你们。各自为安。我拿这笔钱,不代表我有钱,更不代表这个村旮旯的地皮值钱。你们也知道,邻居家的那栋楼房卖给亲戚,只收了三万块。"

在厨房缓慢擦碗的阿桂一直竖着耳朵,听到万紫开出的数目,人瞬间凝固,微张着嘴,呆呆地望向窗外。她在掂量这个数目的分量,心里飞快地计算它的用途,能在城里买一套什么样的房子。万紫将房款暂存她账户的时候,她每天翻查利息,作为一个月薪两千多元的保姆,她从没见过这么多钱。

"要得。都依你。"万福站起身说,"没别的事吧,我继续去干活了。"

事情迅速地了结,仿佛一个急刹车。

万紫回城时,看到万福还在即将不属于自己的土地上忙碌,心里一阵凄楚。她想到父亲当年砌红砖固定分界线,担心万福老实被别人侵吞宅基地。父亲保护未来属于儿子的土地,她却在用金钱将父亲的儿子"逐出"家园。虽然阿桂做梦都想有这么一大笔钱,万紫仍然觉得自己在做一件残忍的事。她并不想成为那栋房子的主人。那不是她想生根的地方。她就是不甘心。

万紫一夜难眠。她对阿桂他们怨恨一阵,怜悯一阵,时而又自怜一番。想到自己无人体会的艰辛,想到相继离世的父兄、树倒猢狲散的家族,又想到枯瘦的万福穿着泥靴,一辈子没直过腰的劳苦姿态。也许上天指定自己成为这个家庭中最有出息的小女儿,同时也指定了她照顾家人的责任。她想起万寿在世时对万福的关照与尊重,万寿不满阿桂将儿女拢在自己的阵线,一起蔑视与孤立自己的丈夫——因为他赚的钱没她多,还常常生病——这是非常伤人自尊的。也许这就是万福性格暴躁暴力的症结所在。万寿去世后,万紫对万福倍加关心,她的车留给他开,信用卡给他每个月刷用一定的额度,经常给他买衣服,回来后还在想给他买一辆新能源车。但是不断发生的冲突打消了她的积极性,他们对待万红的态度也让她灰心。

纷乱的尘埃在破晓时分沉落下来,万紫睡了过去。但她很快从梦中惊醒,睁开眼就给阿桂打电话,说万福爱土地,那些土地属于他,她无意霸占。阿桂说她丈夫也后悔了,回来一直唉声叹气,失了魂一样,晚上一夜没睡,说土地没了,乡下回不去了,这可怎么办。

"唉,看他累得那个样子,我想骂他也骂不出来。"阿桂哭了起来。不管她是不是通过编造情景的方式表达自己的想法,她的态度总归变了,她在退步、示弱。

万紫心里又是一阵悲悯,于是暂时搁置方案,没多久发现这是阿桂的话术,她是嫌四十万元太少。

十九　天沟

万紫买了很多除甲醛的东西。搬家的良辰吉日已经选好。母亲似乎并不开心。建房过程中她也过于操心焦虑,在破房子里历经寒冬酷暑,已经变得又黑又瘦,再加上整日嘴巴紧抿,嘴角下垂,像一颗干枣,再也没有显露出嘴角的小酒窝。

好友寄来几十饼普洱茶祝贺乔迁之喜,每一饼包装都印着烫金的贺词。万紫想到母亲一个人在家,买米、换气、交电费等诸如此类的琐事,都是邻居帮忙,对于经常关照母亲的人,她都送上一饼茶叶,没帮过的,甚至略有龃龉的,也送了点小礼物。与母亲实际往来的邻居不多,也就三四家,万紫想着入伙那天,也请上这些关照过母亲的邻居一起吃饭,表示感谢。万紫还不知道自己对村里人的善意引来了家人的暗中猜忌,喧宾夺主、出手大方,显然是有所图谋的,因为乡里人不会平白无故送人好东西。

母亲心里有事。通过她这么阴郁的表情,不难猜出阿桂在母亲面前说了什么。

万紫一心为母亲,如果母亲反过来对她不满,她也不快乐。建房、矛盾、心碎,她疲惫不堪的心绷得紧紧的,变得坚硬,失去了弹性。母亲的黑脸让她更加灰心与绝望。母亲绝不会在万红面前压抑她的情绪,肯定早就直接开撕了。父亲病危住院期间,她们当着父亲的面吵起来。万红翻了一通旧账,指责母亲重男轻女,心里只有儿子和孙子,见到外孙连笑脸都不肯给一个。万红的理由是自己没被娘家人重视,因此遭到婆家欺负。母女间的恶语相向让万紫感到震惊,没想到有一天自己也会与母亲大动干戈。

母亲当家做主强势惯了,在新居里得听万紫的安排,心里别扭。比如出浴室要在地毯上蹭蹭鞋底,不要将水带到木地板上;万紫扔掉的烂东西,母亲又会捡回来;万紫要求东西用完放回原位,便于下次使用;拖把分区域使用;切肉刀和水果刀分开。母亲在她自己的现代化卫生间放置塑料桶储有机肥料,万紫没管这些,她并不试图改变母亲的私人习惯。

但所有这些都不至于令母亲脸色这么难看。

万紫买回家具、电器,淘汰的旧东西寄存在破房子里。母亲事不关己地看着她进进出出。阿桂他们的房间里始终空空荡荡,万紫连窗帘都没给他们装。她最后运回十几幅专门为新居画的油画,将父亲、母亲以及小万紫的巨大合影放在客厅壁炉上。

"看得出这都是谁吗?"万紫笑着对母亲说,她以为母亲至少会夸她一句。

"是谁?"母亲瞟了一眼画,冷淡地说,"不认识。"

万紫由头凉到脚,心里打起了寒战。

想到自己用满腔的爱,仔细描绘母亲脸上的每一道皱纹,涂抹她因劳动而变形的手指关节,想到母亲并没有享过什么福,她边画边流泪,心里愧疚,发誓要宠着母亲,照顾她,保证她那个秘不示人的盒子里永远装满现金,让她不再为生活有一丝担忧。

母亲又一次轻蔑地亵渎了万紫的爱,她感到胃里一阵发烧。

将大油画肖像放在客厅,意味着父母是房子的主人,对于母亲来说,父亲早已变成牌位住进了祖宗神龛,儿子万福才是这房子的主人。

"不认识吗……那是我没画好。"万紫勉强稳住精神,打算把画藏到母亲看不到的地方。

"我好像听谁说到,万红想要那张旧餐桌?"母亲忽然问道。

"她家那么小,应该放不下。我问问看。"

万紫打电话问万红,她的确需要旧餐桌。

"她要就给她吧。"万紫对母亲说道。旧餐桌是万紫一年前买的,她忘了可以折边收缩。

"给她干什么?那么好的桌子,还新得很呢。"母亲脱口而出。

"不给她给谁呢?反正这里用不着。"万紫震惊于母亲对万红赤裸裸的嫌弃。

"他们要放到杂屋子里去,以后有用。"

"他们要什么东西,他们自己去买!"万紫音调高了起来。

"只晓得买,他们哪里来的钱买?"母亲也露出厉害脸色。

"妈,你怎么能够这样,情愿这张桌子给儿子存到杂屋子里落灰,也不给你的女儿?你不知道她家里的样子,我知道!她现在的饭桌矮小得跟过家家一样,你这里有她用得着的东西,为什么不高高兴兴地给她?这也算是帮她啊!"

"哎呀,拿去拿去拿去,要什么都拿去。"母亲不耐烦地挥手。

"妈,我是在给你说道理。你一定要认识到这个问题,桌子给她,一定是要你真心实意、高高兴兴地给,她才会高高兴兴地收。万红很可怜不是吗?她又没上班,哪里来的钱?"

"赌博几万元几万元地输,谁有她那么多钱?"

"那是她过去犯的错误。我们都要宽容她。她现在不是在辛苦地带孙子吗?省吃俭用贴补小孩子生活费。我们要力所能及地帮她,而不是笑话她。"

"行行行,给她吧。你大哥抹得干干净净的,全都整整齐齐地摆到那个破屋子里了。"

听到"干干净净"与"整整齐齐"这两个词,万紫眼前便浮现万福擦拭桌子时的认真与爱惜。他也是家徒四壁的人,结婚时添置的几样家具早就东倒西歪,搬出去便散了架。万紫不觉对他也心生怜悯,一时间不知道桌子到底应该留给谁。

"家里还有九条长高凳、十把椅子、两张小方桌……"母亲自顾自计算起家里的老财产,那都是些瘸腿裂面的烂东西,只有劈了做烧柴用。母亲执着于旧物,似乎对新东西不屑一顾。

二十 空心墙

万紫回北方开会期间接到母亲的电话,她说黄昏时队里来了五六个人,他们怀疑花园围墙越过了界线,占用了公共马路,在家门口拿铁棍戳,用尺子量,最后说西边角侵占了三十厘米的马路,要求整改。万紫知道这个情况,为了拉直前围墙,她腾后了一米宽的宅基地,西端的角仍然伸进了马路,但她计划将整个马路向外侧用混凝土拓宽九十厘米,实际马路会比原来宽敞得多。母亲已经告诉了他们这个施工计划,他们不同意,有一个人还说,就算马路拓宽一百米也没用,这边就是不能越界。

万紫嗅到一股蛮横无理的戾气。拿着铁棍到家门口到处戳,这本身就是羞辱与挑衅,也算是欺负万福软弱。过去父亲为了分界线,曾经和邻居打得头破血流,几十年相安无事,如今又有一种死灰复燃的意味。

万紫只能采用文明手段,给镇长打电话,请他安排协调处理。第二天村支书和村主任到了现场,测量记录,承认拓宽马路便利了村里交通,从此再也没有人来指手画脚。

万紫在乔迁之日前一天坐早班高铁回来，行李都来不及放下，直接开车去超市准备水果、坚果、一次性纸杯、彩纸礼炮，更重要的是检查礼仪公司的现场布置，气球、灯笼、彩幅、音响设备——为诗歌朗诵会准备的，还要挂匾、盖红绸、粘绣球，每一件事她都得亲自到位，没人关心这些。

驱车到乡下已是下午四点。房子周围一圈巨大的红灯笼，散发着张灯结彩的喜庆。新房美得像新娘。阿桂在搞卫生，明显有了隔阂与拘谨。万紫有意化解，叫阿桂一起粘绣球，一起忙到很晚才大致安排妥当。万紫这一天马不停蹄，累得不能开车回城，晚上和母亲挤一床睡了，翌日一大早就爬起来，清扫地坪，摆桌椅，分果盘，为乔迁仪式和朗诵会做准备。

这一天小雨淅淅沥沥，交织着爵士乐的缠绵与轻愁。友人陆续到齐，喝茶吃瓜果。朋友们轮番发言祝贺。这一天母亲相当高兴，头发梳得整齐顺溜，穿着万紫特意从北方购买的玫红色外套、布鞋，步履也显得轻盈愉快。她揭匾时，在梯子上挥手，笑容灿烂。鞭炮撕扯着地面，花炮直捣着天空。建房的劳累在欢乐的气氛中似乎也随风飘散。一切似乎圆满顺利。没有吵架，没有争执，人们看到的是一个和睦欢乐的大家庭。

这种假象很快被一次更尖锐的爆发打破。

距离母亲生日还有半个月，万紫张罗在酒店订两桌，给母亲过一个特别的生日。一桌是自己家里的，一桌请村里经常帮助母亲的。母亲是情愿的，一起仔细商量了请哪些人，核实了名单，万紫最后加上了五保户邻居，还有一个瘸腿残疾人。母亲虽不喜欢无缘无故地请人白吃白喝，但也勉强同意了。万紫对镇里不熟悉，请教阿桃哪家饭店最好，约了阿桃一起去现场看。包间算得上宽敞，没什么格调，但有一窗河流与渔船，这会使气氛美好一点。

万紫回到家，一进客厅就听到母亲在房间里和阿桂讲视频电话。母亲说话的私密语气让万紫感到震惊，心里也涌起一阵嫉妒：母亲和阿桂像一对老闺密。她们显然早就结成了联盟来共同对付她。

"那张餐桌万红要，给她算了，莫眼浅她们的。"母亲已经把万紫和万红捆绑在一起，视为敌对势力。

"她要拿就拿去吧，那床也是她妹妹原来买的，问她要不要，都搬走吧。"阿桂说道。

"她家里那么小，都不晓得她要了给谁去。"

"可能是给她儿子用吧。"

"不是我们万家的人，我看见都不爱……"母亲不喜欢外孙是明显的，在阿桂面前赤裸裸地说出这番话，有些谄媚的意味，"你知道吧，我的生日，她说不在家里搞，要到饭店里搞两桌呢。"

"那估计是要请她那些城里的朋友了……"阿桂吸气时湿漉漉的牙缝里发出吱吱的响声。

"不是的，村里的人她都要请一桌。我懒得管，反正我是不会去请的。她要请，她自己去请。你不要去吃，算了吧，你们都莫去。"

"嗯，我们提前一天回来给你过生日。"阿桂响应，"你随她怎么搞去吧，反正她做事不商量是搞惯了的……"

"以为请村里人吃饭，送东西，村里人就会喜欢她。"

"前一阵她跑阿桃那里说了很多事，把自己洗得干干净净……"

"阿桃当时就跟我讲了！"

"她讨好左邻右舍，只怕是打算老了落叶归根。"

万紫听得浑身战栗，悲愤交加，忍不住快步冲进母亲房间，大声喊道："我听见了，我全都听见了！刘桂枝你个混账东西，我警告过你，不要总是在母亲面前说我！你少他妈的自作聪明，躲在背后起哄，我不会让你得逞的！我对你们一直心怀良善，是你逼我再次和你们切割！"

母亲像见到鬼一样吓蒙了，但迅速反应过来，将平板电脑往床上一扔，耍起母威："你搞得好啊，听起壁脚来了。我们说你什么坏话了？"

"你开着免提，我在客厅听得一清二楚。妈，你怎么能这么狠心？我这么辛苦，这么无私地为你，照顾你，每一粒米，每一滴油，你从里到外的衣服，住的吃的用的，所有的一切，都是我给你准备的。我是在报答你的养育之恩，但是你为什么这么冷血？你为什么从来都不心疼我？为什么我从来得不到你的夸奖？

"你过生日，请谁不请谁，我都是和你商量定下来的。请乡里人，是感激他们对你的照顾！邻里关系搞好，不也是为了你们吗？你要阿桂他们不参加你的生日聚会，你是要丢我的脸是不是？要让我难堪是不是？你知不知道，你这是砸你自己的场子，丢你自己的脸？你这是团结子女吗？你这纯粹是挑拨离间，火上浇油！

"我为什么要讨好村里人？我有什么必要讨好谁？我又不是这里的村民，我又不需要他们抬丧，我烧成灰也不会撒在这个角落里。我做这些都是为了你们，我这一辈子都在想着让你们过好。你怎么能这么诋毁你自己的女儿？刘桂枝给你灌了什么迷魂汤！我有跟你说过她的不好吗？当我请她尽力给你一点生活费的时候，她说她想死。这就是你的闺密。还有阿桃，阿桃做了你几十年儿媳妇，她给你买过一双袜子吗？她们给你传宗接代有功，女儿就不是你十月怀胎生下来的吗？"

连母亲都在往自己身上甩污泥，万紫彻底崩溃了，她声嘶力竭，所有压抑的愤懑、痛苦，如排山倒海。她豁出去了。

"我不要谁给生活费，我自己有抚恤金，活得不会比别人差。"母亲强词夺理。

"你那几百块钱能干什么？要不是我每个月给你钱，你会活得像个乞丐！你会是全村活得最差的！我为你盖这么大的房子，你觉得很容易是吗？"

"我没要你建房子！我的旧屋还住得，漏雨只要修补屋顶。"母亲的话和万福的话如出一辙，"我宁愿住在旧房子里……子女不和，我住得不开心。"

"怪不得你每天对我黑着脸……"万紫的愤怒没有了，深深的悲凉占据了整个胸腔，"你们都没想要建房子，是我在作践自己……太难了……如果能掀掉新房，还原旧屋……"

"掀了就掀了。"母亲的耳朵好像只能捕捉某些关键词。

"好，那就掀了。你们的旧屋值多少钱，我赔！"万紫动真格的。

母亲傲慢地挤扭五官，将眼泪赶下来。

"以前我们家是最和睦的大家庭，现在四分五裂。为什么？因为利益。房子让人现了原形。是我在争夺你们的财产吗？可惜你们一无所有。现在，是你们逼我拿走属于我自己的那一份产权。我从十四岁起就没用过你一分钱对吧，实际上你都没有把我抚养成人。打我当小工起，你们谁也没有关心过我的死活。我有点成就了以后，你们打电话就是要钱。"

"我们哪里找你要钱了？"母亲不肯低头。

"妈，你说话要凭良心。"万紫震惊于母亲睁眼说瞎话。

"你把大哥赶出去，你有良心？"母亲指着父亲的牌位，"你父亲在这里看着,你跟你父亲说你有没有良心。"

"我真希望父亲在这里。"万紫心里更委屈了,"至少父亲尊重我,尊重知识,只有你们,把我当农村妇女看待,你丝毫不了解我。父亲曾经流着泪,后悔没送我读更多的书。父亲都向我道歉了,妈妈,你为什么还要说这么伤人的话……你不觉得你也应该说声对不起吗?"

母亲哑口无言,突然拉长音调,捶胸顿足地哭喊起来:"啊呀……我的老倌啊,你为什么不带我一起走啊?"她几步跑到神龛前扑通跪下,说:"老倌呀,你怎么丢下我一个人呀,我这样活着有什么意思啊……"

万紫冷冷地看着地上的妇人,心里想这个人怎么会是自己的母亲。除了外貌,她们之间没有任何相似之处。她们是房子里两堵平行的墙。

母亲不认输,不讲理,撒泼打滚,还有一招以死相逼的撒手锏。她开始玩命。膝盖因风湿僵硬跪下去痛得直叫唤,在祖宗牌位前呼天抢地,失控的情绪刺激血压,脸色立刻变得通红,马上就要昏厥过去。

万紫想到母亲的高血压,如果她就这样发生意外,那是最大的悲剧与讽刺,她的余生将会活在懊悔与内疚当中。

她妥协了,像哄小孩一样安慰她,承认自己脾气不好,好不容易把母亲从地上抱起来,挪到沙发上坐下,又给她倒了一杯水,小心伺候她喝下。

"我要立遗嘱,房子将来属于万福。"母亲眼泪一抹,得寸进尺。

母亲竟然知道立遗嘱指定继承人,万紫知道是阿桂在背后教唆。

"妈,我会比你先写遗嘱,一碗水端平,房子由万福、万红、万明平分。"

"这是我的房子,不可能给万红,"母亲拍了一把茶几,"凭什么要给她一份?"

"我花钱建的房子,你们谁也做不了主。"万紫望着母亲那张皱纹密布的脸,话不再高声,这使她的话听起来更严肃,也更有分量,"万红是你的女儿、我的姐姐,她是我们家的一员。今后谁欺负她,就是欺负我。"

母亲瘫软在沙发里一动不动。

已是午饭时分,锅冷灶凉,万紫肚子饿得慌,胸口被堵得密不透风,没有任何胃口。但做饭是一种态度,这表明争吵终结。她转身去了厨房。母亲的权威受到了挑战,这一仗她打输了,输在离家三十年的小女儿手里。

万紫希望母亲能意识到自己做得太过分,"我是你的娘,错了也是对的",

理论上成立，但任何一个明事理的母亲，不会将这句话当作母女关系的真理，更不能无所顾忌地伤害自己的女儿。

承认自己不受欢迎，在这里还有点丢人现眼的意思，万紫心如刀刺。

她取消了母亲的生日酒席。

第二天清早，万紫听到菜园里传来母亲和邻居聊天的声音。昨天的争吵很多人听到了，房子外围有好几个人欣赏这对母女的战争，但没有人弄清事情的来龙去脉。邻居老太太一早到了母亲的菜地，假装弄几棵白菜，不经意间打探到了某些虚实，不免提高了一点音量，说道："没想到她也真是个没用的家伙呢，实在是出去了几十年了，怎么还这么不晓得世事？"

村妇们本来就擅长并沉迷于拨弄是非，只要有新的内容加入，就能像秃鹫一样扑向这块美味腐肉，啄啃，咀嚼，扑打着翅膀叫嚣。母亲竟然还在外人面前败坏自己，万紫立刻起床，随便披件外套，趿着拖鞋，快步到书房拎起父母合影的油画，到了路边的垃圾焚烧地。她的手颤抖着。引火费了些时间，但火苗终于升起。火焰迅速吞噬着画中人物。她怀着深深的爱意画下的"全家福"，在晨风中渐渐化为青烟。

父亲亲手种下的槐树，已经遮天蔽日。人们嫌弃它落下的花朵使路面变脏，建议砍掉，万紫却修起了围栏保护它。槐树是父亲的身影。画这幅画时，她甜蜜地幻想着自己是父母的掌上明珠，他们宠爱她，呵护她，她在他们的怀里撒娇。她在这幅画中倾注了她这一生对他们最完整、最深刻的情感。过去她像孤儿般四处漂泊，她很坚强，她不需要他们。但现在没有人理解她的脆弱，她从来没有像现在这样需要他们，需要他们接受她的照顾，需要他们分享她的生活，需要他们的温暖与阳光，需要他们为她能照顾一家人而感到骄傲。她要告诉父亲，不必对她内疚，她感谢生活中的每一个沟坎成就了她。

乡村社会是泥沼、旋涡、搅拌机……万紫回房间迅速收拾行李，大箱子扔进后备厢，一脚油门驶离了这个令她心力交瘁的地方。

二十一　封顶

万紫没有哭。眼泪在心里奔涌。车内音乐咆哮。没有词语能够描述她此刻的感受。车轮在坑坑洼洼的路面起落。这是她从广阔走向狭窄的必经之途，是她从光明进入幽暗的唯一道路，是一条远方连接家园的情感钢丝，她在这条钢丝上来来回回半辈子，最终丝断坠落。她想起房间里的飞蚊尸体，在黑夜里为了屋子里的那一点暖光拼命钻进纱窗，清早成批地死在地上。

她把车停在小区里，打的士去机场。她感到世界一片空洞。人们拖着行李离开，返回，煞有介事。什么是终点，她不去想了。不去想那苦心孤诣造的房子，里面有多么冰冷；也不去想母亲如何抹杀一切，将她当作一件万能的工具。

逃离了泥沼，就是得救。她知道必须尽快把自己的精神也从那泥沼中拯救出来。

万紫告诉万红，她与母亲头一回发生了激烈的冲突。万红怒火冲天，当即就要打电话给母亲，质问她为什么一碗水不端平，制造矛盾。万紫知道万红说话不分轻重，那一次在医院当着父亲的面骂母亲"心黑心毒"，万紫便觉得过分。万紫本能地保护母亲，说母亲已经溃败，不能再打击她了。

托运行李，过了安检，回望身后，万紫感到自己用真实的肉身演绎了一部小说，获得了仿如虚构的躁动与悲伤。她反思事情为什么到了这个地步，她是依恋母亲，一心要让母亲快乐的。她想起与母亲拍桌子对峙的情景，自己那一刻的执念，就是要把母亲的威风打下去，让躲在她背后的阿桂现出原形。

母亲不知道万紫已经离开，她登机前接到母亲的电话，说政府来了几个人，好像是关于产权的事。"他们打你电话没人接。我打给万红，她以为是你大哥找人来落实产权的，那个凶哦，把我一通刮，我哪里晓得他们是谁叫来的。"母亲的声音突然变了，有着前所未有的衰弱，以及颤颤巍巍的怯懦。

万紫的心立刻悬了起来。

在这场冲突中，万紫知道，自己的态度肯定也伤害了母亲。她想起母亲长久地瘫坐在沙发里，眼睛肿成一条缝。她背影是萎缩的，稀疏的白发凌乱。她做好了饭，母亲才勉强起身。坐到桌子前，她们都没吃什么。但坐到一起吃饭，也代表着某种和解。

只是两人都没再说话。

万紫在飞机上，底下是万里晴空。她与母亲的物理距离越来越远，心却又倒退着靠向母亲。

回到自己的家，万紫依然无法平静，心不在焉地搞卫生，东擦西抹，仿佛某个喜欢的物品被打碎了,心里空落不安。晚餐勉强吃了点蔬菜粗粮。脑海里晃动母亲几近蹒跚的身影。稀疏的白发、沟壑交错的脸、摇摇欲坠的门牙,她晚上吃的什么?她还在伤心吗?她会不会病倒?她是那种死偏死不开窍的人,会不会气得神经错乱?她一个人在家里,会不会有什么危险?

万一母亲有个三长两短,槐树下再也没有母亲等候的身影,园里不再有四季常青的蔬菜,空荡荡的房子里再也没有母亲应声而出……万紫胡思乱想起来。越想越急,越想越不放心,越想越内疚,她拿出手机想打母亲的视频电话,但是内心的委屈、寒心、不甘、郁闷、悲伤……这些东西被瞬间召集起来,一股无形的力量阻止她这么做。

她又变回那头受伤的小动物,蜷缩在自己的黑洞里,舐舐着滴血的伤口。

夜里,她做了一个梦,梦见大雨中,母亲在低矮昏暗的厨房里做饭,往泥灶里塞稻草,年轻的面孔在青烟中隐约。她身材丰腴,双脚灵巧地避开接漏的盆碗,熟练地沥干米汤,将米倒入锅中……忽然间风雨大作,青烟乱舞,母亲无助的脸皱纹密布,眼睛肿成一条缝,地动山摇中,她向万紫伸出了双手……贫穷烙下的心理阴影转化为梦,万紫无数次在梦里保护家人,拯救他们,她尤其不会让母亲受一丁点伤害。

就凭儿时的夏夜里躺在母亲的怀里乘凉,母亲一只手臂像上了发条一样不断地摇着蒲扇为她驱蚊降暑;就凭她害怕走月光下的独木桥,母亲将她背起来走到对面;就凭母亲自己假装不饿为了让孩子们安心吃饱;就凭母亲把她生得这么健康并抚养长大……就凭这些,她就不应该生母亲的气,不应该把母亲逼到角落。

万紫被巨大的愧疚和担忧袭倒。挨到天亮时分,估摸着母亲已经醒来,她急切地拨通电话,是万福接的。他说母亲在医院,半夜来的。万紫脑袋里嗡的一声炸了。

母亲从来不去医院,有点病痛都是熬过去的。

万紫想母亲真的是被自己气倒了。可怜她失去了一个儿子,紧接着又失去了丈夫,孤单一人度过了多么艰难的时刻,在悲伤中迅速老去,却没有人陪在身边。万紫的心被什么揪住了,她指责自己活到这个岁数,仍像年轻时一样冲动,不计后果,这跑来跑去的狼狈也是自讨的,她本应当陪母亲过完生日再离开。

万紫没有犹豫，即刻启程飞回小城。

赶到医院，母亲半躺在病床上，眼里湿漉漉的，见到万紫笑容满面，露出了嘴角的漂亮酒窝。

"孩子呀，你不生妈妈的气了吧？"母亲使用了从未有过的温柔和称谓，"妈妈老了，明年就八十岁了，老糊涂了呢，你莫怪妈妈。"母亲的脸眨眼间就瘦了一圈，剩下一巴掌大了。

"妈，是我不对，我遗传了爸爸的坏脾气。"万紫很想拥抱母亲，很想握住她关节粗大变形的手，但这种情感外露的表达，对万家的人来说都太不容易，"你哪里不舒服？现在感觉怎么样？"

"昨天晚上肠子绞痛，胃也绞痛，就好像被人抓住，拧干衣服一样，紧一把，松一把，痛得我哦，衣服都汗湿了几套。"母亲有点虚弱，她对肠胃痉挛的描述与比喻具有文学色彩，"……还有恶心、头晕，一晚上拉了十几回稀……医生说是食物中毒……现在好了，只是胃里面还有点发烧……你大哥半夜里非要用摩托车拉我来医院……我这辈子没住过院呢……这一下打破我的历史纪录了。"

"昨晚上吃了什么？"万紫对大哥心存感激。母亲这把年纪来一次食物中毒，太危险了，要是儿女都生活在千里之外，她必然会煎熬一夜，谁知道熬不熬得过去。

"开了一包新米，炒了一把白菜秧苗，还有你买回来的猪肉，就这些。"母亲觉得是白菜秧苗的问题。

"米给鸡吃，猪肉不要了，白菜秧苗全部扔掉。"万紫清理一切嫌疑食品。

母亲问她昨天去哪里了，又说："夜里等你回来，门都没关。"

万紫没有说自己回了北方。

"中午你姐姐送的南瓜小米粥。"母亲头一回显示她的幽默感，"要不是住院，我哪里吃得到这么好吃的东西。"

这时阿桂进了病房，讪讪地笑着，将亲自做的饭菜摆在床头柜上。

万紫闻到菌汤的味道。她明白自己忽略了一件事，在她远离故乡的岁月里，是阿桂他们在身边照看着父母。

天空飞过执念与虚妄的鸟。

斜辉映射窗前，将粉色三角梅濯洗得清新悦目。

【作者简介】盛可以,二十世纪七十年代出生于湖南益阳,后移居深圳。中国人民大学文学硕士。著有长篇小说《北妹》《死亡赋格》《野蛮生长》《息壤》《女佣手记》等,作品被翻译成英、法、德等十五种语言在海外出版。

鲨

◎ 胡学文

赵多

吃饭时,女人说马江河出来了。赵多瞄瞄她,又低下头,专心致志地剔刮着鲫鱼。刚上市的野生鲫鱼,味道鲜美,就是刺多。自他爱上吃鱼,只要在家吃饭,她必炖一砂锅。赵多吃鱼有章法,先从尾部开始,然后腹、背、头,就像握的不是筷子而是轻巧的刀片,再小的鱼也剔得干干净净而头骨完整。这是真正的赤裸。

赵多又夹了一条,埋头细"雕"。行至背间,手指突然发紧,如刃的筷子失重。没听到声响,但他感觉到了,鱼脊的正中部位已经塌陷。赵多抬头,听谁说的? 女人好像没反应过来,顿了顿才说,卖油饼的老六,他说马江河老娘中午去买油饼了。赵多盯住她,你放钱给他了?女人甚显委屈,你攥那么紧,我哪有多余的钱。赵多说,那老六是笑面虎,离他远点! 女人嘀咕,我又不是官太太,谁没事上那儿去?

赵多出门那刻,黑暗已一团一团地围上来。他在楼道口点了支烟,吸了两口,踱到小区背面的亭子。刮了一天的风已经疲下去,但仍有些冷。毕竟是北方,才过惊蛰,寒冷是正常的。吸完烟,赵多丢在地上,踩了一脚,拨通金叶的电话。马江河应在端午节出来,春节前赵多和金叶讲过,到时他和她一起接马局,金叶泪眼婆娑的。竟然提前了,而金叶竟然没告知他,若不是女人耳长,他

461

还被蒙着呢。

金叶的声音飘飘忽忽，永远在游荡，那啥，哎呀，我这记性，不过……拖泥带水，全是废话。只有输急眼让他送钱，她才干脆，就一句。赵多截断她，问，马局在不？我和他通个话。金叶说正在睡觉，醒了告诉他。赵多猜马江河就在旁边，他说，好吧，先让马局休息，改日我给他接风。不等金叶回应就挂了电话。

赵多没有按以往的路线抄近道到妙姐文具店，而是绕了个大圈子。他边走边想这习惯是在砖厂背砖养成的，待成了小老板，有大把的时间挥霍，也没纠正过来。躺着当然不是不能想，但总觉脑子有淤泥，转不灵光。若不是电话催着，他会走得更远。

那是临街的三层楼，一楼是文具店，二楼是冯妙的住处，三楼是麻将室。从外边看，只有文具店的牌子，闭店早，灯箱几乎没开过。麻将室不对外，有资格出入者极少，平时一桌，特殊情况两桌，而且在南北两个房间，不像别的棋牌室闹哄哄的，烟雾把脸都熏黄了，遇有口粗的，满嘴跑生殖器。这里很安静，毕竟是有身份的人，偶尔的荤话也有分寸。冯妙的精力在三楼，文具店一天甚至去不了一次，完全交给雇用的女孩。冯妙只在三缺一时上场，她的主要任务是给客人做晚餐或夜宵。有的棋牌室也管饭，烩大菜、馒头而已。冯妙的客人特殊，只是填饱肚子，有辱他们的身份。主意多半是赵多出的，他有股份，自然要操心，但冯妙悟性高，他一个主意，她能牵出来几个点子。

赵多进屋就做检讨。他瘦小，脸就是个大号枣核，但表情极丰富，这是逼出来的，久而久之，就成了演员。三个人正喝茶，退休的政协副主席、人大常委会副主任和尚未退休但已闲挂的某局局长，虽说不在位，但资历在那儿，得仰着笑。若他们还在位上，恐怕连认识的机会都没有，甭说一桌打麻将了。冲着副主任作揖，赵多笑得更浓了些。局长说，你以为我们稀罕你呀，你不来，小冯就上场了，这搞得！冯妙笑而不语，挨个倒水。赵多立即望向局长，来得不巧，还好我不是球，要是，你一脚就踢飞了。局长嘴损，哈了一声说，你这变来变去的，谁知你真身到底是什么。赵多佯装发愁状，我也想知道呢，就是弄不明白。

副主任跟着笑了，揶揄局长，跟小冯打，你老婆还得给你送钱来。局长立即拍头，惩罚自己似的，哎呀，咋忘了是小冯手下败将呢，打一场输一场，亏你提醒，不然真得让老婆跑一趟。副主任说，跑一趟也没啥，反正你老婆腿长。那是有典故的。局长打着哈哈，别哪壶不开提哪壶，还没开始呢，就打上心理战了。老领导，饶了我吧，我还想赢赵老板的钱呢。

副主席寡言，却是直性子，脾气也急，还玩不玩？再啰唆天就亮了。副主任手臂一搂，赶紧的。

他们摆开阵势，丝丝缕缕的香气已经冲进鼻孔。局长朝外望望，也不知小冯的鸡汤里都放了啥，能香掉脑袋，改天让我老婆学学。副主任不忘挖苦，你惦记的不是鸡汤吧。局长故意配合着副主任，还没啥呢，就让你看穿了。副主任说，你还想啥？局长笑着回应，我本来想啥，让你看穿，就不敢想了。副主任说，我要这么厉害，你老婆得请我吃饭。局长笑道，我回头跟她说，只要你赏面子。副主席嘲讽，没想到你俩是说相声的，头都大了，能不能消停会儿？局长哈哈大笑。

赵多不言，但和副主席不同，副主席乃个性使然，而他嘴巴闭着，眼睛和耳朵却没关，观望他们的神情，揣测他们的心思，抬拣、分析每一句有用无用的话。有些话在别人听来就是玩笑，对他却是有用的；当场听是闲言，事后没准儿能淘出金粒。

打完一圈，副主任去了趟卫生间；再一圈，又去了一趟。摸牌时，副主任自嘲，前列腺不好使了，多喝两杯茶，就憋不住了。局长说，也怪小冯，拿出这么好的普洱。副主任说，年轻喝大酒落下的毛病，总以为身体结实，没问题，头天喝醉，第二天接着灌。局长附和，在乡下待过的，都这样，没啥娱乐，不喝酒干啥？！副主任被局长的话触动，冲局长点点头，关键是有些工作就靠喝大酒，收提留那会儿，只要把村支书灌趴，连老百姓的门都不用登，不出三天准一分不少交上来。局长感慨地说，都是用命工作呀。副主任说，那是！

副主席摸牌、出牌，丝毫不感兴趣，此时喊了一声，那是女朋友太多！

副主任被噎着，直翻白眼，你这骡子，不声不响的，就爱背后开枪！那你说说，你在赵山乡那会儿，妇联主任咋跑到你屋里喝药？

副主席正好摸起一张牌，眼睛亮了亮，忽地推倒，仿佛怕三人看不清，又往前推送半寸，平稳的声音透着喜悦，终于过年了。

副主任看看牌，再瞅瞅副主席，还没正式揭你短呢，你就开始报复了？！

打完四圈，冯妙的汤炖好了。他们移到外间的沙发上，各自端起白瓷碗。碗上的手绘青莲花苞半开，随清风摇曳。一碗汤下去，额际微微冒汗，骨软筋酥。茶几上备了小点心，都是冯妙自己烤的，有甜有咸，各取所需。

他们没有立即上桌。副主任半仰着，刷着手机。局长边吃点心边和冯妙闲聊。副主席不耐烦了，问还打不打，不打他就回了。局长看副主任，说打是想打，就是银子不多了。副主席轻哼一声，你别哭穷好不好？局长苦笑着，膘不是装出来的。副主席问，亚麻厂那块地有十几亩吧？局长脸色突变，但迅即恢复正常，还露出半脸笑，一副告饶的架势，但显然又不甘心，回敬，没有北街地皮值钱，听说马上要招标了，那谁进去前，敞开了批呢。"那谁"曾是皮城的土地局局长，连阎王爷都敢卖的主。副主席怔了怔，又瞪瞪局长，局长咧咧嘴，但没言声儿。副主席也把舌头压住了。

两人为刚才的交锋后悔，赵多瞧出来了。道听途说，终在这个晚上验证。在"那谁"进去前的七八年，一些人以远不如白菜价的价格拿下地块，放几年，转手给开发商，足可赚爆，甭说子孙三代，八代都够花了。还可合法买下某个厂子，那些年几乎每个乡镇都有企业，有的还设驻皮城办事处。企业半死不活，厂房也不值钱，买的是地皮，当然不是谁都有资格买。

副主任从手机上抬起脑袋，指指副主席，又点点局长，你们脑子活，该哭穷的是我，干了一辈子，灌了一辈子，就挣下一处窝。副主席和局长难得地联合起来，说副主任海南和北京的房，说他市区的商铺，还提到他的次子，说他有战略眼光。副主席不再绷了，局长也不顾忌。

副主任打着哈哈，搞翻底儿大赛还是咋的？要让赵老板笑话了。

副主席和局长的目光同时甩向角落的赵多。似乎直到此时，他们才意识到赵多的存在。他们的机密被赵多听到了。其实赵多明白，他能轻易听到，并不是他们忽视了他，也不是说漏嘴，而是风头已过，没危险了。当然，赵多没听到更好。

局长最先出击，说，咱比赵老板可差远了，都说瘦子精壮，赵老板的相好没有一个连，也有两个班，是不是？三人一致对准赵多，逼赵多承认。赵多就承认了。他们乘胜追击，赵多半遮半掩地交代。规则无处不在，他得遵从。

话题从赵多身上移开，时候就不早了。其他三人张罗着离去，赵多推开卫生间的门。镜子里的脸仍是枣核样，没有任何改变，也不可能再改变，但眼底有着努力压制的兴奋。除了冯妙，没人知道他是麻将高手。他记忆力好，能记住码的每张牌的位置，手也利落，能让哪些牌码在一起。别人手里留着什么，需要什么,打过两张他便清清楚楚。本可以场场赢,但他从不,更不大赢,多半时候是持平或小输。若想爽一场,就到街上的麻将馆,不用看谁的脸色。在冯妙这儿不行,他清楚自己的角色。打麻将不过是形式,他要获取的是信息。这个晚上,赵多输了几百块钱,收获的远比输的多。他像奔跑了上百公里的猎手,胸口甜腥,疲惫不堪,就要从马背栽下去了,突然间,猎物进入视野。

赵多调整了表情,做了个深呼吸,反身出来,但脸上还是留了痕迹。冯妙诧异,他们拿你寻乐,你还这么开心?赵多淡笑,习惯了,下酒怎么也得嚼几粒花生米。冯妙毫不掩饰她的关切,我就怕你受不了。赵多哈了声,皮糙肉厚,结实得很。冯妙说到副主席,闷声不响,脑瓜活着呢。赵多就笑,不活能干到副主席?冯妙叹,人家动动嘴皮子,顶咱干几辈子。赵多说,你不是今天才知道吧?冯妙说,以往只是听说。赵多说,每个人都是厚实的墙,你看见的只是一条缝隙。

坐呀,你咋老站着?冯妙突然说。没等赵多回应,她又略伤感道,我准备了两个菜,陪我喝几杯吧。她望着赵多,眼底满是幽怨。

赵多皱眉,你别天天喝,会喝坏的。

冯妙轻声道,夜太长了。

赵多抛出一个虚笑,天都要亮了,你早点休息。

赵多抓住门把手,冯妙从背后抱住他,叫了声多哥。赵多一哆嗦,拨了拨门把手,随后转过头,说,马江河回来了。

冯妙怔住,我怎么没听说?

她不像装的,这让他舒坦。

赵多说,我也是傍晚才知道。

冯妙忽然气呼呼的,那又怎样?你想说什么?

赵多被抽了似的缩缩脖子,我其实是想提醒你。

马江河

第九天,马江河走出家门。接了好些电话,有曾经的手下,还有从他这儿揽过生意的。他都回绝了,屁股长了疖子,动不了身。当然是托词。他不想刚出来就四处招摇,好像刚刚从战场凯旋。况且,未必是真的请,虽然一顿饭不算什么，但毕竟今非昔比，谁是真请，谁是礼貌，他听得出来，但还是想验证。若是真想请，肯定还会打电话。这也是他回绝的原因。验证又如何呢，只会堵心，但他就是这样的人，什么都要弄个清楚。在乡镇当"二把"那会儿，他对砌砖、抹墙、铺路等不同工程砂子与水泥是什么比例混合的，捏一撮便能分辨出大概，能说出不同水泥的标号、什么牌子的更好。工头们个个如泥鳅，他不想被他们明着糊弄，暗地糊弄也就认了。凡是揽上工程的，和乡"一把"都是钢铁关系，即使什么都清楚，也只能装哑巴。只有一次没憋住。他随乡一把检查村庄至乡政府的水泥路，乡一把踩着打好的路面，感叹往回捯十年，甭说农民，连他都不敢想，有朝一日村级路会变成水泥的。工头附和，说，甭提农民多高兴了，昨天一农妇送来半筐煮好的鸡蛋，我不收，她拦着不让走，说修了路卖菜就不发愁了。乡一把顿时满脸放光，问，真有这事?工头连连发誓，说他们再早来一会儿，还能看到鸡蛋的碎壳。一把让工头再有类似的事及时向乡里报告，好作宣传。两人兴致盎然，没注意到马江河停下了脚步。他让干活儿的工人停手，蹲下抓了一撮水泥搓了搓，结果被惊着了。偷工减料并不稀罕，可太过了。按这个标准，不到一年就成了酥饼，比土路还难走。这还是重型车不跑的情况，不然，也就三个月寿命。不只是坑村里，也可能坑了乡一把，传言他年底将调离。马江河捏着那撮水泥，快速走到乡一把面前。工头笑着斥驳马江河，马江河说，我不是行家，那就找个行家鉴定一下。工头的脸顿时像起皮的路面，坑坑洼洼的。乡一把指令工程暂停，全面整改。回乡的路上，乡一把说了两次多亏了马江河，那情形颇像马江河把他从深渊拎上来。乡一把对马江河不分场合地赞誉，但年底调离时却没推荐马江河接任，而是推荐了副书记。虽然副书记没上位，从他乡调了书记，但马江河还是感觉很窝囊，也很窝火。而那条村级路第二年便成了豆腐渣。

　　在家窝着的每一天，老娘都往他这儿跑一趟，送油饼、酥饼、莜面饺子，都是他爱吃的。他吃，她就在旁边"监督"，叫他多吃，似乎他在里面天天饿着肚子，好像他的胃是口袋，多少都能装进去。自打他把老娘接到皮城，送饭便成了老娘的首要任务。金叶茶饭不行，也没那份耐性。他不怎么回家吃饭，并不是金叶厨艺差，而是饭局太多了。老娘送饭成了他的负担，他三天两头挤出个空当，回家吃一次，不让老娘太失望。那时老娘不催促他多吃，只是看着。

　　他清楚老娘更多的是怕他不开心。在她的意识里，吃得足够饱，就能忘记不快。某次考试他砸了锅,老娘煮了八个鸡蛋,他还没吃就笑了。老师批评他这么下去期末就吃鸡蛋了,老娘提前给他吃了。

马江河没去看老娘,倒让老娘天天跑,在那个早上,他突然不安。出门前,他给老娘打电话,她没接。她不会这么早来的,但马江河走在路上,仍盯瞅着对面,搜寻熟悉的身影。碰到几个熟人,马江河脸上挂着适度的笑,灰溜溜的不至于,但也没必要夸大自己的不在乎。亲朋都在乎,自己有什么装的?

老娘在西城,距他的住处约三公里。天还没到热的时候,他却出汗了。想到老娘右脚不便,每天往返六公里,他越发愧疚。

老娘住的是名副其实的老旧小区,就一栋楼,没大门,水泥砖铺就的院面坑洼甚多,渗水井是自挖的,至今没与主管道接通。经过井盖处,腾漫的臭气几乎令他窒息,他快步越过。

门铃坏了,他轻轻击门。没有回应,与老娘走两岔了?再拨老娘的电话,仍不接听。他用力擂门,不祥的念头闪过。触见墙上的开锁电话,正要拨,门开了。老娘污脏的脸让他一愣,不等问,老娘已慌慌转身,好像他是抢劫犯。臭气撞过来,他几乎倒仰。他没捏鼻子,甚至来不及想,便紧步追过去。

老娘已闪进卫生间,坐在马桶盖上,准确地说是压,她双脚猛蹬,腰往后挺,胳膊挤按着马桶两侧,皱巴的腮因用力扯拽,紧紧绷着。仿佛马桶里关着怪兽,稍稍放松,怪兽就跑出来吃人了。赶紧出去!老娘冲马江河喊。马江河定在门口。

遍地粪水,脏污的浊流仍放肆、固执地从马桶盖的缝隙往外渗。若不是压着,肯定就如岩浆喷射了。老娘见马江河傻站着,再次喊他出去。马江河这才醒悟,叫她离开。老娘说不能离,离开就造反了。粪水漫过来,马江河往后退退,说这样不行,得让通下水道的弄。老娘说一会儿就不冒了。又催他出去,别脏了脚。

马江河返至客厅,掏手机时手竟有些抖。他想也没想,就拨赵多的电话。有两个人的号码,他不用想就能说出来,赵多和冯妙的。他进去六年,老娘竟成了清粪工。这本该是赵多操心的,派一个工人就行。过去老娘拔牙镶牙都用不着他惦记,赵多比他上心。狗×的东西。马江河暗骂。金叶还说赵多不势利,每年春节都来家里坐坐,想来不过是赚个不忘旧主的名声,知道金叶会说出去。而老娘,彻底被赵多遗忘了。

电话终是没拨出去，他拿捏不好语气。他有责损赵多的理由，却没有责损赵多的资格。而用帮忙的腔调，他不甘。即便他瘦死，骨架也在那儿摆着。当然，他也不想无声吞咽这份憋屈，那得等机会。

楼道中贴满了广告，他随便打了一个电话，半小时后疏通管道的便上门了。马江河让那个精壮的后生搞彻底，后生说那得把下面的管子全换成粗的，自然要价就高了。马江河叫他该换什么换什么。老娘听见了，说要和楼上商量一下，马江河挥挥手，催后生快干。

后生离开，老娘清理卫生间，马江河要弄的，她急得几乎和他打起来，他只好退出。南北窗都开着，他仍感觉胸闷，在楼道口躲了一会儿。一楼就这点不好，管道堵塞，最先遭殃。买一楼是为了照顾老娘，想方便却没方便。其实，他完全可以给老娘买新楼，又不是买不起。那时他刚调回县城，作为局一把，不知多少人盯着，若说谨慎，不如说想为自己赢些资本。老娘不嫌旧，觉得这里比村里的土房强几百倍，就是现在老娘也不会嫌，可马江河受不了，这是给老娘买罪受呢。

老娘要出去买油饼，做别的来不及了，马江河拦住老娘，说，我一个闲人，又不急着上班，有啥来不及的。老娘说，那就揪面片吧。也就半小时，老娘将热腾腾的面片端上来。马江河瞅瞅老娘的额头，疼惜地说，我没那么饿。老娘说，饿伤胃，赶紧吃吧。

老娘仍心疼换管子的钱，说该大伙分摊的。马江河叫她别管，也没多少钱。老娘责怪，咋叫没多少钱？好几百元呢，不是原来了，你连饭碗都丢了，花钱不计算哪行？马江河的目光从老娘忧心忡忡的脸移到几乎全白的头上，胸间顿有冰块撞响，他说，饿不死的，我不会让你饿着。本是安慰，听来却有气呼呼的味道。老娘叹口气，沙发都割烂了，就差撬地板了，你还哪来的钱呢？马江河没吭声。老娘说，单靠金叶那点工资……唉，我都要愁死了。马江河故作轻松地笑笑，愁什么，挣钱的道儿多着呢。老娘眉头略展，你想好干啥了？马江河说，正在想。老娘问，啥是保险印？马江河愣住，听谁说的？老娘惴惴不安，那天买油饼，老六这么说。马江河意识到口气硬了，想笑却未能笑出来，淡淡地说饭都要凉了。

在里面待几年，出来反而安全了。没进去当然好，但整日提心吊胆，以前退了就退了，现在退休好几年还有被查的。某个局长就吓死了，每当有人进去,他就想到自己,头发、眉毛、睫毛、胡子都掉光了,后来听不得声音,家人不小心摔碎茶杯,要了他的命。

年轻的进去基本就清零了,资历久的,被没收的只是小部分,甚至不足零头。用几年的不自由换取后半生和儿孙的衣食无忧,没有比这更划算的生意了。他们春夏在皮城,秋冬则到三亚、北海,如同候鸟;或者搬至儿女居住的城市,从此消隐。那些胆子大的,打麻将都开着宝马。比如邱某,若有人问,就说老二的车。他的二弟靠他在位的关系搞了一个旅游庄园,确实有钱。但谁都清楚,宝马就是他自己的,他拔根汗毛,也比二弟腰粗。

繁花似锦的前程一夜凋谢,马江河积蓄有限,但不至于后半生衣食无着,何况还有以前的关系,可以揽点工程啥的。马江河不敢对老娘说实话,怕吓着她。连金叶都不知情,那秘密只有两个人知道。

老娘的惆怅提醒了马江河,不能再缩躲在家。当务之急是给老娘换房,绝不能再让她遭罪。老娘肯定反对,所以他不打算征求老娘意见,订好房直接搬就是了。

这几日天天接电话,但最想听到的偏偏沉默着。赵多知道他的新号,她肯定也知道。马江河本可打过去,但他拗着,偏不打。从老娘那儿出来,马江河不拗了,或者说等不及了。

冯妙

冯妙睡得晚,起得却早,中午补个觉,精力便鼓鼓胀胀了。冯妙要去早市采买,若是晚了,想要的怕就买不到了,即使买得到,但被人挑拣过,总有吃剩饭的感觉。她喜欢首拨,就像走在未被踩踏的草地上,舒畅、清爽。她真真体会到什么叫花钱有乐,不是买瑞士手表、爱马仕包,而是在清早的市场上。与她的穿着相比,这爱好实在是老土可笑,然而她享受。她从不蓬头垢面,所以要预留梳洗时间,可不就得早起?

早市在城边,由骡马交易市场改成,里里外外,边边角角,那些摊位就像旺盛的草,到处都是。她从不开车,而是骑电动车,想停就停。比如这个早上,她本想往里骑的,忽然看见香椿,便将车锁在路边。没等她蹲下去,卖香椿的汉子便往秤盘上抓了一把。她诧异地说,我没说要买呢。汉子自负地说,这味儿带钩,不买怕你迈不动脚。她哈哈大笑,你可真会吹。汉子一本正经,真没吹呢。香味儿足够浓郁,但她还是闻了闻,很纯正的香。价钱够贵的,但只要相中,再贵也要买。汉子说,大妹子,这可是头拨,独一家,你要在别的摊看见,我白送你。她笑笑,那就来两把。汉子抓了三把,妹子肯定不后悔的。她没拦挡,几把无所谓的,就是要一个鲜。

冯妙走走看看,快到活鸡摊位时,突然一阵喧闹。吵吵嚷嚷甚至大打出手,时常发生。她不喜欢围观,躲得远远的。正要走开,一矮胖妇女慌张往这边跑,好几个人被撞着。她紧躲慢躲,还是被妇女撞了。妇女似乎昏了头,分辨不清方向,明明是往前的,撞了冯妙,反向后奔,追赶上来的瘦汉一把揪住她,汉子另一只手上握着滴血的刀。他要拖妇女至摊位前,妇女死活不肯。没有深仇,妇女要买鸡,瘦汉宰了,正待煺毛,她却说不要了。妇女说自己没带钱,瘦汉不干。冯妙上前,说,那鸡我要了,你放开她。瘦汉认出冯妙,立即松了手。那妇女红涨着脸,挤出人群。冯妙瞟瞟瘦汉的刀,说,你这阵势可够吓人的。瘦汉把刀往身后藏了藏,说,刚好在手里抓着,没来得及放。又解释,我也不容易,家里等钱用。他给鸡煺好毛,用清水连冲两遍,近乎媚笑,你瞧好,都洗干净了。冯妙无言接过。这是最后一次买瘦汉的鸡了,市场上好几家呢。

然后她又买了新蒜、胡萝卜、花椒。早集有超市买不到的,过些日子苦菜、黄花、蕨菜、蘑菇就轮番上市了,都是野生的,商贩多是附近的农民。采买齐,冯妙仍左观右瞧,心想没准儿有惊喜呢。

早餐是自磨豆浆、点心、煎鸡蛋。吃过,她去对面的药店买了几盒通宣理肺丸,另有金嗓子喉宝、维 C 含片、速效救心丸。药是给打麻将的人备的,有些能用着,有些用不着,比如速效救心丸,但还是要备,过了保质期马上换新的。她巴望着都过期处理掉呢,但万一有需要呢?像他们那些人,喝酒、熬夜,个个都是耗损过度的机器,谁血糖高,谁血压高,谁尿酸高,她摸得清清楚楚。准备饭食,自然要考虑他们的禁忌。谁不能吃甜食,谁不能吃豆腐,谁不能吃鸡蛋,她在本上专门记着。到了他们这个份儿上,退的没退的,腰包都鼓,不在乎钱,只在乎身体和享乐。他们买开心,她就挖空心思让他们开心。开心了,他们才乐意扔钱。他们问多少钱,她不说数目,让他们看着给。他们反而给得更多。他们坐在那里,不论高矮胖瘦,于她都是钱垛子,有一次她凝望许久,他们竟真的变成红红烫烫的钱墙。那一刻,她呼吸急促,双腿虚晃,好像无意闯入了恐怖地带。还好,推倒牌的声音将她拉回。从此,在她心里,他们有了另一个称呼。

别的店铺早开门了,只有文具店还没睡醒。生意一般般,但已经到点,就该开门。小红的男友移情别恋,这一阵小红情绪低落,眼圈动不动就红。冯妙粗粗劝过,小红内向,她不敢往深说,怕伤着她,也只有靠时间治愈了。当然有些伤是终生的,时间也无能为力。谁没不痛快的时候呢?冯妙体恤她,早走就早走,晚来就晚来,但太过就让人不快了。

冯妙上楼取了钥匙,刚把门打开,小红喘着粗气到了。冯妙瞟瞟她,她红着脸解释自行车爆胎了,她补胎来着。她个子不高,但挺耐看的,瓜子脸、大眼睛、两道浓眉,脸上永远挂着羞怯的笑。小红朴实,冯妙相中的也正是这点。跟同龄女孩比,她像另一个时代的人。小红撒谎了,冯妙在心底笑了笑,说,车胎补几次就不经用了,再爆干脆换新的吧。小红干两年了,冯妙从没斥责过。这话就够重了。小红低声说,我知道了。冯妙问她吃过早饭没,小红感激地说吃过了,然后将需进货的单子递给冯妙。冯妙翻了翻,还给小红。小红说昨天打过电话,下午就能送过来。冯妙点点头。小红问中午要她接若若不,冯妙说她自己去吧。

若若是冯妙的女儿,是她短暂婚姻的唯一果实。若若在皮城私立小学读四年级,双语,寄宿制,周六中午放学,周日下午五点返校。无论对冯妙还是对女儿,那都是幸福的时光,除非实在抽不开身,冯妙才打发小红去。

若若最爱吃冯妙烙的千层饼,为了多吃饼,菜都省了,因此冯妙每次就和一丁点面,防止她吃饼就饱了。准备妥当,冯妙驾着自己的丰田去学校。吃过午饭,若若到卧室看动漫,冯妙想补个觉,刚躺下,电话响了。

还记得我吧?

冯妙一颤。这人她熟悉得如同自己,哪会忘记?听出声音里的情绪,这是怪她了。她反应还算快,就像他在跟前,马上垂了眉眼,我还以为你忘了我呢,怎么才和我联系?我又没换号码,你不会忘了吧?球他怎么踢过来的,她就怎么踢回去。

你的嘴还这么硬。他好像笑了。

冯妙想起他第一次说这话的情景,脸竟然烫了,说,那得看对谁。

他停了一下,问,你还好吧?

冯妙说，反正活着。

他哈了声，这话该我说的，被你抢了。

冯妙问，你呢，也还好吧？

他说，马马虎虎。

冯妙劝，算是一劫，过了也就踏实了。

他问，什么时候有空？见个面！

他客气了，甚至有那么点小心翼翼。她说，你有空，我就有空。

他说，那就现在，我过去找你。

她啊了声，咋这性急？她告诉他女儿回来了，问，明晚怎样？她试探着说，咋也得设正宴。

他失望了，也……好，就你我，行吧？我不想见别人。

她说，那有什么不行的？我也没打算叫别人，订好地儿我告诉你。

挂了电话，她再无睡意，发了会儿呆，突然就躁了。她来回踱着，像失了火等待消防车。她当然不怵他，即使他在位上的时候，她也不怵。他不凶悍，也不粗暴或变态，架子没那么大，也蛮有心，挺会疼人的。但想到和他见面，她的心瞬间就空了，那巨大的窟窿几乎能将这三层楼吞没。可她不能躲着，见面是必须的。

第二天下午，她给赵多打电话，让他早点过来，她晚上有局。赵多倒是直接，是和马江河吧？她说，我记着你的话呢，怎么也不能在电话里了断。

把若若送回学校，冯妙没回家，直接去了龙凤庄园。龙凤庄园在城边，吃住一体，旅游季极火爆，平时甚为冷清，她和他在那儿开过房。当然不为重温旧梦，图的是安静。他行事谨慎，没有比龙凤庄园更合适的地方了。

她刚掏了茶叶让服务员泡，他就立在门口。四目相对，并无凝视，她微笑着站起，帮他挂外套，如过去那样。他侧偏了一下，说不用，她便端起茶壶。她略有些尴尬，待将水杯推过去，已恢复自然。

他没坐在她身边，隔了两把椅子。他瘦了些，但并不明显，鬓角有了白发，可以忽略的。她问他怎么过来的，他说步行，走走能多吃点。她笑着说还没来得及点菜，那正好。他翻了翻菜谱，却又推给她，她没看菜谱，直接报了菜名。

菜很快就上来了。每上一样，她先转到他面前。桌子大，尽管点了六菜一汤一粥，还是显空。她问要不要再加个蔬菜，他摆摆手，咱别糟蹋。见她不动筷子,只管喝汤舀粥,他问她是不是不舒服。她说晚上不敢吃太多。他说,偶尔破例,不要紧吧? 她就拿起筷子,夹了根青菜。

她问他这几天忙什么,他答,想出路! 我饿不要紧,不能让老娘跟着挨饿。她问有什么打算,他忽然谦逊了,只是个初步想法,不知可行不可行,现在还不能告你,前期……他顿住,凝望着她,半开玩笑地说,你没带录音笔吧?

她的脸立时紧了,他疑心实在太重。这个已显衰态的男人,她差点就爱上他。彼时,她已生出好感,也不再被动,他贴近她,她身体的花蕾便绽放了。某次,她疯狂得连自己都吃惊,而他如痴似醉。从她身体上下来,他突然问出的话令她羞辱而愤怒,我和赵多谁好? 她忍住了,佯装糊涂。但他堵死她的路,赤裸而粗俗地说,我和赵多谁更厉害? 她霜了脸,说和赵多什么事也没有。他不信。她发誓,就差咬破手指写保证书了。事后回想,她特别后悔,简直是自取其辱,即便发毒誓,他也不会信。她仍毫无保留地打开身体,心却裹了壳。

她终是压住奔腾的火苗,甚至笑了笑。她拿过包,拉开,把包里的东西一一掏给他看,然后把包翻过来。这儿没法脱衣,你过来检查,还是去开房? 她平静地问。他说,你别生气。他欠身夹菜给她,语调也是讨好的。她说,你还是搜一搜好。他赔着笑,我就是开个玩笑,我不信自己,也得信你啊。她轻轻一哼,他说,信不信由你。她问,你就为告诉我这个? 他说,我现在需要! 她问,什么? 他定定地看她一会儿,你明白的。她笑道,你这哑谜打的,我头都大了。

他的脸难看极了,像被爆烤的冻柿子,硬的地方硬,软的地方渗着汤水。片刻,他恢复正常,垂了头,我什么都没了,我需要! 她暗暗冷笑,兔子还有三个窟窿呢,他竟装出这等可怜相。他约她见面,她就意识到了,没想他这么快就进入主题,还疑心她录音。

我给你讲个故事吧。她说,我有个叫小红的店员,挺讨人喜欢,我常给她东西,口红、手表,若有一天我不痛快了,是不是向她要回来?你说我张得开嘴吗?

他的脸又扭了,只是没刚才夸张。那是口红,你不会把自己的楼给她,对不? 若你叫她住那儿,她一定清楚,是让她住,而不是送给她。

她说,我叫她住,一定是打算送给她。

老六

老六,看墙上!蹿得那么快,啥玩意儿?

老六急慌四瞅。那一瞬间,半间屋突然膨胀如没有边沿的长廊,他眼神又不好,怎么也够不到。他冲着声音汇聚的方向往前凑,仰着头,差点被凳子绊倒。

哎呀,这边!你的眼睛是用来出气的?!

老六折返,终于靠近墙角,但那该死的东西已无影无踪。

难怪油饼里有蚰蜒,你这满墙都是!两个青皮,一个抓着吃剩的油饼,另一个松开手,让老六看。

油饼铺是老屋,矮破、昏暗,但墙壁刮了白灰,光溜溜的,没有到处窜的蚰蜒,更不会钻到油饼里。老六什么都清楚,但是惹不起。青皮拿了赔偿扬长而去,那是老六一个月的收入。女人哭,老六搬了凳子坐在门口。街对面修自行车的汉子问老六,你让人讹了,咋还笑呢?老六说,我没笑。他长了张窝头脸,天生带笑。

两个青皮再来买油饼,老六不肯卖。他们问为啥,老六说卖不起。青皮骂老六歧视他们,打娘胎出来,还没有哪个长脑袋的敢这样。老六挺紧张的,但咬定不卖。青皮就动了手,老六急了,操起菜刀。据围观的人描述,老六是笑着砍的。

从牢里出来,老六仍以炸油饼为生,再没人往他脖子上骑了。夜黑睡觉老六都是笑着,甭说白日了,这样一张脸,叱喝都不忍。他出来两年,儿子又进去了,没等儿子出来,女人病亡。老六只歇了数日,就继续营业,挂着不变的笑。忙活完,他便搬了凳子坐在门口,像个看大门的。再没人把浓酽的茶端给老六,他常常忘了泡,渴了就喝生水,冬夏如此。

油饼铺仍叫老六油饼铺,仍在原来的位置。老六买了矮屋及其后的院落,盖了一栋两层楼,一层油饼铺,二层住宿,旁侧的大门通向后院,那是老六的另一个世界,不是谁都可以进入的。

老六住西城,好多东城人专门过来买油饼,多半是老客。老六的油饼软却脆,还不腻,吃过一次肚里就生了馋虫。炸油饼不再是老六的主要营生,副业也算不上,儿子早就劝他别干了,老六说,我的事你甭管。老六不打牌不押宝,不钓鱼不胡侃,就喜欢炸油饼。说出去没人会信的,所以老六从来不说。当然他不再拼死拼活,搞得腰酸背疼,每天和一二十斤面,不到中午就卖完了。卖完,仍有人来,有的没了油饼便掉头离去;有的则是冲老六来的,老六会把他们带到二楼的某个房间。

日光灰暗的上午,老六卖完油饼,搬了凳子坐在门口。仍是原先的凳子,凳腿因年久而毛糙,凳面却磨得油光锃亮。旧归旧,但敦实。对面的修车汉两年前脑出血去世了,就在老六面前,120还是老六打的。那个位置空了,老六还是照例望望,然后才移转,眼神仍是直直的。眼神差,他从来就没看清,或许正是因为没看清,他才痴痴地看。远了可以猜,近就没意思了。

在老六的凝望中,一辆红色甲壳虫驶过来。老六,又瞧西洋景呢。脚没落地,少妇的脆音先滚过来,如熟透了的苹果。老六笑着站起,提醒她锁好车门。少妇说,哪个贼敢来这儿行窃,不要命了?老六说,你讲笑话呢,公安局家属楼被撬了六户,我长几颗头?少妇问,真的假的呀,我怎么没听说?老六说,你现在不就听说了? 相信就是真的,不相信就是假的。

这么说着,两人已走上楼梯,老六在前,少妇在后。屋里办公摆设,老板桌、皮沙发、保险柜、书橱。书摆得满满的,老六从来不看,看不懂。与别的办公地唯一不同的是他供着财神。

老六打开保险柜,拿出鼓胀的牛皮纸信封递给少妇,让她数数。少妇捏了,瞅瞅信封上的字,说,你老六没有算错的时候,不相信你就不往你这儿搁了。老六再把一个黑皮的笔记本翻开,少妇签了自己的名字。我又带来五个。少妇说着从包里掏出箍得整整齐齐的人民币。老六掂了掂,便放进保险柜。少妇问,验钞机坏了?老六说,没坏,用不着!少妇说,是呀,谁敢哄你?老六笑笑,我又不吃人。他再次翻开,在少妇的页码记了,又给她打了收条。少妇问,还是原先的利息?老六说,不变,你放心!少妇笑着说,我是问能不能提高点,物价都涨了。老六呵呵笑着,你可别吃人!少妇抿抿嘴,忽又盯住老六的本子,问,我能翻一下吗? 就当做广告嘛。老六挂着笑,话却说得狠,明儿我娘从棺材钻出来,我也不让她看。少妇不尴尬,夸老六有原则。

少妇走后,老六打了两个电话。老六贷别人的钱,当然不是自己用,而是再贷出去。他没赖过别人,也不担心他人耍赖。他只需记住时间。催还时,老六仍笑眯眯的,若对方说近日还不上,他会告知翻了倍的利息是多少,若再还不上,他也不恼,说既然没时间,就让白龙和黑龙去取吧。白龙和黑龙是双胞胎,一个皮肤白,一个皮肤黑,膀上均刺着青龙。他们在儿子的公司上班,老六一个电话,不用两小时就能从市里赶过来。老六抬出白龙和黑龙,借贷者定会在老六给定的期限还款。个别的嘛,也有个别的处理。

吃过午饭,老六本想打个盹,一个特殊的客人上门了。

赵多

赵多和老冯的关系真正变得钢铁是从要账开始。两人住只有半扇窗户的旅店,喝八毛一壶的白酒,就花生米或榨菜。然后穿街过巷堵工头,哪天也得跑两到三趟,有时还在院外蹲守,那可是数九天,几分钟腮帮子就硬了。狗日的工头,半个月没露面。

某个夜晚,老冯喝哭了,责怪自己没用。老冯比赵多大几岁,长相老,既有横褶也有竖皱。老冯脾气好,别的大工嫌赵多力弱,他不嫌,赵多就跟了他。赵多拣好话劝说,老冯哭得更厉害了,他哽咽着,你就让我哭哭吧,我这心里堵啊。赵多就捏了壶猛灌。次日清早,赵多提醒老冯,师傅,咱不住这儿了。老冯抬起肿胀的眼问去哪儿,赵多说甭管,收拾东西,别误了早饭。

到了工头家门口,老冯反应过来,说,这不合适吧。赵多说,要么要钱,要么要脸,只能选一样。师傅,老婆孩子可都等你回去喂呢!老冯横了心说,听你的。

工头老婆隔门扔出一句话,不让两人进。赵多翻墙跃入,拔掉插销。他们赖了一个白天又一个晚上,饿了就吃,吃了就躺。工头老婆报了警,两人被带到派出所。问清便放了他们,再去。工头终于被逼出来。不是他黑他们,而是他没从一包手里拿到钱。他是二包,赵多和老冯是晓得的。工头请两人喝酒,透露这些日子跟踪一包,发现一包有个相好,一包的钱八成都花在相好身上了。这可是机会呀,赵多一下来了劲儿,捉他狗×的。工头担心搞砸,若一包翻脸,再无要钱的可能。老冯也说不可行。最终两人都被赵多说服。

捉奸成功,工钱顺利到手。喝庆功酒,工头问赵多,有这脑子,干吗当小工?赵多说,没关系,脑子又有啥用?又没技术,可不就得干小工!工头说赵多不是靠力气吃饭的主。赵多指指老冯,没冯师傅,这半碗饭我都没有。其实,赵多早就托一起贩过皮子的郝二揽活儿了，揽不上。工头问赵多愿不愿跟他，赵多当即敬了工头三杯。

给工头当了一年左膀右臂，赵多带着老冯另起炉灶，也是二包。年底发不了工钱，工人们三天两头上门围堵，赵多走路都缩着脖子，只有老冯默然。一包总算结了一部分钱，没咋分钱就没了。老冯一分钱没拿到。赵多对老冯说，师傅，你缓一缓，我赵多欠不了你的。老冯信他，第二年还跟他干。那年运气还好，一包没拖，其实是沾了另一个二包的光。二包因纠纷被捅死了，一包害怕，痛痛快快给赵多结了。

第三年老冯从房顶跌落，摔断了脊椎骨。赵多东挪西借，总算凑够老冯的手术费。头年的钱没结，第三年一分未给，要说，那是赵多欠老冯的。但赵多也真是难。老冯知道他的难，出院时只说一句话，我这条命是你给的。赵多叫他勿多想，只管养病，工程队还得靠他掌舵呢。老冯说，放心，百日后我就可以砌砖了。

老冯从房顶跌落是因为眼睛发黑。躺在炕上，老冯依然头晕目眩，半年后查出脑瘤。老冯女人本就是个病秧子，受此打击，人整个泄了，甭说拿主意，连句痛快话都说不出来。冯妙在读高中，她弟弟尚念小学，什么忙也帮不上。赵多本可弃手，但不忍。他不欠老冯的工钱了，但还欠着老冯的情。赵多替老冯拿了主意，钱是从银行贷的，他借不到了。出院时，老冯说，你又把我的命捡回了，我拿啥还你啊！赵多依然拣好话安慰，老冯说，但愿老天给我机会。没一年老冯就去了，老天没给他机会。老冯女人彻底瘫倒，冯妙辍学回家。赵多劝，他会供姐弟俩。冯妙挺有主见，说，叔能供我弟就行了。劝不通，赵多便作罢。

那几年，老冯女人看病及其他开支，一大半是赵多出的。他好歹是工头，总有些办法。每次拿钱他都心疼，但再心疼也得拿。想一想老冯，那疼便淡了。里外事都是冯妙做主，赵多与冯妙来往较多，但他并不清楚她的心思，甚至后来她提出跟他干时，他也没朝别处想，只是有些意外，说，我那儿没有适合你的活儿。冯妙说，我数学好，可以给你当会计。赵多笑喷。冯妙急了，她别的不咋样，数学真还可以。赵多说工程队那点破账，哪用得着会计，劝她干点别的。冯妙低下头，说欠他的钱三年五年肯定还不上，她想干活儿抵账。赵多说从没打算让他们还。冯妙说他咋想是他的事，欠钱就要还的。她声音不高，但硬生生的,令赵多刮目。赵多笑笑,叫她别给心上压秤砣,他没工夫和她磨牙。没想到冯妙追到工地,她说自己没啥社会经验,跟赵多干踏实,干几年再自个儿闯。赵多不好硬撵,也没给冯妙安排啥,买买菜,跑跑腿,仅此而已。出去吃饭带着她,有人戏问赵多从哪儿招了个秘书,赵多正色道,别瞎说,这是我侄女!玩笑有大有小,冯妙从来不恼。

　　某天回工地晚了些,冯妙扶他到工棚。赵多住单间,冯妙和做饭的妇女住隔壁。两人都喝高了,赵多更多一些。他是做东的,又有求于人,可不就得放量?酒场上不会有实质性的应承,但酒能拉近关系。

　　脚底像踩着冰,滑得厉害,但脑子还清醒,至门口,他甩了甩,说没事了。冯妙不言,推开门,并叫他抬高脚,几乎是拽他进去。他摸灯绳,怎么也摸不着。然后冯妙就抓了他的手,用近似呵斥的语调说,别动!他没反应过来,冯妙抱住他,耳语,多哥,你要了我吧!

　　冰面爆裂,赵多顿时清醒,咔嚓声如钢钉射击着脑门,无比清脆。他下意识地推推,她热烘烘地黏着他,如新撕开的膏药。吉婶今儿回了!冯妙悄声,似乎猜到他担心什么。某个瞬间,火球滚过赵多的身体,他听到了骨头焚烧的声音,但他定住,软软地回应,我是你叔呢。冯妙咬咬他的耳朵,一阵酥痒袭过,他摇了摇。冯妙说,把我抵给你!似乎正是这句话让已经柔软的他变得僵硬,他猛力一甩,冷声道,你爸看着呢。膏药脱落,他趁机摸着灯绳。

　　相处如初,像从未发生什么,但从此她叫他多哥。他纠正了几次,她嘴巴硬,也便由她。不过是个称呼而已。可也正是这个称呼让赵多渐渐生出杂七杂八的念头。就像蒲公英的种子,风刮得再猛,飘得再远,总有落地生根的时候。

　　赵多每年都有工程,但仍是二包。县里的大工程揽不上,就是乡镇的也挤不进去。乡镇一把各个贼精,虽说酒场称兄道弟,但招选工程队,他们的铁杆仍是不二之选。几年了,赵多吃的都是剩饭,没饿着,但从未胖起来。

　　看得多了,赵多看得越发清楚,没有铁杆靠山,他将永远是二包,永远吃剩饭。撬乡镇一把和铁杆的关系几无可能,除了喝得胃出血,没什么收获。他将目标锁定二把。终要上位的,现在的二把就是将来的一把。二把太多了,并不是谁都有机会往上走。赵多认识几个,不认识的只要想,也可以扯得上,关键是选谁,这就像押宝。

　　最终,赵多锁定马江河。

赵多给镇里盖戏台，马江河是总监工。一把拍板，二把干活儿，向来如此。他就是这么和马江河熟起来的。二把做不了主，有的工头就不太当回事，赵多不，只要马江河提出哪儿不合适，他立马改。马江河懂行，并不胡乱指挥，赵多挺佩服他。马江河没架子，和工人说话张口师傅闭口师傅的。他挺仗义，因资金没到位，工程暂停，他帮赵多赊欠水泥。这么个人当靠山是踏实的。更重要的是，马江河当二把好几年了，上位可能性大。一旦有了目标，赵多就上心了，没事也会去马江河那里"汇报汇报"，约他吃饭打牌，自然适当输一些。马江河的老母亲在另一个乡镇，他让赵多抽空去铺铺院子，次日赵多就带了三个工人过去，不但铺了院子，还垒了一个带棚的厕所。自此他就经常登门，不需要修补了，看看她老人家也是应该的。他比马江河回家的次数多。马江河说，没事别跑了，怪远的。赵多说，我和婶有缘分，几天不见怪想她的。后来赵多就认了干娘。以至于马江河都有些妒意，说老娘好几次梦见赵多。赵多笑笑，说，你忙大事，我给她解个小闷。

　　芝麻谷子，颗颗粒粒，累积起来，就得用麻袋装了。

　　赵多和马江河关系日深，但还没到钢铁的份儿上。赵多心有忧戚，特别是听到马江河即将转正的传言。别的工头已明明暗暗围着马江河转，赵多感到了危机。苦心建成的大厦即将被人挖断根基，他怎么能睡安稳？那些工头比他有钱，两块方砖拍给马江河，他的付出就成了泔水。除非用别的法子。

　　冯妙就这样撞进赵多的脑子。她绝对是一枚核弹，只要她肯。但赵多并无把握，只要想到老冯，罪恶感便如刀尖戳着他，所以始终没敢提。想一次，刀尖戳一戳，慢慢地，就没那么疼了。根基被挖比刀戳更痛。

　　某日，赵多试探着问冯妙能不能帮个忙。冯妙怪怪地瞅着他，杀人吗？赵多笑，你电视剧看多了。冯妙问，放火？赵多摇头。冯妙说，那还有啥说的？反正欠你的钱。赵多沉了脸，和欠钱没关系，我早忘了，别再提了。冯妙说，你忘我不能忘，到底啥事？赵多说，不是一般的事！冯妙问，不是让我当间谍吧？好刺激啊，没问题，我愿意替你做任何事。赵多心里一动，她的誓言让他不忍，虚笑一下，转移了话题。

　　几天后，马江河喊赵多和另两个工头吃饭。也没啥事，就是吃个便饭。平时都是他们请他，他得做一次东。马江河说得清楚，但赵多还是觉得不同寻常。三个工头在座，怎会让马江河买单？哪怕他是二把。

席间，一工头问马江河上位的事，马江河摇头，听天由命吧。他否认，表情却不沮丧。赵多猜上边找他谈过话了，没正式任命，马江河是谨慎的人，绝不会透风。虽然秘密常常不是秘密，但某些忌是不能犯的。

赵多上洗手间，顺便把单买了。散场，赵多故意陪马江河走了一段，他没问，等马江河主动透喜讯，但马江河守口如瓶。

那个夜晚，赵多撮土为香，拜了三拜，老冯，对不住了。

马江河

马江河的脸翻涌着深深浅浅的青绿，像浮荡着昆虫的残尸。金叶被惊着，你怎么了？马江河说，没怎么。金叶瞪着他，跟谁吃饭了？马江河倒水，金叶竟跟进厨房。暖壶年代久了，底部锈损，马江河放得用力了些，暖壶砰地碎了。金叶不悦，拿暖壶出气，还不如捣我几拳呢！马江河瞄瞄她，埋怨她暖壶锈成这样也不懂得换。金叶说，没钱嘛，你又不是不知道！马江河质问，缺你吃了还是缺你穿了？金叶转了脸色，你还当真了？我就跟你叫个屈！马江河也便压住火，齿缝依然透着火星子，不就打麻将腰包瘪了，这也叫屈？要不是你这么蠢，我还出不了事呢！金叶急了，倒怪我了？是我告发的你？疯了吧你？马江河说，反正你也有份儿！金叶幽怨道，难怪你看我不顺眼，原来心长毛了！这六年我没睡过一个好觉，要是能替，我宁愿替你，天天抽我也认，没想到……我还不如把心掏出来喂狗呢，狗不领情，也不至于咬我。马江河怒喝，够了！金叶闭了嘴，眼泪倾泻。

马江河说的当然是气话，从被带走那天开始，每天他都在想，是谁在背后捅了刀子。其实不难想，哪一笔钱出了问题、涉及谁，一推就八九不离十了。但金叶不是一点责任没有。那些年，金叶打麻将成瘾，甚至上班期间跑出去，包里时常塞着两万元现金。赢少输多，外号铜匠。因为她牌技差，喊她打麻将的格外多。马江河警告过几次，金叶才低调了些，只和固定的几个人玩。马江河眼睛就半睁半闭，比金叶打麻将疯狂的女人多的是。两人结婚时，家徒四壁，每一分钱都精打细算，比如专在傍晚时候买菜，不新鲜了，但便宜，青菜向来不摘叶，土豆皮削得比纸还薄。特别是她从粮库下岗后，勒一圈裤腰带都不行，得勒两圈三圈。马江河提了副乡长，为给他买双像样的皮鞋，她三个月没吃荤。马江河在乡食堂吃得上,但金叶吃不上。她原本就瘦,胸没胸臀没臀,营养跟不上,又缩干一圈,像只大号蜻蜓。每次摸她硌手的腰,马江河都心疼得直吸气,发誓一定让她过上另一种日子。她后来那样,也是马江河纵容的结果。

想及以往,马江河有些后悔,他坐过去,揽揽金叶的腰。她的肉长起过,现在又瘦下去了。我说的也是气话,真那么想,就不那么说了。金叶哽咽着,我不是你的出气筒!马江河讪笑,还有气呢?有多少一次撒出来吧,我保证打不还手骂不还口。金叶抹抹眼泪,说,我还指望你养活呢。马江河拍拍她,饿不着的。金叶说,饿不死就行了。

马江河问金叶查过加油站的账目没有。金叶说,查什么查,自己的亲哥信不过还信谁?马江河说,不是信不过哥,信不过能交给他?但该查还是要查的,清楚点好,该给他的一分也不会少。金叶说,不到年底他就把钱打给我了,幸亏有这么个加油站,又在哥的名下,不然……她瞟瞟他,你听到啥了?今晚怪怪的。马江河说,我能听到啥?突然想起的。金叶问,你真想查?马江河感觉她有些紧张,心中有数嘛,他应该主动给你看的。金叶说,他可是我亲哥呀,你查他不伤心吗?马江河说,我不是怀疑,就是想弄得清楚些,就算他有点啥,我也不会计较,这你放心。金叶忧虑地说,就怕他……马江河安慰,我知道分寸。金叶忽又想起先前的问题,问马江河跟谁吃饭了,马江河说还能跟谁,几个工头。金叶说,他们肯定跟你说啥了。马江河说,陈谷子烂芝麻,别问了。

金叶起身收拾暖壶残片,马江河往沙发缩了缩。以往马江河揣了心事,金叶都瞧不出来,今天他没藏住。他委实气蒙了。他在冯妙身上的投资超过金叶,而她居然用装傻报答他。他没把钱交给金叶,甚至没告知她,怕她打麻将昏头露了底儿,更重要的是冯妙保管更隐秘、更安全。谁想……哑巴吃黄连。她装糊涂,他也只能打太极。他不敢闹翻,若她举报,他至少要再判个八年,那可真要把牢底坐穿了。她比他更明白,所以稳稳地掐住了他的命门。

他把钱交给她的时候,她就存了吞食的念头,还是在他进去之后?是她自己的主意,还是与赵多合谋?凭她和赵多的关系,那是有可能的。如果赵多参与了,索要更加困难,赵多能干出什么,马江河是清楚的。当务之急,必须搞清楚赵多扮演了什么角色。马江河不会轻易投降,还想靠那笔钱另起炉灶呢。

清早,马江河正在吃饭,有人敲门。马江河以为是赵多,昨日下午赵多又打来电话,马江河没接。以他对赵多的了解,赵多定会上门,虽然未必情愿。

站在门口的却是穿着黑色夹克的老汉,手里拎了一箱牛奶。马江河猜老汉走错门了,正要关,老汉露出满脸的笑,马局长,你不认识我了?马江河这才细细打量,老汉褐铜脸,川字纹,突然的笑使原本就小的眼睛成了一条缝。似觉面熟,却记不起是谁,这几年他的记忆力像破旧的鞋底。老汉提醒,我是野马镇红滩村的李旺啊。马江河哦了一声,将李旺让进屋。

李旺说,我来看看马局长,也没带啥。马江河心里一热,难得你记着我,你可是登门的第一人呢。李旺受了惊似的,应该的,应该的,刚听说,要不早来了。马江河叫他稍坐,他还有半碗粥。李旺说,你慢慢吃。

马江河放了碗,李旺立刻站起。马江河以为他要走,顺口说再坐会儿嘛,李旺再次坐了,没话找话地说,夫……人上班去了?那两个字像被铁链拴着,他自己都感觉别扭吧。马江河强忍着没笑出声,点头回应。李旺说,还是有个班上好啊。该是无意,可马江河听着刺耳,目光压过去,你没别的事吧?李旺眼睛豆似的圆了,马局长,你得救我呀。

建工业园区需征红滩村的地,县里把任务分解到各个局。县委书记下死命令,规定期限完不成,就地免职。马江河任职的局包的是李旺他们村。他先指派副职去谈,除了县里的补偿,局里也会按亩补贴。谈不拢,马江河亲自出马。李旺提出在原有条件的基础上给他安排工作,下夜、打扫卫生,什么都行,但要求订合同。钱有花完的时候,工作却是长流水。他能有这样的打算,令马江河刮目。不是多难办的,马江河一句话的事。他当即应了,并让李旺签字。李旺要订了合同再签。马江河说既然应了他,绝对没问题,订合同需要走程序,须人事局盖章,再快也得一两个月,而征地期限只剩三天,他必须先签。李旺就签了。那是周五,马江河让李旺周一带身份证去局里找他,就在那天晚上,马江河被带走。李旺的工作就黄了,他数次找局里,根本没人搭理。

马局长,我天天盼着你出来哪!李旺悲苦着脸,你再不出来,我就进棺材了。

那悲苦是可传染的,马江河脸阴得能拧出水了。李旺是来索债的,而他竟以为是来看他的。没错,那就是债。他想还的,可还不上了。

李旺又讲儿子出了车祸,没了收入,而补偿的钱两年前就花光了,现在吃饭都是问题,他年纪大了,干不了体力活儿,若能订个合同,好歹能养活家人。

声声血泪。马江河想虽有夸大成分,但不全是装的,李旺遇到了难处。马江河倒是想伸出援手,可……他重重叹口气,我已经不是局长了,找我没有任何意义。李旺说,你跟他们说说,这个面子他们还是给你吧。马江河苦笑,若给我面子,早就给订合同了,不用我张嘴。李旺说,你说话咋也比我管用。马江河摇头,没用的,我清楚,再说,有年龄限制。李旺说,我这白头是愁出来的,没那么老,到十月满五十六岁。马江河说,有心无力,对不住了!

这是你答应的,你怎么能说话不算数呢? 李旺声音突硬,川纹竖直,如插了刀片。

马江河一怔,目光渐渐锋利,你什么意思?

李旺似想缩闪,小眼迅速眨动,但终是接住马江河的目光,你给想个办法!

马江河声音硬邦邦的,我想不出! 你去告我吧。

川纹平下去,李旺挤出浅浅的笑,马局长别生气,我一大老粗,说话没水平,我是急呀,盼星星盼月亮盼出了你,就指望你帮我,你这一推,天就彻底黑了呀。李旺说得可怜,马江河便缓了神色,事出有因,不是我故意坑你,我非常抱歉,如果你起诉我,我绝不怪你。李旺说,马局长说哪里话,我知道你的难处,咋会告你呢?马江河说,别在这儿浪费唾沫了,把牛奶拿走。李旺笑得浓了些,你好歹试一试,当初你是代表你们局答应的,要说,这是我和你们局的事,谁想他们不买账,以为我胡说呢,你去说,至少证明我没胡说。马江河说,当时办公室毛主任在场,他可以替你证明。李旺说,你提毛主任,我更来气,我找过他,你猜他说啥,他说不记得了,让我去监狱找你,后来他提了副局长,门都不让进了。马局长,你咋选这么个人当主任? 马江河说,人都是会变的,这很正常。李旺依然气哼哼的,再变,也不至于不让你进门,你翻当年的事,他敢不认?马江河皱眉,那又怎样?李旺瞬间扮出笑脸,跟局里证明呀。马江河摇头,没用的。李旺说,马局长,成不成的再说,起码让局里知道有这个事,救救我吧,求你了!

马江河说,我试试看。他不知自己是被李旺泡软了,还是被掐到痛处。李旺不是一般的村民,六年前马江河就知道了。

马局长,你是大好人呢! 悲喜聚在一起,李旺那张脸又凄惨又滑稽。

冯妙

冯妙身体悸颤,牙关紧咬,仿佛酷刑在即。但想及赵多,山一般的重量便压住她,再动弹不得,甚至涌出凛然和悲壮。牙关松开,由着马江河的舌头探入,垂耷的胳膊机械地抱住马江河。赵多没逼她,没灌迷魂汤,那是她自己的选择。

马江河昏昏睡去。冯妙从他怀里挣出来,望着知了般鸣叫的日光灯。她也喝高了,那阵没什么感觉,此时脑袋就像利斧下的树疙瘩,渐至爆裂。她双手抱头,仿佛这样利斧便没了力度。但不行。她想推醒马江河,或者给赵多打个电话,可手指僵硬,伸展不开。于是,她求救般地望着"知了",期待它吵得更响一些。利斧渐渐钝软,手终于能动了。她什么也没做,只是蜷缩了身子。她刚有睡意,马江河鲤鱼般扑腾了两下。四目相对,她想笑笑的,可马江河灰白的脸将她的笑按压回去。她以为他害怕了,她努力地让目光温柔。我睡着了?马江河问。她嗯了一声。马江河又问,你没睡?她摆了摆头。一直没睡?马江河追问。然后,马江河慌慌地跳下床。相处时日不长,对他尚不是完全了解,她以为他要逃离。她盯着赤条条的他,诧异地想,难道他就这样逃出宾馆?她几乎要提醒他了。他猝然止步,半蹲下去,抚着门把手,突然转身,问,你当真没睡?她已回答了他,需要重复吗?马江河移到床侧,又问。她只好重复。马江河问,没人进来过吧?难道他的脑袋也被利斧削了?这问题荒唐透顶。他若是疯了,赵多的计划就泡汤了。不能让他发疯。想到此,她下了床,试图拽他。马江河快速走至窗前,撩起窗帘钻入,检查了一遍。那可是四楼,从窗进入得有壁虎的本事。检查完毕,马江河的脸有了血色,而他的笑仍摇摇欲坠。她明白了他恐惧的缘由,他的恐惧让她恐惧。他是这么个人!她想逃离,彼时,马江河跪在她身边,几近宣誓,我会对你好的,相信我!

数年之后,冯妙的身体再次悸颤,牙咬不紧了,碰碰磕磕,如风中残破的门板。连续几晚都是如此。这么多年,她自认还算了解马江河,然而如今的马江河着实让她吃惊。她见识过马江河的自私,但没领教过马江河的无耻。他还真像演员,别人识不破,但她是能的。破烂衣服套在身上就能装乞丐?笑掉大牙了!他是算细账的人,许许多多的账等他去算,没想到他首先算的是最不该算的账。那就算吧,她在最好的年龄跟了他,看他怎么计算她的青春。

想到多年前的那个夜晚,冯妙并不后悔。她的生活里没有后悔的空间。她不知自己为何悸颤,为何齿冷。

好几天过去,马江河没再联系她,他不会这么罢手。她猜着他可能的花招。她不惧怕,大不了鱼死网破。

伴随着振动,手机闪烁了一下。冯妙暗想,或许是马江河。她不紧不慢坐起,开了灯,倒了半杯红酒饮下,摸起手机。是冯楚的信息,问她睡了没。冯楚在地球的另一端,是洛杉矶某医院的内科医生。她立即打过去,听见冯楚喜悦的声音,她松弛下来。冯楚的第二个孩子刚刚出生,七斤八两的胖小子。姐姐,没影响你睡觉吧,我太高兴了,就想第一时间告诉你。冯妙说,你要不在第一时间告诉我,我就不认你了。

说了约二十分钟,挂断,冯妙又倒了一整杯红酒。是她把弟弟供出来的,冯楚的成功就是她的成功。想到弟弟,冯妙觉得所有的付出都值得。她不再悸颤,寒冷的冬日过去了,温暖围裹住她。马江河的可怜相浮出来,也没那么讨厌了,想法就有了变化。那就给马江河筹一部分钱吧,她想。大半已用掉,刀架在脖子上她也拿不出,部分是可以的。不是还,当然更不是施舍。至于是什么,她说不清,反正会给他。她打算给马江河发条信息,想想,还是先筹。没必要过早开支票,又没欠他。

清明节,赵多陪她回村里给父母上坟。这么多年,赵多坚持始终。而祭奠他自己的父母,要么提前一日,要么延后一天。就是装,装数年也难呢。但赵多不是装的,她瞧得出来。也许是怕父亲怪罪他,可若父亲有知,该是感激他的。

防火日紧,禁止焚烧冥币,她想用石头压住,赵多却掏出打火机。她瞅瞅四周的树木,问,行吗?赵多用树棍挖了个坑,焚完,又用土掩了,说,这下谁也抢不走了。伤感的冯妙暗暗乐了。

回去的路上,冯妙掏出口香糖,剥了一片给赵多。赵多说,我才不吃这玩意儿。冯妙固执地伸着手,赵多偏头咬了。也就这样,她若有其他举动,他那枣核脸便裹了酱。

有侄孙了,我得给侄孙送个礼物,你帮我想想什么合适。赵多说。冯妙斜着眼看他,纠正,侄子!赵多说,别降我辈分,我可是若若的爷呢。冯妙说,你提这个我就来气,她喊舅顺口了,你咋让她改口?连小红都纳闷了,不许占我便宜!赵多讪笑,你这一霸道,油门都踩不动了。冯妙使性说,装得像!

那天马江河说了些啥？赵多转移话题。冯妙说，还能聊啥？她对赵多基本坦诚，但那笔钱，从未告诉过他。赵多说，他该识趣的。冯妙说，他再不识趣，我也不能说翻脸就翻脸，我不是那样的人。赵多说，是啊，终究……觑觑她，改口道，他像是和我翻了，打了两次电话，都不接。冯妙说，也许他没认出是你的电话号码。赵多冷笑，除非他失忆。冯妙试探，我打给他？赵多哈了一声，算了吧，他不是皇上，我也不是太监，热脸贴冷屁股，没必要。冯妙安慰，他坐了几年牢，心思复杂，你没必要生气。赵多说，生气倒不至于，我就是纳闷，他是不是认为是我举报了他？冯妙说，除非他疯了。赵多说，是啊，要说不够意思的人，是他，而不是我。冯妙说，改天我喊他一起坐坐。赵多哼了哼，约个饭，还得……算了吧！顿了顿，说，不行，他让我不舒服，我就不能让他舒服，上门堵他，我就不信他轰我。冯妙斜着眼看他，你这可是干架的阵仗，至于吗？赵多笑了笑，也是，我这是怎么了？

　　小红来电，说进货的事。冯妙合上手机，说昨日多出五十块钱，小红交给她了。赵多说，一看就可靠。冯妙得意地说，那是，我这眼力见儿不是吹的。赵多感慨，难得呀，又俊俏，你没少教她吧，她比刚来那阵会打扮了。赵多口气随意，但冯妙凭着第六感觉，听出别样的意味，想起前几天赵多请副主任和他儿子吃饭的事，心率瞬间提高，你不是打小红的主意吧？赵多带着恼意，我是见了女孩就起歪心的人吗？冯妙说，你是不会！赵多偏头看她，你恨我？冯妙反问，你不清楚？赵多说，难道小红会恨我？冯妙说，她没欠你。赵多淡笑，你也没欠我！冯妙恶狠狠地说，小红不是我，不许碰她！赵多半举右手，做投降状，不就闲聊吗？瞧你凶的，要吃人了！

　　冯妙的心依然扑腾，像剪掉双翅的鸟，想飞却飞不起来。赵多一旦起念，就没那么容易打消。赵多义气，关公也不过如此，但为了成事，什么手段都使得出来，简直就是魔鬼附体。她太知道他了，却说不上他是什么，他让人敬，也让人怕。

　　冯妙仍气鼓鼓的。赵多说，过去你没这么爱恼啊，连话也不让说了？冯妙说，我再警告你一次，别打小红主意！赵多悲叹，没想到，在你心目中我就是恶棍，要不要写份保证？冯妙嗤了一声，语气就软了，多哥，算妹求你了。说着去摸赵多的脸，赵多偏头，她手伸得更长了。赵多呀呀着，我向老天保证。

　　距文具店尚有百米距离，冯妙即让赵多停车。赵多笑问要不要替她买条铁链,冯妙笑答,还是买刀吧,剁了脚省事。

小红正在记账,抬头冲冯妙笑笑,叫声妙姐。冯妙说,你忙你的,我歇歇脚。小红低下头。冯妙的目光麦浪一样围卷住她。不得不说赵多眼光毒辣。从她的角度看,小红更耐看了,她的前男友有眼无珠。小红觉察,有些慌张,想回视又不敢的样子,好一阵,收起账本,惴惴一笑,妙姐有事吗?冯妙问,那个彻底吹了?小红怔了怔,点点头。冯妙问,没复合的可能了?小红摇摇头,伤感的眼神里夹着疑惑。冯妙问最近赵多来店里没有,小红说来过两次。剪断翅膀的鸟又撞进心里,知赵多并未说什么,那鸟仍不停地扑腾。小红紧张极了,问她是不是做错了什么。冯妙痛惜地说,别动不动就想自己做错了什么,要想自己做对了什么,都是想,结果大不一样。然后她说回来的路上赵多要给小红介绍男友,她没让。他倒是热心,可到底是男人,标准和女人不一样,要介绍也是我介绍,轮不着他。冯妙直视着小红,你说是不?小红羞羞地叫声妙姐。冯妙说,听妙姐的,你就甭搭理他。小红点头,我记住了。冯妙长长地舒了口气,她拴不住谁,能做的也就这些。

上楼不到两分钟,即有人敲门。冯妙从猫眼瞭瞭,竟是马江河膨胀的脸,想他定是在店外候着。她说声稍等,急往卫生间走。拧开水龙头,忽又关住。她嘲讽地盯着镜里的自己,还想取悦他呢,真是可笑! 往门口走的时候,她还是拢了拢头发。

刚巧路过,我来看看。马江河解释。冯妙沏茶,马江河背手转了转。冯妙说,你胆子好大哦。马江河夸张地哈了声,我又不是来抢劫。冯妙将杯放在茶几上,说,我身上装支录音笔你都害怕,家里可装着摄像头呢。马江河的脸色登时就变了,朝各个角落巡睃。冯妙笑,别紧张,吓你的!她知道让马江河否认更有效果。果然,马江河不再主人似的转了,落座还客气地说声谢谢。冯妙并非有意吓他,但也不得不防。来者不善,她有预感。

茶不错,马江河说,越来越会活了。冯妙一笑,谁不是呢?马江河叹息,谁都想,但未必谁都可以。冯妙说,要我说,谁都可以,但未必谁都能明白。马江河说,你这嘴巴是越来越厉害。冯妙说,我厉害的地方多着呢。她自是明白他的用意,该不该兜出底儿呢,看看他的反应? 她犹豫不决。

马江河从怀里掏出一个巴掌大小的本,平展开。冯妙甚是诧异,莫非他给她的每样东西他都记着,都要清算?以他的细心是有可能的。马江河诡谲地瞟瞟她，撕掉其中的一页，竖起。见到纸上的字，冯妙惊得嘴巴都要崩裂了。

老六

火炕女背影远去，老六在门口立了一阵，才给儿子打电话。

不管放贷借贷，只要一次，老六就能记住名字。但老六从不用名字称呼，而是用特征，相貌、声音、气味、胖瘦、高矮，比如哑嗓子、黄瓜脸、肥腰婆、开油锅——女人冬夏带味儿。

称号起了就不再改，但那个女人例外。倒不是她没特征，她的耳朵极薄，几乎透明，所以，开始叫她玻璃耳。数次打交道，他觉得女人的目光更特别，顾盼流转，如微风中摇曳的花朵，但瓣头瓣尾却夹着叉子。老六笑眯眯的，借着这笑，看谁都直通通的，不用遮掩，而和玻璃耳对视，他的目光总是游弋，就像他是鱼，一不留神就被她叉中。所以，老六改称她叉子眼。

某个春日的下午，老六正在院里为刚刚收养的流浪狗缺耳洗澡，叉子眼上门。老六收养流浪猫狗多年，院子的一角，左边猫舍，右边狗舍，最多的一年，有九只猫六条狗。寒冷的冬日，傍晚就将猫舍狗舍锁了，天暖和起来，那门二十四小时都敞着。他特意在院墙底部掏了个洞，供猫狗出入。老六从不拴绳，所以猫狗常常溜出去。有的出去就再没回来，有的回来还带着伴儿。

缺耳是被另一条狗领回来的，脏得看不出颜色。左耳没了，伤口结了老疤，不像被咬的，而是被刀削的。老六给猫狗命名也根据特征。他在缺耳的疤痕处摸了摸，它直往后缩，摸它右耳，它哆哆嗦嗦，哀哀地望着老六。老六将它抱起，放进澡盆。洗了两次，缺耳便雪一样白了。它起了疥癣，腹下有几处铜钱大小的地方，毛都掉了。那个下午，老六用兑了药的水给缺耳清洗。药刺激疼了，缺耳不停地挣扎，老六摁得有些吃力。听得有人叫门，老六将大门打开，叉子眼便跟着老六到院里。老六让她先上楼，他马上就来。叉子眼拍拍缺耳的头，说不急的。老六洗，她在一边看，后来就挽了袖子帮老六摁。

来来去去的客户，见了猫狗都躲。他们眼神怪异，连儿子都不明白，曾劝他处理掉，若想养，给他弄只藏獒或黑贝。他自是没同意。叉子眼不但不躲，没丢奇怪的眼神儿，还帮忙给缺耳洗澡。自此，老六改称她火炕女。起这称号不仅仅是因为特征了。

但老六在意她,不单是因为这样,更是因为她的放款额。来老六这儿放款的,几万元、十几万元,几十万元的就少了。火炕女起先也没放多,在帮他给缺耳洗澡之后,她拎了纸箱过来。老六数过,说有点大。火炕女问,有限额吗?老六说,没有,只是……你信得过我?火炕女问,你坑过谁吗?老六说没有。火炕女道,那还有啥说的?一个惦记着猫猫狗狗的人,我信!就这句话,老六几乎落泪。

老六将那笔钱转给了儿子,儿子开着借贷公司、典当行,用钱量大。火炕女半年结一次息,亦由儿子转给老六。

好一阵,儿子才接电话。老六让他三日内将那笔钱转回。儿子问,为啥?老六被问愣了,这不该是问题,行有行规。老六很快醒过神儿,说人家要用啊。儿子问能不能缓一缓,现在有困难。老六急了,说他是承诺了的,儿子说又不是骗她,只是缓缓而已。老六问多久,儿子迟疑一下,说怎么也得一周。老六几乎咬着牙,那就一周,多一天也不行。儿子说放心吧,他们的生意是靠信用撑着。

虽然儿子保证了,老六却不踏实。儿子既不像他,也不像他妈,老六被老师一趟趟叫去学校时,常常怀疑那不是他的儿子,但若是观脸相,是一个模子印出来的。儿子天性剽悍,三天两头打架,初二咬掉同学耳朵被学校开除,就此混入社会。儿子不成器,老六常常悲叹。谁想儿子说有出息就有出息了,还给老六的天空支了伞。只是,老六仍如过去一样摸不透儿子。老六与儿子的公司平时有业务往来,没出过差错,所以才把那钱转给儿子,儿子也从未拖延过。

老六给火炕女打电话,说需要十天时间凑齐,问她可不可以。虽然是电话里说的,老六脸上依然堆着麦秸垛般的笑。火炕女说当然没问题。

第七天凌晨,老六便拨儿子的电话。儿子竟然挂断了,老六心里蹿火,再拨。儿子终于接了,哈欠连天地抱怨老六吵醒了他。老六强忍着,说日期到了,钱上午务必打过来。儿子声音不悦,阎王爷也不这么催的。老六说,我是你老子!儿子说,我没说你不是,急啥?老六顿了顿,问他凑齐没有。儿子答得极其干脆,没呢,再等等。老六急了,不同刚才的心急,浑身上下连骨头都急,像被丢进了滚开的油锅。你不打,我就上门!老六的声调也被油炸了,透着焦煳味儿。儿子说,来也没用,资金链出了问题。老六被炸得酥脆的骨头几乎碎裂,啥……问题?儿子道,说了你也不懂,你来也行,我带你查查身体。老六吼出来,谁用你管?赶紧筹钱!儿子说,我的老爹呀,你现在就是把我送进监狱我也没辙。你好好解释解释,缓一缓,正是困难的时候,过了这一阵,本利全返,咱这生意是靠信用撑的。老六骂出来,信用个屁!

不知儿子几时挂的电话。老六扔出几颗炮弹,再放缓语气,已没有回应。

那天,皮城人没吃到老六的油饼。

老六没去市里,儿子那样讲了,去也白搭。儿子故意赖账不大可能,他虽摸不透儿子,但这点判断力还是有的。钱不能及时兑付,和赖账也没什么区别。老六的生意摆不到明面上,但他言而有信,这是生意持久的缘由。现在,老六有了崩塌的感觉。儿子那边指靠不上,只能自己想办法了。

整整一天,除了给猫狗喂食,老六都缩在屋里扒拉放贷账目。期限有半年的,有一年的,有快到期的,有放出不久。老六按日期排序,快到的自然要先还,利息也要扣减。严格地说,这也叫违约,但只能如此。

入夜,老六开始打电话。老六不多解释,只说需要钱,两三天要归还。老六是笑着说的。他习惯了,说梦话也是笑着。有痛快的,也有这个那个拉拽困难的。老六说,真不行!叫白龙黑龙上门就不合适了,我不愿意这样,你也不愿意吧。就算没见过白龙黑龙的,大抵也听说过,立即笑了,老六呀,不用他们跑腿了。

油饼铺依旧开张,老六卖完就搬了凳子坐在门口,脸上挂着不变的笑。没有谁知道,他的心如开锅的粥。那三日,老六是掐着指头算的。准时登门的只有两人,开锅的粥泼翻,老六往楼上走的时候,第一次觉得腿软。

老六还没张嘴,儿子不耐烦的声音就烫了老六的耳朵,我说了再等等,催也没用!老六说,明儿让白龙黑龙来一趟。忽然就想,这是恶人的行当。好像他刚刚明白。儿子问,干什么?老六说,还能干什么?儿子静默一分钟,告诉老六,白龙黑龙惹了点事,避风头去了,回来怎么也得一年以后了。老六的眼突然发黑,像跌进黑夜中。还好坐着,不然就摔倒了。也没多大事,连累不着我,儿子安慰,催款是不可能了,再等等?老六无言地挂了电话,在黑暗中呆坐着。儿子回拨过来,问要不要接他过去。他知道儿子的用意,说不用。一个人再有本事再会躲,也躲不开自己。

儿子远在市里,那些人未必知道白龙黑龙躲逃。仍可抬出白龙黑龙,有时影子比真龙管用。这么想着,老六翻开账册。

赵多

赵多将车开到楼下，等了一会儿，鲁东才下来。赵多去接鲁东手里的东西，鲁东说，不用不用，又不沉。赵多硬是接了，问，放到后座可以吗？鲁东说，当然可以，结实得很呢。赵多说，听说光一个镜头就不少钱呢。鲁东说，那是专业摄影，咱玩不起。赵多就笑。鲁东说，你笑啥？就你这车，哪个乡镇干部买得起？赵多笑得更盛了，不敢买是真的。这么说的时候，赵多已发动了车。鲁东点头，也可以这么说，但买得起的还是少数，不像你们当老板的，大小都是豪车。赵多说，鲁镇长有所不知，出去谈事，没辆像样的车，先轻看你三分，所以不少人是打肿脸充胖子，比如我这样的。鲁东斜着眼看他，我又不跟你借钱，跟我哭啥穷？赵多哈哈一笑，听鲁主任讲，你初中就拿过演讲比赛的大奖，谁跟你搭班子，先得镶几颗钢牙，不然两句话就让你敚住了。鲁东说，我要那么做，离死就不远了，恨不得把舌头剪一截呢，也就跟老赵你，敢随便扯。赵多偏过脸，以便鲁东能一览无余地看到起起伏伏的表情。鲁镇长，能交你这样的朋友，我不枉来世一遭。鲁东说，言过了。赵多说，绝对是。

半小时后，车停在野马湖边。东方已由白转粉，日头即将射出。湖中心一只只野鸟起起落落，不知是相互嬉戏，还是啄食鱼虾。多是迁徙经过的鸟，四季各有不同，遗鸥、大鸨、灰鹤、鸿雁、白鹭、黑翅鸢、红脚鹬等。鲁东边支摄影架边说，其实没啥看头，你不信？赵多说，所以我纳闷为什么你这么上瘾。鲁东说，对摄影人来说，当然有乐。赵多说，我是粗人，不懂，但看看别人的乐，也是乐子。鲁东笑，老赵，你不简单呢。

摸了相机，鲁东就顾不上跟赵多说话了，他的头似乎与相机长在了一起。确实没啥意思，当然赵多不是为意思来的。赵多在附近溜达了一会儿，撒了泡尿。日头升起有一阵了，赵多喊鲁东吃早餐。有昨天备的，也有接鲁东前从早点铺买的。吃过，鲁东的头又长在了相机上。昨天睡得晚，今儿又起得早，两个包子下肚，赵多有些犯困，想在车里眯一会儿。电话响了。赵多没接，待不响了，他又打回去。

在哪儿呢？马江河的声音像兑了水，淡而又淡。赵多朗声道，马局长吧？我在滩里呢。他从车里出来，便于马江河聆听风吟。马江河问，搞啥大工程呢？赵多像马江河在跟前一样苦了脸,有啥子工程?闷了,散散心。马江河说,你闲也不会到滩里闲,下套了吧?赵多大笑,还是马局长了解我,我打算套一只老虎。马江河说,别让老虎吃了。赵多仍笑,我这皮囊,老虎吃是抬举我。马江河说赵多那日打电话,恰巧老母亲的马桶堵了,没顾上接,过后就忘了,这几年记性差得厉害。赵多马上检讨自己。赵多没有解释,解释马江河也不会信的。马江河被带走后,赵多常去看他老娘。说实话,老人对他不错。但后来只要赵多进屋,她就抓着赵多不放,哭天抹泪,让他救马江河。赵多有些怵她,去的时日渐少。马江河并不制止,等赵多停了,才说,你没事吧?赵多说,有啊,近日不忙咱见个面。马江河问在哪儿。赵多说,你说哪儿就哪儿。挂了电话,赵多把脑里的算盘珠子拨拉了几个来回。马江河怪怪的,话里揣着话,难道真的认为是赵多举报了他?抑或,听到了什么传言,想套他?赵多钻进车内,算盘依然响着。

马江河是赵多的靠山,没有马江河,赵多今天不可能坐这样的车。可赵多付出更多,他一口一口把马江河喂出来,也是他一寸一寸把马江河推上那个位置。

冯妙跟了马江河,马江河却没有上位。马江河沮丧,赵多却如挖肉摘心,血流暗涌。皮城干部大调一年一次,这意味着马江河须再等一年。他等得起,可赵多等不起。再说等一年也未必能上。赵多猜到问题出在哪里,马江河当了那么多年二把,不会不清楚。他和马江河深谈了一次,马江河说没米难下锅。马江河囊中羞涩不假,但主要还是瞻前顾后,谨小慎微,担心没有回报,钱白白打了水漂。那些年就那么个环境,赵多巴结他个二把都要付血本,何况上位?照这么下去,马江河或许就老在二把的位置上了。赵多思索了几个夜晚,横下心,凑借了一笔钱。他拎给马江河,马江河眼睛都是红的。马江河道出顾虑,万一县委书记中途调走呢?赵多说,算我的,你别有压力,不冲,永远没希望。

半年后,马江河如愿以偿。赵多的一包也就牢牢攥在手里。可以说,初始几年,马江河还不错,甭说工程,别的事也让赵多参谋,场面上,马江河是一把,他是包工头,私下称兄道弟。后来,马江河对赵多就不那么信任了,虽然还常常在一起喝酒打麻将,但交心的话少了。有一次,马江河到市里出差,赵多和冯妙也跟着去了。冯妙住一个楼层,赵多和马江河住一个楼层。酒足饭饱,赵多和马江河到十二层洗了个澡,在大厅休息时,马江河说,今晚你过去!赵多怔了怔,笑道,你开什么玩笑? 马江河说,有福同享,有难同当。赵多明白马江河猜忌他和冯妙的关系,可他和冯妙,马江河又该是清楚的。赵多说,我可是她的叔呢。马江河佯恼,多哥,占谁的便宜呢,你不也是她的多哥吗? 她未必什么都听我的,可会百分百听你的。赵多发誓,多哥倒也不假,但绝无其他。马江河这才露出笑,说赵多想歪了,他不是嫉妒,确实是想什么都与赵多分享。赵多猜马江河还有别的意思,担心关系疏远,赵多做出不利于他的事,他嫌共证不够,想再拴根保险丝。

从市里回来,两人的关系并没有恢复如初,当然也没差到哪儿去。马江河一面用他,一面提防他,策略基本是又拉又打。

马江河能成为局里一把,赵多也是立了功的。他们局管着全县的工程,非乡镇可比。赵多没想全揽,只想拣最大的干了,但没轮着他。马江河的解释是县领导打招呼了。赵多不信。但又能如何呢? 他不过是一个工头,仍要靠着马江河。大的没有,小的多揽一些也好。没承想,马江河说进就进去了。赵多的路没有断,这些年也结交了一些人,但没有真正的靠山,不可能干大。中间赵多又"喂养"了一个靠山,被别人挖了。这就跟养花一个道理,有养活的,有养死的,有没开就被摘的。赵多不气馁,这个不行再选一个。没靠山也可以活,但太难了,更谈不上滋润。赵多要的可不只是活着。

靠山在成为靠山之前,只能算是原始股。现在,鲁东就是赵多的原始股。鲁东的父亲即便退了,也是有环的。环罩着,鲁东上位是铁定的,无须像赵多扶马江河一样下赌注,只要粘牢两人的关系即可。当然没那么容易,但赵多相信自己能做到,慢慢来嘛。就如那个小红,原先拘谨得说话还脸红,现在能回应他的玩笑了。关系是会变的,这个方向或那个方向,除非你不去琢磨。养靠山需要饵,未必用得上,但他得备着,各种各样的饵,总有好使的。

中午,赵多将软毡在车的一侧铺开,支起折叠方桌,摆上肘花、牛腱肉、鱼罐头、凉拌菜,开了一瓶老酒,喊鲁东过来吃饭。鲁东应着,却没将脑袋偏离。赵多不再打扰,默默地立着。两支烟的工夫,鲁东才回过头,兴奋得像长了满脸金豆,老赵,今儿中彩了! 赵多帮他拿架子,鲁东将相机入包,仿佛怕赵多夺了他的宝贝,紧紧搂着。

到车前,鲁东让赵多欣赏他的成果。照片很多,但有两张极为难得:一张是《灰鹳展翅》,两只灰鹳一前一后从水面飞向空中;另一张鲁东起名《遗鸥之吻》,两只遗鸥在空中争食,恰好是红喙咬住的瞬间被鲁东定格。鲁东说,去年也没少拍,但没抓到这样的,老赵,你太有眼福啦!赵多说,还不是沾鲁镇长的光?坐吧,好好庆祝一下。

直到此时,鲁东才注意到赵多准备的野炊,惊叹,老赵,你会活啊。赵多谦逊地说,也就是点家常东西。鲁东说饭后接着拍,酒就不喝了。赵多也不强求,倒了热水给他。鲁东边吃边讲他见过的珍禽异兽,可遇不可求。

赵多说,难怪鲁镇长说有乐,我还没见你高兴成这样呢,入洞房也不过如此吧。鲁东笑道,这比入洞房可强多了,上瘾呢。赵多的眼睛瞪得溜圆,当真?鲁东说,入洞房就那么一会儿,摄影的乐是不消退的。赵多说,我明白了,摄影时时有高潮。鲁东差点笑呛,可以这么说。赵多说,既然乐这么大,我就拜鲁镇长为师学摄影。他有模有样地叫声老师,端起水杯和鲁东碰了碰,并让鲁东帮他买摄影器材,问二十万元够不。鲁东似乎被惊着了,老赵,有钱也不是这么个玩法,你先弄个普通的,待入了门再更新换代。赵多瞄瞄鲁东的摄影包,说,我喜欢一次到位。鲁东说,好吧,就怕你弄坏。赵多说,也是,不过,有你呀,这跟买马没啥区别,你先帮我调教嘛,我用你的就是。鲁东沉了脸,那可不行……赵多极快地剪断,这么个小忙,兄弟怎么也得给个面子。鲁东无奈地说,你这人。赵多立即道,那就这么定了。让鲁东再帮一忙,给妻侄女拍几张吸引男娃的照片。鲁东问,征婚吗?赵多说也可以这么讲。鲁东说他不大喜欢拍人,也没把握,但赵多说出来了,他勉强一试。

饭后,鲁东又去拍了,赵多眯了一觉。下午起风了,站立不稳,鲁东仍坚持了一个多小时。

回去的路上,赵多推心地问鲁东,脖上挎个相机,别人瞧见会不会说闲话?鲁东说,谁还没个喜好?又没耽误工作,一周玩一天,甚至一天都不可能,忙起来上厕所都得快走,压力又大,总得有个释放的法子。赵多点头,我明白了,你这喜好对工作是有好处的。鲁东说话是这么讲,招摇也犯忌,没几人知道他的喜好。老赵,你得替我保密呀!赵多感激地说,放心吧,鲁镇长,我这张嘴,铁棍也撬不开。当闲话似的讲马江河出事,办案人员怎么撬他的嘴巴。甭说吐字了,屁我都不放。鲁东哈哈大笑,真有你的。

进城后,赵多告之拜师酒设在龙凤庄园,让鲁东回去休息,傍晚接他。鲁东说,酒就不喝了吧?搞这么正式干吗?赵多笑道,咋也得有个仪式,明儿你不认我这个徒弟咋办?我还得找个人做证。鲁东摇头,那更不行了,传出去,我这位子坐不稳了。赵多说,放心,就喊我妻侄女,没别人。鲁东勉强应了。

赵多没回家,去冯妙那儿坐了坐,告诉她晚上有饭局,别打他的数。冯妙说已约了四人。赵多说马江河今儿打电话了,主动约请,还让喊上她。你说他啥意思?赵多问。冯妙说,不就吃个饭嘛,还有啥意思?赵多摇头,我太了解他了,不是吃饭这么简单。冯妙说,既然你了解他,干吗问我?赵多被噎个半死,你这嘴巴,跟刀似的。冯妙就笑,你自找的,好像我是他肚里的蛔虫。赵多问冯妙去不。冯妙定定地看着他,不说话。赵多说,他既然提出了,我得告诉你,去不去,在你。冯妙问,你是想让我去呢,还是不想让我见他?赵多说,他该有自知之明,不能纠缠你不放。冯妙说,也就见了几次面,都跟你讲了,没纠缠我。赵多脸色沉下来,几次还不叫纠缠?冯妙也恼了,说,我想男人想疯了,行了吧?我倒是想让你纠缠,你愿意吗?赵多笑得很是难看,一会儿刀,一会儿棒,你是武当派,还是少林派?冯妙嗤地笑了,这两派都沾,我怕谁?赵多说,也好,我倒要看看马江河玩什么花样。

赵多出来,觑觑文具店,并未进去。他上了车,等了一会儿,拨通小红电话。

小红

认识赵多是在两年前的夏日中午。小红直犯困,没有顾客,打个盹也未尝不可,有人进门,立马能醒。但小红不敢,找一份风吹不着雨淋不着、收入还说得过去的工作不容易,她极珍惜。她也不愿,老板开工资,不是让你打瞌睡的,她是文具店的形象,闭着眼,还叫啥形象?困得坚持不住,小红就给额头、太阳穴涂风油精,瞌睡虫就逃之夭夭。

赵多便是此时进来的,小红微笑着站起,问他需要啥。赵多没回答,却嗅了嗅鼻子,说,犯困了吧。他是随便说的,且带着笑意,但小红有被窥破隐私的感觉,脸就热了。顾客是上帝,她不敢恼,若换作倩倩,早顶回去了。倩倩是小红的朋友,在景区当导游,因为顶撞游客被炒,但被顶的游客却喜欢上了尖牙利齿的倩倩,谈了几个月,倩倩嫁到青岛了。

小红又问他需要啥,赵多说刚好被蚊子咬了个包,借她的风油精用用。小红拿给他，他在胳膊上涂抹了几下。似乎猜到小红的疑惑，他说，城里蚊子少，店里更没有，你肯定是困了，我刚从湖边回来，那儿的蚊子快赶上蚂蚱了。小红被他逗笑，再次问他需要什么。赵多说，看来我不买点，你不放我走了。小红忙说不是的。赵多要了一个硬皮笔记本、一支碳素笔，随口说，冯妙挺会挑人。小红问，你认识妙姐？赵多似乎比她还吃惊，妙姐？小红说，她让这么喊的。赵多别有意味地一笑，好好给妙姐干，她亏不了你。

只一个回合，他却给小红留下极深的印象。赵多像鱼行里的伙计，其貌不扬，却技艺高超，只要指指水池，不管那鱼游得多快，一笊篱就能扣住，将活蹦乱跳的鱼捞上来。在赵多面前，小红感觉自己就是鱼。

他们后来熟悉了，但并无太多来往，小红对赵多也不是多么了解，只知他是老板，和妙姐合伙做生意。

深秋的傍晚，小红去超市买了些打折的蔬菜，出来时发觉飘起了细雨。小红将装菜的塑料袋放到头顶，缩了肩往自行车走，遇到了刚从移动营业厅出来的赵多。问清小红没带雨具，赵多说，上我的车吧，你这么回去非淋透不可。小红谢绝了。她住得远，明日还要骑车上班呢。赵多窥破她的心思，说，你要是淋感冒，明儿就别想上班了。他指指对面的兰州面馆，去那里坐坐，这雨大不了，一会儿该停的，走吧。小红不好再说什么，跟在身后。

两人坐下，赵多喊服务员过来，小红说，我不吃。赵多笑，不就一碗面吗，还怕我下毒？小红摇头，我不是那个意思。赵多说，我知道你不是那个意思，就当是妙姐请你。小红再说啥，就显得小家子气了。各一碗面，另要了牛肉片和麻辣黄瓜。

赵多吃得快，小红吃得慢，见赵多吃完，她让他先走。赵多看看表，说不急。然后他用好奇而关切的语气问，遇上啥事了，咋愁成这样？小红万分惊愕，你咋知道？赵多淡淡一笑，脑门上写着呢，猜都不用猜。小红下意识地摸摸脑门。赵多说，谁都有烦恼，别憋在心里，本来不是大事，憋坏那就是天大的事。小红没想到自己强装欢颜，还是被赵多瞧出来，索性就不再装，任哀伤弥漫。赵多说，如果不是啥秘密，讲来听听？没准儿我能帮帮你，就算帮不上，说出来也没那么憋了。就这一句话，小红就湿了眼睛。

小红遭遇的事并不稀奇，她和母亲所住的平房原本写着已过世的父亲名字，不知什么时候被她哥改了名，要拆迁了，她和母亲才知道。自然，拆迁费归了她哥。她哥在小学当老师,自己有楼。她哥说她早晚要嫁人,母亲可以跟他住。她和母亲没拿到一分钱,现在在城边租房子。

讲述期间,小红泪如雨下,怎么也控制不住。赵多神情严肃,说他可以劝劝她哥。小红摇头,没用的,她和母亲快说破嘴了,而且,钱是嫂子把持着,她哥就是想给也做不了主。赵多说关键是她哥,毕竟是老师,为人师表,该通理的,叫她不用管,交给他就是。小红突然担心地说,你不会干架吧?赵多一笑,你看我这身板,不会比你哥更结实吧?要说我的本事也就这张嘴,试一试嘛。小红说,可你不认识他啊。赵多大笑,见面不就认识了?别怕,我自有分寸。小红问他为什么帮她。赵多说,其实我是为冯妙,你揣一肚子心事,还有心卖货啊。小红想,试就试吧。

小红没抱多大希望,转身就忘了。半个月后,她哥将拆迁款的一半打给她,她才惊诧地问赵多怎么说服了她哥。赵多说,你哥没少一根汗毛,别的你就不要问了。赵多在小红心里的形象一下就变成了《天龙八部》里的乔峰,侠义又神秘。

熟了,他们依然没什么往来,但只要赵多进店,小红再忙,也要先给赵多倒杯水。赵多不久坐,没有超过二十分钟的时候。转过年,赵多说有一套小平方米的顶账楼,比市面上便宜,问她要不要。小红算了一下,贷不了多少,和母亲商量过,买了下来。她侧面问了问,便宜好几万块钱呢。她问赵多怎么谢他,赵多淡淡一笑,房主愿意卖,你愿意买,我不过牵了牵线,谢啥呢,不过你别说我牵的线,托我买楼的朋友不少,我得罪不起。小红感激地点点头,感觉自己中了彩。赵多说有需要帮忙的可以跟他说,但小红有自知之明,再未劳烦过赵多,解决了房子的问题,别的都不算什么。比如和男友分手,她虽伤心,数夜失眠,但撑几天也就过来了。不是冯妙要请她和男友吃饭,她连冯妙也不会告诉。

但赵多知道了,他似乎是火眼金睛。跟冯妙说那会儿,小红还揣着哀伤,被赵多问是半个月后了,她的心已不再疼痛。他还是瞧出来,实在太厉害了。

那个傍晚,小红赶到赵多所说的路口。她拉开车门,但并没打算上。母亲包了饺子等她,她去不成了。赵多哈了声,回家把饺子带上,再去饭店。小红犹豫着,太远了。赵多仍然笑着,但目光锐了许多,妙姐和你讲什么了吧?没承想又被赵多看穿,小红已不比过去,略一慌便稳住了,说,我和妙姐天天见面,天天说话呀。赵多哈哈大笑，妙姐还真是用心调教你呢，嘴巴变刁了，她怕我往火坑带你，好像我是大灰狼，你是不是也这么认为？小红知道赵多开玩笑，但还是挺委屈，反问，你以为呢？赵多哈哈笑着，逗你呢，还生气了？我不是喊你吃饭，我要拜师，需要见证人，这是次要的，"六一"快到了，我打算给青山乡捐两万元文具，正好一起谈谈。小红便上车了。

马江河

从饭馆出来，赵多要送马江河，马江河说坐得屁股都麻了，赵多便拉着冯妙离去。他俩才是一对，过去是，现在更是，配合默契，如行云流水，而马江河不过是被钓的鱼。想到自己的蠢，马江河痛悔万分。本打算摊牌，但马江河不敢，如果仅是冯妙，或有回转余地，赵多能干出什么，马江河是清楚的。进不能退不甘，马江河五内如焚。

马江河像背了麻袋，每一步都异常吃力，挪至公园路，直喘粗气。歇了歇，又挪了一百米，在公园的长凳坐了。已是五月，夜晚仍有些凉，公园冷冷清清，看不到几个人。微风揉搓，没那么晕了。最多喝了四两，脑袋就大了几圈，越来越站不住了，若是过去，揣了怎样的心事，灌七八两轻轻松松。赵多带了茅台，这是马江河没想到的。打这么多年交道，桩桩件件，似乎没有哪件是马江河想到的。赵多就像……像什么，马江河还真说不好。

坦白地说，没有赵多那一推，马江河上位或要猴年马月。他对赵多既敬服又感激，回报是自然的。交给赵多的第一项工程是建农贸市场。这是上任手里规划的，因涉及农户房屋，有两户拆不下来，未能施工。这也是摆在马江河面前的首要任务，这把火点得如何，关系到他的威信。他问赵多有几成把握。赵多说，你支持就有九成，你不支持三成也没有。他说，我当然支持，这还用说？赵多说，那就好，我就要你这句话。关于拆迁的传闻太多了，他提醒赵多注意分寸，若闹出人命，收不了场。赵多笑笑，叫他别担心，他赵多没长杀人放火的脑袋。半个月后，那两户在协议上签了字。马江河再三追问，赵多道出他的绝招。其中一户的父亲去年冬天过世，悄悄埋了，按政策要火葬，但民不告官不究，乡下多半如此，除非是吃商品粮的，火化后可领四十个月工资。但真要追究，那就是问题。赵多有底牌在手，几个回合就成了。马江河问另一户，赵多秘而不宣,只告诉他不犯法,但脏耳朵。究竟咋个脏,马江河至今不知。

转过年,县一把换了,是从他县调来的。开完会,马江河立即返回乡里,准备县委书记检查的种种事宜,并告诉赵多准备点像样的酒。那时还没有八项规定,来客都要管酒,食堂的边侧就是放烟酒的仓库。晚上,赵多将五箱茅台搬进马江河宿舍,马江河很是恼火,他还没听说哪个乡镇领导敢喝茅台,上任县委书记来了也就喝本地的瓷坛酒。赵多说,人和人不一样,你就听我的吧。随后告诉他县委书记最喜欢吃的四样菜,炒腰花、姜丝肉、猪脑花、熏狗肉,外加鸡冠汤。马江河惊问他从什么渠道挖的。赵多说,别问这么细了,你准备台面上的,后勤交给我。

第一、二站在他乡,县委书记只吃了一顿饭,没喝酒。那天是下午来的,县委书记先到农户家视察,返回时才听取马江河汇报。马江河清楚每一个数字,县委书记中间提问,他应答自如,没有卡壳,包括育龄妇女数都在脑里装着。马江河有意拖延,关于农民收入,分了几个层次,还举了例子。结果就把县委书记拖到了食堂。马江河不像汇报工作那般有把握了,那几个菜除了鸡冠汤难弄点,其他太普通平常,要说都是大路菜,所以马江河又让食堂炖了排骨和鲫鱼。酒又显得豪奢了些。县委书记看到茅台,没说什么,神情平淡,就像那是矿泉水,马江河的心不再叮当乱响。待菜依次上桌,县委书记神色有了变化,虽极细微,但马江河还是捕捉到,他又兴奋又吃惊。县委书记吃得高兴,喝得痛快,宴后没有立即回县,又打了几圈牌,直到深夜。此后,县委书记动不动就来检查,好像是马江河的监工。

那年八月,县委书记到省里学习,马江河与赵多接了县委书记吃斋念佛的老母亲去五台山住了几天,自然是赵多的主意。赵多不仅是包工头,还是马江河的参谋和后勤主管,一切由他安排。没带司机,赵多开自己新买的车。县委书记回来,将马江河叫至办公室,狠斥了一顿。马江河检讨完,县委书记不那么生气了,还叫了一声兄弟。没再说别的,但那两个字抵千言万语。从县委书记屋出来,马江河低着头,生怕哪只眼睛突然长出花朵。

马江河也没亏待赵多,镇里大大小小的工程都给了赵多。可赵多并不满足,什么都想干,满脑的点子随便抠抠就是生意。马江河服赵多的贼,可赵多的贼也让他害怕。

那些年哪个口上都有拨款,管控又松,钻空比较容易。上面推行规模养殖，畜棚的工程都给了赵多，那就够忙了，所以赵多提出也计划养殖时，马江河甚是意外，提醒他不是什么钱都能挣的。赵多说自己打小就放羊，对养羊再熟悉不过，当然他不会亲自养，雇几个人、雇什么样的人，都想好了。两人说至深夜，马江河勉强点头。但赵多的计划让马江河吃惊，比另外三家加起来的规模还大。马江河让他减一半，贪多嚼不烂，难免出问题，赵多拿出更细致的计划后，马江河仍有顾虑。也是赶得巧，有的乡镇报得少，局里怕完不成任务，追加了指标。赵多报得多，倒帮了马江河的忙。

检查的日子临近，赵多养殖点的畜棚刚建了大半，另外那部分仅用栏杆围个轮廓，面积倒是大得夸张，羊则没有半只。马江河急了，检查不过关，首先问他责。赵多说已从内蒙古购了羊，检查前肯定拉回来，至于畜棚，为保证质量，慢工出细活儿。马江河察觉赵多的主意，但既已与赵多拴在一起，只能与他同进退。检查日，赵多的羊一半在棚里，另一半在围栏里。羊是按棚的面积买的，做不了假，检查人员可以点数。当然他们点不过来，也没时间点。赵多准备了一场小型斗羊赛，观看完，食堂打来电话，全羊宴已准备好了。

有需改进的问题，但验收通过了。没人知道马江河捏了多少的汗。几日后，赵多的羊剩下不到百只，马江河这才知道羊都是租的，那百十只是留给食堂的。马江河早该想到的，感觉被打了脸。赵多说，我没想瞒你，怕你闹心，现在没屌事了，才敢跟你说。马江河生气道，你胆子也太大了，若过几天复验呢？赵多说，寄养到别处了嘛，弄回来还不容易？一天时间就够。马江河瞪他一会儿，竟然气笑了，老赵，没你不敢干的，恐怕阎王爷见你都要皱眉头。赵多嘿嘿笑，总得吃饭不是？赵多话外有音，马江河就不吱声了。

赵多稳赚一笔，外加以养殖名义批的地，真正的空手套白狼。也就从那时起，马江河对赵多有了提防。闹掰是不可能的，两人入骨入肉，难以扯断，马江河忌惮甚多。他既不想被赵多掐着，又不想用前程作赌注，只能且走且淡。但很多时候又离不开赵多，赵多犹如毒丸，让他欲罢不能。

赵多最擅揣摩心思，马江河的疏远，他自是心知肚明。中秋节的下午，马江河回家看老娘，赵多竟先他到了，老娘包饺子，赵多剁骨头，两人有说有笑。马江河站在门口，赵多立时被水泼了，满脸的笑被冲得干干净净，规规矩矩地叫声马书记，低了头，剁骨的声音也轻了。连老娘都瞧出异样，看看他，又瞄瞄赵多，问怎么了。马江河说没怎么。赵多则装傻，干娘，您干吗这么问？老娘没那么好糊弄,盯住赵多,你咋叫马书记?赵多说,全镇的人除了您老,都叫他马书记。老娘冷了脸,那是在外面!自己家还这么叫,我听着别扭。赵多立即道,那可不行,家里也得讲规矩。老娘说,我的话就是规矩,在我面前不能叫。她又冲着马江河说,不许他这么叫!马江河半笑半怒地说,别瞎起哄了!赵多说,那就听干娘的,只要干娘高兴。老娘说,你俩好好的,我就高兴。赵多说,干娘放心,我俩好着呢。

趁老娘煮饺子,马江河斥赵多,你整的啥?看见我就哭丧了脸?赵多竟抹抹眼窝,我是难过呀,怕你哪天发达不理我了。马江河问,我是那样的人吗?赵多说,你不是,可架不住别人给你吹耳边风呀。马江河确实听到传言,说赵多当了他半个家。马江河说,我不是耳软的人,但闲话也是提醒,咱别背后吃刀。赵多说,我明白,听你的。马江河说,谁对听谁的。赵多说,还是听你的,你是书记,没有你就没有我的今天。赵多的话近乎谄媚,但马江河并不舒服。捆绑的绳索太多,他不知如何去解。

那几年,马江河干得不错,颇得县委书记赏识,这里面确有赵多的功劳。县委书记有意调马江河到县城,问他想法,马江河表态听县委书记的,当然,最好是某局。如果没有当然,也许县委书记立即就应了。县委书记答复会作考虑。另一个乡镇一把也盯着某局,他是知道的。他觉得自己胜算更大。这些无须和赵多商量。迟迟没有调整,三个月后,县委书记被带走,县长上位,棋盘转向,事就黄了。

不仅如此,县长和县委书记有隙,县委书记器重的人都受了冷落。马江河有些消沉,能应付的尽量应付,只要不担责任即可。赵多和马江河谈了一次话。没错,就是赵多,用赵多的方式。拉马江河去水库吃鱼,二十多斤重的河鲤,够一桌人吃,包间只有他和赵多。赵多说机会随时有,就像这大河鲤,不是谁都可以捞上来,捞上来的肯定是耐心守候的人。赵多没什么文化,只有满脑子贼点子,脑门子贼亮。马江河就是被这贼光晃着了,晦暗的心渐渐转亮。

七月中旬,市政协退休多年的主席到皮城避暑,住在野马湖边的度假宾馆。野马湖在马江河所辖的镇,马江河随同县领导一同接待。毕竟是退休的人,接待宴吃过,县领导们嘱咐马江河一番,各自离开。马江河安排好,也打算回城。刚出宾馆,赵多到了。他是从工地赶来的,双脚灰脏,头发亦乱。赵多劝马江河留在宾馆,好好陪。马江河不悦,说,那么多事等着,我哪有这闲工夫?

赵多拽住他,这是天赐的机会呀,咋能放过?马江河讥讽,你看谁都是金元宝,他若在位上,轮得着我陪?赵多说,这就是你的机会呀,有枣没枣打两竿,万一是金元宝呢。马江河寻思几秒,说明天一早再过来。赵多急了,那不一样!马江河烦了,我干吗要听你的?松开!赵多不松,近乎乞求,就一回,就一回行吗?马江河无奈,瞪他一会儿,返回宾馆。

晚上吃烤羊,欣赏蒙古族舞蹈。老头儿极兴奋,说那些年忙得没白没黑,没见过真正的草原。马江河顺口说,这还不简单?也就半天路,我带你去。老头儿当即说,那太好了。马江河有些后悔,可话已出口,只能敷衍。他喊过赵多,想把这个任务交给他。赵多说,我去没问题,但你不能不去。马江河说再说吧,让他先去准备。

次日吃早饭,赵多领进一个穿白大褂的女孩,介绍她是市中心医院的护士,他连夜接过来的,老头儿感动得双眼飞出彩虹般的光,竟站起来冲马江河抱拳,说他考虑得太周到了。马江河微笑着说,应该的。老头儿拍拍身边的座位,护士大大方方坐过去。马江河扫扫赵多,赵多点头。

赵多开车,马江河坐副驾,老头儿和护士在后排。一路春风。原计划当天来回,可老头儿听赵多说东乌珠穆沁旗的草长得好,就说干脆去东乌珠穆沁旗。马江河直想掌赵多那破嘴。

跑了一天,老头儿并不显疲惫,晚餐破例喝了二两酒。但马江河担心,毕竟有年龄了。他关切地问老头儿,老头儿说就是腰有点酸,但再跑几百里也没问题。护士说一会儿松松背就不酸了。老头儿说,那敢情好。在酒桌上,彼此坦荡。马江河心有疑惑,其实在路上,他就觉出女孩说话的腔调可疑。她眉眼间的风情是藏不住的,还有她身上的香水味儿。

住的是蒙古包,老头儿和护士紧挨着,马江河和赵多在另一侧。护士扶着老头儿回蒙古包后,马江河把赵多叫过去,问他到底从哪儿请的护士。赵多说,我说过了呀。马江河骂,少扯!赵多嘿嘿笑,说,昨夜跑了四百里,今儿跑了一整天,骨头都是酥的,能不能让我歇会儿?也确实是,坐车的都累,何况赵多?马江河沉了脸,闯了祸,我和你没完!赵多赔着笑,随你处置,让我睡会儿吧。

老头儿走之前,重重地拍了拍马江河的肩,说有事去市里找他。两个星期后,马江河专程去看望了老头儿。不到年底,马江河便入主大局。

电话声突起，吓了马江河一跳。金叶的声音砖头般，砸得耳朵隆隆作响。坐得久了，双腿僵木，动一动竟钻心地疼。他吸了几口气，定了定，才又往门口走。既急又怒，走得快了些，几近跟跄。

金叶似乎就在门口候着，他刚踏上台阶，门就开了。她既懊恼又紧张，给他做个手势，便退后了。

李旺在沙发上躺着，双臂护胸，一条腿屈着，一条腿踩着地，准备挨打又随时逃离的姿势。而他沟沟坎坎的脸遍布被踩踏得东倒西歪的野草。

马江河怒火陡起，大喝，起来起来！还装死啊？李旺极是可怜，马局长别吓我，我心脏病犯了。马江河骂，想死找地方去，别他妈赖我家里。李旺凄惶道，没地方去啊，马局长帮帮我。马江河说，我这就给殡仪馆打电话。李旺说，打吧，只要你付火化的钱就行。马江河气得倒仰，你以为我不敢？李旺说，我知道你敢，你们当官的有啥不敢！马江河挤出两个字：无赖！李旺说，是你们先无赖的。马江河大吼，我说也说了，找也找了，你还要我怎样？李旺说，给我把合同订了。马江河怒道，我说得不够明白吗？李旺说，你们有说法，我也有说法。马江河瞪视着，恨不得将沟坎踩平。

在李旺上门的第三天，马江河硬着头皮去了趟局里。马江河之后，已经换了两任局长。现任局长姓裴，也是从乡镇调上来的。裴局长知道李旺的事，李旺也找过他。签合同是不可能的，原先容易，人事局盖个章就可以，后来由常务县长签字，现在有个说法，逢进必考。马江河说是历史遗留问题，可否一试。裴局长为难地说，我的哥啊，这得上政府会，就是上了，也得有人拍板呢。马江河如实告知李旺，但李旺并不因马江河的奔走而感激，咬定马江河应了他，就得管到底，而且态度一次比一次硬，这已是第九次上门了。

出来就摊上这么多事，还不如里面清静。李旺摆出要赖的架势，这是豁出去了。光脚的不怕穿鞋的，能拿他怎么办呢？

马江河终是将火气摁回去，还给李旺倒了杯水，让他坐起来说话。李旺往里缩了缩，我疼得不行。马江河说，我给你出个主意。李旺问，啥主意？马江河说，你躺着我没法说。李旺的目光在马江河脸上停了一会儿，慢慢坐起，仍护着前胸。你可不许哄我，我没那么好哄。马江河笑，我哄你干吗？其实，挺简单的，你去上访啊。李旺头摇得像风中的地榆，我试过了，没用。马江河说，干脆去法院告我,法院怎么判,我怎么执行。李旺思忖了一会儿,我不告,就找你。马江河拉开抽屉,将一团尼龙绳丢给李旺,最后的办法,你勒死我。李旺哼了一声,又倒在沙发上。

马江河推开卧室的门,问金叶家里有多少现金。金叶问干吗,马江河说别问那么多,金叶抓包翻出两千多块。马江河问别的地方呢,再找找。金叶不满,但还是撩起床垫,抓出一个红礼封,那是金叶的哥给外甥女的压岁钱,三千元整。马江河数钱,金叶问,用钱打发? 还真欠他了? 马江河没理她。金叶气哼哼地说,你等着吧,今儿拿了钱,明儿就更黏上你了。我看你怎么办!

我实在帮不上你,这五千块钱你拿着。马江河感觉吃了败仗,不得不忍辱割地赔款。李旺偏过头,瞥了瞥,顿一顿,坐起来,抓过钱,揣进兜。他没看马江河,就像马江河不存在。走到门口,他回过头,说,就当借你的。马江河说,不用还了。李旺说,我说了是借,就要还的。一码归一码,合同你还得给我签。

老六

老女人站在门口不走。老六的笑一抹一抹地淌,那真是留给别人的,我不能卖给你。老女人说,先卖给我,你再给他炸,离中午还有一会儿呢。老六摇头,每天炸多少是定量的。老女人瞧怪物似的,我就奇了怪了,咋有钱不赚呢?老六笑,我也不解,你为啥非今天吃,明天不行吗? 明天给你留着。老女人说,是我儿要吃,他想今儿吃,我就得让他吃上。老六笑,你儿也不是八岁的娃,你这么惯他!老女人抹抹眼,他在里面受了大罪,现在想吃张油饼,我还买不上。老六的心便软了,笑如云团,一朵一朵地飘,那我就破个例吧。老女人大喜,你真是好人呀,我啥都会做,就是油饼怎么也炸不好,给你添麻烦了。老六说,你儿是见过世面的,什么没吃过? 稀罕油饼? 老女人说,油饼咋啦? 过去只有过年才吃得上。老六笑笑,说,你儿福分大,有你这么个好娘。老女人已经走出去,却又回头,纠正,你说反了,是我福分大,有他这么个好儿。老六愣了愣,说,一样的。老女人固执地说,怎么能一样呢? 老六妥协,老女人才离开。

老六看看表,再炸已经来不及,即使炸了,也不是老六油饼的味儿。宁可失信,也不能砸了牌子。肉铺的胖子过来取,老六满脸堆笑解释,胖子不满,我可是留了钱的。老六说,都在这儿呢,还你,明儿给你留着,算我送。胖子嘟

504

嚷,明儿要地震了,还能吃上呀。老六心中不快,笑仍密密匝匝,老天瞅着呢,别说不吉利话。胖子接了钱,那就说定了,我明天早点过来。老六说,肯定留着,放心。

老六搬了凳子坐在门口,如以往那般,脸上挂着不变的笑,任由心里油锅翻滚。

催回一些,但远不够还火炕女。老六又给儿子打电话,打算下死令,可没等他开口,儿子就诉了一堆困难,竟让老六给他筹钱。老六橡棒样的话便卡在喉咙,最后长叹一声,说各想各的办法吧。

管用的才是办法。若白龙黑龙出马,简单得很,可两人逃之夭夭,扯虎皮做大旗的招虽也有效,但没那么灵验。可也只有这一个招,他倒是知道那些人住在哪里,但不能上门,上门意味着示弱,有钱也未必还了。只能打电话,话既不硬也不软,柔中带刚。

明天晚上九点,我等不到你,就让二龙上门了。昨天下午,老六给隆鼻下了最后通牒。话滑出嘴,老六有些后悔。这意味着什么,他清楚的。他不是给每个借贷的人都下通牒,想先拿隆鼻试试。老六呀,又不是第一次打交道,你相信我,下个月款就回来了。隆鼻说话像放炮仗。老六说,九点,我等你。

老六坐在门口,掐算着时间,仿佛不算着,时间便会停滞。可时间走得太快了些,老六又有些虚。只要隆鼻赶到,哪怕没凑够,老六就有了胜算,可以再给隆鼻缓缓。老六没有胜算,只能赌。

中午眯了一会儿,下午喂了猫猫狗狗。缺耳狗不见了,老六并不意外,人有人运,狗有狗运,谁也不知道会发生什么。然后他又搬了凳子坐在门口。有熟人路过,和他开玩笑,老六,空气里有金条呢? 值得你这样吗? 老六笑眯眯的,金山!

傍晚,老六给自己炒了盘莜面,开了一瓶雪花啤酒。没弄菜,他吃得简单,有时还不如猫猫狗狗的伙食。倒不是节省,哪样自在哪样来。猫狗吃得不好会叫会离开,他自己吃啥都不会和自己闹别扭,更不会离开。

上楼时,他特意虚掩了门。他先去卧室旁侧的房间,那里供着女人的牌位。他点了三炷香,冲女人的遗像笑了笑,想说什么又没有。然后他守在老板桌后面,谛听着楼下的动静。

距九点还有二十分钟,突然停电了。老六用手机照着,想看看是否跳闸,刚下到一层,被突然闪出的黑影扑倒。

冯妙(一)

六一那天,冯妙起得更早了些,先发了给若若烙千层饼的面。千层当然只是个叫法,最成功的一次是十六层,若若数的,做不了假。想及若若的认真样,冯妙悄悄笑了,然后照例去早市采买。

冯妙买了二斤柴鸡蛋、一条野马湖黑鲤,去鸡摊挑了一只鸡,摊主宰杀,她转身离开,打算买点苦菜芽。短短几日,苦菜的叶子已经长肥了,冯妙端详一阵,还是放下。叶肥就失了脆,味道也差。正待离开,她被一句话牢牢钉住。说话的瘦汉是卖调料的,旁边是米面杂粮摊,摊主甚是吃惊,说,前几日我还给老六送面来着。瘦汉撇嘴,昨儿下午还有人看见他在门口闲坐,那还用啥?几分钟的工夫,没欠你钱吧?摊主摇头,一单一结。瘦汉说,那你走运。又有几人围过来,问咋回事。瘦汉说,谁知道咋回事,老六那些猫狗疯叫了大半夜,邻居报的警。你一言,我一语,乒乓作响。

冯妙脸色煞白,腿软如泥。她忘了摊主正给她要的鸡煺毛,急急往入口处走。鸡蛋和电动车筐碰出很大的声响,她骑得也快,闯了一次红灯。过了第四个红绿灯,便看到老六油饼铺。门前拉着警戒线,两个警察守着,一个在门口打电话,一个在警戒线的一侧,提醒围观者不要靠得太近。冯妙将电动车停在路边,几乎是挪过去的。不比路口看得更清,不过能将悄议捡拾入耳。不知打哪儿钻出一条雪白的小狗,溜进油饼铺,被打电话的警察踢了一脚,小白狗呜叫着跑开,蹲在不远处。

冯妙目光红灿,而浑身冰寒。她死死咬着嘴唇,不让自己发出一丁点声响。站了有十分钟,也可能数十分钟,寒冷使她失去了时间概念,直到脚背发热才惊醒。竟是小白狗在嗅触她的脚。它缺了一只耳朵,怪怪的。冯妙看它,它也看冯妙。冯妙摸摸它,忽然想起上午的任务,这才三摇两晃地往回走。小白狗竟跟到电动车边,眼睛仍旧水汪汪地看着她。冯妙养过一条京巴,京巴死后,她悲伤得消瘦了许多,为此还被马江河和赵多笑话。她发誓再不养狗。冯妙别过头,跨骑上去。驶离的刹那,小白狗忽地跳上踏板。

从筐里拎出,冯妙这才发现鸡蛋大半碎裂了。寒意弥散,她几近僵硬,像刚刚从冷库拎出来,进屋便奔进卫生间,打开热水龙头。水花四溅,她大喊着,呜呜啊啊。楼上楼下都属于她,没人听得见。冲洗过,没那么冷了,然而身体的某些部位如碎裂的鸡蛋,滴滴答答的。湿衣难换,扒了好久才剥掉。重新妆饰过,又是原来的冯妙了。她将完好的鸡蛋拣出,把碎散的汤壳倒入瓷盆,端给小白狗。它倒是规矩,静静地在门口蹲着。这才想起鸡的事,但已经没有时间再去市场,早餐也来不及吃了,收拾了昨天给若若准备的食物,急急下楼。

一队一队的学生已在通往体育场的路上。公立与私立共九所学校,近两万人,还有家长,水泄不通是必然的。冯妙当机立断,将电动车停放在附近。步行可以走马路牙子,到体育场,后背都是湿的。在看台落座后,她又有了一丝凉意,尽管阳光白花花的。入场完毕,是节目表演,最后是学生操比赛。各校不再队整旗扬,一些家长下到场上,寻自己的孩子。冯妙没下场,换到若若队伍附近的看台。眼睛是盯着的,但心思飘忽,待醒过神儿,已看不见私立学校的队伍。散场不再举旗,好像都是一样的队。冯妙又是一路急赶,到私立学校大门口,只有八九个孩子没被接走。若若看见冯妙,委屈地说,你哪儿去了?我快渴死了!

踏进门,若若惊喜地说,你养狗了? 伸手就摸,小白狗闪开了。若若诧异道,咋一只耳朵?冯妙说,能听见,一只耳朵就够了。若若说,可不好看呀,不会是捡的吧?冯妙笑笑,看惯就好看了。她冲小白狗招招手,小白狗走到她身侧。她摸摸它的耳朵,朋友送的,捡的哪有这么乖? 又一拍,去,让若若摸摸。小白狗听懂了,欢跳过去,若若再摸,它没有躲,若若这才笑了,问它叫啥名字。冯妙说,等你起呢。若若说,它耳朵这么灵,就叫顺风耳好了。

只有半天假,下午五点冯妙把若若送至学校,返回见文具店的门开了,有些奇怪。小红请了假,一白天都关着。

妙姐!小红正记账,听到响声,抬起头,笑盈盈的,两腮微红,双眼奇亮。冯妙问,你喝酒了? 小红说,喝了一点点。酒气很冲,冯妙微微皱眉。小红改口,比一点点多一点。她的目光没有躲闪,仍笑着,瓣瓣如花。冯妙没有责备小红的意思,又不是上班期,只是疑惑,小红兴奋得有些过,也许,是喝了酒的缘故。

感觉你都半醉了,不回家,又跑回来干什么?冯妙说,别弄了,收拾收拾关门。小红神采飞扬,我正要跟妙姐汇报呢,今儿做了笔大生意。冯妙起身,你还真喝多了，不着三不着四的，明儿再说吧。小红叫住，妙姐你等等，真是大生意呀，卖了两万元的货。冯妙愣住，咋回事？

冯妙盯着小红的朱唇，好一会儿没说话。小红觉出来，惴惴地叫声妙姐。冯妙冷冷地说，你请假就为这事？小红点点头。冯妙问，他捐他的，让你去干吗？小红说，我得送货呀，万一弄错……冯妙问，为什么事先不告诉我？小红的脸没那么红了，赵叔说给你一个惊喜。冯妙凌厉地说，我怎么叮嘱你的？小红惶然而委屈，赵叔并没给我介绍男朋友，都是文具店的事。

脑袋发晕，冯妙晃了晃。小红喊声妙姐，钻出柜台欲扶冯妙。冯妙推开她，在凳子上坐了，闭目片刻，缓缓睁开。小红端水给她，冯妙摇摇头。小红不安地问，妙姐，我是不是哪儿错了？冯妙软软地说，你该告诉我的。小红说，我想回来告诉你也不晚。敢顶嘴了，冯妙甚是意外，想想，也没什么吃惊的，谁不在成长？只是成长的代价各有不同。

下次记得告诉我。冯妙说。她让小红先回，她再坐会儿。小红问她哪儿不舒服，要不要陪她去医院。冯妙说，不必了，坐坐就好。小红问，要不我给赵叔打个电话？冯妙的目光抽过去，小红慌慌道，听妙姐的，我送你上楼。冯妙大声说，我自己能走！小红便定住。冯妙挥挥手，我没事的，你走你的。冯妙再次闭上眼。

晕眩淡去，冯妙仍然呆坐着。二十分钟后，赵多推门进来，同时摁着开关。直到此时，冯妙才意识到坐在这里就是为了验证小红会不会告知赵多，而赵多会以多快的速度赶过来。

冯妙的心痛缩着。赵多问她哪儿不舒服，并试图摸她的脑门，她没有就势抓住，而是躲开，别碰我！赵多便缩回去，尴尬地笑笑，不像感冒，八成是中暑了，回屋歇会儿就好了。冯妙没动，只用铁丝一般的目光戳着赵多。赵多佯装不懂，谁给你气受了？冯妙反问，你说呢？赵多说，敢气你的也就若若了，可若若不会呀。马江河？赵多声音突高，一定是马江河！他又找你了？我不明白他干吗还缠着你，坐了六年牢，连自尊也坐没了？也怪你，第一次见面就不该给他留念想。冯妙冷声道，你是不是认为我和他一见面就开房了？赵多嘿笑着，你这火气也太大了，慢慢说，慢慢说嘛。

赵多！冯妙喝喊。

仿佛冯妙甩过去的是一把勺子，赵多下意识地偏闪一下，迅速立稳。他愣了愣，又皱巴巴地一笑，大度地说，这就对了嘛，冲我撒！捶我几下也成。时间不早了，一会儿打牌的就该到了，可别跟人家摔盘子摞碗的。

冯妙刺着他，你还装糊涂？

赵多问，你说啥？

冯妙问，你带小红去青山乡了？

赵多做恍悟状，你就因为这呀！小红是不是没跟你说明白？好，你还想知道啥，问我啊。冯妙质问，你怎么答应我的？赵多反问，我答应你什么了？冯妙叫，你真把我当傻子呀？赵多却笑了，除非我彻底傻了，想起来了，我也没干啥呀？小红告状了？这女娃——冯妙打断他，亏你还知道她是女娃！赵多长叹，你还真把我看成恶棍了，我不是好人，恶棍还不够格。不过，随你便，只要你痛快。

冯妙的心便忽悠悠地颤了，就像赵多的声音有魔力。多哥！改了称呼，目光就有了黏度，求你，别打小红的主意。赵多说，她不像是你雇的店员。冯妙说，没错，我把她当妹妹看的。赵多笑，可我是恶棍啊，再说了，她未必当你是姐姐。冯妙说，你不是恶棍！赵多说，别给我抹粉，这年头，还是做恶棍好。冯妙说，你肯定不是。赵多夸张地摆摆手，可别送糖衣炮弹，我可受不了。接着他叹息一声，现在的女孩都精着呢，没你想得那么简单，我没有下蛊的本事，能随便摆布谁，我不过是个线团，也就为混一口饭。

冯妙腾地站起，不就是陪男人睡觉吗？我上！

冯妙（二）

虽然化了妆，镜子里的她仍双眼浮肿，苍白憔悴。她给马江河打电话，说身体不大舒服，可否改天见面。马江河说已到文具店对面。冯妙让他上来，马江河执意让她下去。他不敢上来，她知道，她越主动，他疑心越大。如她猜的那样，马江河极不痛快，声音干硬，见你一面就这么难！她让他稍等。她又重新化妆，口红涂得艳了些，脸不那么暗了。

没看见马江河，冯妙以为他生气离开了。对面的黑色现代鸣叫两声，车窗被割掉般，那张熟悉的脸冲她晃了晃。冯妙愣了一下，脑里闪过类似的场景。某些时候，马江河会突然疯一下，悄悄接了她，去看青草菁菁、树叶森森。那样的时候不多，但冯妙记忆深刻。

冯妙走过去,马江河让她上车。她问去哪儿,以为他会说你猜,猜对了有奖,莫名其妙的,心跳竟快了许多。但马江河没说话,目光长出铙齿般的东西。冯妙失望至极,又问去哪儿。马江河这才说,你先上来。冯妙拉开车门,坐在副驾,鼻子嗅嗅,新买的?马江河说,一辆车我还买得起。冯妙讥讽,这倒是次要的,主要是新车安全,不用担心摄像头,除非你自己装。她没看马江河,但知道他的脸不会好看。他没任何回应。她语气一转,可你防不住别人啊,现在有一种摄像头,针孔大小,可以戴在身上任何地方。马江河笑着问,那要是扒光衣服呢,还植在皮肤上?冯妙说,没错,可以像睫毛一样。她突然一阵心慌,你啥意思?马江河诡诡一笑,到时你自然就知道了。也许不该上他的车,但冯妙并没让他停。她可不是他,不会逃的。

车出城,冯妙还是没忍住,问到底去哪儿。马江河说,开哪儿算哪儿,怕了?冯妙不屑地哼了哼。马江河说,说实话,有时候你比男人还男人。冯妙说,别拐弯抹角,直接骂多省事儿。马江河说,我挺佩服你的,敢作敢为。冯妙说,是吗?马江河说,不管你信不信。冯妙说,我敢作不是因为胆大,而是应该那样,不敢为也不是因为胆小,而是不该那样。马江河说,也许吧。冯妙暗想,马江河兜里不知装了多少纸条,他真正想说的话都在纸条上呢。

一小时后,现代拐下公路。路口竖着牛头湖水库的牌子。看样子要带她到水库。她瞥了瞥,他的脸平板如牛皮。如果只是找安静的地方打哑语,出城即可,任何一处草野都能停车。她忍住了,没再问。她倒是有话想说,只是现在不大合适,他会认为她如他一样怯了。她不想他那样看她。

爬上牛头湖水库大坝,又驶了数百米,现代停住。牛头湖水库比野马湖更大更深,离城远,尚未开发,平时鲜有人来。湖背靠牛头山,左侧是草野,右侧的前方是树林,树林那一端是马江河曾经任职的乡镇。冯妙欲推门下车,没推动。她询问地嗯了一声。马江河说,就在车上坐着。声音很轻,并不凶狠,却如命令说一不二。冯妙怔了怔,说,总得透口气吧。车窗启开拇指宽的缝,微风挤入,没那么闷了。她说,再大点。马江河说,大坝有风,开大没法说话。他放弃了哑语,可说话更没必要跑这么远。既是说话,马江河却没熄火。她望了望青碧的牛头湖,几只水鸟掠过水面,射向天空。轿车所在的这段没有水泥护栏,只要一踩油门,现代就会从斜坡坠落。他这是豁出去了吗?冯妙想着,咬住嘴唇。马江河却陷入沉默。也许他还没想好,那就想吧。冯妙再次望着牛头湖,看白鸟起落。

赵多有个黑皮本,你见过吗? 马江河终于张口。

冯妙摇摇头。

我以为你见过,马江河说,也许不止一个。我偶然发现的,就在水库大坝上。要说他记的并非什么秘密,但我还是被惊着了。皮城所有他认识的有点职务的,都记着,住址、爱好、性格、年龄,我敢说组织部的档案也没他记得全,他细致到哪些人嗜酸还是嗜辣,爱吃炖猪蹄还是熏狗肉,还有哪些人的相好是谁、有何特点。我不知他从哪儿搞到的,花了多少时间。有的条目还有符号,我看不懂。你知道他怎么记我吗?

冯妙摇头,揣度着马江河的用意。

什么也没有! 马江河说,我的名字没在上面,后来一想,他无须记,因为他的心上还有一个本子。赵多只是包工头,却干着组织部门都自叹不如的事。要说也没什么,被记也没少胳膊缺腿,但……赵多是不是有点可怕?

冯妙确实不知,但可怕似乎重了些。没有黑账,记了又怎样?

他是个有心人。她回答。

马江河哈了一声,有心? 你真会给他贴金,他一个农民……

冯妙说,正因为是农民才有心,要是和你一样,他还用记吗?

马江河说,我敢打赌,他照样记。

冯妙问,那又怎样?

马江河别有意味地说,我陈述的是事实,没朝谁身上泼脏水,你好像生气了!

冯妙说,你不能逼我顺着你说。

马江河说,当然,如果我说的是另外一个人,你可能就不这么认为了。

冯妙想,也许吧,问题是他说的不是另外一个人。

马江河说,我和他就这样了,现在求着他记,他也不会了。他朝东还是朝西,与我没关系了。我不过是提醒你,毕竟……你该懂我的意思。

冯妙说,跑这么远,不光为说这个吧,你的纸条呢? 该拿出来了。

马江河突然指指牛头湖,看见了吗?

冯妙问,什么?

马江河说,水面下。

冯妙愕然。

马江河说，我昨夜梦见自己变成了鲨鱼，牛头湖的鲨鱼，在水下藏着，谁都看不到我。

马江河怪怪的，他暗示她什么呢？

马江河并不看冯妙，似乎仍沉浸在梦境中，脸上映闪着难以描述的神秘。其实，每个人心里都住着一条鲨，区别在于——

冯妙打断他，别再费心地套了，我现在就告诉你。

突然间，一颗花白的头撞向车窗玻璃，在阒静的大坝上，声如惊雷。

李旺

从派出所出来，李旺突然失去了方向感。太阳已经升起，杨树刚刚舒展的叶片如镜子般闪亮，使得周遭白花花的，似乎一不小心撞进另一个世界。可街上卷涌的鸣笛声又提醒他，世界没有任何变化，他不过在黑暗的屋子被关了一夜，比上次久了些。不知该往哪个方向走，他惶然四顾，眩晕袭过，闭上眼睛又睁开，仍辨不清东南西北。站了足有一刻，也可能是三刻五刻，饥饿的肚子阵阵抽缩，他才想起问打扫卫生的妇女。妇女指指，他举步时仍半信半疑，走了一段，看到移动的架子，泔水样的脑子才变得清亮。

女人劈头问他这一夜死哪儿去了，电话也不懂得打，害得她多点了半瓶眼药。自儿子出了车祸，女人便患了眼疾，疼也红，不疼也红。并未没收他的手机，但没电了。李旺没解释，她知他在跑"没指望"的事，并不清楚他咬住了马江河，不知他被拘留三次了。他问有啥饭，女人气呼呼地说，要不是饿了，你还不回来是吧？你是不是想跟那个贱货一样，拍拍手走了？女人本就嗓门高，夹带了火气，整个成了炮筒。李旺狠狠瞪她，女人意识到了，瞭瞭卧室的门，放低声音，锅里盖着呢，快捂馍了。李旺问她和儿子吃过没，女人说早吃了，她本打算去十字路等活儿呢，现在这个点拉人的车怕是到地头了。这样说着，她还是匆匆出门，去碰运气。

李旺扒拉完饭，抹了把脸，立在卧室门口，问儿子尿不。儿子仰躺在李旺专门为他制作的单人床上，没有回应。李旺走过去，儿子双眼闭着，像睡着了。李旺怕与儿子对视，每次对视都如刀戳。儿子假寐，李旺松了口气。他俯身看床底,便盆是空的。床和褥子都挖了洞,儿子自己可以便溺,那是李旺费了几天脑子想出来的,他和女人总不能二十四小时守着。只是他和女人都不在家,儿子只有与气味为伴。但有什么办法呢?

李旺将许久未用的电动车推到修理部,换了新电瓶,修了车锁,然后从加油站买了五升汽油。回到家,快中午了。女人没回来,说明赶上了拉活儿的车。他炖了一盘白萝卜,热了四个馒头,端进卧室。吃饭时,儿子的眼皮垂耷着,始终盯着筷头,直到他离开时,才抬起头,目光落他脸上。他说,我得出去。儿子的眼皮便又垂耷下。

李旺从地下室找出输液的空瓶,将塑料桶里的液体倒入,然后将瓶装进包中,挎到肩上。其余的藏到角落里。

一切准备妥当,李旺骑电动车到马江河所在的小区。既然他上门马江河就报警,那就只能跟踪。马江河总要外出,不愁没机会。

二十年前,李旺当过村里的会计,会双手打算盘,谁见了不惊叹?连书记也让他三分。也正是因为脑子好使,征地时他才额外提了要求。他信了马江河,马江河却未能兑现承诺。要说,这不能完全怪马江河,但马江河不是一点责任没有。李旺没有别的门路,只能找马江河。马江河虽然坐过牢,毕竟当过一把,如果他当个事地弄,还是有希望的。李旺是正当要求,不是无理取闹。李旺没有十足的把握,硬气一点,马江河或许就尽力了。甚至马江河第一次报警,他也没怪马江河,毕竟是他搞得马江河不痛快。但连着三次被拘,激起了李旺的火。如果就这么罢休,他李旺没脸见人了。他不是因为无赖才找马江河,而是马江河把他逼成了这样。他没打算行凶,还不至于,只想把绳索勒得紧一点,再紧一点。

跟踪了几日,李旺大致摸清了马江河的活动规律。李旺想靠近时,总有人过来。若扯撕起来,不出十分钟,围观者就会把他和马江河圈在中心。他也只能扯拽马江河。马江河不但不会害怕,而且会喊来警察。

那天,马江河将车停在妙姐文具店对面,李旺距他的车也就十米,李旺猜他在等人,果然,过了一会儿,一个穿着牛仔套装的女人上了车。马江河的车掉头时,李旺已抢先折到对面街上。街上车多,现代行驶缓慢,李旺的电门也就开了一半。过了几个红绿灯后,李旺意识到马江河要带女人出城。那就麻烦了,他无论如何都追不上马江河。李旺焦急万分,眼见等到的机会消失,现代拐进了加油站。李旺大喜,赶忙把电动车停在路边,拦了一辆出租车。那时,现代已经返到街上。李旺叫司机跟着前面的现代,别太近了。我闺女在上面。李旺解释。见司机丝毫不感兴趣,他就闭了嘴。

现代在牛头湖的大坝停住,出租车正好到坝口。李旺说就到这儿吧,司机问要不要等他,李旺说不用。出租车掉头离去。李旺朝四周望了望,定了一小会儿,慢慢靠过去。听说有的男女喜欢在车上弄那事,又安全又刺激。马江河带她到大坝,或许就是找乐子吧。想到儿子垂耷的眼皮,想到他床底的便盆,李旺瞬间充了气,皮球般弹跳起。他本想先扒着车窗窥窥,可皮球弹得猛,径直撞到玻璃上。

怎么是你?马江河从车窗探出头,满眼惊骇,如突然甩到岸上的鱼。

李旺正要摸摸脑门是否被撞破,闻言往后退退,得意地说,没想到吧。

你想干什么?马江河镇定了些,大团的恼怒在脸上翻卷。

马江河提醒了李旺,李旺跨到现代的正前方,从挎包掏出装汽油的瓶子,拔掉瓶塞。他并不看马江河,沉着、冷静,先往脚上倒,再往裤子上泼。

你疯了?!马江河拽开车门,女人的头、肩也钻出来。

别动!李旺大叫,老实待着!

车门关闭,马江河和女人从车窗探出头,直定定地看着李旺。马江河不像刚才那般恼怒了,脸上有了不安。你这是干什么?

李旺又往裤子上泼了些。他没往车上泼,一滴也没有。然后从裤兜掏出打火机,用拇指摁住开关。

女人啊了一声,马江河绵软如糕,别这样!

李旺冷冷地瞪着马江河,我不烧你的车,你用不着报警,报了他们也飞不过来。

别……马江河声音压低,极小心的,仿佛怕惊了李旺,让她先走,我陪你,咱俩谈。

谁也别动!李旺怒喝,抓打火机的手又往高举了举。

赵多

赵多的办公室设在自己家里,但从不在此办公。若整日守着这十几平方米的屋子,就得勒脖子了。不办公,但办公室得类似于某些人的书房,摆设也相差无几,办公桌、电脑、老板椅、床、书柜。不同的是,赵多的书柜里没有书。某些人的书柜码着砖一样的书,有时砖上还放着砖头,但赵多知道,那不过是装饰。赵多不需要这样的装饰,不需要装出有文化的样子,家里只一本书——《新华字典》,在他办公桌上躺着。没有书,但柜子并不空,装了什么,没人知道。那是他特意定制的,通体实木,锁都是密码的。

其实,也没放什么值钱东西。他没有收藏字画古董的喜好,不懂就不碰,这是他的原则。金条倒是有几根,但都放在别处。

那东西虽然不是宝贝,但对赵多来讲很重要,只要在家,每天都会打开柜子,有时看一会儿,有时久久凝望,譬如现在。

内部构造并不复杂,从底端至顶部,每层的隔板皆塞着盒子。盒子大小不一,颜色也不尽相同,都是正规厂家生产。有很多名称,但赵多从不用本名称呼。复杂了些,没必要嘛,滋补品,简单、实在、温暖,还有力。再直接点讲,这是赵多存储的礼物。

礼物,自然是准备送出去的。赵多自己极少用。不是舍不得,他知道自己更需要什么。

很少用,却常常检视,其中的缘由,当然只有自己懂。

这天本应在野马湖边度过,几天前就约好了,赵多一早便接了鲁东。鲁东将拥有新的照相机,而赵多也将开始人生中的第一次摄影。两人都很兴奋。半路上鲁东接了个电话,随即让赵多折返。赵多想直接送他到青山,鲁东没让,要开自己的车。

鲁东说处理完即联系赵多,叫赵多等。赵多乐意等。但这不是多重要的机会,今天去不成,改天还可以的,有了师徒名分,随时可以约。等至半上午,赵多忽然就有些躁。他将自己关在办公室,像将军检阅部队,目光威严庄重而又充满期待。巡睃完毕,信心和勇气回归,心便如幽谷深涧,重新恢复平静。

中间小红来过电话,她装修房子,赵多帮了些忙,其实也没什么,可小红非要请赵多吃饭。她坚持,赵多就应了,没定时间,有空再联系。

另一个电话是曾经的二包,除此,没人打进来,手机像吃了哑药。临近上午十一点,女人敲门,问他中午想吃什么,他说随便。

赵多极少睡午觉,没那个习惯。今天不同,哪儿也不能去,不能有别的安排,必须确保随叫随到。老老实实又安安静静地杵着,就容易犯困。他躺了没一会儿又爬起,自嘲真是没这个命,躺着比干活儿还累。

直到下午三点,鲁东才打进来,说今天去不成了,下个休息日见。赵多听出了鲁东的遗憾,问他晚上能不能赏光,一起吃个饭,他为妻侄女拍的照片极好,她老嚷着要谢他。鲁东说晚上同学聚会。赵多问后天可以不,鲁东迟疑了一下,如果没别的事……没说死,那就好。赵多极干脆地接过话,那就说定了!

余下的时间就归赵多自己了,他开始拨电话。很多事等着呢,不是多当紧,也不棘手,但他得过问。

约定下午四点半,四点五分赵多便到了公园。不是多么着急,提前不过是出于礼貌和谦卑,或者说必须如此。马江河本就爱面子,在里面待过,更加在意细枝末节。第一次见面,赵多就感觉到了。赵多不可能再给他什么,但这脸面得给足。

赵多在东北角的长椅上坐了,翻了会儿手机,听到脚步声,抬起头,同时立起,摆上满脸笑。马江河没什么表情,早来了?赵多说,一小会儿,马局长。马江河说,有事说事,你我没必要玩花的。赵多依旧笑着,不能站着说吧?马江河用眼扫扫四周,十几步外,一少妇推着婴儿车,中年妇女跟在后面。另有一个穿着橘黄套装的清洁工。马江河收回目光,慢腾腾将半个屁股放在椅子上,似乎随时准备逃离。赵多挨他坐下,掏烟点了,吸了两口,忽又掐灭,声音沉稳而有力,李旺不会再找你了。

马江河见惯不惊,很冷静,没把他怎样吧?

赵多轻笑,马局长放心,都好好的。

马江河心有余悸,那天他可是豁了命的样子。

赵多说,此一时彼一时。

马江河沉默片刻,还是你……行!

赵多很郑重地说,这话马局长就说大了,我几斤几两,你还不清楚?

马江河点头,那就谢谢你了。

赵多说,马局长见外了,你我谁跟谁呀,有事尽管吩咐。

马江河笑笑,该怎么谢你?

赵多叫声马局长,声音带着哽咽,这话就说重了吧?

马江河并未被赵多的情绪感染,表情没有任何变化,你约我出来,不只为这个吧?

赵多笑,还是马局长火眼金睛,是有别的……其实也算不上事,不过是一句话,你说过的话,这么多年,我总算琢磨出味儿了。你说人该有够的,这话对,细想,又不怎么对。每个人的够,标准是不一样的。

马江河警惕地说,你到底想说什么?

赵多说,后半辈子没着落,我不踏实。我的够,就是把后半辈子的活命钱挣出来。要是在商业街有几套商铺,或者有一座加油站,那就是够了。够得都过头了,还折腾啥?

马江河如躲瘟疫般迅疾立起,退后几步,怒冲冲地说,你什么意思?

赵多始终笑着,我就是想明白了,和马局长交流下啊。

马江河声音颤抖,你要怎样?

赵多缩缩肩,马局长,你还不知道我? 我还能怎样?

马江河的目光缓慢地、一点点地垂下去。

吃过晚饭,赵多按照以往的线路去妙姐文具店。不想事,或不需要想太多的事,自然要抄近道。这几天冯妙不在状态,夜宵都做得勉强,场是绝对不能上了,没有特别的事,赵多会早早过来。

一如既往,推倒,垒起,再推倒,再垒起,中途歇息,品尝美味。贵客输赢每天不同,不变的是赵多,抓不着好牌,技术又差,发挥稳定。

赵多没随贵客们离去,在外间的沙发落座,喊冯妙歇会儿。冯妙好笑地说,我也不累呀。赵多严肃甚至严厉地说,我有话说! 冯妙愣怔片刻,撒娇道,赵哥,你先歇着,我去弄俩菜,这两天我都没好好吃过饭。

也就十分钟,一盘拌黄瓜、一盘炒鸡蛋便摆到茶几上。她开酒,赵多未阻拦。短短数日,冯妙的眼睛就凹陷了。赵多的心有些沉,也有那么一点痛。

马江河不会再找你了。

冯妙目光凝住,他人还好吧?

赵多点头,好得很,人家什么人? 大风大浪都见过的。

冯妙倒了酒,给赵多推过去一杯。

赵多抓起,却没有喝。声音略显感伤,我给你讲个故事吧。

【作者简介】胡学文,1967年生。著有长篇小说《私人档案》《红月亮》《有生》等五部、中篇小说集《麦子的盖头》《命案高悬》等十七部。作品多次入选各种选刊、选本与年度排行榜。曾获第六届鲁迅文学奖、河北省文艺振兴奖、河北省作协优秀作品奖及《十月》《中国作家》等刊奖项。小说《命案高悬》《逆水而行》《像水一样柔软》《从正午开始的黄昏》《风止步》分获第十二、十三、十四、十五届《小说月报》百花奖及第十六届百花文学奖。现为江苏省作家协会副主席、中国作家协会会员。

廖崩嗒佩合唱团

◎ 肖勤

一

雾很浓，像驼背老七破旧的摇摇车摇出来的棉花糖。驼背老七的棉花糖一年才能吃着一回，月亮山的雾却是天天都有，远处的山和近处的木屋都被它罩着，看不分明。

太阳也被锁在雾里，没有阳光，整个月亮山冷飕飕，连公鸡的打鸣声都像感冒了，刚哦一个高音，后半段就一直簌簌往下掉。奶起得早，嘴里哈出一团团白汽，哆嗦着拿起锄头去白菜地。寨里上学的孩子已经三三两两出了门，白茫茫的雾里偶尔出现一两个背书包的身影，跟跟跄跄像喝了酒，其实是没睡醒。

红糯怕冷，裹在被子里不肯起床。她不担心迟到的问题，月亮山恁高，学校恁远，美达寨到学校要走两个钟头的山路，太累。吴校长对他们向来是睁一只眼闭一只眼，反正美达寨的学生到了学校上课也老是打瞌睡，遇上冬天雨雪天气鞋袜湿透，打盹儿都哆嗦，哪忍心吼？

六岁的细糯抱着小白猫卡卡跟在奶后面。奶叹息嘟囔，颠倒咯，大的该起不起，小的该睡不睡。细糯不吭声，两年前奶的眼睛长白蒙了，这会儿眼前又是一层雾，她怕吵了奶，给摔着。

摔不着，酸汤点豆腐——一物降一物，月亮山的雾再赖皮，也不是风的下饭菜,风要它散它就得散,一眨眼的事。奶像是听到了细糯心里的话,高声说着,从高高的禾晾旁边猫下腰,顺着土坎滑到菜地里。

话音刚落,果然一阵大风扑来,浓雾顿时打着滚跌落到岩底,一瞬间霞光洒满岭岗,水田里育的秧苗、土膜里育的辣椒苗,还有细糯种在屋脚的黄瓜藤,都变得金灿灿一片。

丙两主任家的水牯牛哞哞叫,美达寨醒了,地里全是劳作的人们。细糯无事可做,抱着卡卡扒在木窗前,呆呆看着远远近近一层又一层的山岭。

山外有山,山外还是山,看得见的地方全是山。

看不见的地方呢?

二

滚红糯,你快点!

有人在三岔路口的木荷树下惊啦啦大喊,边喊边着急地跺脚。

是寨子里的懂花立,过了农历十月,她和滚红糯就都满十四岁了,她俩都在谷品小学念六年级。十四岁才上六年级,并不是成绩不好,是因为美达寨的孩子都是七八岁才开始念书,学校太远,年纪小了走不动。

滚红糯和懂花立在美达寨很出名,用寨里的话说,两个姑娘都板眼多,这话的意思是机灵。

细糯听到姐姐滚红糯在楼上用她那没睡醒的声音回答,来了来了。

红糯的声音很特别,犯困和不高兴时会带着很浓的鼻音,瓮声瓮气,像藏在溶洞里说话。

懂花立是个万事通,她说这种声音叫作有磁性,天生是歌唱家的嗓子。细糯不明白瓮声瓮气跟"吃"有什么关系,莫非歌唱家是"吃"出来的?懂花立不休不止的叫声让红糯不得不起床,她有起床气,动静挺大,先是很不开心地打了个响亮的喷嚏,然后大声叫,我的数学作业本呢?卡卡,是不是卡卡叼走了?

每次不做作业都赖卡卡,细糯瘪嘴,你的作业本又不是耗子。

红糯蓬头垢面从木楼上跑下来,去翻地火塘边大木柱上挂着的粉色小书包,那是妈妈过年回家给细糯带回来的。细糯偷笑,红糯便停止了演戏,不自在地扮了个鬼脸,甩甩手自言自语说,没办法,找不到咯,明明昨天作业都做完的。

细糯转身跑出门想要告状,奶,姐又没有……后面的话没说完,嘴给红糯捂住了。

再告,我让你十岁才上学。

春上开学时,奶让红糯去问学校收不收细糯,细糯脚劲好,走得动。吴校长说脚劲够了但身子骨不够劲,一进教室就会打瞌睡,再等一年吧。

校长明明说的是一年,结果红糯回来就替细糯做主了,等两年。

红糯的性格就是这样,作妖作怪,还要做主。

细糯气得直哭,奶却由着她哭。奶每天有做不完的事情,除了挖土除草种菜,还要织布染布绣衣裳。两个孙女出嫁时,层层叠叠的苗家盛装,都得一针一线绣出来,光靠她俩自己绣,来不及。再说了,人要长大就得经风雨,红糯有主意是好事,细糯性子软、胆子又小,不能哄,等她多哭几回没人管,才晓得哭解决不了问题。世上的路千万条,条条都有刺巴笼,道道都有挡路虎,得靠自个儿解决,不然靠山山倒、靠人人跑,那时候找谁哭?

菜地里长满了鹅烟草,昨天村委会丙两主任特意上山来打招呼,叫大家今天早点割草,镇里有卫生大检查。其实美达寨没啥子好准备的,这里离天空近,人们一向很爱干净,家家的木楼板都擦得像镜子,巴不得能映出蓝天,菜地和石板路旁的篱笆也扎得整整齐齐。可上回检查组看到菜地里有好多鹅烟草,批评丙两主任没有抓好生产,杂草丛生。

寨里人暗中为鹅烟草打抱不平,人家不是杂草,人家为猪儿做了大贡献,鹅烟草是最好的猪草。

奶边割草边叮嘱细糯,让红糯莫搞忘了灶台上热着的糯米粑粑。

两个钟头的山路,走到学校会很饿,人是铁饭是钢,糯米粑粑饱又香。一说到糯米粑粑,红糯不晓得又想起了啥,转头瞥里啪啦跑上楼,震得整个木楼梯都在晃,然后又跑下来钻进厨房里头,接着就是翻锅倒勺掉盆叮叮当当的响声,搞得惊天动地。

奶听得心肝发颤,紧喊红糯,房子都要被你拆了,你就不能早点起床?哪怕是插一行秧子的时间,何至于恁个慌!

红糯打着哈欠跑出门,甩下一句,奶,一寸光阴一寸金,睡觉的光阴也是珍贵的。说完,翻上坡就没了人影,风中传来她和懂花立嘻嘻哈哈的笑声。寨子里的狗儿都是人来疯,跟在她俩后头汪汪汪汪黏糊糊地叫着,像是要跟着去上学,一只只讨好卖乖。

狗叫声越来越远,像喧闹的溪流归入无声又阔远的大河,寨子终于又安静下来。

奶站在一片生机盎然的绿海里,年迈的身体在风中摇晃。她摇头叹气,红糯越大嘴越刁。等过了这个夏天,红糯小学毕业,就不兴再读书了,不然学得越多主意越多。

艄公多了打烂船,主意多了日子难。

细糯不知道奶在想什么,她正钻到鸡窝里去捡鸡蛋。老母鸡不肯挪开,细糯拍拍它屁股,老母鸡委屈地咕咕两声,那声音像感冒了的鸽子。细糯想,母鸡和鸽子是不是一个妈生的,胖的成了母鸡,瘦的就成了鸽子?

卡卡在门口的木荷树下欢快地扒拉着一只死雀子。寨里如今没有多少大人在家,只有年迈的老人和小娃娃们,比细糯大的娃娃都上学了,卡卡每天除了和细糯耍,只有和蚂蚁蚱蜢、猫儿狗儿耍。细糯握着鸡蛋走过去看,正好一阵微风吹过,小雀子头顶一簇细小的绒毛颤了颤。看着小雀子微张的粉红小嘴,细糯莫名觉得有些惆怅。她把它的头扒拉成抬头看天的样子,想通过这样的方式让它重新活回来,飞到天上去,可她手一放,那小脑袋便耷拉了下来。

一串黑色的大蚂蚁排着浩大的队伍朝小雀子爬来,无声而庄严。在山里,蚂蚁是最后的收魂匠,它们像墨烟,烟一散,就什么都没有了。细糯心疼小雀子,赶紧扯了根小茅草拦在带头蚂蚁前面。带头蚂蚁停下来,左右张望,头顶两根触角天线一样不停抖动,像歌师在祈祷探究。最后它绕了个方向,又朝死雀子这边爬来。没多久,浩浩荡荡的蚂蚁队伍抬着小雀子,缓慢离开了。

细糯耸耸鼻子,有点酸。

卡卡没了扒拉的东西,蹿到屋顶上去了,细糯无聊地爬上高高的禾晾,用小脚板钩住横梁,然后小蝙蝠似的把身体倒垂下来。以这样的姿势看出去,天上的云海会变成地上白色的大河,两只山岔鸟从她面前缓缓飞过去,拖着长长的尾巴,像河上无人可渡的孤木船。

大人们都下山到城里去了,当保安、当背篼、推板车、和灰浆、背砖。听说巴啦河撑渡船的张家老三老四也都出去打工了,只有老大还在。

城里有没有晒稻谷的禾晾? 有的话爸妈就可以爬上高高的禾晾,天气好时也许看得到高高的月亮山。

也许。

奶开始宰猪草。细糯倒悬的时间太长,脑子发胀,看着看着感觉奶刀下的草屑满天飞,恍惚得很,赶紧从禾晾上滑下来,歪东倒西地帮着奶把鹅烟草倒进猪草锅,惹得奶直笑。

煮猪食的空当是奶绣腰片的时间。奶眼神不好,依然飞针走线,细糯也学着拿起针线绣绑带,结果老扎着手指。

太阳慢慢爬上山顶,远处有狗叫声和谁家的锄头磕在石头上发出的锵锵声,田地里的水汽蒸腾起来,泛起一股泥土的味道和菜叶子们生长的味道,这味道有些让人犯困。细糯的心莫名其妙地跟着翻涌,她把针线扔进竹筐。

她不想绣衣裳,她想上学。红糯说学校操场用水泥筑过了,上面还有滑梯,被她们梭得比玻璃还要亮,蝴蝶在上面都站不住脚。

点灯猫呢?也站不住脚?细糯好奇地问。

不兴说点灯猫,要说蜻蜓。红糯纠正她,说书面语。

好嘛,蜻蜓在上面站得住脚吗?细糯听话地改正。

也站不住。红糯思考了半晌,笃定地摇头。

真有恁滑?细糯也想去梭,想去看一眼比玻璃还要亮到底是多亮。

猪崽饿了,在圈里打扑,嗷嗷叫着拿头拱圈门。

奶提着沉重的猪食桶去喂猪。这是个力气活,一桶猪食有二三十斤重,山下的人家嫌麻烦,早就不给猪喂熟食了。他们都用生饲料,黄色的饲料袋一袋装十斤,拌点谷糠进去,一袋可以顶好几桶熟猪食。用完了的黄袋子还可以装东西,村组干部们喜欢用它来装表,因为他们的工作除了入户,还要填很多表,记很多东西。

细糯晓得,她、姐、爸、妈和奶,还有家里的猪和牛都在那些表里头。细糯不喜欢那个窸窣作响的黄袋子,也不喜欢他们把自己填在表里,好像那里面的细糯比活生生的细糯更重要。

有人在家吗?门口响起清脆又陌生的声音。

细糯诧异地转过身。

一个白色的人影站在屋门口,屋里有些暗,木屋外面的光线又太强烈,那人影便笼在明晃晃的光里,模糊不清。

细糯起身就往猪圈跑。

奶，她扑到奶怀里，声音像羽毛一样轻颤，有个……她想说白花花，又觉得不对。她顿了顿，最后用比较准确的表达说出来，有个人！

三

不消说我家滚红糯，还有懂花立、滚易花、滚飞园，她们统统不会念初中。奶板着脸，用火钳掏出热柴灰里的大蒜，故意用力拍打。烤熟的大蒜皮雪花一样剥落，又像黑色的飞蛾，四处纷飞。

阿奶，现在国家政策好，念初中不交学费，还包住宿，天大的好事，孩子们一星期只需要回月亮山一回就行了，花不了多少钱。白裙子姐姐被飞舞的蒜皮呛得打喷嚏，却不生气，声音像刚起锅的米汤，又糯又甜。

小吉老师，你说得轻巧，一个星期只回来一趟，你晓得一趟要花多少钱？月亮山没得路，只有坐摩托车，来回就是六十块。我在这山上一年满打满算都用不到六十块钱。奶坚决地说，美达寨的姑娘都不读初中，你莫替她们费这个心。

细糯听红糯提起过小吉老师，她是从大城市来谷品小学支教的。红糯是惹事精，跑去给老歌师说支教老师小吉歌唱得比老歌师强，这个说法简直要了老歌师的命。春上开学的时候，他老人家下山去会了一趟小吉老师，回来后一个人坐在地火塘边呼噜噜吸了一满筒水烟杆。

老歌师没说谁赢了，但那一屋子的烟说了。大家劝他莫往心里去，老歌师才是苗家的人，那个小吉老师跟月亮山和美达寨都没关系。

这个跟美达寨没关系的姐姐，现在却坐在细糯家的小板凳上。

细糯感觉在做梦。

窗外是遥远的山岭，层层叠叠的木屋错落有致地从山头向下排列，远处是春天新绿或新黄的田地，沟沟坎坎都沐浴在阳光里，一派生机勃勃。这是属于美达寨的风景，而小吉老师和她的白裙子跟这风景格格不入。

沉默的对峙，屋子沉静如水。一只岩老鹰在天上无声盘旋，卡卡警惕地弓起身子，随时准备战斗，它可能以为自己是只老虎。

奶的背也弓着，戒备森严。

小吉尴尬地笑,看向躲在柱子后的细糯,柔声问,几岁了?

细糯不说话。

想不想去念书?

细糯点点头,紧张地看向奶。

奶板着脸,舀水去洗染布缸。

咳,在这里呢,害我到处找。门口又响起一个爽朗的声音。细糯一愣,今天怎么了,恁热闹。探头一看,是那个驻村书记——细糯不晓得驻村书记到底是什么,也不晓得他叫什么,只看见丙两主任去迎接他时,他们在枫香树下握手。

握手在苗寨是个很古怪的动作,所以奶叫他周握手。

快来快来,小吉眼睛一亮,援兵来了。

滚细糯,是吗?周握手走进来,一屁股坐到火塘旁的小板凳上,也不嫌上面有卡卡的梅花瓣状泥脚印,他歪头望着柱子后面的细糯笑,你奶呢?红糯上学去了?

细糯不搭理他,他一定是看过表格了。

小吉笑,说,真厉害,她们家的情况都装在你的本子里了吧?

周握手拍拍胸口,不是装在本子里,是装在这里,我还晓得细糯开春就想去上学。

细糯一怔,不知不觉从柱子后面走了出来。她喜欢把她和奶,还有红糯姐姐装在心里的人。

我也晓得。小吉毫不示弱地从包里拿出书和笔,朝细糯招手。我就是给细糯送书来的。

细糯欢喜,怯生生向前走了两步。

小吉晃了晃书,用白色的笔点在上面,屋子里顿时响起一个女声:苹果、苹果,阿波、阿波。细糯给吓了一跳,眼看着小吉又翻一页,那支笔便开始唱歌——请把我的歌,带回你的家,请把你的微笑留下……

细糯细脖子抻老长,小吉趁机上前一把搂住她,说,我可抓到你了。

细糯想逃,小吉却挠她痒痒,细糯扭不过,最后忍不住咯咯咯笑出声。

整个下午细糯都很开心,她学会了《歌声与微笑》,也唱了首苗歌给小吉老师听——谷雨天,起炊烟,鲤鱼戏稻田……

她的声音很小,却很脆,像春天的小雨滴轻落在蓖麻叶上,像一串串银饰在月光下小心翼翼地碰响。

院子里,一直和自己尾巴过不去的卡卡停止了疯转,清洗染缸的奶也停下了手里的糯谷帚。

小吉和周握手惊喜不已,都说苗家的女孩会走路就会跳舞,会说话就会唱歌,亲耳听到才知道什么是天籁。小吉激动,一把抱起细糯,满寨子找老歌师。

老歌师正在屋檐下挥舞着青光色的篾刀,他一直想要破出比纱还薄的篾片,编出一个能透过太阳光的最薄的细竹筛。他怕他老了,日光也老,晒不透竹筛,晒不干他炮制的何首乌。

看到小吉冲进院子,老歌师心头有些傲骄,也有些懊恼。他是寨子里最受尊敬的人,结果却输给了这个年轻的小姑娘。一不留神,篾刀伤了手,他哀怨地看看伤口,起身在院子边的杂草里勒了两把苦蒿和血见愁,放在嘴里嚼了嚼,再把汁水和叶末按压在伤口上。墨绿色的汁水像魔法师调制出来的药水,血顿时止住了。

周握手看得两眼放光,和觅食的大公鸡一起钻进丛,撅着屁股拿起手机一阵猛拍。月亮山处处是宝,他恨不能把自己变成网红,天天替月亮山卖货。

谷雨天,春渐远,白云入山浅。谷雨天,起炊烟,鲤鱼戏稻田。樱桃红,香椿鲜,谷生祈丰年。走一场谷雨,摘几串榆钱,风筝和少年,行过千重山。老歌师把细糯唱的苗歌翻译给小吉听,他念汉语时的表情执拗认真,像古老的木荷树努力冒出新叶。

风筝和少年,行过千重山。小吉呢喃,真美,这首歌完全可以上电视。

老歌师把头摇得像风里的芭茅草。那怎么可能?这老师说话吞天盖地的。

怎么不可能?细糯嗓音这么好,以后她念了初高中,说不定还能考所音乐学院什么的。

老歌师听到这里大笑,说,我听明白了,夸半天,你还是在说姑娘们念书的事。

小吉尴尬地搓手,说,夸是真心的,想劝她们多念书也是真心的。

老歌师举起竹筛,从筛子眼里看出去,山更多了。他叹息,没有路啊,怎么读?你看这月亮山漫山遍野的猕猴桃、枇杷和药材,还有前些年搞新农村建设栽的几千亩蓝莓，眼看快有收成了，路还是没通。千重山万重山，人和果子都出不去，只有风筝，可惜孩子们不是风筝。

读书就能让他们变成风筝，还能飞得更高更远。小吉死揪着读书不放。

细糯偷笑，她吵着要吃腌鱼时也这样，奶要是不答应，她就早上央求，中午央求，晚上睡觉前还央求。

读书也得有路。老歌师也固执地说，出山没有路，好比山雀没有翅膀。

吴伯，只要修好路，大家就肯让女孩子们继续读书，对吗？周握手很认真地问，手紧握成拳，仿佛路就在他手心里，只需要老歌师一个回答，他就能像变鸽子一样把路放飞出来。

老歌师皱起眉头，心疼地捏捏细糯肉嘟嘟的小脸，说，天下的磨盘都是一对对，问题也是一对对，修路只是消除了大人的经济负担，读不读还要看娃娃愿不愿。

哪有孩子不愿读书的。小吉支棱着脖子，像头小牛崽，倔强地顶着她并不存在的两只角。

老歌师不知该夸小吉聪明还是笨。山高水远，美达寨的女娃拿什么跟城里娃比成绩？次次考试拿倒数，谁愿意读呢？老歌师站起身来，结束谈话。天气怎好，他要去割牛草，这两个年轻人却弄得他一脑子的茅草，乱糟糟的。

周握手赶紧捞了个背篼，跟在老歌师后面继续游说，吴伯，咱们兵分两路，我这头想办法争取项目修路，你劝女娃们继续念书。

老歌师转身看一眼周握手，满是皱纹的脸上扬起了一丝不太明显的苦笑。

稚鹰不知山高。

月亮山修路哪有那么容易，前两年工作组上来过，测量下来要花好几百万元，还要在巴啦河上架两座桥；孩子们要靠读书走出大山，更是千难万难。再说了，出山做什么？不出山他们就是山里的主人，出了山他们算什么呢？什么也不是。

四

几年前老歌师去过一回省城，参加省里举办的音乐座谈会，他兴奋地翻出十三年一次的鼓藏节才穿的盛装。可进了会场他才发现自己高兴得太早——专家们说的东西他完全听不懂，他不知道莫什么特，也不知道交响乐，他只知道苗家的古歌、唢呐、钹、芦笙和铜鼓。从头到尾他都像根木头一样杵在那里，头顶布巾上的锦鸡羽毛也尴尬地高高支棱在半空，人们不时朝他望来，白色大机器吹出来的热风把厚实的盛装变成了捂汗的棉被，热得他坐立不安。

主持人点到他名字时，他脑袋嗡嗡响，一脸惶然地在众目睽睽中站起身又坐下。他不会谈，他只会唱啊。那天他不记得自己是怎么离开会场的，只记得最后会务组好心给他买了高铁票，送他到了高铁站，刚建成的高铁站很漂亮，地砖照出他头顶的锦鸡羽毛，也照出他呆滞的目光。他可怜兮兮地站在大厅正中，不知该往哪里走，直到工作人员过来指点他才顺利进了站台。他站在3号车厢的位置，看着高铁那圆尖圆尖的铁脑袋肥沉沉朝他扑来，却不肯停，车厢上那个"3"也一个劲往前奔，吓得他赶紧追，好不容易才上了车。春寒料峭，他硬是慌得汗水直淌，坐定后人家才告诉他，站台地上的车厢号是分颜色的，他这趟车要看紫色数字，他看到的那个"3"是绿色的……他默默听着，像听懂了又没听懂，只有茫然地紧抱着布包，听着耳边低沉的行驶声，像河水在黑夜里奔流，像风声穿过松林。他困得要命，却不敢打瞌睡，怕坐过站，一有穿制服的人过来他就紧张地拉着人家问，到了吗？

坐个高铁差点没折出去他半条命。直到屁股安坐在灰不拉叽的中巴车上，看着一路熟悉的山山水水，他才重新找回丢掉的半条魂。初春的雨水细如牛毛，透过雨雾望出去，路上到处是工地，山崖下、大河边插满了红红黄黄的小彩旗。这些年县里镇里的建设真不少，什么时候这些小彩旗才能插到月亮山呢？他看到巴啦河中间竖起了一根根巨大的水泥柱子，比寨里那棵枫香树王还要粗。司机阿栋兴致勃勃地介绍说，等这桥墩修好，上面架好桥，高铁和高速公路就会像一条条银色的长河流到月亮山来。

一提到高铁，老歌师的心又咯噔一下，刚吃的糯米粑粑梗在胸口。

回到家老歌师大病了一场，精气神说没就没了，连州里的苗族飞歌大赛邀请他当评委他也不肯去。直到去年家里添了小孙孙，像是给快要熄灭的火塘添了把柴火，他的心这才嗖地又蹿起一簇火苗，说话的声音也跟着高亢起来。吴校长看他好了，欢喜得很，巴巴请他到学校去给孩子们上课，题目是"苗歌里的历史"。讲这个他在行,苗族的历史都藏在苗歌里,他唱的就是历史。

上课那天他再次慎重地穿上久违的盛装。那是自家织的布,用蓝靛反复染色,再用牛皮熬的胶和枫树皮熬的汁一起煮,煮完再抹上珍贵的鸡蛋清,用木槌一槌一槌地捶,这样染晒煮捶后的棉布穿在身上,就像传说中神圣的王。一早一晚,布料的颜色在阴凉处看是比夜色还要幽静的青蓝,正午走到阳光下,它又会隐隐泛出金铜色的光泽,行走摩擦发出的沙沙声,像苗家几千年前从中原迁徙到贵州吹过的山风在低语。他站在山顶,眉眼精锐威严如鹰。

春天的月亮山,粉白粉红的刺梨花开满山坡,像彩色的瀑布,成片盛开的毛果杜鹃和溪畔杜鹃有着全世界杜鹃花中最长的花蕊,引得蜜蜂飞舞盘旋。孩子们簇拥着老歌师下山,一路欢呼跳跃。懂花立非要给他抹口红,说是化妆更好看,被他庄重地制止了。

除了身着盛装,他还带了芦笙、月琴和木叶。他要把装了几千年苗族历史的歌声和琴声都送给娃娃们。

可那天他再次受到了打击,山下的孩子对遥远的东方、古老的故乡和艰辛的迁徙全然不感兴趣,不是打瞌睡就是窃窃私语。看着一张张无精打采的小脸,他难过得木叶都吹颤了音。

离开谷品小学时,残阳如血,老歌师很忧伤,一代代歌师传下来的古歌会不会也像这夕阳,渐渐消失在群山之中?

他的背比来时更驼了。

吴校长安慰说,我想是我们还没有学会用现代人喜欢的方式去讲它。

现代人?就是天天捧着手机,看什么视频的孩子和大人们吗?他们唱的是些啥子歌啊,不是什么"药药切开了",就是"巴得蹦蹦蹦"……

他不想学,更不想用他们的方式去亲近什么药和蹦蹦蹦,他不喜欢现代,现代让他噎得慌,他吃不消。

五

农历四月的阳光很暖和,红糯坐在教室里,背被晒得暖洋洋的,她有些犯困。

老师在黑板上咚咚咚写着算式,像啄木鸟在啄树。

十吨花生可榨三点五吨花生油,花生的出油率是多少?

为啥子是花生呢?明明月亮山人吃的都是菜油,春天漫山遍野金灿灿的油菜花看不见吗?还有,为啥子动不动就是十吨?十吨到底是多大个也没人知道啊,就说一亩地油菜出多少菜油行不行?美达寨以前的老种子产油不高,这两年专家们上山研究出了改良品种,叫"油研2020",去年寨里种下来,好家伙,一亩产油足足有一百五十斤,这才叫作正事。

十人植树,男生每人种了五棵,女生每人种了三棵,一共种了四十二棵,请问男生有多少人?

为啥子女生只能种三棵?在月亮山,女生能种六棵。语文课上老师不也说了嘛,妇女能顶半边天。说到语文,也怪怪的,那天老师让背诵《程门立雪》,红糯笑喷了——姓杨那个学生简直就是个呆子,程老师睡觉他就在门外雪地里站着傻等。有那时间红糯可以采一筐辣椒,连苗家的铜鼓敲起来的节奏都是"一寸金、一寸金,一寸光阴一寸金",杨时一个搞学问的人不知道光阴的重要性吗?他就不能找个地方找张桌子把要问的问题自己再思考一下,再做做学问……

唉,唉唉。红糯打了个哈欠,眼泪都挤出来了,真无聊。

老师又敲打黑板。

第六题,小明家有十三只小鸡和小狗,共有脚三十六只,求小鸡和小狗各有多少只?

小鸡和小狗哪个能放在一起呢?小狗没轻没重,一巴掌就把小鸡给拍死了……

喂,懂花立在后面用笔捅了捅她的背,悄声说,听说今天小吉老师去咱们寨子家访。

啊?红糯的瞌睡顿时吓醒了,头一下子抬起来,坐得笔直。

是去告状吗?她瞪大眼。

同桌滚飞园嘀咕道,不是,听说是去给家长做工作,让我们念初中。

红糯嗤笑,念初中干吗?又考不过镇上的,让人笑话。

飞园垂下头,手指绞着长发说,我倒是想,但家里不让,太花钱。

我不想。红糯嘴犟,谁稀罕跟镇上的一起念书,一个个骄傲得尾巴翘老高。

滚红糯！老师一个眼刀飞过来,你来答一下。

红糯慌张地站起身,答啥子？

你算算小狗和小鸡各有多少。

和鸡鸭鹅狗有关的题红糯不怕,她眼珠子转转,脱口而出,小狗五只,小鸡八只。

上来写一下算式。老师拿起粉笔。

红糯摇头,不消用算式,总共三十六只脚、十三只小鸡小狗,我让所有小鸡都窝在鸡窝里,小狗都坐下,哐当一下就没了二十六只脚,剩下十只脚全是小狗的俩前腿,那就是五只小狗,总数十三只减去五只狗,小鸡就是八只。

老师拿着粉笔的手停留在半空,恨铁不成钢地瞪着红糯。

全班的同学简直笑疯了。

上午课一结束,红糯便成了全校闻名的"哐当一下"。

下午小吉老师广播通知全校学生听讲座。

话音刚落,整栋教学楼顿时响起惊天动地的尖叫,学生都搬着自己的小板凳往操场跑,教室里教室外乱作一团。

天底下的学生好像都这样,明明到学校是来上课的,但只要课程是不上课那种,他们就特别兴奋,不管是听讲座还是种树扫街,什么都行。

校长吴当久急了,几大步跑到广播室,扯着嗓门大声指挥,一个年级一个年级地下来！一个年级一个年级地下来！班主任在哪里？班主任！

小吉站在他身后,有些蒙。

吴校长回头厉声说,一千多名学生,班主任都还没进教室你就急着广播,这么多孩子全部挤在楼梯里,万一发生踩踏事件怎么办?要出人命的！以后遇到集体活动要上操场,必须先通知班主任,等班主任进教室守着以后,再分班级分年级到操场集合,明白了？

小吉这才后知后觉,忙不迭点头说,校长,我错了。

吴校长白了她一眼,狠狠将话筒搁在桌子上,余怒未消地离开广播室,顿时整个操场响起刺耳的广播吱吱声,吴校长赶忙又跑回广播室把话筒放好。小吉卖乖地说,我来我来,这个我行……

你行的可多哪。吴校长扭头,简直不想多看她一眼。

这个支教的小吉老师,精力旺盛得像是吃了菠菜的大力水手,整天搞什么课外兴趣小组,也不想想乡下孩子放学回家还要干农活,哪有那么多课余时间,而且学校也没有那么多钱。

吴校长在谷品小学当了十一年校长,每年都有支教老师来,他既欢迎又犯愁。支教老师们一来就跟打了鸡血似的,巴不得三两天就让学校和孩子有翻天覆地的变化。

笑话,他们是带着阿拉丁神灯来的吗?还是带着阿里巴巴的宝洞?都没有啊,他们只带了个虚无的理想。他当年也带了理想来,很久以后他才明白,理想不是天上的云彩,而是脚下的路,得实打实一步步走。

前些日子小吉听说美达寨的女孩念完六年级就不上学了,天天揪着他不放,要去镇里找书记汇报。吴校长当了恁多年校长,见到最大的领导是镇教工站的站长,他哪敢去找书记,他是吃了雷吗?再说美达寨历来如此,又不是没动员过,可寨老说了,等哪一天镇里人上山的脚印踩出条大路来,姑娘们自然会去念书。傻子都明白寨老的意思,就是盼修路。

没路,他找书记有啥子用?

他不去,小吉就天天板着张小脸,说他没有担当。吴校长懒得搭理她,小吉从小过的都是甜日子,哪里晓得美达寨孩子的苦。

世上的事千千万,不求同样一般,就像你没法跟黄连说甜,也没法跟蜜蜂说酸。

讲座的主讲人是一位戴眼镜的医生阿姨,苹果脸、短头发,像大头儿子的妈妈,笑起来眼睛弯成豌豆角。

这个孃孃萌萌哒。懂花立又开始怪腔怪调。

红糯羡慕地偷看懂花立,有手机真好,有钱买流量真好。她一直不晓得流量是个什么东西,也不明白为什么一个看不见摸不着的东西却需要用实打实的钱去买。

懂花立的妈妈是村委会王副主任家的大姑娘,从小跟着家里进进出出的干部学了不少。其他人出去打工都只能到工地上找活儿干,她却找到了一份打印店的工作,不用风吹日晒,挣钱更多。

也许姓懂就会懂得更多吧,可惜她姓滚,她要是姓有多好,可以起个名字叫有车、有手机……

红糯对讲座一向没兴致,大人们讲的不是科学就是道理,太深奥听不懂,还不如上课,上课打瞌睡还有张桌子可以趴着。

不过这回红糯想错了,医生阿姨的讲座居然很有意思。她的声音很温柔,像一团糯糯的热糍粑,跟刚才吴校长在广播里声嘶力竭、气急败坏扯着嗓子吼叫的声音相比,简直就是一个天上一个地下。

清风吹过操场拂过话筒,发出细微的声音,像阵阵松涛。

懂科学常识,过美好生活——咱们苗家人喜欢喝酒,尤其是米酒,酒是快乐的源泉,也是咱们少数民族诚心待客的表现,但是吃了药不要喝酒,因为有些药物会和酒产生不良反应,引发生命危险。现在你们读了书识了字有文化,一定要管住大人,吃药不喝酒,喝酒不什么?

喝酒不吃药——

操场里响起整齐的声音。

想啥子呢,是喝酒不安全。医生阿姨满脸宠溺和嗔怪,把大家弄得挺不好意思。

我们在乡村巡回医疗时发现很多老人吃药喜欢加量,医生说一颗,他们回家就吃两颗,觉得这样会好得快一些,咱们同学要监督好老人,不可以乱吃多吃……

不知不觉一个半小时的讲座时间很快过去,最后医生阿姨站在主席台上,教大家找到自己身体内脏的位置。她把腹部分成九宫格——

胰腺,身体左上腹,九宫格左边最上一格;右上腹第一格肋巴骨下面那个位置藏着我们的胆囊;阑尾,身体右下腹,九宫格右边最下一格……农村常见病中,很多人把胰腺炎、胆囊炎、阑尾炎当成胃病治,容易耽搁病情,严重的会导致死亡。

红糯心里一咯噔,尖着耳朵听。奶经常说肚子痛,她可得弄清楚。

懂花立怕痒,边找自己的九宫格边轻声笑。

还有,很多农村老人眼睛会患一种病,叫白内障,但大家不懂,都说是长白蒙。这病其实可以治,只要符合手术指征,大多数通过手术能恢复视力。

红糯激动得差点站起来。

奶的眼睛也长白蒙,每年春天红糯都会带着细糯去采花,山里有一种花,叫洗眼睛花。起初奶喝了洗眼睛花煮成的水，眼前的白雾还会淡一段时间，慢慢地洗眼睛花水就不管用了。

奶说人老了没办法。

谁说没办法？奶的眼睛明明能治好。

红糯兴奋得打起嗝来。嗝，我也想当医生，不要手机，只要，嗝，当医生。

想精想怪，抓到一根茅草当被子盖。懂花立听了双手一摊，很不客气地打碎红糯的梦想，过了夏天书都不念了，你当啥子医生？

可这想法已经像槐刺一样扎进了红糯心里，每天早上醒来时牵扯一下，放牛回来时牵扯一下，在山冈上远远看着校园时又牵扯一下。

她说不清楚那是种什么样的感觉，反正有些酸、有些痛、有些惆怅，让人觉得沉甸甸的。

红糯上课不再打瞌睡了，早上也不再赖床。

日头一天比一天长，上学的日子一天比一天少，她知道，很快她就要和校园永远分别了。

她舍不得。

想到这个，红糯就想哭。

六

小吉从月亮山家访回来什么也没有说，只是把六年级的所有女孩子都留了下来，说要组建一个合唱团，六一儿童节那天带大家到镇里去演出。

山下的同学都不愿意参加，要考试了，哪有时间折腾。

只有美达寨的十一个女孩全举了手。

见鱼儿都上了钩，小吉乐不可支，傍晚煮了锅面条，边吱溜吱溜吸溜着边打电话给周握手报喜。那天她和周握手在山上建了个助学联盟，他俩兵分两路，小吉负责想办法激发孩子们的自信心和勇气，"引诱"大家继续念书，周握手负责跑项目，争取把公路修到美达寨，减轻孩子们的上学负担。他俩本来还想把老歌师拉入伙，老歌师坚决不干，形象很重要，他才不和俩初出茅庐的孩子瞎起哄，但他还是提供了重要"军情"，美达寨的孩子和山下的孩子相比，最出彩的就是歌舞,不如从唱歌着手——

谷子越夸越饱满,孩子越夸越能干。咱们不能蛮干,要找准着力点。

"着力点"这个词是那年老歌师在省里开会折了半条老命换来的,如今能用上也值了。

你那边怎么样?小吉问。

我?我当了一回拔萝卜的小老鼠。周握手也很开心。乡村振兴五年规划,月亮山的规划早就报到省里了,除了修路,还要把民族风貌保存得最完好的美达寨打造成景区,昨天县里开了调度会,马上动工,我这会儿刚从镇上回来。

可以啊,当只老鼠还是吉利鼠。小吉又高兴又不高兴,悻悻地放下碗,搞项目修路的风头和功劳可比建合唱团大得多。

校园里,吴校长睁一只眼闭一只眼由着小吉折腾,学校一楼有个杂物间,堆满了陈年旧物,眼看着小吉搬进搬出把自己弄得像只野猴儿,非要在螺蛳壳里做道场,吴校长蛮解气,也蛮服气。

没几天,焕然一新的杂物间墙壁上挂起了红色大横标,上面写着"廖崩嗒佩合唱团"。

"廖崩嗒佩"是苗语,翻译成汉语是勇敢女孩的意思。

训练第一天,唱哆咪咪发唆啦西哆,越唱音越高,像是在爬坡,大家刚开始还行,唱到最后乱七八糟,懂花立直接扯成了鸭子嗓。小吉听后,摆积木一样把大家的站位重新调了一遍。红糯看着左左右右高高矮矮的伙伴,纳闷了,学校以前排队唱歌都是中间高两边低,怎么现在排得乱糟糟的?

小吉抿嘴笑,因为你们是一个个美妙的音符,要把音符调整到最和谐,就得这么排,跟高矮没关系。

吴校长在窗外偷瞧了半天,若有所思地离开了。

周五自习课,学校安排看了一部电影,叫《放牛班的春天》。讲一个叫马修的老师,带着一群顽皮又孤僻的孩子组建了个合唱团,在马修的坚持下,最后合唱团唱出了最动听的歌,孩子们的命运也一一改变。

美达寨的十一个女孩看得眼泪汪汪。

电影里那群孩子动听的歌声在她们的脑海里萦绕不停,她们一个个都像被施了魔法。红糯的眼睛里闪着火苗一样灼热的光芒,爱捣蛋的懂花立、不吭声的滚易花、和谁说话都戗的滚飞园都变了模样,表情乖巧,目光透亮。

吴校长眼神慈祥如老母,他开始有点喜欢小吉,希望小吉是马修。

合唱团中场休息,小吉特设了一堂小课,叫"歌声里的山河",每天学一首歌,然后讲歌里的城市和风景——

《谷雨天》,鲤鱼戏稻田,贵州水稻的文化密码,为什么苗家要把鱼养在稻田里?

《走西口》,走西口是走的哪个西哪个口?

《沙漠》,"大漠孤烟直,长河落日圆"是哪里的风景?

女孩们听得入迷,人坐在教室里,心已经像雄鹰和大雁,飞过了草原、大海、沙漠和雪山……

她们突然喜欢上了李白和王维,喜欢上了地理和历史。

她们还跑到校长的办公室去看中国地图,叽叽喳喳寻找杀虎口和山海关。

红糯喜欢上小课,因为小吉老师第一课就说贵州的水稻里有文化密码,就好像她和妹妹细糯的名字里也藏着文化和密码似的。

放学了,撑船护送学生过巴啦河的老师都回来了,吴校长还在校园里磨蹭,弄得值班室的老周直犯愁,校长不走他不敢抽烟咯。终于等到合唱团训练结束,红糯几个一边唱着"咪——嘛——"一边嬉闹着走出校门,吴校长这才慢悠悠离开。老周心想,咳,原来是小鸡崽们没走完,老母鸡不放心咯。

春末的大山,野樱桃和李子花已经谢了,空气里增加了各种各样的青草味,女孩们像小野羊一样奔来跑去,在山山坳坳间跳跃不停,丝毫不觉得累。

可怜老校长远远跟在后头,走得气喘吁吁。

翻过五道坳,吴校长远远看到老歌师在山上割构树皮,两人心照不宣地挥挥手,他这才放心下山。春天天黑得早,他怕孩子们出意外,他和老歌师说好了,他负责护送一段,老歌师负责在半山接。他俩都是年过半百的人,和孩子们的距离越隔越远,小吉他们有新的教育理念和理想,想用新的方式改变月亮山和美达寨,这一点吴校长和老歌师做不到也做不了,只能用这样默默的方式送一程、护一程,就像芦笙祈祷丰年和平安,像大树护佑生命和成长。

七

红糯坐在屋门口做数学作业,细糯知道她一做数学就跟夺了毛的猫似的,惹不得,便抱着卡卡到山顶的枫香树下看云海。云海下是隐约的山路,奶经常站在这里等爸妈回来。

卡卡安静地窝在她怀里,暖烘烘的,不知不觉她和卡卡都睡着了。

细糯做了个梦,梦见下雪,一片雪花掉在她手心里,变成了一面小镜子,她把脸凑过去,却在水汪汪的小镜子里看到一张苍老的脸。

她变成了一个很老很老的老人,比奶还要老。

细糯吓得尖叫,卡卡惊醒过来,喵喵喵围着细糯转,细糯这才醒来,慌里慌张跑回家,一把抱住红糯。

怎么了?红糯正在写数字"5",被细糯一扑,作业本上就多了一个大秤钩。

我做了个梦,梦见我天天在枫香树下等,等成了比奶还老的老太婆。细糯哇哇哭。

红糯咯咯笑起来,将细糯搂在怀里,喊了一声,大声否定说,我们为啥子要天天守在枫香树下,还等到老? 我们出去噻,下山去。

看着红糯坚定的表情,细糯给迷住了。

最近的红糯姐姐和以往不大一样,她的眼睛里有星星,一闪一闪的。每当那些星星开始闪光发亮的时候,红糯就显得特别有主意。

懂花立也一样。

细糯晓得那星星是因读书而闪烁,可奶不准,咋个办才好?

八

立春过后下完第三场雷雨,家家户户的梯田都蓄满了水。

美达寨要开秧门了。

537

红糯几个跑去向老师请假，班主任二话不说就批了，反正年年都这样。

小吉却不同意，和班主任吵了一架。插秧是大人们的事，上学是孩子们的事。我发现你们真的是太喜欢过节了，大节三六九，小节天天有，米酒喝不醒，芦笙吹不完。这样孩子还学什么啊？

吴校长路过教室正好听到这一段，气得脸都垮了，脑子里像地火塘上烧开的砂锅水，直冒烟。这些年县里不断派支教老师和驻村书记下来，实事的确办了不少，但就是有一点特别不招大家伙儿喜欢，那就是他们老是否定这个、批评那个，好像大家干了一辈子，什么都做得不对，搞得村主任丙两和他都"衣眉欧"了——谁还不会几句网络用语呢，抑郁，"emo"。

去年过苗年，热热闹闹的节日，月亮山的人们过得多开心，结果一开年，三十几个寨老就被刚到镇里挂职的白衬衣领导请去"探讨"了一下午。所谓"探讨"就是算账——大家一年喝掉了多少米酒，用了多少斤糯米，白白浪费了多少钱。

大碗换成小杯，少喝些米酒，或者不喝，苗节也一样过嘛。白衬衣领导斯文地说。

寨老们面面相觑。

喝米酒怎么叫浪费呢？那你每天拿着手机和家里娃娃视频聊天不是更浪费？酒喝到肚子里还算是给五脏庙上了供，聊个天钱就哗哗流没了，不是更划不来？再说，苗家人喝米酒是庆丰年敬祖先土地，大碗喝酒才恭敬通透啊。

反正，白衬衣领导宣布，还是要以生产发展为重，破除陋习，少过节、少喝酒。

寨老们拖着沉重的脚步，各自踏着白花花的月光回了山寨。

前些日子香椿树冒红芽时，周握手来家里做统计，也说到苗节和喝酒。

地火塘的火光映着奶的满头白发，奶盯着屋角的酒坛沉默不语，像一尊古老的神像。红糯却不怕事，毫不客气掉过去说，我们在学校学过了，伟大的祖国幅员辽阔，我们有五十六个民族，每个民族都有多姿多彩的民俗文化。你们有你们的文化，我们也有我们的文化，酒是我们感谢土地的，过节是为了庆祝丰收，不是你们想的纯粹是喝着玩，你们不懂就不要乱说。

周握手给戗得好半天说不出话，他突然有些愧疚，他一直觉得自己多优秀，到乡下驻村是需要勇气的，更何况他一直在谦虚地学习。要不是红糯这一通话,他丝毫没察觉自己的谦虚背后藏着傲慢,这傲慢是浸在骨头里的,以至于他和村里人说话的语气,礼貌中总带着一丝高高在上的"不一样"。

日子是我们的,凭什么你们说行就行,说不行就不行?红糯气鼓鼓地甩掉火钳。

望着凶巴巴的红糯,周握手哑然失笑,没想到在这高高的月亮山,一个十四岁的小姑娘教了他人生的另一堂课,这堂课叫尊重。

你说得有道理,我们不能脱离民族文化简单地讲乡村振兴,回头我要把你的话说给大家听。周握手伸出手,向你学习,滚老师。

红糯白了他一眼,说,我们不兴握手,我们喝米酒。

那就喝米酒。周握手豪气地说,我一碗,你一口。红糯啊,你可真是一只朝天椒。

可不是朝天椒嘛,闹哄哄的教室里,红糯听说小吉老师不准假,第一个嚷嚷开来。

你们别闹行不行?小吉生气了。我特意邀请了省里的大音乐家柴主席明天来听你们唱歌,要是唱得好,他可以推荐咱们合唱团参加很多演出,你们走了听谁唱啊?

可是明天开秧门,我们美达寨家家户户要插秧。红糯愤愤地坚持。

插秧是大人们的事。

我们也有我们的事。红糯反驳,爸爸妈妈们都出去打工了,我们要去采板蓝根叶、采黄染饭花,要帮大人做五色糯米饭,还要帮大人捉鸡、抓鸭、做饭,明天是过节。

对。后面几排传来弱弱的声音,有些胆怯又带着几分委屈,我们还要负责唱歌。

小吉一看,是懂花立、滚易花、滚飞园她们几个,一张张小脸红扑扑的,春天的风时冷时暖,她们的脸都给吹皴了。

小吉顿时没了脾气,可是错过柴主席来调研的机会,好可惜。

错过就错过呗。红糯有些伤心,声音湿漉漉的,反正我们也唱不了几天。

懂花立几个也垂下头,像受伤的小猫。

让她们去吧。吴当久校长突然出现在门口,他刚出完黑板报,下巴还有一道粉红的粉笔灰印,看上去有些好笑,可他的表情却是从未有过的肃然。念书和插秧节并不冲突,苗家的很多习俗其实和自然万物、成长都有联系,是我们司空见惯,忘记了总结和融入课堂。这个矛盾我们之后探讨一下,是可以解决的,而且我觉得教育并不止于教室,大自然也是教室。

校长这番话红糯听不太懂,只觉得心头有点莫名开心,像春风吹在脸上。

那……好吧。小吉不敢再犟嘴,支教前教育局局长反复叮嘱过他们要尊重当地风俗,她一急给忘了。自己错在先,这一局得退。

傍晚小吉在水池边洗碗,眼角瞥见吴校长慢腾腾走来,心有不甘的她故意把洗碗水朝校长那边泼过去。

吴校长站住,看着湿答答的裤腿,也不恼,问小吉,你晓得我们为啥子要把种庄稼称为做活路?

不知道。小吉硬邦邦地回答,也不想知道。

因为没有庄稼和谷物人就没有活路,所以种庄稼也称为做活路。我们的每个村寨都有活路头,他负责带领大家四季农作,比如开秧门。插秧是丰收的开始,在美达寨,就连大家最爱的芦笙,从育秧开始都要收起来,怕惊扰了稻谷生长,直到吃新节才重新拿出来欢庆丰收。苗家对自然和万物的信仰如此庄重,难道不值得我们尊重? 月亮山穷,是因为山高路远交通不便,并不是因为懒和贪玩;至于精神方面,我觉得你们的精神世界未必有苗家人富足,最起码苗家人心中有山川万物、阳光四季。

小吉有些怔忡。

其实你可以请那个主席到美达寨去听歌。吴校长望着晚霞,温和地说,明天早上等活路头开了秧门,红糯她们会穿上五颜六色的盛装站在一条条田埂上放声唱歌,场面壮观十足,绝对震撼,你该去看看。

那明天我也请个假呗。小吉轻声哼哼。

去吧。吴校长手一挥,转身回家吃饭。这些日子他一直在想一个问题,想得没胃口。他觉得自己和小吉、寨老们和白衬衣领导之间的问题,并不是过不过节的问题,也不是喝不喝米酒的问题。

今天和昨天、现代和传统之间,得有什么东西融一下、揉一揉,把好的留下,把坏的除掉。

九

鸡打鸣后，天空泛出鱼肚白，远山轮廓模糊不清。近处，月亮山的枫树、香樟树和菜叶上全打着薄霜，霜盖在田坎上，田坎白花花一片，只有一串浅泥色的脚印。

那是活路头去开秧门时留下的脚印，他得比所有人都早起才行，和大地交换契约，所有的仪式都必须隐秘、庄重而安静。

天亮了，活路头家的大黑狗在山坳上叫，听到这个信号大家才说笑着出门，拿筐的拿筐，挑秧的挑秧。

红糯挽起袖子，将黄染饭花放进烧开的滚水里，不一会儿水就变成了金黄色，再倒进糯米，白色的糯米便成了黄色。

早先奶已经用乌菜叶、板蓝根叶和天仙米叶煮水，泡出紫色、蓝色、粉色的糯米，再和黄色、白色糯米一起装在竹甑中上锅蒸，五色糯米饭就算做上了。

青杠柴在灶膛里噼里啪啦炸响，灶火将红糯的小脸映得红通通的，也映出红糯眼里的两簇火苗。奶在木楼上帮细糯换盛装，细糯太小，要独自穿好盛装还需要等上两三年。那些五颜六色的腰带和绑带、叮当作响的银饰、秀气可爱的围腰，还有脖子后面挂在围腰系带上的银锁……一个环节扣一个环节，乱不得。

阳光斜照进灶房，甑子盖上开始冒热气，无色的水蒸气从浅到深，最后变成了浓稠的白色飘到楼上。奶闻了闻说，红糯，抽柴火，熟了。

红糯按捺着内心的激动，快手快脚退去柴火便咚咚咚跑上木楼，照例是把楼板踏得震天响，然后翻出她的盛装，裙子、绑带、围腰、帽子、银项圈……

不一会儿，镜子里展现出一对活泼可爱又漂亮的苗家小姑娘，她们一转圈，百褶裙就像蝴蝶翅膀一样飞舞开来，全身的银饰都在哗啦作响。装扮停当，红糯牵着细糯走出木楼，白花花的阳光洒在她们脸上，也洒在一整岭蓄满雨水的梯田上，远远望去像成百上千面镜子，每一面镜子都闪着光。

大山美如仙境。

周握手带着小吉和柴主席远远站在枫香树下,眼前是阔远如画的大山和漂亮壮观的梯田,弯曲的田埂像五线谱,在大地和山冈上流淌,奏响悠扬的旋律。活路头家的那块田里已经插上了用芭茅草扎成的草标,草标是一把打了结的芭茅草,边上插着九蔸青幽幽的秧苗。

开秧门了。

红糯和寨子里的姐妹姨娘们从四面八方走上田埂,节日的盛装把灰绿的田坎装点得五彩缤纷。围坐在木荷树下的老歌师和十几位老人手持月琴,手指齐齐一拨,叮咚……

清脆的月琴声像是指挥家的指挥棒——

> 春来花儿开,木荷树绿了。下雨了,下大颗。出太阳,太阳晒山坡。春来耕田,田土好宽广。天晴了,晃晃亮。来比赛,插秧成一行……

清澈的歌声在蓝天白云间荡漾。

柴主席难以置信地看着眼前这盛大的场景,他没想到在远离省城的偏僻的月亮山,竟然藏着如此美妙又动听的音乐,天地做背景,梯田做舞台。

小吉也惊呆了,这一刻她终于理解了吴校长说的话。

月亮山的四季,没有什么比一年之初的劳作和耕种更重要。这是一群值得小吉和许许多多城里人尊敬的苗家人,因为他们还保留着对自然和万物的敬畏,他们最懂得感恩土地。

小吉惭愧地低下头,她想起学校一个个女孩的名字,红糯、细糯、扁糯、黑糯、圆糯……月亮山的每个寨子都珍藏着各自不同的谷种,像珍藏宝贝一样,它们也成了孩子们的名字。

月琴声停了,六岁的细糯从人群里走出来,走到三道田埂交错的地方,回头看一眼红糯,有些胆怯。廖崩嗒佩合唱团站在她两旁,朝她竖起大拇指,细糯点点头,终于奶声奶气地唱起来——

> 家家耕稻田,棉满筐,粮满仓,生活如蜜糖……

春风扑面,木荷树下的老歌师远远看着小吉几人,一脸老谋深算的笑容。

542

这一回他的盛装没白费,他赢了。

今年让细糯领唱是老歌师的主意。细糯声音脆,在山顶的梯田和空旷的地方会显得更通透。他还让大家唱汉语,活路头一开始并不同意,苗家祈祷丰收,用汉语,苗家的牛、梯田、秧苗和雷电风雨听不懂怎么办?

老歌师却说,有些东西既要守,也要放,更要人懂。

活路头听不太明白,但老歌师眼底的笑意他看懂了,那是带着古老气息的新生,是老枫香树下细嫩的萌芽。

十

小吉。柴主席转过头,压制着内心的激越,台盘村的"村BA"知道吗?

谁不知道"村BA"啊。小吉说,都火到国外去了,听说国际大球星去台盘村,车子都从县城一直堵到村口。

柴主席微笑着指指梯田,意味深长地抬抬下巴。

你的意思是?小吉张大嘴,不敢相信自己的猜想。

她们可以唱到"村BA"赛场上去。柴主席说。

阳光太强烈,晃得小吉有些站不稳。

月亮山东面山脚下的台盘村,每年六月六稻谷成熟,村里都要过吃新节,吃新节期间除了斗牛、苗族飞歌,还要打篮球比赛,据说台盘村第一个苗族女高中生就是因为球打得好,所以上了初中又念了高中。这些年山寨村庄通了路,台盘村的球赛也越打越火,四邻八乡的村寨都来凑热闹,观众多得球场坐不下,有的爬到树上,有的站在板凳上,有的站在梯子上,连球场边用来飞歌的坝子也给挤没了。前不久,摄影师们把台盘村的比赛视频发到了网上,视频中,苗家嬢嬢们抱着篮球满场跑,裁判笑得连哨子都吹不动,奖品一出场更是新奇,没有奖杯,只有这个村子牵来的牛、那个村子送来的羊,还有油光光的火腿和嘎嘎叫的鸭子……

天南地北的网民一下子就迷上了台盘村的篮球赛,还给它起了个名字叫"村BA",全国成百上千的篮球队都跑来打比赛。"村BA"一火,中场演出也火了,央视的主持人和香港的明星们都来参加。

超过十亿人次观看的"村BA"演出,怎么可能轮得到美达寨的娃娃们?

柴主席耸耸肩说,为什么不能?"村 BA"火就火在接地气,六月六是苗家自己的节日、自己的比赛、自己的舞台。我们苗家的孩子当然能上。

小吉半梦半醒地点点头,脚发软,老是站不稳。

下山路上,小吉一遍遍反复问柴主席,真的可以推荐合唱团去"村 BA"?

柴主席被她问得抓狂,小吉苦着脸说,我也抓狂啊,我怕明天一醒来,你告诉我说昨天是跟我开玩笑。

校门口值班室,吴校长假装找报纸已经找了一上午,又把老周愁的,不是烟的问题,是他实在搞不明白校长到底要找哪一张。

看到小吉垂头丧气地回来,吴校长丢开报纸就跑过去,还没开问,小吉一屁股坐在水泥凳上,两眼发直着啃手指甲。

吴校长苦笑,报纸也不拿了,驼着背往办公室走。

唉——小吉在他后头有气无力地说,校长,柴主席说,他把合唱团推荐到"村 BA"去。

啥子?吴校长差点给操场跑道的水泥牙子绊倒。他回头瞪大眼问,你说啥子?

"村 BA"。小吉苦着脸说。

吴校长强压着一颗可怜的老心脏——那老伙伴正狂跳不止呢,几大步倒回去问,恁好的消息你苦着张脸做啥子?骗我玩?

没骗您。小吉感叹,校长,来得太陡了,一下子就是"村 BA"啊。

吴校长耳朵里像是飞过一万只大黄蜂,嗡嗡嗡响个不停。是啊,难怪小吉苦兮兮的,这的确来得太陡了。

超十亿人次观看的"村 BA",这事万一黄了,一来一去他心脏受不了。就算这事黄不了,让合唱团到"村 BA"上去演唱,万一娃娃们撑不住,腿发抖搞砸了怎么办?他心脏同样受不了哇。

真是要命。吴校长跟着感叹起来。

小吉坐了老半天,深吸一口气说,校长,咱们没有退路,只能胜利,从明天开始我们练歌,让"村 BA"甚至全世界都听到勇敢女孩合唱团的歌。

吴校长心有余悸地点点头,说,OK,全交给你,你说了算,你是团长,你训练,你搞定。说完,捂着胸口一脸纠结地走了。

十一

山下,小吉和校长在为"村 BA"的事犯愁。

山上,美达寨的秧苗插完了。

丙两主任插完细糯家最后一棵秧,叫周握手把"都听"插到田里。周握手看着手里这三根绑在一起的长木棍,有点蒙。

叫啥来着?

它叫"都听",丙两主任解释,有它在田里,有人对秧苗说不吉利的话,就让"都听"收走,秧苗们听不见,只管快快乐乐地生长,长出饱满的稻谷,这样才能丰收。

周握手听了,简直稀罕得不行。美达寨的诗意是天生的,苗家人的浪漫也是刻在骨子里的。

丙两主任,我觉得咱们寨子今后一定能成为最火爆的旅游景区。周握手兴冲冲地说。

先不说景区,猪的事怎么样? 丙两主任扯了把杂草擦手上的泥。

我把咱们割鹅烟草、宰红苕、煮猪食喂猪的视频全部发到了网上,不到一天寨里三百多头生态猪就认购完了,还不够呢,明年怕是得再买点猪崽。周握手一边答,一边仔细把"都听"插好,又转头问丙两,那明年咱们猪圈里要不要插个"都听"? 气得丙两主任朝他甩了两团稀泥,说,莫乱说,"都听"爱干净。

周握手赶紧捂嘴,呵呵呵偷笑。

这个驻村书记有点疯。丙两主任烦愁,前两天村里说蓝莓开始挂果了,路再不通的话后年就得全烂地里,周握手听了猛拍胸膛打包票,还说明年要是大卡车不能开到寨子来,就把丙两主任的职务给下了。丙两在旁边,一口茶差点没喷出来,你打包票拿我下注? 周握手嘻嘻笑说,拿谁下注不是一样,反正路都会通。

丙两伯伯,吃晚饭了! 细糯在白菜地里喊。

周握手几大步跨上去,大声说,细糯啊,明年春天路修到美达寨,山上的蓝莓就可以运到城里变成钱,到那时候,有了路,有了产业,月亮山就会变成金山银山。你的爸妈不用到城里打工,在家里就可以当老板,你开不开心?

细糯听不懂，说，月亮山就是月亮山，只有月亮和山。

周握手是不是今天帮她家插秧累糊涂了？这个驻村书记一天疯扯扯的，说些话简直是地包天，什么建农产公司、合作社、做蓝莓酒。唉，可得看好寨里的牛，谨防被他吹死。

月亮山到处是宝，你们以后都是宝老板。周握手还在说疯话。

真是可惜了。细糯老气横秋地摇摇头，转身回屋。这个大哥哥长得恁好看，人又恁年轻，说话却像脑子颠东的老人，牛头不是牛头，马尾不是马尾。

晚上，送走帮忙插秧的丙两主任他们，奶早早撵两姐妹去睡觉，自己一个人在火塘边搓花椒子壳。细糯睡不着，坐在奶身边，好奇地看着奶在昏黄的灯光下分拣花椒子壳和黑籽。

地火塘里的青杠柴已经烧成炭，闪着猩红的光。光线不好，奶的双眼明明看不清东西，但动作却像小猫捉鱼一样敏捷。

细糯夸奖，奶真厉害，奶的脚上有眼睛，走出门，脚会告诉奶左边几步是田，右边几步是杉树林；奶的手上有眼睛，要找灶台就是灶台，要找盐巴就是盐巴；奶的鼻子上也有眼睛，天亮时打开门，鼻子闻一闻就知道是晴天还是阴天。

奶笑着说，小牛哞哞叫是找草吃，细糯说这么好听的话，是想要搞哪样？

我想上学。细糯想起红糯的合唱团就艳羡得很，心里像有一只小铜鼓在敲。姐说她想当医生，我也想，奶，你让姐念初中不？

奶的笑容凝固了，她晓得念书的好处，但是牛儿怎么能跟马儿比跑，鱼儿怎么能跟鸟儿比飞？

星空又蓝又高，带着一丝遥远又空旷的失望和忧伤。奶也不由伤感起来，伤感得肚子都开始隐隐作痛。

红糯在奶低沉的呻吟声中醒过来。

奶。红糯光着脚摸黑走到奶床边。你哪里痛？

肚子痛，怕是累着了。奶强忍着痛，捂着肚子说，没事。

红糯想起了医生说的九宫格，紧张起来。肚子分好多地方，奶是哪个位置痛？

奶颤抖着手,指着右下腹。

红糯心头一紧,开始拼命回忆医生阿姨的讲座——

手指慢慢按下去,如果收手时有明显的反跳痛,就很有可能是阑尾炎。当然这只是一些简单的辅助检查,到底是什么病,必须以医院诊断为准。

红糯二话不说,撸起袖子坐到奶床边,掀开被子,回忆着医生阿姨手指按的地方,有样学样地缓缓压下。

奶的眉头皱得更紧了。

忍一下。红糯低声说,在心里数了三秒,迅速收回手指。

哎哟!奶顿时痛得叫出声来。

阑尾炎!红糯慌了,脑袋嗡嗡直响。

细糯也猫过来,焦心地提醒,姐,奶额头好烫。

红糯脑子一片混乱。医生阿姨说过,阑尾一旦发炎穿孔,很有可能要人命。红糯不知道穿孔到底是怎么回事,但发炎她明白,村里刚培训回来的全科医生讲过,化脓、发烧、红肿都是发炎的症状。

来不及想别的,红糯抓起手电筒冲出门,跑过田埂和竹林,跑过牛圈和谷仓,终于跑到老歌师家。她扑在门上,小拳头把老歌师的木门捶得山响。

救命!她大声哭喊,全身颤抖,声音也跟着抖成一团,手里的手电筒光线在黑夜里混乱地挥舞,像四处炸开的闪电。

细糯跌跌撞撞跟在红糯后面。她太小,跟得气喘吁吁,看到红糯紧张又慌乱的样子,细糯吓得直哭,奶要死了吗?

她害怕奶死,害怕蚂蚁带走奶。要是奶死了,她和姐姐怎么办?

火塘里的火是奶点燃的。

清晨的阳光是奶叫醒的。

黑夜里的不害怕是奶给的。

红糯的叫声把整个美达寨的人都惊醒了,老歌师和寨老对红糯的"诊断"将信未信,但看到奶一张脸灰白如纸,大家都觉得不太妙。

快,下山。老歌师拆下门板,招呼了十来个精壮的小伙子轮流抬着奶下山。

黑黝黝的山路,十几束手电筒光杂乱无章地划破无边的黑暗,大山一片寂静,只有奶的呻吟声和窸窸窣窣惊慌不安的脚步声。大家都不说话,心悬在嗓子眼,生怕多说一句就会引来不吉利。几十里山路,往常要走四个小时,但一群人轮换抬着奶飞奔,竟然很快就到了大河湾,河对面就是木嘎镇。这时候,奶的呻吟声已经一声比一声微弱了,河水扑起细小的声浪,船老大拼命撑着船,撑竿都快压弯成了弓,哗啦一下,船像一支离弦的箭,转眼就到了对岸。

大家松了口气,回头看,天边浮起细微的玫红色,云朵像彩绸一样铺满天空。

天亮了。

卫生院里,县医疗小分队还没走,红糯扑到医生面前,长发被汗水湿透,整个人像是从水里捞出来一样。

医生……红糯上气不接下气地说,阑尾炎,我奶……可能是阑尾炎。红糯说完,眼前一黑,累得晕了过去。

奶的手术很成功,医生说幸亏送得及时,再晚一些,奶就有生命危险了,说不定……

说不定什么,医生没讲,但大家都心有余悸地互相对望,然后开始回忆寨里的一些事。以前也有人在家里肚子痛着痛着就吐,然后发烧,最后就死了。但没人听说过阑尾炎,对于寨里人来说,肚子痛是一个统称,懂点文化的,顶多分成胃痛和肠炎。

大家都好奇地看着苏醒过来的红糯。

你这个小姑娘可以啊,居然能判断出是阑尾炎。院长饶有兴致地走进病房,他给红糯、细糯带来了奥利奥饼干和山花牛奶。细糯接过来,说了声谢谢,可她只喝了牛奶,不肯吃那个黑乎乎的饼干,她总觉得那饼干的颜色像牛粪。

红糯躺在病床上,不好意思地笑,说,是学校讲座医生阿姨教的,反跳痛,还有麦氏点。

院长哈哈大笑,说,医疗科普进校园好,小姑娘你救了你奶奶一命,你有当医生的潜质。

红糯眼睛亮了亮,很快又暗淡下来。

小学念完她就回山上了。

细糯却鼓足勇气在一旁接话,她的声音很小,像刚生下来的小猫咪的叫声。让细糯在陌生人面前开口说话可不是一件容易的事,只不过经过了昨天的歌唱,细糯好像不那么害怕说话了。

我也要当医生。细糯声音很轻,但很坚定。山上的雀和谷子有时候也会生病,还有树也会生病,我要给它们治病。

有志气,院长夸奖,一个要治病救人,一个要治鸟儿和庄稼,哎呀,这么大一座月亮山,就让你们姐儿俩给包完了,这么一想我有点紧张啊,你们让我没活儿干了,我怎么办呢?我得赶紧抢病人去。院长说完,假装着急,大步流星地走了。

护士阿姨憋着笑给奶量完血压,然后满意地点点头,说,奶奶,你可以活到一百岁。奶笑了,明媚的阳光照耀着她满头的白发,像神仙一样好看。她看向红糯,轻声说,咱们红糯啊,这回出名了。奶声音沙哑,目光里流淌着比巴啦河的水还深的爱和疼惜。

十二

奶出院前,实习生们都过来看"神医"红糯,红糯羞得说不出话。

细糯挤出人群,拿起血压测量仪溜到隔壁床,给刚入院的老奶奶量血压。这些天她跟着护士阿姨学了不少东西,还学会了量血压。

细糯又粉又嫩的模样一向惹人爱,老奶奶笑着伸出手配合"小医生"。

戴上听诊器,细糯听到神秘的声音,它轻轻来了,噗噗噗,又轻轻走了,再噗噗噗……她一边听,一边记下两个特殊声音响起时仪器上的数字。

然后,像是什么东西变成了水滴,在她头脑里滴答了一下,又滴答了一下。

不对!她转过身大声喊护士阿姨,这个奶奶的血压好高。

护士笑,小糯米听出来是多少?

低压一百,高压一百六。细糯笃定地答。

怎么可能,刚才刘医生问了,这老奶奶一直吃着降压药。

老奶奶有些不好意思,嗫嚅道,是一直吃,只是……断了几天,我觉得老吃药不好。

啥?护士赶紧过来重量了一次,然后回头不可思议地看着细糯,眼睛里闪着惊讶、赞许的光。厉害啊,小糯米!

实习生们的注意力顿时全都转到细糯身上。奶担忧地坐起来,细糯胆小,可别吓着她。

没想到细糯一点都不害怕,笑得像朵骄傲的小葵花。

在医院这些天,她跑进跑出照顾奶,又帮着护士阿姨们打杂,再也不怕和生人交流了。

就像门口大枫香树上的雏鸟,待在窝里时老是战战兢兢不敢飞,一旦被鸟妈妈撵出窝,它立即就会张开翅膀飞起来,飞过云朵,飞过山峰,飞过雨雾,翱翔万里。

月亮山就像一个窝,保护了红糯细糯她们,可是,好像也困住了她们。

奶看着光影中模糊的细糯,陷入了深思。她识字不多,说不出高深的话,但世间万物的道理她是懂的,鸟和人一样,飞翔和长大也是同一个道理。

出院前,从县城医院下来的张医生提醒两个小糯米,下半年省医疗乡村振兴队要到县城医院搞"复明工程",一定记得带奶奶来做手术,免费的,不要钱。

奶有些紧张,那个刀子要是不小心割坏眼睛了怎么办?

张医生笑起来,说,阿婆您放心,医生的手和您年轻时绣花的手一样巧。

回到月亮山,打开木门,一股寒气扑过来,地火塘的灰已经冷了好几天。奶麻利地刨开冷灰,点了把干松枝引燃柴火,细小的火苗顿时映亮木屋。透过跳跃的火光,奶慈祥地看向红糯,说,糯啊,奶的命是你救的,你说你想当医生,那就当吧,好好读书。

红糯惊讶地看着奶,兴奋又忐忑。

兴奋的是奶让她接着念书了,忐忑的是自己成绩不好。

十三

回到学校,红糯上数学课再不打瞌睡了,也不再计较油菜和小鸡。

下午合唱团训练时小吉接到了柴主席的电话,说工作组已经看了他在美达寨拍的视频,初步决定让廖崩嗒佩合唱团参加"村BA"演出。

大家顿时尖叫欢呼起来,跑出教室在操场上狂奔,学校后山青杠林里的麻雀给惊得扑啦啦炸出林子,逃得老远。

吴校长也给炸出来了,一双眼急切地盯着小吉,正好柴主席的电话又打过来。

好好准备一首属于你们自己的歌。

大家面面相觑。

她们没有属于自己的歌。

现写!咱们请超哥帮忙。小吉眼睛瞪得老圆,一脸逼上梁山的表情。

懂花立惊讶地跳起来,你认识超哥?大家茫然地看向懂花立。

超哥是"神曲之王"啊。懂花立说,你们真笨,有没有听过那首歌?乌蒙山连着山外山,月光洒下了响水滩……

这回轮到红糯她们尖叫了。亚运会会场上,年轻的DJ(电台音乐节目主持人)带着众人一起唱的不就是这首歌吗?

等等!吴校长指着懂花立,眼睛眯起来,你有手机?你上课带手机?

懂花立脸色一变,转身就跑。

十四

日子一天天过去,田里秧苗已经稳稳当当站住了脚,李子、桃子、蓝莓也挂了满树,空气中弥漫着充实的香气,像多汁的树叶散发出来的甜,也像是谁家调皮的娃娃咬破了青硬的李子。

小吉站在大槐树下,焦急地等待一个人的回信。

终于,当蔷薇开满枝头时,她的手机叮当一响,一条短信伴随着一缕花香传来——

　　小吉老师你好,我是超哥,你的来信收悉,视频也看过了,非常惊讶大山里还有这么一群爱唱歌的小女孩,更感动你们的合唱团叫"廖崩嗒佩合唱团",我的苗族朋友告诉我,廖崩嗒佩就是勇敢女孩的意思。为了这群勇敢女孩,我愿意带着我的朋友们一起来给她们写歌,让她们的天籁传到"村BA"赛场,传遍全网,传到全世界。我想,能做到这一点,并不是因为我们的歌写得有多好,而是她们的歌声打动人。

小吉看了一遍又一遍,直到把每个字都嚼碎咽到了肚子里,这才昂首阔步走向校长办公室。天知道她其实根本不认识超哥,她只是通过网络给他写了封信,希望他给勇敢女孩合唱团写一首歌,希望在"村BA"演出后女孩们有更大的勇气延续她们的学业,成为梦想中想要成为的那个人。

她在私信上留下了手机号码,然后天天等回信。

天菩萨,她学着当地的语气对自己说,终于等到了。

超哥说他和他的伙伴们周五来谷品小学。

周五中午,小吉带着合唱团成员身着盛装站在学校门口遥望。

银饰沙沙响,风儿轻扬。

心脏怦怦跳,河水荡漾。

是激动呢还是天太热,大家头顶都冒着热汗,手里端着的米酒碗轻轻颤抖。

吴校长割来新鲜的芭茅草打了个标在迎客绳上,用最隆重的仪式欢迎老师们的到来。

十一点半了,坡上放牛的老何牵着牛路过学校门口,疑惑地看着他们。他的牛都已经吃饱了,这老的少的还端着米酒在这里等啥子?

吴校长不安地朝老何硬挤出一丝笑容。

大家的心都悬得老高,超哥真的会搭理她们吗?

正东想西想,小路尽头走来一群人,正午的阳光罩得他们一身金灿灿。

哎耶……红糯赶紧清嗓子,带头唱起了苗家的迎客歌——

苗家的牛角杯举起来,苗家的酒歌唱起来,最好的美酒敬贵客。

歌声刚落,对面的老师队伍里居然响起高亢清亮的歌声,同样是苗语,同样像银铃一样清脆——

感谢你的热情,感谢你的美酒。山高挡不住真情,水深拦不住真谊。

552

是飞歌！竟然是苗族飞歌。省城来的客人里居然有苗家人，而且唱着正宗的苗族飞歌。

吴校长也惊呆了，这样的歌声，芭茅草打的草标和米酒哪里"拦"得住哇。

和超哥一起来的客人里有苗族、水族和仡佬族的艺术家，他们的童年和合唱团的女孩们一样，住在深山里，没有路和车，每天要走很远的山路才能到学校，走得满脚都是水疱。到了初中，考试成绩也总是比城里的同学差一大截。

那怎么办呢？红糯急切地问。

咬牙使劲学呀。歌唱家阿雨说，就像跑步一样，人家休息时我不休息，慢慢就赶上了，后来我就考上了音乐学院。

就这样吗？可能吗？红糯问。

只要勇气在，只要肯努力，一切皆有可能。作词家镯儿伸手搂过红糯，温柔地答。

这一天，召唤来大咖的小吉相当得意，骄傲地昂着头忙进忙出，吴校长则像个打杂的，跟在她后头，局促不安。不是他没见过世面，是超哥的阵容太强大，作词、作曲、编曲全齐不说，还有专门的摄制团队。

不是说好了只来写歌的吗？这是天上掉金元宝了吗？还是砸下来一座金山？

十五

作曲我们来，但歌词得你们自己写。超哥和作词家镯儿鼓励大家，一人写一个梦想，然后我们给这首歌起一个名字，就叫……

吴校长一直在旁边找不到插嘴的机会，听到这儿赶紧插话，歌名叫《大山的小孩》。

超哥很赞同，这名字好，我们都是大山的小孩。

吴校长在学生后面很骄傲地挺了挺背和腰，好家伙，憋了恁久，终于整对了。

有蝉鸣声从学校后面的山林传来，阳光照得操场一片明晃晃。想着不久会到"村BA"去演出，红糯感觉像沉浸在一场梦里。这梦太美，美得红糯不敢大声呼吸，怕一个不小心，眼前的一切就会消失不见。她屏住呼吸，像一缕努力控制流动的微风，小心翼翼地将写下的句子交给超哥，懂花立也蹑手蹑脚地走过来。

超哥和他的伙伴们慎重地接过一页页纸，然后纷纷拿起吉他和笔，弹几下商量几句，边弹边商量。教室里真安静，女孩们像十一只胆怯又好奇的小鸟，抻长了脖子，呆呆看着他们拨动吉他弦，发出溪水流淌般动听的旋律，又看着他们低头写下音符，眉眼间全是专注的神情……

看着看着，红糯突然有些脸红和羞愧，她做数学题时会满脑子想着去摘枇杷，写作文时又会想着抓泥鳅。她从没想过像超哥这样有名的人，做事还这么认真努力。

时间像阳光的脚，慢慢爬上开满蔷薇的院墙。艳丽的花朵在微风里轻摇，一只蜻蜓扇动着细弱又透明的金绿色翅膀，缓缓停在最大的一朵蔷薇花上。

这时，一曲流畅又悠扬的旋律在教室里徐徐响起。

属于勇敢女孩合唱团的歌诞生了。

　　我是一个大山的小孩，我有很多梦想要实现……有一天我会离开，去看外面的世界多精彩；有一天我会回来，因为我是大山的小孩……

红糯紧捂着怦怦直响的胸膛，心中充满了激情和力量，她第一次体会到了什么叫自豪和骄傲，这是属于她们自己的歌，老师们把她们的梦想串成了一首歌，一首属于所有大山小孩的歌。红糯流下了眼泪，她知道自己有一颗和其他孩子不一样的心，它像樱桃一样柔嫩，只是外面裹着一层核桃壳，那些尖锐细密的毛刺是红糯的伪装，让她显得毛躁、不耐烦，还爱翻白眼，好像什么都无所谓，什么都瞧不上。

连去镇上念初中也瞧不上。

天知道她多么渴望念书，她想当医生，想当歌唱家，让她的歌声飘扬在云天之上，飞出连绵的大山，去往无边的草原。那里有云朵一样洁白的羊群，还有悠扬的琴声，黄河水淌过九曲十八弯，夕阳像金色的牛乳一样在草原上缓缓流淌……

老跟她抬杠的滚飞园居然没有嘲笑她，而是用手轻轻找到红糯的手，然后两只小手紧紧握在一起,两张小脸也亲密地贴在一起,像两朵贴梗盛开的蜀葵。

同行而来的大胡子导演让摄影师记录下了这一切,他说,孩子们眼睛里有光,他要给大家拍 MV(一种用动态画面配合歌曲演唱的艺术形式),主角就是她们自己。

红糯不懂 MV 是什么。

我晓得,懂花立凑过来说,就是我们站在山上唱,站在寨子的大树下唱,走过稻田唱,玩着河水唱,你们就在后面拍啊拍、录啊录。

对。大胡子导演夸奖,不错,把分镜头都给我安排好了。

十六

第一次面对镜头,红糯很紧张,总是出错,不是错了调就是破了音。

大胡子导演一行已经在寨上住了三天,还是没办法拍到红糯领唱的最好音色,红糯越试越紧张,搞得合唱团的其他人也紧张起来。红糯焦急地转着圈,银铃叮当响,突然,她想起了什么,转身将躲在树背后的细糯揪出来。

我妹妹可以。红糯找到了救星,笑得月亮弯弯上了脸。

大胡子导演看了眼细糯,有点不相信,他早就发现了这个小尾巴,但三天里他没有听到细糯说过一个字。

他还以为细糯是哑巴。

改当剧务的周握手看着大胡子导演探究的表情哈哈笑,说,龙导演,细糯她可是我们月亮山的小仰阿莎,上次插秧节,她一开口,所有的小草都醒了,小花都开了。

是的是的。滚飞园最近脾气越来越好,不光是不顶嘴,还很顺意。她说不出周握手那么好听的词,但觉得他说得很贴切,她很赞同。

老歌师不知什么时候抱着月琴来了,缓缓坐到树下,拨动了一下琴弦。细糯听到琴声,缓缓松开了紧张的小手。老歌师轻声叮嘱细糯,你不要管这台黑乎乎的机器,你只管对着大山唱,像那天插秧节一样。

不一样。细糯偷看一眼摄像机,眼神惊慌如小鸟。

周握手在一旁又开始拍胸膛,不怕不怕,有我在呢。再说了,就算不一样你也可以的,因为你也不一样了,上次去镇里陪奶,你不是还学会了当小医生嘛,还能查出人家的高血压。

提到这件事,细糯扑哧一下笑了,羞涩又骄傲地扭了扭,漂亮的裙摆也跟着扬成一朵朵细小的喇叭花。

咱们试试? 大胡子导演鼓励细糯。

老歌师拂响月琴,细糯穿着绣花小布鞋,轻踩过长满折耳根的田埂。

眼前是苍茫逶迤的大山和无边的云海,细糯眨眨眼,鼻子发酸。她突然很想念爸妈,想生出一双翅膀飞到山外去,哪怕天空会下雨,会刮大风,还会遇到闪电和打雷,她也不怕。

廖崩嗒佩。

勇敢女孩。

这首歌不仅是写给姐姐她们合唱团的,也是写给她的,她也要做勇敢的女孩,这样才能飞过崇山峻岭。

大胡子导演挥了一下手,人群安静下来,山风吹起细糯的裙摆和头发。

      我是一个大山的小孩……

细糯天真无邪的声音像晨曦铺满山冈,山谷里有什么声响在隐约应和,神秘而柔软。

奶知道,那是月亮山母亲温情的吟唱。

有了细糯起头,后面的拍摄顺利多了。红糯和懂花立放学一回来就围着摄像机转,还给摄像师准备了一份清单,早晨几点起床拍日出,中午在哪片树林里拍叶子漏下的光,下午哪一片秧田最漂亮。

拍摄组决定让她俩"升任"副导演,滚导和懂导开开心心上了岗,带着摄像师和录音师在寨里跑来跑去,急得周握手在后头打商量——把咱们种的蓝莓拍进去,还有梯田,对,咱们的原生态大米和猪要有特写。

丙两主任也在地里大声喊,拍这里!

大伙儿一看,乐了。丙两主任穿着盛装,一手拿着竹竿,一手牵着长长的皮尺,和县里来测量修路的工作人员一起站在胡豆地里。他姿势古怪,脸朝着拍摄组,身子却不得不朝着测量队。

你莫把脖子扭废了。周握手大笑。

正开心,丙两主任的媳妇挥舞着扫帚从屋檐沟跑过来,声音震天。不过年不过节的,你穿恁金贵的衣裳跑到土里去量地……

整整半个月,美达寨里都洋溢着欢愉的笑声和悠扬的歌声,还有大胡子导演的惨叫声。来看拍摄的人实在太多,连隔壁寨子的也来蹭镜头。刚清场开始录制,突然不是这里冒出来一个假装目不斜视的"路人",眼睛骨碌骨碌直往镜头瞥,就是那边又冒出来一个挑水的嬢嬢,一走一回头……

咔,咔咔咔!大胡子导演叫得喉咙生烟。

卡卡还以为是叫它来着,喵喵喵回应,半点不嫌乱。它一起哄,美达寨的大鹅也跟着疯,孩子们唱一句,它们便跟着嘎嘎嘎叫个没完。

大胡子导演抢过丙两主任的话筒,说拍摄结束他要吃光寨子里的大鹅。

大家这才嘻嘻哈哈笑着把自家的鹅撵回去关进篱笆,并且一致决定,这批大鹅见过世面了,不能拉去卖,都养着,养到老。

为了安慰天天都在惨叫的大胡子导演,寨里排着队轮流请拍摄组到家里吃糯米饭、腊猪脚汤、腌鱼和油茶。

MV 录制结束那天,大胡子导演又开始惨叫。这回不是因为有人蹭镜头,也不是因为大鹅,是因为他发现自己腰围又粗了。

一进苗寨胖三斤,可不是假话。热情的苗家人怎么可能让客人饿着,何况是贵客,让寨里的鹅都见了世面。

MV 寄出去后,美达寨仿佛安静了好长一段时间。其实这个"好长一段时间"并不长,只是短短的十来天而已,但大家总觉得好漫长。每个人都心照不宣地保持沉默,生怕打探得太多,反而弄碎了希望。

秧苗一天天长啊,太阳升起又落下。

细糯每天都守在路边等姐姐回来,瞪着水灵灵的大眼睛看着红糯。

红糯每次都垂下眼眸摇头。

直到有一天,红糯和懂花立她们一路狂奔尖叫着跑进寨子,像一群炸了窝的兔子。她们边跑边齐声高呼,"村 BA"!"村 BA"!

田里闷头锄地的伯叔和屋前沉默绣花的婶娘们这才齐齐松口气,开始大声开玩笑和说话。美达寨就像童话故事里那座被施了魔法沉睡着的城堡，里面的人一下子全部苏醒过来。

狗儿汪汪，画眉鸣唱。"村BA"呀"村BA"，咿呀咿呀哟……

十一个小歌唱家手牵手在寨子里疯唱，汗水浸湿了头发也不在乎。

十七

演出的日子是万众瞩目的"村BA"决赛那一夜。

出发当天的早上，整个美达寨简直是"兵荒马乱"，天不亮家家户户就开灯起床，寨子里不是这家响起箱子打开的声音，就是那家响起柜门关上的声音，还有人探出头问花腰带或者花绑腿放在哪里……

叮嘱声把细糯她们的耳朵都给灌起了茧子，奶和婶娘们拿出最美的衣裳，一层又一层，把她们裹得像陀螺一样转来转去，银项圈、银头花、银腰带叮叮当当挂满了一身。好一番披挂上阵，大人们端详再三，确认再也没有可折腾的空间和地方才罢手。

下山的路还是以往那一条，花花草草也和平时没有什么不同，但又仿佛不太一样了。红糯每踏出一步，都有一种踩在云端的喜悦和幸福。漫长的山路因此变得很短，很快她们到了镇上，天色大亮，超哥已经在巴啦河的渡船边等着，他身后是一辆洁白的中巴。

坐车到台盘已是下午三点多，天有些热，全身是汗的红糯很想吃冰棍。超哥不准，说歌唱家要懂得爱护自己的嗓子，演出前不吃生冷和麻辣的东西。大家都撒娇，说，我们只是苗家姑娘。超哥摇头，慎重地说，这是你们生命中极为珍贵的一场演出，大家要珍惜生命中每一个机会，尤其是第一个机会。

看着超哥严肃的表情，红糯觉得今天的超哥和前些日子很不同。录MV时，他带着她们唱啊跳啊，像个孩子王，但今天站在"村BA"赛场上的超哥，一下子就有了大明星的风范和气场，他的话分明是在教她们怎样实现梦想。

夜幕降临，观众席上密密麻麻坐满了人，晚风消去白天的炎热，但场内的气氛却随着观众的增加越来越热烈。决赛的队员们有些紧张，一个个摩拳擦掌。后台等待演出的红糯也越来越紧张，额头冒出细密的汗珠，脸红得像是喝醉了酒，再看其他几个，也跟她一样。

决赛哨声吹响,观众席上响起震耳欲聋的欢呼声,啦啦队一声紧似一声的鼓点像是敲在女孩们的心上,怦怦、怦怦……

导演匆匆走过来,拿着演出单跟超哥再次核对了一遍。两人都不说话,只是互相比了个"OK"的手势,然后导演朝对讲机严肃地说,再讲一遍,再讲一遍,上半场结束演出第一个节目的是,廖崩嗒佩合唱团。

收到收到!上半场结束演出第一个节目的是,廖崩嗒佩合唱团。对讲机那边响起对方的回复声。

这样的阵仗红糯她们从没见过,身边是穿梭不停的工作人员,一个个表情严肃脚步匆忙,消防员、警察、志愿者们也来回穿梭不停。原来大家在网上看到的轻松愉快的"村BA",背后藏着这么多人辛勤的劳动和汗水。红糯的心中涌出一股陌生的感动,如果用一个更贴切的词来形容的话,应该是敬畏。这些人的脸上带着共同的表情,那就是笃定。

一瞬间,恐惧和害怕像山风吹雾一样散去。是的,她要做像超哥、像其他工作人员一样的人,认真且笃定地对待一切,她要让这场演出成为自己一生最绚丽的回忆。

怕吗?红糯捏捏细糯的小手。

细糯闭着眼,长长的睫毛轻颤,不怕。

吹牛。懂花立双腿直发抖,我都害怕,你这么小会不怕?

细糯轻声说,我在数我的心跳,一下、两下,我让它乖、不急,它就不急。

谁教你的?滚飞园说。

医生。细糯说,我要唱歌,要上学,我要当会唱歌的医生,天天戴着听诊器,听心脏的声音,怦怦、怦怦,好的心脏发出来的声音就像歌声,好听!

那我们也让心脏跳出好听的歌声,懂花立调皮地说,"动次打次"。

一声清脆的哨响再次将大家的思绪拉回热腾腾的赛场,暖场音乐响了,导演飞奔过来,蹲在孩子们面前,眼睛灼灼发光。马上就看你们的了!两分钟后入场,廖崩嗒佩,勇敢女孩!雄起!

雄起!大家一起高喊。

我再给大家一个经验。超哥拿出撒手锏——上场后灯光啪地一打,哐当一下……

队伍里突然冒出扑哧一声笑。

超哥愣了。

超哥您接着讲。懂花立老练地摆手。

好,灯光哐当一打,超哥说,这时候全世界除了明晃晃的光,你们眼前会一黑,那些密密麻麻的观众你们根本看不见,就像站在山顶上对着明晃晃的太阳。所以根本不要怕,只管正视前方,想象你们站在枫香树下,对着太阳歌唱,你们眼前是无边的云海、青绿的梯田,夜风吹过来时,有秧苗的香,还有蟋蟀的歌唱。

大家静静听着,鼻尖浸出小汗珠。她们拼命地想着家乡,想着马上就要扬花的稻田,想着秋日的丰收。

今天也是丰收的日子。

一、二、三,挺胸,收腹,走!超哥咬着暖场音乐结束的尾巴,像战神一样毅然挥着手,轻声下令,然后斗志昂扬地带着合唱团上了场。

欢腾的赛场顿时安静下来,观众抻长脖子好奇地看着这群可爱的苗族小姑娘,整个赛场上全是叮叮当当的银饰声和盛装摩擦时沙沙作响的声音。

这声音早已揉进红糯她们的灵魂,她们的心逐渐平静下来。是啊,有什么好怕的,苗家的女孩生来就会唱歌,不过是换了个地方唱。

啪。

聚光灯一亮,一切果然如超哥所说,红糯感到眼前一黑,像走在正午最强烈的阳光下,除了挨着自己的小伙伴,再远一点什么也看不见。熟悉的音乐响起来,那是她们在心里哼唱了千百遍的旋律,是属于她们自己的歌。红糯随着旋律轻轻摇晃,像秧苗在晚风中摇曳,含苞的稻穗迫不及待要出去玩耍,她要用歌声把饱满的稻穗留下来……

超哥牵着细糯的手,走到舞台正中,悠扬的琴声过后,细糯的声音如清泉滴答——

我是一个大山的小孩,我有两个好朋友,太阳和月亮……

随之而来的是十一个女孩的和声,如深山溪流淌过青石,清亮的水花四溅。云雀般美丽的歌声在"村 BA"赛场上空久久不散,大屏幕上,美达寨的狗和鹅、稻田和木楼一一展现在大家面前。菜地里,动作古怪的丙两主任正和测量队比画即将修到月亮山的路。蓝天云海间,一群天真烂漫的女孩正手牵手走过山巅云雾,背着书包下山。

镜头随着她们走啊走,漫长的山路、汗湿的头发、疲惫的表情、苍茫的远山……

观众开始流泪。

导演目不转睛地盯着场内场外的变化,心一直悬着。他真害怕这群连县城都没有去过的孩子出状况,这可是全网直播啊。

歌声结束,一秒、两秒、三秒,观众席上宁静如海,没有任何声响。合唱团静静站在舞台中央,一动不敢动,红糯听到自己心脏的声音,那么猛烈,像是要跳出喉咙。完了,她们失败了吗?为什么她们唱完了观众席上却一点掌声都没有?

她紧绷着嘴角不让自己哭出声。

突然,有人站起来鼓掌,紧接着观众席上爆发出雷鸣般的掌声。人们举起了手里的荧光棒和小手拍,齐声高呼,廖崩嗒佩、廖崩嗒佩!

红糯的眼泪哗地淌出来。

吓死我了! 懂花立边笑边大哭,说,我的心脏都要爆炸了。

像一场梦,十一个泪流满面的苗娃娃半梦半醒地被牵引着退到后台,半天缓不过神来。她们像着了魔,只知道流着泪傻笑,问她们话也笑,摸她们脑袋也笑,刮她们小鼻尖也笑。

醒来了醒来了。超哥打了个响指,不知从哪里拿出一袋冰激凌。果然,大家顿时元神归位,尖叫着扑向超哥,泪花花糊了超哥一身。

细糯站在边上,不抢也不叫。

她在思考一个问题,红糯姐姐必须念书,所有的姐姐都要念书,她也要念书。

勇敢女孩。她轻轻拉了拉超哥的衣袖,没头没脑地说。

超哥眼睛一闪一闪,赞同地点点头,廖崩嗒佩。

回乡路上,折腾了一天的女孩们很累,却丝毫没有睡意,坐在中巴车里轮流抢着超哥和小吉老师的手机查看网络留言。才两小时,她们已经上了热搜。

北京、上海、广州、香港、新疆、云南、辽宁、西藏……她们没走出贵州,但歌声已传遍全国。

嗯，一定还传到了河西，还有长河落日圆的沙漠。滚易花说。

也传到了内蒙古大草原，还有呼和浩特。红糯说。

小吉看着叽叽喳喳的女孩们，心里暖洋洋的。

今晚过后，她们会变得不同，她们会像合唱团的名字一样成为苗乡最勇敢的女孩，勇敢地面对成长道路上的曲折和坎坷，努力成为自己想要成为的那个人。

超哥，您给孩子们讲两句好吗？小吉看向超哥，她知道超哥自始至终都清楚其中的意义和期盼。

好。超哥又变成了那个温和的大哥哥，他笑着说，第一，没有比你们更棒的合唱团，我相信未来不久，你们会到更大的舞台演出，甚至有可能去北京；第二，所以，合唱团不能散。

提到"散"字，大家沉默地低下了小脑袋。

我们……滚飞园瓮声瓮气地说，过完这个夏天就毕业了，散了。

你们可以继续念书，我也要念书。细糯站起来大声说。大家惊奇地看着她，除了唱歌，从没有人听到细糯的声音如此响亮过。

可是……红糯叹了口气。

小吉猜出红糯的心思，笑着说，关于成绩，我相信你们会一点点追上去的，因为别的孩子是用脚，你们却是用翅膀。

翅膀，哪来的翅膀？

有。超哥笑容灿烂，两手比着飞翔的动作，诙谐地说，你们乘着歌声的翅膀。

哐当一下，我们有了翅膀。大家抱着红糯欢呼。

十八

夏天是个急性子，说到就到。

一晃就是六年级毕业典礼的日子。吴校长伤感地站在办公楼上，看着操场上的孩子们跑来跑去，有的在准备毕业演出，有的在照合影。

每年都有一次离别，但这次离别他尤其不舍。

他的宝贝廖崩嗒佩合唱团要被人"抢"走了,镇中学的孙校长前两天心急火燎地跑来宣布,他们中学正准备给合唱团全体成员增加装备,比如耳麦呀什么的。

稀罕。吴校长白了他一眼,你就是个吃白食的。

吴校长年轻的时候经常在学校带孩子们玩老鹰捉小鸡的游戏,他本来从未真正讨厌过老鹰,但现在他有点讨厌老鹰了,因为孙校长就像一只老鹰,要来抢他好不容易养出的可爱的小鸡崽们。

你要想得开,总不能让孩子们一直念六年级吧。孙校长教育他,树要长,人也要长。

那就看你怎么劝了,吴校长悻悻说道,你晓得的,美达寨的姑娘都不念初中。

不不不。孙校长本来就小的眼睛眯成一条缝,存心让吴校长更难受些——这回她们全部要上初中,因为她们有一双歌声的翅膀。

啥子?吴校长又惊又喜,天菩萨,恁好的消息,我居然不是第一时间晓得的人。

这回他是真生气了,他转过身愤然大喊,冯小吉你给我出来!

小吉忙不迭地跑出办公室,诚惶诚恐地望着吴校长。

没有第一时间告诉吴校长是她的错,但她也没想到昨天她和周握手刚做完动员工作,下山就遇到了孙校长,这个消息自然让孙校长给截走了。回到学校她忙今天的毕业活动,又给忘了。

"叛徒"。吴校长看着小吉的表情,气得牙痒,好半天才憋出两个字。

孙校长乐得脸都歪了。

不过,这大便宜捡就捡吧……孩子们能继续念书就是最好的事。

还有个事,小吉赶紧甩出最新消息安慰吴校长,合唱团已经接到很多暑假演出邀请,省内省外电视台都有。下周省里有个乡村振兴活动想请孩子们去参加,助力黔货出山,您看您带队去?

孙校长抢过话头说,今天以后孩子们就升初中了,算我的人,我带队。

吴校长哪干啊,只要一天还没入初中,都是谷品小学的。

一个声音悠悠插进来说,争啥子,小学的初中的,都是镇里的嘛。

二人回头一看,是爱穿白衬衣的领导。人家说得没错,小学也好初中也好,都是镇里的。

吴校长无可奈何地苦笑,正要伸出手去握领导的手,突然一想,不对,今天学校没有邀请镇领导啊,按惯例只邀请了寨老。

他警惕地上下打量白衬衣领导。他要干什么?又来说米酒的事?还是说三天一小节、五天一大节?

远处,坐在操场第一排的寨老们也紧张地看着这边。

白衬衣领导不好意思地搓了搓鼻尖,拍拍吴校长的肩膀说,放心吧,我不是来捣乱的,我是来学习的,以前我的工作片面了、狭隘了,简单粗暴地把咱们的民族特色文化归结成陈规陋习。最近"村BA"大火,给我上了一课,这回合唱团的精彩"出圈",又给我上了一课——不是咱们的民族特色文化有问题,是干部们的思想和方法有问题,没有思考好传承、创新和融合的关系。今天听说学校请了寨老们来参加毕业典礼,我是特意找这个机会来给大家道歉的,你看,我还带了米酒来。

吴校长这才松一口气,也不理会白衬衣领导和他的米酒了,回过头向孙校长再一次"宣示主权"——小学的,我去。

校园广播里,全校师生早已熟悉的音乐声缓缓响起,后山青杠林里的麻雀已经喜欢上了这首歌,它们不惊不慌,徐徐扑打着翅膀,欢快地飞向远方。

吴校长回过头,抬头望远方。蔚蓝色的天空下,红红黄黄的小彩旗从月亮山山脚一直插到山顶,那是丙两主任和测量队插下的旗子,在风中如彩蝶飞舞。

夏天到了,这个夏天和以往不同,它蓬勃勇敢,它有廖崩嗒佩。

【作者简介】肖勤,女,一九七六年生,贵州遵义人。中国作协会员,鲁迅文学院第十二期高研班学员,第十届全国少数民族文学创作骏马奖得主。出版有小说集《丹砂》《尘世间小小的灯》、长篇小说《水土》《守卫者长诗》《外婆的月亮田》《迎香记》等。曾获《小说选刊》《民族文学》全国年度小说大奖,第十五届十月文学奖,贵州省第十四届、第十五届精神文明建设"五个一工程"奖等奖项。多部作品被译介到英、法、蒙古、哈萨克斯坦等国。根据其小说改编并担任编剧的电影有《小等》《碧血丹砂》等。

三昧真火

◎ 杜梨

一

闷蒸的热天,太阳的芒刺从云朵里伸出,勾住了眼皮,恼人的刺痛。陈娜迦时不时就想到小弟陈力源阴沉的脸、发青的嘴唇,黑白分明的大眼,像被天狗咬剩的月,黑瞳里游荡的只有空。

八岁那年,陈娜迦被迫懂事,爸妈吩咐她,若在家,要带好五岁的小弟,谁敲门也不许开。"生"字能出头,"工"字出不了头。爸妈一直在用打工的钱做小生意,跟着潮水走,循环往复,败了还来。爸妈去进货躲债,她便带小弟躲进大柜里剥花生和瓜子。门外的粗话像潮水那样冲进门缝,潮起潮落,卷噬灵魂。他们用铁棍痛扁门窗,音弹从高空落下。

她骗小弟是在做游戏,等外面人一走,他们就胜利了,可以出去买"唐僧肉"辣条、"仙人掌"大辣片和"奥特曼"子弹糖。

他们捂住耳朵,凝神看着彼此,没有掉过一滴眼泪。

小弟忽闪着眼睛讲:"阿姊,有钱乌龟坐大厅,没钱我们躲衣柜喔。"

她把手伸过去,摸摸他的小圆头,头发掠过手心,像青苔那样柔软且毛茸茸。"小弟真巧(闽南方言,形容小孩聪明)!待伊走了,阿姊挈你去粘田婴(蜻蜓)。"

那日,保生大帝巡境,他们在自家门口摆出香案,上面放着蜡烛、敬茶、香、金纸、五果和糕饼点心。小弟起床太早,实在肚饿,偷食了一块龟粿,由此受了罚。之后，阿嬷提起来就要怪妈妈，慌慌乱乱，没给小弟吃饱饭。小弟后来变那样，厝里人都说，是他偷食的错。

二

很多说唱歌手都暗里比谁穿得帅，范思哲的棒球衫、Off-White（美国街头潮牌）的裤子、ROA（意大利徒步品牌）的皮靴，一件衣服顶娜迦几次出场费。她很羡慕，但穿不起。有段时间，为了多口闲饭，她会在"甜蜜蜜"奶茶店打工，四处凑演出拼盘，挣录音的钱。

上次在街头击败快乐王子后，粉丝们几乎扒了娜迦一层皮。那天现场簇拥着那个男孩的歌迷，满满一场都是烧水壶的尖叫。当主持人举起她的手，粉丝们大闹，嘘声四起，攻击她的长相与打扮。她压低帽檐，慢慢地从他们面前走过。那些年轻的脸，被愤怒扭曲，失去了美丽。新款手机掷过来就像臭鸡蛋，屏幕碎了一地，蛮像蛋壳。她想捡起来还给对方，想着它还有抢救的机会，但很快迈过去，责备自己的财迷。

那晚，她熬了很久才躲进别人的车离开。手机上的私信多了几百条，攻击、谩骂、黑幕，什么新鲜的词语搭配都有。后来她听说网上有个"口吐莲花"的生成器。

也就是从那时起，她开始关注代购那些说唱歌手所穿名牌的商家，想添置一些体面的衣服。有小姐妹介绍商家给她，她便跟着一起买。家里的剪标货和出口原单堆了两个简易柜。算下来，还不及成都的街娃儿一身。好在夜场灯光暗，没人细看针脚到底匀不匀。

直到一次去给人打碟。一个满头小辫子的知名说唱歌手，戴着黄玻璃偏色镜，唱完从台上跳下来，盯着她胸前的老虎头看了一会儿，随即丢一句："嘿，girl（女孩），你的老虎跑线了。"

娜迦装没听见，把碟狠搓了一下。舞池里的一些人向她看来，窃窃地笑，吹起斑驳的口哨。

那晚回到家，她把所有A货（仿冒产品）都装进一个老式的红色布皮行李箱，像装一具尸体，刚好够她的重量，拖到楼下那个橙色的衣物回收箱。她查过，乱扔衣服不环保，不如进入回收。

做完这一切,她坐在回收箱边抽烟,伸直腿,摇着双脚。拖鞋上香奈儿的白山茶花接近象牙色,行李箱磕碰了一路,她以为这朵花已经掉了,仿冒品倒也还结实。她脱下鞋,准备扔到身后垃圾站,又心软了。

她站起来拍拍屁股,留下了那双鞋。她发誓在出人头地前,要好好留着这双结实的假山茶花。她走上楼,拎了空空的行李箱,这才感觉到心酸,恨不得把那些衣服再从回收箱里掏出来。算了。

当晚,娜迦放着 XXXTentacion(美国说唱歌手杰塞·德怀恩·奥弗洛的艺名)的歌,抓着头发喝着速溶黑咖啡写了一晚上的 verse(主歌部分的歌词),心就像一颗土笋冻,截断的星虫在里面发颤。写到天空既白,打开手机,没有一句新的问候,也没有什么厂牌邀请。她发誓一定要把这首歌唱给那个小辫子听。

拉开窗帘往下一看,夜晚去地下王国跳舞的猫咪们回来了。她只有打折的猫粮给它们。她踢着那双山茶花鞋,下楼去给它们刷干净食盒、添猫粮。她抚摸着那些粗糙的猫猫头,流到下巴的眼泪怎么也抹不完。

大兴,六环外高速边,废弃工厂房改造的一片 loft 公寓楼,花三千块就能租到二十八平方米上下小隔断。早晨七点半,会有工厂用大喇叭放进行曲,督促附近服装厂的工人早起做操。这时她总想到儿时住的古厝,每逢有什么大事,总先播一段南音,再通知各种事。

受到启发,她让好友制作人 NeZha 李截取了福建南音《梅花操》中的一段做 loop(编曲中的小节循环),对此进行升调和加速,琵琶音色加上偏 disco(迪斯科)的鼓点,配上古老的丝竹管弦,让最后成形的 beat(节奏)变得更加现代,海浪中打拼的摩登闽南。NeZha 李学民乐出身,家里要求他回武汉,继承船厂零件的生意。他誓死不从,现在主要给厂牌"武昌鱼"和一些独立歌手做歌。方言不是问题,很多摇滚乐队都唱家乡话,旋律的作用大于歌词,大众更加痴迷旋律,哪怕是复杂的闽南话,粉丝们也会鹦鹉学舌跟着一起唱,只要副歌够吸引人。

三

过了两个月,是 China Bling Bling MC Queen(中文说唱武则天)的华北区决赛。娜迦索性穿着"甜蜜蜜"的工作服——黑色 T 恤,左边胸口贴着一只胖墩墩的小黑熊,举着它的冰激凌,衣领之间蒸发着黑糖珍珠冰激凌的甜和茉香奶绿的香,短暂缓解了她的紧张,让她重新回到了那个不停唱着《甜蜜蜜》的小柜台里,无人认识她,可以机械做事,双手打好几支冰激凌的轻松又回来了。她戴了小黑熊的棒球帽,压低,默默坐在角落听歌。她不想见到那些似曾相识的熟脸,对她这身行头冷嘲热讽。

后台女孩们互相交流,有人拿来像是嫁妆的金链子戴在脖子上,互相夸张地称赞。她想,真是够拼,可我一定要赢。

地下拼盘练就的灵活控场能力,在那天全部迸发出来。她的喉头不再发紧,甚至咬字都比以往更加掷地有声。在最后的一对一环节,她碰上了留美回国的说唱歌手雾都辉夜。两人将用即兴说唱的方式来进行对决,谁的话语更锋利、赢得的呼声更高,就能拿下华北区的女子说唱冠军。

雾都辉夜有一头闪闪发光的栗色大波浪,穿着浅紫色的金属吊带和银纹流动的流苏斜裙,耳朵边的钻石长坠飞出两双翅膀,声音似乎缠出很多棉花糖,伴着夜场的波浪黏在身上。

> 哟哟哟,whassup(网络语言,what's up 的网络简写,意为最近怎么样)怎么今天没穿你的名牌衣服,"甜蜜蜜"反而成了你的独家,还不赶紧回去做你的波霸,反正卖多少杯奶茶也成不了 2Pac(美国说唱歌手图派克·夏库尔艺名)……

台下响起哄笑和热烈的欢呼,不断有尖厉的口哨声传来。巨大的镁光灯后,颤抖的乌暗,似小弟的眼睛,冷冷地望着她。

她这才知道他们早就看破,甚至传为佳话,她的汗凝在鬓边和后背,居然是冷的。手中不断交换着麦克风,等一段新的 Beat——

> 嘿,哟,看个动漫就以为自己是四宫辉夜,到哪里走都装作大小姐。当你觥筹交错,我忙碌在每一个深夜,我早已写完《琵琶行》,你只会嘈嘈切切。这位虚荣又无知的 missy(小姐),要论听说读写,你还不如我的椰椰拿铁,sad(悲伤)!

一个从头上倾倒饮品的手势，干净的爆点，没有一句粗话。她无疑炸翻了整个池子，观众山呼海啸。她低着头，汗才热起来，头稍微抬起一点。

　　哟，check（听着），都什么年代还在翻老掉牙的唐诗，A货林黛玉快点来学会真实。我生来就在争斗从来不肯认输，对付老娘之前请先摆摆态度！当你在北京搬砖而我在洛杉矶发新专，我乘着宇宙飞船到了银河系的边缘，哦，你还在地心想啥子地球的方圆。你来自底层而我从来就在顶峰，我想告诉你不是啥子百万富翁都来自贫民窟！

用了重庆方言，标志性的娇憨，雾都辉夜绵里藏针。惑人的摆动和夸张的手势，烘得台下的气氛烈火烹油。

　　你的说唱就像乌鸡国的小儿，哭哭啼啼我根本听不清楚。Hold（控制住）！嘿，来自雾都的辉夜小姐，你刚才说落汤鸡还是什么落山鸡？高仿的"麻辣鸡"不如来盘辣子鸡！你在怡红院做你的红楼梦，我在花果山大话我的西游，闽南的热天我在工厂的流水线，太上老君的熔炉里我历经淬炼。再说一遍，老子去西天取的是真经，不信看我现在三打白骨精！

她用力甩了麦，摔了可赔不起。台下的欢呼一浪高过一浪，娜迦知道自己赢了。

本来，那些人对女性说唱歌手的即兴对决并没有多少期待。国内女性说唱始终被什么压着，似乎不适合过于激烈的对战和人身攻击。毕竟大多数女孩都被教得很乖，克制住自己，降伏野性，不要出头，踏实工作，快点结婚。女性说唱背负着比男性更多的压力、更少的曝光量，也承受更多的质疑和冷嘲热讽。临场的爆发力、遣词的攻击性和控场的强大，无一不来自多年的磋磨，甚至是深藏的火焰岩浆。

蛋糕就这么大，更何况这个行业的男女比例严重失衡，有些女说唱歌手只能帮一些男说唱歌手唱hook（一首歌曲中最能勾人的部分）或比较抓耳的副歌，总被称赞声线优美、有记忆点，仿佛进来就是做蛋糕上的漂亮裱花。有些女孩太爱美国说唱明星卡迪·B,便去丰唇,涂亮色唇膏,一切向偶像看齐。有些女孩剃短头发,以此来挣脱洋娃娃装扮,风格中性,自成一派。

最后一段几乎不用比了。

雾都辉夜的眼睛如蒙上一层蓝雾,娜迦很久都没有见过这种蓝雾了。上次还是站在台上,穿着普通,不费吹灰之力就将那个快乐王子击溃的时候。

娜迦走下台,狂欢的人群纷纷打手势表示尊重,或是冲过来和她撞肩拥抱。很久都没这么多人压过来,她浑身不自在。她礼貌地露齿微笑,笑线僵化。心脏像进入黑洞旅行,被扯碎在黑洞的边缘,进入无的状态。

又走出很远,站定,娜迦才敢装作不经意地回头一瞥。雾都辉夜仍站在舞台一侧,没哭也没笑,只看着她。那也许是看见灰姑娘盛装上了南瓜马车的眼神。娜迦既没有华美的衣裙,也没有仙女教母,只有小黑熊帽子陪着她。她此刻只想喝一杯春风蜜桃,多加蜜桃酱。

四

娜迦拿了奖牌,连连鞠躬,和几个厂牌的主理人打招呼,随便聊聊创作计划。终于解放,去洗手间的路上,有人拿着酒杯,半路劫了道:"嘿,台上挺帅啊! 我看你跟我挺像的,不如一起做首歌,怎么样?"

她疲于应对,心里七上八下,刚好听到悦耳的声音,像被人群赶至悬崖边,纵身一跳,燥热的身体坠入海中,水母在肋边游走,清凉刺痛。定睛一看,一顶渔夫帽,钻石耳环和项链,晒得均匀的棕色皮肤,穿着海魂衫和白短裤,脚踩一双蓝格的 Vans(范斯)滑板鞋。他的脸似乎很熟,但她一时想不起来是谁。

盛夏的夜晚,热气蒸那么狠,彩妆的汁液流进眼中蜇得有点痛。对方眉骨上一道疤痕在这种疼痛下撞入她眼睑。涂了金粉的浅浅眼窝,眼皮折出细褶,西域般的高鼻梁,薄薄的嘴唇被酒精点得很红。她忽然记起他的歌:"手持金箍棒,掀起万钧雷霆,我已成佛奈何还掀不翻这天庭!"

杨青桃当年这首《斗战胜佛》因为多变的韵律、抓耳的副歌和颇具内涵的歌词,传唱度相当高,频频上热搜。前后因为种种原因,上下架几次,他坚持不改,错过大火的风口,却成了地下的传说。早年,"美猴王"杨青桃曾在地下说唱对决大赛"长安三万里"和"燕云十六骑"中勇夺双魁,用丰富的词汇量和现代派反押韵来肢解传统说唱。他很少说粗话,也不唱香车宝马,而是利用碾压式韵律技巧和天马行空的想象力将听众的心脏牢牢囚禁在乌鸡国的小儿笼中。有人叫他"大圣",有人叫他"师尊",美猴王的出场总能带给大家无限惊喜。

从高中就开始玩说唱,美猴王早以悦耳的中国风和精妙的歌词赢得了大批听众。他甚至没有很多说唱歌手的地下漂泊史。他仿佛一出江湖就带着些道法自然,古典音乐的音律、非洲部落的鼓点、昭和时代的霓虹,信手拈来。

氛围环绕的音乐,极度透明的人,下雨天的池塘边点上一滴蜻蜓的水,高炉边就黄酒撕几块烧鸡填满燃烧的胃,在暴雨的昆明湖中坐着小船,绿色水藻缠绕着清凉的龙尾,消去几百年风雨后那些疲惫……

如今,唱出这一切的美猴王杨青桃就站在她眼前。

她说:"好,但我想先喝一杯饮料,口很干。"

美猴王哈哈大笑,道:"来吧,我请客。"

她第二句话是:"你是美猴王? 怎么会在这里?"

他说这场比赛的主办方是他哥们儿,也有熟悉的朋友,赞助方的咖啡很好喝,过来尝尝。没想到有惊喜。两人走在暗夜里,避了炽热的大灯,穿过喧闹的人群。娜迦比赛时的汗凉下来,湿衣服贴着后背,周身浸泡在湖里。

她又问:"不会是因为我说去西天取经,让你想到了斗战胜佛吧,咱们先说清楚,我可没有套你的词。"

他又是大笑,说:"那倒不是因为这个。"

周围的酒吧挤满了看比赛的人群。美猴王说可以走几公里去一个叫"杜子美"的酒吧,那边环境不错。

"肚子美? 哈哈哈,这名有意思。"

"是杜甫的名字,不过就是兼顾两者的意思。"

两人走出环岛,绕到高耸的立交桥下,雾霾如怪物的上颚抵在天边,一口吞不下又吐不出的闷。

娜迦在古厝时想象的北京可比现实中的北京要精彩得多。摩天的灯红酒绿,穿梭的空中电梯,永不停歇的巧克力喷泉,在云霞和玉宇交相辉映的地方,拖着长腔的京剧、跳迪斯科的人群和音乐节的酒精。说唱歌手不惧这一切,说唱歌手看透这一切,说唱歌手敢唱很多个紫禁城。

北京的说唱在当年是全国的传奇,南城的几个著名说唱组合都爱闹天宫,他们很有态度,经常提着口舌兵器去敲敲南天门,闯进王母娘娘的桃园,说这蟠桃尝起来都是民脂民膏,而玉帝面前的宫廷玉液酒,也不止一百八一杯。他们看到这座城市很快修起云梯,可以供人们攀上天宫,可下方却狼藉一片,人们在爬云梯的过程中逐渐被云梯吞食,变成云梯不可替代的骨头。可到了天宫,发现里面也不过就是些海市蜃楼和红粉骷髅。

最开始,大家都用最原始的技巧唱一些有深度的歌词,哪怕是脏话,哪怕是抱怨,哪怕是些片儿汤话,出来还有些"喻世明言"的味道,虽然听起来粗糙,但确实原汁原味,能闻到立交桥下的尾气和建筑工地的土腥味。他们去Livehouse(小型现场演出)或音乐节上表达自己的态度,保持态度和呼吸,做出新的歌,发出新的声音。直到新鲜的资本注入,将说唱提到台前,包装出很多光鲜的舞台对垒,制造出大量抓耳的旋律和空洞的歌词。每个人都在说自己的艰辛和不易,想快点吃上蟠桃盛宴,喝上宫廷玉液酒。北京的说唱组合有些隐入烟尘,有些人尝试新风格,有些人枯守老三板,有些人到处跑,想分上一杯羹。最后,地域特色剩下的大多是口音,城市故事里大多是些陈情表。全国的厂牌霜天竞自由,地方口味最终开成了连锁店,特色菜都变成了预制菜。

在那间叫"杜子美"的酒吧里,墙面书柜里果然放着精装的杜甫诗歌全集,这里四处坐着打扮文艺的男女,但没什么人看杜子美,大家只想要肚子美。没人来打扰,嗡嗡的人声让娜迦感觉安全。她狂饮几杯柠檬水。

杨青桃说他最近在做一张以《西游记》为主题的专辑,可以卖推广曲,赚点钱。但他又不想做得太茶,最近灵感枯竭,还想请她一起来看看,看她有什么新的想法。

她手一摊,因紧张又要了杯海盐鸡尾酒,说:"我可不会给你唱hook,先告诉你,我不会唱副歌。"

他呷了口"蜀道难"咖啡,用勺子在瓷杯上敲出音阶,偏黑的皮肤显得年轻,但也看不出什么表情。"钻石、黄金、琉璃、宝珠,这天地间有一切的好东西。卷帘大将打翻了琉璃盏被流沙河里的人头所吞噬,沉香劈开莲花峰本想救母却带来了新的末世。如果叫你来就是为了唱副歌,岂不是大材小用?"

"你说的,当真吗?"

"真假美猴王,我是六耳猕猴、赤尻马猴、通背猿猴还是灵明石猴,你能靠肉眼就看出来吗?你只要知道孙悟空是盘古的心脏,就够了。"

"原来你是大猩猩。"娜迦被他转的词弄笑了,手心里出了汗。

他伸了个懒腰,微微一笑。

她把头埋进臂弯里,细嗅自己的汗味,有些像铁锈。

他的声音凉下来:"这早已不是一个爱与和平的世界,多点张牙舞爪也没什么坏处。我听过你那首歌,如果用闽南话唱会怎样?"

"唐僧有遇见过说闽南话的妖怪吗?更何况我已经很少讲闽南话。"

美猴王哈哈大笑。他们聊到酒吧打烊,天一拳地一脚,仿佛在喊山,仿佛在移山。她起初头昏脑涨,慢慢冷却下来。进入他拿语言浇灌出的绿色湖面,看河狸在水中漂流,啮咬柳树枝,忙着拼凑起温暖的小窝。

五

当晚,有人将娜迦的对决视频传到了网上,随即繁衍出无数标题:"'甜蜜蜜'员工说唱比赛夺冠""'甜蜜蜜'的幕后奶茶大佬""奶茶小妹娜迦对阵白富美雾都辉夜,跨阶级的逆袭暴打"……

正值那首广告歌《甜蜜蜜》火遍大街小巷的时段,她作为"甜蜜蜜"的临时工,很快被人曝出来。努力这么多年,吃了这么多苦,却因为偶然的视频病毒式地传播,将她的形象重新钉死。从"地摊公主"到"甜蜜蜜",无论是哪个称号都让她觉得好逊。她并不希望通过这种形式被固定想象,可却注定成为她被包装和多次创作的来源。

视频迅速火遍大小媒介窗口——"仿佛看到了小人物的崛起,在看一出平民英雄传……""英雄不问出处,总有人大闹天宫……""是不是有点美猴王当年那意思?""最高端的食材总是出自最简单的烹饪……""娜迦是不是受到了说唱圈的排挤?我记得她之前对战 Amber 的那场,被快乐王子的粉丝冲得太厉害了……"

娜迦以前总穿些原单衣服。据我所知,一些说唱歌手没红的时候都这么干过,但不知为什么就她成了靶子,可能得罪了谁吧。后来她因为这个被圈里人嘲笑,这次她只身穿上"甜蜜蜜"的战袍平地翻身,这就是咱们贫民窟的百万富翁。

　　娜迦仔细看了看那段科普评论,觉得这人语气很眼熟,看了看 ID(账号)——NZL,一时又想不起来是谁,刷评论到半夜,默默睡了过去。

　　"甜蜜蜜"的小店里竟出了一个说唱歌手,文化类媒体和特稿记者闻风而动,几乎打爆了总部、分公司和小店里的电话。微博堆满了各式各样的私信,打听她的、采访她的、赞美她的、说闲话的甚至是来羞辱她的。娜迦又一次经历了备受瞩目的风暴。虽说这次不像上次那样被网上的"食死徒"抽走了灵魂,但她拉上窗帘蒙着被子,在三十多摄氏度的天气里,蝉鸣高嘶时仍然觉得寒冷。这是复出的第一战,也是打的一场翻身仗。她口干舌燥,扬眉吐气之余,心中还是寸草不生。望着略带光芒的星,她想,赢的不是该赢的。

　　没有厂牌,没有公司,更没有经纪人,她只靠圈内的朋友介绍,所有物料信息都自己在群里对接。她不断接到各个大小媒体的采访,直到最后说话已经练出了肌肉记忆。

　　只有奶茶店的店长打电话过来告诉她要小心谨慎,现在的网络喜欢"造沙神",可以瞬间捧你上天堂,也可以瞬间让你下地狱。店长还说,不知是谁泄露了她的这个打工地点,自拍杆和稳定器蜂拥而至,比北京动物园看大熊猫更甚,甚至影响到了平日正常的生意。店员忙得不可开交,城管都来过好几次。听那架势,娜迦还以为自己夺了格莱美。店长劝她先不要来,说已经紧急招了几个实习生,怕她来了以后导致更严重的拥堵。

　　"那我还能回去上班吗? 万一钱不够花。"

　　店长在那头哈哈大笑,说:"行,如果你还会回来上班的话,你之后把假期补上就可以了。"

　　"苍蝇腿也是肉。"她小声在这头念,看了看晾在阳台的工作服,一阵伤感像把隐翅虫不小心拍在皮肤上,转瞬洇出刻骨的刺痛,灼伤的红疤又痛又痒。她在打雪顶咖啡时,总是想象雪顶咖啡的顶端是乞力马扎罗山或是珠穆朗玛峰,都是她还去不了的地方。每次看谁又成功登顶珠穆朗玛峰,她都在想,那个人为什么不是我?这样想着,雪顶咖啡的尖就歪了,崭新的奶油纹路,冰激凌细腻的肌肤,被夕阳染成了金色山脉。之后,她迅速用塑模机一压,金色山顶就被压塌了,封好口,递给顾客。

算了,那个人怎么也不会是我。

六

如今,在时尚杂志里,娜迦穿着香奈儿的西服和芬迪的短裤,又提了巴黎世家的编织袋、范斯的黑帆布包,扎了一头张牙舞爪的小辫子。整个人看起来就像刚从北京动物园批发市场出来,准备赶绿皮火车去广州集贸市场进货的。

她很想开口抗议,我只是卖奶茶的,哪怕没有星巴克那么高端,出单量还是大的,到底有没有搞错?但她还是保持了礼貌的微笑,任造型师将她化出风吹日晒的沧桑感。

灯光将她的脸打得惨白。她在取景地表现出一种枯竭的奋斗感,一种绝地反击,轻轻咬着嘴唇,涂的是圣罗兰的贪婪色号,柿子红里带着些樱桃红,眼神空而远,琥珀色的瞳仁映出远处的枯枝,细看去,枯枝上似乎还站着一只灰顶伯劳。她不自觉咬紧嘴唇,竭力收腹,做出胸口疼、腿疼和腰疼的姿态,努力拍好这些照片。

一说收工,她整个人的脸像冬天的柿饼,被灯烤得通红,还挂着层流油的糖霜。来不及洗脸,拍拍吸油的纸巾,赶往下一个目的地。

妈妈打来视频电话,正麻利地穿着多春鱼。她说经过报刊亭,看见查仔在封面上光芒万丈,忙喊老板买下来,回来给店里的人炫耀:"看,这系吾婴囡(这是我的宝宝)。"店里便响起一片啧啧声,称赞水渣某(漂亮女孩),即个真厉害,成大明星了。又问她辛不辛苦,赚了多少钱。小弟也听说了她的事,为她欢喜……

娜迦靠在快车的椅背上,困得神游物外。一听到小弟,蜂子蜇了心,一万只马蜂在皮肤里游。她慢慢问道:"小弟缺钱了?"

妈妈的喜悦夹在眼角,粉熠熠地生出愕然,随即又堆上笑脸,道:"你还是保重自己要紧。"

她细细看，妈妈眼角颧骨处似乎有乌青，肿起来一块，她皮肤黑不太显，还用粉遮了。

"爸爸打的？"

妈妈摇摇头。

"小弟打的？"

妈妈不说话。

娜迦和妈妈各静止半秒，随即她挂掉视频，给妈妈转了三千块，账户里还剩下两千块，够用了。恐怕妈妈以为她成了明星，家里终于熬出头了。她拼命想摆脱，远远逃离的龟壳，终究又像金钟罩那样把她压在地上。

她默默揩眼泪，擤擤鼻涕，把帽檐压很低，重新补了妆，又涂了层口红。快车司机戴着口罩，在后视镜里盯着她。她知趣地戴上口罩，把纸巾团成一团，捏在手心。

她很早就把小弟拉黑了，担心他会用狐朋狗友的电话打过来骚扰她。为了离开那个家，她很早就逃来北京打工。绿皮火车都要走三天，她永远也不要留在厦漳泉。说唱她也不敢用闽南话，生怕被家人发现追来。他们以为她最远也就到广州。

有很多年，她推说工作忙，没有再回过家。

七

收工后，她走向地铁，站都站不稳。手机里有很多条信息，她来不及甄别回复，直接回家埋头大睡。睡到半夜一点多，手机多了很多来自厦门的未接来电。她直觉是小弟，浑身发抖，连忙屏蔽掉。很快，又看到了杨青桃的 QQ 消息。

他说："最近看到好几个你的通告，还忙得过来吗？歌曲有什么想法了吗？"

那天晚上加的好友，美猴王喜欢用 QQ 聊天，为此她重新下载了 QQ。美猴王上论坛"灌水"，沿袭了千禧年的习惯，没少被朋友笑老派。他说："QQ 上传音乐、照片都无损，很方便。而且 QQ 更加开放，孩子们也在用，还有过去黄金十年的稻花香,哪怕那时候大家都不富裕,可是一切蓬勃,心里很甜。"

她睡意全无,想到他说的那句"还是打歌实在",遂发消息过去:"还没睡?在写词吗?"

对方很快回复:"我在看《西游记》,找找新灵感。最近听了 The Brave 的 *Scared Spirit*,布鲁斯和古典乐的融合,小提琴合奏的旋律特别柔和,里面的吟唱又像咱们的老头儿民歌,有时候你会感觉整个世界没什么差别。"

"哈哈哈,老头儿民歌,是信天游吗?"

"是你们的歌仔戏,哈哈哈。"

杨青桃的初步想法是,去西天取经的那几首歌,可以用梵音风格的伴奏带,再加点电子乐进去。像许镜清做《西游记》主题音乐时,用线条化的电子乐来营造出那种如梦似幻又充满探险精神的感觉,音乐攀快速阶梯上升,给人以无限的神往和快乐。

"大之则弥于宇宙,细之则摄于毫厘。无灭无生,历千劫而亘古;若隐若现,运百福而长今。上报四重恩,下济三途苦。若有见闻者,悉发菩提心。同生极乐国,尽报此一身。十方三世一切佛,诸尊菩萨摩诃萨,摩诃般若波罗蜜。这是他们最后取得正果之际,作者给他们写的大结局赞歌。"

"十方三世一切佛,诸尊菩萨摩诃萨,摩诃般若波罗蜜。我觉得这句做 hook 不错,特别有历尽千帆、众神归位的感觉。"娜迦把这句话发过去,又用语音发了一遍节奏,"十方、三世、一切佛,诸尊、菩萨、摩诃萨,摩诃、般若、波罗蜜。"

这句念慢,一句定,天地开。她缩在小屋里,天还是乌的。鏖战后拨开云雾而天地瞬开,瞬开后只有一丝金光。

她在聊天中很快睡去。

八

文化杂志的记者一头棕色的短发,戴着黑框眼镜,大眼睛藏在眼镜框后,不时咧嘴大笑。和娜迦怕说错话引起网暴相比,对方显得如此轻松。娜迦暗生羡慕。

对方问起她的童年,关于那些创伤,娜迦选择一笔勾销。她给自己虚构了一个打工者的家庭，说虽然父母总是在外面做工或做些小生意，但总体来说，家庭幸福，母慈子孝。

"你还有别的兄弟姊妹吗？我听说你们那边当时根据政策，家里如果第一胎生的是女儿，那么第二胎可以要个儿子。"

正中痛点。墨西哥娃娃蒙着眼睛打中皮纳塔，正中胸口的闷痛。有那么一瞬间，她希望小弟从这个世界上消失，那种无法摆脱的梦魇，不断纠缠又不断大笑，仿佛是美猴王面对六耳猕猴时的那份羞辱、痛苦、不甘和冲天而起的愤怒。只有地藏菩萨和释迦牟尼知道，哦，还有那头大象。

她张了张嘴，绞动手指，补了一句："可以不写我的家庭吗？"

"好的，没问题，我写完后会给你看一下稿子的，别担心。"

娜迦微微挪了下屁股，椅垫上有些黏。

大众感兴趣的是她在"甜蜜蜜"奶茶店上班这个点，怎么一个说唱歌手可以甘心去"甜蜜蜜"上班呢？是因为接触社会多了，才可以写出更深刻的句子吗？还是因为受了什么挫折，想换种不一样的方式生活？还是故意炒作，用"甜蜜蜜"的工服来制造噱头？

"你不知道老孙是盖天下有名的贼头。我当年偷蟠桃、盗御酒、窃灵丹，也不曾有人敢与我分用……"恍惚间，她想起杨青桃给她发的这段话，说这段话唱出来会很帅，搞一个现代的朋克孙悟空。杨青桃不叫自己"孙悟空"，而是用了更为理想主义的"美猴王"。

娜迦托着腮，没头没脑来一句："您觉得孙悟空为什么要去做弼马温呢？"

"他那时并不知道玉帝骗他，大家都是来看他笑话的吧。"记者愣了一下，随口回答。

"是这样的，那家'甜蜜蜜'加盟店就在我住处附近，我老去买就比较熟。之前我有段时间比较低沉，店长说让我去兼职，赚点零花也透口气。钱不多，但人一忙起来，就不会想太多没用的。我穿'甜蜜蜜'的工服就是想穿而已，也没什么其他好选择。"

对方笑笑，说："有想过会爆火吗？"

"我是觉得，孙悟空去西天取经也没什么意思，无论如何也没有在花果山自由快乐。"娜迦的咖啡酸了，她喝了口柠檬水。

"即使是孙悟空也得去西天取经，没法细想。"

娜迦笑笑，不知该怎么接话。

她逐渐适应了这些密集的采访，看见自己年轻的脸出现在各个杂志的娱乐版块，一些歌唱节目和活动的邀约滚滚而来。名利是雪花球，是孙悟空拔下的毫毛，四散去远方。

九

我恍如从东土大唐看见漫天的曼陀罗盛开，禅中余音拨弄着耳中的旋涡神经，我好像才饮了黄河的水，又破戒喝了天竺的酒，似醉非醉，似醒非醒——如何解得《般若心经》？师父说我解得是无言语文字，方是真解。我说解得解得，不走这若干路又如何解得。既吃过蟠桃，也吃铁弹，又喝铜汁，五百年没吃过茶饭，响当当的铜豌豆，五行大山也压不住我的筋斗云。甭管是菩提老祖、玉帝老儿、观音菩萨还是释迦牟尼，不如在花果山打一杯鲜榨果泥……十方、三世、一切佛，诸尊、菩萨、摩诃萨，摩诃、般若、波罗蜜……

杨青桃给她发来一些颇有印巴风情的伴奏带，说这个旋律变化多样，编曲时总能跟着那颇具特色的人声吟唱，激发出很多不一样的灵感。他尝试着录了一段小样发到了各个平台上，收到了不错的反响。

"第一次听到了咖喱味的《西游记》，感觉很奇特。"

"哈哈哈哈，在花果山打鲜榨果泥也是醉了……"

"用'鲜榨果泥'押韵'释迦牟尼'，不得不说咱们猴儿哥真是有两把刷子的！"

娜迦看了网友评论笑得不行，随即问杨青桃，他的鲜榨果泥是不是抄她的椰椰拿铁。

他说："我觉得在歌词里加一些新鲜元素看起来很 juicy（多汁），你那边有什么新的想法吗？"

"我能不能从妖魔鬼怪的角度去写？"

"我觉得也是个不错的选择。白骨精？红孩儿？小钻风？奔波儿灞和灞波儿奔？还有什么，金角大王和银角大王？"

"你没有说女儿国的国王,我真的是很感谢了。"

"女儿情,若有来世……被说过太多次,都审美疲劳了。"

她从未想过杨青桃是这样活泼,交流起来很有安全感,你永远不会觉得你的话语落单,遁入空寂。这是一个靠得住的朋友。她没有跟任何人说起和美猴王合作这件事,甚至是说唱节目认识的好朋友,只是觉得一切在待定状态,没必要多说。最重要的,还是保证眼下的作品。

十

深夜,娜迦从节目现场出来,出舞台后门透口气,身上贴着被汗水浸湿的塑料演出服,汗一下变冷。周围有工作人员蹲在地上抽烟,疲惫到无法聊天,只有粗声的呼吸和短暂的轻咳。天空中的星子贴着还在燃烧的脸庞,那亿万年外的冰凉气息吹进衣领。娜迦恍然觉得自己浸泡在遥远的星际尘埃中,星河涌进她的四肢和躯干,将内脏变得锋利透明,世界离她很远。

她想起刚才在舞台上那首不得不唱的《闽南热天》,最简单的修辞和最古老的旋律,在视频软件上被切割成碎片。到处都能听见她那快节奏的"闽南,闽南,关关难过关关过。再难,再难,再难不过过闽南……"

她强迫自己屏蔽这昼夜不停的旋律,放空大脑,去听听星子擦过风的声音。这里没有聚光灯,她走到背离人群的草丛中,看到被塞满盒饭的垃圾堆和惊惶讨饭的流浪猫咪。忽然想起小弟曾拿着红瓦片重重打向墙边的小黄猫。她那时大叫一声:"累匆虾米(你在干什么)?!"

小弟回头咯咯笑起来:"阿姊,猫悪不听我的话,不听我话就会猫赞哇(死得很惨)。"

如今想来,小弟别有一份语言天赋。如果小弟很小就开始砸小黄猫,那……她不敢再往下想。最初她还想过,要赚钱,带小弟来北京去看最好的精神科医生。她看报纸上说,只要积极治疗,未来还有希望。

起初阿嬷宠小弟,坚决不肯承认小弟有病,只是说小男孩长大了,难免脾气冲撞一些。况且男人是要出海闯荡的,当然气势要足一点。妈妈翻白眼,说团仔长大又不会去打鱼。可小弟的脾气不只是变差,他甚至没来由地用铅笔扎同桌,对方把他踹倒在地,正中下体。小弟吃痛举起小椅,砸破了对方的头,那小孩子破了相。

万幸小弟没有扎伤对方的眼睛，不然倾家荡产也赔不起。两家人经历了报警、厮打和调停，各自找宗族撑过腰，又上了乡镇法庭。经医生检查判断，小弟的问题显然比对方小孩脸上的疤严重。小弟的下体肿得很高，过了一段时间，就像摘了豆儿的荚，再无什么精神，不知是否影响日后的生育能力，简直要了全家的命。妈妈身体不好，生小弟时大出血，不能再生养。

法庭判决对方赔八万块，对方不服，又提起上诉。后来他们和家里磨到六万块，又不给钱，打算趁天黑一跑了之。

听人报信，爸爸妈妈叫了一帮亲戚，抄菜刀持铁棍，气势汹汹冲去对方的家门。平日素来点头哈腰，给各种老板赔笑脸，求人宽限几天的爸爸，脸憋得像关公，眉毛从脸上飞起来，整个人炸起几倍大，将那小孩的家门用铁棒砸得震天动地，里面的狗叫得声嘶力竭，爸爸似要把这多年的气都撒到那家人身上。到群情激愤处，爸爸还要打破那家的神龛。那家人报警，警察来是来，可沾亲带故的，又讲不动情。

爸爸在对方家里蹲了两日，对方才肯松口，举手投降，赶紧赔钱。

日子久了，小弟又常常闹，阿嬷看出缘由，再也不说是脾气大，而是怪妈妈没看好小弟，让他吃了保生大帝的龟粿。妈妈气不过，跟阿嬷大小声，说还不是阿仄（叔叔）一家赶他们走，立刻甩了锅铲带小弟走。

阿嬷呆呆地坐着，然后对着墙骂，说是夫妻俩造孽不该做生意，追债的追到头上，把小弟吓病了。娜迦站在一边，缩手缩脚地帮阿嬷往碳里浇凉水。

阿嬷会做各种各样的糕和粿。小弟出事以后，她日日都要给神龛和宗祠送糕送糖，雪白的米浆，掺上红糖白糖，做成各色糕粿，带着糕粿她一歪一扭挪出门去。儿子给的生活钱阿嬷几乎都捐给了厝里的公庙。

做这些事情时，阿嬷嘴里念念有词："一枝草，一点露，求观音菩萨保庇我的细团平安无代志。阿弥陀佛，观世音菩萨保佑。"观音塑金身，华美殊胜，衣袂飘飘，善财龙女与善财童子左右侍奉。

没出事前，他们两个小孩在阿嬷家看《西游记》，看到观音菩萨收红孩儿。阿嬷递来西瓜说："你们都要好好拜拜。你看那红孩儿本事再大又怎样，还不是被观音收做善财童子啦？"

小弟赶忙大叫道："阿姊！原来善财童子就是红孩儿啦，阿嬷的观音身边有红孩儿啦!"又跑去门外神龛,装模作样拜上几拜,不知在拜谁。接着小弟又跑回来,一脸快乐地对她嚷:"阿姊!龙女长得好像你!那我就是红孩儿啦!原来我们都在观音身边喔!"

阿嬷每天都早起,拿晒了太阳的圣水,往观音身上点洒一遍,希望观音显灵,让小弟的病早点好。做这些事的时候,阿嬷从没看过娜迦一眼。娜迦也习惯了沉默,一直帮阿嬷打下手,期望爸妈的生意能早点稳定,快点带她离开古厝,去城镇读书,远远地离开这漫长的溽暑,听说城里空调很足。高温捂住她的口鼻,她不停地擦滚进眼睛里的汗,想快点做完手中的活计,去食一碗冰。

刚刚聚光灯下,旁边的模特趁着休息夸她的皮肤闪闪发光,浅浅的棕色甚至让光都折射出了奇异的金,问她平时都怎么保养皮肤,连一丝毛孔也没有。娜迦随意答,多运动就好了。闽南的风都可以吹黑人,那时还不懂得搽防晒霜,日久,自然晒了这样一身铜色。过去的岁月竟然算镀金,好可笑。

手机忽然响起,晚风吹得她一个激灵。她没有看号码,以为是节目组打来叫她去收尾。

"阿姊,是我……"

她猛地把电话摁掉,噩梦方醒。有人从后背拍她一下,她吓得几乎弹起来。"娜迦老师,节目还剩最后一点……"

等到一切终于结束,她已经困过了劲儿,脑子像被裹了一层塑料膜,沉湎在深沉的雾中,难以再应对任何复杂事。手机上弹出一些信息:"阿姊,你现在很火,你一定很害怕大家知道有我这个小弟吧?我也并不是要怎样。最近不太好混,你那边有什么工吗?只要你肯,我绝对不会惹麻烦。阿姊,你看到了吗?这么久不回家,爸妈和我都很想你。只给你一天时间。看到回复下。"

她知道这一天早晚会来,小弟是苍蝇,嗅到肉味就冲来。那么多年,他装疯卖傻和混吃等死,四处混直到音讯全无。全家人提心吊胆怕警察找上门,看见报纸或网络上的命案都被吓得好几天睡不着,每次都怕是小弟闯祸。

对方发来最后一条信息:"我很快就能坐车到北京,列车班次发给你了,你看着办。"

娜迦眼前一黑。

她当夜做梦,又梦见小时的小弟,还是那张阴鸷的脸,黑白分明的大眼睛和紧抿的嘴唇,穿着洗旧的科比篮球背心和裤衩,全身湿答答地站在河塘边:"阿姊,你为什么要丢下我?"说着,手指竟长出很多绿水草,远远飞过来,用力地窒住她的脖颈。她被瞬间憋醒,发现手摁在胸口,久久不能喘气。还好是梦,可是这个噩梦的成长版,就要到来。

还好,这段时间通告赶完,她可以匀出半天去接小弟。

十一

夏日的北京,湿度竟然赶上了闽南,皮肤上包裹的这份湿度、窗外浓艳刺眼的绿色和暴躁夸张的蝉鸣,又将她带回了那个午后。

那天和杨青桃说到以妖怪入手,娜迦下意识就想到了红孩儿。自从受了刺激,小弟失了魂魄,变得怪里怪气,如红孩儿那样惹人讨厌。后来阿嬷问得紧了,她便砸碎阿嬷侍奉的观音,像红孩儿当年袭击观音菩萨。在家里人看来,这简直是大不敬。可是谁也没有怪在她头上,小弟竟然也没有说她什么,甚至装作什么都没有发生。只是从那以后,一切都变了。

地铁里冷气开得很足,好在现在大家都戴口罩,她穿得再普通不过。没人看得出来她是谁,哪怕不远处的综艺小广告的边缘,还闪着她的脸。小弟打来电话,说还有一个多小时到站。她随即挂掉,短信回复"收到"。

她是那么害怕小弟,连个字也不敢吐。小弟手指放出的水藻,缠得她无法喘息。她更恨妈,竟把她的联系方式给了小弟。她早就在悄悄寻找另一处住所,想趁小弟不备,以工作的名义,远远逃离。可惜小弟来得太快,她没法迅速脱身,甚至不敢撒谎。真恨自己使不出白骨精的金蝉脱壳计。

穿过一众连锁店的招牌,她在出站口等小弟。过了两股人流,还是没有小弟的影子。她大大松了口气,心想也许小弟只是在耍她,心中的鼓声慢慢弱下来,后背的蚂蚁也归了巢。等到只有零星几个人,她正转身要走,忽然肩膀被敲了一下,她吃痛转身,撞上了那双黑白分明的大眼睛。这双眼就像蜻蜓的复眼,狠狠瞪她,复眼折射出无数个她,她差点叫出声。

小弟拖着灰蓝色的行李箱,穿着耐克的白色短袖和黑短裤,趿拉着一双拖鞋,个子没怎么变,瘦得像个螺钉,皮肤像在酱油里泡过,呈现出油亮的棕色,像刚从海里打鱼回来,周身还散发着潮湿的腥气。火车上的汗热,让人都馋了。

她回过头,面无表情往前走,经过李先生牛肉面、星巴克、麦当劳,留意商店的橱窗反射,看身后的小弟会不会突然掏出什么凶器。她觉得自己神经过敏,又不住害怕,毕竟他经常推搡妈,妈又不敢说。

她把他带到地铁,他才突然开口:"怎么? 你现在连辆车子都没有?"

娜迦怒气冲天:"没有,不坐就滚。"

小弟的呼吸加重了,想说什么,最后只嗫了下嘴唇。上了地铁,他盯着那张海报看,又侧过头盯着她,盯得她有些发毛。她转过头瞪他,又往一边挪了几步。

他凑到她旁边低语:"水渣某哦水渣某。"

她不说话。

他又说:"阿姊,好久不见。"

像是十三岁那年,一家人去派出所接他,他出门就踢飞一块石:"妈你怎么才来,我肚好饿。"她气得浑身发抖,跟在爸妈身后,想狠拍他的脸,又怕爸妈说她吓飞了小弟的魂。

那时阵,小弟已经开始跟网友拉帮结派,年纪小,下手狠,没人管,也抓不住,给人当催债马仔,给人家门泼红油漆,写"债鬼上门",得一两百块。冲去网吧,全充了《QQ炫舞》《QQ飞车》,跟人斗舞,常常摔坏好几个键盘。爸妈把门锁了,他就喊人拿锤子把窗砸开。

爸妈在家门口放了火盆驱邪,他一脚把火盆踢得老远。院子里阿嬷送来的鸡鸭吓得四处飞,翅膀差点被燎出洞。火盆里的符纸瞬间黑化成炭。爸妈还是什么都没说,爸爸去收拾,妈妈去炒海鲜。娜迦脸色铁青,一口都没吃。

小弟没吃两筷,就跑去了网吧。他走了很久,妈才在碗池边抽噎起来。

十二

下了地铁,娜迦问小弟想吃什么,要不要一起去菜市场看看。小弟点点头,像小时那样乖。她一时有错觉。

放了行李,两人打车去物美超市挑青菜。小弟把几个货架看了一圈:"北京水果太少,不如我们那里。咱们还在厝里偷过莲雾,你还记得吗? 你最爱吃的。"

她冷冷地说:"早就不吃了,快点吧。"

小弟在人参果那里看了半天,最终拿了两个。他坚持要付钱,她冷笑:"还有钱买菜?"

她想好了,妈妈挨打是因为妈妈一向惯着小弟,而她必须每一句都压过小弟,不然小弟真对她动手,她根本打不过。报警又会激化矛盾,不利于事业。她不想三番五次出现在冲浪榜单上,免得别人总说她是靠炒作出位,败坏路人缘。有的明星们先从黑料发家,后期再靠强大的公关洗白。但她躲惯了,受够了网暴,不想再惹事。

这是她渴望已久才得来的机会,绝不能让小弟毁了她。

他们付了钱,经过海鲜市场,她问小弟要不要吃海鲜。小弟摆摆手:"算了,这里不便宜。"

她赌气似的装了几斤北美白虾,拎在手上,径直去了收银台。经过酒水柜,她对小弟说:"想喝酒自己拿。"

等她结账,小弟放了几罐燕京啤酒:"我尝尝你们北京的啤酒。"

两人回到小屋,小弟身上的味道更重了。她催促小弟去洗澡,想起小时候她给小弟洗澡。小弟把黄皮鸭子放在嘴里咬,吃了不少泡沫,害得她被阿爸吼。

白灼一盘虾,又炒了两个菜,电饭煲煲了米饭。她给自己倒一小杯白葡萄酒,加了冰块,投屏看《西游记》。小弟穿着背心短裤出来,瞪大了眼睛看她:"看这个干什么?"

她不耐烦地敲筷子:"工作需要。吃完饭你刷碗。"

这集放的是奔波儿灞和灞波儿奔。她觉得这两个名字很适合押韵,心中默数节拍。小弟呆呆地剥虾,看着电视出神。过了一会儿,他说:"阿姊,我觉得我像孙悟空那样,戴了个箍,时常头痛,什么事也做不了。"

她被打断思绪有些不悦,刚想发作,又想起小弟是真的有病,或许她应该听听。小弟穿过束身衣,做过电疗,如果这也算紧箍咒,倒是贴切。她问小弟:"那是什么感觉呢?"

小弟拿眼睛瞥她,喉结上下滑动:"就头痛啊。"

"你进医院穿束身衣,是不是很痛苦?"

"勒得喘不过来气,胳膊也抬不起来,像鬼压床。"

"既然难受,就控制住自己。"她努力勒住怒马,"打妈大逆不道,早晚雷公要劈死的。"

"那又不是我,我有时候鬼上身。阿嬷说我是偷吃了保生大帝……"

"你不要跟我在这里搞神神鬼鬼!北京医院很多!"

"那你还看什么《西游记》!"小弟咕哝一句,倏地站起身,冲到行李箱前。

娜迦以为小弟要拿箱子砸过来,下意识地弹到厨房边,抄起锅铲看着小弟。

小弟在行李箱里翻找半天,从里面掏出几盒药扔到茶几上:"妈是不是没有跟你讲我每天都在吃药?"

下一秒,小弟反应过来:"你这样子是在干什么?"

她拿着锅铲抱着头,顺势瘫在沙发上,望着窗台上的仙人掌,深深浅浅地喘气。

小弟冷笑几声,就势躺在地上,皮肤擦过瓷砖,水渍声作响。过了很久,地上才嗡嗡传来一句:"我该吃药了,不能错过时间。"

"喝酒能吃药吗?"娜迦深深吸了口气,"你骗鬼吧。"

"喝酒没关系,就是会昏头睡到晚上,起来熬夜没什么的。"

娜迦夺过他的药,随即在手机上狂按一气,小弟的身份证号她熟稔于心,很快挂了北大六院和安定医院的号。

地上传来小弟的碎碎念:"碳酸锂我一直在吃,一天三片,医生说不能再加了。妈是被我推了一下,不小心撞到门框的。对了,喹硫平还有好几盒,我朋友帮忙拿的……"

她闭上眼睛。幼年的小弟躲在柜里抱着头,闪着极亮的大眼睛:"阿姊,有钱乌龟坐大厅,没钱我们躲衣柜哦。"

现在的小弟躺在地上,像条刚被刀拍晕的鱼。

十三

晚上,杨青桃打来电话。娜迦有些心烦,说小弟来家里了,还没顾得上想这些。杨青桃在那边叹口气,说时间有点紧,有什么灵感,他可以帮着一起想。

小弟在远处玩游戏,脸上闪着红绿紫的色块,眼睛射出缤纷的光,偶尔骂一两句。此时的他,看起来和正常年轻人无异。

小时候,阿嬷抱着小弟在竹椅子上纳凉,夸阿婴的眼睛比月娘还要光,火金姑(萤火虫)看了都羞死,一面嘴里念念有词:"一年仔倥倥,二年仔孙悟空,三年仔吐剑光,四年仔爱膨风,五年仔上帝公,六年仔阎罗王,阎罗王……"

全家所有欢喜只在臭弟一人身上。

杨青桃在那边叫她很多声,她才回过神,说:"灵感有的,先挂了,我 QQ上跟你细说。"

"怎么了? 不方便说话?"杨青桃问。

娜迦岔开话题,她不想让小弟知道自己是以他为灵感写的歌。他是一个太过沉重的负担,这么多年来,她还躲在那个衣柜中,阴暗发霉。只有小弟的眼睛闪闪发光,把生命全部输给她的那种发光,让月娘也害怕。她有时梦见自己从柜子里出来,柜子里却空空如也。柜子吃了小弟,或小弟从未存在过。

"我有想法了,结合闽南童谣,做首红孩儿的歌。"

"那太好了,一定要比《闽南热天》还要炸! 我周四正好去三环的录音室,咱们现场选一些喜欢的 beat?"

娜迦双臂前伸搭在桌上,掐指算算,周三送小弟去医院,周四就要去录音棚试词。她还有几天零碎时间来仔细琢磨红孩儿和小弟。她已经想好要以闽南童谣作为 intro(前奏)和 outro(结尾),用阿卡贝拉的方式呈现,进歌的时候不要太急,不赶拍子。

快递到了,她消毒后拆了包装,是中华书局的典藏版《西游记》,杨青桃推荐的黄周星定本的西游证道书。

杨青桃说他更想带给听众的是一种绝妙的氛围,似在云中,又在雾里,腾云驾雾,眼花缭乱。他还说说唱不只是攻击与愤怒,写出好的歌词和钩子一样重要,跳出情绪的叙事说唱更加恐怖。

杨青桃说完就出门跑步,他说坚持锻炼身体对维持气口很重要,也可以保证快嘴的时候口齿伶俐,不至于让观众看字幕才能听得懂。杨青桃对于自己的咬字要求很严,他不喜欢自己的表达带太多北京滑音。

"圣婴大王红孩儿",娜迦看到红孩儿的名号,玩味地想,"圣婴大王"和"巨婴大王"都令人头疼。她拿手指弯成望远镜,窥了眼弟弟。

不如让杨青桃以孙悟空的形象介入这首歌中,说一些接地气的浑话:"你既是好人家儿女,怎么这等骨头轻?""我儿呵,你弄甚么重身法压我老爷哩!"
"想我老孙五百年前,曾与牛魔王结七兄弟。这妖精是他的儿子,若论起来,还
该叫我老叔哩。"

不知何时,小弟已经站在了门边,目光灼灼地盯着她。娜迦看他一眼,视
线又飘回草稿纸上的涂鸦。红孩儿比小弟的本事大,小弟是古厝里的红孩儿。
古厝里有个弟就够受的了。

小弟问她:"你最近在做什么? 有什么工可以让我做? "

"你除了会混还会做什么?"娜迦冷笑,"如果让别人知道我有个这样的小
弟,我还怎么混? "

"你不说,谁会知道?"小弟伸出手来,"要么你给我一笔钱,我自己去想办
法。"

"我看你是真疯了,现在工作这么难找,你有案底有病史还会打人,谁要
你真他娘的鬼遮眼。"一看见小弟那无辜作态,她就想起妈那乌青的眼。

小弟占尽热爱又不成器,别人穿金戴银,她只能穿仿品。小弟发疯起来,
古厝全知道,都说他是邪魔附体。爸妈溺爱他,进出医院十几次,生意败了再
换一家做,热炉添炭,着力紧败。这样,小弟的病总是反复,总也治不好,回家
总跑出去,不然就把家里翻个底朝天。

阿嬷还是照常在家庙和公庙里拜,说小弟不发作的时候是天使,发作的
时候是天神荡罪。可小弟再也没看过阿嬷一眼,连古厝也不再回去。

阿嬷搭着进城卖西瓜的三轮电动车,带着大包小包的吃食,顶着逐渐升
起的日头,和西瓜们一起摇摇晃晃地寻到镇上,再转车去他们家。每次上门,
婆媳都会吵一架。再后来,阿嬷生了癌,走不动。臭弟只去医院晃几下,又不知
道跑到哪里去了。阿嬷最疼的阿婴,也没能在她床边。

阿嬷紧拖着爸的手说些天公疼憨人的安慰话,又拉着娜迦让她帮小弟渡
难关,说小弟最听阿姊话,只有她能拉小弟一把。可她给小弟发的消息、打的
电话都石沉大海。从那时日起,她彻底对小弟心死。

十四

日头一天天从东到西,爸妈从最初的绝望过渡到窃喜,还好小弟没有沾

上毒品和赌博,否则早就衰到贴地,一家落土。而她十七岁职高毕业,学了美容美发,去一家台湾人开的理发店里实习,手日夜浸泡在药水中,烧得脱皮。

那年,蕾哈娜和埃米纳姆合作的一首歌火遍大街小巷。很多人都爱听蕾哈娜唱的副歌,娜迦只觉得埃米纳姆的吐字惊为天人。在此之前,她只知道周杰伦、陈奕迅和林肯公园。她有空就戴着耳机听这首歌,在网上四处搜寻组织,认识了很多年轻的说唱歌手,知道了东海岸、西海岸、Old School(旧式嘻哈)、New School(新式嘻哈)、Trap(陷阱音乐)和 2Pac、Biggie、Nas、Wu Tang、Jay Z……走在路上就听 2Pac 吟诗,琢磨他的技术和吐字方式。她每天下笔写词,却发现"匪帮说唱"中那种愤怒她无法抽出,她只有热天的白昼、出门黏在身上的潮湿。那种潮湿从皮肤撕拉出来,撕出来透明的一个小弟。她只能不断延续在初中的习惯,不断读诗词和小说,缓解心中的慌乱和词汇的空旷。

正好小姐妹要来北京见网友,两人一起,坐上了去北京的绿皮火车。整顿好行李,落了一身的汗,看着站牌上的字逐渐远去,终于可以告别这热天。这场告别用了这么多年。她在心中播种,默默攒钱,终于长出藤蔓。她顺着藤蔓爬出厝边头尾,甩掉湿漉漉的闽南。

多年来,通过妈妈的无数电话,她成了小弟的不在场证人,小弟害妈的,再双倍给她。爸妈坚信小弟会越来越好。这几年,小弟跑回家的时间越来越频繁。抑郁发作时,小弟看起来像个正常人,瘫在家里,几日不起床。妈中午骑电动车回家,带餐厅的沙茶面给他吃。就算这样,爸妈也很满足。

小弟把门打得哪哪响。她吓了一跳,回过神,对他嚷:"再敲给林北歹歹去边透(再敲给老子滚一边去)!"

"我跟你说了好久的话,你一点反应都没有,到底谁鬼遮眼?"小弟看上去很平静。

"没有工作给你,我这里钱也不多。不过你帮我一个忙,我自然会给你钱。"娜迦拿笔敲着纸,"我想问你,你控制不住的时候是什么感觉?"

十五

澄净的一片海,翻着波光粼粼的金。我的内心很平静。我是神的凡间体,只有神才可以支配一切,谁都不能阻拦。一切人在我眼中退到像蚂蚁那么大，根本不了解我这种幸福，可以凌驾万物，我踏裂一片高楼，城市在我脚下如尘埃般逝去。这种掌控广袤的快感和爆裂的预约比任何肉体的高潮更甚。不知道这样对阿姊说，她会不会觉得我是变态。那种奔涌激烈的感情，我不知道怎么说，好像是心中有片大海，我恨不得剖开我的胸口，让那片大海倾泻而出。小时候看武侠片或者奥特曼，我喜欢对着墙壁或者柱子打拳，似乎可以运出我的拔鼎之力。如果不用力，全身就像有虫在爬。邻居在电视上看了，跟爸讲我是多动症，让爸妈带我去厦门的大医院看，不然会很影响学习。爸妈忙于生意，四处缝补都来不及，哪顾得上我们姐弟。

阿嬷那边还有阿仄一家要照顾，追债的人有时上了阿嬷家，阿仄先是拿着棍子隔着门骂，再转过头跟爸打电话，经常爆粗口。总之，他是不想我们借住在阿嬷那里。到了暑假，我们就只能待在自己家。而那些追债的人，自然是不肯放过我们的。千两银毋值一个亲生囝，多吓几次小孩，爸妈自然就会快快还钱。

每次我们看电视一到兴头，要债的人便寻声而至。阿姊拖着我躲进衣柜，那种热气让我窒息，我不断在里面站起又蹲下，闹着要出去。阿姊便给我剥花生和瓜子，最久的一次，我们在里面待了两个钟，我在柜子里昏昏沉沉睡去。我害怕门外的人，也不想躲进衣柜。闷热、窒息，还有阿姊和我的汗味。我的胸口像是被插了把刀，又好像这把刀从我胸口破土而出。如果有什么神明鬼怪，一定是那阵在我身上落了根。那些潮气在我的皮肤下扎根，悄悄地潜入我的骨髓，日夜撕咬我，我的身体里拧出一团粗麻。他们将线头留在了我脑子里，日日夜夜在头里搔我，告诉我，有朝一日，会将我点燃。

我们的古厝靠海，我总想去海边或者水池。我爱水浸我身，可家里看我很紧，就这一个囝仔，出了事会毁了全家。算命的说我命里火太多，缺水，家里怕我贪水，给我起名叫力源。可阿姊不怕，她从小就比我胆大。每次等那些人走以后，她都要带我去戏水。去海边有时带沙回来，会被爸妈发现，我们只能穿拖鞋去几里地以外的水塘。

那里的蜻蜓真是世界上最漂亮的，头顶还有蓝绿相间的美丽蜂虎，天气越热，那些蜂虎飞得越欢快，它们飞快俯冲下来，一瞬间，就将正

590

在交尾的蜻蜓衔进口中，又急速冲向电线杆。小时候我的视力很好，能清楚地看见蜂虎胸前的羽毛，黑色的过眼纹下，灵活的红棕色眼珠中，能瞭见远处波光粼粼的大海。

那日，阿姊带我去捉蜻蜓，我正得意扑到最漂亮的那只，在手中赏玩。阿姊忽然在我身后大叫，我一回头，鱼塘的看守阿伯那头老猪哥，正把阿姊往一边的野树丛里拖。正值午后，大家多在午睡，没有任何人注意到这边的河塘。我跑不快，根本来不及。我大声叫："阿姊！阿姊！阿姊啊！阿姊啊！"

树丛在摇动，阿姊的声音越来越小。我扔掉蜻蜓，捡起几块石头冲进树丛，用力地掷向那人的头。那人被我砸得头破血流，吃痛转过身，光屁股站起来，一把抓住我拎到水塘边，把我扔了下去。

我曾经那么渴望能拥有一只栗喉蜂虎，将它紧紧地攥在手里，用嘴吸吮它的喙，口腔中感受它柔软轻盈的羽毛，然后一口吞进肚中。我的皮肤逐渐纤维化，变得透明，生出绿色的覆羽，眼底更加清灵，能看见每一只蜻蜓的翅痣，可以迅速扎进水塘，捕捉正在点水的蜻蜓。我甚至能感觉到它那双复眼中的惊愕，那有两万瞳孔的复眼，无一不惊异于我从小男孩变成蜂虎的飞行轨迹，它能准确而敏锐地捕捉到每一丝空气的颤动，却无法躲开我的致命捕捉。我甚至能感觉到我的嘴里塞入它精美透明的翅膀，折断时发出的清脆声正如波力海苔，我衔住它的肉身，满意地准备飞回。

我听到了阿姊的哭叫，我才发现水浸没了头顶。我看见了一只巨脉蜻蜓，很多年后我才知道那是巨脉蜻蜓，生活在三亿年前的石炭纪，翅膀展开有七十五厘米长，是世界上已知出现过的最大的蜻蜓，这些都是我在网吧搜的。那只巨大的蜻蜓，正划翅破浪而来，它的复眼有阿姊的头那么大，它咀嚼式口器钳住了我的头，将那团乱麻从我的腔里抽出来，不断抽走我的一切，我的内部空了，被全部吸光，变得像水流一样冰凉而平静。我和池塘中的水体同化了。我变成漂浮的一颗卵。

醒来已是几天后，我浑身酸痛，听爸爸在门外大声咒阿姊，说师公反复交代不要让我去水边，她还要带我去水边乱乱蛇，就是想害死我。

可能阿姊都不记得这些了。我起先只知道那头猪欺负阿姊，并不懂到底发生了什么。家里人报了警，把他推我下水的事闹到了派出所，但阿姊的事，他们选择瞒下来，怕阿姊以后嫁不出去。光杀人未遂这一条就可以送他去坐监。但乡下人十嘴九尻川，流言蜚语很快传开来。那个暑假，阿姊几乎一直卧在床上，蒙着被子，我怎么逗她，她也不笑，怎么推阿姊，她也一动不动。遇到人来，我只能自己躲进柜里。

到了夜里，我总是做噩梦，醒来有时看见阿姊在窗边走来走去，头发疯长，背对着我，像个女鬼。漫长的病假结束，爸妈借钱，把我送去厦门一个全托的学前班，而阿姊被送到了远房一户亲戚家，转去了厦门的外来务工子女学校。只有过年或是佛生日，我们才会回到古厝。不知为什么，阿姊离我越来越远，眼睛里生满了毒刺，看我一眼，我浑身都疼。无论我怎么讨好她，剥花生和瓜子给她吃，她都会躲开我。我体内的那团麻不断扎我，扎得五脏六腑发疼发痒。我没办法控制自己的愤怒，在汉语拼音听写时，我总会用橡皮把纸搓个大洞。我一直不明白，为什么阿姊会那样恨我。

一日，同学笑嘻嘻地羞辱我："听说你阿姊脱光光去救你喔？羞羞脸！"周围的小孩哄堂大笑。像是被一口钟压成了肉泥，就像一只苍蝇被人拍扁，他的声音在钟内无限扩大。那些笑声都变成了鼓励，几乎要震碎我的头盖骨。插在我心里的刀破土而出，我拿着铅笔扎他的脸，他捂着眼睛反击，狠狠踢到了我的胯下。

剧烈的痛让我无法呼吸，我突然就看清了，一年多以前，在水里见到的巨脉蜻蜓，是我的阿姊。原来那蜻蜓的复眼，真的是阿姊的头。

阿姊救回的是我的身，可是属于我灵魂的一部分却永坠池中。我的学习越来越烂，我恨我周围的每一个人，我甚至恨我的爸爸妈妈，为什么没能保护好我和阿姊？他们让阿姊独自负担了这么多，让阿姊也恨我。

无数次，我一入睡，就梦见阿姊躲在柜子里，长长的头发遮住脸庞，不断地给我剥着花生和瓜子，剥到指甲破裂，血流如注，染红了花生和瓜子堆成的大山。我拼命叫阿姊别剥了，她头也不抬，什么也听不见。在梦里，她也始终未看我一眼。

"你走以后，我去厦门海边玩过，不过厦门水不好看，泡着也没意思……"

"海水……红孩儿的三昧真火,正是被观音菩萨用南海的水给熄灭的。"娜迦短暂忘记了小弟的事,完全浸入创作。为什么小弟说得如此精准?好像是真的红孩儿出现在眼前,让她感到恐怖。内心的茧被什么东西啮破,几乎要将她吸入那黑洞,经历那缓慢的粉碎。为了抑制这种痛苦,她飞速拿起笔写下歌词。

这种感觉就像在爱情喜剧里加了一帧恐怖镜头。人眼无法捕捉到这种帧数的异常,只会感觉到好像有一幕奇怪的东西闪过,意识并不能确认那是什么,潜意识却早已敏锐捕捉到,并将电信号传入大脑,引起了肌体的莫名冷战。

水与火,共工与祝融,龙王三太子和哪吒,南海观音和红孩儿,水与火的两种图腾代表,也许是人体的邪气和愤怒,嗔火太旺而烧尽人心,无法控制住便需要水来收。这火焰燃尽后又是什么?

娜迦问小弟:"你每次发作后,有什么感觉吗?"

"就像刚打完一场拳,全身轻松。"

"你不后悔伤害别人?"娜迦捏紧了笔。

小弟说:"哪里有那么多后悔,做都做了。"

娜迦冷笑,安慰自己无挂碍故,无生恐怖。

十六

周三,去了医院,医生建议小弟还是按照剂量吃药,并叮嘱娜迦做好监督。小弟坐在桌子前,腿大剌剌地分开。医生看了看满头乱发的娜迦:"病人嘛,需要长期服用药物,只需维持精神稳定就可以。家属要实在压力大的话,也可以去找心理医生。"

很快下一位。娜迦和小弟走出诊室。门外的走廊里坐着很多衣着光鲜的年轻人。他们在其中,看起来再普通不过。在这个精神病人都因人口基数大而更多的超级都市,小小一个臭弟,又算什么。或许她那隔壁的邻居,也觉得她每天的念词是发疯。小弟在她身边,仍是一个定时炸弹。可惜爸妈受过的苦,注定要度到她身上。

走出医院,外面的绿树叶都被光打得颤滚,北方高大的白杨树,叶片像打了蜡,高温让扰流变得明显,可是有的树叶还是过早地下落了。人只有一条路,那就是向前走。还是要做事情,只有做事情才能抵挡一切未知的恐惧。未成名时,总想着成名之后的各种造型,现在的娜迦总会在做造型时睡着,手里还攥着各种台本。

回到家中,她塞给小弟半个西瓜,给他打了一些钱,叮嘱他好好吃药,然后继续去忙。小弟在她身边也好,起码不会出去惹事。

写的词删了改,改了删。中途听了一些摇滚,越发觉得头痛,吃了布洛芬,但压不下去。小姐妹推荐了卖红参口服液的厂家,她又让小弟去便利店买些红牛和力保健。他回到家,带了两杯绿豆冰沙。

陈力源杀完最后一局,抬头一看,阿姊的屋门似乎还透出亮光。他悄悄推开门,看到桌上有一杯未喝完的冰沙水,而阿姊已经歪在面包靠枕上睡去了。他把阿姊散乱的金发从脸颊边拨开,看着那淡淡的眉毛、大而深的眼窝、平缓起伏的鼻梁和微厚的嘴唇,不施粉黛,还是记忆中阿姊的模样。他松了口气。

那些短视频和海报里的人看起来艳光四射,他们把阿姊画得像盘丝洞的妖精。金发被卷成大波浪,眉毛被勾勒得很弯,半扇墨绿的金属眼影,横扫出一片孤寂冷佗,戴了深绿色美瞳,猩红的上唇翘着,露出不可一世的笑容,俯瞰着众人,仿佛全世界都在她的麾下。和出事后剪了短发、在人群中总是缩头含胸、戴着鸭舌帽和耳机的阿姊全然不同,和此时在面包靠枕上熟睡的阿姊也毫不相同。她似乎要把古厝的那个女孩从身体里永远撕出去。

他用手摸了摸阿姊的脸,如同摸到水流那样软,被空调吹得又有些冰。她没有醒,只是皱了皱眉。他低下头,像小时候那样,亲了亲阿姊的脸颊;接着用手指去探,还是那么软、那么冰,丝毫没有因他滚烫的嘴唇而升温。他把她抱到床上,关了空调,盖上被子。五岁之前,阿姊抱着他,给他念从阿嬷那里学来的闽南童谣。有时他要抓住阿姊的胳膊,阿姊总嫌热,必把他的手捏起来,放回他自己身上。

娜迦梦见了幼时古厝的那片山野,不知道为何,那片山野中冒出许多层层叠叠的空中的楼梯。楼梯呈蛹形,不断变换上下的方向,而她攀住一根梯子,不断从底层的污泥处往上爬。身后的旷野中,有什么东西在隐隐约约逼近。这让她感到恐惧,她不断地往上爬,想逃出这漫山遍野的绿色。周身好似裹满了泥浆与水汽,越来越难以呼吸,想要将她从天梯上摇下来。正在爬着,她蓦地惊醒,睁眼感觉有人在身边呼吸。

一转头,小弟在床的另一端,空调关了,挤得她浑身都是汗。她翻了个白眼,摸来遥控器打开空调,又拿了凉毯来给他盖好。

窗外的月娘竟这样亮,白惨惨的,让人心透亮,她觉得整个胸膛都被照得很满。多年荒唐,小弟显得比她更老,甚至过早地有了抬头纹,细看,满脸密布着晒斑。他的睫毛在睡梦中抖动,闭着的眼睛在骨碌骨碌地转。她坐在床边,想起小弟小时的睡脸,那时阿嬷夸小弟是菩萨送来的团仔,真古锥呀真缘投(真可爱真好看)。如果将过去看成许多盘磁带,而小弟这一盘,她可以选择听或不听。如果我将那一盘有病的磁带永久销毁,就这样一直过,不知可否?

她想起明天要赶的通告,看看手机,凌晨四点多,准备起身去做事。刚挪动,就被小弟抓住了手腕。小弟的手掌提醒她,小弟不再是那个有着小肉手的团仔了,而是个成年男子了。

她无奈地说:"去做工。"

小弟迷迷糊糊:"阿姊不要丢下我。"

她只好坐在床上刷微博,脸被打出不同的光斑色块。小弟也慢慢坐起身,月光下,眯着大眼睛,眼袋鼓出,迷蒙地看着窗外的月影,月娘在他眼中凝成两个小点。

他喉结滚了几下:"阿姊,你有过男朋友吗?"

"问这个干什么?"

"你会不会被迫要做一些事……"他松开她的手腕,盘起自己的腿。

她感觉小弟的眼睛像钻出一万只火金姑,来咬她的肉。

"人变成什么样子,都是自己选择的结果。"娜迦倚着窗台,"人要是想烂,会一直烂下去。"

其实她很想跟小弟讲,刚来北京那时阵,经常晚上十二点和小姐妹结伴从理发店离开。一天晚上,沿途碰到持刀抢劫,两人的手机和钱都没了。两人去隔一条街的派出所报案。回家已经是凌晨两点多,倒头就睡。第二天还要早起去店里排队,等着店长复盘训话。她发誓凑够钱买部新手机,立刻辞掉这份工,去找与音乐相关的工作。

同好给她介绍了个小厂牌的制作人,那制作人看她漂亮,唱得还可以,问她要不要在一起,说给她介绍团队,慢慢混起来。那人不让她再去理发店上班,而是让她多混混圈子,人脉才会起来。她经常陪他出席酒吧派对,看一帮人坐在沙发上吞云吐雾,喝洋酒吹牛,只能自己悄悄塞一只耳机,藏在头发后面悄悄听歌。

这些局里,偶尔会有一个叫 NeZha 李的说唱歌手出现,他戴着眼镜,皱紧眉头,只叫一杯咖啡,抱着一个笔记本在角落里调音乐工程。他会玩一些很新的东西,比如把民乐和军鼓融在一起,敲进副歌打底。她有时会向他讨教,他跟她讨论一些欧美说唱歌手的音乐技巧和各种乐器的音色和应用,说起这些技术性问题简直停不下来。他说比起当歌手,他更想做制作人。

不久后,她在男朋友那里看到了很多备份女人。她才知道她是给人当马子。每次想起来她都会啐一口,庆幸自己没有染上什么病。好在那段时间她认识了 NeZha 李,知道音乐可以像方程式那样进行计算和铺垫,通过数学计算来编曲会更有意思。两人合作,出了几首有意思的小曲,远在地摊公主的头衔到来之前。

这些小弟永远不会知道。

她挨个回复完信息,头靠着面包靠枕,等着天空逐渐亮起来,小弟不知何时又昏睡过去。她一瞬间想和小弟互换。

十七

赶到三环那间录音室,美猴王压着鸭舌帽走进来,头发剃得很短,录音室里的人都停下了动作。娜迦在试那段总在卡壳的三押,脑中不断回旋汤显祖那句"不妨拗折天下人嗓子",怎么也找不到感觉。她放下试词,金发散落在手边,夜晚下肚的鸭血粉丝汤,残余的白胡椒面在喉头发起来,汗滴到下巴。

杨青桃站在玻璃外,和录音师聊天。看她有些局促,他说:"你可以先用闽南话找找感觉,说普通话也许没有你说方言有感觉。"

她笑笑,声音撞在录音室的墙上:"你又不是闽南人,又如何定义闽南唇?"

她在有响棒和沙槌的前奏中念完那段民谣,感觉很好,用一种极空灵的鼓引进,在心腔轻轻地锤。重新回到广袤的榕树下,冰凉的老石板路,滚烫的脚板贴到石壁。韵律像池塘将她浑身染成透明的。她也变得像藻花。

　　接着，杨青桃和她一起选了一些曲子，仔细琢磨着其中的节奏和鼓点，想着用怎样的词组、呼吸和押韵来配合。杨青桃更想从其中得到惊喜，闽南的民谣，对于北方的语境来说，有着更多神秘与陌生。最终，他们选了一首西域风格的伴奏，不仅可以制作出变幻的韵唱，还可以有更多加肉的空间。杨青桃刚录完一首《避水金晶兽》，他说这个受她的启发，觉得从妖魔鬼怪入手不错。

　　时间已晚，打车回大兴太远又不安全。她在城里这几天都有录制，杨青桃的家在附近的老小区，问她要不要暂住一下。她有些愕然："这样合适吗？"

　　"我离婚都三年了。"杨青桃皱皱眉，"我不喜欢跟我的合作伙伴搞什么花边新闻，纯属有病。"

　　杨青桃还跟她解释，如果一个人要立美猴王的人设，至少在做专辑的这段时间里，要保持童心本源。至少要进入西天取经，要有玄奘那般心无旁骛的心境，不要被外界声色所诱惑。

　　她说他入戏太深。杨青桃连忙双手合十："阿弥陀佛。"

　　娜迦看着街口那家黑灯的麦当劳，不得已打消了夜宿麦当劳的念头。过去还有很多快餐店可以坐一夜，一些流浪汉会帮麦当劳收拾桌子，来换在里面坐一坐。最近几年，很多二十四小时的店都关门了。她哼着流行歌，压低帽檐。她跟着他上了老破小的楼梯，隔着薄薄的门板，还能听见楼里起夜老人的咳嗽声。

　　直到杨青桃打开家门开了灯，她才发现，和那陈旧的楼道不同，他的房子宽阔明亮，橡木色的地板上，巨大的羊毛地毯摊在地上一如化开的奶油，地毯侧面是一排通顶的透明手办柜，里面摆着造型各异的动漫角色，旁边是一个立体的生态循环缸。他邀请她进门，在手边扶椅上换了鞋，招呼她早些休息。她坐在豆包沙发上，看见一整面光洁的电影幕布和圆盘形的 B&O A9 音响，看起来像是家中支起了外星信号接收器。

　　她知道 A9 这款音响，他们平时开玩笑都叫它大铁锅。她歪着头半躺在豆包沙发上散神，忽然看见小弟戴着彩色塑料耳机，坐在火车上闷闷听音乐。她的心像是被装进了大铁锅里翻炒。小弟的最后一条消息是"阿姊你早点回家"。不知多少年未回闽南，当地的比赛也不敢参加，过年都推说工作忙，和同样不愿回家的朋友一同 K 歌喝酒。偶尔去南方商演或者活动，最南也不过江浙沪。

她躺在客房,深蓝色的床,进入未知的海洋,水母的身体闪烁着星光,窗外起风了。一个人在北京,能睡在这样安逸的房中,当然有心情读《西游记》。

手机闹铃响起,她迷迷糊糊摁掉,又挣扎起来看消息,准备洗漱出门。杨青桃在茶几上摆了早点,他在幕布上放了一早的球赛,说以前熬夜做歌,有时候累得睡不着,看看夜里的比赛,很快就能入睡,醒来以后,球赛刚好播到集锦或早间体育新闻,觉得自己并不孤独。

杨青桃吃完葱花油条,喝了两口豆浆,去厨房冲了两杯咖啡。两人看着球赛,在屏幕的亮光处,看见上浮的空气不断荡漾,扭出各式各样的轮廓,似乎已经相识了一辈子。

被迫按下的静止键里,她得到了一分钟的舒缓。有那么一分钟,她能在回忆的暗盒里,不去想小弟这根刺,或是那个暗盒忽然张开一道缝,射出许多光。

很快,手机铃声响起,不是甲方,竟是小弟:"你在哪里,怎么没回家?"

"我有个小节目要录制,这几天都不回家,在外面住,你照顾好自己。"

"哦——"电话那头传来一声长叹,"你是不是在躲我?"

"没事先挂了。"她挂了电话。

又是一个禁区内的射门,没成功,左边锋抱憾。杨青桃拍了下大腿:"是你弟弟?"

"我不想他问太多。"她挥挥手,拿出了歌词。

"大铁锅"放着选好的 beat,她和杨青桃在客厅中对了对词。

十八

三昧真火

Intro

(闽南童谣)一年仔倥倥,二年仔孙悟空,三年仔吐剑光,四年仔爱膨风,五年仔上帝公,六年仔阎罗王,阎罗王……

Verse(陈)

看,从吐鲁番烧起八百里火焰一直刮到闽南

他生来体内便有三昧真火烧到东海也无法平静

铁扇公主太过宠他甚至无视他所带来的灾难

无数次轻飘飘对土地公说一句保佑我团平安

圣婴大王喝酒打牌讨债上门爸妈寝食难安

眼看他将古厝土地内的无数生灵骨髓吸干

Bridge(桥段)(杨)

你这小畜生,不识高低! 看棍!

(童音啸叫)泼猢狲,不达时务! 看枪!

Hook(杨)

混世的圣婴大王,嗡嘛呢叭咪吽

混世的圣婴大王,嗡嘛呢叭咪吽

Chorus(副歌)(陈)

莲花座,降魔杵,步步拜去珞珈山,解得我苦

杨柳枝,一点露,泼过这三昧真火,终得极乐

Verse(陈)

总是逃避四处祈求哪个神明会发慈悲显灵

看业火烧干他青春我在深渊内默念手足情

惨绿的盛夏我在咱厝里看遍山烧出的红云

无可奈何我背井离乡去冰天雪地躲避瘟神

雍和宫的佛与菩萨能否助保生大帝一臂之力

山河湖泊四海龙王日夜雷电可否驱得煞气

南海也好东海也好只求菩萨借一点甘露吧

Bridge(杨)

妖精！你如今赶至南海观音菩萨处，怎么还不回去？

(童音啸叫)咄！你是孙行者请来的救兵吗？你是孙行者请来的救兵吗？

Hook(杨)

混世的圣婴大王，唵嘛呢叭咪吽

混世的圣婴大王，唵嘛呢叭咪吽

Chorus(陈)

莲花座，降魔杵，步步拜去珞珈山，解得我苦

杨柳枝，一点露，浸过这三昧真火，终得极乐

Outro

(闽南童谣)一年仔悾悾，二年仔孙悟空，三年仔吐剑光，四年仔爱膨风，五年仔上帝公，六年仔阎罗王，阎罗王……

"成了。"杨青桃弹一下稿子，"这歌儿绝对炸，等你结束这两天的活儿，咱们就去录。"

她也从密不透风的罩子中撕了口空气，转身歪到沙发上，问他有没有可以录视频的地方，她需要在线上录个节目，需要好一些的麦克风和录音设备。杨青桃很快将书房收拾干净，给她装好了设备。

终于录完一期节目，已经接近下午三点，她刚假笑着退出会议，就接到了小弟的电话："阿姊你到底在哪儿？你是不是故意要甩掉我？"

受不住这样黏腻的小弟，恨不得躲到爪哇国去。录制新歌的顺利也无法冲淡她这种沮丧，一股闷腥的感觉涌在喉头。

她喝口水，把那股邪火强压下去："我在录节目，要几天才能回家。你今天吃药了没？小心我给妈打电话，把你抓回家。"

"妈能管我的话，干吗还叫我来找你？"小弟又变得黏糊，"总之你快点回家，我一个人待着没意思。"

她敷衍着挂了电话，门外就响起了敲门声。

杨青桃问:"垫点东西吗?下午三点了,晚上再出去吃点好的吧。"

她跟着他去了厨房,看见挂面,不由摇头。刚来北京那时阵,泡面还算贵,为了省钱吃盐水挂面,彻底吃到伤。她问有没有云吞之类的速食,他说冰箱还有速冻饺子。打开冷藏室,那根光杆司令胡萝卜分外惹眼。

她问他是不是不怎么在家吃,冰箱里唯一的绿色怎么都是些无精打采的芹菜。杨青桃苦笑:"都怪我,经常在外面跑来跑去。不过我囤了好多碳水,足够我坐吃山空了,是不是有点像玉帝降罪的那个米山和面山?"

接着他拉开储物柜,满满一柜的泡面、挂面、荞麦面和意大利面,还有各种酱料和调料包。看见娜迦苦笑,杨青桃又安慰道:"没关系,鸡蛋会有的,蔬菜包也会有的。"

娜迦摇摇头,她冲了点麦片。

麦片、薯条和汉堡包,快速果腹为这快节奏,午夜那快餐店的金字招牌,工事繁忙总让年轻人徘徊。

娜迦想起一个老掉牙的问题:"喂,你觉得说唱对你来说意味着什么?"

杨青桃靠在沙发上,拨弄着一把小尤克里里,即兴诵念:"是火焰山的芭蕉,是蟠桃盛宴的佳肴,是炼丹炉的巽位,是取经路上的魑魅。有时候舞台上看起来很辉煌,可缝纫的每一刻都感觉那万千奔腾的雄心,都要靠那些深山鬼岭里的魑魅魍魉来磨。直到把雄心那方宝剑都磨得看不清剑身,被岁月斩得斑驳,过后又自我腹诽,觉得自己在创世纪的同时又觉得生命毫无意义。为什么要穿这层美猴王的画皮?恐怕是因为我属猴,很小就将孙悟空当成偶像,总觉得背靠着那一座与天同寿、长生不老的大山,就觉得自己有无穷无尽的力量。"

娜迦歪着头:"而我只想远远地离开闽南,永远不再回去。"

"离开家这么久,家里人不会想你吗?"

"如果你的家就在你身上,而你想远离的那个人就像水蛭那样甩不掉,何谈想不想。"

"闽南有很多榕树,枝干落地生根,是不是像你说的那种家庭关系一样,彼此连接紧密,怎么也无法挣脱,牢牢地系于那棵老树,一代一代缓慢又强韧地生长下去?"

"如果有选择,我只想做一株南洋杉,我受够了榕树那种盘根错节的家庭关系。"

"嗯,我能懂。我想做杜果树,我爱吃杜果。"

"杜果是我们那边用来吸尾气的。"

"你说的是'我们那边'。"

"也许短期内很难逃离这种话语圈套,就像我们的口音、家乡景色和固定用语。"

在两人都空闲的时刻,杨青桃带她看投屏电影《新神榜·哪吒重生》。电影中的哪吒转世李云祥正在孙悟空的指导下进行内火外导。

杨青桃说:"说来也很巧,哪吒和红孩儿用的都是三昧真火,他们在修得正果前,性格都相当偏执。哪吒的元神,自古就被称作杀神,但现实中咱们的NeZha 李应该还行,我看他人还比较温和。"

娜迦点点头:"他是我好朋友,一直帮我做歌。他不是武汉人嘛,又在'武昌鱼'厂牌。才饮长江水,又食武昌鱼的,自然水克火,哈哈哈。"

于是,他们共同决定让 NeZha 李来制作这首歌。

<h1 style="text-align:center">十九</h1>

后两天,娜迦要参加一个语言类的综艺节目,借住在杨青桃家,在客厅背词。现在这种语言类节目繁多,不是唱歌就是演话剧,还要跨界碰出所谓的火花。她总怕做不好,看着节目组给的台本反复练习。小弟不停地给她打视频电话,她看见小弟窝在床脚一团,黑黢黢的,只看见两只阴暗中闪光的大眼,真想喊他起来做事。

小弟总是问她些怪话,什么北京哪里有河可以摸鱼抓虾,想去秦皇岛看大海,问她在哪个录音棚见什么明星,他想去"咸鱼"上兜售签名。又说他买了体育彩票,中了一笔大奖,可以载她下五洋捉鳖。她都只听几句,让他自己做点饭吃,不要打扰她。

不胜其烦,她将小弟来电静音,打算等节目结束后再说。

"我们本该共同行走,去寻找光明,可你却把我,留给了黑暗。"娜迦正在读这句话,忽看见指间有雾气冒出,结成青紫色的薄雾,笼住她全身。一股辛辣的刺激包裹知觉,让她几乎不能呼吸。好在,杨青桃走过来,问她要吃什么,那股白日梦魇才慢慢散去。她看见杨青桃的嘴一张一合,耳朵里却什么也听不清。她拿着台本摇了摇头,心跳却越来越剧烈,可能太累了。她想要看看几点,却发现手机已经关机。

她觉得纳闷。等充好电才发现,手机里是铺天盖地的未接来电。

邻居家燃气爆炸。小弟刚好在屋里。

爸妈从厦门赶过来,两个黑黑瘦瘦的人,被泪水浸得皱皱巴巴。她站在病房门外,墙角两边都站满了家属,像建筑边的野草,东倒西歪地立在墙边,等着抢救结果通知。医院的冷气被沸腾的眼泪蒸干,护士提示多次保持安静,暗涌的呜咽凝聚成一座九层妖塔。嘈杂,炎热,眩晕,人肉相贴。她压低帽檐,遁入虚空。干枯的爸妈相互搀扶。爸捂住眼睛,粗大的骨节,指缝稀疏变形,干干巴巴的呻吟。妈向娜迦投来祈求的目光,娜迦则一直盯墙壁或是看手机。大家都戴着口罩,没人能认出她。很多人摘了口罩靠着墙涕泗横流,她才感觉到,自己的口罩是干的。她尚未从那些电话的余震中缓过来,甚至怀疑这是不是一场提前预谋的真人秀。她悄悄转头,企图从这些变形的、湿漉漉的脸庞中找出一个黑洞洞的镜头。没有。她开始商量人生这场大型演出,到底何时可以谢幕。她不愿意面对如此逼真的事。

昨天得知消息,她才感受到剧本结尾那通天的巨雷,正将自己贯穿劈碎。她刚崭露头角的事业,又像席卷而来的泡沫,在乌黑的岸边,暗声破灭。在父母的声声责问中,她开始怀疑自己随身携带着什么鬼怪,让小弟一次次替她挡了灾。

她捶半天胸口,憋出一声尖叫,瘫软在地。听到响动,戴着麦克风的杨青桃从卧室里冲出来,不断拍她后背,试图把她扶到沙发上。平素精于锻炼的杨青桃,也拖了三四次。她不断哽住,只吐几个字,又陷入大哭。杨青桃握住她的手,用力抱住她,不断揉着她后背,想将那股寒气顺出。她很快不能呼吸,全身发抖,手指僵硬,他把毛巾塞在她嘴里,防止她咬舌头,迅速拨打了120。

呼吸性碱中毒。杨青桃按照医嘱,将一个纸袋子套在娜迦的头上,希望她将过度呼出的二氧化碳吸回去,可以缓解一定的压力。娜迦瞪大眼睛看着这一切降临,口不能言。头被罩住后,她好像在看一出默片喜剧。

急救车终于赶到。杨青桃松下来,忽然觉得很多词汇都憋在喉咙里,一个

603

也吐不出来。

小弟在爆炸中受了重伤,还好保住了四肢,除了开放性骨折,还有多处外伤,部分皮肉阙如,需要自体和异体移植。他们要将他转院去全国最好的骨科和烧伤科,但小弟的异地医保要转手续,报销又麻烦。爸妈就像节日祭船上的木偶,她暂停了很多工作,拉着那艘破破的小船在干涸的陆上走。

她不由得也怪妈,给小弟偷吃保生大帝的龟粿。心中如此恨,恨又无气力。

爸眼眶红肿,口舌和手指被烟熏得焦黄,眼睛像磨花的玻璃珠,珠子茫然转向她,怎么也揩不掉磨损的花纹:"怎么会这样,怎么会这样?小弟怎么刚来就这样?你当时去哪里了?"

这样说来,好像做错的是她。闽南的神明在北方水土不服,符咒从古厝的墙上滑落,观音菩萨也未能镇住这场业火。她一想到小弟在床上呻吟,便觉这一切竟像谶言。她写下的是对小弟的诅咒,让那场火从闽南烧到北京,好报多年前的水中之仇。

杨青桃来看过她几次,每次都约在医院地下的餐厅,跑过来安慰她。NeZha李也跟着来了,戴着一顶度假的草帽,要一杯雪碧,把玩着一块五花肉样的耳机套。他让她不要担心,这首歌一定会让她风生水起,比《闽南热天》更炸。他说:"祸兮福所倚。你要相信人的生命力,你看哪吒变成了莲藕,也能活得很好,无生无死,无死无生。"

娜迦吸一口杨枝甘露:"你说的都太玄了,放自己身上根本熬不过去。"

她坐在床边看着小弟,小弟的脸被裹在白惨惨的阴影里,像一只巨大的炭烤蚕蛹,隐隐有焦黑色透出。

赔偿和官司看起来有一顿扯,妈拉着她悄悄问:"你还有多少钱?"

她转过脸,说:"家里钱不够用?"

妈看着她:"上午看有募捐的人来,可以给小弟在线上筹钱,你看要不要搞?"

"别开玩笑,"她语气冷酷,"小弟在我这里出的事,我会负责的,你不要理会那些人。"

"是,你现在出名了,不会不管小弟。"妈妈像潮间带上的河蟹,不断地从嘴里吐出泡泡。妈妈嚼着海藻之类的细小物质。娜迦看着自己被蟹钳紧紧夹住斩碎,送入妈那一开一合的嘴。

好巧不巧,杨青桃又打来电话催录音。她接起来,不待他说话,就说马上过去。娜迦握了握妈的手,想象中的蟹钳,常年浸泡在水和泡沫中,粗糙冰凉,纹理深刻。妈想说什么,又闭上了嘴。她又回头看了眼小弟。护士进来了,准备给小弟换药。她略一颔首,不忍看,走出门去。

<h1 style="text-align:center">二十</h1>

《三昧真火》这首歌作为美猴王和陈娜迦合作的先行曲,一经推出,很快点燃各大音乐平台,有营销的一番造势,播放量增长很快,评论叠楼很高。

"这首歌的制作人是 NeZha 李,考虑到红孩儿和哪吒都练三昧真火,如今这首歌霸榜也就不足为奇了。"

评论最高赞是:"这首歌聚齐了天庭三大刺头:哪吒、美猴王和红孩儿。"娜迦在被窝里看了这条评论,勉强笑了笑。这条评论的落款还是 NZL。

莲花座,降魔杵,步步拜去珞珈山,解得我苦
杨柳枝,一点露,泼过这三昧真火,终得极乐

这段用电子垫音,十分朗朗上口,一经放出,于各个音频视频软件上步步生莲。很快这首歌被买走,给一部根据《西游记》改编的现代剧做主题曲。关于这首歌的分成,她一直没来得及和杨青桃谈。她现在也顾不上这些了,有人在医院认出了她,也发现了她是爆炸事故中受伤者的家属,趁她不在的时候跟她父母套话,把这些事发了出来。

《三昧真火》和爆炸事故,有诡异的巧合。陈娜迦怎么在事故之后,还有心情发歌?好似一窝失控的马蜂,它们找到攻击热源,轰向陈娜迦的微博。它们在杨青桃的微博下面说他们吃人血馒头,妄想借用那场爆炸来为自己造势。

更有甚者,有人编出了一套阴谋论。

看客议论纷纷,甚至比《三昧真火》的热度更高。

"很难不怀疑陈娜迦是为了自己可以大火,故意制造了这起爆炸,希望警

方严查……""这场爆炸本身就十分诡异啊,她弟弟被爆炸烧伤的时候她还不在家……""看业火烧干他青春我在黑渊内默念手足情……你看看哪个写歌的会这样诅咒自己的家人?业火烧干?完全是诅咒,陈娜迦居心叵测,不敢深想……"事情很快失控。

娜迦的爸妈刷到这些,对她的态度也变得古怪,偶尔打电话来,话里话外含沙射影,说她和小弟换了命,若不是小弟,哪里有她今天。如果她不肯给小弟掏钱,他们就要把这些事都告诉媒体。

刚吃下一碗泡面,娜迦就在听筒这头吐了出来。她干笑两声,挂了电话。接着,她将马桶清理干净,跑到镜子前看自己通红的双眼。她看了许久,想从印堂中看出端倪。

杨青桃打来电话,大叹一口气,说因为这些谣言,自己的新专辑发布也要拖后,他在四处找人帮忙。他发布了澄清视频,但质疑声更加凶猛,又多了很多下流猜想。他看到这些,怕娜迦受影响,劝她先出去躲一躲。

她将很多客户端卸载,电话也关了机。各处活动暂停,可能面临着巨额违约金,经纪人忙得焦头烂额,四处赔礼道歉。他们开了几轮会议,都不知如何澄清如此诡异的巧合。最终决定先沉默应对,小公司也放了陈娜迦的假。

她买了备用手机,让经纪人帮忙办了新号,存了一些必备号码,打了一笔钱给家里,买了张机票直飞海南,跑到天涯海角去,远远地逃离这一切。

二十一

落地先睡,娜迦睡了两天,睡得昏天黑地。一个陌生电话打过来。她接起电话,是 NeZha 李。还未等他开口,她问:"请问哪吒三太子,如何剔骨还父、削肉还母?"

"你现在要伤害自己,在外人看来不就是于心有愧?"NeZha 李的声音听起来比较轻松,"你现在在哪里?我来找你。"

"我在海口的一家酒店,靠近海边,随时可以跳海。"

"定位给我,你一定要坚持到我飞来见你,我再告诉你莲藕人的秘密。"

"好。"

"从现在开始,你不要关机。跟我保持通话,直到我上飞机。"

"嗯。"

NeZha 李过来已是深夜,打车长驱到她住的酒店边的海滩。他穿着短袖和牛仔裤,帆布鞋系带拎在手中,赤脚走在沙滩上。她还是穿着那双假山茶花鞋,拖拖沓沓地走在沙滩上。那时她已经喝了一些酒。

黑暗里,她看不清 NeZha 李所有的颜色,只看清他的双眼,就像动画片《哪吒闹海》里那样,在海风和浪花的湿度中冷冷闪着光。见她来,他变戏法似的从口袋中掏出两瓶虎牌啤酒,用牙齿咬掉盖子,递给她一瓶。

"心情有好点吗?"他问。

"很难说好,还是想死。"她喝了一口啤酒,反流的食道隐隐发胀,"我只是不明白我这么努力,怎么还是一摊烂泥。"

海边还有路边 KTV,在绵热的海风中,她隐约听到伍佰那大刺刺的嗓音、缓慢有力的鼓声和抒情的电吉他 solo(独奏)。很快 NeZha 李的声音响起,比伍佰克制,更像是一首歌的贝斯。

他们行走的四周被黑暗吞噬,只有海保持了可怖的湛蓝,头顶的月娘是那样亮,亮得仿佛整个人都冰冻透明,五脏六腑都变成果冻,被广阔的蓝吮吸,要从她身体中将魂魄都吸走。

他们继续向更深的夜里走。NeZha 李说,她的事闹得很大,问她知不知道始作俑者是谁。他似乎想开口,她制止了他,说她不想再知道,不愿意再生事端。如果这是命,一定要认。

娜迦从沙子中间慢慢滑落下去,直到流沙封住她的头顶,她的意识全然被压垮。热带的月娘,怎么会这么冷?闽南的月,有时晚上也黏黏糊糊。她忽然理解了"冰轮"和"广寒宫"。

刺骨的月光里,NeZha 李将她头上的沙拂去,试图将她从那虚幻的沙中拔起,可怎么也拖不动她,索性也跳入流沙中,和她站在一起。他说:"我从小有仇必报,我用心做出来的歌,不愿意被这种谣言毁掉。我想说的是,咱们要不要再合作一首歌反击……"

大概过了一次月食那么久,娜迦的意识才逐渐归位,好像从地狱中梦回,发现自己的头正枕在 NeZha 李的大腿上,发黑的宇宙将她砸昏。手中余下的啤酒流了一身。她这才想起词汇如何组合,张了半天嘴,说:"我想吐。"

他托住她的头,慢慢扶她起来。她的脸发烫,胡乱裹着些沙,不知怎么好像被风吹得失去灵魂,发了烧,好像在水中浸泡。眼前的 NeZha 李似乎长出了三头六臂,将她揽入怀中。她一时间迷惑起来,那个只会抱着电脑跟她分析旋律的男孩,怎会发出如此强烈的热? 他的这种热情究竟从何而来,是三昧真火? 可是和小弟的那种毁天灭地的火全然不同。她的眼前浮现出一幅画,好像是孙悟空大战哪吒三太子,又好像哪吒和红孩儿用三昧真火在斗法。

这个拥抱来得太快,似乎又来得太晚。她开始回想这些年发生的一切,似乎串起来早有预兆,又似乎是她一直蜷缩在果壳中没有察觉。但她有一点很确定,她不爱吃藕,不喜欢藕炖排骨,不喜欢桂花糯米藕,也不喜欢凉拌藕片。

她推开他:"我还想问你怎么削肉还母。"

NeZha 李推了推眼镜:"很抱歉,我也想摆脱我的家庭。但似乎可能性不大,搞这一行,有时还需要父母接济,所以我才会用 NeZha 的拼音而不是'哪吒'。"

"不如我就留在海南算了,当个酒店保洁或服务员。闽南我回不去,北京让人觉得又很累,还有那么多 hater(喷子)、键盘侠。"

"这一切也许不会过去,但为什么要在乎? 我们继续写歌就好了。哪吒从不服输。"

"但没多少人是哪吒。"

"这么好的夜,不游泳,可惜了。"

"这么大风在南海里游泳,会不会被刮到南半球?"

"南海有观音的,不要怕。"

"这么多年了,观音在哪里?"

广寂的海面上似晕出无限光环,面前忽现出一艘极精致的象牙宝船,桅杆风帆均缀满宝石,嵌珠镶贝,海豚从波浪中逐出,围绕在宝船周围。这是艘幽灵宝船,船的周身在颤抖,在引诱她开启摇曳生姿的海波之旅。她默念"南无大慈大悲观世音菩萨",随即跟着那指引上了宝船。一味清澈浸入意识,薄荷酱抹在白面包片上,视野逐渐被湛蓝填满,嘴唇化成血红的珊瑚,牙齿幻作水中发光的水母。她感觉皮肤像海豚与儒艮那样光滑,又不受吸盘与爪牙的困扰,她逐渐失去四肢百骸,伏于海中,变作一瓮海龟祭坛,一座呼吸的海礁,一只海滩上试探的勺嘴鹬,一只净瓶中飞翔的军舰鸟。她入宝船中一方洞天,在竹林间以斧破竹,劈开四季缤纷花雨,似得了宝训,又听得箴言。箴言无形无色无痕无感,只顺着波浪将她摇入深海更深处。她再念一遍话语,又似乎将所有的话语念出,世间所有苦厄一齐涌入心中,海啸翻出几十米高度,小船倾覆,又复翻转回来,风平浪静。藏经楼有一百零八个孔,她在第一百零八个孔隙中看见了小弟的那双眼,隔了纱布,还能感觉地狱之火在烧。幡然醒悟,悔又无悔。空荡的船顶,密密麻麻地布满蛛丝网,怎么也无法从榕树的深根中将自己拔出。

她回过神,天边微微发亮,南海龙王吐出甘霖,龙女们用人鱼的碎鳞装点天空,朝霞变作碎波荡漾,大鲸跃出海面。NeZha 李躺在沙子上睡得迷迷糊糊,她拍了拍他:"我们再一起做首歌吧,不然我欠的债也没办法还。"

NeZha 李从地上爬起,摇掉很多头上的沙子:"我们还可以再做很多首歌。"

天完全亮后,那片湛蓝逐渐罩上一层透明的薄壳。他们去街边的小摊,买了陵水酸粉和海南粉吃,陵水酸粉配上黄灯笼辣椒,酸辣的滋味和细细的粉,吃在嘴里像很多小人儿在跳。

"第一次我被网暴,我去了周围最高的一栋楼,真想跳下去,可是窗户推不开,那些窗户早就密封了防人自杀。我只能揣着手,坐在角落里听西海岸说唱。"娜迦手臂像波浪那样滑动,"我忽然想起小弟。我以前也跟你说过,他是我最大的心病,无药可医。我不是想他长大后有多烂,而是小时总跟在我身后,唱'天乌乌,欲落雨,鱼担灯,虾拍鼓'。霓虹阵与车流的红灯交汇,风从窗户缝里吹上来,恐怕有不少尾气。我的心也像有虾在拍鼓。我想办法逃到北京,可北京也没多大意思。人生哪有什么意义,不过是像我阿嬷那样每天拜观音。"

"《闽南热天》和《三昧真火》都很好听。"NeZha 李拍拍胸脯,"毕竟都是我做的,你每一首歌我都会评论。"

天雷一闪,原来 NZL 就是他。娜迦勉强笑笑:"没想到,最后还是要靠闽南。"

后来几天,他们白日各自昏睡,趁傍晚出街,逛骑楼老街,看青椰在夕阳下散发粉金的光,仔细研究为什么海水会这样蓝,又琢磨水中鱼如何看见这水波,学用动物的眼睛去看世界。娜迦不再化妆,晒得更黑,几乎没人能认出她,认出她也无所谓了。已经背上了恶名,再下一层地狱没区别。

他们谁都没再提杨青桃,据说大圣还在敢问路在何方。

二十二

一个略有些阴的下午,两人坐在海滨的咖啡厅,正讨论要不要做一首偏东海岸风格的歌来澄清这一切。忽然,NeZha 李被朋友发来的消息轰炸。他匆匆瞥了一眼手机,便忙叫娜迦让她看视频。

镜头中,小弟半坐在病床上,被纱布缠得整个人发着白光,甚至看起来气色好些。他艰难张嘴,一句句澄清那些谣言,有时牵拉到痛处,表情还会扭曲。她从未听小弟说过那样标准的普通话,甚至郑重得有些像演戏。

"我阿姊这么多年来一直照顾这个家,现在因为网暴,我阿姊消失不见了。你们都知道,谣言是会杀死人的,乱说话的人是要下地狱的。警察找我做过笔录了,"他举起责任事故认定书贴到镜头前,"大家看清楚,这完全是一场意外,跟我阿姊的新歌没有任何关系。"

视频最后,那双阴沉的大眼睛也变得像玻璃弹珠了,和爸爸的一样,花得看不清。小弟变了乡音:"阿姊,回家吧,这不是你的错,我从来就没有怪过你。"

娜迦还没来得及反应,经纪人的电话就打过来了。

"娜迦,托你弟的福,危机解除。美猴王这些天一直在联络江湖的各个朋友,帮你转发澄清,大家录了一些歌在转发。现在上了热搜,大家也愿意跟这个热点。之前的合作方说继续合作没有问题,你赶快回北京,最快的航班是哪一班?"接着经纪人顿了顿,说,"包括和你有过节的雾都辉夜,她也愿意为你发声。"

娜迦看着 NeZha 李,两人对着抽烟,一言不发,任由经纪人来安排她的春回大地,北方的夏天就要入秋。

"是美猴王去拜托她的,娜迦,这次真的是猴子给你请来救兵了。"

"嗯,替我谢谢他们。"

两人舍了咖啡去海边。娜迦将手中喝完的椰子送进碧蓝的海中,椰子在海面上浮了起来。

"我听过一个故事，以前东南亚有人无意中发现有片海岛的椰子很好，而且从来没有人登陆过，可以摘来卖钱。但椰树很高不好摘，而且只要他们一靠近，岛上的猴子就拧下椰子来砸他们。于是，他们想出一个好办法。船一开过去，人就用石头打猴子，猴子们非常生气，纷纷摘下椰子冲船上的人砸去。椰子砸不中，都漂在了海上。这些人不费吹灰之力，就得到了这些椰子。

"我还听说，泰国有人驯猴，让猴子帮他们摘椰子，一天摘三百个，有只猴子实在不堪重负，最后拿椰子把主人砸死了。"NeZha 李说。

眼看那只椰子越漂越远，娜迦脱下那双假山茶花鞋，走入水中摁住它，将它慢慢带回岸边。NeZha 李将她从水里拉起来，笑说："猴子捞月。"

娜迦舔了舔嘴唇，海风有舒适的咸，说："我小弟一直想看大海，可厦门的海不好看。环岛路东边有巨大的妈祖像，夜晚看起来与白天不同。"

"这里也有海上观音，到了夜晚，都会让人有点敬畏。"

"那就借菩萨的净瓶。"她说着，想起那天看《西游记》，里面有一段奇怪的闲话。

> 悟空，我这瓶中甘露水浆，比那龙王的私雨不同，能灭那妖精的三昧火。待要与你拿了去，你却拿不动；待要着善财龙女与你同去，你却又不是好心，专一只会骗人。你见我这龙女貌美，净瓶又是个宝物，你假若骗了去，却那有工夫又来寻你……

可谁都知道，无论是孙悟空还是美猴王，皆无贪痴欲念，他无非就是想借一点杨枝甘露，来泼了红孩儿的三昧真火。

二十三

娜迦回到北京，事业迎来回春，甚至比之前更要火，她因此事更加"出圈"，当然也伴随着各种质疑。

她的日程一直被塞满，甚至连杨青桃都没顾得上见一面。租了个大点的房子，好让爸妈搬进来照顾弟。小弟不再黏她，由于行动不便，很少再打游戏。

他的脾气也因没法活动手脚而无法施展出来，只好憋在绷带里，扭来扭去。小弟似乎真的像红孩儿那样，被观音收在了木吒的莲花中，全身被缚，一步一叩，做了善财童子。

她如若和家人碰面，也像池塘的浮萍，碰碰就散。好在她忙得只剩最后一口气才回家，也不用交流什么。从头回忆是困难的，记忆被油炸得酥脆，变成各种奇形怪状的虾片。各种奇妙的马卡龙色，在记忆中酥脆，沙沙作响，真是"田螺举旗叫艰苦"。

《三昧真火》重新上架，但娜迦不再听，也不再点进去，很多人只是跟风，来庆祝她劫后余生。

又一个深夜，她倒头躺在床上，想起曾问美猴王："欸？小西天、灵山、万寿山、四大部洲，你们北京的地名都跟《西游记》有关系，好神奇。"

"有意思吧，有时间咱们都可以去逛逛。"杨青桃回复。

如今约美猴王会显得很怪，NeZha李刚好回了"武昌鱼"，小弟还躺在床上等待康复。闽南的龙女决定自己走一遍那些名字奇怪的地方，好像是她去西天取经。这是一场极大的业火，眼看一岁一枯荣，眼看春风吹又生。有什么东西彻底燃尽，夏日也已死去，南海借了杨枝甘露回来，她要好好饮上一杯。她闭上眼睛，决定明天先去小西天看看，不知道那里有没有小雷音寺和黄眉大王。

【作者简介】杜梨，女，1992年生于北京，英国莱斯特大学文学硕士。出版有小说《致我们所钟意的黄油小饼干》《孤山骑士》、散文集《春祺夏安》，译有帕蒂·史密斯《白日梦》等。有作品发表于《人民文学》《西湖》《花城》等刊。曾获香港青年文学奖、"澎湃·镜相"非虚构奖、"《钟山》之星"青年佳作奖等奖项。